聲 韻 論 叢

第六輯

中華民國聲韻學學會
臺灣師範大學國文系所　主編
中央研究院歷史語言研究所

臺灣　學生書局　印行

序

　　「第四屆國際暨第十三屆全國聲韻學學術研討會議」於 1995 年 5 月 20 、 21 日在國立台灣師範大學舉行，發表論文三十一篇。除本地學者外，有來自美國、德國、日本、韓國、中國大陸、香港等地的學者參加，是聲韻學學術研究的又一次大豐收。

　　本屆會議的主題是「重紐」問題的探討。先是本會常務理事何大安教授建議籌辦「重紐」問題的學術座談會，由中央研究院史語所與本會主辦。後來，因為本屆會議為紀念中央研究院院士周法高先生逝世周年，於是徵求史語所同意，將「重紐」研究的論文，改在本屆會議上發表。周法高先生是我國研究「重紐」問題的先驅之一。他和董同龢先生在 1945 年各自發表了「重紐」研究的論文，甚受重視，是當時學術界的一件大事。周先生孜孜不倦於聲韻學的研究，成就非凡；又樂於提攜後學，栽培人才。他的風範，將長存於我們的心中；他的業績將永遠寫在聲韻學史上。

　　聲韻學學會自成立以來，無不致力於鼓勵青年學者發表論文，希望聲韻學的薪火，承傳不息。因此，由本屆會議開始，設置「優秀青年學人獎」（何大安教授建議設置），以表彰研究有成的青年學者。本屆會議由評審委員一致通過吳聖雄博士的論文〈日本漢字音能為重紐的解釋提供什麼線索〉獲獎。他是勤勉力學的青年學者，在聲韻學的研究上，已有一定的成績，來日必有大成。

　　本輯收錄本屆會議發表的論文，有專題演講稿四篇，以及探討

「重紐」問題的十一篇，等韻與古音的十篇，現代漢語音韻的六篇。包羅甚廣，而內容充實，多有創發，深有價值。各篇研究「重紐」的論文，從聲母、介音、主要元音等各方面，探究重紐的區別，雖然還未有一致的看法，但是使我們有更寬廣的角度重新思考「重紐」問題，很值得參考。

　　我們要感謝的是：平山久雄、丁邦新、龍宇純、許寶華諸位教授，他們的專題演講使大會增光不少，以及鄭張尚芳、許寶華二位教授對兩岸學術交流的貢獻，薛鳳生教授對本會的支持與鼓勵。還有國立台灣師範大學呂校長溪木、國文研究所賴所長明德、姚教授榮松，中央研究院史語所杜所長正勝、語言組鄭主任秋豫、龔煌城教授，本會前理事長陳師新雄、秘書長林慶勳教授、常務理事何大安教授、理事孔仲溫教授，太平洋文化基金會張執行長豫生，中華民國團結自強協會白理事長萬祥，以及所有與會的學者和贊助單位，如果沒有他們的推動、參與或贊助，本屆會議是無法順利舉行的。

林炯陽　謹識

1997 年 4 月 2 日

聲韻論叢　第六輯

目　錄

上古音

等韻學

現代漢語音韻

周法高先生行誼、貢獻

何大安

　　主席、各位貴賓、各位女士、先生：在接下去的幾分鐘時間裏，我想簡單地向各位報告：我個人從周法高先生的重紐研究中所獲得的一些體認。

　　周先生在一九四一（民國三十）年取得當時在昆明的北京大學文科研究所的碩士學位之後，便進入中央研究院歷史語言研究所，開始他的學術研究工作。他的碩士論文中的一部分，後來整理發表，就是傳誦遠近的〈廣韻重紐的研究〉。自此之後，他的研究工作中，一直有一部份與重紐問題密不可分。例如四〇年代的〈古音中的三等韻兼論古音的寫法〉（一九四八），五〇年代的〈三等韻重唇音反切上字研究〉（一九五二），六〇年代的〈論切韻音〉（一九六八），七〇年代的〈論上古音和切韻音〉（一九七〇），八〇年代的〈隋唐五代宋初重紐反切研究〉（一九八六），九〇年代的〈讀〈晚唐漢藏對音資料中漢字顎化情形〉〉（一九九〇）等。直到去年六月去世前不久，在給重紐研討會的回函上他還寫道：屆時將出席討論，論文題目是〈重紐研究六十年〉……。周先生博雅淵深，研究領域至廣。重紐的探討，自不足以代表周先生學術活動的全部。但是我們卻可以說，在周先生的五十多年的學術研究歷程之中，重紐問題一直與他相終

始。周先生一生治學中不同階段各有不同的重要工作，例如古代語法、文史考辨、和《金文詁林》的纂輯，這些工作，也都取得了那個階段所預期的成就。但是唯有重紐問題，在周先生學術生命的每一個階段不斷地出現。對如此高才多能的周先生而言，這似乎是令人難以充分理解的。那麼，是什麼原因，使重紐問題成為周先生終身關切的所在呢？

經過幾十年的研究，我們現在對於重紐的來源和流變，大致已經有了清楚的理解。但是重紐問題的核心，還是在於：它究竟反映的是（中古音當中）什麼樣的語音現象？一個同韻目的音節之內，如果再要有 A、B 兩類的分別，這個分別不外乎是聲母的、介音的、或是元音的。我們可以比照周先生曾經作過的分類法，把不同主張的學者歸納成這三派。然而，周先生又屬哪一派呢？

在〈廣韻重紐的研究〉，周先生主張重紐 AB 兩類的分別在元音：A 類元音較關，B 類元音較開。主要的依據是高麗漢字音和廈門汕頭方言的反映。其後在〈古音中的三等韻兼論古音的寫法〉和〈三等韻重唇音反切上字研究〉，他接受了王靜如先生的建議，認為 B 類唇音帶合口成分，而 A 類則否。**換句話說，重紐的分別在介音。**周先生後來放棄了介音的說法，在〈論切韻音〉中又回到了早期的元音說。但是〈三等韻重唇音反切上字研究〉中所發現到的 AB 兩類不互作反切上字這一現象，卻引導了周先生最終採取了 A 類顎化、B 類不顎化的聲母說。這一段蘊釀、探索的過程，將近有三十年。在這三十年中，雖然周先生從介音說暫時又回到了元音說，但是顯然並不以元音說為滿足。 AB 兩類不互作反切上字該作何解，可以說是這一段時期最為困擾他的問題。當這個現象一再被確認，而且又注意到漢越語

的反映和日本學者的相關討論之後，他終於在 1986 年的英文著作《Papers in Chinese Linguistics and Epigraphy》與中文論文〈隋唐五代宋初重紐反切〉中，毅然放棄了元音說，而公開採納了三根谷先生的建議，主張重紐的區別在聲母。從這樣看來，在不同時期，周先生曾經是元音派、介音派，也曾經是聲母派。不過我們不能敷淺的以爲周先生沒有定見。我們要知道周先生的最終採取了聲母說，是有三十年的思考在其中的。三十年的思考，這是何等的愼重！

不同派別的主張，原都有各自的理據，也都難免會有或多或少的不足之處。本諸學術良知，擇善而從，本來是研究工作的基本原則。但是不斷檢討自己的不足，進而從善如流，虛己從人，捫心自問，我們並不能常常做得到。而具高才盛名的人能這樣作，像周先生更是少見。

在他一生之中，尤其到了晚年，是以怎樣的心情來對待重紐問題的呢？他所懷抱的，是重紐研究先驅者的使命感，還是對客觀知識探索的不懈的熱忱，或是兼有二者，我並不能十分的確定。我所認識到的，是一個莊重、和謙卑的探索者的心靈。不以我爲是，不以人爲非。到眞理之路決不是自大，眞理也許是不容易發現，但是謙虛使我們更接近它。

周先生一生的經歷，已經有黃彰健先生爲之行述。周先生的學術貢獻，也有丁邦新先生爲文評介。他的重紐研究，無異是一部重紐研究史的縮影，將來也自會有學術史家究其源始，詳其本末。雖然我自己對周先生的悼念之情不敢後人，但是感懷所及，是否能得到周先生的一鱗半爪，實在沒有十分的自信。在這裏浪費大家寶貴的時間，感到惶恐不安，希望能得各位女士先生的原諒和指正。謝謝各位。

重紐問題在日本

平山久雄

提　要

　　《韻鏡》、《七音略》韻圖上唇牙喉音三、四等重紐的問題，在日本較早受到學者的注意，因爲古代日本的“萬葉假名”裏面有元音甲類和乙類的區別，日語甲類 i 的音節多用重紐四等的漢字來表示，乙類 i 的音節多用三等的漢字來表示。

　　關於重紐的音值，三十年代有坂秀世、河野六郎提出了一致的看法，即根據朝鮮借音與越南借音等材料，推斷重紐是介音 ï（四等）和 ï（三等）的對立。這在日本一直幾乎被視爲定論。戰後三根谷徹提出了新的音位解釋，認爲在音位的層次上重紐是聲母包含顎化成分（四等）與不包含顎化成分（三等）的對立，指出這樣就可消除舌上音與來母字的介音是 ï 還是 ï 的疑難問題。

　　本人讚同三根谷的解釋，但認爲在語音的層次上重紐是相當複雜的現象，其語音表現視聲母、聲調及方言等條件而有所不同，如此假定才能理解重紐在《切韻》反切上與外國借音上反映的具體狀況。

一

　　日本七、八世紀還沒有創造平假名與片假名的時候，人們就借用
漢字的"音讀"和"訓讀"書寫日語。這種古代書寫日語用的漢字，
因《萬葉集》（八世紀後半所編日語詩集）而稱作"萬葉假名"。
《萬葉集》以外包含大量萬葉假名的有《古事記》(712 年)、《日本
書紀》(720 年)等。萬葉假名中借用漢字的音讀的叫"音假名"，借
用訓讀的叫"訓假名"。本文稱"萬葉假名"則專指"音假名"，因
為"訓假名"與漢語音韻無關。

　　一個日語詞用萬葉假名書寫時可有多種寫法，例如 hito （ひと
即"人"）單在《日本書紀》有"比苔""比等""比登""比騰"
"臂苔""臂等"等寫法。根據這種"同用"關係可對萬葉假名加以
分類，正如系聯反切那樣，例如"比""臂"等可成一類，"苔"
"等""登""騰"等又可成一類。如此分類的結果共得八十八類，
此意味著古代日本語區別八十八種音節。這數目比後代的音節總數多
出二十一種，即從與後代假名的對應關係來說，就有下面二十一種音
節在萬葉假名各分兩類，即（音值所記是現代音。現代 h 來自古代
p）：

　　　　き ki，ぎ gi，ひ hi，び bi，み mi ；
　　　　え e ；け ke，げ gé，へ he，べ be，め me ；
　　　　こ ko，ご go，そ so，ぞ zo，と to，ど do，の no，よ yo，
　　　　ろ ro，も mo

此中 mo 分兩類只限於《古事記》。多數學者認爲，這種分用現象是由於後世的元音 i、e、o 在古代各分兩種元音的緣故（只有"え"不在此列，是 e 與 ye 的不同）。那些元音當時的實際音值不容易知道，一般將與後世的音值似乎相同或相近的一部分稱作"甲類"，將另一部分稱作"乙類"，如"甲類 i"，"乙類 i"等。音節也可同樣稱呼，如"比"、"臂"等代表的音節稱"甲類 hi"，"苔"、"等"等代表的音節稱"乙類 to"。

i、e、o 三個元音甲、乙兩類的區別當中，i 的兩類和重紐有著密切關係。包含甲類 i 的音節多用止攝四等字來表示，包含乙類 i 的音節多用止攝三等字來表示，例如《日本書紀》裏表示甲類 hi 的有"卑""避""譬""臂"（支韻❶四等）、"毘""比"（脂韻四等）、"必"（質韻四等），表示乙類 hi 的有"彼""被"（支韻三等）、"悲"（脂韻三等）。乙類的三等字並不限於重紐三等，如表示乙類 ki 的有"紀""基"（之韻）、"機""幾"（微韻)等。

橋本進吉〈國語音聲史の研究（日語語音史研究）〉(1927)指出了這一對應關係，並說，就漢語本身無法明白原來三、四等是怎樣區別的，但就朝鮮漢字音彷彿可知一些實況。他接著把日語乙類 i 暫定地擬測爲於 i 前帶一種"模糊"元音的複合元音，這似乎意味著他根據朝鮮音來推測，止攝開口三等大概是 -ïi 或類似的複合音，這樣和四等 -i 有區別的。橋本氏這篇文章是學生筆錄的講義，且他態度非常謹愼，因此這一段寫得未免太簡略、含糊，但可算是日本學者研究重紐問題的嚆矢吧。

---

❶ 本文舉平聲韻目以兼相配的上、去聲韻（有時也兼入聲韻）。

二

2.1　在日本的語言學界和漢學界，有坂秀世要算是最早對重紐的音值問題進行深入研究，並下具體結論的人。這不但在日本，世界上恐怕也是最早的。有坂是橋本的高足，爲研究日語音韻史的需要而開始鑽研漢語音韻，在這領域也作出了不少貢獻，爲日本學者研究漢語音韻史打下了良好的基礎。闡發重紐問題是其中的成績之一。

　　有坂氏認爲脣牙喉音三等和四等的區別在介音上，遂將三等介音擬作 ĭ，四等介音擬作 i̯。i 在這裏表示央高元音，即與 ɨ 同，與我們有時用此來表示現代漢語 "資"、"刺"、"思" 中的 "舌尖元音" 不同。此說最初見於有坂〈萬葉假名雜考〉(1935)、〈漢字の朝鮮音について（關於漢字的朝鮮音）〉(1936)，但有關的敘述都是簡短摘要性的，到有坂〈カールグレン氏の拗音說を評す（批評高本漢對三、四等的擬音）〉(1937-39)才有詳細而系統的說明❷。這裏他先批評高本漢忽視三、四等重紐的錯誤，引《顏氏家訓》"岐山，當音爲奇。江南皆呼爲神祇之祇。江陵陷沒，此音被於關中" 等材料，證明三、四等重紐確實反映著某種語音上的區別，然後按止

---

❷　有坂秀世《上代音韻考》(1955) 是有坂氏的遺稿，第三部〈奈良時代に於ける國語の音韻組織について（關於奈良時代日語的音韻組織）〉，被考證爲寫於 1933 年，當中〈漢字音（古代支那語の音韻組織）〉一章中對重紐的敘述已基本上具備有坂(1937-39)的內容。參看慶谷壽信〈前史—石塚龍麿から有坂秀世まで（重紐問題前史—從石塚龍麿到有坂秀世）〉(1981)（石塚龍麿 1764-1823，是萬葉假名甲類、乙類之別的發現者）、森博達〈重紐をめぐる二、三の問題（圍繞著重紐的二、三問題）〉(1981)。

攝、臻攝、以及其他諸攝的順序分段進行擬音，綜合起來可以分條概
括如下：

(1)外國借音和現代方言中，反映重紐對立最清楚的是朝鮮音和越
南音。朝鮮音在牙喉音之下反映重紐的區別有：止攝三等字韻母譯作
-ïi ❸四等字韻母譯作-i ；臻攝三等字韻母譯作-ïn 或-ən （舒
聲），-ïl 或-əl （入聲），四等字韻母譯作-in （舒聲），-il
（入聲）；其他攝三等字韻譯作洪音（僅效攝譯作細音），四等字韻
母譯作細音。

(2)越南音在唇音之下反映重紐的區別有：三等字聲母譯作 p'-、
b-、m-、f-、v-等唇音，四等字聲母一般譯作 t-、t'-、j-、
ny-等舌音（四等唇音聲母作舌音，在止攝、臻攝裏例外很少，其他
攝裏例外較多）。

(3)據此可以擬測，三等與四等的區別當在介音上，即細音三等有
"非硬顎性"介音 ḭ ，細音四等有"硬顎性"❹介音 i̭ 。越南音把
唇音四等聲母變作舌音，當是"硬顎性"的前高介音帶來顎化的結
果，如同日語有些沖繩方言把 <u>p</u>iruma （白天）說成 <u>ti</u>ruma ，把
<u>izumi</u> （泉水）說成 i<u>ʒ</u>i<u>ni</u> 等可以爲證。

(4)反映重紐的材料還有：臻攝牙喉音開口三等，日本吳音譯作
-on(舒聲)， otsu(入聲)，福州音作-üng ，汕頭音作-ïn ；四等
吳音作-in(舒聲)，-ichi 或-itsu(入聲)，福州作-ing ，汕頭音

---

❸ ï是朝鮮文一，也寫作 ɯ 。

❹ 有坂 (1935)(1936)(1955)未用"非硬顎性"、"硬顎性"，而用
　　"央元音性"、"前元音性"的說法。

作-in 。此外《大唐西域記》用止攝字"比""卑""毘""避""臂"
"彌""祇""耆""伊"等來描寫梵語包含元音i、ɨ的音節，這些漢
字都是四等字，不夾雜一個三等字。上述擬音都可以解釋這些現象。

　　(5)據前面的看法，唇牙喉音重紐的各攝韻母音值可擬訂如下：

止攝三等-ɨi　四等-i　　蟹攝三等-ɨei　四等-iei

臻攝三等-ɨən/t 四等-iən/t 山攝三等-ɨen/t 四等-ien/t

效攝三等-ɨeu　四等-ieu　梗攝三等-ɨeŋ/k 四等-ieŋ/k

流攝三等-ɨəu　四等-iəu　深攝三等-ɨəm/p 四等-iəm/p

咸攝三等-ɨem/p 四等-iem/p

　　該文只擬開口的音值，合口可以類推。上面的記音把各攝同等的
不同韻母——如止攝三等支、脂、之、微——合併爲一，這應該是要
把議論的焦點集中到介音的緣故。

　　(6)舌齒音沒有重紐的對立，它的介音是 ɨ 還是 i？正齒音二等
的介音當是 ɨ ，其他聲組的介音當是 i ，這是根據聲母本身的語音
性質以及朝鮮音譯作細音與否來擬測的，例如正齒音二等是捲舌音，
不好與前高的 i 結合，朝鮮音亦把止攝正齒音二等韻母譯作 -ɨi，
和牙喉音三等相同❺。不過對半舌音、舌上音、舌頭音的介音似乎還

---

❺　有坂還說，假定正齒音二等的介音是 ɨ ，也可以說明上古的 ts 、
　　tsʻ 、 dz 、 s 如何分成中古的齒頭音四等和正齒音二等：在介音 i 的
　　前頭保持了原來的音值，而在介音 ɨ 的前頭變捲舌音，這就是正齒音
　　二等。發 ɨ 時舌頭往後稍縮，容易使前面的 ts 等變爲捲舌。對此問題
　　我另有看法，參看平山久雄〈用聲母顎化因素*j 代替上古漢語的介音
　　*r 〉(1994) § 2.2 。

有研究餘地（理由沒有明說，似乎是因爲這些聲母的構音方式不一定像正齒音三等、齒頭音以及半齒音那樣只與 ɪ 相配合，並且朝鮮音把半舌音偶而也譯作洪音的緣故）。

(7)順便要論齊、先、蕭、青、添諸韻的音值。這幾個韻的字在韻圖上只列在四等。高本漢把這幾個韻擬作是帶元音性的介音 i。這些韻的反切上字照例用一等字，這一點與一等韻、二等韻相同，相結合的聲母也和一等韻相同，那麼它們在《切韻》時代應該是洪音的 -ei、-en 等。它們在隋末唐初就變成了-iei、ien 等，結果和重紐四等同音了。

以上是有坂(1937-39)的主要內容。後來在有坂秀世〈脣牙喉音四等に於ける合口性の弱化傾向について（關於在脣牙喉音四等合口性的弱化傾向）〉(1940)指出，牙喉音四等合口個別字在後代的資料中讀作開口；這是音韻對應規律的例外，如"遺""役""季""尹""營""傾"等在《中原音韻》、現代北京話均是開口，而牙喉音三等合口字沒有這個現象。他認爲"硬顎性"介音再加合口的動作，音色的變化也不太顯著，且舌面前部抬得很高，就妨礙嘴脣和嘴巴的動作，這些因素會引起合口性的弱化甚至開口化。這一事實反過來支持他對三、四等介音的擬測。齊、先等韻的個別合口字亦在此列，如"攜""縣""血"等現代北京讀作開口，這就反映此一類韻母後來由洪音變爲細音了❻。

---

❻ 此外有坂〈先秦音の研究と拗音的要素の問題（先秦音的研究和細介音的問題）〉(1940)指出，假定 ɪ、i 兩種介音對說明上古到中古韻母以及聲母的演變條件也很重要。

2.2 河野六郎〈朝鮮漢字音の一特質（朝鮮漢字音的一個特點）〉 (1939)也提出了與有坂幾乎一致的擬音。他把《切韻》及《玉篇》（據《玉篇殘卷》與《篆隷萬象名義》〉裏止攝支、脂兩韻的反切系聯起來，參考朝鮮音加以調整，證明兩韻的牙喉音反切都基本可以分成四類，即開、合口三、四等。朝鮮音裏支、脂韻這四類的反映如下：

甲(開口四等)-i   乙(開口三等)-ǐi
丙(合口四等)-iu或-iɔi   丁(合口三等)-ui或-uɔi，-oi
io，-iɔu或-iu

關於四類的語音本質，他讚同有坂氏的看法，認爲是介音的不同，把各介音的音值擬測爲❼：

甲（開口四等）i̭   乙（開口三等）ɪ̭
丙（合口四等）i̭ʷ   丁（合口三等）ɪ̭ʷ

除了朝鮮音以外，他舉出支持這項擬音的三種材料：

⑴反切的系聯上，正齒音二等與乙類、丁類相近，正齒音三等與甲類、丙類相近。從各聲母的音值（正齒音二等是捲舌音，三等是舌面音）來看，前者與 ɪ 相配合，後者與 i 相配合，是很自然的。

⑵越南音把甲類唇音譯作舌音，這意味著甲類介音的硬顎性較

---

❼ 此說已見於河野六郎〈玉篇に現れたる反切の音韻的研究（玉篇反切的音韻研究）〉(1937)。這是東京大學的畢業論文，當時沒有公開發表。

強。

(3)古代日語的 ki、hi 甲乙兩類中，只有乙類與 ko（乙類）、ku 交替，例如 <u>ki</u>（樹）⇒ <u>ko</u>dachi（樹林），tsu<u>ki</u>（月）⇒ tsu<u>ku</u>yo（月夜）。這表示乙類 i 的音値當是 ï，因爲語音性質上 ï 比 i 與 o、u 更近。萬葉假名照例用漢語的止攝四等字表示包含甲類 i 的音節，用止攝三等字表示包含乙類 i 的音節，上述的擬音正與此相符。

上面四種介音說當然也可適用於其他韻攝。他還說，伴隨著介音的不同，牙喉音聲母的發音部位應該也有不同：甲、丙兩類的牙喉音當是硬顎輔音（ palatals ），乙、丁兩類的牙喉音當是軟顎輔音（ velars ）。

關於舌齒音的介音，如上所記，他認爲正齒音二等是 i̯、i̯ʷ，正齒音三等是 i̯、i̯ʷ，齒頭音雖然沒有明說，可以推測他是認爲 i̯、i̯ʷ 的。關於舌音（包括半舌音）的介音，他說似乎在兩種介音的中間，因爲唇牙喉音甲、丙類和乙、丁類的反切常常以舌音字爲媒介系聯起來，但他沒下最後的結論❽。

---

❽ 河野氏還有〈中國語音韻史研究の一方向〉(1950) 一文，提出"第一口蓋音化（第一次顎化）"說，擬測在上古與中古之間，牙喉音聲母曾在介音 i̯ 前面由於顎化而變入了正齒音三等（疑母則變入了日母）。明、清之間也發生過同樣的顎化音變，所以他稱作"第一次"。但這音變只在中古漢語白話音的基礎方言裏發生了，文言音的基礎方言沒受影響。根據主要有兩點：(1)牙喉音重紐四等比三等字數少，小韻往往很不齊全，(2)牙喉音四等字常有諧聲上和正齒音三等字（包括半齒音）相通的，當中正齒音字似乎是口語裏常用的較多，如"支""只""舌""熱"。此說也已見於河野六郎 (1937)。

2.3　上面所介紹有坂、河野二位學者把重紐歸爲介音 ï（三等）和 i̯（四等）的對立的看法，後來被稱爲 "有坂、河野說"，在日本幾乎被視爲定論，至今仍爲多數學者所遵用。

　　平山久雄〈中古漢語の音韻〉（1967）也採用此說，但把三等的介音改擬爲 I（合口是 Y），因爲這樣就更容易說明朝鮮音把唇音的韻母不管三、四等都譯作細音，越南音把止攝的韻母不管三、四等都譯作-i 等事實。I、Y 表示比 i、y 稍微偏低、偏央，大約在 i、e、ï 交界處的元音。這音值是和陸志韋《古音說略》（1947）所擬相同。有坂秀世《上代音韻考》（1955）曾也考慮過把三等介音擬作 I 的可能性，但未敢肯定，理由是和四等介音 i̯ 過於接近，不太妥當。不過我以爲伴隨著介音 I、i 之別，聲母顎化的音色應該也有不同，足以幫助人們聽辨三等與四等兩種音節的區別。

2.4　對於舌上音、半舌音的介音歸屬，有坂、河野二位都有所猶豫。對此辻本春彥〈いわゆる三等重紐の問題（所謂三等重紐的問題）〉（1954）提出了明確把它認爲 ï 的看法。他指出，切韻系韻書以及其他中古時期資料的反切裏，要是反切上字屬重紐四等，被切字一定也屬重紐四等；要是反切上字屬重紐三等，被切字一定也屬重紐三等。反切上字屬於沒有重紐對立的諸韵的時候，則可由反切下字來決定被切字是重紐三等還是重紐四等。依據這個關係來觀察，反切上字屬重紐三等或四等時，就不管下字是什麼聲母，完全可以按上字來決定被切字是三等還是四等。他說唇牙喉音的反切若上字屬於沒有重紐的韻，而下字是舌上音或半舌音的話，被切字就一定屬於重紐三等，由此可以決定舌上音、半舌音的介音應該是 ï。但爲了處理這

條規則的例外，他就得改動一些反切用字，如《廣韻》"篇，芳連"、"便，房連"的"連"改爲"延"，"葵，居誄"的"居"改爲"吉"等，這恐怕是見仁見智的看法。後來也有人祖述此說，如松尾良樹〈廣韻反切の類相關について（關於廣韻細音反切的上字與被切字之間字類的關係）〉（1974）、森博達〈中古重紐韻舌齒音字の歸類〉（1983）等文。

辻本（1954）所述被切字和反切上字在重紐類別上的關係，上田正〈全本王仁昫切韻について（關於全本王仁昫切韻）〉（1957）❾也曾做過討論。他對三、四等韻裏唇牙喉音的反切提出了下面七項公式。A 是重紐四等即 A 類，B 是重紐三等即 B 類，甲是與重紐無關的三等韻，即一般所謂 C 類，如東韻三等、魚韻等，公式是：

(1)甲甲＝甲　(2)甲 A＝A　(3)甲 B＝B　(4) AA＝A

(5) AB＝A　(6) BB＝B　(7) BA＝B

(1)表示 C 類韻的反切都用 C 類上字，(2)、(3)表示重紐韻裏若用 C 類上字，被切字的類則與下字一致，(4)、(5)、(6)、(7)表示反切上字若用 A 類或 B 類，被切字的類則與上字一致。他進而應用這些公式證明有一些韻雖然內部不包含重紐，但其唇牙喉音字都屬重紐的一類，即：清韻屬 A 類，幽韻屬 B 類，職韻屬 B 類（他舉的例子都屬唇音）。

---

❾　這是在中國語學研究會（現日本中國語學會）年會上報告的提要，下面介紹的公式寫在油印的材料上。

　　Ａ類字和Ｂ類字在一個反切裏互相不作爲被切字和上字（Ａ類上字中"匹"字是例外），這是周法高〈三等重唇音反切上字研究〉(1952)對唇音的反切指出的規律。上述二位學者的看法，算是把這規律擴展到牙喉音的反切。平山久雄〈切韻における蒸職韻と之韻の音價（切韻中蒸職韻與之韻的音值）〉(1966)把這項規律寫成下表，並稱之爲"類相關"。這名稱後來在日本就比較通行了。

上字　＼　被切字	Ａ類	Ｂ類	Ｃ類
Ａ類（除"匹"）	○		
Ｂ類		○	
Ｃ類	○		○
"匹"	○	○	○

　　這裏清韻、幽韻牙喉音（除"休"小韻）算Ａ類，庚韻三等、幽韻唇音（和"休"小韻）、蒸韻唇音以及牙喉音合口（只有入聲職韻具合口）算Ｂ類。我認爲蒸韻牙喉音開口-ɪəŋ屬Ｃ類，和唇音-ɪəŋ含有不同的主要元音，是有區別的。

補注（第二章）

　　有坂式認爲重紐的區別在介音，不在主要元音，其理由可推測如下：

　　⑴朝鮮借音裏止攝、臻攝以外的牙喉音三、四等一般表現爲洪細不同，例如山攝三等"件" kən、四等"遣" kiən，主要元音相同，只以有無介音來區別。

　　⑵越南借音裏唇音四等譯做舌音，這是聲母顎化的結果，那麼給聲母帶

來顎化的因素應該緊接在聲母的後面，這就是介音。

　　(3)如果假定三、四等的區別在主要元音，而爲此多擬幾個主要元音，那麼這些元音只出現在細音韻母中，不出現在洪音韻母中。這種分布情形顯得不自然。

　　(4)主要元音的同一性對詩歌的押韻極爲重要，因此要迴避一個韻包含兩種主要元音的擬測。介音的同一性則對押韻不一定那麼重要。

三

3.1　戰後隨著音位論受到重視，就開始有人對重紐現象做音位分析。藤堂明保〈中國語の史的音韻論（漢語的歷時音韻論）〉(1954)把三等、四等的介音各解釋爲 /rj/ 、 /j/，例如支韻三等開口 /-rje/ ，四等開口 /-je/ ， 三等合口 /-rjwe/ ，四等合口 /-jwe/。這看來的確是巧妙的辦法，因爲可以利用這/r/來把舌上音解釋爲/tr-/、/t'r-/、/dr-/（這是二等，三等是/trj-/等）；正齒音二等解釋爲/cr-/、/c'r-/、/dzr-/等（與三等韻結合時是/crj-/、/c'rj-/、/dzrj-/等）；正齒音三等解釋爲/cj-/、/c'j/、/dzj-/等（齒頭音四等解釋爲/c-j/、/c'-j/、/dz-j/等）。但這種解釋對後來學者幾乎沒有影響，大概是因爲/r/在唇牙喉音之後並不起捲舌作用，它只不過使介音/j/的語音偏央而已，這一點未能令人滿意；何況他把齒頭音和介音/j/用/-/號隔開，以便與正齒音三等作出區別，也不見得是上乘的辦法。其後在藤堂《中國語音韻論》(1957)中，廢除了/-/號，而把正齒音三等改擬爲/crj-/等，齒頭音四等改擬爲/cj-/等。正齒音二等與三等韻結合時則不用/j/，把韻母看作洪音，例如魚韻“所”記爲/sro/，韻母不巧地和模韻雷同。如此又難免引起議論。

3.2　在藤堂之前，三根谷徹〈韻鏡の三・四等について（關於韻鏡的三、四等）〉(1953)一文，提出了從音位論觀點，把重紐的區別解釋爲聲母的顎化與不顎化的看法。他用統計法觀察《廣韻》重紐三等和四等反切，其中以舌齒音各類字當作反切下字的頻率，又觀察舌

齒音各類反切，其中以重紐三等字和四等字當作反切下字的頻率，結果推斷：正齒音三等（包括半齒音、喻母四等）和齒頭音跟重紐四等相當接近；正齒音二等跟重紐三等也相當接近，舌上音和半舌音則跟重紐三等和四等都有同樣程度的關係。由此來看，舌上音和半舌音的語音性質，應該介於重紐二類的中間，不能把它硬歸到一處去。鑒於這種情況，他認為最好把重紐的區別，解釋為聲母輔音音位包含與不包含顎化成素/j/的不同，即四等聲母是/p͡j-/、/k͡j-/等❿，三等聲母則是/p-/、/k-/等。照此一解釋，如"筆"、"必"各是/piet/、/p͡jiet/，"眷"、"絹"各是/kiuan/、/k͡jiuan/，齒音、舌音則是"質"/tɕiet/、"七"/tsʰiet/、"瑟"/ʂiet/、"窒"/ȶiet/、"栗"/liet/等，這樣重紐韻裏舌上音、半舌音的歸屬問題，在音位的層次上就不用計較了。而語音的層次，認為舌上音、半舌音的介音在[ɰ]、[ɰ̈]的中間就行。

　　既然連續的或鄰近的音位，作為具體語音實現時其構音互相牽連、互有影響，所以音節中一個成員的音位性不同，也能引起其他所有成員的語音不同。三根谷氏說，重紐三等和四等音節的語音，不但聲母有不顎化與顎化的差異，連介音、主要元音多少也會有不同，在這意義上，他的看法並不與向來的"介音說"以及"主要元音說"互相排斥；各說的差異，可以說是在於把重紐的區別歸到音節中任何成員的音位對立上。

　　以下讓我對三根谷氏的"聲母音位說"再作些補充說明。唇牙喉重紐三等的聲母是不顎化（語音上或許說"弱顎化"更正確）的，那

---

❿　͡號表示"複合音位"（compound phoneme）。

麼介音的舌位不免隨著多少偏央、偏低；重紐四等的聲母是顎化（語音上或許說"強顎化"更正確）的，那麼介音的舌位不免隨著偏前、偏高。至於舌齒音聲母後介音的舌位，則取決定於該聲母的舌位，其情況大致如下：

正齒音二等是捲舌音 tʂ-等，舌尖上翹，介音就不能不偏央、偏低，近似重紐三等的介音。

正齒音三等是舌面音 tɕ-等，舌面前部向硬顎接近，介音的舌位就被拉高，近似重紐四等的介音。

齒頭音四等 ts-等，雖然是不顎化的，但舌位十分偏前，所以後面的介音也近似重紐四等介音。

舌上音 ʈ-等，雖然是顎化音，但後面的介音如果舌位太高就會使聲母產生塞擦音色彩，容易和正齒音三等混淆，因此它的舌位總要多少偏低，大略在重紐三等介音與四等介音的中間。

半舌音 l-雖然也是舌尖輔音，但其構音方式是邊音，舌尖的氣流通路是中間閉塞而兩邊開放，和前高元音的氣流通路中間開放而兩邊閉塞正好相反，因此介音的舌位也要偏低，大略在重紐三等介音與四等介音的中間。

以上所擬各聲組介音的舌位，當然也靠主要元音、聲調等條件而會有一定的變異幅度的。

3.3　我讚同三根谷氏的音位解釋，除了它能解決舌上音、半舌音之後介音歸屬問題之外，還有一層理由：在中古漢語的聲母系統中，齒頭音和正齒音三等的關係以及舌頭音和舌上音的關係都可視作是不顎化輔音與顎化輔音的對立。因此假定唇音、牙喉音也有同樣的對立，

那是合乎音位論中系統化的要求的。

可能有人提出疑問：如果重紐是聲母的對立，那為什麼多數的反切不把重紐的區別用不同的反切上字標示出來？我的回答是：現代音位論是高度抽象的、理論性的分析，反切則是實用的東西，只要能綜合反切上、下字的語音來讀出被切字的語音就行⓫。齒頭音與正齒音三等嚴格用不同的反切上字，是因為這兩種聲母跟同一韻母結合時，韻母的語音沒有明顯的差別，所以必須用反切上字作出區別。重紐三等聲母與四等聲母跟同一韻母結合時，韻母的語音一般有比較明顯的差異，所以能採用不同的反切下字，至於反切上字是容許相同的。

3.4 趙元任" Distinctions within Ancient Chinese "(1941) 早已指出，《慧琳音義》的反切上字分用重紐三等和四等。《敦煌毛詩音》 S.2729、P.3383 的反切也同樣有此現象，平山久雄〈敦煌毛詩音殘卷反切的結構特點〉(1990) 有具體的介紹，請自行參考。這一類反切告訴我們，重紐兩類音節在聲母的語音上確實也有不同，但我們不能借此證明重紐的音位區別就在聲母，不在別的成分，這正如不能根據這兩種資料的反切上字分用開口和合口一事，來證明開合口是聲母音位的對立那樣。這種反切是著重描寫聲母顎化、唇化等語音特色，以便使人更容易從反切念出被切字的語音來。重紐兩類的唇音聲母在越南音裏有不同的反映，這也只有語音上的意義，

⓫ 我同意陸志韋〈古反切是怎樣構成的〉(1963) 的看法，認為反切是連讀上、下二字而讀成一音的。要不然，在沒有表音文字也沒有韻圖的時代，怎麼能從反切得出被切字的音來？

對我們決定音位解釋，起不了關鍵作用。

　　北宋邵雍(1011-1077)所撰《皇極經世聲音唱和圖》，以 "十聲" 與 "十二音" 的配合，來表示當時標準音裏存在的（以及可能存在的）所有音節。"聲" 大略相當於韻母，"音" 大略相當於聲母，都顯示高度的歸納和系統化，很多地方符合現代音位論的想法。"音" 分 "開"、"發"、"收"、"閉" 四個範疇，各自大略相當於一、二、三、四等，這是學者都能同意的見解。就拿 "一音‧清水" 的四個字母爲例，下面介紹平山久雄〈邵雍皇極經世聲音唱和圖の音韻體系〉(1993)裏的擬音，即開 "古"、發 "甲"、收 "九"、閉 "癸" 各代表/k-/、/kj-/、/ki-/、/kji-/。再拿 "三聲‧闢日‧平聲日" 的字母 "千" 代表的/-an/（平聲）說明 "音" 與 "聲" 的配合，即：

　　　　"古千" 當表示/kan/ "乾"　　"甲千" 當表示/kjan/ "間"
　　　　"九千" 當表示/kian/ "橺"　　"癸千" 當表示/kjian/ "堅"

若擬音沒有錯，這裏一等和二等、三等和四等的關係，分別可以看作聲母是否帶顎化成分的對立。

　　南宋趙與時(1175-1232)所撰《賓退錄》，卷一介紹當時民間的射字法，是用兩首七言詩，從中各選一字，用反切的方法把它們拼成一個字音的遊戲。第一首 "西希低之機詩資……" 是字母詩，每個字代表一個聲母，整首四十二字就算聲母總表。第二首 "羅家瓜藍斜凌倫……" 是韻母詩，整首四十九字就算韻母總表。周祖謨〈射字法與音韻〉(1966)對這兩首詩裏的字加以整理，各按中古的聲母（三

十六字母）、韻母排列成表。據此可知，字母詩中一個字照例配合一個聲母，但有些聲母有兩個字與之配合，如並母有"皮"、"毘"，影母有"依"、"伊"，這些都限於唇牙喉音。劉文獻〈賓退錄所載射字法裏的字母詩〉(1973)，認為這些重複的字代表重紐的區別，如上例"皮"、"依"各代表重紐三等，"毘"、"伊"各代表重紐四等，只是當時韻母系統已經有所變化，之、微與支、脂三等合併，都算重紐三等，齊與支、脂四等合併，都算重紐四等。那麼，射字詩的作者所依據的音韻分析中，重紐就被看作是聲母的對立了。

當然這些也不能保證把中古的重紐解釋為聲母對立是不誤，因為從中古到宋朝中間有過音系的變動，並且古人分析也不一定最為妥善。不過這些材料暗示我們，這種音位解釋似乎並未違背當時人的"土人感"。

四

4.1　作爲語音的問題，重紐的實際表現會是相當複雜的。一個音位的語音隨其所處的環境而能有相當寬的變異幅度；例如北京話的音位 /ə/，單獨成韻母時表現爲 [ɤ]，在 /-əi/ 中表現爲 [e]，在 /-iəu/、/-iən/、/-iəŋ/ 中幾被介音所吸收，但 /-iəu/ 裏的 /ə/ 在零聲母第三、第四聲下面則表現爲 [o] 等等。因此，我們也不能把重紐的語音看得太固定僵化了。

　　以下按通行的辦法把重紐四等稱作 A 類，把重紐三等稱作 B 類。和重紐無關的細音韻母稱作 C 類，參看本文 2.4。

　　平山久雄〈中古音重紐の音聲的表現と聲調との關係（中古重紐的語音表現與聲調的關係）〉(1977) 把重紐反切分成第一式和第二式兩類：

> 第一式反切：對重紐 A 類、B 類的被切字都用 C 類上字，如
> 　　　　　　 "卑，府移"、"彼，甫委" 等，"卑" A 類，
> 　　　　　　 "彼" B 類，"府"、"甫" C 類。
> 第二式反切：對重紐 A 類的被切字用 A 類上字，對重紐 B 類的
> 　　　　　　 被切字用 B 類上字，如 "匕，卑履"、"陂，彼
> 　　　　　　 爲" 等，"匕"、"卑" A 類，"陂"、"彼"
> 　　　　　　 B 類。

此外有些滂母重紐反切用 A 類上字「匹」，「匹」的用法與 C 類上字相同。

　　該文就宋跋本王仁昫《刊謬補缺切韻》作對象，對兩式反切在各

聲調的分布情況作成統計表如下：

被切字	唇音							牙喉音（除匣母）			
	A			B				A		B	
式	第一	第二		第一	第二			第一	第二	第一	第二
上字	C	A	匹	C	B	匹	其他	C	A	C	B
平聲	15	3	1	17	3		2	29		52	2
	79%	16%	5%	77%	14%		9%	100%		96%	4%
上聲	9	7	1	10	6	2	1	17	1	40	6
	53%	41%	6%	53%	32%	11%	5%	94%	6%	87%	13%
去聲	2	15	6	2	15	1		20	5	34	11
	9%	65%	26%	11%	83%	6%		80%	20%	76%	24%
入聲	6	5		3	7		1	13	3	19	9
	55%	45%		26%	64%		9%	81%	19%	68%	32%

匣母只在 B 類出現（即喻母三等），多數用第二式反切，即：

	平聲	上聲	去聲	入聲
上字 C 類	4	1	1	2
B 類	3	3	5	3

就唇音來說，平聲和去聲的情況幾乎是相反的：無論被切字是 A 類還是 B 類，在平聲第一式反切占多數，在去聲則第二式反切占多數。這可解釋爲：在《切韻》的基礎方言裏，唇音 A 類、唇音 B 類的語音表現以聲調爲條件而有不同。在平聲，唇音重紐各類的語音特徵都十分明顯地表現在韻母上，因此造反切時只用反切下字標出其特徵就可以了，上字不必反映重紐的類別。在去聲，唇音重紐各類的語音特徵，在韻母表現得並不十分清楚，而在聲母表現得很明顯，因此造反切的人就認爲，除需要用反切下字以外，也得用反切上字標出重紐

的類別，這樣才能保證正確地從反切讀出被切字的語音來。在上聲和入聲第一式反切和第二式反切的比率，大略在平聲和去聲的中間，這想必是因爲唇音重紐在語音上表現的情形，也在兩者中間的緣故。

　　牙喉音下面第一式反切無論平、上、去、入都占多數，這應該是牙喉音聲母顎化與不顎化，其發音部位有前後不同，致使後面的介音隨之能有比較安定的音色區別。不過相對地說，第一式反切的比率最大的還是平聲，最小的是去聲和入聲（這一點與唇音不同），可見重紐在韻母上的表現在平聲最爲明顯。

　　去聲的重紐在韻母上表現得比較模糊，這種傾向在寘韻（支韻去聲）似乎走到了極端：宋跋本王韻唇音 A 類有三個小韻，即幫母“臂，卑義”、滂母“譬，匹義”、並母“避，婢義”，下字與相對的 B 類小韻“賁，彼義”、“帔，披義”、“髲，皮義”同用疑母 B 類“義”字，這應該反映寘韻 A 類韻母的語音十分接近 B 類韻母，幾乎與 B 類難以區別。有趣的是寘韻唇音 A 類字在《中原音韻》裏的反映，正符合此一擬測：止攝支、脂韻唇音字在《中原音韻》齊微韻裏有-i、-ei 兩種反映，-i 包括 A 類字和 B 類字，-ei 基本上限於 B 類字，不過，“臂”（幫母）、“避”、“婢”（並母）三個 A 類字作-ei，“臂”“避”恰好是去聲字，“婢”則是從上聲按“濁上變去”的音變規律變入去聲的。這在現代北京話的白話音裏也留下一點痕跡❷，即“胳臂”kêpei、“避雨”peiyu。

---

❷　參看平山久雄〈中古唇音重紐在《中原音韻》齊微韻裏的反映〉（1991）。

4.2 平山久雄《中古漢語における重紐韻介音の音價について（關於中古漢語重紐韻介音的音值）》(1991)，把重紐諸韻的介音分作 [í]、[i]、[I]、[ï] 四個音值，用來說明反切下字聲母的分布情況。對重紐的音位解釋還是採用聲母顎化說。

該文以上田正《切韻諸本反切總覽》(1975) 擬測的《切韻》原本的反切作對象，調查了重紐諸韻反切裏被切字聲母跟下字聲母的關係，作成幾種統計表，現把其中綜合性的一張表（原文"表 4"）轉錄在下面。

表上的數字表示百分率，括弧內是反切的實際數目。虛線上邊是第一式反切的數值，下邊是第二式反切的數值。

下字\被切字	幫A組	見A組	章組	精組	知組	來組	莊組	幫B組	見B組	合計
幫A組	21(18)	3(1)	44(17)	13(5)		18(7)			3(1)	100(39)
	25(7)	11(3)	29(8)	7(2)	4(1)	18(5)			7(2)	100(28)
見A組	6(4)	18(13)	61(44)	8(6)	3(2)	4(3)				100(72)
	10(1)	30(3)	30(3)	20(2)		10(1)				100(10)
幫B組			3(1)			8(3)		57(21)	32(12)	100(37)
			4(1)		4(1)	8(2)	4(1)	35(9)	46(12)	100(26)
見B組			3(5)	1(1)	7(11)	15(23)		7(11)	66(98)	100(149)
			6(2)	6(2)	3(1)	15(5)		18(6)	52(17)	100(33)
知組			36(38)	8(8)	15(16)	33(35)			8(8)	100(105)
來組		3(1)	44(17)	15(6)	18(7)	／			21(8)	100(39)
精組	1(2)	2(4)	41(69)	34(57)	4(6)	13(22)			4(7)	100(167)
莊組		2(1)	10(5)	2(1)	6(3)	24(12)	18(9)	2(1)	36(18)	100(50)
章組		3(6)	73(167)	6(14)	3(7)	11(26)			4(8)	100(228)

從表上可以看出，下字聲母分布的情況，靠被切字聲母的範疇而有明顯的不同（第一式反切和第二式反切的情況可謂基本一樣）。為了解釋這些分布情況，可以給重紐各韻的介音假定上述四個音值，而把它們和聲母的關係擬測如下：

[ɨ]（[ÿ]）：見組Ａ類、章組、精組

[i]（[y]）：幫組Ａ類、來母、知組

[I]（[Y]）：見組Ｂ類

[ï]（[ɥ]）：幫組Ｂ類、莊組

括弧內是合口。[ɨ]、[ÿ]表示比標準的[i]、[y]舌位更高，帶輕微摩擦的音。[I][Y]表示的音與本文 2.3 節所述相同。[ï][ɥ]是央高元音。上面四種音值其實是連續的，不是分散的，同一聲組的介音，要視環境的差異而有一定的變異幅度，例如見組 Ａ 類的介音表現為[ɨ]，不過是一種典型的、比較多數的情形，它可能有時候接近[i]。

解釋上表的反切下字聲母的分布情況，我們也考慮了《切韻》細音反切裏選擇下字聲母的一般傾向：⑴多用與被切字屬於同一聲組的下字，⑵多用章組下字，⑶規避幫組下字，⑷規避莊組下字。

上面擬測的是狹義的中古音，即《切韻》的基礎方言裏的情形。這種語音現象可能因方言而異，我以為唐代長安一帶的方言裏大致如下：

[ɨ]（[ÿ]）：幫組Ａ、章組、精組

　　[i]([y])：見組Ａ類

　　[I]([Y])：幫組Ｂ類、來母、知組

　　[ï]([ɯ])：見組Ｂ類、莊組

如此擬測的根據如下：

　　⑴朝鮮音裏幫組Ａ類字和Ｂ類字都譯作-i，而見組Ｂ類字在止攝譯作-ii　，在其他攝譯作洪音，這種情況如果依據的是《切韻》的介音音值就不好解釋。

　　⑵張守節《史記正義》〈論音例〉，列舉以"清濁"相對立的字組，當中"篇"、"偏"（仙韻滂母Ａ類）和"穿"（仙韻合口昌母）形成一對，我以為這表示滂母Ａ類的聲母由於強度顎化的結果帶有塞擦音的音色，近似昌母 tɕʻ-了❸。

　　《廣韻》卷末〈辯四聲輕清重濁法〉極為紛亂，幸有唐蘭〈論唐末以前韻學家所謂"輕重"和"清濁"〉(1948)一文從中把"輕清"、"重濁"成對的字組分別出來，使人可以窺見它本來的面貌，例如"平聲上"第一行是：

　　輕清：一"璡"二"珍"三"陳"四"椿"五"弘"六"龜"
　　　　　七"員"
　　重濁：　　　二"眞"三"辰"四"春"五"洪"

---

❸　參看平山久雄〈『史記正義』「論音例」の「清濁」について（關於史記正義論音例的"清濁"）〉(1975)。

"珍""眞"、"陳""辰"、"椿""春"是舌上音和正齒音三等的對比，"弘""洪"是登韻合口和東韻一等的對比。輕清之一"璀"、六"龜"、七"員"與重濁之一"之"、六"諄"、七"朱"各不成雙，是誤脫的結果。"去聲"第一行唐氏認爲：

> 輕清：一"魅"二"快"三"避"四"磬"五"臂"六"赴"
> 　　　七"惠"
> 重濁：一"味"二"薊"　　　　　　　　　　六"賦"
> 　　　七"衛"

我以爲輕清之三"避"（寘韻並母Ａ類）與重濁之三"瑞"（寘韻合口常母）成對，輕清之五"臂"（寘韻幫母Ａ類）與重濁之四"志"（志韻章母）成對。第二行輕清之"弊"（祭韻並母Ａ類）亦與重濁之一"誓"（祭韻開口常母）成對⓮。這也表示唇音Ａ類的聲母帶著顎化塞擦音色彩，和正齒音三等相近。那麼唇音Ａ類的介音一定是舌位很高的，最好把它擬作[i]。

上面所介紹的個人看法，是嘗試性的，恐有穿鑿之處。但我以爲重紐作爲語音現象，並不是很單純，可能還是相當錯綜複雜的，這一點大概沒有問題。

⓮　參看平山久雄〈故唐蘭教授「論唐末以前韻學家所謂"輕重"和"清濁"」に寄せて（關於故唐蘭教授〈論唐末以前韻學家所謂"輕重"和"清濁"〉）〉(1984)。

五

　　日本對漢語音韻史的研究，可謂有其獨特的歷史，但由於地理、歷史和語言上的原因，向來很少爲海外學者所知。本文粗略描寫了日本學者至今怎樣對重紐問題進行探索，並介紹了我個人的粗淺看法。至於和中國及歐美學者的看法做比較，論其間的同異和優劣得失，則不在本文的介紹範圍，希望諸位同好自行參考。在此我衷心感謝籌備此次學術研討會的先生們，給我這個非常難得的機會，使我能公開報告個人的見解。我同時對大會紀念周子範教授逝世周年而舉辦此次研究會，表達個人的無限懷思。我曾於 1982 年有幸在東京親自向周子範教授請益，以後周教授常賜書札，對音韻學上的問題，特別對有關重紐的問題，徵求鄙見，如此直到晚年。周教授這位一代碩學不恥下問，終生追求眞實的樸學精神，和那剛直坦率的風格，也將永遠深切地記在我這個域外後學的心中。

　　本文承林慶勳教授改正中文，並提寶貴的意見，茲誌感謝。

引用與參考文獻

三根谷徹　1953　：〈韻鏡の三、四等について〉，《言語研究》
　　31，56-74 頁；又收於三根谷徹《中古漢語と越南漢字音》汲古
　　書院，東京，45-62 頁。英譯本："On Divisions III and IV in Yün
　　ching", "Memoirs of the Research Department of the Toyo Bunko" 30,
　　1972, pp.65-85。

上田　正　1957　：〈全本王仁昫切韻について〉，《中國語學》
　　69，7-8。

　　　　　1975　：《切韻諸本反切總覽》均社單刊第一，均社，京
　　都。

大野晉、賴惟勤　1955　：〈萬葉假名の字音研究の手引き〉，《萬葉
　　集大成》11，平凡社，東京，329-360。

平山久雄　1966　：〈切韻における蒸職韻と之韻の音價〉，《東洋學
　　報》49-1，42-68 頁。

　　　　　1967　：〈中古漢語の音韻〉，《中國文化叢書❶言語》大
　　修館書店，東京，112-166 頁。

　　　　　1975　：〈『史記正義』「論音例」の「清濁」につい
　　て〉，《東洋學報》56-2/3/4，140-171 頁。

　　　　　1977　：〈中古音重紐の音聲的表現と聲調との關係〉，
　　《東京大學東洋文化研究所紀要》73，左 1-42 頁。

　　　　　1984　：〈故唐蘭教授「論唐末以前韻學家所謂"輕重"和
　　"清濁"」に寄せて〉，《均社論叢》15，27-32 頁。

　　　　　1991a　：〈中古漢語における重紐韻介音の音價につい

て〉，《東京大學東洋文化研究所紀要》 114，左 1-41 頁。

　　1991b ：〈中古唇音重紐在《中原音韻》裏的反映〉，
《中原音韻新論》北京大學出版社，28-34 頁。

　　1993 ：〈邵雍皇極經世聲音唱和圖の音韻體系〉，《東京
大學東洋文化研究所紀要》 120，左 49-107 頁。

　　1994 ：〈用聲母顎化因素*j 代替上古漢語的介音*r 〉，
"Current Issues in Sono-Tibetan Linguistics" The Organizing
Committee, the 26th International Conference on Sino-Tibetan
Languages and Linguistics, Osaka, pp.132-143.

有坂秀世 1935 ：〈萬葉假名雜考〉，《國語研究》 3.7, 14-22 頁；
又收於有坂 1957 ， 557-561 。

　　1936 ：〈漢字の朝鮮音について〉，《方言》 6.4, 16-25
頁， 6.5, 36-49 頁；又收於有坂 1957 ， 303-326 頁。

　　1937-39 ：〈カールグレン氏の拗音說を評す〉，《音聲
學協會會報》 49, 1937, 11-16 頁； 51, 1938, 8-10 頁； 53, 1938, 4,
3 頁； 58, 1939, 8-10 頁；又收於有坂 1957, 327-357 頁。

　　英譯本："A Critical Study on Karlgrens Medial -i- Theory"
translated by Rokuro Kono, "Memoirs of the Research Department of
Toyo Bunko" 21, 1962, 1962, p.p.49-75 。

　　1940a ：〈先秦音の研究と拗音的要素の問題〉，《音聲
學協會會報》 60/61, 3-4 頁；又收於有坂秀世 1957, 365-368 頁。

　　1940b ：〈唇牙喉音四等に於ける合口性の弱化傾向につ
いて〉，《音聲學協會會報》 62/63, 19-20 頁, 18 頁；又收有坂
1957, 359-364 頁。

　　　　　　1955 ：《上代音韻考》三省堂，東京。

　　　　　　1957 ：《國語音韻史の研究》增補新版，三省堂，東京。

辻本春彥　1954 ：〈いわゆる三等重紐の問題〉，《中國語學研究會
　　會報》24, 6-9 頁；又收《均社論叢》6, 1978, 66-70 頁。

李存智　　1992 ：〈重紐問題試論〉，第十一屆全國聲韻學研討會論
　　文，中正大學，嘉義。

周法高　　1952 ：〈三等重唇音反切上字研究〉，《中央研究院歷史
　　語言研究所集刊》 20 上， 385-407 七頁；又收於周法高《中國
　　語言學論文集》崇基書店，香港， 1968 ， 239-261 頁。

周祖謨　　1966 ：〈射字法與音韻〉，《問學集》下冊，中華書局，
　　北京， 663-669 頁。

河野六郎　1937 ：〈玉篇に現れたる反切の音韻的研究〉，收於河野
　　1979 ， 31-54 頁。

　　　　　　1939 ：〈朝鮮漢字音の一特質〉，《言語研究》 3 ， 27-
　　53 頁；又收河野 1979 ， 155-180 頁。

　　　　　　1950 ：〈中國語音韻史研究の一方向—第一口蓋音化に關
　　聯して—〉，東京文理科大學《中國文化研究會會報》 1-1 ， 1-
　　5 頁；又收河野 1979 ， 227-232 頁。

　　　　　　1979 ：《河野六郎著作集 2 中國音韻史論文集》平凡社，
　　東京。

松尾良樹　1974 ：〈廣韻反切類の相關について〉，《均社論叢》
　　1 ， 2-8 頁。

唐　蘭　　1948 ：《論唐末以前韻學家所謂"輕重"和"清濁"》，
　　《國立北京大學五十週年紀念論文集　文學院第二種》 1-20

頁；又收於《均社論叢》15，33-53 頁。

陸志韋　　1947：《古音說略》燕京學報專號之一，北京。

森博達　　1981：〈重紐をめぐる二、三の問題〉，《中國語學》
　　　　　228，109-118 頁。

　　　　　　1983：〈中古重紐韻舌齒音字の歸類〉，《伊地智善繼・
　　　　　辻本春彦兩教授退官記念中國語學・中國文學論集》東方書店，
　　　　　東京，372-391 頁；又收於森博達《古代の音韻と日本書紀の成
　　　　　立》大修館書店，東京，1991 年，315-330 頁。

劉文獻　　1973：〈賓退錄所載射字法裏的字母詩〉，《教師雜誌》
　　　　　27，51-54 頁。

慶谷壽信　1981：〈前史—石塚龍麿から有坂秀世まで〉，《中國語
　　　　　學》228，85-102 頁。

橋本進吉　1927：〈國語音聲史の研究（昭明二年度）〉，《國語音
　　　　　韻史》（橋本進吉博士著作集第六冊，講義集一）岩波書店，東
　　　　　京，1966 年，1-186 頁。

藤堂明保　1954：〈中國語の史的音韻論〉，《日本中國學會報》
　　　　　6，左 1-24 頁。

　　　　　　1957：《中國語音韻論》，江南書院，東京。

Y.R. Chao　（趙元任）　1947 ："Distinctions within Ancient Chinese",
　　　"Harvard Journal of Asiatic Studies" 5-3/4, pp.203-233.

重紐的介音差異

丁邦新

　　重紐問題是漢語音韻學裡的一個難題。董同龢和周法高兩位先生在一九四五年同時發表各自的論文，認爲重紐的差異在於元音的不同，因而得到中央研究院的楊銓獎學金，在音韻學史上是一件著名的事。直到一九八九年周先生還鍥而不舍，發表新見，認爲重紐的分別在於聲母。今天無論我們提出何種推陳出新的看法，基礎還是建立在前人的研究上，他們的業績值得我們景仰緬懷。

　　在董、周兩位先生之後，有許多討論重紐的文章，提出許多新見，如陸志韋(1947)、三根谷徹(1953)、辻本春彥(1954)、上田正(1957)、藤堂明保(1957)、平山久雄(1966、 1972)、龍宇純(1970)、 Baxter (1977)、橋本萬太郎 (Hashimoto 1978-79)、邵榮芬 (1982)、潘悟雲、朱曉農(1982)、李新魁(1984)、余迺永(1985)、麥耘(1992)等等。在這篇綜合性的短文中，無法一一檢討每一位學者的看法或擬音，只想就大家認可的現象提出個人的想法。

一、重紐的性質與結構

重紐是《切韻》系韻書和早期韻圖中的一個現象，就是在同一個三等韻中，聲母（紐）相同的字具有兩個不同的反切，而韻圖也分置兩等。韻書等於是音節字典，先分聲調，再分韻類，在一韻之中，同一個音節的字都排列在一個反切之下，表示讀音相同。現在在同一韻中竟然出現聲母相同的兩個反切，顯示他們是不同的音節。當一個韻中不止一個韻母時，兩個同聲母的反切自然顯示不同的韻母，如《廣韻》元韻的曉母字有兩個反切，「軒，虛言切」和「暄，況袁切」，前者是開口，後者是合口。因爲韻母不同，有兩個同聲母的反切是正常的，如果看不出韻母有何不同，再有兩個同聲母的反切就是異常的現象，這就成爲我們的難題──重紐，例如：眞韻的「頻，符眞切」和「貧，符巾切」，聲母同字，韻母應不同類，在韻圖中也放在不同的位置，語音的差異究竟何在，就要大費疑猜了。

重紐出現的範圍基本上在「支、脂、眞（諄）、祭、仙、宵、侵、鹽」諸韻的脣、牙、喉音字❶，其餘如清、蒸等韻並沒有眞正的重紐，歸類的問題難免見仁見智，以下的討論從標準重紐開始，有些後起增加字不一一說明。❷

經過多年來的研究，重紐的性質可以歸納爲一句籠統的話：重紐

---

❶ 這裡以《廣韻》爲據，《切韻》及《全王》眞諄未分，只有眞韻。

❷ 增加字的問題請參考董同龢 1945，及周法高 1945，龍宇純 (1989) 將重紐的範圍擴大至喻母、照系及其他，代表他個人的看法，擴大的部分不算在標準重紐之內。

代表兩種音節的不同。至於音節的不同究竟在於韻母的元音，介音，或聲母，則各家看法不一。這個問題必須利用能夠分辨重紐的語音材料來判斷，以書面材料作為輔助，下文再說。

從結構上來說，重紐只有一個問題：究竟哪一類重紐跟同韻的舌齒音相配？由於歸類的名稱不同，有時難免混淆。現在為使眉目清楚，既不用一、二類或甲、乙類；也不用Ａ、Ｂ類，子、丑類，凡重紐字見於韻圖四等的稱重紐四等；見於三等的稱重紐三等，同韻舌齒音只有一類，不分三、四等。三等韻大分為兩種，一種是重紐三等韻，其他無重紐的稱為普通三等韻，如有必要再加細分。

這裡先來釐清重紐結構的問題。從反切系聯來說，正如周法高先生(1989:107)所指出的，重紐的兩類在六世紀末的《經典釋文》到十一世紀初的《集韻》之中都是有區別的❸。其間的資料有七世紀中葉顏師古的《漢書音義》，玄應的《一切經音義》，八世紀末慧琳的《一切經音義》，十世紀末葉《說文繫傳》中朱翱所做的反切，前後約五百年間重紐的區別一直存在。在《全王》❹、《廣韻》這兩本書裡，重紐的區別並沒有截然可分的界限，按邵榮芬(1982:76)的系聯結果，《全王》和《廣韻》中重紐可分的共有十幾類：

---

❸ 重紐兩類之間的區別在前後五百年間並不代表語音上保有一樣的差異，《集韻》中重紐三等字用二等韻字作反切上字，跟以前的**趨勢顯然**不同。

❹ 《全王》指故宮全本王仁昫刊謬補缺切韻，或稱宋跋本切韻，又稱《王三》為使全本與殘卷分開，故用《全王》。

全王：紙開、紙合、祭合、軫開、軫合、震合、仙合、線合、
侵、沁、緝、艷。

廣韻：紙開、紙合、至合、祭合、眞開、軫合、震合、獮開、
線開、薛合、宵、侵、寑、沁、艷。

　　兩書之間並不一致，其餘該分的支開、支合、脂開、脂合等等還
有相當多的韻類無法利用反切系聯法來加以區分。反切下字只顯示重
紐的大體趨向，細細分析則問題重重，檢看李榮(1956)據《全王》
所作的「單字音表」以及董同龢先生(1948)系聯《全王》的反切下
字都顯示相同的結果。這一點必須特別留意，不能截然分開一定代表
某一種意義。

　　到了早期韻圖《韻鏡》和《七音略》裡，重紐的兩類字分屬三、
四等，井然有序，一目了然，我們可以推想，反切所未能充分顯示的
重紐區別在韻圖裡竟然有條不紊，可見經過隋唐到宋初幾百年的演變
之後，韻圖的作者一定還能掌握當時可以分辨的實際語音，才能把重
紐一一列出適當的等第。換句話說，《切韻》的重紐和韻圖的重紐現
象儘管相似，所代表的實際語音未必全同，重紐的兩類在不同的時代
和地域大概具有語音上的差異。這正是陳第在《毛詩古音考》序中所
說的：「時有古今，地有南北，字有更革，音有轉移，亦勢所必
至。」我們今天處理音韻問題，自然不能忘記陳第的話。

　　從這一層認識出發，重紐脣牙喉音字和舌齒音字的關係就可以得
到比較清楚的了解。董同龢先生(1945)認爲重紐四等和舌齒音是一
類，重紐三等是單獨的一類。陸志韋(1947:24-29)認爲重紐三等和
知系來母，照二是一類；重紐四等則和精系，照三是一類。龍宇純

(1970)、邵榮芬(1982)則認爲重紐三等和舌齒音是一類，重紐四等是單獨的一類，根據謝美齡(1993:44-45)對《全王》及慧琳《一切經音義》中重紐字與舌齒音反切下字的分析，大致肯定陸志韋的觀察，並證明喻四近於重紐四等，喻三近於重紐三等的說法。麥耘(1992:121-124)也得到幾乎完全相同的結論。那麼，也許在七、八世紀《切韻》到慧琳《一切經音義》的時代，舌齒音確有兩種傾向，知系、來母、照二近重紐三等，精系照三近重紐四等，但到了早期韻圖的時代，由於語音產生了變化，舌齒音全部和重紐三等歸爲一類，重紐四等則是單獨一類。換句話說，陸志韋的觀察固然不錯，龍、邵兩位的認定也持之有故，只是時代早晚不同而已，我們應該可以從語音演變的角度加以解釋。

二、重紐的介音區別及其擬測

重紐的性質與結構已如上述，可以確定的是重紐三、四等可以分爲兩類，舌齒音則早期晚期可能不同。究竟重紐兩類的語音區別何在呢？漢語的音節基本上分爲聲母、介音、主要元音、韻尾和聲調等五個部分。目前的異說有三派：第一派認爲區別在於元音，如董同龢(1945)、周法高(1945)及 Nagel (1941)。第二派認爲區別在於聲母，如三根谷徹(1953)、橋本萬太郎(Hashimoto 1979)、周法高(1986)。第三派認爲區別在於介音，如陸志韋(1939)、有坂秀世(1937-39)、王靜如(1941)。余迺永(1985:172-180)對各家說法大部分都有相當詳細的評述，在此不贅。現在我想先檢討重紐的區別何在，再進一步討論擬音的問題。

　　對於重紐區別在於元音的說法，相信的學者可能比較少。主要的
理由是因為《切韻》基本上是重分不重合的一部韻書❺，偶有不重分
的地方是依據當時語音所作的判斷，原則上每一韻只有一個主要元
音。既然陸法言《切韻》序自云：「剖析毫釐，分別黍累」，而重紐
又只出現在一韻之內，如果還認為是元音有高低鬆緊的不同，恐怕不
合事實。張琨 (Chang and Shefts, 1972) 從歷史來源上推測重
紐仍是元音的不同，我們相信有些重紐確實來自上古不同的元音，但
不能因此就說中古仍是元音的不同，至於上古音以前的階段是個可能
的假設，對於方言中不同的反映也許可以有別的解釋。

　　周祖謨 (1966:455) 曾經指出：「《切韻》的分韻注音無不與顏
之推所論相合，足見顏之推的見解已在《切韻》中完全表現出來
了。」《顏氏家訓》〈音辭篇〉中正好有一段提到重紐的讀音：「岐
山當音為奇，江南皆呼為神祇之祇。江陵陷沒，此音被於關中。」
「岐、奇」是重紐三等字，「祇」是四等字。他的意思是說，江南人
不分重紐，把三等的「岐」誤讀為四等的「祇」，而顏氏是可以分別
的。《切韻》裡「岐」字雖有兩讀，但「奇、祇」同在支韻，正是一
對重紐，如果顏氏的意思是指當時「奇、祇」兩字有元音的不同，那
麼就應該分入兩韻，否則，我們就無法了解，何以顏氏指出的其他元
音的區別在切韻中皆分兩韻，推獨「奇、祇」不分呢？例如他說「北
人以庶為戍，以如為儒，以紫為姊，以洽為狎」，《切韻》中這些兩
兩相對的字都屬於不同的韻。因此，重紐的區別不應該是元音的不
同。

---

❺　參見周祖謨 1966:457。

　　重紐的區別會不會是**聲母**的不同呢？切韻中聲母的類要以反切上字系聯來證明。根據周法高(1952、1986)、上田正(1957)、平山久雄(1966)、杜其容(1975)、董忠司(1978)等對重紐脣牙喉音反切上字的研究，整體的現象是重紐三、四等不互爲反切上字，但兩者都大量共用普通三等韻的字作反切上字，麥耘(1992:121)統計《全王》裡重紐三等用普通三等韻字作上字的近70%，重紐四等用普通三等字作上字的也超過60%，我們可以把《切韻》整個脣牙喉音反切上字系聯及使用的趨勢分析如下：「一、二、四等的有成爲一類的**趨勢**，三等的有成爲一類的**趨勢**。三等之中重紐三等爲一小類，四等爲另一小類，不互爲反切上字，但都使用大量的普通三等韻字爲上字。」

　　如果我們相信脣牙喉音字要先分兩大類，一、二、四等的不顎化，三等的顎化，那是回到了高本漢（趙、羅、李 1940:29-30，477-478)的老辦法。趙元任先生(1941:203-233)早就加以批評，並提出「介音和諧說」來解釋。現在我們要在顎化的三等脣牙喉音**聲母**裡再分重紐三等和四等的兩類**聲母**，而且跟普通三等韻的脣牙喉音還有差異，等於是要分出三種不同的脣牙喉音，實在難以了解其差異究竟何在？周法高先生(1989:84)可能有見於此，因此說明：「這只是一種解決的辦法而已，還需要作深入的探討才行。」

　　否定了重紐的區別在於主要元音及聲母這兩說之後，剩下來的惟一可能就是介音的不同了。究竟差異何在呢？在我們討論介音之前，先把上文討論過的一些線索再歸納一下：

　　1.重紐三四等字在六世紀末到十一紀初的反切資料裡都有區別，但區別的情形不如早期韻圖中的分布那麼清楚。

2.《全王》重紐三、四等的反切下字無法以系聯法分清，但三等與知系、來母、照二系及喻三是一類；四等與精系、照三系及喻四是一類。但韻圖則將全部舌齒音與重紐三等字皆置於三等，而將另外一類重紐置於四等。

3.重紐三、四等字不互作反切上字，早期皆用普通三等韻字爲上字，晚期則有不同趨勢，重紐三等接近普通三等韻；四等則接近四等韻。

4.重紐之區別大概在於介音。

根據這些現象，假設重紐三、四等字聲母和元音都相同，但有介音的差別。在《切韻》裡重紐三等的介音和知系、來母、照二系及喻三是一類，重紐四等的介音和精系、照三系及喻四是一類。到了韻圖時代，因爲音節結構內部產生變化，字類重新調整，重紐三等的介音變得和全部舌齒音同類，四等的重紐單成一類。這樣的解釋似乎言之成理，那麼究竟該如何擬測重紐三四等的介音呢？和其他普通三等韻以及四等韻的介音有何差別呢？以下先列出多種與擬音相關的資料：

1.梵漢對音

根據俞敏(1984)、尉遲治平(1982)、施向東(1983)、劉廣和(1987)諸位研究梵漢對音的結果，從後漢三國到八世紀時，重紐三四等字都有類似的區別，共同的特點是經師們以重紐三等字對譯梵文的-r-，而以重紐四等字對譯梵文的-y-[-i-]。經師之中包括玄奘(660-664)、義淨(635-713)及不空(705-774)等人，代表的漢語是長安一帶的方言。

2.漢越語譯音

漢越語是惟一能顯示重紐三四等唇音讀法不同的資料。基本上，

重紐三等唇音字在漢越語仍讀重唇音 p-、 m-以及從 p'-變來的 f ；
而重紐四等字中則有一大部分變讀爲舌尖音，幫母、並母變 t-，滂
母變 t'-，明母變 z-，馬伯樂(Maspero 1921)是最早提出這項資
料的人，後來高本漢(Karlgren 1915-1926 ，趙、李、羅譯本
1940)、王力(1948)及最近潘悟雲、朱曉農(1982)都討論過這個問
題。

3.高麗譯音

河野六郎(1939)、董同龢先生(1945)和張琨先生(Chang and
Shefts 1972)都曾用過高麗譯音來討論重紐的問題。根據聶鴻音
(1984)的分析，認爲高麗譯音可能時代較早，與漢語上古音關係較
近，與《切韻》較遠。譯音中有些現象可在上古音中找到圓滿的解
釋，用《切韻》是解釋不通的。大體上高麗音中重紐的區別表現在以
下幾方面：

第一、雙唇塞音聲母三、四等讀音不同：例如支韻重紐三等來自
上古歌部的讀 p'-，四等來自上古支部的讀 p-。又如仙韻三等來自
上古元部的讀 p-，四等來自上古眞部的讀 p'-。

第二、牙喉音重紐三、四等讀法不同：例如支韻三等讀-ɯi，四
等讀-i ；合口三等讀-ue ，來自上古歌部，四等讀-iu ，來自上古
支部。又如眞韻三等讀-ɯn ，來自上古文部，四等讀-in ，來自上古
眞部，相承的入聲質韻則三等讀-ɯl ，四等讀-il 。

第三、重紐三、四等讀法相混：例如鹽韻重紐四等讀-iəm ，三
等則分讀-iəm 及-əm 。

對於第三點，聶鴻音(1984:66)認爲鹽葉韻三四等的混讀其實
反映上古分部的線索，從「乏、甘、猒」等得聲的字屬黃侃的談盍

部，從「奄、僉、欠」等得聲的屬添帖部。他的說法和陳新雄(1989)
的看法相合。談盍添帖分四部的說法多得一條證明。

　　第一點唇音的讀法重紐三四等並不一致，支韻四等讀 p-，仙韻
則三等讀 p-，支韻三等讀 p'-，仙韻則四等讀 p'-。檢看聶氏的資
料，分歧的讀法其實也跟諧聲字的聲符有關。如從「皮」得聲的都讀
p'i ，從「卑」得聲的都讀 pi ；從「扁」得聲的都讀 p'iən ，從
「卞、弁」得聲的都讀 piən 等等。因此唇音的分讀跟重紐的關係可
能根本不相干。

　　只有第二點韻母的不同跟重紐是有關的。大體上重紐四等有-i
介音，或 i 元音，三等有偏央或偏後的高元音 ɯ 或 u。聶氏的資料
裡沒有提到眞韻的合口，現在加上董同龢先生(1945:10-11)的材料
補充如下：

	重紐三等	重紐四等
支韻開口	-ɯi	-i
支韻合口	-ue	-iu
眞韻開口	-ɯn	-in
眞韻合口	-un	-iun
質韻開口	-ɯl	-il

　　現在把以上梵漢對音、漢越語、高麗譯音三種資料中的例字列舉
如下，資料來源只引原文頁碼，不一一注出經典來源。

　　　梵漢對音　重紐三等　重紐四等　　資料來源

	姞grid	吉ki(=kyi)	施1983:34(玄奘音)
	訖krit	企khya	〃
	器ksi̥	棄khi	劉1987:110-11(不空音)
	乙 r̥	一it	〃
	綺ksi̥	企khi	劉1987:112(義淨音)

漢越語	碑彼陂pi	卑陴臂ti	潘、朱1982:339
	皮陴被pi	脾婢避ti	〃
	靡糜mi	彌瀰zi	〃
	彬斌pɐn	賓鬢tɐn	〃
	岷閩mɐn	民泯zɐn	〃
	筆put	必tɐt	〃
	變pien	鞭tien	〃
	免勉mien	面緬zien	〃
	鑣表pieu	標飆tieu	〃
	廟描mieu	秒妙zieu	〃

高麗譯音	奇騎kɯi	岐ki	轟1984:62
	寄kɯi	企ki	〃 :63
	器kɯi	棄ki	董1945:10
	義犧hɯi	詑hi	轟1984:63
	塊kue	蹞kiu	〃
	巾kɯn	緊kin	董1945:10
	乙ɯl	一il	轟1984:64

捲kuən 涓kiən 董1945:11

窘kun 均kiun 〃

以梵漢對音來說，幾位研究者的看法大體一致，都認為重紐三等是-r-，重紐四等是-y-[-j-]或-i-。值得注意的是梵漢對音中有區別的重紐三等都是牙喉音，而且後接的元音差不多都是-i，其他元音之前未見-r-的遺跡。我現在把重紐三等的介音擬為-rj-，一方面根據梵漢對音，另一方面維持三等韻的共同介音-j-。切韻時代的-rj-在牙喉音和-i 元音之間保存得比較久，在其他元音之前-r-的成分不久就消失了。

重紐三等的介音-rj-在發音上因為-r-有圓唇的成分，容易使得後面的元音圓唇化，或者使整個的韻母在聽覺上接近合口音。例如英文的 ram，red，rich 都像有一個合口介音-u-。因此在高麗譯音中重紐三等字就有-ɯ 或-u 的介音或元音，同時在演變上使得這些字容易變為合口音而跟其他的合口音合流，這一點下文再說。

現在再來看重紐四等的問題，首先就要解釋漢越語中重紐四等字讀舌尖塞音的現象。從各種語言演變的情形看來，聲母從雙唇到舌尖的演變都不常見。 Ohala (1978)專門研究這種現象，找到一些語言具有這樣的演變，共同的條件是有半元音-j-，他稱之為「唇音顎化」(palatalization of labials)：

pj → t, ts, tʃ

bj → d, dz, dʒ

mj → n, ɲ

他舉的例子有捷克語、傣語、藏語、西班牙和葡萄牙語、意大利語、希臘語、班圖語等等，都是因爲-j-才使得唇音變舌尖音，現在選兩種來觀察：

第一項資料是傣語，李方桂先生(1977:85)指出傣語有下面的現象：

暹羅語	龍州	田州	語義
plaa	pjaa	čaa	魚
plau	pjau	čuu	空
plaai	pjaai	čaai	尖，端

顯然複輔音中的-l-先變成-j-，再使得聲母 p-變成 č[tɕ]。這個 č 雖然不是 t-，但已經是舌面音了，從舌面音再變舌尖音就是常見的變化了。至於 m-變 n-也有下列的例子(李 1977:91-92)：

古傣語聲母	暹羅語	龍州	剝隘	語義
*ml-/r-	len	min	nan	體蝨
*ml-/r-	met;let	mit(寮語)	nɛt	穀,種子
	ma-let			

可能也是 ml-之中的-l-先變成-j-，在龍州保持 m-，在剝隘則變成 n-。

第二項資料是捷克語：(Ohala 1978:370)

捷克語	東部波希米亞語	語義
pjɛt	tɛt	五
pji:vɔ	ti:vɔ	啤酒
pjɛknjɛ	tɛknjɛ	好
mjɛstɔ	nɛstɔ	城鎮

這裡清楚地看到 pj- 和 t-，mj-和 n-對當的現象。

回到重紐的問題，既然重紐四等的唇音字在漢越語裡讀成了舌尖音，演變的原因可想也可能是受到介音-j-的影響。但是重紐都出現在三等韻裡，三等韻有共同的介音已是大多數學者的共識，如果三等韻的介音是-j-，何以普通三等韻的唇音字在漢越語裡不讀成舌尖音呢？這裡要考慮三等韻的互動關係。

第一、上文曾指出重紐三、四等不互作反切上字，顯示介音有別，但都用普通三等韻字為上字。我們已經把重紐三等的介音擬定為-rj-，如果重紐四等和普通三等韻具有一樣的介音，就無法解釋重紐三等字何以可用普通三等韻字為上字，卻不能用重紐四等的字，可見三者各有不同。同時在漢越語裡重紐四等的唇音字變舌尖音，而普通三等韻卻不變，也顯示兩者不同。如果普通三等韻的唇牙喉音字跟重紐三等一樣，那麼重紐四等字何以不能以重紐三等字作為反切上字呢？種種跡象都顯示三等韻有三類介音，如果重紐三等是-rj-，普通三等韻是-j-，重紐四等該如何擬測呢？

李榮(1956:140)指出：「從又音上可以看出“三等”和“四等”的不同。韻圖上列“三等”的重紐字又音是純三等韻（子類），韻圖上列“四等”的重紐字又音是純四等韻（齊蕭添先青五部）。」

《切韻》裡這種又音的趨向有沒有其他佐證？謝美齡(1990:90)統計慧琳《一切經音義》的反切關係，發現重紐三、四等不互作反切上字，彼此區別極大，但重紐四等字總是和純四等韻字混用，而重紐三等字則和普通三等韻有來往。這表示慧琳音和《切韻》的趨勢是一樣的，因此我們可以說重紐四等也許有一個介音，跟純四等韻一樣，純四等韻我認爲有-i-介音，準備另文舉證，這裡只說明一點，如果四等韻是以-e-爲主要元音，則「齊、先、青、蕭、添」分別是-ei，-en，-eŋ，-eu，-em，那麼先、青兩韻的合口就是-uen，-ueŋ，從這些合口韻裡如何產生後來的撮口音呢？如果有-i-介音則成了-iuen，-iueŋ，變成撮口是順理成章的事，在開口的-en，-eŋ和聲母之間也許可以產生過渡的-i-，成爲後來變齊齒韻的條件，但在合口部分就無法在聲母和-u-之間產生過渡的-i-，因爲一、二等韻的合口也有同樣的-u-，後來並不變撮口音。如從別的演變方向設想，也會遭遇其他的問題，因爲齊韻合口並不變撮口音。只有認爲四等原本就有-i-介音才能解釋以後的演變，齊韻因爲異化作用的關係， -iuei變成了-uei，其他先青兩韻則成爲-yen及-yeŋ。

如上所說，似乎重紐四等也有一個-i- 介音，跟其他三四等韻的關係可以表列如下：

     普通三等韻介音　-j-
     重紐三等介音　　-rj-
     重紐四等介音　　-i-
     純四等韻介音　　-i-

　　重紐四等和純四等韻的元音不同，用同一個介音並無困難，問題
在於上文證明漢越語中重紐四等脣音字變舌尖音的條件是半元音
-j-，現在自相矛盾，又說重紐四等是-i-。同時如果純四等韻也是
-i-介音，在漢越語中讀音有沒有脣音字變舌尖音的呢？我想-j-可
以使脣音舌齒化，-i-應該也可能，梵漢對音中梵文有-y-的音節總
是用三等字來對譯，三等有-j-應該沒有問題（見施向東 1983：
34），那四等自然就是-i-了，反切上字一、二、四等一類，因為都
是在元音接在聲母之後，三等一類是半元音的-j-，這是老早就存在
的理由。現在來看純四等韻脣音字在漢越語裡的讀法，我們幸運地找
到了以下幾個例字：並 tinh，酩、茗 zanh （王力 1958：320）霹
t'it （高 1915-26，趙、李、羅譯本 717），可見重紐四等和純
四等韻有一樣的演變，兩者的介音都是-i-。這個-i-使得重紐四等
及純四等的一部分脣音字變讀為舌尖音，在鼻音部分從 mi-成為 n-
或 ni 之後，再變成 z-則是比較自然的演變，就像中古音裡舌面鼻音
的日母在現代方言裡讀 n-和讀 z-的都有。確實的過程現在不易推
測，跟泥母字在漢越語的演變應有不同，現在無法了解。別的解釋也
有可能，潘悟雲和朱曉農（1982：352）就認為是 mj->j->z-，但都
跟後面的介音有關。

　　在我們肯定重紐三等的介音是-rj-，而重紐四等的介音是-i-
之後，再來看看重紐韻中舌齒音的問題。上文提到重紐三等的反切下
字早期與知系、來母、照二系及喻三是一類，知系、照二系在梵漢對
音中都對譯梵文的捲舌音。李方桂先生（1971：5）並從演變的角度推
論兩者都該是捲舌音。我想這些捲舌音在韻圖的時代一定已經成立，
在《切韻》的時代究竟是 trj-（知三）、 tsrj-（莊）或者已經

是 tj-、tʂj-不易說定，我暫時擬測爲 trj-、-tsrj-等，從語音上說，英文的 tree 實際的讀音接近送氣的捲舌塞擦音，儘管拼寫的時候還是 tr。顯然因爲這個介音-rj-或聲母的捲舌部分使得知和照二這兩系聲母的字跟重紐三等有密切的連繫。來母大概因爲邊音聲母的關係使得 lj-和-rj 接近。

　　喻三的問題比較複雜，既有演變的先後，又可能有方言的不同。葛毅卿(1932)、羅常培(1939)早已證明喻三在五世紀末葉跟匣母不分，到六世紀末時，喻三已經分化，然後跟喻四合流了。那時候大家都只想到三等韻有一個-j-介音，因此就認爲喻三是 ɤj-，現在我們知道重紐三等韻還有-rj-，而喻三的字絕大部分是合口，那就可能是 ɤwrj-。後來 r-和 ɤ-先後丟失，就成爲 wj 了。早期的喻三如果是 ɤwrj-，自然跟有-rj-介音的聲母知系、照二系、重紐三等的牙喉音字等等容易有系聯的關係。晚期變成 wj-之後，就跟與有-j-介音的字成爲一類。如接-əu 韻，前面的 w-因異化而消失，所以現在喻三的「友」就變得跟喻四的「酉」同音。梵漢對音中喻三有時可以對譯梵文的 v-，但讀音的演變現在還有不明瞭的地方，不敢說定。

　　重紐四等的反切下字與精系、照三系及喻四是一類，精系是一般的舌尖塞擦音及擦音，各家無異詞，照三系是顎化音，大家看法也都接近，這兩系聲母都接一般三等韻的-j-，大概主要元音相同時，前面的介音-j-和-i-的區別不是非常明顯，因此重紐四等字和這些字有時可以系聯，喻四在梵漢對音中始終對譯梵文的半元音 y-，推測喻四是 j- 應無問題。上文提到喻三是從 ɤwrj-變成 wj-，跟喻四的 j-自然有相當大的區別，因此在切韻中無法系聯，到韻圖的時代仍然能分得清楚，分別放置在三、四等的位置上， Coblin (1991:

29-30, 1994:44-48)對喻三，喻四在隋唐西北方言中對音的情形
作過仔細的研究，他認爲喻三是 u-，但可能同時有喉音成分，喻四
是 i-，也可能同時有介音-j-在前面。

　　現在把切韻時代重紐三、四等擬測的間架表列如下：

	唇牙喉音		舌音		齒音		來	日
重紐三等	prj	phrj	trj	thrj	tsrj	tshrj	lj	
	brj	mrj	drj	nrj	dzrj	srj		
	krj	khrj						
	grj	ngrj						
	ʔrj	xrj						
	ɤwrj							
重紐四等	pi	phi			tɕj	tɕhj		nj
	bi	mi			dʑj	ɕj ʑj		
	ki	khi						
	gi	ngi			tsj	tshj		
	ʔi	xi j			dzj	sj zj		

　　到了韻鏡時代，重紐三等的-r-消失，捲舌聲母成立，聲母和介
音的搭配起了變化，各類聲母的關係也就不同了，現在也表列如下：

	唇牙喉音		舌音		齒音		來	日
重紐三等	pj	phj	ṭj	ṭhj	tṣj	tṣhj	lj	nj
	bj	mj	ḍj	ṇj	dẓj	ṣj		

```
        kj khj          tɕj tɕhj
        gj ngj          dʐj ɕj ʑj
        ʔj xj           tsj tshj
        wj j            dzj sj zj
重紐四等 pi phi
        bi mi
        ki khi
        gi ngi
        ʔi xi
```

　　在切韻時代，重紐三等及舌齒音的一部分共同的特點是其有介音
-rj-，來母略有不同，由於發音難易的考慮，沒有擬成 lrj-，在玄
奘的譯著中來母對譯梵文的 l-及 r-，但譯 r-的時候，總在來母字
上加一個「口」旁以資區別。(施向東 1983:30)到了《韻鏡》時
代，則重紐三等的共同特徵是有介音-j-，而重紐四等則有-i-，因
此韻圖上可以看到前者跟普通三等韻一樣放在三等的位置，而後者則
跟純四等韻一樣放在四等的位置。

附 記

　　第四屆國際暨第十三屆全國聲韻學學術研討會於八十四年五月二
十至二十一日在國立台灣師範大學舉行，爲紀念周法高先生逝世，中
心議題訂爲「重紐的研究」，本文是我當時演講的文稿，早在幾年之
前，何大安跟我通信討論重紐的問題，就曾告訴我在梵漢對音的材料

裡重紐三等字對-r-，我認爲上古音中的-rj-和-ji-可以重新分
配，解決李方桂先生系統中重紐偶爾不分的問題，何大安以爲上古的
-rj-可能保持到中古仍爲重紐三等的介音。這些討論對我非常有
用，現在已經成爲本文的一部分，特別在此向他致謝。

引用書目

上田正

　　1957　〈全本王仁煦切韻について〉，《中國語學》 69:7-8 。

三根谷徹

　　1953　〈韻鏡の三四等について〉，《言語研究》 22.23:56-
　　74 。

王　力

　　1948　〈漢越語研究〉，《嶺南學報》 9.1 。又見《漢語史論文
　　集》(1958:290-406)，科學出版社，北京。

王靜如

　　1941　〈論開合口〉，《燕京學報》 29:143-192 。

平山久雄

　　1966　〈切韻における蒸職韻と之韻の音價〉，《東洋學報》
　　49.1:41-68 。

　　1972　〈切韻に於ける蒸職韻開口牙喉音の音價〉，《東洋學
　　報》 55.2:64-94 。

辻本春彦

　　1954　〈いわゆる三等重紐の問題〉，《中國語學研究會會報》
　　34:6-9 。

有坂秀世

　　1937-39　〈カールグレン氏の拗音說を評す〉，見《國語音韻史
　　の研究》(1944:327-357)，三省堂，東京。

余迺永

1985 《上古音系研究》，香港中文大學出版社。

李 榮

1956 《切韻音系》，中國科學院，北京。

李方桂

1971 〈上古音研究〉，《清華學報》新 9.1,2:1-61。

李新魁

1984 〈重紐研究〉，《語言研究》 7.73-104。

杜其容

1975 〈三等韻牙喉音反切上字分析〉，《台大文史哲學報》
24:243-279。

周法高

1945 〈廣韻重紐的研究〉，原刊《六同別錄》，又見《中央研
究院歷史語言研究所集刊》（以下簡稱《史語所集刊》） 13: 49-
117。

1952 〈三等韻重唇音反切上字研究〉，《史語所集刊》 23:
385-407。

1959 〈隋唐五代宋初重紐反切研究〉，《中央研究院第二屆國
際漢學會議論文集》 85-110。

周祖謨

1966 《問學集》，中華書局，北京。

河野六郎

1939 〈朝鮮漢字音の一特質〉，《言語研究》 3:27-53。

邵榮芬

1982 《切韻研究》，中國社會科學出版社，北京。

俞　敏

　　1984　　《中國語文學論文選》，光生館，東京。

施向東

　　1983　　〈玄奘譯著中的梵漢對音和唐初中原方音〉，《語言研
　　　　　　究》 1983.1:27-48 。

麥　耘

　　1992　　〈論重紐及切韻的介音系統〉，《語言研究》 2;119-131 。

陸志韋

　　1939　　〈三四等與所謂喻化〉，《燕京學報》 26:143-173 。

　　1947　　《古音說略》，燕京學報專號之二十。

尉遲治平

　　1982　　〈周隋長安方音初探〉，《語言研究》 2 。

董同龢

　　1945　　〈廣韻重紐試釋〉，原刊《六同別錄》，又見《史語所集
　　　　　　刊》 13:1-20 。

　　1948　　〈全本王仁煦刊謬補缺切韻的反切上字〉，《史語所集
　　　　　　刊》 23:511-522 。

董忠司

　　1978　　《顏師古所作音切之研究》，國立政治大學中文研究所博
　　　　　　士論文。

趙元任、羅常培、李方桂合譯

　　1940　　《中國音韻學研究》，(見 Karlgren 1915-1926)，商務，上
　　　　　　海。

潘悟雲、朱曉農

1982　〈漢越語和切韻唇音字〉，《中華文史論叢增刊・語言文字研究專輯》上:323-356。

劉廣和

1987　〈試論唐代長安音重紐—不空譯音的討論〉，《中國人民大學學報》6。

謝美齡

1990　〈慧琳反切中的重紐問題〉，《大陸雜誌》81.1:34-48,81.2:85-96。

龍宇純

1970　〈廣韻重紐音值試論兼論幽韻及喻母音值〉，《崇基學報》9.2:161-181。

1989　〈論重紐等韻及其相關問題〉，《中央研究院第二屆國際漢學會議論文集》111-124。

聶鴻音

1984　〈切韻重紐三四等字的朝鮮讀音〉，《民族語文》3:61-66。

羅常培

1939　〈經典釋文和原本玉篇反切中的匣于兩紐〉，《史語所集刊》8:85-90。

藤堂明保

1957　《中國語音韻論》，江南書院，東京。

Coblin, W. South

1991　*Studies in Old Northwest Chinese, Journal of Chinese Linguistics* Monograph Series Number 4, Berkeley.

1994　*A Compendium of Phonetics in Northwest Chinese, Journal of Chinese Linguistics*　Monograph Series Number 7, Berkeley.

Baxter, William

1977　*Old Chinese Origins of the Middle Chinese chongniu Doublets,* Ph.D. dissertation, Cornell University.

Chang Kun & Betty Shefts Chang

1972　*The Proto-Chinese Final System and the Ch'ieh-yün,* Institute of History and Philology Monograph Series A 26, Taipei.

Chao Yuen Ren

1941　"Distinctions within Ancient Chinese", *Harvard Journal of Asiatic Studies*　5:203-233.

Hashimoto, Mantaro

1978-1979　*Phonology of Ancient Chinese,*　2 vols, Institute for the Study of Languages and Cultures of Asia and Africa.

Karlgren, Bernhard

1915-1926　*Études sur la phonologie Chinoise,*　E. J. Brill, Leiden.

Ku Ye-ching

1932　"On the consonantal Value of 喻-class words",　*T'oung Pao* 29:100-103.

Li Fang-Kuei

1977　*A Handbook of Comparative Tai,*　University　Press　of Hawaii.

Maspero, Henri

1920　"Le dialecte de Tch'ang-ngan sous les T'ang", *Bulletin de l'École Francaise d'Extrême-Orient*　20.2:1-124.

Nagel, Paul

　　1942　"Beitrage zur rekonstruktion der Ts'ie-yün sprache auf grund von Ch'en Li's Ts'ie-yün k'au", *T'oung Pao*　36:95-118.

Ohala, John J.

　　1978　Southern Bantu vs. the world: the case of palatalization of labials. Berkeley Linguistic Society, *Proceedings, Annual Meeting* 4:370-386.

中古音的聲類與韻類

龍宇純

主席，諸位女士，諸位先生：

今天，宇純站在講臺上，作爲大會演講者，實在是件出乎意料之外的事。宇純忝列學術界數十年，對學術不能說全無所知，但知道的委實太少，自然更談不上有任何成就。想了又想，大概因爲音韻學界老成已經凋零殆盡，而我的年齡癡長幾歲，於是受到了大會的寵眷，除了萬分感謝，便是難以名狀的惶恐！既懇辭不獲，挖空心思，拈出這樣一個題目，擬就個人近二十餘年來，在中古音的研習過程中，所曾產生過的疑惑，及曾經有過的不成熟的想法，加上近年思索所得，提出來向諸位女士、諸位先生求教，請務必多加指點，謝謝！

說到中古音的聲類與韻類，除去泥母娘母爲一爲二？禪母是否有莊系字？以及支、脂、眞、仙諸韻脣牙喉音重紐是否同音或其分別如何？諸家之間偶見不同意見，其餘如照、穿、床、審四母各有兩類聲母，東韻僅有一、三等兩類韻母，或如鍾、之、魚、虞諸韻僅有三等一類韻母，已經成爲不爭之實。這樣的結果，可以一言蔽之曰，都是根據陳澧的反切系聯法得來。陳氏的反切系聯法，則是基於其對反切結構的認知。

陳氏反切系聯法，具有基本、補充及分析三條例，是學者耳熟能

詳的，無待説明。陳氏對反切結構的認知，更可以説已經成爲常識。
因爲有討論的必要，卻不得不憚煩徵引一遍。其説云：

> 切語之法，以二字爲一字之音。上字與所切之字雙聲；下字與
> 所切之字疊韻；上字定其清濁，下字定其平上去入。

　　自「以二字定一字之音」以下，語分三層。首句言憑上字取決被
切字聲母，次句言憑下字取決被切字韻母，末句言憑上、下二字取決
被切字聲調。陳氏認爲《切韻》平上去入四聲各含清濁二調，「聲」
由下字決定，「調」則由上字決定，所以在言聲母韻母之後，更加一
語專言聲調。有的學者誤解聲調包含在「疊韻」之內，以爲末句只是
分別補足前兩句的意思，徵引陳氏的話，往往將末句節略。其實上字
與被切字的關係，不僅必須同清濁，發音部位及清濁以外的各種發音
方式，也都必須相同，可見陳氏的意思必不如此。依照陳氏的了解，
如果聲、韻、調各以一分表示，上下二字便是各以其一點五分的功
能，分工合作於一反切之中。

　　中古聲調情形究竟如何，不屬本題討論範圍。聲類狀況也暫按下
不表，先説韻類。如果説反切上下二字所負擔聲韻兩方面的職責，確
如陳氏所言，各以其一分爲絕對的分工，彼此間略不牽涉，則不必有
分析條例，韻類便已系聯得井井有條，全無紛擾。實際上，如迥韻的
戶頂、胡頂分切迥及婞字，霰韻的胡甸、黃練分切現及縣字，上下二
字決非各一分的相等功能，不待明辨。如果將韻母分作韻頭、韻腹及
韻尾三部分平均計值，戶頂、黃練的上字超過一點三分，下字則不足
零點七分；是上字與被切字不僅爲「雙聲」，下字與被切字又並非完

全「疊韻」。

　　上述迥字縣字的反切例，因為有分析條例的職司考核，其結構雖不盡如陳氏所言，可以無損系聯反切區分韻類的應得結果。分析條例本與基本條例為一體，是其法原無可非。但請看廢韻刈字魚肺切，《全王》同，必是陸書之本音。陳氏系聯刈與肺同類，而廢韻僅一類合口音。實則刈與肺韻不同類，肺屬合口，刈讀開口；因廢韻別無開口音，無適當下字可用，而《切韻》脣音可用於開合兩呼為下字，亦可用開合兩呼字為下字，所以選用肺為下字，示意被切字為開口音。然就陳氏而言，刈與肺既分明應系聯為一，又別無對立反切，可因分析條例予以區離；廢韻無平上聲，雖有補充條例，亦無所可用。然則此一系聯反切結果之不可信，實亦無可如何。又如《廣韻》戈韻䡾字許䏢切，本與䏢膭等字系聯。陳澧有鑑於䏢膭「皆隱僻之字，必陸書所無」，而明本顧本音許戈切，若本用䏢字，後來無改為戈字之理，於是據以系聯䡾戈同類，適補火、貨二字無平聲之缺。據《切三》䡾下云「無反語」，韻中果無䏢膭等字，以見陳氏識力之卓絕。但陸書既云無反語，必因無下字可用，則不得與戈同韻類可知；今方言䡾字讀細音，明與火、貨音異，許戈切當與《王韻》所云「何李誣於古今」的希波反相同，本以上字定韻母之等第。可見陳氏反切系聯法條例雖密察❶，因反切結構之模式並不若陳氏之想像，有其先天無可克服之「缺陷」，其法不足為用，亦難為諱言。

---

❶　陳氏據平上去入四韻相承關係以考訂韻類的補充條例，理論上的缺陷，固是學者早已指出的。

　　如果說《切韻》或《切韻》系韻書，僅有少數如魚肺，許戈或其他如馮貢、駒冬的反切例，似亦無須對陳氏所創系聯法作過多的挑剔，並應肯定其學術價值。請再看下述情況，屬於東、鍾、支、脂、魚、虞、祭、仙、宵、陽、蒸、尤、侵、鹽諸韻的照二系字，甚至包括臻韻在內，學者殆無不以三等韻字看待。如東韻鋤弓切的崇，支韻楚宜切的差，尤韻側鳩切的鄒、楚鳩切的搊、士尤切的愁、所鳩切的搜，反切下字既都屬三等，被切字當然便是三等字，似乎沒有任何可以置疑的空間。然而以庚等四韻的反切與之相較，問題便立即顯露。這些反切是：庚韻鎗字楚庚切、傖字助庚切、生字所庚切，梗韻省字所景切，敬韻瀇字楚敬切、生字所敬切，陌韻迮字側伯切、柵字測戟切、齚字鋤陌切、索字所戟切。四韻開口脣牙喉音同一字母下多有對立反切，如庚韻庚字古行切、京字舉卿切，梗韻梗字古杏切、景字居影切，敬韻更字古孟切、敬字居慶切，陌韻格字古伯切、戟字几劇切。根據分析條例，四者開口自各具二、三等兩韻類，問題是這些齒音字究竟應該如何歸屬？以庚韻而言，三者並以庚為下字，無疑隨庚字歸入二等。《切三》、《全王》、《王二》則生字並音所京反，當為《切韻》之舊，依《切韻》，生與京為類，應入三等。如果說，同一韻中同為照二系字不當出現不同等第，三占從二，庚韻齒音應可定讞為二等韻類。但根據補充條例的觀點，陌韻四字，下字伯及陌屬二等、戟字屬三等而兩用，是其屬二等屬三等，兩者勢鈞力敵，難作定奪；梗、敬二韻共三字，下字景及敬並屬三等，包括《切韻》各殘卷及《全王》，無一用二等字為下字者：仍取多數決，四者齒音應以歸入三等為是，而以下字用庚、伯、陌者為「切韻之疏」。

　　實際則學者之認同，此諸字無不以為二等音，理由如何，未見說

明，但必不得爲反切系聯觀點。這樣的判決卻是正確的。只是以崇、差、鄒、搊、愁、搜與之相較，鋤弓、楚宜、側鳩、楚鳩、士尤、所鳩等反切表現的既是三等音，結構完全相同的所京、所景、楚敬、所敬、測戟、所戟等反切，何以切出的爲二等音，不禁令人迷惑。況且京、景、敬、戟的下字屬三等韻固無論，所、楚、測的上字，學者亦莫不謂三等字；兩個三等字，如何拼切出來二等讀音，更令人無以知其理之所在。據我的了解，這些當然都是二等字。說至此，先要就《切韻》聲類問題提出討論。

　　現今學者所認知的《切韻》聲類，當然也是由系聯反切而來。但各家所用方法相同，所據資料無異，所得結果則有三十六、三十七、四十一、四十七、五十一各種不同主張。其中早期以爲見、溪、疑、影、曉及精、清、從、心諸母各有兩聲類的，已不爲時下學者所接受，可以無論。但眾家一致見解，正齒音照、穿、床、審四母及喉音的喻母，各爲兩聲類，其音不同，（也有據《全王》謂禪母亦分兩類的，略而不談。）於是以正齒音二等的稱莊、初、崇、生，三等的稱章、昌、船、書，喻母三等的稱于，四等的稱以，儼然爲「四十一字母」說，是則大可商榷。

　　從反切上字系聯看，莊、章兩系及于、以兩者，其中除《廣韻》眞字音側鄰切，與大徐《說文》眞字及與眞同音諸字反切相合，但《切三》、《全王》原音職鄰反，可不予理會外，其間更無交往跡象，論理其音應爲不同。然而字母家僅有照、穿、床、審、喻五個字母，形成矛盾現象。學者一般將莊、章兩系分別擬爲 tʃ、tʃʽ、dʒ、ʃ 及 tɕ、tɕʽ、dʑ、ɕ 不同讀音，而於字母家何以僅有四個字母，全不見提出解釋。我於一九八一年撰寫〈論照穿床審四母兩類上

字讀音〉❷，曾嘗試尋求答案，而未有所獲。于、以兩母通常擬爲 ɤ 及 ɸ 的不同，前者謂由匣母變出，故所擬同匣母。但既已由匣變而爲喻，便不當更同於匣，而反異於喻四的 ɸ。這方面先師董同龢先生曾作解釋，而其說無以立❸。如上所擬之對立音，將謂古人不能明辨其異？反切上字不得出現嚴格分類現象；將謂古人能明辨其異？字母家不得各自只一字母。這一無可調協的狀況表示的應爲，後人對反切上字不相系聯的意義，了解可能不切實際；而不應爲字母家的舉措失當。我於上述文中，從六個不同角度，證明照等四母及喻母反切上字所以嚴格分類，其原因爲表示介音不同，不在聲母相異；同時構擬莊系字介音爲 e，章系字則從諸家介音爲 ｊ；喻三喻四並爲零母，而介音有 ｊ 及 i 之別，三等的 ｊ 亦從諸家所擬。及至一九八三年，撰作〈從臻櫛兩韻性質的認定到韻圖列二四等字的擬音〉❹，根據《經典釋文》等書幾乎百分之百以眞、質韻字爲臻、櫛韻下字，確證僅正齒音有字的臻、櫛二韻，實分別爲眞、質二韻的「莊系字」，以臻、櫛與眞、質相配，結構適與其陰聲脂韻相同。以往學者視同一韻中莊、章兩系字同韻母，反切不同，係因聲母不同。今謂臻、櫛爲眞、質的莊系字，其韻母自不得異，則無以解釋何者臻、櫛得獨立於眞、質之外？先師同龢先生曾謂可能臻、櫛介音 ｊ 不甚顯著。但《切韻》同時具莊、章兩系字的所謂「三等韻」甚多，何以臻、櫛莊系字介音獨不甚

---

❷　見中央研究院《第一屆國際漢學會議論文集》。

❸　詳拙著〈廣韻重紐音值試論兼論幽韻及喻母音值〉，香港中文大學《崇基學報》九卷二期，一九七〇。

❹　見中央研究院《歷史語言研究所集刊》五十四本第四分，一九八二。

顯？而是否介音不甚顯著便構成了必須分韻的形勢？恐都不易進一步提出說明。何況自其具辨義功能而言，任何語音的些微差異，即是絕對的不同，是直謂臻、櫛不得爲眞、質之莊系字，前後意思自相抵觸。然則以上所揭出之兩點：十個不同讀音的聲類，何以字母家僅有五個字母？臻、櫛何以能獨立於眞、質之外？充分暴露過去對《切韻》聲類韻類認知的嚴重缺失。反觀拙見，以照、穿、床、審、喻兩類上字聲母相同，不同爲介音，便可以解開上述一切之糾結。

然而，其時我亦仍昧於《切韻》何須以上字分類表示韻母介音不同的道理：此點一日無以說明，即其說一日無法令人接受。後來我終於領悟到，正齒音所以反切上字絕對分類，原來是因爲莊系字少，往往產生得不到正確表音下字可用的困窘，而不得不經由上字的嚴格分類，以達到示意韻母介音不同的目的。於是，我於一九八七年撰作〈切韻系韻書反切上字的省察〉❺，將淺見提出說明；此等字爲：東韻崇、送韻剽、紙韻揣、脂韻開口師、合口衰、祭韻嶀、震韻櫬、質韻率、獮韻撰、先韻狗、藥韻斫、蒸韻殈、拯韻殈，共計一十三小韻。喻母以類字的情況，雖不盡同於二等之正齒音，東韻之融、準韻之尹、靜韻之穎、昔韻之役、蒸韻之蠅、證韻之孕，亦各自僅有一個小韻字可用，分別爲嵩、筍、頃、瞑、繪、甗。在此情況下，如一時間想不到唯一可用的小韻字，等於無字可用，所以也便採取了上字分類之法。這裏提出四點補充：其一，三等正齒音也有無下字可用之例，如《切韻》齊韻栘字成栖反，海韻茞字昌紿反，並由上字定爲三等音。其二，昔韻瞑字不僅爲唯一與役同韻母之字，且是唯一同合口

❺　見台北幼獅文化事業公司《毛子水先生九五壽慶論文集》。

者。此字雖見於《切三》，《唐韻》云「加」，《切三》原有增字❻，必是陸書所本無，故役字不得不音營隻反，並合口成分亦由上字表達。然則就陸書而言，喻四字原亦有無字可用的實例。其三，《切韻》分韻造切自東韻始，前舉正齒音崇字及喻母融字，兩者正都出現於東韻，是其一起始便遭遇到無下字可用的難題，或又爲往後同樣遭遇而預防，不得不採取補救的措施。所以我以爲，陸法言、劉臻等人在商量體例階段，即已設計了以上字決定韻母等第甚至包括開合的辦法。這一方法不僅可以克服正齒音及喻母無下字可用的困難，如三等鸞字收入齊韻而音人兮反，也正因有此法，在任何預想不到的場所，發揮其靈活運用的功能。其四，依今人的說法，介音與韻頭名稱雖不相同，所指涉的卻爲同物，但兩者概念完全異樣。介音是介乎聲母韻母之間，從聲母過渡到韻母的音韻成分，既不屬於聲，亦不必歸之韻；既可以歸之韻，亦不必不可屬於聲。韻頭則直認此一音韻成分爲韻母的前哨，與聲母無任何關聯。古人觀念又是如何呢？從《切韻》起始即以魚虞、咍灰、欣文、痕魂分韻，其後又有寒桓、眞諄、歌戈的離析看來，是其開合口介音的對立，初不認作純然爲韻頭的差別可從知。東韻、歌韻雖不因洪細音不同分而爲二，（案拯韻以一字分韻，歌韻韡字未始不可別立。）冬與鍾、模與虞、痕與眞、魂與諄、唐與陽五者，則明是因洪細不同分爲二韻的例證，是古人不以洪細音

---

❻ 如仙韻鬈下云「新加」，沒韻歆下云「一骨反…新加一」，屑韻「㕑，練結反一」下出綟字，云「盧細反麻綟一（案盧上奪又字）」，（《唐韻》㕑下云「四加三」，其下戾、捩、綟三字並云「加」，可互參。）昔韻碧下云「□□反新加」，（《唐韻》碧下亦云「加」）並其證。

對立爲韻頭的差異，又可憑曉。換言之，開合洪細的不同，古人不是用韻頭的觀念看待；因爲韻頭的不同，是不應分韻的。更結合馮貢切鳳、駒冬切恭、人兮切臡等反切考量，說陸、劉等人曾經設計過一套憑上字定韻母等第的構造反切法❼，於是形成莊、章兩系及于、以兩者上字之不相系聯，原應是順理成章不足爲異的事。

一九八九年，我無意間意識到，學者用以指稱支、脂、眞、仙諸韻脣牙喉音同開合同一字母對立反切的「重紐」一詞，不應僅爲此類反切的專稱，凡同韻同字母下的對立反切，包括等第及開合兩者，都應謂之「重紐」；支、脂、眞、仙諸韻上述反切，初不過爲「同一聲紐重複出現」現象之一環。同時結合自〈論照穿牀審四母兩類上字讀音〉以來陸續發表的幾篇小作❽，對中古「等韻」凝聚的了解：等與等韻兩者意義完全重疊，無所謂眞假二、四等韻之分，四個等韻型態，自一等至四等，便是介音 ϕ 、 e 、 j 、 i 的不同，於是作〈論

❼ 這一套反切結構方式，疑亦前有所承，如鳳字馮貢反、恭字駒冬反，非無下字可用，大抵即採自前人的反切。前引韡字《王韻》所說「何李誣於古今」的希波反，李疑即李季節，著《音譜》一書，陸法言《切韻·序》，曾言及此人。

❽ 順次包括〈陳澧以來幾家反切系聯法商兌並論切韻系韻書反切系聯法的學術價值〉（《清華學報》新十四卷第一、二期合刊〈慶祝李方桂先生八十歲論文集〉，一九八二），〈從臻櫛兩韻性質的認定到韻圖列二四等字的擬音〉，〈切韻系韻書兩類反切上字之省察〉，及〈從集韻反切看切韻系韻書反映的中古音〉（中央研究院《歷史語言研究所集刊》第五十七本第一分，一九八六）。

重紐等韻及其相關問題〉❾。文中對《切韻》上字所以形成分類現象，提出總體說明，只是爲了區分重紐。是故凡字母出現重紐的，出現分類現象；不出現重紐的，不出現分類現象。具體言之：東韻脣牙喉（案喉音不含群、喻二母）音有一、三等重紐，庚韻脣牙喉（案不含群、喻）音有二、三等重紐，支、脂、祭、眞、仙、宵諸韻脣牙喉音有三、四等重紐，三者分別皆與三等對立，是故脣牙喉字母分類，而以一、二、四等爲一類，三等別爲一類。東韻齒頭音（案除邪母）有一、四等重紐，是故齒頭音上字有一、四等分類現象。東、支、脂、之、魚、虞、祭、仙、麻、尤、侵、蒸諸韻正齒音（案不含禪母）有二、三等重紐，是故正齒音上字二、三等分類。東、支、脂、之、虞、祭、眞、仙、宵、尤、鹽諸韻喻母有三、四等重紐，而喻母三、四等分類。來母東韻有一、三等重紐，而來母一、三等兩分；二、四等無須分別，則比照脣牙喉音與一等合爲一類。群母系聯上字雖不見分類跡象，實際則支、脂、眞、仙諸韻之重紐字，三、四等不互爲上字，區之極嚴。反觀舌頭音、舌上音諸母，及齒音之邪、喉音之匣、舌齒音之日，俱不見重紐，而其上字一無分類現象。可見上字的分類，與分別重紐確然有關。尤其可注意的是，前述上字分類的各字母其眞區分嚴格不稍假借者，僅照、穿、床、審、喻五者爲然；餘則只是系聯各上字的反切有此區隔，若並各上字出現的反切全部加以觀察，其間的區隔即不復可見。原來所謂上字不相系聯，只是表面現象，由此而論其音讀不同，便爲誤解。以精系兩類上字而言：清母倉類含倉、千、采、蒼、𤷫、麄、青、醋諸字，其中千、青二字屬獨立

---

❾　中央研究院《第二屆國際漢學會議論文集》，一九八九。

四等韻，餘並屬一等；七類含七、此、親、遷、取、雌、且諸字，而並屬學者所謂的「三等韻」，韻圖雖亦見於四等地位，是為「假四等」。從母的昨類，及心母的蘇類，亦雜一等字及四等字為類，屬四等者分別為前及先字；疾類與息類並屬假四等。精母的作類雖不含四等韻字，其子類字不出假四等諸韻範疇，則亦無有不同。這現象似乎顯示，假四等韻字與真四等韻字，韻母型態確有不同，即其介音必然相異，而「假四等說」無異可屹立不搖。但通觀全部精系字反切，以《廣韻》為例，一等用假四等如子紅切葼者，為數三十五；假四等用一等如才六切歆，為數十六；真四等用假四等如七稽切妻，為數九；假四等用真四等如千仲切趍，為數三。不僅各種狀況齊備，總計兩類字通用高達六十三次❿，如此而謂實有真、假四等韻之分，其韻母類型不相同，必不能言之成理。依我的淺見，精系四母所以反切上字分類，也正因為起始於東韻即有一、四等重紐，而四等心母的嵩字同韻

❿　一等用假四等：葼字子紅、鬆字私宗、摧字子罪、摧字七罪、晬字子對、倅字七內、鬢字姊末、攃字七曷、鑽字借官、攢字子筭、竄字七亂、緅字子括、操字七刀、早字子皓、操字七到、蹉字七何、磋字七過、侳字子髽、鄯字七戈、倉字七岡、桑字息郎、駔字子朗、緅字子侯、走字子苟、寁字子感、慘字七感、謲字七紺、帀字子答、趁字七合、鏨字子敢、僬字私盍、增字子鄧、孀字思贈、則字子德、城字七則。假四等用一等：歆字才六、惢字才捶、聚字才句、鶺字昨旬、焌字倉聿、錢字昨仙、賤字才線、雋字徂充、樵字昨焦、噍字才笑、查字才邪、牆字在良、嚼字在爵、湫字在九、鱃字昨淫、潛字昨鹽。真四等用假四等：妻字七稽、濟字子澧、霽字子計、砌字七計、節字子結、湫字子了、僭字子念、暫字漸念、浹字子協。假四等用真四等：趍字千仲、趡字千水、籔字先入。

母者僅一喻四小韻的融字可爲下字，爲往後可能遭遇的無奈未雨綢
繆，所以採取了同於正齒音字的反切措施。然而《切韻》反切結構如
陳澧所言者，究竟亦爲常態。精系字無適當下字可用者，僅一送韻的
趙，與嵩字相同僅一小韻可用者，其餘亦僅見於蒸韻的繪，此外則同
音小韻往往甚多，不待字字用上字定韻之法；而精系字出現重紐的，
東韻以外不見於他韻，故兩系上字之間交往者多達六十三次之數。然
而趙字《王韻》各本音千仲反，《廣韻》亦音千仲切，必是陸書之
舊，正用四等先韻之千爲上字，可見四等韻實無眞假之分。以此視二
等之正齒音字，亦必無所謂眞假二等韻之別；推類而至於喻母字，自
然亦無眞假四等的差異。只因二等正齒音及四等喻母字可能有無下字
可用的狀況發生，在採取以上字定韻的措施上，不得不嚴格執行，以
致與脣牙喉及齒頭音之上字分類情況又有不同，但其聲母彼此無別，
是則並無異致。

　　此下擬就這方面提出兩點補充說明，其一爲敦煌寫本〈歸三十字
母例〉，見下附表：

端透定泥審穿禪日心邪照　　　　**精清從喻見磎群疑曉匣影**
丁汀亭寧昇稱乘仍修囚周　　　　　煎千前延今欽琴喻馨形縈
當湯唐囊傷昌常穰相詳章　　　　　將槍墻羊京卿擎迎呼胡烏
顚天田年申嗔神怸星錫征　　　　　尖爺晉鹽犍褰寒言歡桓刷
故添甜拈深覘譂任宣旋專　　　　　津親秦寅居袪渠敍袄賢煙

知徹澄來不芳並明
張悵長良徧偏便綿
衷忡蟲隆逋鋪蒲模

貞悝呈冷賓繽頻民
珍繽陳鄰夫敷符無

　　此〈例〉所列三十字母，論理必然十足代表作者當時實際聲母數；每一字母所舉字例，又必然十足代表其聲母的讀音。其中可注意的有幾點：一，正齒音有禪無床，當是其音系不分床禪，是故禪下四例字，乘、神二字於三十六母屬床，而常、諶二字別屬於禪。其餘照、穿、審下字例同禪母，並屬三等韻，按理應足以代表二等韻字讀音，不然便當另立字母。故在床、禪分音的系統中，所增字母為床字，其字即屬正齒音之二等，必當與照、穿、審、禪四者發音部位相同，而僅有發音方式之異。若如今之學者擬音，五者分別為 tɕ、tɕ、dʑ、ɕ、ʑ，在硬顎擦音系統中，插入一個齦顎音，豈非不倫不類！二，知、徹、澄三母例字悉屬三等韻，與正齒音舉例相同。舌上音雖有屬二等韻及三等韻的分別，《切韻》上字無分類跡象，二等韻字，除皆韻麭字音卓皆，其餘莫不用三等韻字為上字；而覺韻卓字《唐韻》、《廣韻》並音竹角❶，正與三等字系聯，可見舌上音決無二等、三等聲類之別，知等三母下所舉字例，三等足以兼表二等無可疑。以彼例此，正齒音之三等字例，亦必可兼表二等之音。三，脣音不分輕重，而以芳字配不、並、明，各字母末行例字，與芳字同屬三

---

❶　竹角切，《切三》及各本《王韻》音丁角反，上字類隔，無以見知二知三是否同音。又《切三》及各本《王韻》耕韻橙字直耕反，當是《切韻》舊音，亦二等韻用三等韻為上字。《廣韻》音宅耕切，改用二等之宅，是直與宅聲母不異之證。

十六母之非、敷、奉、微，其在當時，必與不、並、明及其例字同發音部位可知，則三十六母之以床配照、穿、審、禪，發音部位必當相同，又可憑考。四，舌音不分泥、娘，泥下四例字悉屬三十六母之泥，而一、四等俱全，獨不一見娘母之字，其泥可含娘，不容見疑；正齒音字例可兼表二等，其理不異。五，喻母四例同屬四等，必不得與三等之喻有 ɸ 與 ɤ 之殊，又可憑正齒音字例明曉。

　　其二，《韻鏡》所載〈三十六字母‧歸納助紐字〉圖，亦可助考鏡。附圖於下：

音牙 清次 濁濁清清	音舌 清次 濁濁清清	音脣 清次 濁濁清清	○ 三 十 六 母
疑群溪見	泥定透端 娘澄徹知 舌舌 上頭 音音	明並滂幫 微奉敷非 脣脣 音音 輕重	
銀勤輕經 言虔牽堅	寧廷汀丁 年田天顚 釰陳獮珍 緪塵辿邅	民頻繽賓 眠蠙篇邊 文汾芬分 楠煩翻番	○ 歸 納 助 紐 字

此圖每韻呼吸四聲字並屬之	齒音舌 清清 濁濁	音　喉 清 濁濁清清	音　　齒 次 濁清　濁清
	日　來	喻匣曉影	邪心　從清精 禪審　　穿照
	半微 半商	喉音雙飛　喉音獨立	細正齒　細齒頭音　正齒頭音　齒頭音音
	人　鄰 然　連	匀礩馨殷 緣賢袨焉	錫新　秦親精 延仙　前千煎 辰身　藤瞋眞 禪羶　潺燀邅

　其中照、穿、床、審、禪五母所舉例字，一以莊系床母之藤配同韻章系四母之眞、瞋、身、辰，再以莊系床母之潺配同韻章系四母之邅、燀、羶、禪，前者捨章系神字不用，後者亦不取其合口章系的船字，足見藤與神、潺與船其聲不異，無可曲解。其餘不更辭費。

　以上兩者，顯然都是言正齒音及喻母兩類上字無異音的絕佳資訊，過去我卻忽略了。《切韻》舌上音反切上字知母獨雜一屬二等韻的卓字，現象也是往日未注意到的。

　至此回頭再看崇、差、鄒、搊、愁、搜及鎗、傖、生、潸、柵、索分屬三等韻或二等韻的問題。後者楚庚、助庚、所庚、側伯、鋤陌的反切，下字並屬二等，固然表示被切字為二等音；上字並屬莊系，

原來起始即已決定了被切字的等第。是故《切三》及《王韻》庚韻生字音所京反，其音實與《廣韻》所庚切相同；而其餘所景、楚敬、測載、所載的反切，則全憑莊系上字以指示其二等的讀音。以往，學者知庚等四韻正齒音屬二等，卻無法解釋如所景、楚敬的反切所以爲二等音之故，便是因爲突不破正齒音反切上字的絕對分類，誤以爲莊、章兩系聲母不同，而導致所謂假二等韻的認知；另一面，又擺脫不了反切下字系聯的糾纏，如所景、楚敬之切所以爲二等音，自然瞠目不知所對。今既知所景、楚敬等反切所以爲二等音的道理，則過去以與所景、楚敬等同一結構的鋤弓、楚宜、側鳩、楚鳩、士尤、所鳩等反切爲三等音，顯然便是錯誤的判讀。這一錯誤的判讀，再加上在同一下字系聯理念下，對東、鍾、支、脂、之、魚、虞、祭、眞、仙、宵、麻、陽、清、尤、侵、鹽、蒸諸韻精系四等字，誤判爲三等字**⓬**，使得中古音韻類的了解，與實際情況相差懸遠，恐怕不是學者所能想像的。

　　《玉海》四十五卷引韋述《集賢注記》云：

　　天寶末，上以自古用韻不甚區分，陸法言《切韻》又未能釐革，乃改撰《韻英》，仍舊爲五卷。舊韻四百三十九，新加百五十一，合爲五百八十，分析至細。

　　《韻英》如何就《切韻》增加百五十一韻，此爲一謎，無從揭

⓬　支、脂、祭、眞諸韻脣牙喉音四等字，亦誤判爲三等字。因此等字與同韻精系字韻母相同，是以正文略而不言。

曉。其云《切韻》原有「四百三十九」韻，必當有據，而不得爲「百九十三」❸韻之譌；其數必是依《切韻》一九三韻所含韻類累計的結果。但《切韻》的韻類，依陳澧系聯《廣韻》反切之所得。一九三韻韻類才三百十二，少約四分之一。如果不採反切系聯，改從韻圖之列等，則《切韻》便有四百一十四韻類❹。「四百三十九」與「合爲五百八十」之數不相合，疑或是「四百二十九」之誤；假令古人計數又小有誤差，兩個數字便可謂若相合符。然則說中古正齒音諸母及喻母上字分類並非表示聲類不同，中古韻類實無眞假二、四等韻之分，無異兩者都得到證實。

　　總結以上所述，淺見以爲研究中古音，聲類方面應以字母家之言爲準，三十字母即是三十聲類，三十六字母即是三十六聲類，不可稍涉主觀；韻類方面應依韻圖之列等爲準，同等的韻類相同，異等的韻類相異，亦不容任情玄想。陳澧所創反切系聯法，其條例也許稱得上精密，無如《切韻》反切結構並不若想像之簡單畫一，所謂「切韻之疏」，實是陸、劉等人所造反切之另一結構模式；更嚴重的是，觀念中正常的反切，又可能是因爲通過了自己的錯誤了解。於是上字之不相系聯，不必即爲聲母之不同；下字之系聯爲一，亦不必其韻母即爲不異。先天上反切不能與之配合，法雖善難於爲用；字母韻圖見在，

---

❸　由其文例「百五十一韻」推之，一百九十三韻，當云「百九十三韻」，百上無「一」字，「百」不得譌爲「四百」，所以說不得爲爲一百九十三韻之譌。

❹　《廣韻》以前韻書所無之字獨佔一類者，其數不計。韻圖之第四等地位，或齒音之第二等地位，爲二韻所共有者，並以「二」計之。

法縱善無採行之理。

然而我所提出的主張，在面對《切韻》的現象時，雖然將過去學說所呈現的矛盾一一貫通，卻也似乎帶來新的困擾。以往，群母邪母及喻四字被視爲三等韻字，齊、先、蕭、青、添諸韻絕不出現此三母字，可簡易解釋爲三者不與四等韻相配。今以凡韻圖列四等之字即爲四等韻，便形成何以如支、脂諸韻可出現群、邪及喻四字，或如東、鍾、之、魚諸韻可以出現邪及喻四或喻四之四等韻字，而齊、先等獨立四等韻則絕不見此等字的問題。我曾於〈論重紐等韻及其相關問題〉提出如下的解釋：

> 可能齊、先、蕭、青、添的韻母因與祭、仙、宵、清、鹽的四等音極爲接近，由於實際語音的化繁就簡，或由於《切韻》作者的整齊畫一，於是齊、先之韻竟不見有群、喻、邪三母之字。

在此作一補充說明，即此三者在祭、仙、宵、清、鹽的四等音與齊、先、蕭、青、添之間，不出現對立，兩種不同讀法，並無辨義作用，與其餘見、溪、疑、影、曉及精、清、從、心諸母情形不同，是以有如前文所說實際語音的自然化繁就簡，或陸、劉等人人爲整齊畫一的狀況發生。後者便是現代語言學的音位觀念。是故《切韻》系韻書及《釋文》中巨堯切翹、祁堯切翹、祁堯切菣、其了切糾、囚玄切鏇、餘見切衍、餘念切炎的反切，不一而足。可見群、邪、喻三母非不可與獨立四等韻如齊、先之字相結合，即齊、先之韻非不可出現群、邪、喻三者之音。我無意說陸、劉等人早就有了現代語言學的音

位觀，但三者於兩類四等韻中不見有對立音，是一事實，相信這一現象，是可以用音位觀念予以解釋的。

一九九五年三月八日脫稿於東海寓所

試論《切韻》音系的元音音位
與「重紐、重韻」等現象[*]

薛鳳生

1. 題旨及摘要。

2. 《切韻》的本質與所謂「構擬」。

3. 音位學的含義與《切韻》音系的「音位化」。

4. 《切韻》音系的元音音位試測。

5. 「重紐」問題與《切韻》前之音變。

6. 「重韻」問題與《切韻》後之音變。

1. 《切韻》一書,顯然摻雜有一些方言分歧與歷史陳跡,但就其整體而論,基本上應代表一個單一的音系,因此爲之作細密的研究分

★ 本文曾於 1995 年 5 月 20 號在台北舉行的第四屆國際暨第十三屆全國聲韻學學術研討會宣讀。現改寫多處,發表於此,以就教於國人。宣讀時曾得到許多與會朋友的批評指正,特別是「評議人」陳新雄教授的質疑,使我認識到必須增寫 6.3 節那一大段(原 6.3 節改作 6.4),謹在此表示謝意。

析,才有可能也才有意義❶。本文試從嚴格的音位學觀點,推測該音系中的元音音位,並據以解說該書分韻的道理,以及所謂「重紐、重韻」等現象。本文將絕對遵守兩條大前題作為分析的基礎,即:㈠《切韻》音系的音節分段模式與《等韻》音系相同,分為聲母、韻頭、韻腹、韻尾四段;㈡互押之字必含有相同的韻基(韻腹與韻尾之合體),分韻亦以此為標準。由於「收噫」韻數目特多,分配特殊,也最突出地顯示了「重紐、重韻」等問題,本文將集中討論這一韻類,據以推測《切韻》音系的元音數目及其分布。初步的結論是:《切韻》音系含有七個元音音位,「重紐」為《切韻》以前遺留下來的現象。「重韻」則為《切韻》與《等韻》之間的音變所造成的,兩種現象都可以在元音音系的基礎上,得到合理的解釋。

2. 《切韻》製作的原始目的,是審定音切以為詩文創作之助,所採用的方法則為:分辨四聲,建立大韻,區別小韻,標注反切。這些作法的依據,當然只能是作者們對字讀區分的聽覺認知,不是發音方式的直接描述,換言之,是以音位對比(phonemic contrast)為根據的。由於是「集體創作」,人多嘴雜,難免摻入一些與整體音系有違的音切,但這應該只是少數個別現象。《切韻》序所云:「南北

---

❶ 有些學者特別強調《切韻》的「綜合性」,這就等於說,《切韻》不代表一個音系。果爾,嚴格地說,為之「擬構音系」,豈非自相矛盾而且徒勞無功?如果說這個「綜合體」中含有一個「主體」,這就與本文的論旨相同了,因為本文的目的就是要為那個「主體」推論出一個完整的音系,然後根據這個音系,具體地推證出哪些成分是「綜合」進去的。

是非，古今通塞」，正如今人動輒即曰「古今中外」，多屬文人修辭之語，不必過分認真，好在這類違規的個別現象，由於明清以來學者們的深入分析與整理，已經相當清楚了。這給我們推論《切韻》音系的工作，創造了良好的條件，那些比較有系統的存古或方言性的例外，更讓我們可以上推《切韻》前的音韻情況。但是傳統式的表達方法，往往過分晦澀，變成了一種「絕學」，因此當近代西方學者用音標「構擬」時，便令人耳目一新，似乎是揭開了千古之秘。然而經過幾十年來許多中外學者的努力，《切韻》音系的性質似乎仍然無法確定。原因何在呢？我猜想還是基本觀念的問題。如上所述，《切韻》所表達的是「音位對比」，而「構擬派」學者所孜孜追求的卻是「音值」（phonetic value），每個「構擬」的人，都使用了許多正反顛倒穿靴戴帽的音標符號，而各人使用這些符號時，又不一定都賦與相同的音值；觀念上自詡為審定「音值」，但又常採用一些連自己都不知道如何發音的符號，來區別《切韻》中的韻類❷。這不是自相矛盾嗎？他們都把各自「構擬」的結果叫做「音系」，但看到那些繁瑣的符號及其散亂的分布，我們實難了解其「系」何在。要解決這個問題，我們必須有一個觀念性的轉變，即用音位學的觀念來解釋《切韻》所提供給我們的那些「音位對比」現象，而以諸家「構擬」的音值符號作為參考，因為「構擬」最多只能告訴我們一些發音的近似值（phonetic approximation），而不能準確地解釋音韻規律。

---

❷　例如高本漢無法區分「之、脂」，就只好在[i]上加撇[i']。又如李榮區別「重紐」時，在[i]之外增加了[j]作介音，只說「音值怎麼不同很難說」。

3. 採用音位學說為《切韻》「擬音」，以前已經有人做過，最為人知的大概要算馬丁教授的「簡化」了（Martin 1953）❸。他大致上遵守上文所提音節分段及押韻標準兩條原則，只在個別不得已的地方暫時放棄，所以能把高本漢的十五個元音「簡化」為六個。他完全以高本漢的擬音為倚據，高氏沒有注意到的問題（例如「重紐」），或者無法決定的問題（例如「「之、脂」分韻」），他自然也就未加解說，這等於是在「構擬」這個新「傳統」裡打圈子，似乎跟對《切韻》本身的研究隔了一層❹。周法高先生很早就注意到馬丁的「音位化」，並給與很高的評價。他說以前的學者（包括他自己），「對高氏的系統，都有所修正，但是大體上都不出高氏的範圍，只不過在一些小地方加以修正吧了。一九五三年，馬丁，對中古音的構擬才有了一個新的面目。」（周 1984：1）稍後又說：「現在擬構《切韻》音的時候。要從音位學的觀點把《切韻》音的元音系統加以簡化。」（周 1984：6）這幾句話充分顯示出周先生胸襟開闊，眼光遠大，不墨守個人的舊說，但求日新又新，有「今日之我與昨日之我戰鬥」的高尚風袼，是普通人做不到的。當然，限於他的時代，他也未能正

---

❸ 趙元任先生當然早已注意到「音位分析法」了，但限於當時的一般看法，他也只認為是一種「方法」（參看 Chao 1934）。馬丁所作的「簡化」深受趙先生另一論文（Chao 1941）的影響。蒲立本後來也用音位說分析《切韻》（Pulleyblank 1962）。他對音節分段及押韻的看法跟我們頗不一樣。

❹ 有些「構擬」派的學者，的確給人一種印象，好像他們的重點只是互相批評如何標音，甚至有人說，要把各家的「構擬」都看做不同的「方言」，再據以構擬一個新的「音系」。這不成了替古人設計方言了嗎？

確地認識音位學的真義，所以他的研究（周 1954 ）仍未嚴格遵守音節分段這個基本原則，所得出的十個元音，也很不平衡地分屬高低六個層次，違背了元音對稱分配（ symmetrical distribution ）的原則。因此他與馬丁的研究，雖然對我們都有很大的幫助，卻仍有不足。這是由於他們對音位觀念的理解，仍然只是「語音的簡化」，停留在「寬式標音」（ broad transcription ）的階段。我們則認為，真正嚴格精確的音位分析，應以解釋說某種語言的人群對語音的聽覺反應為目標，所得出的結論應該是其語感的具體描述。在下文中，我們將以這一觀點，重新推証《切韻》的元音音位。我們將參考前人的「擬音」，儘可能地使用類似的符號，但必須指出，這些符號所代表的概念，是與前人不同的。

4. 在為高本漢的「擬音」作音位化時，馬丁說他決定先從收舌根音韻尾的韻類開始，即出現在《等韻》的「通、江、宕、曾、梗」五攝中的韻類，因為這些韻類的數目最多，足夠區別它們的元音，也就足夠區分其他韻類了（ Martin 1953 : 28 ）。這個想法當然是合理的，但卻是建立在「構擬」上頭的。如果「構擬」有問題，這也就有問題了。從這些韻類本身及其在韻圖中的分布看，它們並不太特殊，比別的韻類可能還簡單些。問題倒是：為什麼會有五攝之多的韻類都以舌根音為韻尾？這牽涉到「攝」的定義問題。「構擬派」的學者們大多認為同攝的韻都帶有相同的韻尾。周先生就說：「同轉之內，又可根據韻尾的性質而分為若干攝。」但是，正如他們對音節分段的態度一樣，遇到困難時，就輕易地把這個定義放棄了；比如，周先生接著說：「有時也根據元音的性質而分攝。」這裡的「有時」以及所謂

「元音的性質」就不大容易理解。在這個問題上，我是「死硬派」，堅持「基本原則」，這就使我們對前人的構擬不能不懷疑了，所以我多年前就指出，「曾、梗」兩攝的韻尾實為舌面音，只有「通、江、宕」三攝是帶舌根韻尾的（薛 1985）。就韻類本身及其在韻圖中的分布看，真正複雜的是「收噫」韻，即分屬「止、蟹」兩攝的韻，所含韻目特多，其中四個竟只有去聲；在韻圖中的分布也最特殊，「止」攝僅有三等韻，所含竟多達四列韻目，「蟹」攝更為特殊，三等僅有「祭、廢」兩個去聲韻，而一二兩等獨多「重韻」，另外所謂「重紐」，在這兩攝裡也特別突出。這使我覺得，能夠區別及解釋「收噫」韻的一套元音，也必足以區別及解釋其他韻類，所以我據此推測出一個七音位的元音系統，其相對位置如下表❺。右方為馬丁的元音表（Martin 1953：35），以供比較。

	前	央	後		前	央	後
高		ɨ				*	
中	e	ə	o		e	ə	
低		ɛ	ɔ		ɒ		ɑ

---

❺　早在十年前，我對《切韻》的元音系統就有這樣的看法（薛 1985：50，注 9）。當時未能想得很透澈，故只大略言之，其後即為俗務所累，未暇繼續研究，及今思之，真有「流水十年間」之感。這次說得雖較詳細，也還是倉促成文言其大概而已。廣徵文獻，斟酌百家，仍然是愧未能也。

　　跟馬丁不同的是，我們增加了一個元音，故能區分他未區分的韻類，同時也充分顯示元音音位趨向平衡與對稱的合理分布，另以/ɨ/代/*/，以/ɔ/代/ɑ/，那只不過是個符號問題而已。至於這些元音在各韻類中的分配，我們將廣泛地參考前人的「構擬」，儘可能地表現它們語音上的近似值，因此也將使我們的標音與馬丁大不相同，這可以由下文的分韻討論看出來，不煩一一舉出。另外，我得特別感謝周先生，他做了一大張詳盡的「諸家《切韻》擬音對照表」（周1984：3-4）。這對我們實在太有用了，當然使用時必須小心點兒，因為諸家所用的符號，相同的不一定代表相同的音值，不同的也不一定代表不同的音值。

4.1.「支、脂、之、微」四個韻列，同屬「止」攝三等。三等韻的特徵是有顎化介音（即高本漢的[i]，我寫作/y/），這是大家都同意的。另一方面，假如堅守「攝」的定義，我們也得承認它們都以/y/為韻尾（即所謂「收噫」韻也）❻，所以這四個韻列的區別就只能是「元音的性質」了。它們後來變為「重韻」，也就是說，在《等韻》時代合韻了，同以高元音/ɨ/為韻腹（薛1985）。這表示它們的元音本來近似，都非低元音，所以我推測它們的韻母形態應為：

---

❻　這個定義，諸家於「止」攝多不嚴格遵守，例如高本漢把「支」類的韻母定為[ie]，把「脂、之」類的韻母定為[i，i']，所以馬丁就只好把它們改放在無尾韻一行，即跟「魚、虞」同類了。參看 Martin 1953：25。

	開	合
支紙寘	yey	ywey
脂旨至	yɨy	ywɨy
之止志	yəy	----
微尾未	yoy	ywoy

也就是說，它們的差異原爲分別含有不同的「非低」（[-lo]）元音，後來在顎化介音與韻尾的雙重影響下，中元音/e，ə，o/升高而變爲/ɨ/，所以就合而爲一了。我把「支、脂、之」類的元音分別定爲/e，ɨ，ə/，是爲從眾（參看周表），把「微」類定爲/o/，則因這幾韻的字都是唇牙喉音，多爲合口，在唐初仍保持「獨用」，且與「廢」韻有關（「廢」寄於此圖），所以推測其韻腹應爲後元音。「支、脂」兩類同有「重紐」問題，容後文再論（見5.3節）。

4.2. 蟹攝各韻同爲「收噫」，諸家構擬倒是沒有異議的❼。各韻在韻圖上的分布，卻顯得很奇特，三等韻特少，而一二等獨多「重韻」，其情況恰與止攝相反，隱然有互補之勢。它們原有密切的關係，應是不容置疑的。（研究上古音的人已經指出這一點來，但我們在此不願以更不明確的上古音來証明中古音。）我推測，中元音/e，ə，o/出現在顎化音節（「三等韻」）中時，後來上升而與高元音合併，構成了止攝，但出現在非顎化音節（沒有/y/作介音）中時，後來下降而與相對應的低元音合併，構成了蟹攝，《切韻》所表

---

❼ 只有李榮獨樹一幟，把「佳」類的韻母定爲[(u)ä]。

現的,是其未變之時,《等韻》所表現的,是其既變之後。根據這個設想,我們可以為蟹攝諸韻定位如下,元音的選擇,仍是儘量從「構擬」諸家之眾的(見周表),特殊的地方,將稍加按語說明。

		開	合
I	泰	ɔy	wɔy
	咍海代	oy	woy
II	佳蟹卦	ay	way
	皆駭怪	ɛy	wɛy
	夬	əy	wəy
III	廢	yɔy	ywɔy
	祭	yɛy	ywɛy
IV	齊薺霽	ey	wey

㈠我也認為「泰、廢」的元音應為後低元音,即/ɔ/。(諸家「泰」都作[ɑ],「廢」則作[ɑ]或[ɐ]。)一等韻含後元音,故「咍、灰」等之元音應為稍高之/o/。(我推測中元音/e,ə,o/至少各有兩個變體,即在顎化音節中較高,音值當為[e,ə,o],在非顎化音節中較低,音值也許是[ɛ,ɐ,ɔ];低元音音位/ɛ,a,ɔ/的音值應為[æ,a,ɑ]。)

㈡「佳」類韻的牙喉音字,部分後來改讀如「麻」類字,應是受某一方言之影響(吳語?),這可間接証明其韻腹原即為央低元音/a/,故在丟掉韻尾後,自然變為「麻」類字。「夬、卦」同為二等韻,早在唐代即已「同用」,故訂「夬」之韻腹為稍高之央元音/ə/。「皆」類韻之韻腹則從眾訂為前低元音。

㈢「祭」韻之元音暫從眾訂爲/ε/，「重紐」問題容後再論。

㈣四等韻有無顎化介音，仍是一個聚訟的問題。陸志韋、李榮、蒲立本、邵榮芬皆持無此介音說。我從《等韻》的整體設計看，也認爲四等韻不應有此介音，其產生應爲《等韻》後（但相當早）的音變結果。

㈤比對上列兩個韻母表，可以看出，我把「齊/支、夬/志、咍/微、泰/廢、怪/祭」等兩兩相對的韻組，擬定爲含有相同的韻基。這是與我們的第二條大前題相悖的，其所以然之故，容待下文說明（見6.3節）。

5. 「重紐」現象，有系統地出現在「支、脂、祭、眞（諄）、仙、宵、侵、鹽」諸韻類的脣牙喉聲母之下。其中「侵、鹽」諸韻，只在「影」母下有幾個字，大批的「重紐」字出現在「支、脂、祭、眞、仙、宵」六類韻中（董同龢先生說：「十分之八九。」董 1948：1），而其中「收噫」韻就佔了三個。從諸家的構擬中可以看出，這幾個韻類所含的都是前元音，所以如能合理地解釋「收噫」韻的「重紐」，其他各韻的「重紐」也就可以合理地解釋了。

5.1. 所謂「重紐」，自然是指這類字在韻圖中的分布而言的。❽它

---

❽　我認爲，所謂「重紐」完全是中古音的問題，所代表的音韻對比絕對可信，不需再加證明，其解釋自然亦應以中古音系爲據。所謂上古音的「重紐」，或某某方言的「重紐」，嚴格地說，命題即頗可商榷，這類研究也只能證明「重紐是眞的不是假的」而已，無助於解釋其在中古音系裡所以有別之故。

們既出現於同一韻中，自然表示可以互押，也自然表示，在《切韻》
音系中含有相同的元音，那麼它們的差別就似乎只能是聲紐了。然而
《切韻》的聲母卻是類別清晰系統分明的，實在不能作任意性的增
添，所以其區別必然是韻母的問題。韻母的區別只能表現在三個方
面，即韻頭的不同，或韻腹的不同，或韻尾的不同。在我所知的構擬
諸家中，未見有人以爲「重紐」是韻尾的問題，倒是有幾位認爲是韻
頭的問題，例如陸志韋、李榮、蒲立本、邵榮芬等。但是就音節結構
說，介音是區別音節的「開、合、洪、細」的，一般以 [i，u]
（/y，w/）兩個「半元音」來表達，除此以外，介音還有什麼功能
呢？任意增添介音符號，說不出它的「音值」是什麼❾，更把它限用
在極少數幾個韻類中，實難算是合理的舉措，所以合理的解釋應是元
音的性質或韻尾的有無。反對這一推論的人所持的理由是，「重紐」
字既屬同韻，便不該有不同的元音（邵 1982：123）。這一想法，
就《切韻》音系言，是完全正確的，但卻忽略了一件事：《切韻》是
一群人合議的產物，因此片面地作了一些對「南北是非古今通塞」的
妥協，「重紐」應該就是對較早的韻書或某一方言所作的妥協，也就
是說，「重紐」所顯示的，絕對是眞實的音韻現象，不過這是以前的
事，到《切韻》時代，這一現象容或仍保留在某一方言（金陵音？）
中，但對《切韻》所代表的標準音（洛生詠？）來說，則已經消失

---

❾ 有趣的是，許多非常計較「音值」的人，碰到這類問題的時候，卻常用
一些難以捉摸的符號來強分音類。例如陸志韋以 [i，I] 作介音分「重
紐」，李榮與邵榮芬同以 [i，j] 作介音分「重紐」，但 [I，j] 作爲介
音到底怎麼讀，在音系中的分配又何以如此侷限，則自認很難設定。

了，相對的「重紐」字也就變爲同音了，自然也就同韻了。

5.2. 根據上述的觀點，我們先討論祭韻的「重紐」問題。上文說在《切韻》的音系裡，祭韻的韻母是/y(w)εy/，即以前低元音作爲韻腹，那麼它的兩類「重紐」字是何以互異的呢？據董先生說，列於四等的「重紐」字，跟列於三等的舌齒音字爲一類，三等的「重紐」字則自成一類，但也有人持相反的意見（邵 1982 : 70-80 ）。我承認對這個問題沒有什麼深入的研究，所以只能推測，它們的韻母原來應分別爲/*y(w)ay/和/*y(w)εy/，即以央低元音與前低元音而互異，至於哪個代表哪一類，我就不敢亂猜了，但我深信，它們後來合而爲一，是由於下面這個公式所代表的音變造成的。

$$a \rightarrow \varepsilon / y(w)\_\_y \tag{1}$$

就是說，央低元音受到前半元音/y/的兩面夾擊，因而前移變成了前低元音。這是符合語音同化的一般趨勢的。經此一變，「祭」韻的「重紐」問題，也就俯仰之間已爲陳跡了。

5.3. 「支、脂」兩類韻中的「重紐」，可能是韻尾的問題。除了陸志韋以外，諸家的構擬都把「支紙寘」訂爲直喉韻，即無韻尾。據董先生說（董 1948:13 ），它們源自上古的「佳」部與「歌」部。這給我們一個很大的啓示，我們可以推測，其中一類（大概是來自「佳」部的吧），先變成了「收噫」，因而其韻母應爲/*y(w)ey/。另一類（大概是來自「歌」部的吧），其韻母先變爲

/*y(w)e/，到《切韻》音裡，才也變爲「收噫」，但在其時的某一方言中，仍保持著舊讀，因而就變成同韻中的「重紐」字了。「脂旨至」的來源比較複雜，分別來自「之、幽、微、脂」等部，諸家對這幾韻的構擬相當不一致，在周先生所列的八家中（包括他自己），半數擬有韻尾，半數則無。既然如此，我們就更有理由把其中的「重紐」字，一類訂爲有尾，即/*y(w)ɨy/，另一類訂爲無尾，即/*y(w)ɨ/。這種差異也是在後者變爲有韻尾以後才在《切韻》音系中消失的。這兩類「重紐」的消失，可用下式概括地表達，改用「區別性特徵」寫公式，是爲了表現，不同的音位所含的共同「特徵」，是它們同步演變的原因。

$$\varnothing \rightarrow y/y(w)[V \text{ '-lo '-bk}]\_\_\_ \tag{2}$$

此式意爲：假如三等無尾韻的元音既非低[-lo]又非後[-bk]（即：如果是高或中元音/ɨ，ə，e/），則增生韻尾/y/。此式同時涵蓋著「支、脂、之」三個韻列，解釋此處的「重紐」，其功律是足足有餘的。

6. 要徹底了解《切韻》（或《廣韻》）及其所代表的音系，自然必須做大量的及細緻的考訂工作，這是我目前無法做到的，所以本文只能以「收噫」爲範圍，在前人研究的基礎上，概括地推測其元音音位。對解釋別的韻類來說，可能不需要這麼多，那是因爲音變是逐漸擴散的，在《切韻》以前的許多變化中，其他韻類在不同的階段，都比「收噫」韻更早受到影響，因而更早合併了某些元音。常有人說，

漢語音韻自中古以來大爲簡化，韻類也因而重新組合，但簡化及組合的原理與過程是什麼呢？卻未見有人具體清晰地說明過。在上文推論的基礎上，我們也許可以嘗試著做一下這件工作。這可以分成《切韻》以前、《切韻》到《等韻》、《等韻》以後三個階段來說明。

6.1. 要系統化地了解《切韻》以前的音變，當然必須等我們對其前期的音系有了更明確的認識以後，才能做到，但由於「重紐」的啓示，我們最少可以知道有公式(1)及公式(2)所代表的音變。如果進一步研究，應該可以發現，公式(1)所代表的音變，對解釋「仙、宵、鹽」三個韻類中的「重紐」，也是同樣適用的，因爲它們的元音應該都是前低元音。公式(2)對我們也有啓示作用，進一步的研究也許可以幫助我們了解，爲什麼「假」攝的三等韻甚少而四等則全空著。

6.2. 《切韻》以後的音變，由於我們對《等韻》音系已經有了比較深入的了解（薛 1985 ），現在就可以更具體更明確地推証出來了。下面這幾個公式，可以說明這些音變的性質及其發生的相對時序。

$$[V \text{，} -lo \text{，} -hi] \rightarrow [+hi]/y(w)\_\_\_y \qquad (3)$$

這個公式的意思是，中元音/e，ə，o/由於受到半元音/y/的影響，全都升高變爲高元音/ɨ/。這解釋了何以「支、脂、之、微」四個韻列，在《等韻》裡都變成了「止」攝三等的「重韻」。如果細分，應該說/e，ə/先與/ɨ/合併，其後/o/才加入，因爲陸序已說「支脂、魚虞，共爲一韻」，而且「支、脂、之」早在唐初即已「同

用」，但是「微」在當時還是「獨用」的。

$$\varepsilon \rightarrow a/\underline{\quad}y \tag{4}$$

這個公式表示，「收噫」韻母的前低元音變為央低元音。從語音同化的角度看，這個公式的寫法是有問題的，因為真正的變化是/a/受到韻尾介音/y/的同化，前移變為/ɛ/，但在這個音變以後，/a/與/ɛ/這兩個音位就失掉了對比性，用其中任一符號作代表都可以，而從符號採用的觀點說，用/a/代表低元音比較合乎一般人的習慣。（這個公式也把「祭」韻的韻母由/y(w)ɛy/改寫為/y(w)ay/。）經此一變，「佳、皆」兩類韻的區別就消失了，因此也就變成「重韻」了。另有一個小問題跟此式有關，可在此附帶指出。「佳」類韻的牙喉音字有幾個後來改讀「麻」類，如「佳蛙卦」等，「皆」類則沒有這種現象，所以這個改變必定發生在公式(4)所代表的「佳、皆」合韻之前，似乎應有這樣的公式 y →ø/G(w)a__ 來表示這類字先丟掉了韻尾，但這個改變並不是很規律的，因為同類（甚至同音）字如「街矮邂」等，卻未改變。我猜想這是方言借讀的問題，因此只限於個別的字彙。

$$\mathfrak{c} \rightarrow a/y(w)\underline{\quad}y \tag{5}$$

此式意為：「收噫」音節的後低元音變為央低元音，所以「祭、廢」變為「重韻」。這顯然也是語音同化造成的，即韻母/y(w)ɔy/的元音因半元音/y/的同化而前移。

$$[V，-lo，-hi] \rightarrow [+lo]/\underline{\quad}y \qquad\qquad (6)$$

此式意爲：中元音/e，ə，o/下降而與其相對應的低元音合併。即：/o，ɔ/合併，故「泰」與「代（隊）」成爲「重韻」；/ə，a/合併，故「夬」亦與「卦、怪」成爲「重韻」；由於原來的前低元音/ɛ/已變爲/a/（公式(4)），/e/遂無可與合併者，故「齊」等無「重韻」，但/e/的身分卻因此變爲前低元音了。所謂中元音下降，是從「音位重組」（phonemic restructuring）的觀點說的，因爲中元音與低元音既已合併，新元音系統就只有高低兩層了，就發音的實際說（phonetically），其實也可能是低元音上升。前後低元音的音值都比較高，可能就是這個緣故。另外還可以指出一個有趣的現象：由於顎化音節裡的中元音早已升高（公式(3)），顎化音節裡的低元音也都早已變成央低元音（公式(4)、(5)），所以現在前後低元音就都不配顎化介音了，這就造成了韻圖的一般模式：三等顎化，一二四等全不顎化。

6.3. 前人在討論《切韻》的分韻方式時，有所謂「從分不從合」的說法。這基本上是正確的，但卻失之含混籠統，因爲這個說法必然會引發兩個問題：其一，哪些是「從分不從合」的韻？其二，爲什麼只有這幾韻是「從分不從合」的，而其他的韻卻是「從合不從分」的呢？就我所知，前人對此似乎未曾提出過具體的解說。在本文推論出的音系基礎上，以及在本文討論的範圍之內，我們現在可以嘗試著爲這兩個問題提出部份解答。前文曾說到，我們給「齊/支、夬/志、咍（灰）/微、泰/廢、怪/祭」等兩兩相對的韻類擬定出相同的韻基，

顯然是違背押韻原則的（見 4.2 節第五項說明）。表面上看來，他們是以「洪、細」的區別分韻的，但這是很膚淺的看法，因爲押韻與否實與介音無涉。眞正的解釋恐怕還是《切韻》的合議妥協性，即陸法言所說對「南北是非古今通塞」的照顧。當時最具「標準」資格的方言，大概不外洛陽、長安、鄴下、金陵等所謂「帝王都邑」的通語。前三者在地緣與歷史上都非常接近，應爲大同小異之方言。所謂「金陵音」也應爲晉室南渡後帶過去的洛下之音，不會是當時的金陵土話；經過約兩百年的分離，這種「金陵音」自然也就與洛陽有了相當差距了，但基本上應該還是大同小異的。這幾種有標準資格的「官話」，自然是會交互影響的（也是陸法言等要特別多加考慮的）；也就是說，先發生在某一方言中的某一音變，會漸次擴及其他幾個方言，因此不同的方言在受到某一音變的影響時，便有先後之別了。（類似的情況也發生在元明時代的官話方言中，請參閱 Hsueh 1992.）在討論「重紐」時，我們說過，就《切韻》所倚據的方言說，「重紐」已經消失，也就是說，公式(1)、(2)所代表的音變已先在這個方言中發生了，但尚未波及其他某一個或某幾個方言。同理，我們可以想像，《切韻》後造成「重韻」的那幾個音變，很可能已先在另一個或另幾個方言中發生了，但尚未波及《切韻》所倚據的那個方言。換言之，在「重紐」問題上，《切韻》所倚據的方言較其他方言超前，但在「重韻」問題上，則比較滯後。更具體地說，「齊/支、夬/志、咍（灰）/微」等韻類之所以「從分不從合」，是因爲公式(3)所代表的音變在《切韻》所代表的方言中尚未發生，但在其他某一個或某幾個方言中已經發生了。試以「齊/支/脂」三類爲例，其結果是，對《切韻》所倚據的方言說，「齊/支」不當分，而「支/脂」必

須分，但對已受到音變⑶影響的方言說，「齊/支」必須分，而「支/脂」不當分；這自然就成了蕭顏等「夜永酒闌」爭論的焦點了，最後也就很自然地達成了「從分不從合」的妥協，而陸法言也只好承認說，某些方言已經是「支脂（魚虞）共爲一韻」了。同理，「泰/廢」之從分，也是由於音變⑸在不同的方言裡已否發生的問題。「怪/祭」之從分，則與「重紐」有關，因爲「祭」韻字本分屬兩韻，後來在《切韻》所代表的方言裡，由於音變⑴而先行合併，但對未受到該音變影響的方言說，這兩類是不該合併的，結果妥協爲另立一韻但區分「重紐」字。我認爲上面的推論才是「從分不從合」的眞正原因，同時也讓我們有機會較具體地指出，「綜合」進《切韻》的到底有哪些外來成分。

6.4. 《等韻》時期以後，語音當然還是繼續演變著的。逐字逐韻地列舉這些變化，會令人覺得數不勝數，最多不過知其然而不知其所以然。但如從音變的角度觀察，就會發現，這些變化都是一貫相承脈絡分明的，而且是勢所必然的（請參閱 Hsueh 1975 ，薛 1978 ，薛 1980 ， Hsueh 1992 等）。試以「收噫」韻爲例，我們可以用四條規律，概括下及《中原音韻》時期的演變：㈠ø→ y/__(w)e，即：四等韻變細音；㈡ a → e/y(w)__，即：三等韻變四等，故「廢、祭」兩韻與「霽」合併；㈢ ɔ → a/C__E，即：一等開口帶尾字變入二等，故「咍」等不再與「灰」等互押，而改與「佳、皆、夬」等類互押；㈣{ɔ，e}→ ɨ/__y，即：蟹攝一等合口及四等全部（含原三等）變入止攝，故「灰、齊、祭、廢」等全入《中原音韻》的「齊微」韻。另一方面，由於「曾、梗」兩攝的入聲字也都改變了

（薛 1978 ， Hsueh 1992 ），如「黑、白」等字，「收噫」韻又收編了許多新兵。

參 考 資 料

中文部分：

陳復華、何九盈：《古韻通曉》，北京，1987。

陳新雄：「《廣韻》二百零六韻擬音之我見」，《語言研究》 1994
　　年第 2 期，94-111。

董同龢：「廣韻重紐試釋」，《歷史語言研究所集刊》第十二本
　　（1948），1-20。

　　　　《漢語音韻學》，台北學生書局，1968。

高本漢：《中國音韻學研究》（趙元任、李方桂譯），台北商務重
　　印，1962。

薛鳳生：「論入聲字之演化規律」，《屈萬里先生七秩榮慶論文
　　集》，台北聯經出版社，1978，407-433。

　　　　「論支思韻的形成與演進」，《書目季刊》第十四卷第二期
　　（1980），53-75。

　　　　「論音變與音位結構的關係」，《語言研究》 1982 年第 2
　　期，11-17。

　　　　「試論等韻學之原理與內外轉之含義」，《語言研究》
　　1985 年第 1 期，38-56。

　　　　《國語音系解析》，台北學生書局，1986。

　　　　《中原音韻音位系統》（魯國堯、侍建國譯），北京語言學
　　院出版社，1990。

李　榮：《切韻音系》，北京，1956。

李如龍：「自閩方言証四等韻無-i-說」，《音韻學研究》第一輯
　　　（1984），北京中華書局。

李新魁：「重紐研究」，《語言研究》第二期（1984），73-104。

林慶勳、竺家寧：《古音學入門》，台北學生書局，1989。

陸志韋：《古音說略》，北平，1947。

邵榮芬：《切韻研究》，北京，1982。

王　力：《漢語史稿》（上冊），北京，1957。

王　顯：「等韻學和古韻」，《音韻學研究》第三輯（1994），北
　　　京中華書局。

張光宇：《切韻與方言》，台北商務印書館，1990。

周法高：「論古代漢語的音位」，《歷史語言研究所集刊》第二十五
　　　本（1954），1-19。

　　　「論切韻音」，《中國音韻學論文集》，香港，1984，1-
　　　24。

周祖謨：「切韻的性質和它的音系基礎」，《語言學論叢》5
　　　（1963），39-70。

英文部分：

Chang, Kun: *"Ancient Chinese Phonology and the Ch'ieh Yun"*, The Tsing
　　　Hua Journal of Chinese Studies, New Series X, No. 2 (1974), 61-82.

----------: *"The Composite Nature of the Ch'ieh Yun"*, Bulletin of the
　　　Institute of History and Philology (BIHP) Vol. 50, Part 2 (1979),
　　　241-255.

Chao, Yuen Ren: *"The Non-uniqueness of Phonemic Solution of Phonetic*

Systems", BIHP Vol. 4, No. 4 (1934), 363-398.

----------: *"Distinctions within Ancient Chinese"*, Harvard Journal of Asiatic Studies 5 (1941), 203-233.

Cheng, C-C. and Wang, W. S-Y.: *"Phonological Change of Middle Chinese initials"*, The Tsing Hua Journal of Chinese Studies, New Series IX, No 10. 1&2 (1971), 216-270.

Hashimoto, Mantaro J.: *"Internal Evidence for Ancient Chinese Palatal Endings"*, Language 46. 2, Part 1 (1970), 336-365.

Hsueh, F. S.: *Phonology of Old Mandarin*, The Hague, 1975.

----------: *"Historical Phonology and Dialect Study: Some Examples from the Pingdu Dialect"*, Wang Li Memorial Volumes (1987), The Chinese Language Society of Hong Kong, 221-243.

----------: *"On Dialectal Overlapping as a Cause for the Literary vs. Colloquial Contrast in Standard Chinese"*, Chinese Languages and Dialects I: Chinese Dialects (1992), Symposium Series of the Institute of History and Philology, Academia Sinica No. 2, 379-405.

Karlgren, Bernhard: *"Compendium of Phonetics in Ancient and Archaic Chinese"*, Bulletin of the Museum of Far Eastern Antiquities 22 (1954), 211-367.

Martin, Samuel E.: *The Phonemes of Ancient Chinese*, supplement to the Journal of the American Oriental Society 16 (1953).

Pulleyblank, E. G.: *"The Consonantal System of Old Chinese"*, Asia Major 9 (1961-2), 58-144, 206-65.

----------: Middle Chinese: *A Study in Historical Phonology*, University of

British Columbia Press, Vancouver, 1984.

Ting, Pang-hsin: *Chinese Phonology of the Wei-Chin Period: Reconstruction of the Finals as Reflected in Poetry, Institute of History and Philology*, Special Publications No. 65, Academia Sinica, 1975.

Wang, John C. and Hsueh, F. S.: *"The Lin-ch'i Dialect and its Relation to Mandarin"*, Journal of the American Oriental Society 93.2 (1973), 136-145.

中古重紐之上古來源
及其語素性質

余迺永

　　重紐爲研究中古音必須解決之難題,然此一難題牽涉之層面既多,抒議者又因本身對切韻音系之不同看法而各有所持。認爲切韻音系乃綜合古今南北之音者,謂重紐不過與古存徵,認爲切韻所本乃一時一地之音者,則謂重紐在當時必有語音分別。

　　本文先由歷時之縱切面指出重紐來自不同之上古音韻部,且就其諧聲所涉中古韻類於上古韻部之組合情況,上推詩韻三十一部爲四十一部;次由共時之橫切面,分析重紐三等韻反切上下字之措置形式,判別重紐二者音素分別及構詞性質。重紐之複雜與現象之紛紜,已非傳統之反切系聯法足以尋其端倪;由考古至於審音,諧聲、音系結構,反切條理及韻圖等列之啓示,一一要面面俱到。祇有掌握其中之語音分別,始可駕一葉輕舟,渡過萬重山壑;而所以得如此者,蓋切韻音系乃受之於一實際語言,其反切故能圓滿自足也。

　　㈠論重紐有實質語音分別

　　㈡廣韻韻序及其三等韻之分類與擬音

　　㈢重紐之上古音來源並論中古三等韻五音聲母之歸屬

㈣切韻重紐之反切分別及其音素性質

㈤中古重紐之詞素性質

㈥廣韻三十七聲母與五十二聲類擬音表

㈦廣韻韻母表甲、乙及廣韻韻母表乙

(一)論重紐有實質語音分別

重紐指切韻或廣韻同一三等韻中，其喉牙唇音字聲母相同而仍出現兩組不同之反切。

重紐研究始見清道光二十二年陳澧切韻考（ 1842 年東塾叢書本）。其書卷三韻類考系聯反切下字歸屬，據自訂「凡上字同類者，下字必不同類」條例，重紐既聲類相同，其韻類則是必不同。

自此以後，談及重紐問題者，直至民國初年之章太炎，雖由中古韻字出現於上古韻部歸屬，偵知如廣韻支韻列於韻圖三等者源自歌部，四等者源自支部；然認爲不外韻書作者與古存徵，以論證切韻「兼有古今方國之音，非并時同地得有聲勢二百六種也」之說法。❶

1941 年先師周法高先生撰寫玄應音研究時，其中廣韻重組的研究一篇與董同龢先生之廣韻重紐試釋， 1945 年發表於六同別錄，史語所集刊外編第三種；因流通量少，再於 1948 年編印爲史語所集刊第十三本及第十四本。重紐面貌始能廓清於世。

切韻成書於公元 601 年，其重紐現象見諸切韻系書乃至刊定於

---

❶ 《國故論衡》、《音理論》。章氏叢書 P.429。

宋仁宗寶元二年（公元 1039 年）之集韻；且見諸與切韻同期之陸德明經典釋文❷，稍後之顏師古漢書音義❸、玄應一切經音義❹，八世紀之何超晉書音義（成書於唐天寶六年，即公元 747 年），九世紀之慧琳一切經音義❺及十世紀末南唐之朱翱反切❻。值得注意之處乃此中如陸德明及朱翱俱本仕南朝；慧琳書又取則於元廷堅韻英與張戩考聲切韻，力詆切韻爲「吳音與秦音莫辨，清韻與濁韻難明」❼。加上此類皆非韻書，故雖同字同音卻因雜廁各處而每改換其切上下字以爲反語，結果同樣呈現重紐有不同音類之分別。如非依實際語言用作反切藍本，曷克臻此？

再者，諸書每同條載錄一字而兼重紐二音，且不乏有相互印證之

---

❷　《釋文》編纂始於南朝陳至德元年（公元 583 年），相當北朝隋文帝開皇三年，成書約在六世紀末葉前後。

❸　師古生於陳太建十三年（公元 581 年），卒於唐貞觀十九年（公元 645 年），音義當著於其間。

❹　玄應爲唐長安大總持寺沙門。貞觀十九年至顯慶元年（公元 645 至 656 年）參與玄奘法師在大慈恩寺之譯場，龍朔元年（公元 661 年）左右示寂，周法高師《玄應反切考》。史語所集刊第二十本 P.P.359-365。

❺　慧琳俗姓裴氏，疏勒國人（今新疆喀什市），《一切經音義》始撰於唐德宗貞元四年，即公元七八八年；唐憲宗元和五年，即公元 810 年然後成書。同上文 P.P.365。

❻　徐鍇《說文解字繫傳》之字音用朱翱反切。朱氏官朝散大夫，與徐鍇同時。十世紀末南唐爲趙宋覆滅。以上除《晉書音義》皆收入周師《隋唐五代宋初重紐反切研究》。史語所第二屆國際漢學會議論文集，P.P.85-110。1989 年台北。

❼　語見唐景審序《慧琳一切經音義》。上海醫學書局影印白蓮社藏版。

處，例如：

> **駰**　廣韻於眞切注：「白馬黑陰，又於巾切」。
>
> 同書於巾切注：「馬陰淺黑色，又音因」。
>
> 「因」即於眞切，韻鏡列四等故爲 A1 類；於巾切之
>
> 「巾」韻鏡列三等。故爲 B1 類。
>
> 玄應音義「駰」音於身，於巾二反，於身反即於眞切。
>
> 陸德明毛詩釋文駰字「舊於巾反，讀者並音因」。爾雅釋
>
> 文「字林乙巾反，郭（璞）央珍反，今人多作因音」。乙
>
> 巾反即於巾切，央珍反即於眞切。

　　顏氏家訓音辭篇：「岐山當音爲奇，江南皆呼爲神祇之祇。江陵陷後，此音被於關中。」

　　廣韻「奇」音渠羈切。 B1 類；祇音巨支切， A1 類。岐字單音巨支切。今查切二巨支切下岐字注：「山名，又渠羈反。」故宮項跋（即全王）宋跋（即王二）岐字於渠羈反處注：「山名，又巨支反。」巨支反處注：「山名，又渠羈反。」兩兩互注。

　　釋文於莊子讓王篇「岐山」處亦注：「其宜反，或祁支反。」其宜反即渠羈切，祁支反即巨支切。又周易升卦象曰：「王用享于岐山」句，岐字音「其宜反又祁支反同」。

　　與岐字同音之蚑字，玄應卷三頁 142.8 及卷八頁 365.5 音「渠支反，又音奇」。卷四頁 193.4 「渠支、巨宜二反。」慧琳卷九頁 15 ，卷二十八頁 14 及卷六十五頁 2 同玄應書前者；卷三十四頁 20 同玄應書後者，皆同條兼載二音。

　　廣韻「蚑」音巨支切，王二字作螒，音渠羈反。分讀 A1 類與 B1
類。

　　三者，高麗漢語借字，日譯吳音，漢越語，以及廈門、福州、溫
州、汕頭等地方言，甚實際語音尚保有重紐之分立，且與切韻情況相
對應。由此又可見唐宋間早期之韻圖如七音略與韻鏡之分列喉牙唇音
重紐於三四兩等，亦是必有其語音根據。

　　五十年來，中外學者討論重紐之文章不少，拙著兩周金文音系
考❸及上古音系研究❾對重紐問題皆闢有專章，並因之對上古音系提
出許多個人之見解。本文限於篇幅，袛想就新近研究所得，指出重紐
之上古音來源及其語音本質。爲方便抒論，先列出廣韻之韻目及擬音
表如下：

---

❸　1980 年國立臺灣師範大學國文研究所博文論文，聯貫出版社，台北。
　　P.P.113-122。

❾　香港中文大學出版社 1985 年版，P.P.172-186。

（二）廣韻韻序及其三等韻之分類與擬音

攝	等	擬音	廣韻韻目
通（內）	一	uŋ[uk]	東董送屋
	三c	iuŋ[iuk]	
	一	uoŋ[uok]	多　宋沃
	三c	iuoŋ[iuok]	鍾腫用燭
江（外）	二	oŋ[ok]	江講絳覺
止（內）	三A1B	ie.iue	支紙寘
	三A1B	iei.iuei	脂旨至
	三c	iə	之止志
	三D	iəi	微尾未
遇（內）	三c	io	魚語御
	三c	iuo	虞麌遇
	一	uo	模姥暮
蟹（外）	四／三／三A1B	i／iai.iuai	齊薺霽　祭
	一	ɑi.uɑi	泰
	二	e	佳蟹卦
	二	ei	皆駭怪
	二	ai.uai	夬
	一	uəi	灰賄隊
	一	əi	咍海代
	三D	iɑi	廢
臻（內）	三A1B	ien[iet]	[眞軫震質]
	三A1	iuen[iuet]	[諄準稕術]
	二	(i)en[(i)et]	臻　櫛
	三D	iən[iət]	文吻問物
	三D	iuən(iuət)	欣隱焮迄
			魂混慁沒
	一	uən[uət]	
	一	ən[ət]	痕很恨
山（外）	三D	iɑn[iɑt]	元阮願月
	一	ɑn[ɑt]	[寒旱翰曷]
	一	uɑn[uɑt]	[桓緩換末]
	二	an[at]	刪潸諫
	二	uan[uat]	山產襇
	二	en[et]	點
	四	uen[uet]	先銑霰屑
	四	in[it]	
	三A1B	ian[iat]	仙獮線薛
		iuan[iuat]	
效（外）	四	iu	蕭篠嘯
	三三A1B	iau	宵小笑
	二	au	看巧效
	一	ɑu	豪皓號
果（外）	一	ɑ	[歌哿箇]
	一	uɑ	
	三D	iɑ	[戈果過]
假（外）	二	a.ua	麻馬禡
	三A2	ia	
宕（外）	三c	iaŋ[iɑk]	陽養漾藥
	一	ɑŋ[ɑk]	唐蕩宕鐸
梗（外）	二	aŋ[ak]	
	三B2	iaŋ[iak]	庚梗映陌
		iuaŋ[iuak]	
	二	eŋ[ek]	耕耿諍麥
	三A2	iaŋ[iak]	清靜勁昔
		iuaŋ[iuak]	
	四	iŋ[ik]	青迥徑錫
曾（內）	三B2	ieŋ[iek]	蒸拯證職
	一	əŋ[ək]	登等嶝德
流（內）	三c	iu	尤有宥
	一	u	侯厚候
	三A2	ieu	幽黝幼
深（內）	三A1B	iem[iep]	侵寑沁緝
咸（外）	一	əm[əp]	覃感勘合
	一	am[ap]	談敢闞盍
	三A1B	iam[iap]	鹽[琰豔]葉
	四	im[ip]	添忝掭
	二	em[ep]	咸豏陷洽
	二	am[ap]	銜檻鑑狎
	三D	iɑm[iɑp]	嚴[儼釅]業
	三D	iuɑm[iuɑp]	凡范梵乏

表例：

1. 本表韻次依廣韻始東終凡之序，並標出各組韻類之攝及等第；故原列元（舉平以賅上去或入，下同）次於魂痕之前，今爲方便劃分臻山二攝，反以元次於魂痕之後。至乎十六攝配對成內外轉七組，則爲：❿

```
內轉    遇    止    流    深      臻        曾      通
韻尾   -φ   -i   -u   -m[-p] -n[-t] -[-k]  -[-k]
外轉   果假  蟹    效    咸        山      宕梗     江
```

2. 一至四等乃各韻在早期韻圖中之橫列次序，三等韻旁之 ABCD 四類爲：

A 類指韻圖排其喉牙脣音字於四等，切下字又可與同韻之舌齒音字系聯爲一類者。其聲母有幫滂並明、知徹澄泥（泥娘不分）、見溪群疑、精清從心邪、莊初疏、照穿神審禪、影曉喻四、來及日。

B 類指韻圖排其喉牙脣音字於三等者。其聲母有幫滂並明、見溪群疑、影曉及喻三。

以上兩類之脣音字後世不變脣齒音而共處一韻者，祇要出現任一組喉牙脣字重紐，則謂之 A1 類與 B1 類三等韻。有支、脂、祭、眞（諄）、仙、宵、幽、侵及鹽諸韻。

---

❿ 周法高師論《切韻》音。香港中文大學中國文研究所學報第一卷，P.98，1968 年。

　　但幽韻於廣韻及韻鏡不別重紐，全王於曉母有重紐鼺音香幽切，休音許彪切。又集韻之幽韻彪音悲幽切，「悲」隸脂韻 B1 類；滮音皮虯切，「皮」隸支韻 B1 類。黝韻「糾」音吉酉切，吉隸質韻 A1 類。幼韻「蚴」音祁幼切，祁隸脂韻 B1 類；「幼」音伊謬切，伊隸脂韻 A1 類。可見幽韻應屬 A1 類及 B1 類之重紐三等韻⑪。

　　按上古幽部並見幽韻與 C 類尤韻，如 B2 類之陌庚與藥陽同處鐸、陽二部；故拙論曾以幽韻爲 B2 類。今查全王與 A1 類鼺字重紐之 B1 類休字，又音尤韻許尤切，切三及王二同。廣韻許尤切作「休」，許彪切作「烋，又音火交切」，則烋恍如二字；全王、王一及王二俱已指加點者爲休字俗寫。幽韻有舌齒字故非 B1 類，加上韻鏡以尤、幽分列三、四等，且上古幽部有四等蕭韻，頗疑幽韻 B1 類已合於尤韻，中古幽韻實餘 A 類，故原屬 B 類之休字附於尤韻。又尤韻溪母有去鳩切「丘」與去秋切「恘」一組重組，韻鏡及七音略俱以之分列三、四等，「恘」之切下字用列四等之清母秋字爲切，亦見其本幽韻 A 類字，致使幽韻欠溪母一紐。前者「鼺」之與「休」乃 B 類入尤韻，後者「恘」之與「丘」乃 A 類附於尤韻，俱可見幽韻其時爲 A 類三等韻甚明。集韻幽韻之再分 A、B 兩類，不過將 B1 類悲幽切之「彪」又音 A1 類必幽切；B1 類皮虯切之「滮」又音 A1 類之音讀。結果使幽韻平添幫母與並母兩組重紐。

　　幼韻「蚴」字音祁幼切，切上字「祁」於集韻音 B1 類渠伊切外，又音支韻 A1 類翹移切；脂韻開口群母無 A1 類，此讀支韻翹移切之「祁」正與音脂韻渠伊切者重紐，則蚴字仍歸 A 類可也。

---

⑪　註 6 周師前引文 P.36 又 P.107。

情況恍如 A1 類及 B1 類而不共處一韻者，謂之 A2 類與 B2 類三等韻，如清韻與庚韻三等。

此外麻韻三等但有舌齒音及喉音喻以紐。又集韻之麻韻三等咩字音彌嗟切，彌隸支韻 A 類；禡韻三等奲音企夜切，企隸寘韻 A 類，故並以麻韻三等爲 A2 類❷。

蒸韻無重紐，但其唇音字不變讀唇齒音 f，出現於宋代引進越南之漢越音亦讀如 B 類所保持之重唇音 P，而不讀 A 類字所變之舌尖音 t，故並以蒸韻爲 B2 類。又蒸韻爲 B2 類，擬帶前元音 e 始能解釋其唇音不變讀唇齒音之理由；結果與同攝帶央元音 ə 之登韻相違，正符合隋代詩文何以蒸職與登德罕有押韻之現象。

C 類指具有喉牙唇及舌齒兩系聲母，其喉牙唇音字韻圖列於三等如 B1 類，但唇音字變唇齒音者。如東、鍾、魚（虞）、陽及尤諸韻。之韻字可兼爲 A 類及 B 類之切上字，其唇音字中古前又已分入脂尤二韻，故亦屬 C 類❸。

---

❷ 麻韻三等拙文原擬皆依上古音之情況擬爲 B2 類，此就中古改之，詳下文。

❸ 本文 C 類及 D 類相當於周師兩篇上引文之 C2 類及 C1 類，本文以 C 類相當於 A1 類五音具足，D 類相當於 B1 類僅具喉牙唇音；A 與 B 及 C 與 D 之分別在唇音字後世變唇齒音否？以變唇齒音之三等韻爲 C1 類與 C2 類，則無以見二者與 A1 類與 B1 類之對等關係。又之韻於上引拙文原皆爲 B2 類，但切韻以前之韻唇音字已變入脂韻，餘者則並可爲 A、B 兩類之切上字，故周師上引文（註 6，P.86）改屬 C 類。之韻唇音字既入 B1 類脂韻，中古擬音遂可由拙文原之 ji 改 iə；以見與微韻 ii 之密切關係，又無礙 i 介音後隨之元音如爲央元音或後元音，則其唇音字變讀唇齒音之音理。

　　D 類指獨喉牙唇音字，韻圖排之於三等如 B1 類，但唇音字變唇齒音者。如微、廢、戈、欣（文）、元及嚴（凡）諸韻。

　　從韻母觀察，又何見凡 C 類三等韻俱帶舌根音韻尾，D 類三等韻俱帶舌尖音或唇音韻尾。

3.1.擬音於諸攝韻尾已見上文，七元音 i、e、a、ə、ɑ、o、u 與三等介音 i 及合口介音 u，於外轉與內轉各等韻類之組合情況爲：

等	外轉開口	外轉合口	內轉開口	內轉合口
一	ɑ	uɑ	ə.o	uə.uo.u
二	a.e.o	ua.ue		
三A.B	ia	iua	ie	iue
C.D	iɑ	iuɑ	iə.io	iuə.iuo.iu
四	i	ui		

　　按內轉一等元音 ə 並見外轉一等，如蟹攝之哈（灰），咸攝之覃；然與蟹攝相配之止攝適無一等韻，咸攝相配之深攝亦適無一等韻，故 ə 元音無所謂外轉。

　　外轉二等元音 e、o 並見內轉。內轉向無二等韻，以 e 爲元音之二等韻見外轉蟹攝佳及，皆山攝之山，梗攝之耕，咸攝之咸；佳與內轉止攝三等支韻，皆及同攝一等哈（灰）與內轉止攝三等之韻，耕與內轉曾攝三等蒸韻，咸及同攝一等覃韻與內轉深攝三等侵韻上古音同部。又以 o 爲元音之二等韻外轉江攝江韻與內轉通攝之一等冬韻及東韻三等，於上古音亦同部。中古內轉既無與 e、o 元音對立之二等韻，與其相配之內轉又有與其於上古同部之一等或三等韻類，故 e、o 及

ə、u並屬內轉一類元音，與外轉之 i、a 及 ɑ 一類元音對立❶。

從舌位圖 I 觀察可知內轉元音恆較外轉者內斂，故謂之內，與其相對者則謂之外。古人憑語感足以分此二類。長短元音關係既可互補。故為羨餘特徵（redundancy feature），不必在擬音時仍標寫其間區別。如想進一步簡化之，純就互補情況將 e、ə、o 悉撥作內轉元音；則內轉元音於前元音之序列者乃偏中，於後元音之序列者乃偏中偏高，加上央元音。反觀外轉元音無論前後高低悉在舌位圖之最外圍頂端部分，故謂之外。見舌位圖 II：

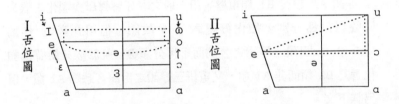

---

❶ 拙文〈再論切韻音——釋內外轉新說〉，語言研究 1993 年第 2 期 P.P.33 至 48。恪守 e、ə、o 三元音分別見於內外兩轉，比照現代廣州話長短元音於舌位之配對情況，擬外轉元音為 ε、ɜ、ɔ 與內轉元音 e、ə、o 對應，並就音位（phoneme）有成組出現之性質而言，與長元音 i、u 對應之短元音為 I、ɷ，加上衹見於外轉之元音 a、ɑ 二者；i、e、a、ə、ɑ、o、u 七元音於舌位互補成高中低與前央後各分三類之情況為：

	前	央	後
高	i 與 I 互補		u 與 ɷ 互補
中	ε 與 e 互補	ɜ 與 ə 互補	ɔ 與 o 互補
低	a		ɑ

　　粗點爲外轉元音，細點爲內轉元音，箭咀所示爲長元音換讀短元音之方向，虛線內爲內轉之範圍，反之爲外轉。孫炎作反切，語出俚俗常言；沈約悟四聲，本是出行閭里。音位自身無所謂意義；然而音位間之對立性質有區別不同語素或詞義之作用，原始之音位觀念正由此奠基。漢語音韻學家於千多年前已賴此種自發之音位觀念，或稱音位直覺（phonemic intuition），根據語感辨析字音中之韻類、調類以至於聲類，再而歸納韻類中之開合、內外轉、一至四等及攝各項，從事音位系統之研究。

3.2.三等韻 A1 類與 B1 類重唇，用一般之喉牙唇聲母與顎化之喉牙唇聲母以爲分別，顎化符號爲 j，故韻母但用介音 i 作爲 A.B.C.D.四類三等韻之分別而不再分類❶。至於喉牙唇聲母顎化者乃 B1 類而非 A1 類，又重紐三等韻之舌齒音悉歸 A1 類，俱另詳下文。

3.3.遇攝模韻乃開合不生對比之獨韻，由隋唐初梵漢對音知其元音爲 o，又現代方言 o 元音之喉牙聲母字每有 u 介音音素，故前擬 o。然畢竟與魚韻擬音 io 過份密切，難以解釋模韻於詩文不叶魚而反叶擬 iuo 之虞韻。故疑 -o 於中古前期複元音化爲 -uo，故不與 -io 通押。何況模既屬獨韻，其爲 -o 或 -uo 於對譯外語時亦唯以此與 o 元音字最近。韻鏡以模虞並列合口，則唐代模韻已讀如 -uo 元音矣。

---

❶　上引拙文原皆以 BCD 三類俱擬 j 介音，以與擬 i 介音之 A 類分別。

3.4. 臻攝之臻、櫛二韻原自眞、質之莊系聲母析出，非純二等韻，故加（　）號於 i 介音處，以示與眞、質二韻之關係。

3.5. 流攝尤韻原擬-ju，今悉以三等介音爲 i，則-iu 似無別於效攝四等之蕭韻；其實尤韻以 u 爲元音，蕭韻以 u 爲韻尾。如必欲分別，也可擬尤韻爲 -iu，侯韻爲 -u 相配，仍不影響音系結構。

4. 分韻之數陸法言原爲 193 韻，王仁昫於上聲琰韻析广，去聲豔韻析嚴，以與平聲嚴韻，入聲業韻相配，後廣韻易稱此上去二聲爲儼、釅二韻。王氏又指上聲腫韻都隴反之湩字爲多韻上聲，並以𪗔、𪘒二字音莫湩反；然或因字少不另出湩韻，故比陸氏多兩韻。

因字少而附寄旁韻者，廣韻尙有臻韻上聲寄於隱韻仄謹切之𧤚、𥂁二字及初謹切之𪗔字；去聲寄於震韻初覲切之櫬、𪘒等七字。又痕韻入聲寄於沒韻下沒切之𪗔、𣵀等五字。

王書之分儼、釅，乃至多韻上聲，臻韻上去二聲及痕韻入聲因字少而附寄旁韻者屬四聲相承一類。眞諄、寒桓及歌戈之分始見吳縣蔣斧所藏唐韻；又夏竦古文四聲韻所據唐切韻仙獮後分宣選，殘卷 P2014 及大小徐兩本說文篆韻譜仙後亦分宣，殘卷 P5531 薛後分雪皆以開合分韻，其韻母元音可能已生分別。廣韻但依寒桓、眞諄及歌戈之分，故爲 206 韻。

表中凡陸氏原未分諸韻外加方括號，其排次由他韻阻隔者以連線系聯兩處之方括號，見琰豔與儼釅諸韻。

切韻韻序平聲覃談次麻韻後陽韻前，上聲感敢、去聲勘闞相承如

此。又蒸登次添韻後咸韻前，上聲拯等、去聲證嶝亦相承如此。入聲
則自薛韻後業韻前以錫、昔、麥、陌、合、盍、洽、狎、葉、怗、
緝、藥、鐸、職、德列次。唐時王仁昫書及孫愐唐韻之韻序同，惟裴
務齊切韻（即王二）能講究四聲韻名悉用同聲母字，尋且推求四聲相
承之韻序得以呼應，韻序由是大有更動⑯，至廣韻而後有今見之序
目。

　　廣韻上去二聲之儼釅二韻，錯列忝桥韻後赚陷韻前，獨鉅宋本廣
韻不訛，當為監本依集韻韻序之過。又入聲黠鎋與相承之刪山互倒，
由陸法言切韻已自如此，廣韻固不能免。⑰

5. 本表重紐以喉、牙、唇聲母後附有顎化 j 音素者屬 B 類，反之為
　 A 類，詳下文(四)節。合口韻母如該韻無舌音或齒音聲母者，改
　 歸帶圓唇 w 音素之喉、牙、唇聲母，故韻母衹餘 110 個。詳文
　 末韻母表註。

(三) 重紐之上古音來源並論中古三等韻五音聲母之歸屬

　　為討論方便，先列出詩韻三十一部所包中古韻類及其聲母⑱。兩
組韻類互補者加〔　〕括號，約當某類者括號外書其類別：

---

⑯　詳拙著《新校互註宋本廣韻》之新序 P.9-19 ，香港中文大學出版社。
　　1993 年。廣韻次非如王國維說之出自李舟切韻也。
⑰　董同龢《上古音韻表稿》 P.P.102-103 。史語所集刊第十八本。
　　1948 年。
⑱　據註 16 董先生文及周師《上古音韻表》，張日昇及林潔明合編，1973
　　年臺北三民書局。

韻部	開口各等韻類				合口各等韻類			
	一	二	三	四	一	二	三	四
1 之	喉牙 咍 舌齒	喉牙 皆 舌齒	喉牙 之C 舌齒 B2		喉牙唇 灰 唇 侯	牙唇 皆	喉牙唇 脂B1 喉牙唇 尤C	
2 職	喉牙 德 舌齒	喉牙 麥 舌	喉牙 職B2 舌齒		喉牙唇 德	喉牙唇 麥	喉唇 職B2 喉牙唇 屋C	
3 蒸	喉牙 登 舌齒	舌 耕	喉牙 蒸B2 舌齒		喉牙唇 登 唇 東	喉牙 耕	唇 蒸B2 喉牙唇 東C	
4 魚	喉牙 模 舌齒	喉牙 麻= 舌齒	喉牙 魚C 舌齒 (麻 2舌齒)B2		喉牙唇 模	喉牙唇 麻=	喉牙唇 虞C	
5 鐸	喉牙 鐸 舌齒	喉牙 陌= 舌齒	牙 藥C 舌齒 喉舌 陌B 昔A2 牙齒 B2		喉牙唇 鐸	喉牙唇 陌=	喉牙唇 藥C	
6 陽	喉牙 唐 舌齒	喉牙 庚= 舌齒	喉牙 陽C 舌齒 喉牙 庚B2		喉牙唇 唐	喉牙唇 庚=	喉牙唇 陽C 喉牙唇 庚B2	
7 支		喉牙唇 佳 舌齒	喉牙唇 支A1 舌齒	喉牙唇 齊 舌齒		喉牙 佳	喉牙 支A1	喉牙 齊
8 錫		喉牙唇 麥 舌齒	喉牙唇 昔A2 舌齒	喉牙唇 錫 舌齒		喉牙 麥	喉 昔A2	喉牙 錫
9 耕		喉牙唇 耕 舌齒 唇 庚= 舌齒	喉牙唇 清A2 舌齒 喉唇 庚B2 牙	喉牙唇 青 舌齒		喉牙 耕	喉牙 清A2 喉 庚B2	喉牙 青

		1	2	3	4	5	6	7	8
10	幽	豪 喉牙唇 舌齒	肴 喉牙唇 舌齒	尤C 喉牙唇 舌齒　幽A2 喉牙唇 舌齒	蕭 喉牙 舌齒				
11	覺	沃 喉牙唇 舌齒	覺 喉牙唇 舌齒	屋C 喉牙唇 舌齒	錫 喉牙 舌齒				
12	中	冬 牙 舌齒	江 喉牙 舌齒	東C 喉牙唇 舌齒					
13	宵	豪 喉牙唇 舌齒	肴 喉牙唇 舌齒	宵B1 喉牙唇 舌齒　宵A1 喉牙唇 舌齒	蕭 喉牙 舌齒				
14	藥	沃 喉牙唇 舌齒　鐸 喉牙唇 舌齒　屋 喉唇 舌齒	覺 喉牙唇 舌齒	藥C 喉牙 舌齒	錫 喉牙 舌				
15	侯					侯 喉牙唇 舌齒		虞C 喉牙唇 舌齒	
16	屋					屋 喉牙唇 舌齒	覺 喉牙唇 舌齒	燭C 喉牙 舌齒	
17	東					東 喉牙唇 舌齒	江 喉牙唇 舌齒	鍾C 喉牙唇 舌齒	
18	歌	歌 喉牙 舌齒	麻= 喉牙 舌齒　麻A2 齒	支B1 喉牙 舌齒		戈 喉牙唇 舌齒	麻= 喉唇 牙	支B1 喉牙唇 舌齒	
19	祭	泰 喉牙 舌齒	夬 喉牙 舌　皆 喉牙 齒	廢D 牙　祭B1　祭A1 喉牙 舌齒	齊 喉牙 舌	泰 喉牙唇 舌齒	夬 喉唇 牙　皆 喉牙唇 舌齒	廢D 喉唇 牙　祭B1 牙　祭A1 喉唇 舌齒	齊 喉齊

20 月	喉牙 曷 舌齒	喉牙 鎋 / 黠	喉牙 月D / 喉牙 薛B1 齒 / 喉牙 薛A1 齒	喉牙 屑 舌齒	喉牙脣 末 舌齒	喉牙脣 鎋齒 / 黠	喉牙脣 月D / 喉脣 薛B1 / 喉牙脣 薛A1 舌齒	喉牙脣 屑
21 元	喉牙 寒 舌齒	喉牙 刪 舌齒 / 喉牙 山	喉牙 元D / 喉牙 仙B1 / 牙 仙A1 舌齒	喉牙 先 舌齒	喉牙脣 桓 舌齒	喉牙脣 刪 舌齒	喉牙脣 元D / 喉牙脣 仙B1 / 喉牙脣 仙A1 舌齒 / 喉脣 山	喉牙脣 先
22 微	喉牙 咍 舌	喉牙 皆	喉牙 微D / 喉牙 脂B1 舌齒		喉牙脣 灰 舌齒 / 喉 戈 舌齒	喉牙脣 皆	喉牙脣 微D / 喉牙脣 脂B1 舌齒 / 喉 支B1 舌齒	
23 物	喉 沒	喉 黠	喉牙 迄D / 喉 質B1		喉牙脣 沒 舌齒	喉牙脣 黠	喉牙脣 物D / 喉牙脣 術B1	
24 文	喉牙 痕 舌	喉牙 山 齒 臻	喉牙 欣D / 喉牙 真B1 舌齒	牙 先 舌齒	喉牙脣 魂 舌齒	牙脣 山	喉牙脣 文D / 喉牙脣 諄B1 舌齒	先 舌齒
25 脂		喉牙 皆 齒	喉牙脣 脂A1 舌齒 / 脣 支A1 舌齒	喉牙脣 齊 舌齒			牙 脂A1 齒	牙喉 齊

26 質		喉牙唇 點	喉牙唇 質A1 舌齒	喉牙唇 屑 舌齒		喉牙 點	喉牙 術A1 齒	喉牙 屑
27 眞		喉牙唇 山	喉牙唇 眞A1 舌齒	喉牙唇 先 舌齒			喉牙 諄A1 齒	喉牙 先
	舌 咍	喉 皆	喉 脂B1 舌齒	舌 霽	舌 灰	喉牙 皆	喉牙 脂B1	喉 脂
28 緝	喉牙 合 舌齒	喉牙 洽 舌齒	喉牙唇 緝A1 B1 舌齒	舌 怗	舌 沒	舌 點	舌 術B1	
29 侵	喉牙 覃 舌齒	喉牙 咸 舌齒	喉牙唇 侵A1 B1 舌齒	喉牙 添	唇 東		唇 東C	
	牙 泰		喉 祭B1 舌	喉 霽 舌			舌 祭B1	
30 葉	喉牙 盍 舌	喉牙 狎	喉牙 業D 齒				唇 乏D	
			喉 葉B1 舌齒					
	喉牙 合 齒	喉牙 洽 齒	喉牙 葉A1 舌齒	侯牙 怗 舌齒				
31 談	喉牙 談 舌齒	喉牙 銜 齒	喉牙 嚴D 齒				凡D	
			喉牙 鹽B1 舌齒					
	喉牙 覃 舌	喉牙 咸 舌齒	喉牙 鹽A1 舌齒	喉牙 添 舌				

　　表中之部中古 C 類之韻與職蒸二部之中古 B2 類職蒸二韻相承，之韻唇音字中古前已分入 B1 類脂韻及 C 類尤韻兩處，職蒸二韻之情況亦相若，故上古時之韻與職蒸二韻俱約當中古 B2 類。

　　魚部麻韻 A2 類舌齒字參看鐸部 B2 類陌韻喉牙字與 A2 類昔韻舌齒字合組爲一類（董氏表稿 P.164），又由職、蒸二韻偵知 B2 類三

等韻固得有舌齒字；加上 A 類字之上古韻部例有中古四等韻之情況，如支、錫與脂、質、眞諸部。則此魚部之麻韻三等與鐸部陌、昔合組之韻類俱約當中古 B2 類。至於麻韻三等中古所以爲 A2 類。從 A1 與 B1 類合組成之重紐三等韻，原上古 B1 類之舌齒字俱與 A1 類者合流觀測，蓋與其所屬之舌齒字有關。

文部中古二等山韻之喉牙字與臻韻之齒音字互補爲一類（董表 P.217）。

現在看 A1、B1 兩類重紐分見之詩經韻部。中古支韻 A1 類見支部，B1 類見歌部。脂韻 A1 類見脂、質、眞三部，B1 類見微、物、文、三部。

A2 類與 B2 類分見之詩經韻部。中古 A2 類昔韻見錫部，B2 類之、職、蒸三韻見之、蒸三部。

以上有 A 類之上古韻部無中古一等韻，B 類之上古韻部無中古四等韻。唯一之例外爲文部，其中古 B1 類眞韻處有四等先韻，其開口字如下（董表 P.218）：

端母：典蕇錪（銑韻多殄切）

透母：琠腆悿錪（銑韻他典切）

定母：殄（銑韻徒典切）

心母：先（先韻蘇前切）燹跣毨洗姺銑（銑韻蘇典切）

溪母：豤（銑韻牽繭切）

董表 P.217 眞韻處與上列對立者，單見軫韻珍忍切辴字。按「辴」又音眞韻植鄰切，切韻系書但全王於植鄰切收此字而已。合口

字則爲（董表 P.221 ）：

　　定母：屍殿澱顯（霰韻堂練切）
　　從母：荐栫（霰韻在甸切）

　　諄韻處俱無字與此衝突，相承文部之微、物二部亦不具四等韻，故此處之先韻字原自眞諄韻於中古時變入。

　　上述 A、B 兩類分見於上古不同韻部外，B1 類可與 D 類三等韻同部，如微、物、文；B2 類則與 C 類同部，如魚、鐸、陽；C 類亦如 A、B 二類之可以獨見，如侯、屋、東、覺、中及藥六部。獨居一部者爲 A1 類，必不獨居者爲 D 類。此種同部而所以有兩類中古三等韻，或源自上古之不同介音 ⓳。至於一等韻母與四等韻母於元音洪細之分本各處極端，是以一等、二等與三等 B 類，及一等、二等與三等 B 類加 C 或 D 類者，此系韻母元音於上古必較二等、三等 A 類與四等者一系爲洪大，可想而知。又中古三等韻 D 類獨喉牙脣字，有違音位系統之整齊性質；今查上古 D 類必與 B1 類同部，故其舌齒字於中古前已與 B1 類者合流，切韻時 B1 類與 A1 類組成重紐三等韻，於是 D 及 B1 兩類舌齒字俱與 A1 類者合流。拙文擬上古 ｊ 介音促中古 D 類喉牙脣字與舌齒字分化，中古 B1 類喉牙脣字亦由所帶之顎化 ｊ 音素使舌齒字悉與 A1 類者合流 ⓴。

⓳　拙文《中古三等韻於上古有 *i 、*j 二介音說》。日本東京外國語大學學報第二十一期，P.P.139-148。1983 年。

⓴　註 9 拙著《上古音系研究》P.P.189-196。

再看 A1B1 兩類重紐合見之詩經韻部。

A1B1 兩類重紐同部者有宵、祭、月、元，緝、侵及葉、談八部；幽部之 B1 類脂韻中古前已與 C 類尤韻合流，故爲 A2 類，已詳上文。

A1 與 B1 類同部共處則此部必具足中古一至四等諸韻，祭、月、元及葉、談五部且出現兩組二等韻；其中諧聲與一等、三等 B1 及 D 同系者，於切韻韻母元音屬外轉一類，諧聲與四等及三等 A1 同系者，於切韻韻母元音屬內轉一類，足證切韻同攝二等重韻固非妄生分別者[21]。

宵部中古二等獨見肴韻，然其諧聲一等豪韻與三等 B1 類宵韻同系，四等蕭韻與三等 A1 類宵韻同系。依此線索尚可辨析二等肴韻之諧暴、麃、苗、勞、巢、爻、爪、敖聲字屬豪系，餘者屬蕭系，再而辨析合流於 A1 類之 B1 類舌齒字[22]。

A2類與B2類並見之耕部，雖無四等韻，但有耕及庚二兩個二等

---

[21] 祭、月、元、葉、談五部二等重韻，其中諧聲通一及三B1、D等者、開口字見董表P.189、P.193、P.P.197-199、P.234及P.P.236-238；合口字見董表P.191-192、P.195、P.P.203-206、P.235及P.240。諧聲通三A1及四等者，開口字見董表P.192、P.194、P.P.200-202、P.P.234-235及P.P.238-240；合口字見董表P.192、P.196、P.P.200-202，葉談兩部此處無合口字。祭、月、元三部諧聲分兩系之討論見董表P.P.95-104。葉、談兩部之討論見P.P.108-112。

[22] 董表宵部討論見 P.P.84-87 。表見 P.P.142-146 。表內以宵 A1 次豪肴二韻後，以宵 B1 置蕭韻前似有誤列。

韻；從 A 類獨見一部之性質，諧聲又大體可分爲耕、清、青與庚二、庚三兩系幾點觀察，可猜想二者源自較詩韻更古之不同元音韻類。由於歷時甚久，以至耕與庚二兩個二等韻之諧聲字殊爲雜沓。例如據四等耕韻及清韻喉牙唇字爲基準，則庚韻之諧并、令、生、青、巠、熒聲字應在耕韻；而耕韻之諧平聲字應在庚韻。歌部之B1類支韻與A2類麻韻並列，又脂部脂與支兩組A1類並列，亦應作如是觀。

　　緝及侵兩部無二等重韻，諧聲也難分辨，僅餘中古影母重紐及本部具足一至四等之關係，推敲詩韻以前有不同來源。

　　同部有一至四等而不涉 A 類與 B 類重紐對立者，尚有以四等爲主流之 A 類葉部合、洽、葉 A1 、怗，談部覃、咸、鹽 A1 、添及上述幽部之豪、肴、尤 C 、幽 A2 、蕭；以一等爲主流之 C 類覺部沃、覺、屋 C 、錫，藥部之沃❷、覺、藥 C 、錫及上述 B 類之文部痕、[山、臻]、欣 D 、眞 B1 、先、諧聲俱混而不分。

　　此六部於中古音系之性質，乃其元音俱屬內轉性質。內轉元音非央則斂，或因而易泯一等與四等韻類源自上古之洪細分別。又幽、覺、藥三部上古帶圓唇舌根音韻尾，葉、談二部帶唇音韻尾；正好用作宥部二等，尤其是緝侵兩部雖具足一至四等，重紐於切韻仍勉分二類，諧聲字終難辨析之註腳。復循上古唇音諸部陰聲韻字詩韻前已匯入非唇音韻尾諸部陰聲韻之事實，信乎帶唇音音素字之易轉化爲另類音素矣。

　　古韻三十一部爲研究詩韻之總結，而其成果確鑿不移；乃清儒就

---

❷　藥部有沃、鐸、屋三個一等韻，各韻所收字每多以又音相通，董表 P.P.85-86 以爲是方言之不同。

詩經協韻與說文諧聲分別歸納所得，發現二者於古韻各部隸屬之切韻韻類，竟能不牾而合。三十一部後之辨析者，詩韻已無所著力，袛能從韻部結構及韻部與韻部間關係，參考諧聲線索以資分野。黃季剛先生析葉、談爲談、添、盍、怗四部❷。又董同龢先生加用方外譯語、現代方言及切韻重紐析宵、葉、談、祭、月、元六部諧聲分屬二系，所據正在於此。

　　拙文兩周金文音系考析宵、藥爲豪、沃與宵、卓四部❷。上古音系研究析祭、月、元爲廢、月、元與介、薛、仙六部，據諧聲析隸部配緝、侵，蓋部配盍、談，荔部配怗、添❷，乃兼本早於詩韻之金文韻讀，並紬繹中古重紐 AB 二類於上古韻部出現情況，及此二類與同部其他韻類之組合關係，然後辨析其間諧聲系列而來。連談、添、盍、怗四部共得諧聲時期古韻四十一部。

　　清人懂脂、支、之三部之分，東、冬與鍾、江之分，得力於對詩經韻例之認識越趨精密，然此亦不過古韻架構之外部資料。今揭示重紐與諧聲關係，無疑對辨析古韻提供直接之內部證據；而重紐於古韻之組織，不啻又一次說明諧聲與古韻竟不牾而合，更使人對古韻之韻類架構與聲母之音位分配漸次把握。現將拙擬諧聲時期四十一部所包

---

❷　黃季剛先生《談添、盍怗分四部說》。制言第八期，又黃侃《論學雜著》P.P.290-298 臺灣中華書局 1969 年版。

❷　註 8 前引書 P.P.98-107 論宵、藥之二分。又原文卓部用錫字，與支錫耕之錫部同名，故於上古音系研究改用卓字。

❷　註9前引書P.P.143-155。又P.131論葉談兩部之分(C)項，葉A1類諧覃、咸、添及合、洽、怗者韻圖列四等（原誤作二），葉B1諧談、銜及盍、狎者韻圖列三等（原誤作三）。後按語亦當刪，附記於此。

中古三等韻表㉗爲本章作結：

元音	i			e			a					o					u		
介音	j			j			j			l		j			l		j		
聲尾	韻目	鈍	銳	韻目	鈍	銳	韻目	鈍	銳	鈍	銳	韻目	鈍	銳	鈍	銳	韻目	鈍	銳
-h	(7佳)	支A1		(4魚)II	魚C				麻三B2			(1之)I	[尤C	之B2]C	[脂B1	之B2]B2	(17侯)	虞C	
-k	(8錫)	昔A2		(5鐸)II	[陌三B2	昔三A2]B2		藥C				(2職)	[屋三	職B2]C		職B2	(18屋)	燭C	
-	(9耕)I	清A2		(9耕)II	庚三B2?			陽C		庚三		(3蒸)	[東三	蒸B2]C		蒸B2	(19東)	鍾C	
-hʷ	(10幽)II	幽A1?		(15宵)	宵A1		(13豪)				宵B1	(10幽)I	尤C		幽	B2			
-kʷ				(16卓)	藥C?		(14沃)	藥C				(11覺)I	屋三						
-ʷ												(10中)I	東三C						
-r	(30脂)II	支A1		(20歌)II	歌	麻三A1	(20歌)		麻三A1	支B1		(27微)II				支B1合	(20歌)	支合	
-l	(30脂)I	脂A1		(24介)	祭A1		(21廢)	[廢D	祭B1]D		祭B1	(27微)I	[微D	脂B1]D		脂B1	(21廢)II		祭合
-t	(31質)	質A1		(25薛)	薛A1		(22月)	[月D	薛B1]D		薛B1	(28物)	[迄D	質B1]D		質B1	(22月)		薛合
-n	(32眞)	眞A1		(26仙)	仙A1		(23元)	[元D	仙B1]D		仙B1	(29文)	[欣D	眞B1]D		眞B1	(23元)II		仙合
-v	(33隸)II	至A1		(39荔)	祭A1		(36蓋)	[廢D	祭B1]D		祭B1	(33隸)I				至B1			
-p	(34緝)	緝A1?		(40帖)	葉A1		(37盍)	[業D	葉B1]D		葉B1	(34緝)I				緝B2			
-m	(35侵)	侵A1?		(41添)	鹽A1		(38談)	[嚴D	鹽B1]D		鹽B1	(35侵)I	[東三	侵B2]C		侵B2			

(四) 切韻重紐之反切分別及其音素性質

１、廣韻重紐於切上、下字皆不互用說

　　切韻重紐之音素，認爲A類與B類區別在於聲母、介音，聲母及介音二者，元音、聲類等㉘，各說紛陳。先師系聯隋唐五代宋初韻書反

㉗　原表見註9前引書自序又 P.189。

㉘　詳註9前引書 P.P.172-177。又註6及註10周師前引文。

切，指出重紐A、B類不互用爲切上字，其音素之分別當在聲母❷，可
爲定論。但擬音受潘悟雲與朱曉農之漢越語和切韻唇音字一文❸影
響，暫以顎化聲母符號 j 置於 A 類，作爲漢越語重紐字唇音於 A 類
變讀t、t'、z，B類不變，C 類及D 類變讀唇齒音f、v之解釋。

　　本文認爲此顎化聲母符號 j 應置於 B 類，不妨先觀察廣韻重紐
A1 與 B1 兩類切下字以尋其端倪。（ ）號內爲需要解釋之反切。例
如唇音字開合不對比，故以唇音爲切下字不影響開合口歸屬；又喻以
字雖屬 A1 類，與 B1 類源自匣母三等之喻云究非重紐；舌音或齒音
之爲 B1 類切下字者均予註明：

支	A1	1	開	支移
		2	合	規隨隋吹
	B1	3	開	羈奇宜離（漪音於離切。離音呂支切，半舌音來母字；切上字於音 C 類魚韻央居切）
		4	合	爲支（爲音蘧支切，蘧音 B1 類紙韻章委切，即爲字上聲，此以切上字定開合及韻類之例外反切，非 A1 類開口可切 B1 類合口也❸。又支音章移切，齒音照章字）

❷　註6周師前引文。本文所說之音素，乃音位學（phonology）之
　　phoneme。

❸　《語言文字研究專輯》上篇P.P.323-356。中華文史論叢刊，上海古
　　籍出版社1982年。

❸　龍宇純，《例外反切的研究》。中研院史語所集刊36本上册P.P.
　　331-374。1965。又《廣韻重紐音值試論兼論幽韻及喻母音值》。香
　　港中文大學崇基學報九卷二期，1970。以B類有滑音-j-A類滑音-j-後
　　有-i-元音，如分尤爲-jəw、與幽爲-jiew；喻三爲j-、喻四爲ji-，
　　與本文不同。又本文切下字歸類參註16拙著前引書。
　　李方桂先生亦以喻三爲j，喻四爲ji，並以之區別重紐三、四等，四等
　　之介音用i（上古音研究P.7商務印書館）。

脂	A1	5	開	脂夷
		6	合	追維悲
	B1	7	開	肌夷（飢音居夷切。夷音以脂切，喻以字。切上字居音之韻居之切又魚韻九魚切，俱 C 類。由又音及現代方言之音讀、知 C 類與 B 類爲近）脂（醫音渠脂切。脂音旨夷切，齒音照章字；渠音 C 類魚韻強魚切）
		8	合	眉悲（帷音洧悲切，悲音府眉切，唇音字開合口不對比）追（龜音居追切，逵音渠追切及蘬音丘追切。追音陟　切，舌音知母字，居音居之、九魚二切，渠音強魚切，丘音尤韻去鳩切，俱 C 類三等韻）
真	A1	9	開	眞珍鄰賓人（趣音渠人切，誤置諄韻處）
	B1	10	開	銀巾（諄韻末有份音普巾切，亦當如趣字之歸眞韻）
		11	合	筠贇倫（囷音去倫切及贇音於倫切。按倫音諄韻力迍切，半舌音來母字。切三、全王同。切上字去音語韻羌舉切又御韻丘倨切。於音魚韻央居切。語韻、御韻及之韻，俱 C 類三等韻。眞韻 B1 類合口不入諄韻，乃唐韻依開合口分眞諄而未密，而原屬眞韻開口之趣、份附諄韻末，尤誤）
諄	A1	12	合	倫勻
仙	A1	13	開	然延連
		14	合	緣專
	B1	15	開	焉乾延（嗎音許延切，延音以然切、喻以字，以音 C 類止韻羊已切）
		16	合	權員圓
宵	A1	17	開	昭遙宵招
	B1	18	開	嬌喬瀌
侵	A1	19	開	針淫
	B1	20	開	金吟
鹽	A1	21	開	廉鹽
	B1	22	開	炎淹廉（砭音府廉切，愶音丘廉切及黫音語廉切。廉音力鹽切，半舌音來母字。府音麌韻方矩切，丘音尤韻去鳩切，語音語韻魚巨、御韻牛倨二切、俱 C 類三等韻）
紙	A1	23	開	爾邐弨（企音丘弨切，弨音綿婢切，唇音字開合不對比）
		24	合	弨婢俾

	B1	25	開	綺倚
		26	合	彼委詭靡毀
旨	A1	27	開	履比（符鄙切仳字又音芳比切，失互見。按比音卑履切，當補於此）
		28	合	癸誄水
	B1	29	開	几履（几音居履切。履音力几切，半舌音來母字。居音 C 類居之、九魚二切）
		30	合	鄙美洧軌
軫	A1	31	開	忍盡
	B1	32	開	引
		33	合	殞敏
準	A1	34	合	準尹
獮	A1	35	開	演善
		36	合	兗緬轉
	B1	37	開	寋免辡輦（寋音九輦切及件音其輦切。輦音力展切，半舌音來母字。九音有韻舉有切，其音之韻渠之、居之二切，俱 C 類三等韻）
		38	合	轉（卷音居轉切。轉音陟兗切，舌音知母字。居音之韻居之、魚韻九魚二切、 C 類）篆（圈音渠篆切。篆音持兗切，舌音澄母字。持音 C 類之韻直之切。）
小	A1	39	開	少沼小
		40	合	夭矯表
寑	A1	41	開	荏
	B1	42	開	甚飲錦
琰	A1	43	開	冉琰
	B1	44	開	檢斂慭險奄儉
寘	A1	45	開	義（避音毗義切及臂音卑義切，義音宜寄切，B1 類疑母字。按毗音脂韻房脂切，卑音支韻府移切，俱 A1 類字，此以切上字定韻類也）。豉賜智企
		46	合	瑞避睡恚
	B1	47	開	義寄
		48	合	偽睡（偽音危睡切。睡音是偽切、齒音禪母字；切上字危音 B1 類支韻魚爲切）

至	A1	49	開	利二至寐
		50	合	季悸醉
	B1	51	開	器冀利（冀音几利切。利音力至切，半舌音來母字；切上字几音 B1 類旨韻居履切）
		52	合	愧祕媚位備
祭	A1	53	開	祭袂制
		54	合	芮嘬蔽
	B1	55	開	罽憩例（憩音去例切，翽音居例切及劓音牛例切。例音力制切，半舌音來母字。去音語韻羌舉又御韻丘倨二切，居音之韻居之、魚韻九魚二切，牛音尤韻語求切，俱 C 類）
		56	合	衛
線	A1	57	開	戰箭線
		58	合	捵絹面
	B1	59	開	變扇（軀音於扇切。扇音式戰切，齒音審母字；切上字於音 C 類，魚韻央居切）
		60	合	睠倦卷
笑	A1	61	開	照笑妙召要
	B1	62	開	廟召（廟音眉召切。召音直照切，舌音澄母字；切上字眉音 B1 類脂韻武悲切）
沁	B1	63	開	禁蔭
豔	A1	64	開	贍
	B1	65	開	驗窆
質	A1	66	開	悉吉質畢必
	B1	67	開	密筆畢（密音美畢切，美音 B1 類旨韻無鄙切，以切上字定韻類；故與彌畢切之密，切上字彌音 A1 類支韻武移切者不同音）乙
		68	合	筆（茁音厥筆切，唇音字開合不對比）
術	A1	69	合	聿律必（獝音況必切，誤置質韻末，唇音字開合不對比）
薛	A1	70	開	列
		71	合	雪劣滅
	B1	72	開	別竭列（傑音渠列切，孽音魚列切及別音皮列切。列音良薛切，半舌音來母字；渠音魚韻強魚切，魚音魚韻語居切，俱 C 類三等韻字。皮音支韻 B1 類符羈切是也）

		73	合	劣（曒音乙劣切及蹶音紀劣切。劣音力輟切，半舌音來母字；切上字乙音質韻於筆切，蹶音祭韻居衛，月韻居月，其月又薛韻紀劣四切，俱 B1 類字）
緝	A1	74	開	入
	B1	75	開	立及急汲
葉	A1	76	開	涉葉
	B1	77	開	涉（瘑音去涉切。涉音時攝切，齒音禪母字；去音語韻羌舉，御韻丘倨二切，俱 C 類）輒（敬音於輒切，䩡音其輒切及紲音居輒切。輒音陟葉切、舌音知母字。於音魚韻央居切、其音之韻渠之，居音之韻居之切，俱 C 類三等韻字）

　　總計重紐七十七個韻類切下字共二百一十四個，其中 B1 類兼用非重紐字為切之韻類十八個，其切下字共二十一個。即支 B1 開口離字與合口支字，脂 B1 開口夷、脂二字與合口追字、真 B1 開口倫字、仙 B1 開口延字、鹽 B1 開口廉字、旨 B1 開口履字、獮 B1 開口輦字與合口轉篆二字、寘 B1 合口睡字、至 B1 開口利字、祭 B1 開口例字、線 B1 開口扇字、笑 B1 開口召字、薛 B1 開口列字與合口劣字及葉 B1 ，開口涉、輒二字。其中「支、睡、利、召、劣」及「列」之皮列切別字一音，因切上字已用 B1 類，故不影響分辨重紐之歸屬。

　　餘下之十六個切下字所涉韻類為支開、脂開合、真合、仙開、鹽開、旨開、獮開合、祭開、線開、薛開及葉開共十三個；所涉之聲母以來母七見最多，三等知母三見，喻以母兩見，三等澄母、照章母、審母及禪母各一見；全部結集於韻圖三等一列，其中必有共通之音素存焉。所涉之反切共二十五個，切上字在開口者必屬 C 類三等魚韻或之韻，合口者尚有尤韻字。

　　非重紐切下字因可兼切 A1 、 B1 兩類重紐，故切 B1 類者，其切

上字必屬 B1 類或 C 類而絕不可爲 A1 類，反之亦然。

例如支韻 B1 類喻以母「爲」音薳支切，切下字「支」音照章母章移切，因屬非重紐字；故 A1 類之滂母「跛」音匹支切，並母「陴」音符支切，並可用「支」爲切。然「爲」之切上字於此必非 A1 類，尤其切上字薳音紙韻 B1 類韋委切，適屬爲字上聲，可能正欲強調此點。反之， A1 類既已用非 B1 類重紐字爲切下字，其上字如「跛」之聲母用質韻 A1 類譬吉切之「匹」，乃自用 A1 類；「陴」之聲母用 C 類虞韻防無切之「符」，乃通用 C 類。

又如脂韻 B1 類見母「飢」音居夷切，切下字「夷」音喻以母以脂切，喻以原非喻云重紐；故 A1 類之滂母「紕」音匹夷切，曉母「咦」音喜夷切，並可用「夷」爲切。「飢」之切上字居音之韻居之切又魚韻九魚切，俱 C 類！此即 B1 類切上字用 C 類之例。 A1 類紕字聲母用「匹」，乃自用 A1 類；咦字聲母用 C 類止韻虛里切之「喜」，乃通用 C 類。於此又可見咦字爲 A1 類，飢字爲 B1 類，於反切表象，如無韻圖，實難知其歸屬；但驗諸唇吻，曉母爲聲門大開之清擦顎音 x 或喉音 h， i 介音前零聲母因聲帶收緊而併發之濁顎擦音 j 自是難以衍生；相反，舌根音見母乃舌位甚高之阻塞音，切下字用喻以，正好與曉母之用喻以，各處兩個極端。故「居夷」切飢與「喜夷」切「咦」，於古人並無不妥。何況飢音居夷切，祇要其切上字不屬 A1 類，則足以證明重紐聲母之音位確乎對比；與一般切上字三等與非三等者兩類互補，可用介音和諧說以解釋之情況截然不同。

A1 類與 B1 類之喉牙唇重紐字互切者，僅眞韻 A1 類開口用 B1 類義字爲切下字，質韻 B1 開口用 A1 類畢字爲切下字各一例。舊說重紐 B1 類兼有舌音及齒音聲母，或以重紐切下字不如切上字之判別

兩類；乃重紐三等韻之非重紐字可互爲 A1 與 B1 類之切下字使然，情況恍如 A1 與 B1 類之切上字可共用其他三等韻，故無法自反切系聯予以辨析。尤有晉者，即上舉所謂唯一例外之 A1 與 B1 類互切字，更堪顯示重紐音素之性質。

先看質韻開口 A1 類音卑吉切之畢字。畢字於質韻爲切下字兩見，其一爲彌畢切音蜜，另一爲美畢切音密，蜜與密正好合組 A1 與 B1 兩類明母重紐。廣韻之鉅宋本、澤存堂本、古逸叢書本、巾箱本、元泰定本及明內府本莫不如此。切韻系書與玉篇、說文繫傳及說文爲：

	切三	王一	王二	全王	唐韻	玉篇	繫傳	說文	廣韻	集韻
A1 蜜	民必	名必	民必	無必	彌畢	彌畢	彌必	彌必	彌畢	覓畢
B1 密	美筆	美筆	美筆	美筆	美筆	眉筆	美弼	美畢	美畢	莫筆

蜜字切韻系書唐韻以後用彌，按民音眞韻彌鄰切，名音清韻武并切，俱 A1 類字；全王之無音 C 類虞韻武夫切，從切上、下字力趨和諧之要求言，自不及並用 A1 類者，此或唐韻以後沿用支韻 A1 類武移切彌字之故。切下字畢與必同音 A1 類卑吉切，韻鏡列四等是也。

密字切韻系書及玉篇並以筆爲切，筆音鄙密切，與繫傳之弼音房密切，筆、密、弼三字俱屬 B1 類。美音旨韻無鄙切，眉音脂韻武悲切，俱 B1 類字。大徐說文所據孫恤唐韻乃與廣韻並用 A1 類畢字爲切，蜜音彌必切亦與廣韻彌畢切相當，足知廣韻實有所本；加以廣韻各本如出一轍，其時固有依此反切讀出蜜、密二字之把握。然則彌畢與美畢二切間惟仗切上字以定其區分，苟如全王之以無必切蜜，則不

免與密字同音。 A1 類與 B1 類重紐能單靠其同類之喉牙唇音切上字以資識別，其間必有對比音位之音素寄存，可謂已躍然紙上。

至於眞韻 A1 類開口以 B1 類義字爲切之情況。義音宜寄切，寄音居義切，韻鏡並列牙音三等；切上字宜音支韻 B1 類魚羈切，居音之韻居之切又魚韻九魚切。中古之、魚二韻並屬 C 類，從又音分佈及現代方言之音讀；可知 A1 類與四等最近， B1 類與 C 、 D 二類三等韻爲近，故義字與寄字之反切屬 B1 類當無疑問。「義」作爲 A1 類切下字兩見，即毗義切「避」，卑義切「臂」。避字王二及全王音婢義反，臂字王二及全王音卑義反同。王一、王二及全王又有譬字音匹義反，廣韻音匹賜反。切上字毗音脂韻房脂切，卑音支韻府移切，婢音紙韻便俾切，匹音質韻譬吉切，俱重紐 A1 類字；證以七音略將臂、譬、避三字並列四等唇音幫、滂、並三母處，其字之爲 A1 類且音讀但由切上字顯示亦毫無疑問者。

如果繼續探索，還可發覺切韻系書竟無確鑿對比之疑母重紐，且凡見於 A 、 B 類三等韻之疑母恐但有 B 類。

按切韻系書各本及廣韻能指爲疑母重紐者，僅得祭韻藝音魚祭切與劓音牛例切一對，音位學謂之最小對比 (MINIMAL CONTRAST)。不過，由重紐切上、下字最好自用其類，尤以切下字屬非重紐字時，其切上字實兼爲判別二者歸類之標識，已詳上文。是以藝之切下字「祭」音精母子例切，劓之切下字「例」音來母力制切；倘切上字用 C 類魚韻語居切之「魚」與尤韻語求切之「牛」，二音恐無不同。唯一可解釋二音分別之論據，衹能說 A1 類切下字精母乃三等齒音字之列四等者，與重紐同列四等之 A1 類爲近，故全書重紐 B1 類切下字之以非重紐字爲切者皆絕不見精母字；同理，韻圖列三等之來母字，

爲 B1 類切下字之以非重紐字爲切者之首選，故與重紐同列三等之 B1 類爲近。然則何以切韻系書如此周章，不逕以 A 類三等韻疑母作「藝」之切上字耶？

今查切韻系書全部重紐乃至 A2 類諸韻，僅幽韻語虯切「聲」一字，集韻音倪虯切。倪字廣韻音四等齊韻五稽切，集韻音研奚切。研字廣韻音四等先韻五堅切又霰韻吾甸切。由集韻重紐 A、B 類不互爲切上字，且 A 類切上字又但與四等韻通用之情況觀測，聲字屬 A 類其明。韻鏡列四等可助證。

重紐三等韻之笑韻亦獨有牛召切「虤」一字，韻鏡列四等而誤置於溪母處。然切韻系諸書及集韻並音牛召切同廣韻。牛音 C 類尤韻語求切，如前述爲祭韻 B1 類「劌」之切上字；故虤字倘讀 A 類疑母，則有違上舉集韻 A 類切上字但自切或與四等字相通之情況，此其一。笑韻以召字爲切者，除丑召切「朓」，乃非重紐之徹母字；尙有眉召切「廟」，丘召切「趬」。召音定母直照切又禪母寔照切，定、禪二母俱可爲 B1 類切下字；切上字眉音 B1 類脂韻武悲切，丘音 C 類尤韻去鳩切；廟字韻鏡，七音略並歸三等 B1 類。趬字七音略亦歸三等 B1 類（然四等 A1 類處列其同音蹺字；韻鏡但列趬於四等且誤置疑母處，並訛）。此其二；集韻同切韻系諸書之音「廟」爲眉召切，「趬」爲丘召切，此其三；足證趬、虤二者實屬 B1 類。

「聲」爲獨一無二之 A 類疑母字，由反切觀之本無可疑。由諧聲觀之，敖音一等豪韻五勞切；又聲字有一等豪韻五勞與號韻五到、二等肴韻五交及三等幽韻語虯切四音。從音韻結構言，幽韻本 A1、B1 類重紐三等韻；惟中古之前幽韻 B1 類已混入 C 類尤韻，故爲 A2 類（詳上文（二）2 ）。上古諧聲於一等者與重紐 B1 類相近，諧聲於四

等者與重紐 A1 類相近（詳上文（三））。今聲字諧聲聲母在一等，又音亦讀一等；則此所謂 A1 類疑母字，殆幽韻 B1 類之殘存者。因幽韻另無 A1 類疑母字，故聲字相蒙以 A1 類音渠幽切之「虯」爲切下字耳。由此觀之，又可知眞韻 A1 類之避、臂及譬字用所謂 B1 類之義字爲切，實非例外。因疑母既乏 A 類，則無異上述用非重紐聲母字爲切下字時，其韻母屬 A 類或 B 類由切上字決定之條例。

再看全書僅見之祭韻疑母重紐。如聲爲獨一無二之 A 類疑母字，則宜用「聲」爲上字切藝，也可能因「聲」爲生僻字而不用。試並列切韻系書與其他著有反切之書以便深入討論：

	王一	全王	王二	唐韻	玉篇	釋文	繫傳	說文	廣韻	集韻
A1 藝	魚祭	魚祭	魚祭	缺	魚制	魚世	魚祭	魚祭	魚祭	倪祭
B1 劓	牛例	牛例	義例	牛例	魚器	魚器	魚致	魚器	牛例	牛例

藝字說文作埶。釋文所引乃尙書舜典「歸格于藝祖」句。劓字說文或作劓，釋文周易睽卦「其人天且劓」，繫傳及玉篇並即諧鼻聲之音。廣韻至韻劓音魚器切，器音去冀切，俱 B1 類。繫傳魚致切之致音至韻陟利切，「陟」乃知母字，知母已見上舉 B1 類非重紐切下字之聲母；繫傳又有所謂 A1 類之埶字音魚祭切，則魚致反即魚器切也。

藝音切下字玉篇用照三征例切之制，釋文用神母舒制切之世，照系亦如知系之可爲 B1 類非重紐切下字，足見魚制或魚世與魚器或魚致之音無別。

慧琳一切經音義之藝音四見：即卷七頁十一之霓計反，卷二十五頁十二之奇蟻反，續卷五頁四及續卷八頁五之魚祭切。劓音三處見：

卷五頁十五之魚器反，卷十四頁十之魚列反，卷七十六頁五之言揭反。

藝音魚祭反已見前引。切上字霓音廣韻四等齊韻五稽、霽韻五計及屑韻五結三切；奇音三等 B1 類支韻渠羈及居宜二切。切下字計音四等霽韻古詣切，蟻音三等 B1 類紙韻魚倚切。

音魚器反亦見前引。魚列反之列音薛韻良薛切，非重紐切下字由上字 C 類魚韻定之如 B1 類。言揭反之言音三等 D 類元韻語軒切，下字揭音 B1 類祭韻去例，薛韻渠列、丘竭、 D 類月韻居竭，其謁及 A1 類薛韻居列切。 D 韻與 B1 韻相近，居列切乃不規則音變，故魚列與言揭同音。

霓計反乃慧琳讀藝如詣，三等 A1 類已與四等韻合流。奇蟻反實即剞音魚器切，濁上變去而實與至又合韻也。

魚列反與言揭反，乃慧琳讀剔如蘖；若當時入聲韻尾已弱化，則蘖音亦猶魚器切耳。

由慧琳七個反切，除霓計反可顯示藝音與 A1 類關係較近，其餘俱傾向於讀 B1 類；玉篇、釋文及兩本說文更可指謂俱讀如 B1 類而已。切韻系書因同韻關係，其區別此組重紐方法，乃於祭韻重紐 A1 類切上字，皆用 C 類魚韻語居切之「魚」，配以音精母之祭字； B1 類用 C 類尤韻語求切之「牛」，或 B1 類寘韻宜寄切之「義」，配以音來母之例字。辛苦經營，切上字仍不能指出所屬韻類，唯藉切下字聲母以示其端倪，可謂例外反切中之例外反切。

根據語音結構言，音位之所以出現最小對比，每為羨餘特徵發揮作用之結果。重紐研究由分析A、B兩類切上字開始，察知全書A、B兩類切上字不互用，但可共用其餘之C、D兩類三等韻字；由切下字探

索，又知A、B兩類切下字亦不互用，但可共用其餘之同韻非重紐聲母字。A、B兩類於切上字出現之特徵，同樣出現於切下字。

II、重紐兩類聲母之音素性質

反切由二字組成。切上字之聲母與被切字之聲母相同，切下字之韻母及聲調與被切字之韻母及聲調相同，乃互不逾越之疆界；然切上字於韻母主要元音前之介音，切下字於聲母後之非成段音位音素，如表示圓唇化之-w-，或表示顎化之-j-，就務期易於拼讀之要求言，不兼括其實不足以爲「正切」。至於A、B兩類分別在於介音抑在於非成段音位音素？從切上、下字均可糅雜非重紐三等字情況言，介音已用盡所有能夠出現之範圍；復由切下字之非重紐三等韻字僅限韻圖列於三等一類（喻以母詳下文），則此非成段音位音素已捨顎化-j-而莫屬。蓋韻圖三等一列乃顎化聲母匯聚之地，例如中古齒音照章系乃顎化之舌音端系變入，又舌根音群母及半齒音日母。皆獨處三等而不具一二四諸等。喉音喻云原爲匣母三等（vj-或hj-）。濁擦喉音h或顎音因顎化失落，餘下之j-於是與列四等之零聲母喻以儼如重紐。不過喻云多屬合口，開口喻以字遇無喻云與之對比諸韻，其i音素前如爲高舌位之喉牙聲母，則易因聲帶收緊而併發顎濁擦音j，在零聲母時尤其顯著，今日漢語方言此例所在多見❸❷。-ji-與-i-於此

---

❸❷　粵語廣州話i音素或u音素如遇零聲母，此高舌位之i前會併發j半輔音，u前會併發w半輔音，j或w二者皆有摩擦音色。ji與i，wu與u並無辨義作用，如陰平之衣字i可讀ji，烏字u可讀wu，讀ji或wu反較讀i或u爲習慣。i起音字每帶摩擦音j，尤其在無聲母時更顯著，亦見雲南方言，楊時逢《雲南方言調查報告》 P.495，中研院史語所專刊之56。台北1969年。

並無辨義作用，無合口喻以字時，且隱然與喻云之-jiu-互組如一對開合口聲母。韻圖置喻云與喻以於同一縱列之三等與四等，其理當亦不外如是。

前文重紐切下字表第 15 仙韻 B1 類開口曉母嗎字，其反切爲許延切。此音用喻以母之「延」爲切下字，切上字用 C 類語韻虛呂切之「許」；由反切結構與音理俱難判知其屬 A1 類抑 B1 類。切三、王一及全王同音許延反，唯五代刊本《切韻》音許乾反，仙韻末有焉字音於乾切，切三、王一及全王同，五代刊本音矣乾反；又有馮字音有乾切，乾音群母渠焉切，乾與焉於切下字互用，韻圖亦以乾與焉、嗎、馮諸字並列三等 B1 類。宋本《玉篇》嗎字音許連切，以「連」移「延」實不若五代刊本之用「乾」，始能掃盡陰霾，可確知之爲 B1 類。不過，嗎字於仙韻終以無曉母 A1 類重紐與其對比，《集韻》遂仍音嗎字爲虛延切也。

總結上文、重紐-j-音素之具體情況爲：就歸屬之重紐言。-j-音素必在 B1 類而非 A1 類，否則韻圖不會置 B1 類於三等，且 B1 類之非重紐切下字不會祇出現來母，照系、知系及喻四聲母字。

就出現之位置言。重紐切上、下字皆可夾雜非重紐三等韻字， i 介音乃各類三等韻之共同特徵，故-j-音素必在切上字聲母之後，切下字介音之前。否則會破壞切上、下字力求介音和諧之結構。

就音素之性質言。重紐切上、下字既夾雜非重紐三等韻字而又可在對比之情況下析別 A1 與 B1 兩類，則-j-音素是否有辨義作用及是否爲成段音位，要視乎周圍環境。喻云乃 j 音素有辨義作用及爲成段音位之唯一據點，喻以在無喻云與其對比而衍生於 i 介音前之 j 音素也有類似性質。在其他列於三等之聲母後方，如爲脣音幫、滂、並、

明，牙音見、溪、群、疑，喉音影、曉等十個重紐聲母，因 B1 類之 -j-音素對比於無-j-音素之 A1 類，-j-雖屬所附聲母之音色，非成段音位，但為區別特徵；同樣之喉牙唇聲母字於 C 、 D 兩類三等韻，因無對比重紐，-j-衹屬所附聲母之音色，其非成段音位，亦非區別特徵。如為舌音知、徹、澄、娘，齒音照、穿、神、審、禪，半舌音來，半齒音日等，加上衹見於三等韻之邪母（因三等為禪母據用，故列四等），共十二個非重紐聲母；由上古韻部變入中古三等諸韻之情況，凡舌齒字上古 D 類與 B1 類同部者， D 類者歸 B1 類， B1 類在中古與 A1 類同韻，於是舌齒字又歸 A1 類❸。 D 、 B1 兩類與-j-音素恆結不解緣，而其舌齒字終匯集於 A1 類，可見舌音或齒音聲母雖受 -j-音素顎化於中古三等，而顎化之後，-j-音素已與 i 介音合併，或已為 i 介音排斥；-j-音素於顎化之舌音或齒音聲母，經已功成身退，所餘者僅此類顎化聲母與非顎化聲母於發音部位之差別。當 j 竟不能說必附隨於是類輔音聲母之後，非成段音位與羨餘特徵至此俱已息微。又由喻以字之切下字絕大多數用舌齒音字，相對於喻云字之切下字用 B1 類帶-j-音素之喉牙唇字自切；其目的正欲抵消喻以零聲母字在-i-介音前拼發之-j-音素音色，好與以 j 為聲母之喻云字清楚分別。可見顎化舌齒聲母後之-j-音素是如何之可有可無。

就分佈之情況言，-j-音素必然寄附於列三等之任何聲母，甚至衹見於三等韻，但因無三等可棲而借住四等之邪母。不過，除 A1 、 B1 類喉、牙、唇重紐於同韻引起音位對比者外，全屬無辨義作用之

---

❸ 註 9 前引拙著《上古音系研究》 P.P.180-219 又見本文 (三) 諧聲四十一部表。

羨餘特徵。也可以說-j-音素在舌音或齒音聲母後，實際與-i-介音併合或被擠掉。

同一語音在不同語境內，將區別特徵轉化爲羨餘特徵，例不乏見。現代方言如廣州話長短元音除 y: 元音外共有六對，即 a:與 e、ε:與 ə、œ:與 θ、ɔ:與 o、i:與 ɪ 及 u:與 ʊ；但長短元音在帶韻尾之韻類中，能出現對比音位者惟獨 a:與 ə 一對而已❸。如果但求拼寫語音，則每易習爾不察。還憶 92 年拙文〈釋內外轉新說〉❸在研討會發表時、引廣州話長短元音釋中古外轉與內轉韻類架構，與會有教習廣州話之論者，正提問何以廣州話竟有六對長短元音？殊不知廣州話長短元音之區別特徵，其出現範圍祗限於帶韻尾之a:與 ə 各韻，餘者俱屬羨餘特徵也。

上論疑母重紐惟祭韻「藝」與「劓」一組碩果僅存，而得勉指之爲疑母 A 類字者又獨幽韻一「聱」字，音有可慮且字亦生僻，但《切韻》作者仍能應用後人可藉韻圖證明與 A1 類音近故而與 A1 類同置四等之精母字，及今日分析《廣韻》全書重紐切下字而知與 B1 類音近之來母字，表達其中之最小音位對比。至於《切韻》作者何以不直接用 B1 類而用來母切劓字，從幾乎絕無 A1 類疑母字與 B1 類者對比之情況下，切上字祗要使用疑母，切下字用非 A1 類重紐之任何一字，亦必將順利切 B1 出類，問題其實反在疑母 A1 類如何清楚切出而已。以半舌音來母字襯托齒音精母字，可能更能顯示二者之差異。

---

❸ 袁家驊《漢語方言概要》 P.P.180-185 。文字改革出版社，北京，1983 年。

❸ 註 14 前引拙文。

　　明乎此，又可知前論 B1 類用非重紐作切下字之　音鹽韻語廉切及孽音薛韻魚列切，切上字用 C 類三等韻疑母字，切下字用同韻非重紐之來母字，實乃一般正常反切。

III、由反切驗證重紐之音素分佈

　　為驗證本文推論是否正確，不妨試看幾個重紐三等韻如何置措喉、牙、唇、聲母字之反切（為省篇幅，袛列有對比重紐者）：

　　1.支韻為切韻系書首個重紐三等韻，其九對重紐反切：

移	弋支切	iek+tɕie=ie	A1					B1
卑	府移切	piuo+ie=pie	開	1	陂	彼爲切	pie+jiue=pjie	開
跛	匹支切	p'iet+tɕie=p'ie		2	鈹	敷羈切	p'iuo+kjie=p'jie	
陴	符支切	biuo+tɕie=bie		3	皮	符羈切	biuo+kjie=bjie	
彌	武移切	miuo+ie=mie		4	糜	靡爲切	mie+jiue=mjie	
祇	巨支切	gio+tɕie=gie		5	奇	渠羈切	gio+kjie=gjie	
詑	香支切	xia+tɕie=xie	口	6	犧	許羈切	xio+kjie=xjie	口
蘔	悅吹切	iuat+tɕiue=iue	合		爲	薳支切	jiue+tɕi=jiue	合
規	居隋切	kio+ziue=kiue		7	嬀	居爲切	kio+jiue=kjiue	
闚	去隋切	k'io+ziue=k'iue		8	虧	去爲切	k'io+jiue=k'jiue	
墮	許規切	xio+kiue=xiue	口	9	麾	許爲切	xio+jiue=xjiue	口

　　按「移」音弋支切，喻四零聲母字；「爲」音薳支切，喻三 j-聲母合口字。開口之「移」與合口之「爲」本來不生對比，但唇音無所謂開合， B1 類之唇音字正好用上合口之喻三，與 A1 類開口之喻四對比。喻四此處與喻三對比，前又有唇音聲母，故不會併發 j 音素。

A1 類除「岥」之切上字用質韻 A1 類譬吉切之「匹」，餘與 B1 類共用 C 類三等韻字； C 類喉牙唇聲母原隱含屬羨餘特徵之-j-音素，於是用排斥或吞併-j-音素之舌齒聲母爲切下字。 B1 類則悉自用以-j-音素爲區別特徵之 B1 類聲母爲切下字，以加強二者對比。又 B1 類支韻開口切下字除唇音聲母可用「爲」外，餘皆用「羈」；因羈音居宜切，宜音魚羈切。前文已指出疑母 A1 類幾乎絕無僅有，羈字用疑母宜字爲切，其強調羈字之-j-音素可知。至於不直接用疑母之宜，當以疑母爲鼻音聲母，比不上見母之爲清塞輔音，更能帶出-j-音素。合口切下字沿用「爲」自是順理成章。

A1 類合口尚有蘤字音悅吹切，「吹」音昌垂切，齒音穿母字。A1 類連開口獨以墮字用舌根音「規」爲切下字，蓋「墮」爲聲門敞開之曉母字， i 介音前不易衍生-j-音素，已詳上文；故能清楚對比 B1 類以許爲切「麾」之曉母字。

-j-音素於 B1 類喉牙唇字爲區別特徵，但卻由切下字予以顯示，則此音素必在聲母最後方，且居 i 介音之前，並可證知。

2. A2 類清韻與 B2 類庚韻三等於六對重紐之措置：

盈	以成切	iə+ʑiang=iang	A2					B2
幷	府盈切	piuo+iang=piang	開	1	兵	甫明切	piuo+mjiang=pjiang	開
名	武幷切	miuo+piang=miang		2	明	武兵切	miuo+pjiang=mjiang	
輕	去盈切	k'io+iang=k'iang		3	卿	去京切	k'io+kjiang=k'iang	
頸	巨成切	gio+ʑiang=giang		4	擎	渠京切	gio+kjiang=gjiang	
嬰	於盈切	ʔio+iang=ʔiang	口	5	英	於驚切	ʔio+kjiang=ʔjiang	口
營	余傾切	io+k'iuang=iuang	合		榮	永兵切	jiuang+pjiang=jiuang	合
	火營切	xua+iuang=xiuang	口	6	兄	許榮切	xio+jiuang=xjiuang	口

　　清韻開合口皆有喻以，庚韻唯合口有喻云。清韻開口 A1 類切下字用喻以及舌齒音字爲切同支韻。兩韻合口喻以與喻云有對比，於是亦如支韻之分切 A1 與 B1 兩類字。庚韻合口全部喉、牙、唇音聲母祇上舉「榮、兄」兩字自難看出，清韻除上舉「營、駉」二字，尚有去營切「傾」、渠營切「瓊」、於營切「縈」、全部用喻以作切下字；比照支韻合口 B1 類上舉「嬀、虧、麾」三字外，尚有魚爲切「危」，於爲切「逶」、甚至集韻始收之群母 B1 類亦以巨爲切「趏」，對比如此一致決非偶然。支韻合口 A1 類切下字不用喻以之「蓨」及其同音諸字，當因字過生僻耳。

　　清、庚自《切韻》已分，二者重紐之處置仍有條不紊，必有實際之語音根據存焉。

　　3.質（術）韻八對重紐之措置：

逸	夷質切	iei+tɕiet=iet	A1					B1
必	卑吉切	pie+kiet=piet	開	1	筆	鄙密切	pjiet+mjiet=pjiet	開
邲	毗必切	biei+piet=biet		2	弼	房密切	biang+mjiet=bjiet	
蜜	彌畢切	mie+piet=miet		3	密	美畢切	mjiei+piet=mjiet	
吉	居質切	kio+tɕiet=kiet		4	暨	居乙切	kio+?jiet=kjiet	
咭	巨吉切	gio+kiet=giet		5	姞	巨乙切	gio+?jiet=gjiet	
一	於悉切	?io+siet=?iet		6	乙	於筆切	?io+pjiet=?jiet	
欯	許吉切	xio+kiet=xiet	口	7	肸	義乙切	xjie+?jiet=xjiet	口
聿	餘律切	io+liuet=iuet	合口		颶	子筆切	jiuo+pjiet=jiet	合口
橘	居聿切	kio+iuet=kiuet	口	8	茁	厥筆切	kiuət+pjiet=kjiuet	

　　咭音許吉切，註：「又巨吉切」。然質韻欠 A1 類群母與之互註。又質韻末有猰字音況必切，此與術韻末音許聿切之獝字或體，「必」與「聿」亦並屬 A1 類，故二者非重紐。

　　本韻合口有喻以與喻云對比，故亦如清、庚之將開口喻以用於開口 A1 類，合口喻云雖並以唇音字爲切，但因「颭」及其同音諸字頗生僻，不能如清、庚之各用合口喻以與喻云分切合口 A1 與 B1 類字，而仍用唇音字爲切。

　　支、清、庚及質（術）共同特徵乃開口喻以用舌齒音作切下字，以穩定 i 介音前不衍生 j 音素；支與清並援引喻以作 A1 類切下字。合口喻以切下字用溪母（余傾切「營」），不必用舌齒音聲母字；喻云切下字用照章母（薳支切「爲」），不必用 B1 類喉牙唇字而二者對比不起混淆，則喻云之 j 音素穩定程度，確有聲母所具之成段音位與區別特徵。

　　質韻 B1 類切上字自用者，如旨韻 B1 類之方美切「鄙」、無鄙切「美」、支韻 B1 類之許羈切「羲」等；尤以「密」之切上字自用「美」，則可與 A1 類切上字亦自用「彌」之「蜜」，雖切下字共用「畢」已足分別。 B1 類切上字既能把握與 A1 類者辨析，於是質韻 A1 類開口切下字不必用喻以，連舌齒音聲母亦罕用之，與支韻反切大異其趣。還有，三處 B1 類切下字悉用 B1 類字自切，上文歸納 B1 類用非重紐字爲切者共有反切三十四個；尤其此中單用來母字作切者則有十八個，確屬耐人尋味。欲徹底揭開重紐之謎，此三十四個反切仍有深入探索必要。

　　順次先看 B1 類之支韻開口漪字音於離切。本韻影母開口無對比 A1 類字，不妨看支韻之去聲寘韻 A1 類縊字音於賜切， B1 類倚字音

於義切。「義」乃寘韻 B1 類開口疑母字，疑母幾於 A1 類絕無僅有；「賜」音斯義切，「斯」為韻圖列四等之心母字，無懼於以「義」為切下字。上文指出疑母之唯一對比重紐正以列四等之精母切「藝」，列三等之來母切「劓」；此處寘韻 A1 類切下字用心母、支韻 B1 類切下字用來母，其別可知矣。不過，由寘韻影母有對比之 B1 類切下字不復用來母，可見支韻乃在不對比之條件，始用來母字為切。

支韻合口為字音蓬支切，切上音「蓬」音 B1 類脂韻喻云母韋委切，本韻合口 A1 類有喻以母蔧字音悅吹切。喻云與喻以原非重紐，乃 j- 聲母與零聲母之對立，已詳上文。

脂韻開口飢字音居夷切，切下字用喻以母夷字，音理已見上文，不贅。本韻見母無 A1 類開口重紐與之對比。

餘下無 A1 類者對比之此類反切及其首字為：脂韻開口渠脂切「鬐」，合口居追切「龜」，渠追切「逵」、丘追切「歸」；眞韻合口去倫切「囷」，於倫切「贇」；仙韻開口許延切「嗎」；鹽韻開口府廉切「砭」，丘廉切「𪙊」，語廉切「䫡」；旨韻開口居履切「几」；獮韻開口九輦切「蹇」、其輦切「件」，合口居轉切「卷」；寘韻合口危睡切「僞」；至韻開口几利切「冀」；祭韻去例切「憩」、居例切「猘」；線韻開口於扇切「𩩙」；薛韻開口渠列切「傑」、魚列切「孽」、皮列切「別」，合口紀劣切「蹶」；葉韻開口去涉切「㾨」、其輒切「𥯤」、居輒切「𦅐」等，連「漪」、「飢」共二十八個反切。

有重紐對比者，支韻合口「為」之與「蔧」乃喻云與喻以之別，非一般重紐；餘者尚有獮韻合口篆切「圈」之與狂兗切「蜎」；祭韻

開口牛例切「剿」之與魚祭切「藝」；笑韻開口眉召切「廟」之與彌笑切「妙」；薛韻合口乙劣切「𡡉」之與於悅切「妜」；葉韻開口於輒切「敿」之與於葉切「魘」等五個反切。

　　祭韻 A1 類魚祭切之「藝」與 B1 類牛例切之「剿」比照眞韻影母 A1 類縊字音於賜 切，支韻 B1 類漪字音於離切；知此乃用列四等之精系字與列三等之來母字，作爲析別重紐之手段。已詳上文。

　　由眞韻影母重紐 A1 類於賜切「縊」對比於 B1 類於義切「倚」觀察，知影母乃切下字之列四等與三等之音質析別兩類。故葉韻開口 A1 類於葉切「魘」與 B1 類於輒切「敿」，切下字用列四等，音與涉切之喻以母葉字；對比列三等，音陟葉切之知母輒字以爲分別。

　　同理，獼韻合口群母 A1 類狂夽切「蜎」對比 B1 類渠篆切「圈」。切上字「狂」音C類漾韻渠放切，與「渠」音C類魚韻強魚切無別；覷切下字「夽」音喻以母以轉切，「篆」音三等澄母辨析而已。

　　薛韻合口 A1 類「妜」對比 B1 類乙劣切「𡡉」，切下字不僅用列四等音弋雪切之喻以母悅字，以相對於列三等音力輟切之來母劣字爲切。「𡡉」之切上字且用音質韻 B1 類於筆切之「乙」，則「妜」與「𡡉」自不難分別 A1 與 B1 二類。

　　笑韻開口 B1 類眉召切之「廟」。切上字「眉」音脂韻 B1 類武悲切，切下字「召」音直照切乃舌音三等澄母字；對比彌笑切之「妙」，切上字「彌」音支韻 A1 類武移切，切下字「笑」音私列切乃列四等之齒音精系心母字。二者切上、下字皆可顯示所屬爲 A1 類抑 B1 類，分別更明。

　　執此數端，可知重紐之用非重紐字爲切下字者，其分別對比重紐

為 A1 類抑為 B1 類之方法；以 A1 類之切下字用喻以母，相對於 B1 類之切下字用來母，乃至其他韻圖列三等之舌音或齒音聲母，是為辨析其音讀之最低條件；能於 B1 類切上字自用 B1 類之喉牙唇聲母字較佳，於 A1 類及 B1 類之切上字皆自用其類之喉牙唇聲母字尤佳。行文至此，又不難知祭韻 A1 類何以不用喻以母音餘制切之曳字切「藝」，用魚曳切對 B1 類　字之來母牛例切？

　　按祭韻開合口喻以與喻云聲母處，僅開口喻以有曳字。喻以如無喻云與之對比，作為舌音或齒音聲母之切下字尚無問題，如作為喉塞音諸母之切下字，則難保其在切讀時不併發 j 音素；再者，疑母於切韻音系中幾必讀成帶 j 音素之 B1 類，借唯一列於四等且根本無 j 音素之精系字作為切下字，以融合或排斥切上字所附隨之 j 音素。實另無他法。此所以「魚祭」之與「牛例」二者貌似外而實為正常反切。

IV、來母於重紐兩類之歸屬

　　來母不僅在三十四個以非重紐字為切下字之 B1 類反切中佔十八個，且在五組出現對比重紐之反切中，有兩組切下字由來母代表 B1 類與 A1 類者分立。再從來母散佈於 B1 類韻母與聲母之情況觀察。用來母為 B1 類切下字諸韻，有支韻開口離字，眞韻合口倫字，鹽韻開口廉字，獮韻開口輦字，旨韻開口履字，至韻開口利字，祭韻開口例字、薛韻開口列字與合口劣字，緝韻開口立字等。除收 -u 及 -k 韻尾諸韻外幾無不有之。來母出現於 B1 類聲母之情況尤其均勻，試看（反切後但標聲母，合口字在 l-聲母旁加 u，不另標韻母）：

喉　音	牙　音	牙　音
漪：支韻於離 ?-+l-	几：旨韻居履 k-+l-	困：眞韻去倫 k'-+lu-
贇：眞韻於頒 ?-+lu-	褰：獮韻九輦 k-+l-	件：獮韻其輦 g-+l-
喊：薛韻乙劣 ?-+lu-	冀：至韻几利 k-+l-	傑：薛韻渠列 g-+l-
唇　音	猘：祭韻居例 k-+l-	鬑：鹽韻語廉 ŋ-+l-
砭：鹽韻府廉 p-+l-	蹶：薛韻紀劣 k-+lu-	剌：祭韻牛例 ŋ-+l-
別：薛韻皮列 b-+l-	憩：祭韻去例 k'-+l-	孼：薛韻魚列 ŋ-+l-
	惈：鹽韻丘廉 k'-+l-	

　　除曉、喻云、滂、明四母，其餘聲母皆可用來母為切下字，似乎已有足夠條件推論來母可能屬於 B1 類。不過，以來母作 A1 類切下字者、亦見 A1 類眞韻開口鄰字與合口倫字，仙韻開口連字，鹽韻開口廉字、旨韻開口履字、至韻開口利字，術韻合口律字、薛韻開口列字與合口劣字等。其中倫、廉、履、利、列及劣並見 A1 與 B1 兩類重紐。倫、廉、列、劣四字所切聲母無相當之一組重紐與之對比。列字在《切韻》系書，《切三》、《王二》、《全王》及《唐韻》有扶列切嫛字，《七音略》薛韻 A1 類並母處亦收有此字，可一併與廣韻來母此與 B1 類有重紐對比者討論：

A1　類	B1　類
賓眞韻必鄰切 piet+lien=pien	彬眞韻府巾切 piuo+kjien=pjien
民眞韻彌鄰切 mie+lien=mien	珉眞韻武巾切 miuo+kjien=mjien
匕旨韻卑履切 pie+liei=piei	鄙旨韻方美切 piang+mjiei=pjiei
牝旨韻扶履切 biuo+liei=biei	否旨韻符鄙切 biuo+pjiei=bjiei
棄至韻詰利切 k'iet+liei=k'iei	器至韻去冀切 k'io+kjiei=k'jiei
媻薛韻扶列反 biuo+liat=biat	別薛韻皮列切 bjie+liat=bjiat

　　「賓」之切上字「必」音 A1 類質韻卑吉切，「民」之切上字「彌」音 A1 類支韻武移切，已可與 B1 類之「彬」、「珉」對比。

　　「否」之切下字「鄙」音 B1 類旨韻方美切，故能與 A1 類旨韻扶履切之匕字對比。「美」音 B1 類旨韻無鄙切，「鄙」音 B1 類旨韻方美切。二字互註；再加「匕」之切上字用 A1 類支韻府移切之「卑」，則「匕」之與「鄙」分別甚明。

　　「器」之切下字「冀」音 B1 類至韻几利切。對比「棄」之切上字「詰」音 A1 類質韻去吉切，故「棄」之與「器」分別亦其明。

　　「別」之切上字「皮」音 B1 類支韻符羈切，故雖切下字共用來母列字，仍能與 A1 類薛韻扶列切之變字對比。

　　據此，可知分辨重紐之條件，祇要兩類切上、下字有一者可確定爲重紐某類字，則不難分辨其爲 A1 類或 B1 類。因 B1 類之用 B1 類喉、牙、唇字自切其切上字或切下字；相對於不以-j-音素爲辨義特徵之 A1 類切上字或切下字，其 B1 類-j-音素之徵性自然展露無遺。A1 類用 A1 類喉、牙、唇字自切其切上字或切下字，因 A 類喉、牙、唇字與精系字爲三等韻中不具-j-音素之聲母；則相對之 B1 類反切，雖切上字用 C 類，切下字用非重紐之三等知系或照系任一字，其隱藏本無辨義作用之-j-音素，會因對比而轉易爲區別特徵。至於何以重紐分別在於聲母而切下字亦可生起作用，前論已指出乃-j-音素附隨於聲母之後、介音之前之故。而 C 類三等韻字所以可兼爲 A、B 兩類之切上字，蓋三者既同具-i-介音，C 類聲母附隨之-j-音素又非辨義特徵之故。由是知「否」之切上字自用 B1 類之「鄙」，即使 A1 類牝字用非重紐字中最近於 B1 類之三等來母字爲切下字，仍不足懼；又如 B1 類之「別」，其切上字自用 B1 類之「皮」，則下

字雖與 A1 類嫛字共用來母之「履」爲切下字，加上「嫛」之切上字亦用如三等來母附隨以-j-音素爲非辨義特徵之 C 類三等虞韻扶字爲切，仍不礙兩類分別。

復由嫛字與別字之分，僅繫於「別」之自用 B1 類切上字「皮」，可見來母所以與 B1 類關係密切，疑不過因來母之音質乃濁擦邊音，在無 A1 類重紐反切對比之情況下，較三等非重紐諸舌音或齒音聲母作 B1 類重紐切下字，更能宣示-j-音素之性質。來母在作爲切下字時，其分辨重紐兩類之力量，根本無法與以-j-音素爲辨義特徵之 B1 類喉、牙、唇聲母字抗衡；亦無法與根本無-j-音素之 A1 類喉、牙、唇字相提並論，故來母不屬於 B1 類重紐之聲母。復由重紐之反切下字絕不互用對方之喉、牙、唇字，但不限以其餘之非重紐字互切觀察，來母字或知系與照系諸字固然不屬於 B1 類，實亦不屬於 A1 類；A1 類所以與非重紐字較接近，乃精系與莊系根本無 j 音素，而知系與照系之 j 音素亦根本爲非辨義特徵之故。

X、總 結

本章之末，還有一組特別之重紐需要說明。《廣韻》脂韻合口之群母 A1 類葵字與 B1 類逵字俱音渠追切。《切韻》系書「逵」音渠追切。「葵」於切二音渠惟反，切三與王二及全王音渠佳反。韻圖以「葵」列四等，「逵」列三等；《集韻》用 B1 類龜字切「逵」爲渠龜切，俱足證「葵」爲 A1 類字。按惟音喻四母以追切，佳音照母職追切、追音三等知母陟佳切。據本文分析，三等知與照皆可爲 B1 類切下字，獨喻四母與 B1 類涇渭分明。切三之後韻書改用渠佳切「葵」，已難與切渠追之「逵」識別；廣韻並用「渠追」爲切，尤誤。但此誤不過弊在蒙混二類，仍不足以逾越重紐二者切上字或切下

字，任一不可用對方喉、牙、唇字互切之根本規律。

A1、B1 兩類喉、牙、唇聲母重紐經本文反覆論證，指出析別兩類之關鍵，存在於 B1 類重紐聲母後隨之顎化-j-音素；此類喉、牙、唇聲母因同韻有獨缺 j 音素之 A1 類喉、牙、唇聲母與其對比，故 j 音素成爲區別特徵而異於一般亦帶顎化-j-音素之三等聲母。A1 類與 B1 類喉、牙、唇聲母字既有對立音位，於是反切顯示二者不特切上字不互用，切下字同樣亦不互用；兩者切上字或切下字在對比時，有其一則足以分，故亦不容有其一適足以混。信乎重紐必有話音根據，而《切韻》音系奠基於一現實語言可知也。

(五)中古重紐之詞素性質

從歷時（Diachronic）之取向觀察，諧聲字由上古不同韻部分別匯聚於中古重紐兩類之情況，重紐來自不同之上古音韻類固不難理解。然此僅就其大體言之，《切韻》重紐諧聲紛雜之現象，亦足以爲此說提出異議。如上文(四)之三，支韻皮聲字分入重紐兩類（坡：鈹），又質韻之必聲字與吉聲字（蜜：密與咭：姞）；乃至一字而有重紐兩讀之現象，如上文(一)駆、岐等字。疑者其至可推論《切韻》音系乃南北方言綜合體。

想論證重紐之語音分別來自不同之上古韻類，可用音系架構解釋；但要指出分入重紐兩類之諧聲字乃後起變異，則必需從詞義著手，特別是一體而分讀重紐兩類之字。由詞素學（Morphemics）之條理觀察，如果一字有兩種以上讀音且兼有意義分別者，傳統謂之訓讀或破讀，是必有其根據；尤以當中含義相同，但有不同之語法作

用者，加上文獻旁證，什九可判斷其來有自，屬於研究詞素歷時變化之形態學（ Morphology ）範圍。例如訓詁學上之四聲別義，以去聲與平上入三聲轉換動詞與名詞間之語法作用，可由藏語動名構詞法，諧聲字族及古籍文句予以證明。

如果一字有兩讀而讀音無意義分別者，傳統謂之或讀，其原因可能為文讀與白讀，或音系自身有某些可以互換之音位變體（ Allophone ）或詞素變體（ Allomorph ），也可能是吸納其他方言，然後折合於自身音系之結果，共時（ Synchronic ）之傾向較多。

現羅列《廣韻》全書一字而分讀重紐二音者於下：

1. 岐 gie 支韻巨支切。「山名」。切二有「又渠羈反」，王二及全王同；二書渠羈反岐字處且有「又巨支反」與此互注。

2. 埼 gjie 支韻渠羈切，「曲岸，又巨支切。」切二、王二及全王並有「又巨機反」；《廣韻》字見微韻渠希切，有或體崎、圻二字。切韻系書微韻渠希反崎字注：「水傍曲岸，亦作圻」。除切三，切二與王一及全王並音又渠羈反。

3. 咳 xie 支韻切。「咳欯，乞人見食皃。」王二同。

   xjie 支韻許羈切。「咳欯，貪者欲食皃。」切三、王二及全王同。

4. 帔 p'ie 支韻匹支切。「器破也。」

   p'jie 支韻敷羈切。「器破而未離，又皮美切。」

5. 郫 bie 支韻符支切。「郫邵、晉邑、亦姓，出姓苑。」王二同。

   bjie 支韻符羈切。「郫、縣名在蜀。」切二、切三、王二

及全王同。

6.棉 bie 支韻符支切。「木枝下也。」

bjie 支韻符羈切。「木下交也。又符支切。」王二及仕全王無又切。

7.睽 gie 脂韻渠惟切。「臒睽、醜也。」王二及全王同。

gjie 脂韻渠追切。「臒睽、醜皃。」王二同。

8.駰 zien 眞韻於眞切。「白馬黑陰，又於巾切」。切三及全王同。

zjien 眞韻於巾切。「馬陰淺黑色，又音因」。切三同，全王失收。

9.閺 mien 眞韻彌鄰切。「低目視也。」切三及全王同。

mjien 眞韻武巾切。「亭名在汝南。」

10.潫 ?iuan 仙韻於緣切。「水深。」五代刊本同。

?jiuan 仙韻於權切。「水深皃。」

11.嬽 ?iuan 仙韻於緣切。「娥眉。說文曰：『好也』。」五代刊本同。

?jiuan 仙韻於權切。「娥眉皃。」切三、王一、全王同。

12.葝 giang 清韻巨成切。「鼠尾草，又山薤。」切三同、王二、全王並有「又居成反」。

gjiang 庚韻渠京切。「山薤。」切三同、王二、全王並有「又渠征反」。

13.鍼 giam 鹽韻巨鹽切。「又音針。」

gjiam 鹽韻巨淹切。「鍼虎人名。又之林切。」王二同，但不錄又切。

14.輤 mien 軫韻武盡切。「車軾免下軛也。」

輓 mjien 軫韻眉殞切。「車軾免下革也。」王一、王二及全王同。

15.諞 bian 獮韻符善切。「巧言。」

  bjian 獮韻符蹇切。「巧佞言也,又符沔切。」全王注:「又符蟬反」,即仙韻房連切。

16.驃 piau 小韻敷沼切。「鳥變色也。」王一、全王同。

  麃 pjiau 小韻滂表切。「〈蒼頡篇〉云:『鳥毛變色』,本作驃。」

17.膍 biei 至韻毗至切。「盛也。」王一、全王「又孚二反」,即本韻匹備切。

  bjiei 至韻平祕切。「壯大。」王二同、王一、全王「又音澩」亦本韻匹備切。

18.愔 ?iam 豔韻於豔切。「快也,又於驗切。」王一、王二、全王及《唐韻》同。

  ?jiam 豔韻於驗切。「快也,亦作愔。」王一、王二及全王「又於豔反。」

19.宓 miet 質韻彌畢切。「安也、默也、寧也、止也。」王一、王二及全王同。

  mjiet 質韻美畢切。「《埤蒼》云:『祕宓』,又音謐。」唐韻同,但彌畢切處失收。

20.瞇 miet 質韻彌畢切。「瞇瞇,不測也。」王一及全王同。

瞇 mjiet 質韻美畢切。瞇瞇,不可測量也。」

21.邲 biet 質韻毗必切。「地名,在鄭,又美皃。」切三、王

一、王二、全王及《唐韻》同。

bjiet 質韻房密切。「地名。」

22.佖 biet 質韻毗必切。「有威儀也。」切三、王二、全王及唐韻同，王一並有「又房律反」。

bjiet 質韻房密切。「威儀備也。」王一及全王同。

23.馝 biet 質韻毗必切。「馬肥。」王一、王二、全王及唐韻同。

bjiet 質韻房密切。「馬肥。」全王同。

24.熠 iep 緝韻羊入切。「熠燿螢火。」唐韻同。

jiep 緝韻爲立切。「熠燿螢火，又羊入切。」全王無又音。

以上二十四字從分佈言，涉及任何一組重紐，即：支、脂至，眞軫質，仙獮、清庚、鹽豔、緝。從聲母言，喉、牙、唇字俱有；從聲調言，平、上、去、入具足。但詞義除某類偶而另出地名，如閟字之 B1 類；人名如薊字之 A1 類及鍼字之 B1 類，含義並無分別，更遑論有不同之語法作用。

持與《切韻》系書比勘，可見其皆淵源有自，部分且有又音互註，絕非《廣韻》杜撰。反而支韻岐山之「岐」，《切韻》系書有重紐二音，《廣韻》剔除顏氏家訓指爲「岐山當音爲岐」之渠羈切，保留「江南皆呼爲神祇之祇」之巨支切，與顏之推意見相左。

碕字於渠羈切處，《廣韻》有又音「巨支切」，而《切韻》系書又音微韻「巨機反」，結果《廣韻》與《切韻》系書並見微韻渠希切，切二、王一及全王且有「又渠羈反」與支韻互注，支韻巨支切處

則諸書不錄碕字。從諧聲條例，支聲居上古支部，奇聲居上古歌部；支部字中古入支韻 A1 類，歌部字中古入支韻 B1 類，則岐音「巨支」，碕音「渠羈」始為正讀。中古 B1 類與 C 類及 D 類三等韻音質為近，故碕字又音 D 類微韻，或體為圻，亦不難理解。

岐字有重紐二音並見前《引經典釋文》，與岐字同音之「蚑」，《切韻》系書外，並見玄應及慧琳兩本《一切經音義》，可見此處重紐二讀不限於岐或崎字；何況「岐」、「崎」抑「蚑」，各字之重紐二音意義無別，應屬音系內部某些可自由轉換之詞素變體。詞素變體與音位變體之不同。音位變體一般受音節鄰近音素之影響，如普通話 a 元音，讀愛[ai]音節時為[a]，憐[liɛn]音節時為[ɛ]、[mɑu]音節時為[ɑ]。但詞素變體在同一音節中亦可換讀。如廣州話下入調之錫[sik]可讀[ɛk]，上入調之惜[sik]可讀[sɛk]；中入調之脊[tik]可讀[tɛk]，下入調之席[tik]可讀[tɛk]；下入讀之赤[tsik]可讀[tsɛk]，同樣之換讀還有尺字。長短元音互換之例，如陰去調之縐[tsʉu]可讀[tsau]，同樣之換讀還有皺字。陽平調之謀[mʉu]可讀[mau]，潭[tam]可讀[t'ɐm]，且另做 字；陰去調之扣[k'ʉu]可讀[kau]，且另做銬字❸。不過，並非所有同音詞皆可互換，能互換之詞字典也不一一盡錄。中古重紐以喉、牙、唇聲母帶顎化 j 音素之 B 類字與不帶此音素之 A 類字，作為詞素互換之變體；《切韻》系書重紐又音紀錄之參差情況，原因當亦大略如此。

《顏氏家訓》謂「岐山當音為奇」，可見其不懂諧聲，祇就關中

---

❸　字例引自拙文《香港廣州話幾種與辨義無關之字音兩讀現象》。P.P.60-72，《語文雜誌》第 12 期，香港中國語文學會 1984 年。

音讀以爲繩墨，反而「河南皆呼爲神衹之衹」乃比較近古之讀法，《切韻》非擬古存古之書明矣。再者，從河南與關中兩處音讀適分入重紐兩類觀之。此所謂方言應屬同一方言區內因地域不同而漸次衍生之大同小異，非所謂南北方言之綜合體也。

(六)廣韻三十七聲母與五十二聲類擬音表：

聲母清濁與發音方法		字母韻類	全清	次清	全濁	次濁	清	濁	舊名
部位	等		幫	滂	並	明			唇音
labials 雙唇	一二四／四／三	一二四／三A／三BCD	P博／方 Pj	p'普／方 p'j	b蒲／符 bj	m莫／武 mj			
部位	等		精	清	從		心	邪	齒頭音
dentals 舌尖前	一四／四	一四／三AC	ts作／子	ts'倉／七	dz昨／疾		s蘇／息	z(j)徐	
部位	等		端	透	定	泥		來	舌頭音
alveolar 舌尖中	一四／三／一二四	一四／三AC／一二四	t都	t'他	d徒	n奴 n(j)女		l(j)力 l盧	
部位	等		知	徹	澄				舌上音
supradentals 舌尖後	二／三	二／三AC	t陟 t(j)	t'丑 t(j)	d直 d(j)				
	等		莊	初	床		疏	俟	正齒音 二等
	二	二三AC	tʂ側	tʂ'初	dʐ士		ʂ所	ʐ俟	

部位	等	字母韻類	照	穿	神	日	審	禪	正齒音三等
prepala-tals 舌面前	三	三AC	tɕ(j)之	dʑ(j)昌	闍(j)食	n(j)而	ɕ(j)式	ʑ(j)時	

部位	等	字母韻類	見	溪	群	疑	曉	匣/為	牙音
velars 舌根音	一二四 四 三	一二四 三A 三BCD	古 k.kw 居 kj	苦 k.kw 去 kj	g.gw 渠 gj	五 ŋ.ŋw 魚 ŋj	呼 x.xw 許 xj	ɣ.ɣw 胡 j.jw于	

部位	等	字母韻類	影					喻	喉音
laryngeals 喉音			?.?w 烏 於 ?j					ø以	

聲母表例：

1. 曾運乾訂五十一聲類**❸**乃切上字諧協於三等韻-i-介音之分類，而非聲母之不同。-j-音素要於內轉 e 元音及外轉 a 元音處，遇同韻有 A1 類與 B1 類喉、牙、唇字重紐，始為區別特徵。乃系聯反切所不能分。今錯列之以示三者之關係。俟母不在五十一聲類之內。

2. j 音素於嚴式音標，應寫於聲母右上角，如 kʲ。乃三等聲母所共有。j 為舌面中音（paiatal）介乎舌面前與舌根之間，傳統與喉、牙聲母同組（即喻三，或稱為母）。

3. A1 類與 B1 類喉、牙、唇字重紐，j 音素因屬辨義特徵，故必須標寫於 B1 類聲母處。C、D 兩類及 B2 類無同韻之喉、牙、唇重

---

❸ 《切韻五聲五十一紐考》。東北大學季刊第一期。

紐與之對比，故所帶 j 音素為羨餘特徵（ Redundancy fea-ture），可以不寫。

4.喻三（即為母）之 j 音素因前置之匣母 ɤ 輔音失落，故為成段音位；且屬有辨義作用之區別特徵(Distinctive feature)，必須標寫。

5.舌音三等知、徹、澄、娘，齒音三等照、穿、神、審、禪，半舌音來、半齒音日、加上三等為禪母佔用而列於四等之三等韻邪母字，其聲母附帶之-j-音素既無相當之不帶-j-音素聲母以為對比音位，舌齒音聲母在 i 介音前，-j-音素亦有被吞併或排斥之趨向；故中古此類顎化聲母 j 音素僅足以顯示與非顎化舌齒音聲母，因發音部位不同而伴隨之音色。如非《切韻》系書尚偶用之為 B1 類切下字，根本不必為之擬寫。今姑將-j-音素外加（　）號，以示其若存若亡之性質。3. 4. 5.條乃 j 音素音位於音節中與其他輔音聲母音位所構成之組合關係。

6.唐人三十六字母照、穿、神、審、禪(tɕ系)與莊、初、牀、疏、俟(tʂ系)不分，如 j 音素於tɕ系或tʂ系後成辨義音位，則標寫時可減省其中一系。守溫大和尚所記方言或正如此。

7.等指此聲類在《韻鏡》或《七音略》四等橫列中之第幾列。三等韻皆有-i-介音。等與等韻於三等韻之含義不同。三等韻之 A1 類喉牙唇字及精系字列四等，莊系字列二等；精系與莊系乃讓位於顎化聲母照系，猶為母（即喻云）與喻母（即喻以）分列三等與四等，而俱屬三等韻聲母。

8.全清（ unaspirated surd）指不送氣不帶音之塞聲及塞擦聲。次清（ aspirated surd）指送氣不帶音之塞聲及塞擦聲。全濁

（unaspirated sonant）指不送氣帶音之塞聲及塞擦聲。次濁（nasal）指帶音之鼻塞聲。清（surd）指不帶音之擦聲。濁（sonant）包括帶音之擦聲、邊聲（lateral，即來母），零聲母之喻母，因必在三等韻，故其韻母必具半元音-i-介音，故喻母之所謂濁乃指此而言。

9. 來母舊稱半舌音，日母舊稱半齒音，韻圖以之另列唇、舌、牙、齒、喉五音之外，故合稱七音。

10. 圖唇之舌根音及喉音聲母共八個，祇出現於無 -u 介音、無 u 或 o 元音及無 -u 、-m 、-p 韻尾之韻類，詳《廣韻》韻類表（乙）及註。又此類聲母後隨之 w 圓唇音素，依嚴式音標，亦應如顎化 j 音素之寫於聲母右上角，如 kʷ 。

(七)廣韻韻母表甲：韻母一百三十五個

元音	介音／韻尾	-ø	-i	-u	-m	-n
u	-ø	u侯一				
	-i	iu尤C三				
e	-ø	c佳一	ci皆一		em咸二	en山二
	-u	uc佳合	uci皆合一			uen山合二
	-i	ic支A1B1三	ici脂A1B1三	icu幽A2三	iem侵A1B1三	(i)en臻三
	-iu	iuc支A1B1合三	iuci脂A1B1合三			ien眞A1B1三 / iuen諄A1B1合三
ə	-ø		əi咍一		əm覃一	ən痕一
	-u		uəi灰合一			uən魂合一
	-i	iə之c三	iəi微D三			iən欣D三
	-iu		iuəi微D合三			iuən文D合三
o	-ø					
	-u	uo模一				
	-i	io魚c三				
	-iu	iuo虞c合三				
i		i齊四		iu蕭四	im添四	in先四
	-u	ui齊合四				uin先合四
a	-ø	a麻二	ai夬二	au肴二	am銜二	an刪二
	u	ua麻合二	uai夬合二			uan刪合二
	i	ia麻A2三	iai祭A1B1三	iam宵A1B1三	iam鹽A1B1三	ian仙A1B1三
	-iu		iuai祭A1B1合三			iuan仙A1B1合三
ɑ	-ø	ɑ歌一	ɑi泰一	ɑu豪一	ɑm談一	ɑn寒一
	-u	uɑ戈合一	uɑi泰合一			uɑn桓合一
	-i	iɑ戈D三	iɑi廢D三		iɑm嚴D三	iɑn元D三
	-iu	iuɑ戈D合三	iuɑi寶D合三		iuɑm凡D合三	iuɑn元D合三
韻母		19個	16個	5個	9個	18個

(七) 廣韻韻母表甲：韻母一百三十五個（續）

-ŋ	-p	-t	-k	韻母	轉 I	轉 II
uŋ東一 iuŋ東c三			uk屋 iuk屋c三	6個	內轉元音及韻母	內轉元音及其韻母
eŋ耕二 ueŋ耕合二 ieŋ蒸B2三	ep洽二 icp緝A1B1三	et黠二 uet黠合二 (i)et櫛二 iet質A1B1三 iuet術A1B1合三	ck麥二 uck麥合二 ick職B2三 iuck職B2合三	28個	內外轉兼賅之元音及其韻母	
əŋ登一 uəŋ登合一	əp合一	t əʔ沒二 u ət沒合一 i ət迄D三 iu ət物D合三	ək德 u ək德合一	19個		
oŋ江二 uoŋ多合一 iuoŋ鍾C合三			ok覺三 uok沃合一 iuok燭C合三	9個		
iŋ青四 uiŋ青合四	ip怗四	it屑四 uit屑合四	ik錫四 uik錫合四	13個	外轉元音及其韻母	外轉元音及其韻母
aŋ庚二 uaŋ庚合二 清A2 iaŋ庚B2三 清A2 iuaŋ庚B2合三	ap狎二 iap葉A1B1三	at鎋二 uat鎋合二 iat薛A1B1三 iua薛A1B1合三	ak陌二 uak陌合二 昔A2 iak陌B2三 昔A2 iuak陌B2合三	29個		
ɑŋ唐一 uɑŋ唐合一 iɑŋ陽C三 iuɑŋ陽C合三	ɑp盍一 i ɑp業D三 iu ɑp乏D合三	ɑt曷一 u ɑt末合一 i ɑt月D合二 iu ɑt月D合三	ɑk鐸 u ɑk鐸合一 i ɑk藥C三 iu ɑk藥C合三	31個		
20個	9個	18個	21個	135	對比	互補

(七) 廣韻韻母表乙：韻母一百一十個

元音	韻介音/尾音	-ø	-i	-u	-m	-n
u	-ø	u倭一				
	-i-	iu尤C三				
e	-ø	e佳	ei皆一		em咸二	en山二
	-u-					uen山合二
	-i-	ie支A1B1三	iei脂A1B1三	ieu幽A2三	iem侵A1B1三	(i)en臻三
						ien眞A1B1三
	-iu-	iue支A1B1合三	iuei脂A1B1合三			iuen諄A1B1合三
ə	-ø		əi咍一		əm覃一	ən痕一
	-u-		uəi灰合一			uən魂合一
	-i-	iə之c三	iəi微D三			iən欣文三
o	-ø					
	-u-	uo模一				
	-i-	io魚c三				
	-iu-	iuo虞c合三				
i	ø	i齊四		iu蕭四	im添四	in先四
a	-ø	a麻二	ai夬二	au肴二	am銜二	an刪二
	u	ua麻合二	uai夬合二			uan刪合二
	i	ia麻A2三	iai祭A1B1三	iau宵A1B1三	iam鹽A1B1三	ian仙A1B1三
	-iu		iuai祭A1B1合三			iuan仙A1B1合三
ɑ	-ø	ɑ歌一	ɑi泰一	ɑu豪一	ɑm談一	ɑn寒一
	-u	uɑ戈合一	uɑi泰合一			uɑn桓合一
	-i	iɑ戈D三	iɑi廢D三		iɑm儼D三	iɑn元D三
	-iu				iuɑm凡D合三	
韻母		16個	13個	5個	9個	15個

(七) 廣韻韻母表乙：韻母一百一十個（續）

-ŋ	-p	-t	-k	韻母 個	轉 I	轉 II
uŋ東 iuŋ東c三			uk屋 iuk屋c三	6個	內轉元音及韻母	內轉元音及其韻母
eŋ耕二 ieŋ蒸B2三	ep洽二 iep緝A1B1三	et黠二 uet黠合二 (i)et櫛二 iet質A1B1三 iuet術A1B1合三	ek麥二 iek職B2三 iuek職B2合三	23個	內外轉兼賅之元音及其韻母	
əŋ登一	əp合一	t ə沒一 u ət沒合一 i ət迄D三	ək德	14個		
oŋ江二 uoŋ多合一 iuoŋ鍾C三			ok覺三 uok沃合一 iuok燭C三	9個		
iŋ青四	ip怗四	it屑四	ik錫四	8個	外轉元音及其韻母	外轉元音及其韻母
aŋ庚二 清A2 iaŋ庚B2三 清A2 iuaŋ庚B2合三	ap狎二 iap葉A1B1三	at鎋二 uat鎋合二 iat薛A1B1三 iua薛A1B1合三	ak陌二 昔A2 iak陌B2三 昔A2 iuak陌B2合三	27個		
ɑŋ唐一 iɑŋ陽C三	ɑp盍一 iɑp業D三 iuɑp乏D合三	ɑt曷一 uɑt末合一 iɑt月D合二	ɑk鐸 iɑk藥C三	23個		
14個	9個	15個	14個	110	對比	互補

韻母表例：

1.轉Ⅰ指分處內轉與外轉之長元音與短元音，由於音位關係互補，故
　爲羨餘特徵，不必於長元音之外另行標寫其短元音。

2.轉Ⅱ將音位足以互補之元音，不拘內外轉之界限，但依此元音出現
　之韻類而合併之。並詳上文(二)3.1 節及對照舌位圖Ⅰ與舌位圖
　Ⅱ。

3.臻（櫛）實由眞（質）莊系析出之假二等韻，故韻母兩者無別。

4.重紐三等韻於內轉者集結在 e 元音處，外轉者集結於 a 元音處。同
　韻不能有 A1 類與 B1 類重紐，而性質相近於 A1 類者，謂之 A2
　類；性質相近於 B1 類者，謂之 B2 類。內轉之 -u 韻尾處，幽韻
　於全王僅餘曉母之飍音香幽切與休音許彪切重紐；-ŋ 、-k 韻尾
　處，僅餘唇音不變但韻圖列三等之蒸韻與緝韻。從音位分佈之規律
　言，在《切韻》以前，亦應有重紐兩類；外轉 a 元音之麻韻三等亦
　然。

5. C 類三等韻與 D 類三等韻於內轉 ə 元音處及外轉 a 元音處以韻尾
　爲識別。 D 類三等韻之韻尾爲 -i 、-m 、-n 、-p 、-t，屬舌尖
　及雙唇音之類； C 類三等韻之韻尾爲 - 　 、-u 、-ŋ 、-k，屬開
　尾及舌根音之類。

6.內轉 u 元音及 o 元音之韻類衹有收 -ø 、-ŋ 及 -k 三種，其三等韻
　且俱屬 C 類。

7.清（昔）與三等庚（陌）之分，由 j 音素於庚（陌）處識別；微韻
　亦可用 j 與之韻同擬 i，但畢竟二者非重紐三等韻，故仍分。

8. o 元音處，中古以前魚韻由 -iɑ 變 -io 入遇攝，戈韻始衍生三等

字。虞韻字上古分入*u侯、*a魚二部，中古前讀-io，《切韻》時期。元音複元音化爲iuo居於遇攝。鍾-iuoŋ(燭-iuok)與虞於上古本陽、入與陰對轉，故亦由-ioŋ(iok)複元音化爲-iuoŋ(-iuok)。此所以中古遇攝前身僅-o、-uo、-io三種韻類，南北朝詩人用韻亦罕有魚與虞二韻通協之韻例。

9. 李方桂先生立圓脣之舌根音及喉音聲母代合口-u-介音，因爲中古-u-介音由圓脣之舌根音及喉音演變而來外；另由u元音在舌尖音韻尾前演變而來，即-un、-uan由上古之*-un韻類所變入；餘者爲無開口字與其對立之合口字，此種所謂合口字皆在特殊之情況下後起者❸。按李先生擬上古 i、ə、a、u 四元音❹祇適用於《詩經》時代，諧聲時代應爲 i、e、a、o、u 五元音系統；故內轉之-uən、-iuən來自古*-on,-ion韻類、外轉之-uan、-iuan來自上古*-un、*-iun韻類，入聲及收-i韻尾之-uəi、與-uai亦應入類似變化。詳拙著《上古音系研究》。

10. 李先生圓脣聲母爲 kw-、khw-、gw-、hw-、ngw-五個，無ʔw-、w-、jw-三聲母❹。

11. 中古圓脣之舌根音及喉音聲母較諸用-u-爲介音之合口韻類，二者分別爲-u-介音之合韻類一如以 u 或 o 爲元音之韻類，可有舌音及齒音聲母；而前者局限於圓脣之舌根音及喉音聲母，在 D 類三等韻

❸ 李方桂先生《論開合口》。音韻學研究通訊第 9 期。P.P.3-7。1986年。

❹ 見註 31 李先生書 P.P.27-31。

❹ 註 38 李先生文 P.6。

時加上開合不對比之唇音聲母。

12.圓唇之舌根音及喉音聲母排斥之元音爲u或o，韻尾者爲-u、-m、-p諸韻，故《切韻》系書此類俱爲開合不分韻之獨韻。嚴（業）與凡（乏）之分乃後起，故其舌音字於廣韻范韻丑犯切之「儠」、乏韻丑法切之「貓」及女法切之「𤞤」，皆切韻系書所無，儼韻與業韻亦無與其之開口同聲母字可證。

13.有-u-介音之韻類，亦排斥元音爲u或o，韻尾爲-u、-m、-p諸韻，故《切韻》系書此類亦俱爲開合不分韻之獨韻。隨後因帶-u-介音韻類漸增，於是《唐韻》比照痕與魂及咍與灰之分，析寒與桓、歌與戈及眞與諄。

14.圓唇聲母於三等韻祇見於B2類-iek（職）、C類-iɑŋ（陽）與-iɑk（藥）及D類-iəi（微）、-iən（欣文）、-iət（迄物）、-iɑ（戈）、-iɑi（廢）、-iɑn（元）、-iɑt（月）諸韻。此類聲母既無 A 類者對比，故不必擬kjw等聲母。j音素唯一有jw對比者乃喻三（即爲母），但此時 j 音素以聲母之身份出現。又職、陽、藥諸韻合口喻四母無字，故亦不必擬 w 與 ø 對比，符合自然語言之體系。

15.收-ø、-i 、-n 、-t 等韻尾各韻之合口韻類雖屬後起，但此類於高元音之四等韻類，其「合口」仍祇限於見系及喉音聲母，無舌音及齒音聲母。顯示前高元音對合口成分有排斥作用，然不排斥聲母之圓唇成分。

16.帶-u-介音之合口韻類與圓唇聲母排斥，故所有合口韻類內之舌根音及喉音聲母與開口者無別。

17.欣、文及迄、物乃三等韻 D 類，其開合口俱無舌音及齒音聲母字，

故不必擬帶-u-介音之合口韻母。

18.總括 9.至 17.各條，可知圓唇之舌根音及喉音聲母分佈於：

Ⅰ. e 元音之收-ø（佳）、-i（皆）、-ŋ（耕）、-k（麥）二
　　等諸韻及三等-k 職韻。

Ⅱ. ə 元音之收-i（微）、-n（欣、文）、-t（迄、物）三等
　　諸韻及一等-ŋ（登）、-k（德）諸韻。

Ⅲ. i 元音之收-ø（齊）、-n（先）、-ŋ（青）、-t（屑）、
　　-k（錫）四等諸韻。

Ⅳ. a 元音之收-ŋ（庚）、-k（陌）二等諸韻。

Ⅹ. ɑ 元音之收-ø（歌）、-i（廢）、-n 元、-ŋ（陽）、-t
　　（月）、-k（藥）三等諸韻及一等-ŋ（唐）、-k（鐸）諸
　　韻。共韻母二十五個之前。

　　欣（文）及嚴（凡）之分自《切韻》始，《唐韻》復比照痕
（魂）與咍（灰）之分，析寒（桓）、歌（戈）及眞（諄），稍後之
《韻鏡》及《七音略》又俱以開合口未分之 D 類三等韻仿效欣（文）
之以唇音字悉與圓唇聲母字同圖。可見越往後，圓唇聲母與-u-介音
韻類呈此消彼長之趨勢。

　　總之，由圓唇聲母與-u-介音韻類各自有出現之條件及語音制
約，如一概委之爲帶-u-介音韻類，則韻類間何以某韻分而某韻不分
之問題殊難解釋；且會忽略圓唇 w 音素與-u-介音對音節內部之聲母
或韻母有何不同影響。例如從分析結果，圓唇 w 音素見於三等韻者，
除職韻爲 B2 類，其餘悉爲 C 類及 D 類，C 類與 D 類元音非央（ə）
則（ɑ），加上 w 音素則有條件與來自以 u 或 o 爲元音之 C 類，在
中古後期同時將雙唇（重唇）聲母變讀唇齒（輕唇）聲母。再者，圓

唇聲母與-u-介音韻類二者亦相排斥，故擬寫 w 音素足以導致合口韻母減少二十五個。上文擬寫 j 音素已將全部重紐韻母減半，使韻母由一百六十（見註 14 前引拙文）減至一百三十五（見本文韻母表甲），加上 w 音素亦附諸聲母，則韻母餘一百一十而已（見韻母表乙）。

　　由於重點不同將音位之聚合關係作不同取捨，原不足怪。例如董同龢先生比較各區方言，描寫廣州話韻母爲七十七個❹，乃就-i-介音及-u-介音韻類分列之故，欲窮舉者還可羅列至九十個之上韻類；而黃錫凌氏之《粵音韻彙》❷，但將-i-介音改爲 j 聲母，-u-介音改爲 w 聲母，再加 kw、kw' 兩個聲母，則可節縮韻母爲五十三個，以便學習拼讀。

　　封閉性之語音系統與開放性之詞彙系統及語義系統不同，由於構成語音系統之音位有限，音節組織亦因而受內在規律之嚴格限制，非人力所能左右。《切韻》音系之聲母與韻母能經由不同角度描述當中之組合與聚合情況，其結構始終緊密無間，必無拼湊其他方言音系之可能。

---

❹　加上 m、ŋ 兩個輔音元音化之鼻音韻(nasal consonantoids fully voiced)，韻母應爲七十九個。《漢語音韻學》P.P.41-45。

❷　香港中華書局 1979 年 4 月重排本。

重紐的來源及其反映

鄭張尚芳

　　中古音系中三等脂支祭眞仙侵鹽宵諸韻系都包含有兩組重出對立的脣牙喉音字，出現了"重紐"現象。四十年代王靜如、陸志韋、董同龢、周法高諸先生就已對這一現象作了研究。周氏《廣韻重紐的研究》1944初刊於《六同別錄》，1948再刊於史語所《集刊》第十三本，他把《廣韻》、《切韻》、玄應《音義》中的各對重紐都集列成表，對研究者更提供很大方便，周氏將重紐的分爲 AB 兩類：韻圖列在四等的爲 A 類，三等的爲 B 類，很多學者沿用了（本文故也分別用"重三"＝三 B，"重四"＝三 A 兩種叫法）。但由於上古音研究水平的歷史限制，當時還不可能眞正解決重紐的起源問題。如王陸二氏以所謂"假合口"推測重三帶喎口勢：

　　〔重三〕開 $k^w\text{I}$ 合 $k^w\text{Iw}$ 〔重四〕開 ki　合 kiw。

　　不但 $k^w\text{Iw}$ 太覺別扭，也與現知的見系合口主要就起源於圓脣舌根音、重三不輕脣化相矛盾，另外仍還要對"假合口"的來源作出滿意解釋才行。董、周氏都傾向用元音有別來解釋，這不但要打破《切韻》同韻必同主元音的通例，對於上古同部、中古分列重三重四的字

（蜜A密B、民A珉B、潷A倚B）還要增添一重它們怎麼會"變了元音"的疑問，增加了解釋難點。

所以我們希望找到重紐現象的眞正來源，它要能滿足對上述這些現象都作出合理解答的要求。

壹、重紐的聲韻分布特點

這八個韻系聲韻上有這樣一些共同特色：

1.1 它們中古主元音都是前元音：i、e 或 ε。追溯其所來上古韻部，則 AB 兩類有別。A 類（重四）也來自前元音（脂質眞、支等韻部固屬前元音，鹽葉、仙薛、祭、宵韻所來的談盍、元月、宵等韻部及侵緝部我們認爲其中都包含一組以 e 或 i 爲主元音的韻母，包擬古、白一平、余迺永諸先生也這樣認爲，董同龢 1944、1948 論證"元、祭、宵"部都應分成兩類元音，也早就指出一類是前元音，與耕青元音相同，重四即對這類的韻母），而 B 類（重三）則兼有前元音與央後元音的來源（上古 a 視爲央後元音[A][ɑ]）。就元音來源分布來分析，中古三等韻可分爲三類，正好與另外的一等、二等、四等韻相對當：

(A) 重四同於純四等——限前元音

(B) 重三同於二等——不限元音

(C) 非重紐的其他三等韻同於一等——限央後元音

鄭張 1987 指出這是由上古長、短元音對立格局形成的，其關係可表列如下：（注①三等原無 j 介音，後由短元音軟化增生。②表中四橫行也可看成上古的四個等，其具體韻系可看潘悟雲 1982 ： 346 表，那表即據此表繪製）

表 一

元　　音	前元音*i*e	央後元音*a*ɯ*u*o
長 元 音	四等	一等
	二　　　　等	
短 元 音	三A（重唇）	三C（輕唇）
	三B（含庚蒸幽）	（限唇喉牙音）（重唇）

　　解釋重紐應同時對三 B 類中的原央後元音字爲何會轉化到前元音（如 "痞尳圓變皮義" 本央後元音字變來），又三 B 爲何只限唇喉牙音，爲何保持重唇等，都應作出相應解答。如果像王、陸氏及李新魁氏所主張，三 B 聲母有圓唇成分，那末應該首先輕唇化才合，而相反我們卻看到了三 B 有抗輕唇化的功能。

1.2 上表已可見，在聲母分布上，重紐通常只見於喉牙音及唇音，而且不論 A 類 B 類，唇音都保持讀重唇，而 C 類則變輕唇（如微廢文元凡陽東鍾虞尤等非前元音韻系都只有輕唇音）。惟庚三蒸幽三韻系除外。這三韻都是或部分是與重三有關的。不屬三 C。"蒸幽之" 將在 2.3 節中一起討論，這裏先說庚三。周氏(1948:95)已指出清韻和庚三 AB 相配，李新魁(1984:84)明確主張把庚三和清韻合成一重

紐韻（庚三為 B ，清為 A ）。這很對。邵榮芬 (1982:84-86) 指出《釋文》《萬象名義》庚三和清韻不分。庚三和清韻原為成對的重紐韻，後又依 BA 分成兩韻，這使我們有了 B、A 不合韻的 B、A 單獨分布模型可供觀察。

　　清韻有見組、知組、章組、幫組、精組及來、日、以母（開合），說明三 A 分布在這些聲母（沒有莊三組）；庚三有見組幫組及雲母（合），說明三 B 分布在這些聲母，跟其他三 B 的表現相同，但可注意庚三還有莊組字（"省"所景切。"柵"測戟切等）。邵榮芬 (1982:84) 指出庚的莊組字凡切下字用庚三的都應屬庚三，不屬庚二。莊三字韻圖照例置於三等韻的二等欄中，《韻鏡》三十三轉庚二庚三清合為一圖，所以庚韻莊組二三等相混可以理解，但這也說明：(1) 重三跟二等韻有共同點，故使庚二庚三莊組達到混而為一的程度。(2) 莊組與三 B 密切，反之相當三 A 的清韻字則不出現莊組。

　　《韻鏡》十七轉 "痕臻真" 同圖，臻韻系上去與軫震韻不分，平入獨立為臻、節韻，卻只具莊三組。這表示莊組聲母帶有一種影響韻母音質的特性。（與此可比的是二等江韻獨立成韻攝，並可以注意李方桂氏上古音對 "江" 和 "臻" 都擬了 -r- 介音）。而舊傳反切，臻櫛韻系除自諧外，也用三 B 及來母字作切下字。《釋文》尤其如此，如 "臻榛溱，側巾反丨莘，所巾反丨節，側乙、莊乙、側筆、莊密反"。這些都顯示了重三與莊組三等字來歷相似，當有共同測源關係，最好有共同的解釋。

1.3 重紐限於唇喉牙音字，但很多先生指出，喉音只包括影曉，可不包括匣喻（李榮 1956:140，邵榮芬 1982:71 注一，李新魁 1984:

76 ）。理由是，喻三（雲母）＝匣三，來自喉牙音，喻四（以母）則來自舌音，其聲母本來不同，中古也分屬不相系聯的兩母，故不宜視爲重紐。鄭張 1984 即曾指出過，前元音（即重紐各韻）的“喻合四”正好都包含了與“匣合四”“喻合三”（雲母）同諧聲字，而非重紐各韻的喻四則只有以母字，不出現與雲母同聲符的字。試看下面例子（由於鹽侵宵收-m 或-u 尾，合口易異化，難以保存。但“炎琰”二字漢越語音 viem ，仍保持雲母讀法，故也列入。《集韻》音加＊號：

	脂	支	祭	眞		鹽	仙	庚	清
喻合三	帷	爲	𧶠	筠扰		炎	員	榮	嶸
喻合四	巂	蠵	𧥝	＊勻鷸尹		琰	捐	營	潁役

“營尹”雖屬喻合四，唐五代藏文注音《千字文》卻注爲“營 ɦwe 、尹 ɦwin ”，跟喻合三“煒 ɦwe 、員 ɦwen ”的注音相似，而跟喻四“楹 jeŋ 、逸 jir ”不同。可見這類字在中古有些方言還留有跟喻合三互爲重紐的痕跡。只是這類字因其前元音韻母影響而更前化，以致跟其他以母來的喻四字混併而不易辨析。不過從諧聲仍可辨認來源，鄭張尙芳(1984:46)指出“榮”和“營”只是 ɦwreŋ 和 ɦweŋ 的關係，雖就上古音而言，“營”＊ɦweg 的構擬跟藏文注音 ɦwe 仍很相似。

貳、重紐的區別及其由來

2.1 中古重紐各韻差別到底在哪裏，有兩種對立的看法：或云在主元音，或云在介音。主張元音有別說的論據，大抵基於重三重四很多來源於不同的上古韻部以及某些現代方言及域外漢字音有元音區別。這種主張忽視了以下事實：

(1)切韻每韻系都只含一個主元音，重紐韻不應破例。（邵榮芬1982:123）

(2)上古韻有別不能代替中古韻；域外漢字音、今方音的元音區別，既可是古元音區別也可是古介音區別的反映。有的其實是上古韻母本身元音區別的遺存，而與重紐區別無關，試看溫州市郊區、屬縣質韻唇字的表現（都取口語音）：

	必A筆B	莘A	匹A	蜜A密B
溫州永強	pyə7	pi7	phi7	myə8
永嘉楓林	ʔbiu7	ʔbi7	phi7	miu8

以上所列都是重紐字，但溫州方音韻母並不是依重紐分化，而倒像是依諧聲分類的。

(3)中古重紐韻的A、B兩類固然有來自不同的上古韻部的，也有來自同一韻部的。如眞韻 "A 民泯、B 珉愍" 上古同在眞部，元音原來有別說對這類字就不適用。切韻系統的重要擬訂人顏之推在《顏氏家訓・音辭》中強調指出過："岐山當音爲奇，江南皆呼爲神祇之祇。江陵陷沒，此音被於關中。" 即切韻列在重四的 "岐" 本當讀重

三 (陸德明《釋文》作其宜反，玄應《音義》、《萬象名義》也同作重三)，其實還有同從 "支" 聲的 "技妓伎芰" 也列在重三，按這些字既從 "支" 得聲，上古中古都屬支部支韻字，自然一直跟 "支" 同韻母同元音。那末說 "岐" 與 "奇" 同音，當在 "奇" 已經從歌韻部轉到支韻部之時，其元音也已同 "支"，不復同 "歌"。元音既同，可見區別以在介音爲是。

2.2 李方桂先生(1971)論定二等韻上古有 r 介音，而不是雅洪托夫 (1960)所提的 l，非常正確。因爲依我們研究，來母上古爲*r，而以母上古爲*l (與李氏所擬正相對換)。二等*Cr 正與來母*r 交替，部分一等字*Cl 則與以母*l 交替 (詳鄭張尙芳 1984，1987，以下例字皆依本人擬音，入聲用濁塞尾)。

> 二等　角*kroog —*roog 角角里先生，餘五音之角，皆盧谷切
> 樂音樂*graaug —*raaug 樂快樂
> 革儵革*krɯg —*rɯg 勒
> 羹菜羹*kraag —*raag 羹不羹，地名音郎
> 揀古限切*kreen —*reen 揀郎甸切
> 一等　谷*kloog —*log 谷余蜀切，集韻或體作 "峪"
> 胳*klaag —*laag 腋 (亦)

　　表一中與二等相配的重三，與一等相配的重四 (部分) 同樣有此現象，如：

重三　稟*prɯm'— rɯm'廩廩稟是一對轉注字

　　　命*mregs —*reŋs 令

　　　冰*prɯg —*rɯŋ 凌

　　　釐禧*hrm —*rɯ 氂

　　　棘*krɯg —*rɯŋ 勑

　　　泣*khrɯbs —*ubs 泪（"泪"古文作"狉"）

重四　驕居六切*klug —*lug 鷁余六切

　　　姬居之切*klm —*lm 姬與之切

　　　益*?leg —*lig 溢弋質切，

　　　　　　　*leg 易賜，《德鼎》"王益德貝"，通易

　　　舉*kla —*la 舁

　　　因此 1983 李方桂先生來北大講學，在爲他召開的上古音學術討論會上，我提出上古二等的-r-介音應擴及三等 B 類（詳鄭張尚芳 1984 ）。除了諧聲、轉注（分化）、通假、異讀的證據外還有分讀例（前綴音擴張成音節）：

　　　筆*prud—不律*pɯ-rud(注意越文but，朝文pus元音都是u)

　　　狉*phrm—不來*pɯ-rɯ

　　　憑（凭）*brɯŋ—憑陵bɯŋ-rɯŋ

　　　還有親屬語及方言的證據，以下所舉重三字皆表現帶 r 介音：

　　　幾*kri —藏文 khri "床、座、案台"

禁＊kruɯs（從“林”＊rɯɯ聲）—藏文 khriɯs “法律”

饉＊grɯns —藏文 bkren “貧困、飢餓”

　＊brɯgs —藏文 brgyags “干”

臉（瞼）krew'—藏文 ɦgraɯ “臉頰”

泣＊khrɯb（從“立”＊rɯb聲）—藏文 khrab “哭泣者”

蔭＊ʔrɯms—藏文 rɯɯ “背陰處”，越南 reɯ6，武鳴壯語

　raɯ6 “陰，影”

變＊prons（從“䜌”roon聲）—藏文 ɦphrul，泰文

　plienh

擎＊greŋ —藏文 sgreŋ “舉起”

驚＊kreŋ —泰文 kreeŋ “驚”

敬＊kreŋs —泰文 greeŋh “嚴格的”

勍＊graŋ，左傳二十二年，～敵之人—泰文 kriəŋ “強有力的”

　　＊Cr 在二等字中今方言有的失 C 取 r 變來母，如：“巷”
＊grooŋ 在吳語變“弄”loŋ61 “爬”braa “鏻”＊hraa 湖南好
些話說作 lal “脿”＊graam 廈門、潮州、臨川說 lam。在重三同
樣有此現象，如“臉”居奄切＊krem，今讀 lian1 “飲”＊ʔrɯm，
廈門白讀 lim1（比較武鳴壯語“水”ram4，“蔭”ram6）｜驗
＊ŋrems，廣東樂昌長來話 lɐi51 “眉”＊mri，溫州“眼眉毛”中
“眉”說“梨”leiz，（比較《方言》—“東齊曰眉，燕代北部曰
梨”。）｜“明”＊mraŋ 湖南耒陽“明年”的“明”說“良”li51
“逆”＊ŋrag 漢越語相反義說 gɯək，迎迓義作 rɯək。

　　重三的這個 r 介音在梵漢時對譯中可以得到證實，俞敏先生

(1980)據慧琳《音義》卷 25r 譯爲“乙”，定“乙”爲 ʔrid，從而推論三 B “筆 prid、密 mrid”，跟三 A “-ʔyid、必 pyid、蜜 myid”形成對立。施向東(1983)舉出玄奘的梵漢譯音“姞 grid，訖 krit，乾 gran”跟俞先生所說一致，相得益彰。施氏因而推測唐初中原方音重三字還有個帶攝唇音色的[ㄡ]介音存在。

由於漢藏語最古的*Cr 式複聲母只有 Kr、Pr、Sr 三類（Tr 類後起），所以這也說明了三 B 何以只見於唇喉牙音以及莊組。

2.3 關於上古漢語 r 介音的演變，1981.11.我在復旦大學所作學術報告中曾出一個演變律：

$$*r > \gamma > \mathrm{u\!\!\!\!-} > \dot{\imath} > i$$

許寶華、潘悟雲 1984 、 1985 引用此律加以論證。並推論變[ɯ]約在五六世紀間，變[ɨ]約在八一十世紀。在隋唐時這個介音可能實發半元音[ɥ]，跟“之蒸”韻的元音 ɯ 接近。因此在“之蒸”韻中帶 r-無 r-字容易混在一起，只有從蒸韻一般唇音及喉牙合口字歸併“東三”，才發現留在蒸韻的唇音及喉牙合口字應帶 r-。從之韻一般唇音及喉牙合口字歸“尤”，帶 r 旳唇音及喉牙合口字歸“脂”才知道之韻何以唇音及喉牙合口無字。但“之蒸”開口字帶 r 與否始終難辨，可能就是因 ɥ 介音跟元音太像了，沒法分開。幽韻列在韻圖四等，說它是三 A，本來最穩當，它也應包含上古*iu 韻字（“麀”*ʔiu 正對藏文 ju “母鹿”，“黝幽”*ʔiu 正對藏文 g-ju 綠色，《詩·隰桑》“其葉有幽”。）但純 A 無莊組字，而幽

韻有之；當像"之蒸"一樣包含有部分因帶 r 而不轉"尤"韻的*ɯu
類字。尤其是唇音，漢越語不舌齒化，必當帶有 r 介音，比如"謬
*mrɯus 一膠*rɯus"。

2.4 依以上討論，我們把 r 填入表一，可得到表二，這表說明了重紐
的產生、"等"的產生、"輕唇"的產生條件都與 r 有關：

表 二

長音長短	介　音	前 元 音	央後元音
長元音	0-、l-	四等	一等
	r-	二　　等	
短元音	0-、l-	三A（重唇）	三C（輕唇）
	r-	三B(含庚、又蒸幽部分)（重唇）	

以下為各韻系重紐字具體的上古來源表：（ɯ 可與 ɤ 交替，j
標誌由短元音軟化產生的 i 介音成分，在元音 i ，iɛ 前會合而為
一，而增強摩擦。）

脂　　A　　ji<比 | ids 痹

　　　　B　　ɯi<ri 饑 | (w)rɯ 坯龜 | rɯds 器 | (w)rɯɯ 執 |
　　　　　　　rɯi 悲 | rids 洎 | rɯgs 備

質　　A　　jit<id 一吉 | ig 必蜜

　　　　B　　ɯit<rid 姞 | rɯd 乙筆 | rig 密

眞　　A　　jin<in 民 | ig 毗

	B	ɰin<rin 岷｜rɰu 貧銀
緝	A	jip<ib 揖
	B	ɰip<rɰb 泣｜rib 邑
侵	A	jim<im 愔
	B	ɰim<rɰm 稟金｜rim 霖
支	A	jiɛ<e 衹卑跬｜egs 臂
	B	ɰiɛ<rai 奇皮｜re 技碑｜roi 跪委
昔陌	A	jiɛk<eg 僻益
	B	ɰiæk<rag 逆劇｜reg 屐
清庚	A	jiɛŋ<eŋ 名輕
	B	ɰiæŋ<raŋ 明京｜reŋ 平
葉	A	jiɛp<eb 魘
	B	ɰiɛp<rab 緤｜reb 痰｜rob 枱
鹽	A	jiɛm<em 厭
	B	ɰiɛm<ram 鉗｜rem 虌臉｜rom 弇
薛	A	jiɛt<ed 鷩滅
	B	ɰiɛm<rad 揭｜red 闌｜rod 羉
仙	A	jiɛn<en 遣便
	B	ɰiɛn<ran 乾｜ren 論虔｜ron 變卷
祭	A	jiɛih<eds 蔽藝
	B	ɰiɛt<rads 憩｜reds 劇｜rods 輟
宵	A	jiɛu<eu 翹票
	B	ɰiɛu<rau 喬｜reu 廟｜rou 猣天

注意其中 iε是 e 分裂的一種形式,實讀[Iε],(溫州的 ε 老老派[ε],老派[ᴵε]、新派[iε])。 j 後如不標出 i 也不妨害。但對後世變化標出似更易說明些罷了,其後 jiε>iε, ɰiε>iε,"蒸""幽"帶 r 的只有 rɰŋ、rɰɯ 二式故不再列。

參、重紐的影響和反映

3.1 重紐不但存在而且對音韻演變造成各種影響,因此必須在上古音構擬中予以充分重視,而不能像王力先生那樣置之不理。李方桂先生分了一部分而未作全盤安排(有些韻他似以 ji 、 j 分表重紐,但沒有固定,如"喬ʙ"作 gjagw ,"翹ᴀ"作 gjiagw ;然而"奇ʙ"作*gjar ,"皮ʙ"作 bjiar ;"危ʙ"作*ŋwjar ,"跪ʙ"作*gwjiar ;"弁ʙ便ᴀ"都作*bjian ;"密ʙ蜜ᴀ"都作*mjit 。所以用他的系統無法解釋這些字的重紐現象。我們改以帶不帶-r-來分別重三重四,將使這類現象得到一個統一的解釋。

r 跟莊組介音相同。上古莊三的表現確和重三相類,例如"使史*srm │ 吏*rɰ │ 率～領*srud —率～數*rud │ 森*srɰɯ —林*rɰɯ "。但清韻不含莊組而含知組,所以上古知三組不一定如李氏所擬那樣跟莊三一樣有-r-介音,它可能即是端組的軟音(在短元音前)。今浙江西部方言"豬",讀 ta-tɔ-to-tɯ-ti 的都有,像一部活的發音演變史,卻都沒有讀 tia 什麼的,沒有什麼介音痕跡。

3.2 在韻母方面,李氏(1980:23)說過介音 r 有一種央化作用。在上古*raŋ 韻入庚三接近耕清*rooŋ 江韻後世混向陽韻、*ron 韻入仙

等方面，我們看到了它的前化高化作用；在諸多 rɯ-類韻母變入 i 類韻母中更看到它的前化作用。 r 是舌音聲母本容易影響元音前高化，它後世再高元音 ɯ 、 ɨ 化，這也許更帶動其後元音的前高化。可說後低元音前高化同前高元音央化都屬央化作用。

但另一可能也存在，即 on 類韻其後世的元音常常 oan 化（如“短”、古音*toon ，贛語仍讀 ton3 ，有的方言如彭澤農村還是 tɔn ，城關卻讀 toan ，很像漢越語 ʔdoan ）。這類音前面有 ɥ/ɯ 時， ɥ/ɯ 可能吞沒 o 而變成 ɥan ，“蠻變”也許走的這條路。

3.3 在聲母方面， r>ɥ 起到抗拒唇音輕唇化的作用。庚三蒸便是帶 r 的，才不輕唇化，不帶 r 的即轉入陽東輕唇，比較：

　　b 類　[庚三]炳（昞）*praŋ>pɥiæŋ>pɨæŋ
　　　　　[蒸]凭*brɯŋ>pɥiɯŋ>pɨɯŋ
　　A 類　[陽]昉（昞）*paŋ'>pjaŋ
　　　　　[東三]馮*bɯŋ>bjuŋ

當 ɥ 與新生的顎介音 j/i 結合時，可能產生 ɨ 介音，這是 ɥ 介音>ɨ 的過程之一。

不帶 r 的則隨著短元音的軟化，增加 j 介音，可能引起聲母的顎化。漢越語中，遇重三唇音保持不變，逢重四常變爲舌齒音，（幫並母變 t ，滂變 th ，明母變 z （文字寫作 d ）：

　　重三 B　　碑悲 bi　貧 bɐn　閔 mɐn　變 bien

別 biet　廟 mieu　丕 phi[fi]

重四 A　阜比 ti　頻 tɐn　民 zɐn　便 tien　瞥 tet

妙 zeu　屁 thi

　　前元音和摩擦強的 j 介音在一起能促使元音舌尖化，並造成聲母轉爲齒音。以徽語爲例，有些方言 i 讀摩擦很強的 j[ʐ]結果舌尖化了，比較：

	鼻	地	幾～個
歙縣城漁梁	phj'	thi	tɑj
歙縣杞梓里	pj	tj	tsʔ
績溪城關	phʔ'	tshʔ'	tsʔ

　　獨龍語前元音 i、e 前的 b 母在怒江方言變成 z 母，如"給"藏文 bjin，獨龍 bi/dzi，怒江 zi，比較一下彝語的 bi/bʔ/bz 就更明顯地看到 bj>bz>z 的過程。但藏文的"寫" bri，獨龍語兩種方言都仍讀 bri 沒有舌齒化。這也可以表明 r 有抗齒化作用。漢越語三 B 類唇音不變，道理跟 r 抗拒輕唇化相同，r 於聲母有抗前化作用，故同時抗拒輕唇化、舌齒化。因爲短元音軟化增加 j 時，B 類以 ɯ 把 j 隔開，或是合成 ɨ 了，聲母於是不能前化了。

3.4 由於介音 r>ɯ 的結果，在許多方言和相鄰語言借詞中出現元音 ɯ 化或進一步帶上 u 介音現象。如下列字各語言幾乎一致將支 B 韻 ɯ 化：

	朝鮮	萬葉假名	武鳴壯語借字	越南
重三 B	騎 kɰi kï		kmi6	kɰei4
重四 A	岐 ki ki		ki2	ki2

　　但 ɰ 介音可能穩定性較差，容易 u 化或 y 化，龍州壯語 "騎"
就變 kwi5 ，布依 kui6 。又如閩語潮州 "皮 Bphue2 ｜脾
Aphi2 "，福州 "皮 Bphuei2 ｜脾 Aphi2" 建甌："皮 B白 phyε⁵
｜脾 Api³ ‖ 騎 B白:～背 kyε⁸ ｜岐 Aki³"。早些的《中原音韻》B 類
"悲碑陂皮彼鄙筆密" 入齊微韻合口(uei)，而 A 類 "脾比匕畀必畢
蜜" 入齊微韻開口(i)。在元代八思巴字對音和明代金尼閣《西儒耳
目資》中也類似表現，B 類帶 u，A 類不帶 u。王靜如、陸志韋、
李新魁三位先生認爲 B 類聲母圓唇化的印象，可能即由此引起，它其
實是 ɰ 介音的一種反映形式。

　　日本吳音沒有 "ɰ" 母，這類音習慣 "o" 代之，所以以下表
現也可認爲 ɰ-的反映式之一種：

　　重三 B　乙 otu　音 on　邑 ofu
　　重四 A　一 iti　憎 in　挹 ifu

3.5 重紐不但上古存在，切韻以後也造成諸多影響。慧琳《音義》仙
A 混入先韻，仙 B 混同元韻；眞 B 混同欣、文韻，眞 A 則不混。元代
《古今韻會舉要》仙眞分法近似慧琳，支脂類喉牙音混入齊韻、而 B
類喉牙音混同微韻，宵 A 混蕭而宵 B 不混。說明重紐成爲韻系分併的

重要條件。

宋本《廣韻》末附《辨四聲輕清重濁法》以重四"翹絹避臂必匹一并名輕"爲輕清，重三"嬌眷廟眉兵明卿"爲重濁，說明至少宋代還以重紐 AB 類作爲分"輕清、重濁"的一種標準。

宋邵雍《聲音唱和圖》是不依傍切韻系統的自創之作，它以"開發收閉"分四等，大致相當一二三四等。其四等俱全的"音一、音二、音三、音五"四圖中"開"都屬一等字，"發"都屬二等字，"收"都屬三 C、三 B，"閉"屬三 A 及純四等。以音三、音五兩圖最爲明顯：

"收" B乙（王）　美　　眉　|丙　　備　　品　　平
"閉" A一（寅）　[米]　民　|必　　鼻　　匹　　瓶

除"王寅米"三字外，重紐關係絲毫不亂，充分表明 A 類近於純四等而 B 類不近的事實。再看"音一"圖：

"收"　　[九]　　[近]　　[丘]　　乾 B
"閉"　　癸 A　　揆 A　　棄 A　　虬

這表明"虬"是幽韻中的 A 類部分，而非從 *rɯu 來的 B 類部分， AB 關係也是不亂。由此可見重紐兩類即使到宋代還是韻圖家能據自己方言來辨認列圖的。它確是漢語音韻史上一項有長遠影響的重要區別，不容漠視。筆者希望本文對重紐起源的說明能對解決重紐區別問題有所幫助。

　　近世北方官話的開齊合撮四呼格局，對好些音韻學者有深刻影響，他們把漢語介音系統誤認爲固有的，i、u、y/j、w、ɥ(jw)似乎自古不變。因此，說起"介音"就是這一套，而且把它們推到上古後還架床疊屋，擬構得介音系統非常複雜。實則這個格局不過是發展的一種結果（有的今方言也並不是這種格局）。依我們研究，上古 j、w 介音只有章系及邪母的 j、見系合口的 w，其他的 i、u 介音多數是增生而來的。而在中古漢語階段，ɯ/ɥ 介音曾經占據很重要位置，前期的 ɯ 是 i 介音前奏，後期的 ɯ 則是流音介音 r-ɤ-ɯ-ɨ 演變中的重要一環。溫州樂清巴 pɯa ，花 fuɯa<hwɯa ，越南 "騎" kɯəi 只是它的一二遺跡。

參 考 文 獻

蘇同龢　廣韻重紐試釋，史語所《集刊》第十三本，1948。

───　上古音韻表稿，同上第十八本，1948（1944 李莊石印初版）。

李方桂　上古音研究，《清華學報》新九卷一、二期合刊 1971，（單行本 1980 商務印書館，北京）。

李　榮　《切韻音系》，科學出版社 1956 新一版。

李新魁　重紐研究，《語言研究》(7)，1984 年二期。

陸志韋　《古音說略》，哈佛燕京學社，1947。

羅常培　《唐五代西北方音》，史語所單刊甲種之十二，1933。

潘悟雲、朱曉農　漢越語和《切韻》唇音字，《中華文史論叢增刊·語言文字研究專輯》（上），上海古籍出版社，1982。

邵榮芬　《切韻研究》，中國社會科學出版社 1982。

施向東　玄奘譯著中的梵漢對音和唐初中原方言，《語言研究》(4)，1983 年 1 期。

許寶華、潘悟雲　不規則音變的潛語音條件，《語音研究》(8)，1985 年 1 期。

───　釋二等，《音韻學研究》第三輯，中華書局 1994（中國音韻學研究會第三屆年會論文集，1984）。

楊劍橋　論重紐，《說苑新論──紀念張世祿先生學術論文集》，上海教育出版社 1994。

王吉堯　漢字域外音對古漢語重紐現象的反映，《音韻學研究》第三輯，中華書局，1994。

雅洪托夫　　上古漢語的複輔音聲母，第二十五屆國際東方學會議論
　　　　文（ 1960 ，莫斯科），中譯本見《漢語史論文集》，北京大學
　　　　出版社， 1986 。

俞　敏　　等韻溯源，《音韻學研究》第一輯，中華書局 1984 （ 1980
　　　　音韻學研究會首屆年會論文）。

鄭仁甲　　論三等韻的 ǐ 介音──兼論重紐，《音韻學研究》第三輯，
　　　　中華書局 1994 。

鄭張尙芳　　漢語上古音系表解，浙江語言學會首屆年會論文，
　　　　1981 。修訂本 1982 油印。

─────上古音構擬小議，《語言學論叢》第十四輯，商務印書館
　　　　1984 （ 1983 北大上古音討論會論文）。

─────上古韻母系統和四等、介音、聲調的發源問題，《溫州師院
　　　　學報》 1987 年四期。

─────緩氣急氣爲元音長短解，中國音韻學研究會第六屆年會論文
　　　　1990 。

─────切韻四等韻的來源與方言變化模式，中國音韻學研究會第七
　　　　屆年會論文 1992 。

周法高　　廣韻重紐的研究，史語所《集刊》第十三本， 1948 。

從漢藏語的比較看重紐問題

（兼論上古*-rj-介音對中古韻母演變的影響）

龔煌城

一、引　言

　　重紐的問題從研究中古音的觀點來看，主要在於探討它究竟代表什麼樣的音韻對比，從研究上古音的觀點來看，則在於探討重紐是如何產生的。關於重紐的來源最有力的說法是，重紐三等來自上古-rj-介音，而重紐四等則來自上古-j-介音。本文旨在檢討這一說法及它所衍生的若干問題。

　　重紐三等起源於上古漢語-rj-介音的假設牽涉到上古漢語乃至原始漢藏語的音節結構問題，因為-r-音雖然一般常稱為介音，它卻與其它聲母構成如pr-、phr-、br-、mr-、kr-、khr-、gr-、ngr-等複聲母。這些複聲母不但出現在-a、-i、-u、-ə等元音前（演變成中古的二等韻），也出現在-ja、-ji、-ju、-jə等帶有-j-介音的元音之前，形成-rja與-ja、-rji與-ji、-rju與-ju、-rjə與-jə等兩種音節的對比。-r-音在消失以前，在有些語

音環境下影響了介音，造成中古重紐三等與四等的差異，在另外一些環境下則影響了元音，演變成中古不同的韻，而在其餘的環境下則未引起任何差異（但也有可能曾引起過差異，只是後來差異消失，發生了合併的現象）。

本文擬從漢藏語的比較，證明重紐三、四等分別起源於-rj-與-j-不同的音節結構，同時也要進一步探討哪些韻產生重紐，哪些韻引起元音的差異，哪些韻-rj-與-j-合併為一韻。另外中古尤、幽❶兩韻分別出現在韻圖三、四等，一般認為兩韻合成重紐。本文贊成此說❷，但認為次序應該顛倒，幽韻屬重紐三等，尤韻屬重紐四等，也將在下文中加以討論。

二、已往學者的研究

隨著漢藏語比較研究的進展，漢語中古音"來"(l-)母字來自上古漢語及原始漢藏語*r-的說法已逐漸為一般所接受。來母字在上古時代既然代表r-音，則-rj-音節的構擬，從漢語內部的證據來說，自必仰賴來母字與其他聲母的字諧聲的證據。在另一方面與漢語同源的藏緬語有一些語言仍然保存pr-、phr-、br-、mr-、khr-、gr-、ngr-等複聲母，因此這些語言中所保存的帶-r的複聲母，可以用來發現漢語中應該有，但因沒有諧聲的線索以致無法發現的帶

---

❶　以下除了特別注明外，引中古韻時都舉平以賅上去。

❷　但必須調整重紐的定義，作擴大的解釋，使重紐可以包含中古不同的韻。

-r-的複聲母字。

　　重紐三等有-rj-介音之說，最早是由蒲立本（Pulleyblank 1962:111）所提出❸，蒲氏在該文中（p.70）接受了日本學者有坂（1937-39）及河野（1939）的說法，主張重紐的區別在於介音的不同，認爲重紐三等有介音-ɹ-，重紐四等有介音-ɹ-。他在討論「捲舌與介音-l-的失落」（p.110）一節中接受了雅洪托夫（Yakhontov 1960）的二等韻來自於-l-（即本文的-r-）介音說，但對雅洪托夫所主張-l-「在輔音與介音-ɹ-（本文的-j-）之間完全消失，未留下痕跡，而主要元音在大多數情況下沒有發生任何變化（參看漢譯本 p.46-47 ）」的說法，則持保留的態度，他認爲與此相反，-l-介音的失落導致主要元音 i 和 e 之前產生兩種不同的介音，使-y-（本文的-j-）在舌根音和唇音聲母後收縮爲-ɹ-。蒲氏接著指出有些情形重紐的對比起源於不同的韻部，如支韻重紐三等的「皮」來自上古歌部，而四等的「卑」則來自上古支部。

　　蒲氏在基本上同意雅洪托夫所說的，在-ɹ-（=-j-）之前介音-l-（=-r-）的失落未曾影響主要元音，但也指出一個重要的例外，即-l-（=-r-）的消失造成庚韻（如“京”字）與陽韻（如“涼”字）、陌韻（如“隙”字）與藥韻（如“蟒”字）及庚韻（如“命”字）與清韻（如“令”字）等元音的差異。

　　施向東（1983:34）研究玄奘譯著中的梵漢對音，發現重紐三等

---

❸　在他之前藤堂明保（1957:190）曾爲中古音重紐三、四等分別構擬-rj-及-j-。可是他是以-r-代表鬆的央化的介音成分，並不是以它爲一個獨立的音段。

字與四等字的介音不同，如：三等姞 grid，四等吉 ki(=kyi)。他說「玄奘譯音字中，譯帶-y-介音的梵語音節從不用重紐三等字，對譯以 i 爲主元音的音節的，只要有重紐，就一定用四等字，不用三等字」，又說「《慧琳音義》卷二十五譯 ṛ、ṝ 爲 "乙上乙去引"，讀 ṛ、ṝ 爲 ri、rī，"乙" 也是重紐三等字，與玄奘譯 i 爲 "壹"（四等字）正相互印證。可知重紐四等的介音也是 y[j]，而三等介音近乎 r。」

俞敏(1984，收於 1989)在討論「重紐」一節裏提到慧琳上引處所後也據此推測重紐三等的 "乙" 讀 ʔrid，重紐四等的 "一" 讀 ʔyid，並由此爲重紐三、四等全面擬成如下的音韻區別。❹

等	字音				
三	筆 prid	密 mrid	暨 krid	乙 ʔrid	△ ɣrid
四	必 pyid	蜜 myid	吉 kyid	一 ʔyid	逸 ɣyid

重紐三、四等來源於上古-rj-與-j-之說隨後受到中外學者如鄭張尙芳(1983, 1987)及白一平(Baxter 1992, 1994)等學者的支持，一九九一年出版的《中國語言學大辭典》(p.125)並且在「重紐三等有 r 介音說」條下加以介紹。

---

❹ 俞敏在一九八三年北京大學中文系爲李方桂先生來訪所召開的上古音學術講論會上也曾作過同樣的發言（參看語言學論叢第十四輯p.11）。

三、從漢藏語的比較看重紐三四等的區別

　　藏緬語族中保存帶-r-複聲母的語言除了古藏文、古緬甸文外，尚有如獨龍語、基諾語等。阿昌語隴川方言的 pʐ-、phʐ-、mʐ-、m̥ʐ-、kʐ-、khʐ-以及xʐ-等音，由於-ʐ-來自較早的-r-也可視爲仍保存帶-r-複聲母。漢藏語的比較研究本來應該就全語系作系統的比較，在本文中只舉比較研究較有進展的漢、藏、緬之間的對應關係爲證來作說明❺。

1.-rj-與-j-的差別反映在重紐三、四等的例子

　　a.上古脂眞部＞中古脂旨至、眞軫震質韻（重紐三、四等）

　　中古脂眞（質）韻字主要來自上古的脂部（包括陰聲韻與入聲韻）及眞部，這兩部中與重紐有關的漢、藏、緬同源詞如下：

	漢	藏	緬
*-rj-(重紐三等)	几*krjidx	khri座	
	飢*krjid	bkres❻飢餓	
	耆*grjid	bgres老	krî大（年齡）大
	密*mrjit	'brid欺騙	
*-j-(重紐四等)	妣*pjidx/s	phyi-mo祖母	ə-phê<ə-phîy父親
	畀*pjids	sbyin給予、賜予	pê<古緬pîy給、授

---

❺　關於最近的漢藏語的比較研究請參看 Gong 1995。

❻　藏文 bkres 與 bgres 中的-e-似乎是因受詞頭 b-的影響而由-i-變成的。

予

貔*bjid	·dbyi猞猁	
吉*kjit	skyid快樂、安樂	kkyac<*khyit愛、喜愛
一*·jit		·ac<*·it一
髖*bjinx	byin腔、小腿	

　　漢藏語的比較證據顯示：重紐三等的來源是介音-rj-，而重紐四等的來源則是介音-j-。

　　b.上古元祭部＞中古仙獮線薛韻（重紐三、四等）、元阮願月韻
　　　（純三等韻）

　　仙（薛）韻全部來自上古元部與祭部入聲韻。與重紐有關的漢、藏、緬同源詞如下：

	漢	藏	緬
*-rj-(重紐三等)	別*brjat	'brad撕開	prat斷絕、隔絕
	*prjat<*sbrjat	sbrad撕開	phrat使斷絕、使隔絕
*-ji-(重紐四等)	滅*mjiat	med<myed無、不存在、滅❼	
*-j-(純三等)	獻*sngjans	sngar聰明、敏悟	
	發*pjat		phat❽(嘔吐)

---

❼　比較：藏 med-pa-pa 滅者，斷見者、斷滅論者。

❽　參看 Coblin 1986:130。

上面所舉的例字雖然不多，但卻含有極重要的字，例如「別」字有兩讀，分別對應藏、緬語的自動詞與他動詞（或使動詞），這種不同的語言間構詞法上的一致，是同源關係的重要證據。由上面的例子我們看到，重紐三等字起源於上古*-rj-介音之說，可以從漢藏語的比較研究得到充分的證明。

2. -rj-與-j-的區別造成中古元音差異的例子

上古*-j-介音之前的-r-如果只影響到介音，則造成中古的重紐，已見前述。如果還進而影響到元音，則上古同一韻部的字到了中古便分化成兩個不同的韻。以下將探討這種情形：

a. 上古耕部＞中古庚梗映韻（三等）、清靜勁韻（三等，但韻圖置於四等者）

《韻鏡》把庚韻與清韻放在同一個韻圖上，形成類似重紐的關係。這是韻圖的音位解釋反映較早時期的音韻狀態最好的證明。因為庚與清屬於不同的韻，主要元音一定有所不同，由此我們可以推知上古來自同一韻部（例如耕部）而中古分屬於兩個不同的韻（例如庚清兩韻）者，其元音的不同乃由介音*-r-所引起。

	漢	緬	藏
*-rj-	鳴*mrjing	mrañ<*mring響、鳴	
	命*mrjings	mrañ<*mring責備、斥責	
	評*brjing	prañ<*pring挑逗	
*-j-	名*mjing	ə-mañ<*ə-ming名字	ming<mying名字

漢、藏、緬語的比較顯示：上古帶*-rj-介音的字，到了中古進

入庚韻（如上表中的「鳴、命、評」等字），而帶*-rj-介音的字
（如上表中的「名」字）則進入清韻。

　　b.上古魚部（入聲韻）、陽部＞中古庚梗映陌韻（三等）、陽養漾
　　藥韻

　　　　與耕部情形相同的，還有魚部入聲韻與陽部，中古庚陽兩韻字主
要來自上古陽部❾，其漢、藏、緬同源詞如下：

	漢	藏	緬
*-rj-	迎*ngrjang, 逆*ngrjak		ngrâng拒絕、爭論
	炳*prjangx		prâng強烈、猛烈
	虩❿*xrjak	skrag懼	
*-j-	妨*phjang		pâng阻塞、堵塞
	放*pjangs	spangs拋棄、戒除	phang'拖延、耽擱、遲緩
	紡*phjangx	'phang紡錘輪❶	
	房*bjang	bang-ba倉房、倉庫	
	攫*kwjak	'gog,pf.bkog攫、奪取❷	

---

❾　陽韻字全部來自陽部，庚韻字則部分來自耕部，部分來自陽部。

❿　廣韻陌韻「虩，懼也」。又虩*xrjak 與嚇*xrak 同源。關於此二字與
　　藏文 skrag 的比較，請參看包擬古 1995:204,253。

❶　參考：'phang 'khel 用紡錘捻線，'phang mgo 紡錘柄，'phang
　　sgrim紡錘座、織具。

❷　藏文元音-o-係由原始漢藏語的*-wa-變來（參看Gong 1995:47）。

比較下面庚陌韻二等字以及唐鐸韻字：

庚陌韻二等字	蝱*mrang	sbrang<*smrang 蒼蠅	
	梗*krangx	khrang硬	krang'緊、僵硬
	行*grang	krang-nge站立	
	赫*xrak赤也	khrag血❸	
唐鐸韻字	崗*kang	sgang山丘	khang-高地
	惶*gwang	'gong畏懼❹	
	惡*·ak	·ag壞、惡	

    比較語言學的證據顯示：庚陌韻三等字與庚陌韻二等字一樣，在上古都帶有*-r-介音，而陽藥韻字則與一等的唐鐸韻字一樣，不帶*-r-介音。換句話說，上古*-r-在*-j-之前影響到元音，造成了中古庚陌韻（三等字）與陽藥韻的分化。

3.-rj-與-j-的區別在中古合併的例子

    上古*-r-在-j-介音之前也有完全消失而沒留下任何痕跡的，但這是就結果而作的描述，其中不能排除*-r-曾影響了介音或元音（如上面1.與2.），而形成過兩個不同的介音或元音，但它們後來又合併為一的可能情形。

---

❸ 關於「赫」與藏文 khrag 「血」的同源關係，請參看包擬古 1995：205。

❹ 同注 12。

a.上古侵緝部＞中古侵寢沁緝韻

侵緝韻雖然列在重紐，但從韻圖上看，唇、牙音只有三等字，沒有四等字（四等只有一願字❺，在上聲寢韻牙音溪母，下文將有討論），只有喉音影母字有重紐現象，例子如下：

重紐三等　音陰 *·rjəm　比較 漢 陰*rjəm❻ ： 藏rum暗
重紐四等　愔 ·jəm
重紐三等　邑浥 ·rjəp
重紐四等　揖挹 ·jəp

上述情形似乎暗示著，在唇、牙音前也曾經有過重紐的對比，但後來區別消失，成為同音字。漢藏語的比較研究提供何者曾帶*-r-音何者不帶*-r-音的資訊❼。

	漢	藏	緬
*-rj-	搞*grjəm	sgrim捕	

---

❺　請參看附錄表十一。

❻　關於漢語「陰」與藏語rum的同源關係，請參看Coblin 1986:60。又「陰」*·rjəm與「幽」*·rjəgw<*·rjəb同源，在原始漢語呈現陰陽對轉的關係（參看Gong 1995:60f）。至於幽韻有*-rj-介音問題，下文將作討論。

❼　關於下面的例子中，元音的對應關係，請參看 Gong 1995。

唫*grjəmx❶⓲	grim急、趕	
急*krjəp		
禁*krjəms	khrims法	
泣*khrjəp	khrab-khrab哭者	
陰*·rjəm	rum暗	
稟*prjəmx,*rjəmx	'brim分配、供養、獻上	
*-j- 坅*khjəmx⓳	khyim房子⓳	
汲*kjəp		khap汲水

　　依照韻圖安排重紐三、四等字的方式，應該把帶介音*-rj-的字放在三等的位置，帶介音*-j-的字放在四等的位置才合理，然而《韻鏡》卻幾乎把所有的侵緝韻唇、牙音字全部放在三等的位置，而把四等的位置空下來，只有喉音影母字「音、愔」與「邑、揖」四字才分別放在韻圖三、四等的位置。這種現象只能解釋為：在《韻鏡》的時代*-rj-與*-j-在唇、牙音前已合併，只有在影母前還保存著區別，呈現為重紐的三、四等。

　　然而我們若仔細檢查《廣韻》的反切，我們仍然可以發現若干蛛絲馬跡，藉以推尋其演變的跡象。例如寢韻「稟、品、錦、坅、噤、

⓲　《說文》云「口急也」，又「撍、捦、擒」*grjəm 三字，廣韻訓「急持」，這些字都共同具有「急」義，而與「急」字*grjəp 陰陽對轉。在藏文方面 sgrim 與 grim 有相同的字根，只從藏文或漢語單方面都無法看出這些現象之間的關聯，必須通過兩者間的比較研究才能明白其來龍去脈。

⓳　請參看 Coblin 1986:119。

傑、飲、廠」等字，韻圖全部放在三等的位置，但是反切下字系聯的
結果卻顯示：坅字以外都可以系聯成一類，且與韻圖放在四等的
「顣」字系聯。另一方面，韻圖放在三等的坅字卻不與其他同樣放在
三等位置的重紐三等字系聯，而與來母字「廩」字及照三系與精系字
系聯，另成一類（請參看附錄表十一）。系聯的結果與漢藏語比較研
究的結果一致，即：「坅」屬於重紐四等，其他各字（包括顣字在
內）屬於重紐三等。這是表示：《韻鏡》把「坅」與「顣」兩個字的
位置顛倒了，至於爲什麼把它們顛倒，最好的解釋是：在韻鏡的時代
這兩個字已變成同音字，所以韻鏡的作者竟不知哪一個字該放在三等
的位置，哪一個字該放在四等的位置。由這一個例子，我們可以看到
從《廣韻》到《韻鏡》所發生的若干音韻變化，如果《韻鏡》完全保
持《廣韻》的音韻系統，它應該把坅字放在四等的位置，而把顣字放
在三等的位置才對㉒。

　　從《廣韻》反切的研究，我們還可看出在侵、寢兩韻（即在平、
上聲）脣、牙音重紐三四等仍然保存音韻的區別，但在沁、緝兩韻
（即在去、入聲）脣、牙音重紐三四等已沒有音韻的區別了。寢韻的
情形我們在上面已經提到，至於侵韻，雖然牙音只有三等字（脣音無
字），但它們並不與來母字系聯，顯示牙音字是屬於重紐三等，與重

─────────────

㉒　「顣」與「頗」字在不同版本的切韻系韻書中有互讀的情形（請參看龍
字純1976:274,275注6,8），可能的原因是：「頗顣」*dzrjəm-
grjəm爲聯綿詞，用於擬態（廣韻訓醜貌），而這兩個音節的聲母有換
位（metathesis）或同化（assimilation）的情形發生。這種現象
有利於我們把「顣」字認爲是重紐三等字，因爲「頗」是牀三，上古有
介音*-r-，而重紐三等字也一樣有介音*-r-。

紐四等在語音上仍有區別。關於沁、緝兩韻，唇牙音只在三等有字，四等沒有字，反切系聯的結果，來母字都可與唇牙喉音字系聯，例如：去聲的「臨」與「禁」、入聲的「立」與「泣」反切下字都可以系聯，顯示上古的*-rj-已與*-j-完全合併了，如果兩者未合併，來母字和與來母字諧聲的字，在原則上是不應該系聯的。

緝韻牙音重紐三、四等發生過合併，原始語音曾經有區別，我們從漢藏比較語言學可以找到證據，我們在上面所引的漢藏同源詞中已看到「急」與「汲」字，前者有*-r-介音，而後者沒有，這是表示兩個字本不同音，它們在《廣韻》成為同音字是後來演變的結果。

從上面所提到的現象，我們看到歷史上音韻變化逐漸擴散的經過。就侵緝韻而言，*-rj-與*-j-合併，是先發生在唇、牙音後面，《韻鏡》時代以後才擴散到喉音後面的。在牙音後面合併的發生也有先後之分，去聲與入聲韻在前，平上聲韻在後。音韻變化的速度參差不齊，只有以較長久的觀點來看，才容易看出其規律的嚴整性。

根據上面的漢藏比較及反切下字的研究，我們將侵緝韻同時歸類在1與3兩種類型下。

b.上古歌部＞中古支紙寘韻（三等）

中古支韻重紐三、四等而來自上古佳部的字，分別來自*-rjig及*-jig等不同的音節（參看下文佳部陰聲韻的構擬表），至於來自歌部的字則只出現在重紐三等，有關的漢藏同源詞如下：

漢	藏
*-rj- 疲*brjal	'o-brgyal<*'o-br·yal疲
披*phrjal "分也，散也"	'phral "分離"

```
*-j-      彼*pjarx                    phar彼處㉑
          義*ngjars㉒                 sngar
```

　　從上面的漢藏比較可以看出，上古歌部字，*-r-在介音*-j-前消失，而未曾影響到元音。

　　c.上古文部＞中古眞軫震韻（重紐三等），文吻問韻（純三等韻）

　　上古文部帶*-j-介音的字演變成中古眞韻，都集中在重紐三等，但另外也有演變成文韻的，其情形如下：

	漢	藏	緬
*-rj-(眞韻重紐三等)	閩mrjən	sbrul<*smrul	mrwe<古緬*mruy蛇
	筳*grjəns	bkren	
*-j-	貧*bjən	dbul	
	銀*ngjən	dngul	ngwe<古緬nguy銀
*-rj-(純三等文韻)	糞*prjəns	brun	
*-j-	分*pjən,*bjəns	'phul,'bul	

　　從漢藏語的比較看起來，不同的演變似乎是起因於詞頭的有無，有詞頭（如 s-、b-、d-）的，變入眞韻，沒有詞頭的則變入文韻，像這一類重要的資訊，如果沒有比較同源的語言，是絕無法獲得

㉑　「此」之反。參看 phar kha 彼處、phar ngogs 對岸、那邊、phar ngos 彼方。

㉒　比較獻*sngjans。按：「義」與「獻」陰陽對轉，是上古同源詞。

的。在下文微文部從上古到中古的語音演變表中我把微、欣文、迄物等純三等韻與脂、眞諄、質術等重紐的三等字韻母擬成同音，即由此而來。

四、相關問題的檢討

上文提到尤幽二韻是否構成重紐的問題，韻圖把尤韻放在三等，幽韻放在四等，照說三等的尤韻應該有*-rj-介音，所以應該與來母字有密切的關係，而韻圖放在四等的幽韻應該是*-j-介音，所以應該與來母字沒有特別的淵源才對。可是從諧聲現象觀察卻剛好相反。韻鏡列在四等的幽韻字與來母字有密切的諧聲關係。例如韻鏡三十七轉「繆、樛、蟉、謬」等字都出現在幽韻，它們都從來母字「翏」得聲；相反的，尤韻雖也有與來母諧聲的「璆鷚繆」❷三字，但這三個字都在幽韻有又讀，而幽韻出現的帶「翏」聲符的字，卻不一定在幽韻有又讀。換句話說與來母字諧聲的字是出現在四等的幽韻，而不是在三等的尤韻。如果我們在上面所主張的三等字有-rj-介音說正確，則不應有此現象。

再從漢藏語的比較來看，也是幽韻字有-rj-音，而尤韻字則無。

---

❷ 這三字是因介音*-r-脫落而造成的方音變化，例如：璆*grjəgw（幽韻）>*gjəgw（尤韻），繆鷚*mrjəgw（幽韻）>*mjəgw（尤韻）。

	漢	緬	藏
例如： 幽韻字	糾*krjəgw	krûw繩子	
	觓*grjəgw	khruw角	
尤韻字	鳩*kjəgw	khuw鴿	'ang-gu鴿
	舅*gjəgwx	kuw兄弟	khu-bo伯叔
	九*kjəgwx	kûw九	dgu九

要解釋這個現象，只有一個可能，即尤韻與幽韻在韻圖上的位置顛倒了，如果按照韻圖排列重紐的規矩，幽韻應該放在三等，尤韻應該放在四等才對。

問題是韻圖何以把尤韻放在三等，幽韻放在四等的地位。這個問題不能解釋，則三四等顛倒之說，終成爲揣測之詞。

我們仔細研究了重紐三、四等字在韻圖的排列方式與反切下字的關係（看附錄表一、三、五、六），發現來母字基本上是與重紐四等字系聯的。但是韻圖都把來母字放在三等的位置❷❹，而不放在四等的位置（重紐都是三等韻，包括來母字在內，三等的位置既然空著，便沒有理由去佔四等的位置，只有當三等的位置不夠用，才不得已去佔

---

❷❹ 例外只有幽韻「鏐蟉」二字，「鏐」字在尤韻有又讀，「蟉」字則在幽、黝韻有群母(*grəgw, *grjəgwx)的讀法。可能的解釋是：「蟉」讀群母才是原來的讀法，但是由於「蟉」字經常與「蟉」字連用，構成複合詞如「蟉蟉」 (*·rjəgw-grjəgw) ，後者被重新分析(metan-alysis)爲*rjəgw ，如同中古英文的 a napron 變成現代英文的 an apron 一樣。幽韻來母字爲不規則的變化，從與它相面的上、去聲（黝、幼兩韻）都無來母字，即可看出。

四等的位置）。這樣的安排方式，在重紐三、四等同屬一韻下不會產生任何困難，如果我們把重紐的定義限制於同一韻內唇、牙、喉音有二組反切的韻，則重紐諸韻排列的方式是統一的。它們在中古音的語音特徵是元音一樣，介音有別，而來母的介音是與重紐四等一致的。但是如果我們把重紐的定義擴充，包括元音已發生差異，但從中古音韻分佈的互補，仍可以推知它起源於與重紐相同的現象（即-rj-與-j-的差異），如幽尤兩韻，那麼情形就不同了。因爲這兩韻元音不同，來母字必須與同韻的其他聲母的字放在同一行，而來母字是三等字，三等的位置既然空著，就得放在三等的位置，結果逼得韻圖的作者不得不把與來母字同韻的字（即尤韻，因爲來母字出現在尤韻）放在來母所占據的三等的位置，予與配合，而與來母字韻母不同的韻（即幽韻），雖然也是三等韻，三等的位置已被佔據，只好去借用四等的位置，這就是何以韻圖把尤韻放在三等的位置，把幽韻放在四等位置的原因。表面看來似乎是位置顛倒，其實是很合理的措置。幽韻與尤韻主要元音接近，爲了表示這一層關係，韻圖把兩韻放在同一圖上，也是可以理解的。

考切韻系韻書把尤韻與幽韻分開（儘管幽韻字少，也沒把它與幽韻合併），推測其原因應該是因爲這兩韻元音不同的緣故，但是兩韻元音相當接近，所以韻圖仍然把它們放在同一韻圖上，如果元音的差別擴大到如庚韻與陽韻，韻圖把他們分別安置在不同轉的三等，也不會發生任何困難，設若陽韻與庚韻三等字元音相近，我們要把它們放在同一個韻圖上，我們便可以立刻發現，唯一可能的安排，是把陽韻（上古-jang）放在來母字（「良」字）所佔的三等，庚韻

三等字（上古-rjang）放在四等㉕。

從音韻史的觀點來看，幽、尤兩韻與庚、陽兩韻有若干平行的演變，它們主要都來自上古同一韻部，如幽、尤來自上古幽部（尤韻還有一部分來自之部與侯部），庚、陽主要來自上古陽部（庚韻有一部分來自上古耕部），而來母字都只出現在其中之一（尤韻與陽韻），而與來母字諧聲的字卻出現在另外一韻（幽韻與庚韻）。爲了清楚起見，茲將這一層關係圖示如下：

上古音節結構	陽 部	幽 部
-rj-	庚韻(京*krjang>₀kjɐng)	幽韻(繆*mrjəgw>₀mjĭĕu)
-j-	陽韻(涼*rjang>₀ljang)	尤韻(蓼*rjəgws>ljĕu₀)

從上面的例字，我們看到「京」與「涼」諧聲而兩字不屬同一韻，「繆」與「蓼」諧聲而兩字也不屬同一韻。這種現象與重紐三等來自*-rj-介音，但它卻不與來母字(*rj-)系聯，兩者之間是有共同的原因的。這與二等字與來母字諧聲，但來母字不出現在二等，反而出現在一等的道理是完全一樣的，因爲元音的變化是由於-r-介音所引起，來母字不能接-r-介音，因而來母字的語音變化與其他帶-r-介音的字變化不同，道理是十分顯然的。

㉕ 這是假定庚韻只有三等字的情形，實際上庚韻還有二等字（二等字沒有獨立），所以如果把庚韻三等字放在韻圖四等的位置，則庚韻二等字與三等字勢必被陽韻字隔開，而造成韻圖排列上的困難。

五、上古*-rj-介音對中古韻母演變的影響

　　從上古音到中古音的語音變化可以從上古四種不同的音節結構的觀點加以探討，四種不同的音節結構是由*-r-與*-j-結合主要元音所形成，由於*-r-介音與來母字來源相同，所以下面的分類在很多地方須借助於來母字的分布情形及與來母字諧聲的字出現的情形為依據。以下是介音*-r-對中古韻母演變發生影響的情形（括號中只舉與本文的討論有關的來母字與唇、牙、喉音字為例），由上古音演變到中古音的討論中，與本文所討論的主題無關的演變也一概從略。

1.-rj-介音影響到元音的韻部（共有六部）

　　凡是來母字和與來母字諧聲的字，分別出現在不同的韻，呈現互補的分布的，即屬於這一類變化，茲以陽部與魚部入聲韻為例說明如下：

陽部
1.一等 *-ang>-âng　　唐韻(狼*rang、榜*pangx、岡*kang)
2.二等 *-rang>-ɐng　　庚韻二等字(庚*krang、行*grang)
3.三等 *-jang>-jang　　陽韻(涼*rjang、方*pjang)
4.三等 *-rjang>-jɐng　庚韻三等字(京*krjang、明*mrjang、
　　　　　　　　　　　　　　　　　迎*ngrjang)

魚部入聲韻
1.一等 *-ak>-âk　　鐸韻(洛*rak、博pak)
2.二等 *-rak>-ɐk　　陌韻二等字(格*krak、貉*mrak、
　　　　　　　　　　　　　　　　赫*xrak)

3. 三等 *-jak>-jak　　藥韻(略蚸*rjak、縛*bjak、腳*kjak)

4. 三等 *-rjak>-jɐk　　陌韻三等字(隙*khrjak、虩xrjak、

碧❷*prjak)

　　從上表我們看到，來母字只出現在 1. 與 3. <u>唐鐸韻</u>（如「狼」與「洛」）與<u>陽藥韻</u>（如「涼」與「略」）中，而不出現在 2. 與 4. 的<u>庚陌韻</u>中❷，另一方面與來母字諧聲的字（如「格」與「京」）則只出現在 2. 與 4. 如陌韻二等字與庚韻三等字中，而不出現在 1. 與 3. <u>唐鐸韻陽藥韻</u>中。換句話說凡是來母字出現的地方決不出現與來母字諧聲的字，而與來母字諧聲的字出現的地方決不出現來母字：這兩類字的出現呈現互補的分布。觀察上古<u>陽部</u>字與魚部入聲字的演變情形（試比較 1 與 2 以及 3 與 4），我們可以看到-r-介音的有無造成中古元音的不同（ 1 與 2 分化爲<u>唐鐸韻</u>與<u>庚陌韻</u>二等字、 3 與 4 分化爲<u>陽藥韻</u>與<u>庚陌韻</u>三等字）。

　　屬於同樣變化的，另外還有之部陰聲韻、幽部陰聲韻、佳部入聲韻、以及耕部等，其演變情形如下：

之部陰聲韻

1. 一等 *-əg>-ậi　　<u>咍韻</u>(來*rəg、每*məgx)

2. 二等 *-rəg>-ǎi　　<u>皆韻</u>(埋*mrəg、戒*krəgh)

3. 三等 *-jəg>-ï　　<u>之韻</u>(里*rjəgx)

---

❷　故宮王韻（王二）「碧」字在陌韻，參看廣韻 1961:100 ，龍 1976:
　　254 注 17 。

❷　關於二等字出現來母字的例外情形，請參看雅洪托夫 1986:43 。

　　　　　　*-jəg>-jĕu　　尤韻(謀*mjəg、龜*kwjəg、丘*khwjəg)

4.三等　*-rjəg>-ji　　　脂韻(重紐三等唇牙音字)

　　　　　　　　　　　　(備*brjəgh、鄙*prjəgx、龜*kwrjəg)

幽部陰聲韻

1.一等　*-əgw>-âu　　　豪韻(醪*rəgw、冒*məgwh、告*kəgwh)

2.二等　*-rəgw>-au　　　肴韻(膠*krəgw、包*prəgw)

3.三等　*-jəgw>-jĕu　　　尤韻(鏐*rjəgw、九*kjəgwx)

4.三等　*-rjəgw>-jiĕu　　幽韻❷⑧(謬*mrjəgws、幼*·rjəgwh)

　　　　　　*-wrjəgw>-jwi　脂韻(重紐三等合口)❷⑨(馗逵❸⓪*gwrjəgw)

佳部入聲韻

1.四等　*-ik>-iek　　　錫韻(鬲*rik、覓*mik、擊*kik)

2.二等　*-rik>-ɛk　　　麥韻(隔*krik、擘*prik、脈*mrik)

3.三等　*-jik>-jäk　　　昔韻(辟*pjik、僻*phjik)

4.三等　*rjik>-jɐk　　　陌韻三等字(戟*grjik)

耕部

---

❷⑧　本文中所引用的中古音係據李方桂先生(1971)修改過的高本漢擬音，
　　但這並不表示作者全面接受此擬音。尤韻與幽韻應該有主要元音的不
　　同，否則可合併成一韻。

❷⑨　脂韻舌根音合口字(如逵與簋等字)究竟是屬於上古幽部還是之部，各
　　家有不同的看法，董同龢(1967:84,127)列在之部，本文認爲這些字
　　原屬幽部，因發生異化作用(dissimilation)如*kwrjəgw>
　　kwrjəg，而由幽部轉入之部。

❸⓪　此字可能是形聲兼會意。案：奎*rjəkw、高也(=陸*rjəkw)與逵(=
　　馗、高也)*gwrjəgw同源，*gw-可能是原始漢藏語詞頭。

1.四等 *-ing>-ieng　　青韻(舲*ring、冥*ming、刑*ging)

2.二等 *-ring>-ɛng　　耕韻(抨*phring、耕*kring、莖*gring)

3.三等 *-jing>-jäng　　清韻(令*rjingh、名*mjing、頸*kjingx)

4.三等 *rjing>-jɐng　　庚韻三等字(命*mrjings、評*brjing、

　　　　　　　　　　　　　　　　驚*krjing)

　　　無論是之部陰聲字、幽部陰聲字、佳部入聲字、或耕部字，來母字(*r-)都是出現在 1 與 3 （昔韻無來母字是偶然現象），而且也都是跟著上面 1 與 3 演變（即*r-字的行為如同*p-、*k-、*-等一般聲母）。因此在 2 與 4 下（如：皆韻、脂韻❸、肴韻、幽韻、麥韻、陌韻三等字、耕韻、或庚韻三等字中）原則上都沒有來母字❸，來母字只出現在 1 與 3 下（如咍韻 "來" 字、之韻 "里" 字、豪韻 "醪" 字、尤韻 "鏐" 字、錫韻 "鬲" 字、青韻 "舲" 字、清韻 "令" 字）。相反的，與來母諧聲的字，都出現在 2 與 4 下（如皆韻 "埋" *mrəg 字、肴韻 "膠" *krəgw 字、幽韻 "謬" *mrjəgws " 字、旨韻 "逵" *gwrjəgw 字、麥韻 "隔" *krik 字、庚韻三等 "命" *mrjings 字等）。

2.-rj-介音未影響元音，但卻產生中古兩種不同的介音的韻部（共有十二部）

　　　屬於這一類變化的是重紐。這一類的特徵是：來母字和與來母諧

---

❸　脂韻有來母字，但非來自上古之部。

❸　關於二等字原則上沒有來母字，參看雅洪托夫（漢譯本 1986:42-47），幽韻中有二字例外，上面已提過了。

聲的字分別出現在同一韻的重紐三、四等，呈互補的分布。來母字雖然放在韻圖三等的位置，其反切下字在原則上卻是與韻圖放在四等的脣、牙、喉音字系聯的。只有當重紐三、四等的區別開始消失時（如上文舉例加以說明的侵、緝韻的情形），來母字的反切下字才開始與重紐三等字系聯。因此全面檢查重紐三、四等反切下字系聯的情形，有助於了解切韻時代的音韻狀況。

茲以脂眞部爲例，舉例說明如下：

脂部陰聲韻

1. 四等 *-id>-iei　　　齊韻(犁*rid、閉*pidh、迷*mid)
2. 二等 *-rid>-ǎi　　　皆韻(皆*krid、諧*grid)
3. 三等 *-jid>-i　　　脂韻重紐四等字(梨*rjid、貔*bjid、姊*pjidx、痹*pjidh)
4. 三等 *rjid>-ji　　　脂韻重紐三等字(飢*krjid、耆*grjid、几*krjidx)

脂部入聲韻

1. 四等 *-it>-iet　　　屑韻(戾*rit)
2. 二等 *-rit>-ǎt　　　黠韻(點*grit)
3. 三等 *-jit>-jiĕt　　質韻重紐四等字(栗*rjit、蜜*mjit、一*·jit、必*pjit、吉*kjit)
4. 三等 *-rjit>-jĕt　　質韻重紐三等字(密*mrjit、乙*·rjit)

真部

1. 四等 *-in>-ien　　　先韻(憐*rin、猵*pin、堅*kin、咽*·in)
2. 二等 *-rin>-ǎn　　　山韻(嬰*khrin、輕*·rin)

3.三等 *-jin>-jiĕn　　眞韻重紐四等字(鄰*rjin、臏髕*bjinx、
　　　　　　　　　　　民*mjin、因*·jin)

4.三等 *-rjin>-jĕn　　眞韻重紐三等字(愍*mrjinx、齦*ngrjin、
　　　　　　　　　　　駰*·rjin)

　　在這裏來母字也只出現在 1 與 3 下（如齊韻的犁*rid>
ʟiei、脂韻的梨*rjid>li、屑韻的戾*rit>liet、質韻的栗
*rjit>ljĕt、先韻的憐*rin>lien、眞韻的鄰*rjin>
ljĕn），而不出現在 2 與 4 下。二等的皆、黠、山韻本來就無來母
字，三等的脂、質、眞韻的來母字，韻圖雖然照例放在三等的位置，
但它卻不與同樣放在韻圖三等位置的字（重紐三等，上面的 4 ）系
聯，卻與韻圖放在四等位置的字（重紐四等，上面的 3 ）系聯（參看
附錄表一及表三眞、脂、韻反切表，至於表二及表四是合口字，來母
字來自上古微文部，它的反切下字與同樣來自文部的重紐三等字系
聯，顯示*-rj-與*-j-的區別已經消失，其變化情形請參看下文微、
文部的演變），凡此都可以看出"來"母字是跟著 1 與 3 演變的，來
母字(*-r)的行爲與其他聲母*p-、*k-、*·-無異，2 與 4 的演變不
同於 1 與 2 ，乃是由-r-介音所引起，聲母r-之後不能再接介音
-r-，因而來母字的演變不同於 2 與 4 。

　　屬於這一類變化的，除了上面所引的脂眞部外還有上古宵部陰聲
與佳部陰聲，其演變情形如下：

宵部陰聲韻

1.一等 *-agw>-âu　　　豪韻(勞*ragw、暴*bagwh、高*kagw)

2.二等 *-ragw>-au　　看韻(爆*pragwh、教*kragwh、
　　　　　　　　　　　效*gragwh)

3.三等 *-jagw>-jiäu　宵韻重紐四等字(燎*rjagw、妙*mjagwh、
　　　　　　　　　　　翹*gjagw、腰*·jagw)

4.三等 *-rjagw>-jäu　宵韻重紐三等字(表*prjagwx、
　　　　　　　　　　　苗*mrjagw、廟*mrjagwh、
　　　　　　　　　　　喬*grjagw、夭*·rjagw)

佳部陰聲韻

1.四等 *-ig>-iei　　　齊韻(麗*righ、嬖*pigh、雞*kig、
　　　　　　　　　　　繫*kigh,*gigh)

2.二等 *-rig>-aï　　　佳韻(買*mrigx、解*krigx,*grigx)

3.三等 *-jig>-jiĕ　　支韻重紐四等字(邏*rjigx、祇*gjig、
　　　　　　　　　　　企*khjigx,h、髀*pjigx、卑*pjig、
　　　　　　　　　　　避*bjigh、臂*pjigh)

4.三等 *-rjig>-jĕ　　支韻重紐三等字(技*grjigx、芰*grjigh)

　　其他如祭部陰聲韻與入聲韻、元部、葉部、談部、侵部、緝部
等,雖然都屬於這一類的變化,但從反切下字系聯的情形可以看出,
在切韻時代重紐的區別已開始鬆動。我們可以用重紐的功能負擔量
(functional load)(看看有多少組重紐)來觀察重紐的區別消失
的情形。關於這幾部音韻的變化可擬測如下:

祭部陰聲韻

1.一等 *-ad>-âi　　　泰韻(賴*radh)

2.二等 *-rad>-ai　　夬韻(敗*pradh,*bradh)

3.三等 *-jad>-jɐi　　廢韻純三等韻(廢*pjadh、肺*phjadh、

　　　　　　　　　　吠*bjadh)

　　　　*-jiad>-jiäi　祭韻重紐四等字(例*rjadh、藝*ngjiadh)

4.三等 *-rjad>-jäi　祭韻重紐三等字(劌*ngrjadh)

祭部入聲韻

1.一等 *-at>-ât　　　曷韻(剌*rat)

2.二等 *-rat>-at　　鎋韻(轄*grat)

3.三等 *-jat>-jɐt　　月韻純三等韻(揭*kjat,*gjat、

　　　　　　　　　　歇*xjat、發*pjat)

　　　　*-jiat>-jiät　薛韻重紐四等字(烈*rjat、滅*mjiat)

4.三等 *-rjat>-jät　薛韻重紐三等字(別*prjat,*brjat、

　　　　　　　　　　孽*ngrjat)

元部

1.一等 *-an>-ân　　　寒韻(蘭*ran)

2.二等 *-ran>-an　　刪韻(諫*kran)

3.三等 *-jan>-jɐn　　元韻純三等韻(建*kjanh、言*ngjan)

　　　　*-jian>-jiän　仙韻重紐四等字(連*rjan、偏*phjian)

4.三等 *-rjan>-jän　仙韻重紐三等字(變*prjanh)

葉部

1.一等 *-ap>-âp　　　盍韻(臘*rap、盍*gap)

2.二等 *-rap>-ap　　狎韻(甲*krap、壓*·rap)

3.三等 *-rjap>-jɐp　業韻純三等韻(脅*xrjap、劫*krjap、

　　　　　　　　　　怯*khrjap)

<pre>
        *-rjap>-jwɐp   乏韻純三等韻(乏*brjap、法*prjap)
        *-jap>-jiäp   葉韻重紐四等字(獵*rjap、厭*·jap)
4.三等 *-rjap>-jäp   葉韻重紐三等字(腌*·rjap)
</pre>

談部

<pre>
1.一等 *-am>-âm   談韻(藍*ram、覽*ramx)
2.二等 *-ram>-am   銜韻(監*kram)
3.三等 *-rjam>-jɐm   嚴韻純三等韻(嚴*ngrjam、脅*xrjamh)
        *-rjam>-jwɐm   凡韻純三等韻(劍*krjamh、犯*brjamx、
                         泛*brjams)
        -jam>-jiäm   鹽韻重紐四等字(厴·jam、廉*rjam、
                         斂*rjamx)
4.三等 *-rjam>-jäm   鹽韻重紐三等字(淹*·rjam、砭*prjam、
                         鬝*ngrjam、檢*krjamx、儉*grjamx、
                         驗*ngrjamh、險*xrjamx)
</pre>

　　以上祭、元、葉、談諸部共同的特點是：它們都有純三等韻（如
廢、月、元、業、乏、嚴、凡等）而純三等韻都無來母字，來母字都
出現在祭、薛、仙、鹽、葉等重紐的韻中。

　　屬於這兩類變化的最後還有緝部與侵部，其變化如下：

緝部

<pre>
1.一等   *-əp>-âp   合韻(拉*rəp、合*gəp)
2.二等   *-rəp>-ăp   洽韻(袷*krəp、洽*grəp)
3.三等   *-jəp>-jiəp   緝韻重紐四等字(揖*·jəp、挹*·jəp)
</pre>

4.三等　　*-rjəp>-jəp　緝韻重紐三等字(邑*·rjəp)

　　　　侵部

1.一等　　*-əm>-m̥　　覃韻(媅*-rəm、感*-kəmx)

2.二等　　*-rəm>-m̥　　咸韻(減*krəmx)

3.三等　　*-jəm>-jiəm　侵韻重紐四等字(林臨*rjəm、廩*rjəmx、
　　　　　　　　　　　惛*·jəm、坅*khjəmx)

4.三等　　*-rjəm>-jəm　侵韻重紐三等字(稟*prjəmx、
　　　　　　　　　　　品*phrjəmx、音*·rjəm)

　　以上緝、侵兩部中，侵部在平、上聲前保存著重紐的區別，緝部則只在喉音前保存著重紐的區別。

3.-rj-介音與-j-介音完全合併的韻部（共有十五部）

　　除了上面 1.與 2.所舉的韻部以外，其餘的韻部都是屬於這一類的變化。這一類的特徵是：來母字和與來母諧聲的字同時出現在同一韻中，且基本上反切下字可以系聯。這一類韻部的變化是：-r-在-j-之前完全消失，而未影響主要元音或介音。

　　　　緝部

1.一等　　*-əp>-p̥　　　合韻(拉*rəp、合*gəp)

2.二等　　*-rəp>-p̥　　洽韻(洽*grəp)

3.三等　　*-(r)jəp>-jəp　緝韻(立*rjəp、泣*khrjəp、
　　　　　　　　　　　汲*kjəp、急*krjəp)

　　　　侵部

1.一等　　*-əm>-m̥　　覃韻(媅*rəm、感*kəmx)

2.二等 *-rəm>-ăm　　　咸韻（減*krəmx）

3.三等 *-(r)jəm>-jəm　　侵韻（臨*rjəmh、禁*krjəmh）

　　關於緝、侵兩部我們在前面已經討論過，上聲的沁韻與入聲的緝
韻來母字都可與唇、牙、喉音字系聯，顯示在這裡重紐三四等的區別
已消失，上古的*-rj-與*-j-在《切韻》時代已合併為一，汲*kjəp
與*krjəp已成為同音字了。

侯部陰聲韻

1.一等 *-ug>-əu　　　　侯韻（樓*rug、仆*phugh、鉤*kug）

2.三等 *-(r)jug>-ju　　虞韻（屢*rjugh、赴*phjugh、

　　　　　　　　　　　　　俱*gjugh、屨*krjugh、窶*gjugx）

侯部入聲韻

1.一等 *-uk>-uk　　　　屋韻（彔*ruk、卜*puk）

2.二等 *-ruk>-åk　　　覺韻（剝*pruk、角*kruk）

3.三等 *-(r)juk>-jwok　燭韻（綠*rjuk、曲*khjuk）

東部

1.一等 *-ung>-ung　　　東韻（聾*rung、工*kung、孔*khungx）

2.二等 *-rung>-ång　　江韻（龐*brung、江*krung、

　　　　　　　　　　　　　巷*grungh）

3.三等 *-(r)jung>-jwong 鍾韻（龍*rjung、龔*krjung、

　　　　　　　　　　　　　恭*kjung）

　　上古的侯部與東部可以說是這一類變化的代表。因爲這兩部字演變到中古，唇、牙、喉音三等字只有一種變化，當然的推論是*-rj-與*-j-都合併爲一類了。在上面我們也看到來母字（龍*rjung 、屢*rjugh ）和與來母字諧聲的字（龔 krjung 、屨*krjugh ）都出現在同一韻中，而這正是這一類字的特點。

　　屬於這一類變化的其他還有：之部入聲韻、蒸部、幽部入聲韻、中部、宵部入聲韻、魚部陰聲韻、微部、文部、歌部等，其演變情形如下：

之部入聲韻

1. 一等 *-ək>-ək　　　德韻(勒*rək、墨*mək、黑*hmək、
　　　　　　　　　　　　國*kwək)
2. 二等 *rək>-εk　　　麥韻(革*krək、麥*mrək)
3. 三等 *-(r)jiək>-jək　職韻(力*rjək、逼*pjiək)
　　　　*-(r)jək>-juk　屋韻(福*pjək、服*bjək、囿*gwjək)

蒸部

1. 一等 *-əng>-əng　　登韻(稜*rəng、崩*pəng、恆*gəng、
　　　　　　　　　　　　弘*gwəng)
2. 二等 *rəng>-εng　　耕韻(繃*prəng、宏*gwrəng)
3. 三等 *-(r)jiəng>-jəng 蒸韻(陵*rjəng、冰*pjiəng、
　　　　　　　　　　　　疑*ngjiəng)
　　　　*-(r)jəng>-jung 東韻三等字(夢*mjəngs、弓*kwjəng、
　　　　　　　　　　　　雄*gwrjəng)

幽部入聲韻

1.一等 *-əkw>-uok　　沃韻(告*kəkw)

2.二等 *-rəkw>-åk　　覺韻(雹*brəkw、學*grəkw、覺*krəkw)

3.三等 *-(r)jəkw>-juk　屋韻(六陸*rjəkw、目*mjəkw、

　　　　　　　　　　　鞠*kjəkw、睦*mrjəkw、弃*krjəkw)

中部

1.一等 *-əngw>-uong　冬韻

2.二等 *rəngw>-ång　　江韻(降*grəngw,*krəngwh)

3.三等 *-(r)jəngw>-jung　東韻三等字(隆*rjəngw、豐*phrjəngw)

宵部入聲韻

1.一等 *-akw>-âk　　鐸韻(樂*rakw、爆*pakw、熇*xakw、

　　　　　　　　　　鶴*gakw)

2.二等 *-rakw>-åk　　覺韻(樂*ngrakw、駁*prakw、眊*mrakw)

3.三等 *-(r)jakw>-jak　藥韻(樂*rjakw)

魚部陰聲韻

1.一等 *-ag>-uo　　模韻(盧*rag、惡*·agh、吾*ngag、

　　　　　　　　　五*ngagx)

2.二等 *rag>-a　　　麻韻二等字(馬*mragx、家*krag、

　　　　　　　　　瓜*kwrag)

3.三等 *-(r)jag>-ju　虞韻(夫*pjag、無*mjag、武*mjagx)

　　　　*-(r)jag>-jwo　魚韻(居*kjag、苣*krjagx、魚*ngjag)

微部陰聲韻

1.一等 *-əd>-ậi　　咍灰韻(雷*rəd、配*phədh、憒*gwədh)

2.二等 *-rəd>-ăi　　皆韻(徘*brəd、槐*gwrəd)

3.三等 *-(r)jəd>-jĕi　微韻純三等韻(幾*kjədx、胃*gwrjədh)

　　　*-(r)jəd>-ji　　脂韻重紐三等字 (縹*rjəd、類*rjədh、
　　　　　　　　　　　冀*kjədh)

微部入聲韻

1.一等　*-ət>-ət　　沒韻開口 (齕*gət、骨*kwət 、沒*mət)

2.二等　*-rət>-ăt　　黠韻開口 (軋*·rət)

3.三等　*-(r)jət>-jət　迄物韻純三等韻 (勿*mjət、吃*kjət、
　　　　　　　　　　　掘*gwjət)

　　　*-(r)jət>-jĕt　質術韻重紐三等字 (律*rjət、筆*prjət、
　　　　　　　　　　　弼*brjət)

文部

1.一等　*-ən>-ən　　痕魂韻 (論*rən、根*kən、恩*·ən)

2.二等　*-rən>-ăn　　山韻 (盼*phrəns、艱*krən、限*grən)

3.三等　*-(r)jən>-jən　欣文韻純三等韻 (文*mrjən、斤*kjən、
　　　　　　　　　　　近*gjənx,h、分*pjən、糞*prjəns)

　　　*-(r)jən>-jĕn　眞諄韻重紐三等字 (倫*rjən、吝*rjənh、
　　　　　　　　　　　貧*bjən、銀*ngjən、閔*mrjən、
　　　　　　　　　　　墐*grjəns)

　　微、文兩部的特徵是：它們都有純三等韻（如微、迄、物、欣、
文等韻），而純三等韻照例都無來母字，來母字都出現在重紐的脂、
質術、眞諄韻中（凡來自上古文部的字都出現在合口一邊，即只在脂
韻合口、術韻、以及諄韻中）而原則上可以和重紐三等字系聯（參看
附錄表二與四），表示上古*-rj-與*-j-的區別在切韻時代已完全消
失了。

歌部❸

1. 一等　*-ar/l/d>-â　　歌韻(荷*galx)

2. 二等　*-rar/l/d>-a　　麻韻(加*kral)

3. 三等　*-(r)jar/l/d>-jě 支韻重紐三等字(籬*rjad、彼*pjarx、
　　　　　　　　　　　　　披*phrjal、疲*brjal、義*ngjars)

　　來母字和與來母字諧聲的字出現在同一韻（不分聲調）中，乃是
這一類韻的特徵。在這種情形下要構擬上古-rj-音，只有靠諧聲字
或比較語言學的證據，作個別的擬測，而無法作有系統的構擬。

六、結　語

　　漢語音韻的演變，從原始漢藏語到漢語上古音，從漢語上古音到
中古音，一脈相承，其演變有跡可尋。從研究的程序來說，雖然是由
中古音上溯上古音，然後再由上古音上溯原始漢藏語，較順理成章，
然而也不能墨守成規，一成不變，必須經常上下貫通，互相參照，以
求最合理的解釋。

　　本文從漢藏語的比較，確認-rj-介音的存在，再進而探討它與
重紐的關係，並追查-rj-音演變的情形。並據以構擬原始形態。經
過這種探討的過程所構擬的上古音，一來可以解釋上古音到中古音的

---

❸　關於*-l,*-r,*-d 韻尾的擬測，請參看龔 1993 及 Gong 1995:62-
　　69。

演變情形，二來可以解釋漢字的諧聲及語詞的同源關係㉞，最後也可
以回頭促使漢藏語的比較研究更爲精確。

㉞　語詞的同源關係如明*m-rjang 之與亮*rjang-s 、命*m-rjings 之與
　令*rjings。案：亮與明二字古人認爲同義（如：諸葛亮，字孔明）。
　從上古音的語音結構看來，二字不只是同義詞，也是同源詞。*m-是原
　始漢藏語的詞頭，其功用有待將來的發掘與研究。

附 錄

表一、脂韻開口

韻	脂 韻		旨 韻		至 韻	
等	重紐三等	重紐四等	重紐三等	重紐四等	重紐三等	重紐四等
唇音	悲 府眉 丕 敷悲 邳 符悲 眉 武悲	○ 紕 匹夷 毗 房脂 ○	鄙 方美 嚭 匹鄙 否 符鄙 美 無鄙	匕 卑履 ○ 牝 扶履 ○	祕 兵媚 濞 匹備 備 平祕 郿 明祕	痹 必至 屁 匹寐 鼻 毗至 寐 彌二
牙音	飢 居夷 ○ 耆 渠脂 狋 牛肌	○ ○ ○ ○	几 居履 ○ 跽 暨几 ○	○ ○ ○ ○	冀 几利 器 去冀 臮 具冀 劓 魚器	○ 弃 詰利[35] ○ ○
喉音	○ ○	伊 於脂 咦 喜夷	歆 於几	○ ○	懿 乙冀 齂 虛器	○ ○
來母字	棃 力脂	○	履 力几	○	利 力至	○
注	夷、以脂切。肌與飢同音。重紐三等唇音字自成一類而不與來母字系聯，其餘構成一類而與來母字系聯。		重紐三等唇音自成一類而不與來母字系聯，其餘構成一類而與來母字系聯。		二、而至切。媚與郿同音。重紐三等唇音自成一類而不與來母字系聯，其餘構成一類而與來母字系聯。	

[35] 案：器、去冀切、弃、詰利切、冀、几利切，系聯的結果重紐三等的器字與重紐四等的弃字即成同音字，但二字實不同音，可能是以反切上字來區分。

表二、脂韻合口

韻	脂　韻		旨　韻		至　韻	
等	重紐三等	重紐四等	重紐三等	重紐四等	重紐三等	重紐四等
唇音	○ ○ ○ ○	○ ○ ○ ○	○ ○ ○ ○	○ ○ ○ ○	○ ○ ○ ○	○ ○ ○ ○
牙音	龜　居追 蘬　丘追 逵　渠追 ○	○ ○ 葵　渠追 	軌　居洧 蹞　丘軌 郂　暨軌 ○	癸　居誄 ○ 揆　求癸 ○	媿　俱位 喟　丘愧 匱　求位 ○	季　居悸 ○ 悸　其季
喉音	○ ○	○ 惟　許維	○ 瞚　火癸	○ ○	○ 豷　許位	○ 恤　火季
來母字	灅　力追	○	壘　力軌	○	類　力遂	○
注	維、以追切。以上各字全部可以系聯。		「誄」與「壘」同音。以上各字全部可以系聯。		位、于愧切,「愧」與「媿」同音。以上牙、喉音三、四等彼此不系聯,也都不與來母字系聯。	

表三、眞、質韻

韻 ／ 等	重紐三等（眞韻）	重紐四等（眞韻）	重紐三等（軫韻）	重紐四等（軫韻）	重紐三等（震韻）	重紐四等（震韻）	重紐三等（質韻）	重紐四等（質韻）
唇音	彬 府巾	賓 必鄰	○	○	○	儐 必刃	筆 鄙密	必 卑吉
	份㊱ 普巾	繽 匹賓	○	○	○	汖 匹刃	○	匹 譬吉
	貧 符巾	頻 符眞	○	牝 毗忍	○	○	弼 房密	邲 毗必
	珉 武巾	民 彌鄰	愍 眉殞㊲	泯 武盡	○	○	密 美筆	蜜 彌畢
牙音	巾 居銀	○	○	緊 居忍	○	○	暨 居乙	吉 居質
	○	○	○	螼 弃忍	鼓 去刃	蟄 羌印	○	詰 去吉
	麔 巨巾	趣㊳ 渠人	○	○	僅 渠遴	○	姞 巨乙	○
	銀 語巾	○	釿 宜引	○	憖 魚覲	○	耴 魚乙	○
喉音	礥 於巾	因 於眞	○	胇 與腎	○	印 於刃	乙 於筆	一 於悉
	○	○	肺 興腎	○	○	衅 許覲	肸 羲乙	欯 許吉
來母字	鄰 力珍	○	嶙 良忍	○	遴 良刃	○	栗 力質	○

注

眞韻： 人、如鄰切，眞、職鄰切㊴。重紐三等唇、牙、喉音自成一類不與來母字系聯，重紐四等唇、牙、喉音另成一類與來母字系聯。

軫韻： 腎、時忍切，引、余忍切，盡、慈忍切，蟄肺二字廣韻誤入準韻，除了愍字以合口殞字爲反切下字外餘均可系聯成一類。

震韻： 覲與僅同音，上面全部可以系聯成一類。

質韻： 畢與必同音，悉、息七切，七、親吉切。重紐三等唇、牙、喉音自成一類不與來母字系聯，重紐四等唇、牙、喉音另成一類而與來母字系聯。

㊱ 份字廣韻誤入諄韻。

㊲ 殞爲合口字。

㊳ 趣字廣韻誤入諄韻。

㊴ 參看丁聲樹 1966:p.159。

表四、諄、術韻

韻	諄韻		準韻		稕韻		術韻	
等	重紐三等	重紐四等	重紐三等	重紐四等	重紐三等	重紐四等	重紐三等	重紐四等
唇音	○	○	○	○	○	○	○	○
	○	○	○	○	○	○	○	○
	○	○	○	○	○	○	○	○
牙音	麇 居筠	均 居匀	○	○	○	昀 九峻	○	○
	囷 去倫	○	稛 丘尹	○	○	○	○	橘 居聿
	○	○	窘 渠殞	○	○	○	○	
			輑 牛殞	○				
喉音	贇 於倫	○	○	○	○	○	獝 許聿	矞 況必
		○	○	○	○	○		
來母字	倫 力迍	○	綸 力準	○	○	○	律 呂卹	○
注	匀、羊倫切，筠、爲贇切。上面各字皆可系聯成一類。		準、之尹切，尹、余準切。				聿、餘律切，橘、獝、矞三字可以系聯。矞爲合口字，卻以合口的上字（況）及開口的下字（必）作反切，如此所切的音是合口成分在前，重紐四等的介音在後，如 kwjit。	

表五、宵韻

韻	宵　韻		小　韻		笑　韻	
等	重紐三等	重紐四等	重紐三等	重紐四等	重紐三等	重紐四等
唇音	鑣　甫嬌	飆　甫遙	表　陂嬌	褾　方小	○	○
	○	漂　撫招	麃　平表	縹　敷沼	裱　方廟	剽　匹妙
	○	瓢　符霄	藨　滂表	摽　符少	○	驃　毗召
	苗　武瀌	蜱　彌遙	○	眇　亡沼	廟　眉召	妙　彌笑
牙音	驕　舉喬	○	矯　居夭	○	○	○
	趫　起囂	蹻　去遙	○	○	○	趬　丘召
	喬　巨嬌	翹　渠遙	鷮　巨夭	○	嶠　渠廟	翹　巨要
	○	○	○	○	○	虭　牛召
喉音	妖　於喬	葽　於霄	夭　於兆	闄　於小❹	○	要　於笑
	嚻　許嬌	○	○	○	○	○
來母字	燎　力昭	○	繚　力小	○	療　力照	○
注	瀌與鑣同音。遙、餘昭切。嬌與驕同音。重紐三等唇、牙、喉音自成一類，不與來母字系聯，重紐四等唇、牙音（除了瓢字外）另成一類，與來母字系聯。		嬌與矯同音，少、書沼切。重紐三等唇、牙音自成一類，不與來母字系聯，重紐四等唇音褾字與來母字系聯。		療、力照切，召、直照切，來母療字與重紐三、四等的字都可系聯，但重紐四等的剽、妙、翹、要四字卻因系聯中斷，而無法與療字系聯❹。	

---

❹　小、私兆切，兆、治小切。根據反切系聯結果，影母重紐三等夭與四等闄即成同音。

❹　例如：剽、匹妙切，妙、彌笑切，笑、私妙切，以及翹、巨要切，要、於笑切。

表六、支韻開口

韻	支 韻		紙 韻		寘 韻	
等	重紐三等	重紐四等	重紐三等	重紐四等	重紐三等	重紐四等
唇音	陂　彼爲⑫ 鈹　敷羈 皮　符羈 縻　靡爲	卑　府移 跛　匹支 陴　符支 彌　武移	彼　甫委⑬ 庀　匹靡 被　皮彼 靡　文彼	俾　并弭 諀　匹婢 婢　便俾 弭　綿婢	賁　彼義 帔　披義 髲　平義 ○	臂　卑義 譬　匹賜 避　毗義 ○
牙音	羈　居宜 觭　去奇 奇　渠羈 宜　魚羈	○ ○ 衹　巨支	掎　居綺 綺　墟彼 技　渠綺 螘　魚倚	枳　居帋 企　丘弭 ○ ○	寄　居義 羛　卿義 芰　奇寄 義　宜寄	馶　居企 企　去智 ○
喉音	猗　於離 犧　許羈	○ 詑　香支	倚　於綺 齮　興倚	○ ○	倚　於義 戲　香義	縊　於賜 ○
來母字	離　呂支	○	邐　力紙	○	詈　力智	○
注	移、弋支切。從上表看來重紐三等唇音字（陂、縻二字例外）、牙音字、喉音字（猗字例外）自成一類不與來母字系聯，其餘（重紐四等唇、牙、喉音字）另成一類而與來母字系聯。		重紐三等唇、牙、喉音全部可以系聯成一類，但不與來母字系聯。來母字邐、力紙切，與重紐四等枳、居帋切，因紙與帋同音可以系聯，重紐四等唇音字與牙音企字可以系聯，但紙、諸氏切，氏、承紙切，切語下字互用，以致枳與企系聯中斷，屬於陳澧所謂「實同類而不能系聯」的情形。但由此仍可看出來母字不與重紐三等系聯，而與重紐四等系聯的大勢。		案賜、斯義切，智、知義切。反切下字全可聯成一類。但值得注意的是重紐三等的反切上字多用重紐三等字（如：彼、披、平、卿、寄、宜等），而重紐四等的反切上字則多用重紐四等的字（如：卑、匹、毗等），這件事強烈暗示重紐三、四等的差別在於介音，而元音則相同。	

---

⑫　爲字在合口。

⑬　委字在合口。

表七、支韻合口

韻	支 韻		紙 韻		寘 韻	
等	重紐三等	重紐四等	重紐三等	重紐四等	重紐三等	重紐四等
唇音	陂 彼爲	○	彼 甫委	○	○	○
	○	○	○	○	○	○
	○	○	○	○	○	○
	糜 靡爲	○	○	○	○	○
牙音	嬀 居爲	規 居隋	詭 過委	○	䀢 跪僞	瞡 規恚
	蘬 去爲	闚 去隨	跪 去委	跬 丘弭	○	觖 窺瑞
	○	○	跪 渠委		○	○
	危 魚爲	○	硊 魚毀		僞 危睡	○
喉音	逶 於爲	○	委 於詭	○	餧 於僞	恚 於避
	麾 許爲	隳 許規	毀 許委	○	毀 況僞	孈 呼恚
來母字	贏 力爲	○	累 力委	○	累 良僞	○
注	「隋」與「隨」同音。上表中來母字（「贏」）只與唇、牙、喉音字重紐三等字系聯。		上表中來母字（「累」）只與唇、牙、喉音重紐三等字系聯。牙音重紐四等的跬、丘弭切與上一圖開口的企，丘弭切，反切相同，但跬與企一開一合，並非同音字。		睡、是僞切。「睡」與「瑞」同音。上表中來母字（「累」）只與重紐三等牙、喉音字以及四等的「觖」字系聯。依此則「觖」字似乎應該左移。	

表八、祭韻開、合口

韻	祭　韻　開　口		祭　韻　合　口	
等	重紐三等	重紐四等	重紐三等	重紐四等
唇音	○	蔽　必袂	○	○
	○	潎　匹蔽	○	○
	○	獘　毗祭	○	○
	○	袂　彌獘	○	○
牙音	劓　居例	○	劌　居衞	○
	憩　去例	○	○	○
	偈　其憩	○	○	○
	劂　牛例	藝　魚祭	○	○
喉音	猲　於罽	○	○	○
	○	○	○	○
來母字	例　力制	○	○	○
注	祭、子例切。「罽」與「劓」同音。以上各字都可系聯。			

表九、仙、薛韻開口

韻	仙 韻		獮 韻		線 韻		薛 韻	
等	重紐三等	重紐四等	重紐三等	重紐四等	重紐三等	重紐四等	重紐三等	重紐四等
唇音	○ ○ ○ ○	鞭 卑連 篇 芳連 梗 房連 綿 武延	辡 方免 鶣 披免 辨 符蹇 免 亡辨	褊 方緬 ○ 楩 符善 緬 彌兗	變 彼眷 ○ 卞 皮變 ○	○ 騗 匹戰 便 婢面 面 彌箭	箭 方別 ○ 別 皮列 ○	驚 并列 瞥 芳滅 嫳 扶列④ 滅 亡列
牙音	○ 愆 去乾 乾 渠焉 ○	甄 居延 ○ ○ ○	蹇 九輦 ○ 件 其輦 齴 魚蹇	○ 遣 去演 ○ ○	○ ○ ○ 彥 魚變	○ 譴 去戰 ○ ○	○ 揭 丘竭 傑 渠列 孽 魚列	孑 居列 ○ ○ ○
喉音	焉 於乾 嗎 許延④⑤	○ ○	㤮 於蹇 ○	○ ○	躽 於扇 ○	○ ○	焆 於列 妛 許列	○ ○
來母字	連 力延	○	輦 力展	○	攣 連彥	○	烈 良薛	○
注	來母字"連"與重紐四等唇、牙音及重紐三等的"嗎"字系聯。		展、知演切,善、常演切。以上除了重紐四等的褊、緬二字以外均可與來母字"輦"字系聯。褊、方緬切,緬、彌兗切,系聯中斷。案兗為合口字。		來母字攣與重紐三等唇、牙音系聯。戰、之膳切,膳、時戰切,扇、式戰切。重紐三等躽字與重紐四等騗、譴二字系聯,箭、子賤切,賤、才線切,線、私箭切,重紐四等唇音字便、面二字系聯中斷。		竭與傑同音,烈與列同音,以上全部可與來母字"烈"字系聯。	

---

④ 據龍宇純 1976:153 注 20 補。

⑤ 陳澧 1965:173 嗎、許延切,p.403 改作嗎、許焉切,但未指出何所據而改。

表十、仙、薛韻合口

韻	仙 韻		獮 韻		線 韻		薛 韻	
等	重紐三等	重紐四等	重紐三等	重紐四等	重紐三等	重紐四等	重紐三等	重紐四等
唇音	○	○	○	○	○	○	○	○
	○	○	○	○	○	○	○	○
	○	○	○	○	○	○	○	○
	○	○	○	○	○	○	○	○
牙音	勬 居員	○	卷 居轉	○	睠 居倦	絹 吉掾	蕝 紀劣	○
	棬 丘圓	○	○	○	觠 區倦	○	○	缺 傾雪
	權 巨員	○	圈 渠篆	蜎 狂兗	倦 渠卷	○	○	○
	○	○	○	○	○	○	○	○
喉音	嬽 於權	娟 於緣	○	○	○	○	噦 乙劣	妜 於悅
	○	翾 許緣	○	蠉 香兗	○	○	旻 許劣	○
來母字	攣 呂員	○	孌 力兗	○	戀 力卷	○	劣 力輟	○

注：

案：員與圓同音，權、巨員切，重紐三等字與來母字攣可系聯。緣、與專切，專、職緣切。切語下字互用，以致系聯中斷。

案：轉、陟兗切，篆、持兗切。以上各字全可系聯成一類。

來母"戀"字與重紐三等字系聯，至於重紐四等絹、吉掾切，掾、以絹切，切語下字互用，以致系聯中斷。

來母"劣"字與重紐三等字系聯，至於重紐四等字的切語下字悅、弋雪切，雪、相絕切，絕、情雪切，切語下字互用，系聯中斷。

表十一、鹽、葉韻

韻	鹽韻		琰韻		豔韻		葉韻	
等	重紐三等	重紐四等	重紐三等	重紐四等	重紐三等	重紐四等	重紐三等	重紐四等
唇音	砭 府廉	○	貶 方斂	○	窆 方驗	○	○	○
	○	○	○	○	○	○	○	○
	○	○			○	○	○	○
	○	○			○	○	○	○
牙音	○	○	檢 居奄	○	○	○	魪 居輒	○
	慊 丘廉	○	願 丘檢	○	○	○	㾦 去涉	○
	箝 巨淹	鍼 巨鹽	儉 巨險	○	○	○	笈 其輒	○
	鶼 語廉		顩 魚檢	○	顩 魚窆	○	○	○
喉音	淹 央炎	懕 一鹽	奄 衣儉	黶 於琰	愴 於驗	厭 於豔	敵 於輒	魘 於葉
	○	○	險 虛檢	○	○	○	○	○
來母字	廉 力鹽	○	斂 良冉	○	殮 力驗	○	獵 良涉	○
注	炎、于廉切,鹽、余廉切。以上各字切下字都可系聯,但事實上有兩組重紐的對比,顯示應該有語音上的不同。又「箝」與「鍼」不見於《韻鏡》。「淹」與「懕」韻圖分別置於三、四等,來母字與四等的「懕」同用喻四「鹽」字為反切下字。		冉、而琰切,琰,以苒切。來母字與重紐四等的「黶」字系聯,而不與重紐三等的「奄」字系聯。		豔、以贍切,贍、時豔切。以上來母字不與四等的「厭」字系聯,反而與三等的「愴」字系聯。		輒、陟葉切,葉、與涉切。以上各字反切下字都可系聯。	

表十二、侵、緝韻

韻	侵韻		寢韻		沁韻		緝韻	
等	重紐三等	重紐四等	重紐三等	重紐四等	重紐三等	重紐四等	重紐三等	重紐四等
唇音	○	○	稟 筆錦	○	○	○	鵖 彼及	○
	○	○	品 丕飲	○	○	○	○	○
	○	○	○	○	○	○	䶏 皮及	○
	○	○	○	○			○	
牙音	金 居吟	○	錦 居飲	○	禁 居蔭	○	急 居立	○
	欽 去金	○	坅 丘甚	顩 欽錦		○	泣 去急	○
	琴 巨金	○	噤 渠飲	○	妗 巨禁	○	及 其立	○
	吟 魚金	○	僸 牛錦	○	吟 宜禁	○	岌 魚及	○
喉音	音 於金	愔 挹淫	飲 於錦	○	蔭 於禁	○	邑 於汲	揖 伊入
	歆 許金	○	廞 許錦	○		○	吸 許及	○
來母字	林 力尋	○	廩 力稔	○	臨 良鴆	○	立 力入	○
注	以上三等牙、喉音都可系聯，但不與來母字「林」字系聯。		甚、常枕切，枕、章荏切，「荏」與「稔」同音。以上各字除了坅字外，唇、牙、喉音字（包括重紐四等的顩字）都可系聯。坅字則與來母字「廩」字系聯。		鴆、直禁切。案：沁韻沒有重紐的對比，以上各字全可系聯。		入、人執切，執、之入切。上表中雖然有「邑」與「揖」一組對比，但上面各字反切下字都可系聯。	

參 考 書 目

丁聲樹　編錄，李榮　參訂

　　1966　《古今字音對照手冊》，香港：太平書局。

《中國語言學大辭典》編委會

　　　　　《中國語言學大辭典》，南昌：江西教育出版社。

白一平(Baxter, William H.)

　　1994　〈關於上古音的四個假設〉，《中國境內語言暨語言學》

　　2:41-60 。

包擬古(Bodman, Nicholas C.)著，潘悟雲、馮蒸譯

　　1995　《原始漢語與漢藏語》，北京：中華書局。

李方桂

　　1971　〈上古音研究〉，《清華學報》新九卷，第一、二期合刊

　　1-61 。

有坂秀世

　　1937-39　〈カールグレン氏の拗音說有評す〉，《音聲學協會會

　　報》 49, 51, 53, 58 ，收在《國語音韻史の研究》增補新版，

　　1969:327-357 ，東京：三省堂。

河野六郎

　　1939　〈朝鮮漢字音の特質〉，《言語研究》 3:27-53 ，收在

　　《河野六郎著作集》 2:155-180 ，東京 1979 ：平凡社。

俞　敏

　　1984　〈等韻溯源〉，《音韻學研究》第一輯，又收於《俞敏語

　　言學論文集》 338-356 ，黑龍江：人民出版社。

施向東

　　1983　〈玄奘譯著中的梵漢對音和唐初中原方音〉，《語言研究》總第四期 1983.1:27-48 。

　　1994　〈上古介音 r 與來紐〉，《音韻學研究》 3:240-251 ，北京：中華書局。

陳　澧

　　1965　《切韻考外篇》，台北：學生書局。

鄭張尚芳

　　1983　〈上古音構擬小議〉，《語言學論叢》 14:36-49 ，北京：商務印書館。

　　1987　〈上古韻母系統和四等、介音、聲調的發源問題〉，《溫州師範學院學報：社科版》 1987.4:61-84 。

龍宇純

　　1976　《韻鏡校注》，台北：藝文印書館。

藤堂明保

　　1957　《中國語音韻論》，東京：江南書院。

龔煌城

　　1993　〈從漢、藏語的比較看漢語上古音流音韻尾的擬測〉，《西藏研究論文集》第四集 pp.1-18 。

Baxter, William H.（白一平）

　　1992　*A Handbook of Old Chinese Phonology.*　Berlin: Mouton de Gruyter.

Coblin, Weldon South

　　1986　*A Sinologist's Handlist of Sino-Tibetan Lexical Comparisons.*

Nettetal: Steyler Verlag.

Gong, Hwang-cherng

1995   *"The system of finals in Proto-Sino-Tibetan,"* in Ancestry of Chinese, compiled by William S-Y. Wang. 41-92.

Pulleyblank, E. G.

1962   *"The consonantal system of old Chinese,"* Asia Major.   New Series 9.1:58-144.

Yakhontov, S. E.

1960   *"Consonantal combinations in Archaic Chinese,"* (Papers presented by the USSR delegation at the 25th Congress of Orientalists, Moscow).   Moscow: Oriental Literature Publishing House.

1963   *"Sočetanija soglasnyx v drevnekitajskom jazyke,"* Trudy dvadcat', pjatogo meždunarodnogo konggressa vostokovedov, Moskva, 9-16 avgusta, 1960g, Tom V: Zasedanija sekcij XVI-XX, 89-95. Moscow: Izdatel'stvo Vostočnoj Literatury. 漢譯本：〈上古漢語的複輔音聲母〉，收在〔蘇〕謝·葉·雅洪托夫著，唐作藩、胡雙寶選編《漢語史論集》，1986。北京：北京大學出版社。

論重紐字上古時期的
音韻現象

孔仲溫

一、前　言

　　「重紐」現象是中國聲韻學史上，一個十分重要的問題，它關係到整個中古音系的構建，甚至會影響到上古音系，因此，自民國三十三年，周法高先生撰成〈廣韻重紐的研究〉、董同龢先生撰成〈廣韻重紐試釋〉二文以來，❶這個問題一直討論得很熱烈，而諸家的見解，也頗為分歧。由於「重紐」現象明顯地存在於中古時期的切韻系韻書、等韻圖、音義書、字書的音系裡，因此，學者們的討論多集中在中古時期的論證，個人在撰論《韻鏡研究》、《類篇研究》、〈論

---

❶　周文收錄於其《中國語言學論文集》 pp1-69 ，董文則收錄於《董同龢先生語言學選集》 pp13-32 。周文篇末註明該文是「民國三十年初稿於昆明，三十三年重訂付印於李莊。」又周、董二文係同年發表。

韻鏡序例的題下注歸納助紐字及其相關問題〉諸文裡，❷也曾提出一
點淺見，但總以爲問題並沒有獲得圓滿的解決，而且也以爲這種現
象，應是源自上古時期，因此，本文嘗試把「重紐字」從中古時期，
向上推溯到上古時期，觀察它們在上古時期的用韻現象與諧聲分布情
形，期望能對「重紐」問題，提供一些線索。

二、「重紐字」的範圍

我們要把「重紐字」，從中古時期推溯到上古時期去觀察，首先
需對中古時期「重紐字」的範圍，做一個確定。但在這裡，得先說明
本文所謂的「重紐」，是指發生在中古三等韻裡，有支、脂、眞、
諄、祭、仙、宵、侵、鹽，及其相承的上、去、入聲諸韻，其韻裡屬
於脣、牙、喉音部位的切語，同時有兩組切語並存的現象。依《切
韻》一書的體例，按理是「同音之字，不分兩切語」，可是爲何在
《切韻》系的韻書裡，都同時有兩組切語的情形發生呢？這種情形在
等韻圖裡則更明顯，同屬一個韻類的字，在同一聲紐下，竟然三等有
字排列，四等也有字排列，有時甚至三等有空不排，而排入四等，這
種現象，是我們所稱的「重紐」。而所謂「重紐字」，則是指屬於這
對立兩組切語下的所有字，包括紐字及其同音字。通常學者們討論

---

❷　《韻鏡研究》、《類篇研究》係個人碩、博士論文，於一九八七年，由
　　台灣學生書局出版；〈論韻鏡序例的題下注歸納助紐字及其相關問題〉
　　一文，則發表於第七屆全國聲韻學學術研討會上，已收入台灣學生書局
　　《聲韻論叢》第一輯，pp321-344。

「重紐」，多以《廣韻》爲基礎，但是我們如果取隋唐、五代韻書與《廣韻》比對的話，可發現《廣韻》有一些重紐，是因爲後來增加新的切語而形成的，例如：支韻「鈹，敷羈切：陂，匹支切」這一組重紐，查《十韻彙編》中的《王二》，則無「陂，匹支切」，而作「愧，匹卑切」，其下並注說：「新加」，且「陂，匹支切」與「愧，匹卑切」也不見於其他唐代韻書裡，❸可見得《廣韻》、《王二》的這個切語，是後來增加的，以致形成「重紐」現象，我們在推溯「重紐字」時，對於這些後來增加形成的「重紐」，就不列入討論的範圍。其次，在《廣韻》重紐的切語下，列有很多的同音「重紐字」，《廣韻》裡的「重紐字」也有很多是在陸法言《切韻》以後，不斷增字加入的，爲了尋求「重紐」上古的源頭，本文將以《廣韻》爲基礎，參覈隋唐、五代韻書，❹儘量採取較早時期的「重紐字」，以作爲析論的基礎。另外，爲了能夠透過對比以觀察「重紐」現象，本文所取的「重紐字」，僅是以同韻類、同聲紐有兩組切語並列的爲範圍，至於等韻圖中，其三等有空不排而排入四等的部分，則暫不列入。茲將中古時期的「重紐字」，依《韻鏡》開合、部位、等第，及中古的聲紐，表列如下：

---

❸　如《十韻彙編》的《切二》、《切三》及故宮《全王》。

❹　本文所據隋唐五代韻書係劉復、羅常培等主編《十韻彙編》、潘師重規《瀛涯敦煌韻輯新編》中的韻書殘卷，及廣文書局印故宮藏《唐寫本王仁昫刊謬補缺切韻》。

1.支　韻：

開合	部位	聲紐	三等		四等	
			反切	重紐字	反切	重紐字
開口	脣音	幫	彼爲切	陂、詖、諀、羆	府移切	卑、鵯、椑、箄、裨、鞞、顊、錍
		並	符羈切	皮、疲、郫、犤、罷	符支切	陴、脾、犤、埤、蜱、魮
		明	靡爲切	糜、縻、醿、麋	武移切	彌、鸍、镾、獼、籋、禰、麊、罙、瓕、瓕
	牙音	群	渠羈切	奇、琦、騎、鵸、魌、碕	巨支切	祇、祗、岐、跂、郊、馶、疧、翅、敍、軝、汥
	喉音	曉	許羈切	犧、羲、咴、桸、巇、羛、瀗、曦	香支切	詑
合口	牙音	見	居爲切	嬀	居隋切	槻、規、嫢、雉
		溪	去爲切	虧	去隨切	闚
	喉音	曉	許爲切	麾、撝	許規切	隳、眭、觿、睢

2.紙　韻：

開合	部位	聲紐	三等		四等	
			反切	重紐字	反切	重紐字
開口	脣音	幫	甫委切	彼、貏	并弭切	俾、鞞、箄、貏、髀、崥
		滂	匹靡切	破	匹婢切	諀、庀、疕
		並	皮彼切	被、罷	便俾切	婢、庳
		明	文彼切	靡	綿婢切	渳、弭、瀰、芈、敉
合口	牙音	溪	去委切	跪、觤	丘弭切	跬

3. 真 韻：

開合	部位	聲紐	三　等		四　等	
			反切	重紐字	反切	重紐字
開口	脣音	幫	彼義切	賁、佊、詖、羆	卑義切	臂
		滂	披義切	帔	匹賜切	譬、嫳
		並	平義切	髲、被、鞁、彼	毗義切	避
	牙音	見	居義切	寄	居企切	馶
	喉音	影	於義切	倚	於賜切	縊
合口	喉音	影	於偽切	餧、矮	於避切	恚

4. 脂 韻：

開合	部位	聲紐	三　等		四　等	
			反切	重紐字	反切	重紐字
開口	脣音	滂	敷悲切	丕、伾、秠、頯、駓	匹夷切	紕
		並	符悲切	邳、岯、魾	房脂切	毗、比、琵、槐、沘、芘、貔、腗、蚍、枇、仳、阰、蚳
合口	牙音	群	渠追切	逵、夔、馗、戣、騤	渠佳切	葵、鄈、楑、鮭❺

---

❺　「葵，渠佳切」，《廣韻》原作「渠追切」，與「逵，渠追切」同切
　　語，照說同韻之下不會有兩組相同的切語，考《切二》、《切三》、
　　《王二》、《全王》「葵」字均讀「渠佳切」，今據正。

5.旨 韻：

開合	部位	聲紐	三 等		四 等	
			反切	重紐字	反切	重紐字
開口	脣音	幫	方美切	鄙	卑履切	匕、妣、秕、比、秕、沘
		並	符鄙切	否、痞、圮、伾、殍	扶履切	牝
合口	牙音	見	居洧切	軌、簋、宄、厬、宄、匦	居誄切	癸

6.至 韻：

開合	部位	聲紐	三 等		四 等	
			反切	重紐字	反切	重紐字
開口	脣音	幫	兵媚切	祕、柲、閟、轡、鉍、泌、鄪、眇、柴、柴	必至切	痹、畀、庇、藦、祂
		滂	匹備切	濞、嚊、㵋、渒	匹寐切	屁
		並	平祕切	備、俻、菲、奰、膞、糒、犕、轠、猆、晶、備	毗至切	鼻、比、枇、痹、頖
		明	明祕切	郿、媚、魅、簀、蝞、鶥	彌二切	寐
	牙音	溪	去冀切	器	詰利切	棄、弃、蛣、屑
合口	牙音	見	俱位切	媿、愧、魍、謉、騩	居悸切	季
		群	求位切	匱、簣、餽、纇、櫃、鞼	其季切	悸、瘁、癈
	喉音	曉	許位切	豷、燹	香季切 火季切	瞔、姩、睢、血

7.眞　韻：（含諄韻）

開合	部位	聲紐	三　等		四　等	
			反切	重紐字	反切	重紐字
開口	脣音	幫	府巾切	彬、斌、份、玢、豳、汃、臏、攽、彪	必鄰切	賓、濱、檳
		並	符巾切	貧	符眞切	頻、蘋、嬪、繽、玭、蠙、獱、矉、嚬
		明	武巾切	珉、岷、罠、閩、緡、頣、箟、旻、旼、瑉、㻽、忞、䀘、鵾、銕	彌鄰切	民、䃉、泯
	喉音	影	於巾切	䚷	於眞切	因、禋、闉、駰、湮、烟、氤、堙、諲
合口	牙音	見	居筠切	麏、麕、頵、沟	居勻切	均、鈞、袀

8.軫　韻：

開合	部位	聲紐	三　等		四　等	
			反切	重紐字	反切	重紐字
開口	脣音	明	眉殞切	愍、憫、閔、敏	武盡切	泯、眅、僶、笢、黽

9.質　韻：

開合	部位	聲紐	三　等		四　等	
			反切	重紐字	反切	重紐字
開口	脣音	幫	鄙密切	筆、澕	卑吉切	必、畢、鞸、韠、蹕、潷、鷝、鷩、珌、罼
		並	房密切	弼、秘	毗必切	邲、比、柲、毖、軷、佖、鮅、駜、怭❻
		明	美畢切	密、峚、蓉	彌畢切	蜜、謐、醯、檧
	喉音	影	於筆切	乙、釚	於悉切	一、壹

10.祭　韻：

開合	部位	聲紐	三　等		四　等	
			反切	重紐字	反切	重紐字
開口	牙音	疑	牛例切	劓		魚祭切	藝、蓺、瘱、槸、褹

11.仙　韻：

開合	部位	聲紐	三　等		四　等	
			反切	重紐字	反切	重紐字
合口	喉音	影	於權切	嬛		於緣切	娟、嬛、悁

---

❻　「怭」字見於《廣韻》，但不見於諸本《切韻》，今以《詩經》韻讀中
　　有「怭」字，故據《廣韻》載列。

12.獮　韻：

開合	部位	聲紐	三　　等		四　　等	
			反切	重紐字	反切	重紐字
開口	脣音	幫	方免切	褊	方緬切	褊
		並	符蹇切	辮	符善切	楩
		明	亡辨切	免、娩、勉、俛、鮸、挽、冕	彌兗切	緬、沔、湎、愐、黽、勔
合口	牙音	群	渠篆切	圈	狂兗切	蜎

13.線　韻：

開合	部位	聲紐	三　　等		四　　等	
			反切	重紐字	反切	重紐字
開口	脣音	並	皮變切	卞、抃、汴、弁、覓、汫、猵、開、昇、頖	婢面切	便
合口	牙音	見	居倦切	眷、睠、捲、卷、桊、裧、弮、韏	吉掾切	絹、狷、鄄

14.薛　韻：

開合	部位	聲紐	三　　等		四　　等	
			反切	重紐字	反切	重紐字
開口	脣音	幫	方別切	箙	并列切	鷩、虌、蟞

15.宵 韻：

開合	部位	聲紐	三 等		四 等	
			反切	重紐字	反切	重紐字
開口	脣音	幫	甫嬌切	鑣、儦、瀌、穮	甫遙切	飆、標、猋、杓、爂、熛、熛
		明	武瀌切	苗、貓	彌遙切	蜱、妙、篻、瀌
	牙音	群	巨嬌切	喬、橋、僑、趫、鐈、	渠遙切	翹、荍
	喉音	影	於喬切	妖、祅、訞、夭	於宵切	要、腰、蔞、喓、蟯、褑、邀

16.小 韻：

開合	部位	聲紐	三 等		四 等	
			反切	重紐字	反切	重紐字
開口	脣音	幫	陂矯切	表	方小切	標
		並	平表切	藨、莩、莩	符少切	摽、鰾

17.笑 韻：

開合	部位	聲紐	三 等		四 等	
			反切	重紐字	反切	重紐字
開口	脣音	明	眉召切	廟	彌笑切	妙
	牙音	群	渠廟切	嶠	巨要切	翹

18.侵 韻：

開	部	聲	三　　等		四　　等	
合	位	紐	反切	重紐字	反切	重紐字
開口	喉音	影	於金切	音、陰、瘖、黔、暗、醅	挹淫切	愔、窨

19.緝 韻：

開	部	聲	三　　等		四　　等	
合	位	紐	反切	重紐字	反切	重紐字
開口	喉音	影	於汲切	邑、悒、裛、浥、莒、䭂	伊入切	揖、挹

20.鹽 韻：

開	部	聲	三　　等		四　　等	
合	位	紐	反切	重紐字	反切	重紐字
開口	喉音	影	央炎切	淹、菴、崦	一鹽切	懕、猒、嬮

21.琰 韻：

開	部	聲	三　　等		四　　等	
合	位	紐	反切	重紐字	反切	重紐字
開口	喉音	影	衣儉切	奄、渰、郺、閹、掩	於琰切	魘、黡、壓

22.葉　韻：

開合口	部位	聲紐	三　　等		四　　等	
			反切	重紐字	反切	重紐字
開口	喉音	影	於輒切	敏、裛	於葉切	魘

三、「重紐字」於上古韻文裡的音韻現象

　　在確定「重紐字」的範圍之後，爲求能進一步觀察在上古時期的音韻現象，我們得先整理這些字在上古韻文裡的用韻情形，茲就《詩經》、《楚辭》、先秦金石銘文中，凡關涉「重紐字」的韻讀，摘舉以示。

(一)　關於「重紐字」的上古韻文韻譜

　　本文《詩經》部分，係根據　本師陳新雄先生的〈《毛詩》韻譜・通韻譜・合韻譜〉一文，《楚辭》部分則採王力先生〈《楚辭》韻讀〉一文，至於金石銘文部分則依王國維的〈兩周金石文韻讀〉、陳世輝〈金文韻讀續輯〉、陳邦懷〈兩周金文韻讀輯遺〉諸文。❼

　　1.支　韻：（按加 * 號者為重紐字）

---

❼　陳師新雄文收錄於其所著《文字聲韻論叢》 pp259-302 ；王力先生文
　　收錄於《王力文集》第六卷， pp478-565 ；王國維文載於姬佛陀《學
　　術叢編》 pp1-11 ；陳世輝文載於《古文字研究》第五輯， pp169-
　　190 ；陳邦懷文載於《故文字研究》第九輯，pp445-462 。

(1)皮*、紽、蛇。（召南·羔羊）

(2)皮*、儀、儀、爲。（鄘·相鼠）

(3)支、觿*、觿*、知。（衛·芄蘭）

(4)陂*、荷、何、爲、沱。（陳·澤陂）

(5)錡*、吪、嘉。（豳·破斧）

(6)何、羆*、蛇。（小雅·斯干）

(7)卑*、痕*。（小雅·白華）

(8)皮*、羆*。（大雅·韓奕）

(9)幃、祇*。（離騷）

(10)羅、歌、荷、酡、波、奇*、離。（招魂）

2.紙　韻：

(11)泚、瀰*、鮮。（邶·新臺）

3.脂　韻：

(12)紕*、四、畀*。（鄘·干旄）

(13)騤*、依、腓。（大雅·采薇）

(14)師、氐、維、毗*、迷、師。（小雅·節南山）

(15)維、葵*、膍*、戾。（小雅·采菽）

(16)懠、毗*、迷、尸、屎、葵*、資、師。（大雅·板）

(17)騤*、喈、齊、歸。（大雅·烝民）

(18)駓*、騏、伾*、期、才。（魯頌·駉）

(19)醫、駓*、牛、災。（招魂）

4.旨　韻：

(20)子、否*、否*、友。（邶·匏有苦葉）

(21)比*、伙。（唐·杕杜）

(22)止、否*、謀。（小雅·小旻）

(23)匕*、砥、履、視、涕。（小雅·大東）

(24)止、子、畝、喜、右、否*、畝、有、敏*。（小雅·甫田）

(25)否*、史、恥、怠。（小雅·賓之初筵）

(26)類、比*。（大雅·皇矣）

(27)秭、醴、妣*、禮、皆。（周頌·豐年）

(28)濟、秭、醴、妣*、禮。（周頌·載芟）

(29)鄙*、改。（九章·懷沙）

(30)時、疑、娭、治、之、否*、欺、思、之、尤、之。（九章· 惜往日）

(31)至、比*。（九章·悲回風）

5.至　韻：

(32)嘒、淠*、屆、寐。（小雅·小弁）

(33)淠*、嘒、駟、屆。（小雅·采菽）

(34)載、菑*、異、再、識。（九章·橘頌）

(35)怪、菑*、代。（招魂）

(36)子、備*、嗣、肆。（兩周金文韻讀輯遺·齊侯壺）

6.真　韻：

(37)縭*、孫。（召南·何彼穠矣）

(38)人、姻*、信、命。（鄘·蝃蝀）

(39)玄、矜、民*。（小雅·何草不黃）

(40)旬、民*、填、天、矜。（大雅·桑柔）

(41)翩、泯*、燼、頻*。（大雅·桑柔）

(42)典、禋*。（周頌·維清）

⑷民*、嬪*。（天問）

⑷貧*、門。（九章·惜誦）

⑷令、天、民*、令、天。（兩周金文韻讀輯遺·柯尊）

7.軫　韻：

⑷勤、閔*。（豳·鴟鴞）

8.質　韻：

⑷韠*、結、一*。（檜·素冠）

⑷七、一*、一*、結。（曹·鳲鳩）

⑷瓞*、室。（小雅·瞻彼洛矣）

⑸柲*、秩。（小雅·賓之初筵）

⑸密*、即。（大雅·公劉）

9.獮　韻：

⑸沔*、淵。（兩周金石文韻讀·石鼓文乙）

10.線　韻：

⑸轉、卷*、選。（邶·柏舟）

⑸變、屮、見、弁*。（齊·甫田）

⑸蕑、卷*、悁*。（陳·澤陂）

⑸娟*、娟*、便*。（大招）

11.宵　韻：

⑸夭*、勞。（邶·凱風）

⑸敖、郊、驕、鑣*、朝、勞。（衛·碩人）

⑸苗*、搖。（王·黍離）

⑹消、麃、喬*、遙。（鄭·清人）

⑹儦*、敖。（齊·載驅）

(62)苗*、勞、郊、號。（魏・碩鼠）

(63)鑣*、驕。（秦・駒鐵）

(64)翹*、搖、嘵。（豳・鴟鴞）

(65)苗*、囂、旐、教。（小雅・車攻）

(66)苗*、朝、遙。（小雅・白駒）

(67)瀌*、消、驕。（小雅・角弓）

(68)苗*、膏、勞。（小雅・黍苗）

(69)苗*、麃。（周頌・載芟）

(70)喬*、囂。（金文韻讀續輯・中山王鼎）

12.小　韻：

(71)悄、小、少、摽*。（邶・柏舟）

13.侵　韻：

(72)音*、心。（邶・凱風）

(73)音*、心。（邶・雄雉）

(74)衿、心、音*。（鄭・子衿）

(75)弓、縢、興、音*。（秦・小戎）

(76)驕、音*。（檜・匪風）

(77)音*、心。（小雅・白駒）

(78)欽、琴、音*、南、僭。（小雅・鼓鐘）

(79)心、音*。（大雅・皇矣）

(80)南、音*。（大雅・卷阿）

(81)林、黮、音*、琛、金。（魯頌・泮水）

14.緝　韻：

(82)驂、合、軜、邑*。（秦・小戎）

(83)悒*、急。（天問）

(二) 「重紐字」於上古韻文中的音韻現象

我們以上一小節所列舉的 83 條韻例為基礎，再深入考查其中所呈現的各種音韻現象，歸納起來，大致有以下幾種情形：

1.「重紐字」互押界限明顯

在列舉的 83 條韻例裡，我們不難發現當中的(3)、(7)、(8)、(12)、(15)、(16)、(18)、(20)、(24)、(41)、(43)、(47)、(48)、(55)、(56)等十五條韻例，屬同一條韻例裡，同時有兩個「重紐字」押韻的情形。不過，扣除(3)、(20)、(48)是屬同一字，押韻兩次的韻例外，其餘的十二條均為不同的兩個「重紐字」押韻。現在再把這十二條的「重紐字」，按中古等韻圖《韻鏡》的等第排列出來，作：

(7)卑四：痹四　　(8)皮三：羆三　　(9)紕四：昇四

(15)葵四：膭四　　(16)毗四：葵四　　(18)駓三：伾三

(24)否三：敏三　　(41)泯四：頻四　　(43)民四：嬪四

(47)韓四：一四　　(55)卷三：悁四　　(56)娟四：便四

我們可以很清楚地發現，其中除了「(55)卷：悁」這一條是不同等第「重紐字」的押韻之外，其餘的十一條，則都屬於同等第「重紐字」的押韻，這個現象十分值得注意。

2.「重紐字」與其押韻諸字大抵有用韻的界限

其次，我們把這 83 條韻例，依據陳師新雄〈《毛詩》韻三十部諧聲表〉及《古音學發微》中的古韻分部，並採同字相通而系聯的方

式，循「重紐字」的等第，將「重紐字」及與之押韻的其他諸字所屬
《廣韻》切語、韻部，《韻鏡》開合，及其排列的位置，繪製成本文
〈附錄一〉的圖表。（請參閱）從這個圖表裡，我們可以發現與「重
紐字」押韻的其他諸字，它們所屬的上古韻部，有不少是固定與「重
紐」三等字相通，或與「重紐」四等字相通的情形，有條不紊，如有
界限，例如：圖表中屬歌、之、職、諄、侵諸部的字，則只跟三等
「重紐字」押韻；支、眞兩部的字，則只跟四等「重紐字」押韻；另
外，脂、質兩部的字，雖然同時與三、四等「重紐字」通押，但在比
重上，仍多偏重在四等。較難區別輕重的，則是元、宵兩部的字，似
乎三、四等的「重紐字」都通押，但再仔細的分析，我們則不難看
出，與「重紐字」押韻的諸字裡，除了「搖」字同時與三等「苗」、
四等「翹」的「重紐字」押韻外，其餘都不曾重覆。換句話說，這些
字應還是有三、四等的分野。總之，在先秦韻文裡，「重紐字」跟其
他通押的諸字，大體上是各有其用韻的界限。

　　3.「重紐字」與其押韻諸字有等第的區分

　　　再從〈附錄一〉的圖表裡，觀察「重紐字」與其押韻的其他諸
字，在中古等韻圖排列的情形，我們可以發現，「重紐」三等字，絕
大多數都是跟一、二、三等韻的字通押，我們在圖表中也可以看到重
紐三等字跟四等字通押的情形，但必須說明的是其中多數是三等韻，
而借位到四等的精系或喻母字，或者像至韻下「痳，彌二切」是屬本
文未列的「重紐」現象；也是屬三等韻伸入四等位置的。此外，則只
有「嘒，呼惠切」、「見，古電切」、「僭，子念切」三字，屬於眞
正四等韻的霽、霰、桥三韻。而反觀「重紐」四等字，則與大多數的
四等韻相通押，例如脂韻的「妣、膍、葵」與「迷、戾、惸」通押，

而「迷，莫兮切」、「戾，郎計切」、「懠，在諸切」等，都屬於四
等字齊、霽韻；再如旨韻的「匕、比、妣」與「涕、醴、禮、濟」通
押，而「涕，他禮切」、「醴、禮，盧啓切」、「濟，子禮切」，都
屬於四等薺韻；又如眞韻的「民、泯、頻」與「玄、塡、天」通押，
而「玄，胡涓切」、「塡，徒年切」、「天，他前切」都屬四等先
韻；又如質韻的「鐉、一」與「結」通押，而「結，古屑切」則屬四
等屑韻；如獮韻的「沔」與「淵」通押，而「淵，烏玄切」屬四等先
韻；又宵韻「翹」與「曉」通押，而「曉，許么切」屬四等蕭韻。可
見得「重紐」四等字與四等韻的關係，遠比「重紐」三等字與四等韻
的關係，要來得密切多了。而且，「重紐」四等字與三等韻，就如同
「重紐」三等字與三等韻一樣地關係密切，但其與一、二等韻，則絕
少往來，在圖表中除了部分三等韻莊系字借位至二等外，只有旨韻的
「皆，古諧切」屬二等皆韻，與「重紐」四等字通押，這與「重紐」
三等字跟一、二等韻往來密切的情形不同。

　　總之，上述的這些音韻現象，是得自客觀的分析，雖然是借重中
古的《廣韻》、《韻鏡》以分析上古的韻文，但是這樣明顯的現象，
實在不由得我們不相信，上古的重紐三等與四等字，是有區別的，界
域十分清楚，可見得中古的「重紐」現象，是「其來有自」的。

四、「重紐字」於上古諧聲的音韻現象

　　觀察「重紐字」於上古時期的音韻現象，除了上一節的韻文用韻
分析之外，諧聲偏旁的觀察，也是重要途徑。本節的諧聲偏旁係以許
慎《說文》爲基礎，凡《說文》載錄的「重紐字」，本文才取以觀

察。現在我們將整理的《說文》所載「重紐字」，依序按等第列舉如
〈附錄二〉。（請參閱）

(一)　「重紐字」的上古諧聲偏旁

以下我們便將〈附錄二〉的重紐字，依《說文》的形構，參酌陳
師新雄《古音學發微》中的〈古韻三十二部諧聲表〉，按本文重紐韻
的次序及其等第，將諧聲偏旁的數目、所屬古韻三十二部列如下表：

韻目	支											韻								
等第	三				等							四				等				
重紐字之諧聲	麻	皮	義	卑	奇	為	罷	支	吹	虧		卑	支	規	爾	氏	它	隋	嶲	佳
次數	4	4	3	2	2	2	1	1	1	1		1	5	3	2	1	1	1	1	1
古韻32部	歌	歌	歌	支	歌	歌	歌	支	歌	歌		支	支	支	脂	歌	歌	歌	支	微

韻目	紙								韻			
等第	三				等				四		等	
重紐字之諧聲	皮	卑	罷	麻	危				卑	弭	匕	爾	米	芈
次數	2	1	1	1	1				7	2	1	1	1	1
古韻32部	歌	支	歌	歌	微				支	支	脂	脂	脂	支

韻目	寘							韻		
等第	三			等				四	等	
重紐字之諧聲	皮	奇	委	罷	卉			辟	支	益	圭
次數	5	2	2	1	1			3	1	1	1
古韻32部	歌	歌	微	歌	微			錫	支	錫	支

韻目	脂							韻	
等第	三			等				四	等
重紐字之諧聲	丕	癸	逮	夔	馗			比	癸
次數	7	2	1	1	1			8	2
古韻32部	之	微	幽	幽	幽			脂	微

旨韻

三等

重紐字之諧聲	九	咎	否	啚	己	比	篦
次數	3	2	2	1	1	1	1
古韻32部	幽	幽	之	之	之	脂	幽

四等

重紐字之諧聲	比	匕	癸
次數	4	2	1
古韻32部	脂	脂	微

至韻

三等

重紐字之諧聲	必	蒲	鬼	貴	畀		眉	巒	比	器	壹	豩
次數	5	4	3	3	2	2	1	1	1	1	1	1
古韻32部	質	職	微	微	質	質	脂	月	脂	沒	質	譚

四等

重紐字之諧聲	比	畀	季	佳	棄	畢	未	匕	水	血
次數	4	3	3	2	2	1	1	1	1	1
古韻32部	脂	質	質	微	質	質	沒	脂	微	質

眞韻

三等

重紐字之諧聲	分	民	昏	文	彬	豩	八	非	門	囷	君
次數	3	3	3	2	1	1	1	1	1	1	1
古韻32部	諄	眞	諄	諄	諄	諄	質	微	諄	諄	諄

四等

重紐字之諧聲	坙	賓	頻	因	勻	比	民	門
次數	4	3	2	2	1	1	1	1
古韻32部	眞	眞	眞	眞	眞	脂	眞	諄

軫韻

三等

重紐字之諧聲	民	文	母
次數	1	1	1
古韻32部	眞	諄	之

四等

重紐字之諧聲	民	黽
次數	1	1
古韻32部	眞	耕

質韻

三等

重紐字之諧聲	必	乙	筆	西
次數	2	2	1	1
古韻32部	質	質	沒	月

四等

重紐字之諧聲	必	畢	比	一	壹
次數	1	2	1	1	1
古韻32部	質	質	比	質	壹

祭韻

三等

重紐字之諧聲	臬
次數	1
古韻32部	月

四等

重紐字之諧聲	埶
次數	2
古韻32部	月

韻目	仙									韻							
等第	三　　等									四　　等							
重紐字之諧聲	嬽									罳	肙						
次數	1									1	1						
古韻 32 部	元									元	元						

韻目	獮									韻							
等第	三　　等									四　　等							
重紐字之諧聲	免	辡	关							面	丏	扁	黽	肙			
次數	6	2	1							3	1	1	1	1			
古韻 32 部	元	元	元							元	眞	元	耕	元			

韻目	線									韻							
等第	三　　等									四　　等							
重紐字之諧聲	关	弁	覓	番						便	肙	望					
次數	6	4	1	1						1	1	1					
古韻 32 部	元	元	元	元						元	元	元					

韻目	薛									韻							
等第	三　　等									四　　等							
重紐字之諧聲										敝							
次數										2							
古韻 32 部										月							

韻目	宵									韻							
等第	三　　等									四　　等							
重紐字之諧聲	喬	麃	夭	苗						票	要	焱	勻	堯	收		
次數	6	4	3	1						3	2	1	1	1	1		
古韻 32 部	宵	宵	宵	宵						宵	宵	宵	藥	宵	幽		

韻目	小									韻							
等第	三　　等									四　　等							
重紐字之諧聲	表	麃	孚							票							
次數	1	1	1							1							
古韻 32 部	宵	宵	幽							宵							

韻目	笑　　　　韻											
等第		三　　等						四　　等				
重紐字之諧聲	朝							堯				
次數	1							1				
古韻 32 部	宵							宵				

韻目	侵　　　　韻											
等第		三　　等						四　　等				
重紐字之諧聲	音	今						音				
次數	3	2						1				
古韻 32 部	侵	侵						侵				

韻目	緝　　　　韻											
等第		三　　等						四　　等				
重紐字之諧聲	邑							茸	邑			
次數	4							1	1			
古韻 32 部	緝							緝	緝			

韻目	鹽　　　　韻											
等第		三　　等						四　　等				
重紐字之諧聲	奄							猒				
次數	1							3				
古韻 32 部	添							談				

韻目	琰　　　　韻											
等第		三　　等						四　　等				
重紐字之諧聲	奄							猒				
次數	4							2				
古韻 32 部	添							談				

韻目	葉　　　　韻											
等第		三　　等						四　　等				
重紐字之諧聲	邑											
次數	1											
古韻 32 部	緝											

(二)　「重紐字」上古諧聲的音韻現象

　　經由上述的表列，我們從中可以看出「重紐字」的諧聲偏旁，如同上古韻文的用韻情形一樣，它們在三、四等之間，是有相當程度區隔的音韻現象，以下則分兩項來說明。

1.三等與四等的諧聲有區隔

　　於中古時期置於三、四等的重紐字，從上古的諧聲偏旁來看，它們是有些不同，有所區隔的，因爲那些諧聲偏旁出現在三等，那些則在四等，似乎頗有規律，就以支、紙、寘三類來說，從「麻、皮、義、奇、爲、罷、吹、虧、危、委、卉」這些諧聲偏旁的字，只見於三等，而不見於四等，尤其像從「皮、罷」這兩個諧聲偏旁的字，支、紙、寘三韻都有，而且都是出現在三等。另外，如從「規、爾、氏、它、隋、巂、佳、弭、匕、米、擧、辟、益、圭」等諧聲偏旁的字，則都是出現於四等，甚至像當中從「佳」諧聲偏旁的字，在支韻爲四等字，而在至韻裡也同樣是四等字，類似這樣的例子很多。雖然有一部分諧聲偏旁的字，同時見三等與四等，如「卑、支」，但是我們統計一下，從「卑」諧聲偏旁的字，在三等裡有 3 字，而見四等則有 18 字；從「支」諧聲偏旁的字，在三等裡計有 1 字，而見於四等則有 6 字，可見得這種諧聲偏旁雖是同時見於三、四等，但輕重有別，顯然它們是傾向於四等性質的。

　　再如鹽、琰二韻裡的諧聲偏旁，界限更是明顯，凡從「奄」諧聲的字都在三等，從「猒」諧聲的字都在四等，沒有例外。

　　再如祭、仙、獮、線諸韻，從其中的諧聲偏旁所屬上古韻部看，除了獮韻的「丏」屬眞部外，祭韻諧聲偏旁三四等都屬月部，仙、

獮、線韻則都屬元部，古韻部固然相同，但列於三等與四等的諧聲偏旁並不相同，其三等有：「臬、䍖、免、辡、关、弁、兊、番」諸諧聲，四等有：「埶、罢、昌、面、扁、甹、便、巠」諸諧聲，其中從「昌」諧聲的字，盡在仙、獮、線三韻的四等，從「关」諧聲的字則在獮、線二韻的三等，從「甹」諧聲的字除了獮韻四等外，又見於軫韻四等。

再如宵、小、笑三韻中的諧聲偏旁，除了「勺、收、孚」三字屬藥、幽兩部以外，其餘都屬於宵部字，雖然如此，但三、四等的諧聲偏旁，各有定位，十分規則，例如三等有從「喬、麃、夭、苗、表、朝」等諧聲偏旁的字，四等有從「票、要、焱、堯」等諧聲偏旁的字，從「麃」諧聲的字既見於宵韻三等，也見於小韻三等，從「票」、「堯」諧聲的字，既見於宵韻四等，也見於小韻、笑韻四等，諸如此類，都顯示重紐字在上古諧聲裡，三、四等是有其區隔的。

2.《說文》中的「重紐字」異讀有規律

我們從〈附錄二〉所載《說文》中的「重紐字」裡，還可以發現一個值得留意的現象，也就是遇「重紐字」有異讀時，其列位的等第也大都相同，現在我們就把「重紐字」異讀的韻目和等第，列舉如下表：

重紐字	箄		駜		睢		比			
韻目	支韻	紙韻	支韻	眞韻	支韻	至韻	脂韻	旨韻	至韻	質韻
等第	四	四	四	四	四	四	四	四	四	四
重紐字	枇		祉		黽		翹			
韻目	脂韻	至韻	旨韻	至韻	獼韻	軫韻	宵韻	笑韻	緝韻	葉韻
等第	四	四	四	四	四	四	四	四	三	三
重紐字	篦	
韻目	眞韻	軫韻
等第	三	四

　　其中的「箄、駜、睢、比、枇、祉、黽、翹、　」諸「重紐字」的異讀，不論是三等或四等，異讀的等第是一致的，唯獨「篦」字例外，不過像如此大多數的字例，具有規律的現象，實在不容許我們輕忽三、四等是有其界限的存在。

五、結　語

　　綜上所述，個人以爲「重紐」問題，固然是在中古的韻書、等韻圖的音韻系統中，被呈現出來，可是它並非單純的一個中古時期的音韻現象，透過本文對「重紐字」於上古韻文及諧聲現象的分析以後，我們以爲欲探「重紐」爲何？對上古源頭的探索，恐怕也是很重要的。雖然，本文的目的，並不是在解釋「重紐」究竟是什麼？而只是在儘量客觀地呈現「重紐字」在上古源頭上的各種音韻現象，但對於未來想解釋「『重紐』是什麼？」這個論題的人，應該是有些幫助。不過，個人從上古韻文用韻的現象看來，認爲「重紐」很可能是在

「韻」的音讀結構上，有某種程度上的差異，它這種差異，也能顯示在三、四等諧聲分布的不同上。然而，諧聲分布的不同，一直延續到中古時期的韻書、等韻圖、音義書、字書裡，可是「韻」的音讀結構差異，是否還延續到中古時期呢？這就得留待以後分析、論證了。

〈附錄一〉

説明：

一、《廣韻》切語，一字兩讀時，採用與重紐字音近者。

二、本表等第、開合係據《韻鏡》實際排列等位與開合。

三、（　）係採本師陳新雄先生古韻三十二部。

1.支　韻：

韻文	重　紐　字	其　他　押　韻　諸　字
詩經	三等 皮符羈切（歌） 支開 陂・羆彼爲切（歌） 支開	綯・沱徒何切（歌）歌開一、蛇詑何切（歌）歌開一、儀魚羈切（歌）支開三、 荷・何胡歌切（歌）歌開一。
	錡渠羈切（歌） 支開	吪五禾切（歌）戈合一、嘉古禾切（歌）麻開二。
	四等 卑府移切（支） 支開 㡹巨支切（支） 支開	
	觿許規切（支） 支合	支章移切（支）支開三。
楚辭	三等 奇渠羈切（歌） 支開	羅魯何切（歌）歌開一、歌古俄切（歌）歌開一、荷胡歌切（歌）歌開一、 酡徒何切（歌）歌開一、波博禾切（歌）戈合一、離呂支切（歌）支開三。
	四等 巨支切（支） 支開	幃雨非切（微）微合三。

2.紙 韻：

韻文	重紐字	其他押韻諸字
詩經	四等 濔綿婢切(脂) 紙開	沘雌氏切(脂)、鮮息淺切(元)。 紙開四　　　　獮開四

3.脂 韻：

韻文	重紐字	其他押韻諸字
詩經	三等 駓・伾敷悲切(之) 脂開	騏・期渠之切(之)、才昨哉切(之)。 之開三　　　　咍開四
	騤渠追切(微) 脂合	依於希切(微)、腓符非切(微)、喈古諧切(脂)、 微開三　　　微合三　　　皆開三 齊徂奚切(脂)、歸舉韋切(微)。 齊開四　　　微合三
	四等 紕匹夷切(脂) 脂開 畀必至切(質) 至開	四息利切(質)。 至開四
	毗・膍房脂切(脂) 脂門 葵渠追切(微) 脂合	師疏夷切(脂)、氐丁尼切(脂)、維以追切(微)、 脂開二　　　脂開三　　　脂合四 迷莫兮切(脂)、戾郎計切(脂)、懠在諸切(脂)、 齊開四　　　霽開四　　　霽開四 尸式脂切(脂)、屎式視切(脂)、資即夷切(脂)、 脂開三　　　❶旨開三　　　脂開四
楚辭	三等 駓敷悲切(之) 脂開	饑語其切(之)、牛語求切(之)、災祖才切(之)。 之開三　　　尤開三　　　咍開一

4.旨　韻：

韻文		重　紐　字	其　他　押　韻　諸　字
詩經	三等	否符鄙切(之) 旨開	子即里切(之)、友·有·右云九切(之)、 止開四　　　　　　　　有開三
		敏眉殞切(之) 軫開	止諸市切(之)、謀莫浮切(之)、畝莫厚切(之)、 止開三　　　尤開三　　　厚開一 喜虛里切(之)、史疎士切(之)、耻敕里切(之)、 止開三　　　止開二　　　止開三 怠徒亥切(之)。 海開一
	四等	七·比·妣卑履切(脂) 旨開	伙七四切(脂)、砥職雉切(脂)、矢式視切(脂)、 至開四　　　旨開三　　　旨開三 履力几切(脂)、視承矢切(脂)、涕他禮切(脂)、 旨開三　　　旨開三　　　薺開四 類力遂切(沒)、秭將几切(脂)、醴·禮盧啓切(脂)、 至合三　　　旨開四　　　　薺開四 皆古諧切(脂)、濟子禮切(脂)。 皆開二　　　薺開四
楚辭	三等	鄙方美切(之) 旨開	改古亥切(之)。 海開一
		否符鄙切(之) 旨開	時市之切(之)、疑語其切(之)、娸許其切(之)、 之開三　　　之開三　　　之開三 治直之切(之)、之止而切(之)、斯息移切(之)、 之開三　　　之開三　　　支開四 思息茲切(之)、尤羽求切(之)。 之開四　　　尤開三
	四等	比卑履切(脂) 旨開	至脂利切(質)。 至開三

5.至　韻：

韻文	重　紐　字	其　他　押　韻　諸　字
詩經	三等 潰匹備切(質) 至開	嘒呼惠切(質)、屆古拜切(質)、寐彌二切(沒)、 霽合四　　怪開二　　　至開四 駟息利切(質)。 至開四
楚辭	三等 蒱平祕切(職) 至開	載.再作代切(之)、異羊吏切(職)、識職吏切(職)、 代開一　　　　志開四　　　　志開三 怪古壞切(職)、代徒耐切(職)。 怪合二　　　　代開一
金石文	三等 備平備切(職) 至開	子即里切(之)、嗣似茲切(之)、鐉餘律切(沒)。 止開四　　　　之開四 ❷　　　術合四

6.真　韻：

韻文	重　紐　字	其　他　押　韻　諸　字
詩經	三等 緡武巾切(諄) 眞開	孫思魂切(諄)。 魂合一
	四等 民.泯彌鄰切(眞) 眞開 頻符眞切(眞) 眞開	玄胡涓切(眞)、矜居陵切(眞)、旬詳遵切(眞)、 先合四　　　蒸開三　　　諄合四 填徒年切(眞)、天他前切(眞)、翩芳連切(眞)、 先開四　　　先開四　　　仙開四 燼徐刃切(眞)。 震開四
	姻於眞切(眞) 眞開 禋於眞切(眞) 眞開	人如鄰切(眞)、信息晉切(眞)、典多殄切(眞)、 眞開三　　　震開四　　　銑開四 命眉病切(眞)。 映開三
楚辭	三等 貧符巾切(諄) 眞開	門莫奔切(諄)。 魂合一

	四等	民彌鄰切（眞） 眞開 嬪符眞切（眞） 眞開	
金石文	四等	民彌鄰切（眞） 眞開	令力延切（眞）、天他前切（眞）。 仙開三　　　　先開四

7.軫　韻：

韻文	重　紐　字	其　他　押　韻　諸　字
詩經	三等	閔眉殞切（軫） 軫開	勤巨斤切（軫）。 欣開三

8.質　韻

韻文	重　紐　字	其　他　押　韻　諸　字
詩經	三等	密美畢切（質） 質開	即子力切（質）。 職開四
	四等	䪼卑吉切（質） 質開 一於惡切（質） 質開	結古屑切（質）、七親吉切（質）。 屑開四　　　　　質開四
		珌卑吉切（質） 質開	室式質切（質）。 質開三
		怭毗必切（質） 質開	秩直一切（質）。 質開三

9.獮 韻：

韻文	重 紐 字	其 他 押 韻 諸 字
金石文	四等 沔彌兗切(獮) 獮開	淵烏玄切(眞)。 先合四

10.線 韻：

韻文	重 紐 字	其 他 押 韻 諸 字
詩經	三等 弁皮變切(線) 線開 卷居倦切(元) 線合 悁於緣切(元) 仙合四 ❸	變力卷切(元)、卭古患切(元)、見古電切(元)。 線合三　　諫合二　　霰開四 轉陟兗切(元)、選思兗切(元)、蕑古間切(元)。 獮合三　　獮合四　　山開二
楚辭	四等 便婢面切(元) 線開 娟於緣切(元) 仙合四	嬿彌延切(元)。 線開四 ❹

11.宵 韻：

韻文	重 紐 字	其 他 押 韻 諸 字
詩經	三等 鑣.儦.瀌甫嬌切(宵) 宵開 夭於喬切(宵) 宵開三 苗武瀌切(宵) 宵開三 喬巨嬌切(宵) 宵開三	敖五勞切(宵)、郊古肴切(宵)、驕舉喬切(宵)、 豪開一　　肴開二　　宵開三 朝直遙切(宵)、勞魯刀切(宵)、消相遙切(宵)、 宵開三　　豪開一　　宵開四 號胡刀切(宵)、囂許嬌切(宵)、旄莫袍切(宵)、 豪開一　　宵開三　　豪開一 遙.搖餘招切(宵)、膏古勞切(宵)、麃滂表切(宵)。 宵開四　　豪開一　　小開三
	四等 翹渠遙切(宵) 宵開	搖餘招切(宵)、曉許么切(宵)。 宵開四　　蕭開四

金石文	三等	喬巨嬌切（宵） 宵開	嚻許嬌切（宵）。 宵開三

12.小 韻：

韻文	重　紐　字	其　他　押　韻　諸　字
詩經	四等	摽符少切（宵） 小開	悄親小切（宵）、小私小切（宵）、少書沼切（宵）。 小開四　　　　　小開四　　　　　小開三

13.侵 韻：

韻文	重　紐　字	其　他　押　韻　諸　字
詩經	三等	音於金切（侵） 侵開	心息林切（侵）、金.衿居吟切（侵）、弓居戎切（蒸）、 　侵開四　　　　　　侵開三　　　　　東開三 朕徒登切（蒸）、興虛陵切（蒸）、霒徐林切（侵）、 　登開一　　　　　蒸開三　　　　　侵開四 欽去金切（侵）、琴巨金切（侵）、南那含切（侵）、 　侵開三　　　　　侵開三　　　　　覃開一 僭子念切（侵）、林力尋切（侵）、黮徒感切（侵）、 ts開四　　　　　　侵開三　　　　　感開一 琛丑林切（侵）。 　侵開三

14.緝 韻：

韻文	重　紐　字	其　他　押　韻　諸　字
詩經	三等	邑於汲切（緝） 緝開	驂倉含切（侵）、合胡男切（緝）、軜奴答切（緝）。 　覃開一　　　　　合開一
楚辭	三等	悒於汲切（緝） 緝開	急居立切（緝）。 　緝開三

❶ 「式脂切」,《廣韻》原誤作「式之切」,今據周祖謨《廣韻校勘記》
　正。
❷ 《廣韻》無「嗣」字,《說文》云:「嗣」爲「辭」的異體字,今《廣
　韻》,「辭」讀「似茲切」,此據之。
❸ 「悁」與「卷」押韻,二字均爲重紐字,不過「悁」屬四等,情形屬例
　外。
❹ 「姅」,《廣韻》無,今據《集韻》。

〈附錄二〉

《說文》所載「重紐字」

1.支　韻：

　　三等：陂、詖、碑、羆、皮、疲、郫、糜、麋、靡、縻、奇、騎、
　　　　　魋、犧、義、唉、羛、嫣、虧、撝。

　　四等：卑、稗、箄、裨、鞞、頽、錍、陴、脾、埤、隓、蜱、璽、
　　　　　榊、祇、岐、郊、馶、越、泜、訑、規、鬡、闚、觿、眭。

2.紙　韻：

　　三等：彼、牌、被、罷、靡、跪。

　　四等：俾、鞞、箄、羍、髀、疕、婢、庳、沔、弭、灑、半、敉。

3.寘　韻：

　　三等：賁、詖、襲、帔、髲、被、鞁、寄、倚、餒、羛。

　　四等：臂、譬、避、馶、縊、恚。

4.脂　韻：

　　三等：丕、伾、秠、頣、駓、邳、鮏、逵、夔、馗、戣、騤。

　　四等：紕、毗、比、襧、茈、貔、膍、枇、葵、郅。

5.旨　韻：

　　三等：鄙、否、痞、圮、仳、軌、簋、晷、屦、宄、甌。

　　四等：匕、妣、秕、比、沘、牝、癸。

6.至　韻：

　　三等：祕、毖、閟、轡、泌、駜、柴、濞、瘃、淠、備、蒲、爨、
　　　　　糒、犕、郿、媚、器、塊、愧、魌、匱、饋、鞼、冀、燹。

　　四等：痹、畀、庇、祕、鼻、比、枇、痺、寐、棄、弃、眉、季、

　悸、癛、衁、姃、睢。

7.真　韻：

　三等：彬、份、豳、汃、眥、放、彪、貧、韜、罠、閩、縀、篔、
　　　　旻、揖、忞、鷗、矑、顜。

　四等：賓、頻、嬪、榍、玭、螾、民、闉、因、禋、闉、駰、湮、
　　　　胵、均、鈞。

8.軫　韻：

　三韻：愍、閔、敏。

　四等：頯、黽。

9.質　韻

　三等：筆、弼、密、蓤、乙、劜。

　四等：必、畢、韠、泌、邲、叱、柲、馝、佖、駜、蜜、謐、醯、
　　　　一、壹。

10.祭　韻：

　三等：贄。

　四等：槷、禘。

11.仙　韻：

　三等：嬽。

　四等：嬛、悁。

12.獮　韻：

　三等：辡、辮、免、勉、俛、鮸、辧、冕、圈。

　四等：褊、緬、沔、湎、愐、黽、蜎。

13.線　韻：

　三等：抃、弁、覓、揙、開、昪、眷、捲、卷、祭、希、辪。

　　四等：便、絹、鄄。

14.薛　韻：

　　四等：驚、鼊。

15.宵　韻：

　　三等：鑣、儦、瀌、穮、苗、喬、橋、趫、僑、鐈、鷮、妖、祅、
　　　　　夭。

　　四等：標、猋、杓、幖、熛、翹、蔉、要、葽。

16.小　韻：

　　三等：表、藨、莩。

　　四等：摽。

17.笑　韻：

　　三等：廟。

　　四等：翹。

18.侵　韻：

　　三等：音、陰、瘖、霠、暗。

　　四等：愔。

19.緝　韻：

　　三等：邑、悒、裛、浥。

　　四等：揖、挹。

20.鹽　韻：

　　三等：淹。

　　四等：懕、猒、嬮。

21.琰　韻：

　　三等：奄、郁、闍、掩。

四等：驖、頓。

22.葉　韻：

三等：裛。

重紐爲古音殘留說

竺家寧

壹、前　言

　　重紐現象出現在"支、脂、眞、諄、祭、仙、宵、侵、鹽"各韻，及其相配的上去入聲中。並且只出現在上述各韻之唇牙喉音中。我們依慣例，把重紐三等叫作"B類"，重紐四等叫"A類"。

　　A類字包含放在四等位置上的唇牙喉音和三等的舌齒音，共爲一類；B類字包含放在三等的唇牙喉音，獨成一類。

　　我們認爲，重紐A、B類的區別代表了中古實際語音上的區別，而不僅是上古韻部來源的不同。中古的等韻圖是爲分析語音而設計的，在等韻圖中，重紐三、四等清清楚楚的分開排列。我們不能說那是爲了反映上古來源的不同，因爲上古語音的界限，不只存在於重紐三、四等之間，爲什麼設計韻圖的人只分別重紐三、四等？而且中古的學者並不具備上古韻部的知識，又如何去"反映"上古的區別？此外，周法高先生〈隋唐五代宋初重紐反切研究〉一文考察了陸德明《經典釋文》（六世紀末），顏師古《漢書音義》（七世紀中葉）、玄應《一切經音義》（七世紀中葉）、慧琳《一切經音義》（八世紀

末葉）、朱翱《說文繫傳》反切（十世紀末葉）、《集韻》（十一世紀初葉）等有關重紐的資料，Ａ、Ｂ類都是有分別的❶。所有的材料都反映了同樣的現象，必定是有實際語音上的根據的。

這種語音上的區別不但存在於中古，還部分殘留在近代和現代的語料中。例如平山久雄先生曾考訂唇音重紐仍反映在元代《中原音韻》齊微韻裏❷；拙著〈韻會重紐現象研究〉，也發現元代熊忠的《古今韻會舉要》還能區別部分重紐❸。現代韓國語、越南語漢字借音，也都能分別重紐語音。過去認爲現代方言中已不能區別重紐兩類念法，然而平山久雄先生指出現代北京語裏也能看到止攝唇音重紐區別的跡象❹。麥耘〈論重紐及切韻的介音系統〉也提到在閩方言中還保留著一些重紐的對立❺。因此，中古重紐的區別也應不只是形式上的區別而已。

---

❶　見周法高〈隋唐五代宋初重紐反切研究〉第 107 頁，《中央研究院第二屆國際漢學會議論文集》，78 年 6 月，台北。

❷　見平山久雄〈中古唇音重紐在中原音韻齊微韻裏的反映〉。

❸　見竺家寧〈韻會重紐現象研究〉，《漢學研究》第五卷第二期，311 頁－327 頁。76 年 12 月。

❹　見同註二，第 33 頁。

❺　見麥耘〈論重紐及切韻的介音系統〉，《語言研究》1992 年第 2 期，第 131 頁。歐陽國泰〈原本玉篇的重紐〉指出閩南話重紐的區別如下：

B類：皮 p'e　被 p'e　糜 be　　A類：脾 p'i　婢 pi　彌 mi

B類：否 p'ai　眉 bai　　　　　A類：牝 pi　寐 bi

B類：免 mian　勉 mian　　　　A類：澠 min　面 bin

B類：閩 ban　密 bat　　　　　A類：民 bin　蜜 bit

貳、論中古重紐的區別

向來討論重紐語音區別的學者，有下列幾派意見：

1.區別在主要元音。董同龢、周法高早期、 Paul Nagal 等主張此説。

2.區別在介音。李榮、浦立本、龍宇純等主張此説。

3.區別在聲母和介音。王靜如、陸志韋主張此説。

4.重紐有語音上的差別，但未説出區別何在。如陳澧、周祖謨。

5.重紐沒有語音上的差別。章太炎、黃侃主張此説。

6.區別在聲母。三根谷徹、平山久雄、周法高、李新魁主張此説。

其中第 4 、 5 個主張可以先排除。第一個主張的立足點也逐漸受到質疑。因爲近年的研究，顯現了 A 、 B 類的區別，在反切上主要是不互用作反切上字。若上字爲 A 類則被切字亦 A 類，若上字爲 B 類則被切字亦 B 類。例如：慧琳反切中，A 切 A （指 A 類字用作 A 類字的反切上字者，下同）或 B 切 B 的情形有 2124 次，而 A 切 B，B 切 A 只有 23 次，前者高達 99%❻。南唐朱翱反切中，A 切 A 或 B 切 B 的情形有 387 次，而 A 切 B，B 切 A 的只有 15 次，前者高達 96.3%❼。陸德明《經典釋文》 255 條喉牙音反切中，A 、 B 類混用

---

❻ 見謝美齡〈慧琳反切中的重紐問題〉， 89-90 頁，《大陸雜誌》第 81 卷 2 期。

❼ 見張慧美〈朱翱反切中的重紐問題〉 161 頁，《大陸雜誌》第 76 卷 4 期。

的只有一條，顏師古《漢書音義》中的重紐 A 、 B 類完全分用，沒有例外，玄應《一切經音義》 B 切 B 共 65 次，無一例外， A 切 A 的例外只有"一"字爲 A 類，有時作 B 類的反切上字❽。從這些跡象看，似乎重紐的區別是在聲母上。

日本學者三根谷徹正是用聲母來區別 A 、 B 類。認爲 A 類的唇牙喉音聲母是顎化的（用介音 j 表示）， B 類則否。介音和主要元音的差別，包含在聲母之中。

這個看法似乎影響很大。但是其中的細節仍然有欠明朗。比如唇音 [pj]、[p'j] 等的顎化是個怎樣的狀態，能否在現代方言找到這種具有對立性的區別？牙喉音 [kj]、[k'j] 等的顎化又是個怎樣的狀態？它和章系字（一般擬爲舌面前音，也是顎化聲母）又如何分別？因此，我們認爲"顎化說"仍不是個最好的解決辦法。

從介音 [i]、[j] 上動腦筋，來區別重紐，也不是好辦法，因爲慧琳音義、朱翱反切中，三、四等韻合併的現象非常顯著，例如"仙先"、"清青"、"鹽添"等❾。而且，在反切下字的系聯上，《廣韻》重紐兩類能分開的比例不到 40%，慧琳反切甚至不及 30%❿。系聯的分類是包含介音因素的，不能依系聯分清楚，也就不能說 A 、 B 類是介音之異。

重紐語音的探究就這樣顯示出了遊移性和不定性。三根谷徹既以聲母爲 A 、 B 類的區別所在，又云："且介音及主母音的差，則有可

---

❽　見同註一，第 88-98 。

❾　見同註七， 162 頁。

❿　見同註六， 91 頁。

能被包含在頭子音音素的差之中"❶。平山久雄云：

> 我推測中古重紐的區別在語音上同時表現爲聲母的顎化（Ａ
> 類）、不顎化（或弱顎化，Ｂ類），及介音的高（或偏前，Ａ
> 類）、低（或偏央，Ｂ類）的不同上，當然主要元音也有高低
> （或前後）的不同❷。

　　由三根與平山的説法，似乎Ａ、Ｂ類的區別既在聲母，又在介音
和主元音，且連用"或"的措詞，於是，我們的理解就成了"反正就
是語音上有區別就是了"。

　　我們不妨從根本處來想想這個問題。如果中古音裏，重紐兩類的
區別在介音或主元音，那麼反切就應該清楚的分別出來，等韻圖也應
該有專用一格來安置；如果區別在聲母，固然反切可以看出界限，然
而等韻圖既是精細的語音圖表，爲什麼Ａ、Ｂ類卻安置在同一直行
裏？因此，重紐的區別很可能是一種較爲特殊的東西，它不是中古語
音框架容易安插的成分，也不是反切易於表現的一種成分。這會是怎
樣的一種成分呢？讓我們一一找出它的蹤跡，揭露它的眞象。

參、重紐三等常和 l、r 音接觸

　　我們發現重紐的兩類字中，Ｂ類字經常和舌尖流音[l]、[r]接

---

❶　見同註六，92頁。
❷　見同註二，34頁。

觸。例如：

支　韻

皮，《玉篇》：膚，皮也。皮屬歌部並母，膚屬魚部幫母，二字爲同
　　源詞。膚字與“虜、盧”（來母）諧聲。

爢，靡爲切，音同“糜”。《廣韻》云“爢爛”，《說文》同。《孟
　　子》作“糜爛其民而戰之”。此爲聯綿詞。

羈，《廣韻》：馬絡（鐸部來母）也。羈字屬歌部見母，與絡爲同源
　　詞。

掎，《廣韻》：掎，角。而“角”字古讀[kl-]。

鶃，《廣韻》注爲“餘”（音余，古讀 r-），鳥名。

踦，《公羊》：相與踦閭而語。“踦閭”爲聯綿詞。

綺，漢四皓有“綺里季”。

漪，影母字，“漣漪”連文。吳都賦：“彫啄蔓藻，刷盪漪瀾。”
　　“漪瀾”又連文。

錡，群母，《廣韻》：三足釜，一曰“蘭錡”。

迻，影母。“迻池（古讀 r-）”爲聯綿詞。

倠，《廣韻》：戾也。上林賦：連卷欐佹。注：支重累也。

脂　韻

丕，《廣韻》：大也。閩南語“大”曰[puli]。

狉，《廣韻》：貍子。

隸，《廣韻》見至韻虛器切，《韻鏡》、《七音略》皆在脂韻喉音曉
　　母下。從“隸（l-）”聲。

逨，與"陸（l-）"諧聲。

匱，求位切。與"遺"（r-）諧聲。

鄙，《廣韻》：陋也，又邊也。

魅，《廣韻》：魑魅。魑與離同聲符。

冀，從"異（r-）聲"。

覬，覬覦（r-）。

仳，"仳離"爲聯綿詞。

砒，《廣韻》：幣裂（l-）也。（也有"仳離"之義）。

岐，《廣韻》：器破裂（l-）而未離，南楚之間謂之"岐"。

眞諄韻

彬，從林（l-）。然《說文》認爲"從焚省聲"。

筆，從聿（r-）。《爾雅》：不律謂之筆。

噾，於巾切。鼓聲。《廣韻》冬韻有"䃂"力冬切，鼓聲。同爲鼓聲，卻有影母與來母之別。

汃，府巾切，。從八聲。《廣韻》：西方極遠之國。"八"藏語*b-r-gyat帶r成分。

鈴，巨巾切，又力丁切。

崘，去倫切。《廣韻》：嶙（l-）崘，山相連（l-）貌。

憫，眉殞切。《廣韻》：憐也。"憫、憐"二字爲同源詞。

狋，魚覲切。《說文》：犬張齗怒也，從犬來聲。段氏無法解說"來聲"（l-），故改爲"犬來會意"。

祭 韻

猰，呼吷切。《廣韻》見祭韻韻末，反切下字"吷"借廢韻字。《韻
　　鏡》置重紐三等。與"錄祿碌"同聲符。

仙　韻

愆，從"衍"（r-）聲。
卷，《經典釋文.儀禮音義》：居晚反，又力轉反。
眷，與"戀"（l-）爲同源詞。
變，與"戀、蠻"（l-）同聲符。
扒，聲符"八"藏語帶 r-聲。

宵　韻

驕，《廣韻》：嘹（l-）驕，長貌。

肆、重紐三、四等語音的擬測

　　我們都知道上古音裏有大量的複聲母存在，正如今天的許多同族
語言一樣。這些複聲母到東漢還保存了不少。例如包擬古《釋名研
究》❸就論證了大量帶 l 複聲母的例子。另外，柯蔚南《說文讀若聲
母考》❹也發現了東漢舌音和 l 的接觸十分密切。可知東漢時代仍存
在著大量帶 l 的複聲母，特別是 KL-型的複聲母。我們相信在所有型

---

❸　參考竺家寧譯〈釋名複聲母研究〉，《中國學術年刊》第三期， 68 年
　　6 月。
❹　見 1978 年第 6 期《中國語言學報》（ JCL ）。

式的複聲母中，帶 l 的一類是殘存最久，最後消失的。因此，近世學者如高本漢、林語堂首先探索複聲母時，材料最豐，最易於視察，證據最顯著的，就是 KL-類複聲母。那麼，這些帶 l 的複聲母什麼時候才完全消失呢？從語音的歷史看，東漢還大量存在的帶 l 型複聲母不可能到了六朝就突然消失得乾乾淨淨，合理的推測，應該還有部分保留下來，甚至在某些方言裏殘存至唐代。六朝是反切大盛的時代，唐代是等韻圖萌芽的時代。因此，反切和等韻圖應當反映了這種語音殘留現象。

然而，反切拼音法是不適合拼寫複聲母的，造反切的人碰到了這種麻煩的聲母，會有不知如何呈現的苦惱。例如 g'lje 和 g'je ，可能就分別用了"渠羈切"和"巨支切"來表達。因爲發聲都是群母 g' ，自然反切上字要選"渠"或"巨"，韻母都是支韻開口，自然反切下字得選"支"或"羈"。可是它們事實上又不完全同音，因而不能歸併在同一個反切之下。就這樣，重紐反切就出現了。這是反切拼音法面對複聲母時的無奈。

現藏巴黎的唐寫本敦煌卷子 p2012 號收有"四等輕重例"，已是韻圖的初型，可知等韻之學唐代已萌芽。唐代語音也許複聲母基本上已經消失，可是卻很可能殘存在某些方言裏。製作韻圖的人把字填入圖表時，必定參考了反切，當遇到重紐反切時，那些精於辨音的沙門必定會在當時的活語言中找出這些重紐的區別，把它分置在三等和四等的脣牙喉音位置上。於是這樣設計好的韻圖就一直留傳了下來。宋元韻圖也延襲了這樣的舊制。

因此，我們可以假設：重紐 B 類是一群帶 l 複聲母的字，而重紐 A 類則是相應的不帶 l 的一群字。它們是 CljV(C) 和 CjV(C)的區

別。

伍、各方面的證據

可以分別從不同的方向來看這個問題。

第一，我們面對重紐現象時，不免要問：爲什麼重紐只出現在唇、牙、喉音之中？現在可以作這樣的解釋：因爲它反映 PL-（唇音）和 KL-（牙喉音）兩種類型的複聲母。這正是帶 l 複聲母的主要兩種型式。爲什麼舌、齒音沒有重紐？因爲 TSL-型複聲母消失較早，東漢時代已不易找到其蹤跡。而 TL-型複聲母，有些古音學者認爲並不存在於上古漢語。潘悟云的研究曾指出這點❶。李壬癸也指出，有些語言有 kl，pl，卻沒有 tl ❶。如果上古只有 KL-與 PL-兩種帶 l 的複聲母，當然後來的重紐只出現在唇牙喉音中了。

第二，牙喉音和來母的接觸是歷來研究複聲母的學者討論最多的，因爲材料反映的最明確，表示它是很晚才消失的一類複聲母。極有可能在反切的時代還存在於部分方言裏。

第三，朝鮮語中保留了重紐 A 、 B 類的區別。值得注意的是 B 類字往往在聲母和主元音間多了一個舌面後展唇高元音 ɯ：

---

❶　見潘悟云〈漢藏語歷史比較中的幾個聲母問題〉，《語言研究集刊》第一期，1987 年。

❶　見竺家寧〈評劉又辛複聲母說質疑兼論嚴學宭的複聲母系統〉第 71 頁，註四，台灣師大《國文學報》第 16 期，76 年 6 月。

三等　寄 kɯi　　器 kɯi　　巾 kɯn
四等　企 ki　　　棄 ki　　　緊 kin

　　這種多出來的音位，很可能是早先某個音位的殘留。例如 kli/ki 的對立，轉化爲 kmi/ki 的對立。

　　第四，反映在《中原音韻》的重紐字，也有上述類似的現象：（見齊微韻）❼

三等　筆（入作上）pei　密（入作去）mei
四等　必（入作上）pi　　蜜（入作去）mi

　　放在三等的（B類），聲母後面多了一個殘留的成分，而放在四等的（A類）卻正好沒有，這和 plj/pj 的對立是吻合的。聲母後多出的成分可解釋爲 l 的殘留。

　　第五，無獨有偶的，是上述現象也出現在《韻會》重紐中。❽

三等　寄 kei　　嬀 kuei　　虧 k'uei　　綺 k'ei
四等　祇 ki　　　規 kui　　　闚 k'ui　　　企 k'i

三等　跪 kuei　　軌 kuei　　器 k'ei　　媿 kuei
四等　跬 kui　　　癸 kui　　　棄 k'i　　　季 kui

---

❼　見同註二。
❽　見同註三。

三等 匱g'uei 淹 iem 奄 iem 俺 iem

四等 悸g'ui 壓 im 厴 im 厭 im

上表中凡三等（ B 類）的，都比相應的四等（ A 類）多出一音位。除上述牙喉音的例子外，《韻會》支脂韻的唇音字也分爲兩組：B 類-uei，A 類-ei；眞諄韻的入聲唇音字分爲：B 類-ue，A 類-i （二者末皆帶喉塞音）。也一樣在 B 類中多出一個音位，這是中間的 l 消失後的抵補音位。

第六，閩南語中，B 類"免" mian ，"勉" mian ；A 類"滅" min ，"面" bin 的情況也正好和上面的材料平行。眾多材料的一致性顯示並非偶然。

第七，前述慧琳反切、朱翱反切、陸德明反切、顏師古反切、玄應反切都呈現反切上字若爲 A 類則被切字亦 A 類，反切上字若爲 B 類則被切字亦 B 類的現象，說明重紐 A 、 B 類的界限在聲母。那麼，在聲母方面有什麼音值上的差異能讓反切製作者和等韻圖設計者感到困惑難以處理呢？應該不是顎化與不顎化的問題，這樣的差異他們應該有完全的能力加以辨析，並清楚的分開，只有一種結構上迥然不同的成分夾在聲母當中，才有可能產生"重紐"反切和韻圖上把唇牙喉音字由三等侵入四等這種怪異的措施。

第八，慧琳反切及《切韻》反切中，都表現了來母與知系、莊系字同重紐 B 類較爲密切；而其餘的則同重紐 A 類字較爲接近❶。這又是什麼緣故呢？

---

❶ 見同註六，第 93 頁。

在慧琳反切裏，重紐 AB 類字用舌齒音作反切下字的情況是：

	來母	端系	知系	莊系	精系	章系
A 類	15	4	4	2	25	58
B 類	156	0	18	0	4	8

爲什麼 B 類喜歡用來母字作反切下字呢？如果我們的假定，B 類本來就在聲母後帶個 l，這就沒什麼奇怪了。反切上字表聲母，反切下字的聲母正好接著順序，表達聲母後的 l 成分。

《切韻》（王三）重紐 AB 類字用舌齒音作反切下字的情況是：

	來母	知系	莊系	精系	章系
A 類	15	4	0	18	32
B 類	31	12	0	2	8

這裏也顯示了 B 類用來母作反切下字的比率超過 A 類兩倍。

另外，原本《玉篇》中，重紐三等字多以“知、莊系”字爲切語下字，重紐四等則多以“精、章系”字爲切語下字[20]。統計如下：

	知、莊系	精、章系
A 類	1	23
B 類	11	7
總計	12	30

---

[20] 見歐陽國泰〈原本玉篇的重紐〉，《語言研究》1987 年第 2 期。

《萬象名義》這點表現尤為突出，統計如下：❷

	知、莊系	精、章系
A 類	0	69
B 類	18	6
總計	18	75

又歐陽國泰統計《切韻》的情況如下：

	知、莊系	精、章系
A 類	3	46
B 類	7	11
總計	10	57

　　歐陽國泰又舉出《切韻》（王三）重紐韻中，莊系字凡是以唇牙喉音為反切下字的，全都用 B 類字。

　　這些現象代表了什麼意義呢？根據李方桂先生的上古音研究，知莊系字和精章系字的不同，正好是前者帶 r 介音，而後者則否。這一點再次證明了我們的假設，B 類之所以和知莊系字密切，是因為知莊系字有一個流音成分的緣故。正和 B 類字所帶的流音 l 近似。

　　第九，據俞敏〈等韻溯源〉、施向東〈玄奘譯著中的梵漢對音和

---

❷　見周祖謨〈萬象名義中之原本玉篇音系〉，《問學集》 207-404 頁。《萬象名義》為日僧空海據《玉篇》所作（774-835 年）。

唐初中原方音〉、劉廣和〈試論唐代長安音重紐〉，唐代譯經家用 A
類字譯梵文輔音和元音之間帶前顎音 y(j)的音節，而用 B 類字譯帶
顎舌音 r 的音節❷。例如玄奘用"吉"譯 ki，用"姞"譯 grid，
慧琳用 B 類的"乙"譯 ri 。而對音中 B 類字所譯之梵文帶 r 的音
節，都是同時帶 i 或 y 的。

這個現象更爲重紐 B 類爲 Clj-，提供了很好的證明。

陸、本文論點與"重紐三等有-rj-介音說"的比較

本文的看法和許多學者的研究有不謀而合之處。蒲立本在" The
consonantal system of Old Chinese "(1962)中提出重紐
三等有-rj-介音的說法。俞敏 1984 年〈等韻溯源〉❸對於重紐，有
這樣的擬音：

三等　筆 prid　密 mrid　暨 krid　乙 ʔrid　颰 ɤrid
四等　必 pyid　蜜 myid　吉 kyid　一 ʔyid　逸 yid

他也認爲重紐三等有介音-ri-。他主要的依據是梵漢對音。此
外，鄭張尚芳 1987 年〈上古韻母系統和四等介音聲調的發源問題〉

---

❷　見麥耘〈論重紐及切韻的介音系統〉第 120 頁，《語言研究》 1992 年
　　2 期。
❸　見《音韻學研究》第一輯，1984 。

㉔由漢藏比較得到的材料，也證明重紐三等帶有 r 介音。龔煌城〈從漢藏語的比較看重紐問題〉(1995)也提出相同的見解，他舉出的藏文例證如：

三等　几 khri　飢 bkres　耆 bgre　密 brid　別 sbrad

四等　妣 phyi-mo　髀 dpyi　昇 sbyin　吉 skyid

　　　貔 dbyi

三等 B 類都帶個-r-介音。

上述的論點和本文三等重紐字帶 l 的看法可以互相印證。但是也有一些解釋上的不同。

第一，帶-rj-介音說認為到了隋唐普遍存在著複聲母，本文則認為重紐只代表方言的語音殘留現象。基本上，隋唐應該已經不存在複聲母。

第二，既是-rj-與-j-兩種語音的對立，反切不可能表現不出來，而不致產生"聲母同類"，"下字又可以系聯"的局面。所以這種重紐區別應是特殊現象，而非普遍現象。

第三，重紐三等中的流音成分應是[l]，而不是[r]。因為上面的討論中，重紐三等和來母[l]的接觸較多，而慧琳反切及《切韻》反切都是 B 類字喜歡用來母字作反切下字。

第四，從漢語已知的材料中觀察，[l]比[r]更具穩定性，因此 Kl-要比 Kr-容易保存下來。

㉔　見《溫州師院學報：社科版》，1987.4。

　　第五，由中古語音系統的描寫上來説，多了一些 Kr-、 Pr-的結構，在體系上很不容易處理。而本文所論的[Cl-]是在中古音系之外的方言殘留，不影響整個系統的建構與描寫。

柒、結　論

　　重紐語音上的區別，經歷多年來學者們不斷的深入探究，從各個不同的角度進行思考，發現的事實愈來愈多，綜合這些事實，我們逐漸能理出一條思考的道路。本文由“上古複聲母的遺留”立論，爲重紐 A、B 類字提出一套新的解釋。認爲韻圖放在“支脂眞諄祭仙宵侵鹽”諸韻三等唇牙喉音位置上的那些字，是聲母後面帶有 l 成分的字。相對應的四等位上的字則不帶 l 成分。

　　音韻史的研究證明東漢有大量的 Cl-複聲母，那麼它一定不會在六朝隋唐就消失的乾乾淨淨。反切的重紐現象正是企圖反映這類語音結構較爲特殊的字，使得反切上、下字都看起來屬於同類，卻實際上又不同音。因爲這個 l 成分既不是起首輔音（用反切上字表示），又不是韻母（用反切下字表示），重紐反切就這樣形成了。唐代的韻圖依據反切和當時還殘留於方言中的 Cl-型複聲母，把這些字在三等和四等位置上分開排列。

　　本文提出了這樣的問題，並一一尋求答案：爲什麼 B 類字總和 l、r 接觸？爲什麼重紐只出現在唇牙喉音中？爲什麼朝鮮語、閩南語、《中原音韻》、《韻會》中的 A、B 類對立，總是 B 類在聲母後多一音素？爲什麼慧琳、朱翱、陸德明、顏師古、玄應等資料中總是上字爲 A 則切 A，上字爲 B 則切 B？爲什麼 B 類字經常用來母字

作反切下字？爲什麼 B 類字經常用知莊系字作反切下字？爲什麼 B 類字總是對譯梵文帶 r 的音？

　　本文雖然提出了多項證據，然而一定還存在著不足之處，有待再作深入的探索，例如我們是否能更進一步由文獻資料中找出六朝隋唐之間存在 Cl-聲母的例證。任何學術理論都需要由不同角度實事求是的共同來探索，才能逐漸眞正的揭發其中蘊藏的奧秘，困擾音韻學界多年的重紐問題也不例外，因而筆者大膽的作了這樣的嘗試，希望專家同道給予指教。

重紐研究與聲韻學方法論的開展

姚榮松

一、中古音材料中的兩大問題

　　漢語音韻研究的開展，從一開始就循著十分素樸的科學方法在前進，它不外乎分析與歸納，清代中葉以前，歸納古韻文、古諧聲、古假借、古異文、古聲訓的材料，得到古韻或古聲的大類，用的是系聯法，大類中有細類、有正類、有變類、有異類。又爲了和今音（切韻）取得聯繫，開始離析唐韻以溯其異源，這用的是離析法。"離析法"也可泛稱一切類例的分析，如孔廣森的「詩聲分例」，多至二十七種韻例，一百多種句式，句式的多樣性是從異質性儘量"歸納"的結果，韻例的多樣則是分析方法細於前人之結果，可見"歸納"與"分析"是交互爲用，是方法學中的兩個平衡球。

　　清儒在"上古"韻部與聲類（一般而言古聲紐研究的成果不如古韻部遠甚）的研究達到一個高峰之後，轉而研究聲韻學的另一端——"中古"的聲類與韻類，我們不能不指出陳澧"切韻考"在方法論上的建樹，遠遠超過顧炎武之於古韻學的發明，理由很簡單，陳澧(1810-1882)所處時代較顧氏(1613-1682)約晚二百年，他處在一

個近代科學方法論的形成時代，對語言系統的理解，推理演繹方法的濡染，在在都可以從同時代學者卓越的著作中受到啓發，所以他面對音韻史上最有實證價值的切韻材料的集成《廣韻》，便要建立一個基本的分析公式（陳氏名爲“分析條例”），那就是：

> 廣韻同音之字不分兩切語。其兩切語下字同類者，上字必不同類。……上字同類者，下字必不同類。

　　這條公式是《切韻考》建立廣韻聲韻類的基本依據，也是最科學的建樹，假如沒有這條公理，至今我們仍相信中古音只有三十六字母或者更早的守溫三十字母；假如沒有這條公理，我們也不可能認識到《韻鏡》上的四等和廣韻反切的內在關聯，當然更不可能有“重紐”的發現。

　　不過平心而論，當學者依循陳氏用簡單的“雙聲疊韻”的反切邏輯建立起來的中古聲韻類系聯時，卻同時發現陳氏自創條例又不守條例的情形很多，例如在利用“又音又切”歸併聲類時，陳氏並沒有想徹底檢查這個“補充條例”的適用範圍，否則他會把廣韻的聲類最多定爲 33 個，因爲 40 類中的輕重唇、舌頭舌上，廣韻的又切支持他們合併爲一套。同樣，一些學者很快就從等韻圖中取得一些數據，顯示中古舌齒音中都有某一聲類中的某些反切上字，祗在三等性韻母前出現，這種獨用傾向，顯示“反切”再也不是「上字只管雙聲，不管韻母的洪細」的簡易規則，當我們面對廣韻反切材料中的唇音字系聯問題和重紐的兩類在韻圖上不規則地與舌齒音或來日母時而爲類、時而不同類的情形，我們才開始覺察到陳澧在一百多年前所確立的“科

學準則"，必須重新修定，也可能遭到全面揚棄的危機。

中古材料（反切與韻圖）中的唇音字反切下字開合口的混用現象與某些三等韻類的唇、牙、喉音同時出現了兩套聲韻同類的三、四等對立字，這兩大問題，決定了中古音的性質與反切下字分類的多寡，在在挑戰了陳澧上列的基本公理的眞確性，也爲漢語音韻研究方法開啓了一個百花齊放的新紀元。這種方法論的開展，可以重紐問題的研究進程作爲一個模組，本文即想利用這一模組，說明各種方法論之間的關聯。

二、重紐問題之形成

重紐問題的內涵首先表現在其定義的糢糊性，顧名思義，重紐即重出的聲母（紐）。反切聲類的建立是分析語料中音節結構的最小對比而成，反切的基本模式又是二分法，「切語之法，以二字爲一字之音，上字與所切之字雙聲，下字與所切之字疊韻」，依此模式，天下不歸楊即歸墨，音韻結構中的 CMVE/T （首輔音，介音，主要元音，韻尾/聲調）必須以簡單的二分法切分爲 C/MVET 或 CM/VET 。所以當兩個反切結構的第二成分相同時，其第一成分（起首輔音）必須不同，尤其收在同一個韻類中，重出的聲紐意謂著同音，兩個反切應該合併。這種鬧雙包的反切，爲什麼要賦予重紐的名稱？因爲它是從等韻圖中呈現的，等韻圖是"韻本位"的語音分析表。在等韻學裡，四個等的格局（或框框）是不能打破的，相反地，聲紐卻可以被草率地擠在一塊，《韻鏡》用二十六行來安插三十六字母或四十一聲類，其實是一種削足適履的作法，最不堪的是齒音精莊照三系共十四個聲母

（或加"俟"類為十五個），對於一個複雜的三等韻類，就算這十四個聲母不同時出現，卻總得區別出三類，《韻鏡》費盡力氣，上下求索，以補位的方式，遂行了"借位法"，最後連韻類的安排也鬧出雙包，即是支脂真諄祭仙宵侵鹽等韻的同一韻類下，在唇牙喉音下也都有兩兩重出的反切，三等排不下，只好一類暫居四等，已經在"等"上做了分別，只好說它們"紐"沒有分別，這就叫重紐。既然可以在"等"上有分別的處置，而且兩類不可易位，就應該是"韻母"的不同，這是"重紐"這個名義所透露的消息。

有些重紐韻的韻類，可以清楚地系聯為截然不同的兩類，這是典型的重紐，例如全王和廣韻相同的典型重紐祇有：紙開、紙合、祭合、獮合、震合、侵、鹽等六類，以紙開為例：

	二等位 (C)	《重三類》 (B)	《三等本位》 (C)	《重四類》 (A) 四等位
唇音		彼B甫〔委〕 破B匹靡 被B皮彼 靡B文彼		俾A并弭 諀A匹婢 婢A便俾 泯A綿婢
舌音			撱　陁侈 褫　敕豸 豸　池爾 狔　女氏	
牙音		掎B居綺 綺B墟彼 技B渠綺 螘B魚倚		枳　居帋 (C) 企A丘弭

齒音	批　側氏 ○ ○ 躧所綺(B)		紙　諸氏 侈　尺氏 絁　神帋 弛　施是 是　承紙	紫　將此 此　雌氏 ○ 徙　斯氏
喉音		倚B於綺 螘B興倚		酏　移爾(C)
舌音			邐　力紙 爾　兒氏	

圖見於《韻鏡》第四轉（止攝內轉第四開），我們依照反切下字系聯，排成四列，其實是三類反切下字，它們是：

A) 婢俾弭

B) 靡彼綺倚〔委〕

C) 氏紙帋是侈多爾

為了照顧前人對重紐韻類的分類，我們把重紐擺在四等的仍稱為A，改名《重四類》，放在三等稱為B，改名為《重三類》，至於其他非唇牙喉的三等字，或居二等位，或居四等位，都屬C類，但是卻有兩個反切值得注意，一個是莊系字借位在二等的反切下字，半歸C（批，側氏切），半歸B（躧，所綺切），同樣牙音見、溪兩組重紐，借到四等的"枳"（居帋）歸C，企（丘弭）則歸A，也是各居一半。其中"枳"字在廣韻紙韻之末，切三、王二、王三、全王並無

此字，爲增加字無疑。至於莊系的批、躐則諸本具全。這就令我們對於重紐韻的莊系字的歸類感到疑惑，學者開始思考，唇牙喉音以外的舌音、齒音及來日喻，究竟是靠近 A 類呢？還是 B 類呢？平聲五支韻傳達了莊系字的信息，它是屬於 B 類、不但如此，上述的 C 類都與 A 類系聯，應該稱「典型的重紐類型」出現了，那就是"重三類(B)"基本上是獨立的，頂多莊系字向他靠攏。試看同一圖的平聲：

	二等借位(B)	重三類(B)	三等本位(A)	重四類(A)與四等借位(A)
唇音		陂　彼〔爲〕 鈹　敷羈 皮　符羈 靡　糜〔爲〕		卑　府移 坡　匹支 陴　符支 彌　武移
舌音			知　陟離 摛　丑知 馳　直離	
牙音		羈　居宜 敧　去奇 奇　渠羈 宜　魚羈		祇　巨支
齒音	齜　側宜 差　楚宜 釃　士宜 釃　所宜		支　章移 眵　叱支 纙　式支 提　是支	訾　即移 雌　此移 疵　疾移 斯　息移
喉音		犧　許羈	漪　於離	詫　香支 移　弋支
舌音			離　呂支 兒　汝移	

　　支韻開口所表現的典型是（１）三等本位的舌齒音及來日喻四和重四類完全系聯爲一類。因爲是和本位的舌齒音（或稱爲主流派）沆瀣一氣的關係，所以就命名爲 A 類。重三類則以唇牙喉音三等字爲主，因爲勢力較單薄（也有莊二借位字來歸），所以就稱爲 B 類。二等借位的莊系字和它系聯，卻值得注意。另外喉音影母三等的"漪"，因沒有對立的重紐，所以歸 A 不歸 B，曉母的"犧"因爲是重三類，所以是 B 類。涇渭分明，可謂典型。美中不足的是脣音的彼糜二字既然韻圖歸在開口圖，就不該用合口的"爲"字爲下字，這是屬於前述"脣音字開合混淆"的例子。

　　合乎這種典型的重紐類型的韻類究竟有多少呢？就《廣韻》的切語而言，完全相同的例子幾乎沒有，重三類（ B ）有獨立傾向者僅有支開、紙開、至合、眞開、準合、質合、仙開、仙合、線開、宵開、侵開、寢開（？）、琰開等十三個而已。其餘或 AB 根本系聯爲一類（如：實開、支合、紙合、脂合、旨合、祭開、軫開、祭合、諄合、術合、薛開、獮合、線合（？）、薛合、沁合、緝開、鹽開，葉開等，只能按"分析條例"強迫重三類與重四類分爲兩類，但卻不是眞正系聯可以分開，丁邦新先生(1995)《重紐的介音差異》一文即指出：「反切下字只顯示重紐的大體趨向，細細分析則問題重重，檢看李榮(1956)據全王所作的「單音字表」以及董同龢先生(1948)系聯全王的反切下字都顯示相同的結果。這一點必須特別留意，不能截然分開代表某一種意義。」

　　在提出重紐的音韻解釋之前，應該理出重紐的類型，至少確定音韻解釋的對象，否則便是一團糊塗帳，既然多數的重紐韻類經不起細細分析，就更體現了問題的盤根錯結，例如支合的下字「爲垂危吹隨

隋規」本可系聯爲一類，陳氏卻據"虧去爲切"與"闚去隨切"、
"嬀居爲切"與"觖居隋切"、"麾許爲切"與"陸許規切"，三組
重紐將"規隋隨"獨立爲一類，而無視於"隨旬爲切"是系聯的，分
析條例和基本條例既然矛盾，就顯示切韻材料本身的非同質性，重紐
問題的形成首先就表現在名稱下沒有一個共通定義，如果捨切語系聯
完全看韻圖表現，人們又邊惑於"三等唇牙喉音字"（即重三字）並
非都能自外於同等的舌齒音或半舌半齒，例如震開的牙音敱去刃切，
僅渠遴切，即用日來的"刃遴"爲切，與舌、齒音多用"刃"無別。
（舌音：鎭陟刃，齒音：震章刃）。獵合、線合、緝開、鹽開、葉合
等皆爲此類型。顯然它們與典型的"重三類"是有區別的。

三、重紐的語音區別

　　在上一節重紐問題的形成期，著眼的重點在於檢驗《韻鏡》處置
重紐字和反切系聯的關係，並觀察"重三類(B)與"重四類"(A)與
舌齒音的關聯，得到的結論有三派：

　　1.董同龢(1945)認爲重紐四等和舌齒音是一類，重紐三等自成
一類。（這只適用於上述的"典型重紐"韻）。

　　2.陸志韋(1947)認爲重紐三等和知系、來母、照二是一類；重
紐四等則和精系、照三是一類。（這是一部分"非典型重紐"的現
象）。

　　3.龍宇純(1970)，邵榮汾(1982)則認爲重紐三等和舌齒音是一
類，重紐四等是單獨的一類。（就廣韻而言，這一類型更稀罕，如：
紙開（重四類有俾并弭切、諀匹婢切、婢便俾切、渳綿婢切；〔枳居

唏切〕企丘弭切、質開（重四類有：必卑吉切、匹譬吉切、邲毗必切、蜜彌畢切；吉居質切、詰去吉切〔一於悉切〕、欯許吉切），其中〔　〕內反切仍有齒音字。

同樣的切韻材料，得出不同的觀察結果，然而三類都不是普遍的類，而祇是一種傾向，丁邦新先生用時代的早晚加以解釋，這大概是音類分析法所能做到的極致。

對於重紐現象的語音區別，必須進入聲韻學方法論的“構擬法”，也就是歷史比較法。西方學者對中古音的構擬在本世紀初葉早已開始，高本漢首先根據方言及域外的日本漢字音、朝鮮漢字音、安南漢字音的譯音資料，擬測了一套細緻的語音系統，可惜重紐問題尚無接觸，也就沒有做語音的區分。歷史比較法的特色是一方面根據文獻資料分析所得的音類，一方面按中古音的架構對方音或譯音資料進行排比，以便逐攝逐等逐韻進行元音的構擬，中古聲類的構擬因為韻圖三十六字母的清濁已夠清楚，因此比較容易進行，然而韻類的構擬，因為牽涉到“等”“呼”“重韻”“重紐”及其他相關等韻門法的詮釋，也就比較複雜，例如董同龢指出：「《四聲等子》有“辨廣通侷狹例”，與“切韻指南”各攝分別注有“通”“廣”“侷”“狹”的措置相合，“通”“廣”是指三等韻唇牙喉音有字伸入四等的情形。“侷”“狹”則否。」由此可見等韻家對重紐的現象早有觀察，只是立個門法說明如何覓字，沒有進一步指出它們之間的區別。利用漢語現代方言區別《重三類》與《重四類》，勞苦多而收獲少，早先金有景曾在浙江金華、義烏話中找到一些三、四等元音對比的例證，但沒有特別注意重紐的對立。到目前為止，漢語方言能顯示部分重紐音值差異的只有閩方言，為方便起見，以下引用鄭仁甲（1994：

137) 從高本漢的《方言字匯》所歸納的福州方言：

支合	甲	詭 kui		眞合	甲	窘 k'uŋ	
	乙	規 kie			乙	均 kiŋ	
脂合	甲	龜 kui		仙合	甲	捲 kuoŋ	
	乙	葵 ki, kui			乙	絹 kioŋ	

汕頭方言：

眞開	甲	巾、僅 kïn	銀 ŋïn	
	乙	緊 kin	因、烟、茵、湮、印 in	寅、引 in

鄭氏得到的結論是：「這些例子中，甲類盡失顎介音，而乙類顎介音竟呑其合口介音或主元音，足見甲類介音弱，乙類介音強。」

另外，麥耘(1992:131)、歐陽國泰(1987.2:93)均指出閩南話中還留下的一點痕跡，以後者爲例：

支	三等	皮 ₒp'e	被 p'e² (紙)	糜 ₒbe
	四等	脾 ₒp'e	婢 pi²	彌 ₒmi
脂	三等	否 ₒp'ai	眉 ₒbai	
	四等	牝 pi²	寐 bi²	
仙	三等	免 ₒmian	勉 ₒmian	
	四等	澠 ₒmin	面 bin²	
眞	三等	閩 ₒban	密 bat₂	

四等　民ₑbin　　蜜bit

　　歐陽氏指出：「雖然各韻三四等的差別各有不同，但有一點相同的：三等的元音總是比四等的更低、更靠後。這正是歷史上重紐三四等元音不同的地方。」

　　二氏的列舉容有未盡，筆者可以再補充幾個閩南話的例子：

支　三等　奇ₑki,ₑk'ia　騎ₑk'ia
　　四等　衹岐歧ₑki
寘　三等　被piˀ　　　　寄kiaˀ　　　倚uah
　　四等　避piah　　　　馼kiˀ　　　縊ik
至　三等　溼?　　　　　　　　　　備piˀ　　　媿愧k'uiˀ
　　　　　（匹備切）　　　　　　　（平祕切）
　　四等　屁p'uiˀ　　　　　　　　鼻p'iˀ　　季kuiˀ
　　　　　（匹寐切）　　　　　　　（毗至切）
眞　三等　貧panˀ
　　　　　（在 "貧憚" 一詞）
　　四等　頻ₑpin
宵　三等　鑣ₑpio　　　橋ₑkio　　　妖ₑciau
　　四等　標ₑpiau　　　翹k'iauˀ　腰ₑcio
笑　三等　廟bioˀ　　　嶠ₑkio
　　四等　妙miauˀ　　　翹k'iauˀ

　　這些對立並不規律，閩南語儘可能取用白話音，如 "寄、倚" 之

"ａ元音"基本上是上古的反映。但也有相反的例子如宵笑三：四等如果是ｏ：ａ，剛好與歐陽氏三等元音較低之說相反，但宵韻還有一組「妖：腰」，則合乎歐陽之說（即ａ：ｏ）。

漢語方言的零星例證，只能提供一點元音的消息，但像至韻的"鼻"四等並母變送氣，與三等"備"不送氣，見母的"愧：季"也有類似的分化，是否與重紐有關，尚待分析。元音的構擬不能孤立的對待，必須將整個三、四等韻各攝元音作通盤的構擬，各家對蟹、山、效、咸各攝三、四等元音的構擬呈現兩派：

(1)三等îɛ對四等 ie：高本漢、羅常培、董同龢、王力等。基本上也保持兩種介音的對立。

(2)三等 Iɛi 對四等εi（陸志韋）或 iäi～ei/eu（李榮），iæ～ɛ（邵榮汾）、ie：e（黃典誠）這派傾向四等無 i 介音。

由於三、四等韻本身仰賴一套介音之區別，因此早期區別重紐的辦法，祇能往元音的性質去推想，如董同龢和早期周法高都是如此，董同龢由典型的重紐出發，以爲所有《重三類》皆有獨用傾向，所以就把它們劃歸他所謂的「乙類」三等韻（純三等而唇音後來保持重唇的），主要元音則近于偏央的「甲類」三等韻（微、廢、（欣）文、元、（儼）凡等）。至於在《重三類》的元音上頭加——[ˇ]表示偏央，也都只是暫時的處置，這象徵著用元音來區別重紐二類字的辦法並無進展，只是做了一個形式的交代。

用漢語方言的直接證據既然無法解決問題，只能乞靈于域外對譯漢字的朝鮮、日本、安南三種譯音資料，這方面剛好彌補了漢語的不足，而且成爲大宗語料，這些語料高本漢也用來構擬中古音。不過在重紐方面的成就，我們就不得不推崇日本學者用力之勤了，原來在

董、周之前，有坂秀世(1937)已指出：

　　1.朝鮮漢字音重紐牙喉音字，四等拗音（有 ĭ 介音）三等直
　　音（無 ĭ 介音）。
　　2.越南漢字音重紐唇音三、四等聲母有脣、舌的對立。

　　這兩種現象擬測三等有舌位較央的介音。重紐介音區別說的首倡
者當推有坂秀世，其後踵事增華，有河野六郎、藤堂明保（參考吳聖
雄 1995 及平山久雄 1995 二篇本次會議論文）及平山久雄教授的修
正。平山先生(1995)指出：

　　有坂、河野二位學者，把重紐歸爲介音 ĭ（三等）和 i （四
　　等）的對立的看法，後來被稱爲“有坂、河野說”，在日本幾
　　乎被視爲定論，至今仍爲多數學者所遵用。

　　介音說之所以取得那麼多的共識，目前仍是主流派，如丁邦新
(1995)，鄭仁甲(1994)都還是這一派，不過“重三類”丁先生並未
採取 ĭ 介音的看法，而代之以 rj 介音。我們看得出這裡的分野：
牽就朝鮮漢字音者，自然以爲非 ĭ 介音莫屬，因爲他們不但活生生
地保存在朝鮮漢字音裡，何等親切！並且也可以在汕頭方言發現（巾
kĭn，銀 ŋĭn），多麼合理！因此鄭氏進一步想把它擴充到上古及中
古部分三等字，鄭氏的結論說：

　　ĭ 介音來自上古帶 ɨ 色彩的次軟音聲母，與這種聲母相遇的

韻母都會有 ǐ 介音。從歷史發展上看，韻圖中除照三組和日
母以外，所有位在三等位置的韻和實際是三等而排在二等位置
的照二組字都有 ǐ 介音(P.157)。

而主張 r 介音的學者，包括丁邦新、龔煌城、鄭張尚芳，主要著
眼於漢藏語的證據，二等的 r 介音自雅洪托夫提出以來，幾乎已成定
論，丁先生結合了潘悟雲等(1982)對漢越語和《切韻》脣音字的看
法，並根據"梵漢對音"皆以重紐三等字對譯梵文的-r-，而以重紐
四等字對譯梵文的-y-〔-j-〕或-i-。把重紐三等的介音擬爲-rj-，
同時維持了三等韻的共同介音-j-。他說：「切韻時代的-rj-在牙喉
音和-i元音之間保存得比較久，在其他元音之-r-的成分不久就消失
了。」同時也利用-r-的圓脣成分，"容易使得後面的元音圓脣化，
或者使整個的韻母在聽覺上接近合口音"來解釋高麗譯音中重紐三等
字有-w 或-u 介音或元音。對於漢越語中重紐四等字讀舌尖塞音的現
象，舉出 Ohala (1978)提出的共同條件是有半元音-j-說（或稱脣
音顎化說），但是維持三等韻的共同介音是-j-，就必須解釋何以普
通三等韻的脣音字在漢越語裡不讀成舌尖音，所以重紐四等的介音必
然不是單純的-j-，因此又據李榮(1956)指出「韻圖上列三等的重
紐字又音是純三等（子類），韻圖上列"四等"的重紐字又音是純四
等韻」及謝美齡(1990)統計慧琳音義中重紐三、四等不互作反切上
字，但重紐四等和純四等韻字混用，而重紐三等字則和普通三等韻有
來往。決定給這兩者擬一個相同的主元音-i-。丁先生的做法和陸志
韋、李榮、邵榮芬及黃典誠、李如龍（自閩方言證四等韻無-i-說，
1984 ）等人對四等韻無介音的說法相抵觸。丁先生主張四等有-i-

介音的一個主要理由是「齊、先、青、蕭、添」的合口字有-i-才能
順理成章地產生後來的撮口音。

　　我們從這段推論，知道區別重紐介音的推論，是最容易滿足各種
複雜的文獻上的「趨勢統計」，這麼多複雜的新的因素不斷加入，來
挑戰舊說，爲了漢越語重紐四等唇音字舌齒化的問題，還有 Ohala
(1978) 最新的「唇音顎化」理論爲奧援，由此可見聲韻學上的老問
題，隨時可以和最新的音韻研究相結合，其研究的路途是坦蕩蕩的。
關於「唇音舌齒化」的音理解釋，潘悟雲和朱曉農 1982 已提出，不
過他們的擬音和丁先生顯然不同，他們說：

　　　　對漢越語中這個語言現象最合理的解釋，就是舌齒音是從一個
　　　　跟唇音緊相聯接的舌齒音或顎音演變過來的。正是從這一點出
　　　　發，我們才把毫無例外保持唇音的《切韻》重紐 B 類唇音字的介
　　　　音擬成一個元音性的鬆鬆的*-i-，而把有規律地發生舌齒化的
　　　　A 類唇音字的介音擬成一個輔音性的摩擦較強的顎介音-j-。
　　　　我們設想，漢越語中正是這個唇音後的帶有顎摩擦性質的*-j-
　　　　摩擦成分逐漸增強，向*s 發展，而唇音在這個過程中逐漸的
　　　　弱化以致失落，而*s 再變爲 t-。

　　潘氏等對發展過程的說法，顯然和 Ohala 的理論還有一點差
別，所以重三爲*-i-和重四爲*-j-的看法，也和丁說異趣。

四、結 論

　　本文原擬從重紐研究的歷史分期，即"重紐類型期"到"重紐語音區別期"兩個階段，討論各期中對重紐現象的發掘的歷史進程做一細緻分析，再對影響其學說分歧的各種因素，從聲韻研究方法學的角度來分析其比重，並指出語音區別的三個方向的學派彼此之間的拉力和互競關係，由於本次籌備會議工作煩瑣，致未能全力撰寫，僅能舖陳現象，至於重紐的"聲母差異說"及利用漢藏語的觀點提出的修正新說，都是正在發展中熱門課題，本文原擬涉獵，然未之暇，只好俟諸他日。本文的結論是，重紐問題的研究實即反映了聲韻研究的所有方法學的全部現象，因此它的研究是永無止境的，問題也不會在幾十年內就解決，但是其方法學的討論也是無窮無盡的，任何一個階段性的突破，都將反映出聲韻研究法的更上層樓。

參 考 書 目

丁邦新　1995　〈重紐的介音差異〉，第四屆國際暨第十三屆全國聲
　　　韻學學術研討會會前論文集， 1995.3.20-21，台灣，師大。

平山久雄　1995　〈重紐問題在日本〉，第四屆國際暨第十三屆全國聲
　　　韻學學術研討會會前論文集， 1995.3.20-21，台灣，師大。

李如龍　1984　〈自閩方言證四等無-i-說〉，《音韻學研究》第一
　　　輯，中華書局，北京。

李存智　1996　〈重紐問題試論〉，《聲韻論叢》第五輯，台灣，學
　　　生書局。

李　榮　1956　《切韻音系》，收在楊家駱主編《國學名著珍本彙
　　　刊》，鼎文書局， 1974，台北。

李新魁　1984　〈重紐研究〉，《語言研究》， 1984:7，武漢。

余迺永　1982　〈中古三等韻重紐之上古音來源及其音變規律〉，香
　　　港中文大學《中國文化研究所學報》 13 。

杜其容　1975　〈三等牙喉音反切上字分析〉，《文史哲學報》 24 ，
　　　台灣大學。

周法高　1948a　〈廣韻重紐的研究〉，《中史研究院歷史語言研究所
　　　集刊》 13 ，上海。

　　　　1948b　〈古音中的三等韻兼論古音的寫法〉，同上，第 19
　　　本。

　　　　1948c　〈玄應反切考〉，同上，第 20 本。

　　　　1984　〈玄應反切再論〉，《大陸雜誌》 69.5 。

　　　　1986　〈隋唐五代宋初重紐反切研究〉，《中央研究院第二

屆國際漢學研究論文集》(1989)，中研院。

林英津　1979　《廣韻重紐問題之探討》，東海大學中國文學研究所
　　碩士論文。

邵榮芬　1982　《切韻研究》，北京，中國社會科學出版社。

陳新雄　1974　《等韻述要》，台北，藝文印書館。

張光宇　1987　〈從閩語看切韻三、四等韻的對立〉，《師大國文學
　　報》，16，台北。

張慧美　1988　〈朱翱反切中的重紐問題〉，《大陸雜誌》76.4。

陸志韋　1939　〈三四等與所謂喻化〉，《燕京學報》26。

麥　耘　1988　〈從尤幽的關係論到重紐的總體結構及其他〉，《語
　　言研究》2。

　　　　　1992　〈論重紐及《切韻》的介音系統〉，《語言研究》2。

董同龢　1948　〈廣韻重紐試釋〉，《中央研究院史語所集刊》13。

鄭仁甲　1994　〈論三等韻的 i 介音—兼論重紐〉，《音韻學研究》第
　　3 輯。

潘悟雲、朱曉農　1982　〈漢越語和切韻唇音學〉，《中華文史論叢增
　　刊·語言文字研究專輯》(上)。

歐陽國泰 1987 〈原本玉篇的重紐〉，《語言研究》2。

龍宇純　1970　〈廣韻重紐音值試論兼論幽韻及喻母音值〉，崇基學
　　報 9:2。

　　　　　1981　〈論照穿床審四母兩類上字讀音〉，《中央研究院國
　　際漢學會議論文集》語言文字組。

　　　　　1986　〈切韻系韻書兩類反切上字之省察〉，《毛子水先生
　　九五壽慶論文集》。

1989 〈論重紐等韻及其相關問題〉，《中央研究院第二屆漢學會議論文集》。

謝美齡　1990 〈慧琳反切中的重紐問題〉，《大陸雜誌》81:1-2。

聶鴻音　1984 〈切韻重紐三、四等字的朝鮮讀音〉，《民族語文》3。

《經典釋文》的重紐現象

黃坤堯

　　重紐是漢語聲韻學研究中的難點，各家各說，不容易達成共識。重紐問題反映於《切韻》中，大抵是方言音系協調的結果。《切韻》雖建基於活語言中，但卻要兼顧古今通塞，南北是非；結果《切韻》不能代表古代任何一個方言，甚至也不能描述所有古代方言的語音特徵。現在我們要爲現代方言構擬原始音系，只能在現實音系的基礎上，結合《切韻》的特點，調整分合，才能獲得大概的面貌。大抵重紐的問題亦可作如是觀，重紐也是古代方言協調的結果。有些方言有讀音區別，有些方言沒有區別；有些方言是聲母的區別，有些方言則可能是介音以至元音的區別了。再加上語音的歷時變化，上古音到中古音的發展遲速有時，在各方言中有變有不變，絕非直線發展，情況之複雜，可以想見。例如同一條切語中不同的字，在現代同一的方言中，有時讀音相同，有時讀音不同，根本就不是任何音變條例所能規範的。方言差異姿采紛呈，古今應該沒有太大的分別。如果我們以這樣的態度來看待重紐問題，在沒有正確建立古代的方言體系之前，可能我們根本就無法解決重紐的問題。

　　《廣韻》與《切韻》的音韻系統一脈相承，重紐現象基本上也相同；本文爲解說方便，我們會以《廣韻》代《切韻》。《廣韻》的重

紐並不能靠系聯方法得出明確的結果，有時連切語上下字都完全一致，例如「逵」、「葵」同讀渠追切，只差沒有合拼爲一條小韻而已。可以說，如果沒有韻圖準確的排位，我們大概只會認爲這是《廣韻》編者出於切語借用、切語偶疏、增加字等種種原因所致，而不會認爲是音韻差異。❶

　　所謂重紐是指一些三等韻中有兩套的喉、牙、唇音，《廣韻》切語用字不同，當有某種語音上的差異。重紐在韻圖上的排列也很清楚：一套列於三等，我們習慣上稱爲 3B 類；一套列於四等，我們稱爲 3A 類。由於兩套的重紐屬於同一的韻部，理論上他們的主要元音應該相同；由於他們在韻圖中位於同一的聲母之下，理論上他們的聲母也應該相同。重紐的聲、韻既同，剩下來的語音差異可能就只有介音區別了。不過，在漢語聲韻學研究中，我們一般都認爲三等韻的聲母會因顎化而跟一二四等的聲母有所不同；又在閩語研究中，個別重紐三、四等的例字還保留了元音的區別。❷這使我們的研究處於兩難的局面。事實上所有的重紐在大多數漢語方言中都早已合流了，變成了同音字，閩方言的殘餘現象只反映了合流的速度稍慢而已。從這樣的線索追上去，如果說重紐的合流現象在六朝隋唐時就已出現了，當時有些方言已經合流，有些半合流，有些可能還沒有合流，那麼《切

---

❶　參考陳燕《試論陳澧〈切韻考〉辨析「重紐」方法的得失》，原載《天津師範大學學報》 1993 年第 6 期；今據複印報刊資料《語言文字學》月刊 1994 年第 2 期。

❷　參考張光宇《「益」、「石」分合及其涵義》，載《語言研究》 1992 年第 2 期。

韻》的編者以從分爲主，說不定就只能留下目前這樣的一個格局了。
如果我們再沿著線索往上追，重紐現象是兩個上古韻部的合流，那麼
重紐現象會是主要元音或介音的不同，恐怕也是順理成章的推論了。
此外，中古時期三等韻的性質非常複雜，音素增多，可能是方言分
化、聲韻迭變的語言現實再加上韻書編者主觀協調的結果。一二四等
的聲母基本維持上古的格局不變，三等的聲母則因配合新增的韻母而
發生了顎化，如果說重紐三、四等的聲母也由於韻母的扯動而發生變
化，自然也沒有甚麼奇怪了。陸法言的《切韻》和宋代的《廣韻》精
於審音，盡力協調不同的方言，反映語音現實，當然是劃時代的語言
學著作。至於陸德明的《經典釋文》雖是訓詁書音，難免摻入了假
借、改讀、改字以至四聲清濁異讀別義等種種非語音的成分；但陸氏
如實地反映了六朝隋唐時代金陵地區的傳統書音，有一定的方言基
礎，自然也是一部難得的語言學著作了。《釋文》博採眾家音義，有
些讀音陸德明還作出了修訂，以首音爲標準音，在不同的經典中反覆
注音；我們把《釋文》的讀音歸納出來，結果也顯示出嚴謹的規律
性。《釋文》的重紐現象不獨跟《切韻》南北輝映，互有同異；而且
保留了很多六朝書音的原始紀錄，描述重紐變化的軌跡，自然更有巨
大的參考價值了。

　　本文擬考察《經典釋文》的重紐現象。本文首先輯錄《釋文》全
部有重紐區別的韻部，製成韻表，《釋文》或區別重紐，或不區別重
紐；陸德明除了反映個人的語音系統以外，有時也指出具體的作音
人，經典相承，音有本源。其次，本文主要考察了支、脂、眞、諄、
祭、仙、宵、侵、鹽諸韻兩套唇牙喉音與舌齒音切語下字的分佈情
況，分析《釋文》重紐的整體結構。限於篇幅，我們不可能列出全部

的韻表資料，現在只能介紹重點而已。前人研究《釋文》重紐的不多，楊劍橋《陸德明音切中的重紐》只簡單輯錄了《周易音義》、《古文尚書音義》、《毛詩音義》三經的材料❸，沒有全面分析，失之簡陋。邵榮芬《經典釋文音系》列出了重紐韻部唇牙喉音三等（甲：3502 條）、唇牙喉音四等（乙：1350 條）與舌齒音（丙：5509 條）切語下字的混切數目，說明重紐三等與舌齒音為一類，重紐四等自為一類，與眾家的區別不同；其表三云：

> 甲＋丙　甲丙互切　％　｜　乙＋丙　乙丙互切　％
> 9011　　1165　12.96　　6859　　1174　17.11
> 這裏表三乙丙互切不論是絕對數，還是百分數都比甲丙互切的多。不過不僅絕對數多的極有限，百分數多的也很有限。這種微弱的多數沒有多大統計意義，顯然不能把它們作為乙丙同類的證據。❹

　　邵先生只是秉承他在《切韻研究》❺中的觀點，利用《釋文》的切語材料再統計一次，反駁董同龢及周法高將重紐四等與舌齒音合為一類的說法。其實，如果只根據《廣韻》及《釋文》的反切材料，無

---

❸ 楊劍橋《陸德明音切中的重紐》，中國音韻學研究會重慶年會論文，1986 年。收入《中西學術》第一輯，上海學林出版社，1995 年 6 月。

❹ 邵榮芬《經典釋文音系》，臺北：學海出版社，1995 年 6 月，頁 133。

❺ 邵榮芬《切韻研究》，北京：中國社會科學出版社，1982 年 3 月，頁 70-80。

論將舌齒音與重紐三等或重紐四等合拼，都很難完全符合。我倒有一個看法，如果大家都承認唇音可以不分開合的話，那麼重紐韻的舌齒音可能根本就沒有這兩類的區別，既可以切唇牙喉音三等，也可以切四等。我無意於爲這兩說打圓場，事實上這兩說大家都可以提出一些證據，不能隨便否定。不過，如果我們根據《釋文》的重紐材料按個別的韻部逐一考察，那麼有些韻部可以很清楚的顯示唇牙喉音三等的反切下字自爲一類，基本上不與四等或舌齒音相通，例如支韻、侵韻、質韻；有些則跟舌齒音的反切下字有條件的相通，例如脂韻、眞韻、仙韻、宵韻、鹽韻、緝韻；有些可能即將泯除重紐區別，例如祭韻、薛韻，看來眞的要分別對待了。邵榮芬合起來統計，可能沒有多大意義。

我們認爲董同龢、周法高的舊說比較合理：重紐三等、四等兩類有別。重紐三等唇牙喉音的切語下字多數自爲一類，爲紐（喻三）的切語下字與重紐三等的唇牙喉音爲一類，如果我們不管爲紐與喻紐（喻四）的聲母區別，其實爲紐跟重紐三等的切語下字完全一致，可以表示顎化-j 的傾向；此外重紐三等唇牙喉音的切語下字也半與來日及知徹澄娘莊初床疏各紐的切語下字相通，似乎跟二等韻的聲母也很密切，顯然保留了上古音-r-介音的成分。或者，換句話說，如果重紐三等唇牙喉音的聲母也像爲紐及知徹澄娘莊初床疏等能夠獨立成爲聲紐的話，那麼重紐問題可能也不會出現了，重紐三等可能只是聲的區別。重紐四等唇牙喉音的切語下字多與舌齒音相通，沒有甚麼例外。

根據上述重紐三等的切語下字跟舌齒音的關係，我們認爲：陸德明的語言中能辨識若干韻部的重紐區別，有部分正在向舌齒音過渡

了，有部分則完成了過渡階段進一步與重紐四等合流。各類韻母的合流遲速不同，其實這也跟《切韻》所反映的情況大同小異。大抵《釋文》的重紐區別多表現於介音方面，不同的合流階段顯示了不同的介音成分：

首階段-rj- → 次階段-j- → 末階段-i-

有些方言沒有介音的，例如古粵語，重紐三、四等可能沿用元音來區別了。現代粵語還有少數字音能夠區別重紐，例如：綺 ji ／企 k'ei；筆 pat ／必 pit；乙 jyt ／一 jat；由於例子太少，很難歸納出具體的語音特徵。《釋文》雜引眾家異讀，有些沒有重紐區別的，例如字林，可能反映了合流的速度較快。有些重紐字異讀亦多，可能出於元音的變化；或者由於某些古代方言沒有介音，也就漸漸跟別的韻部合流了。而《釋文》某些重紐也會吸納別的韻部，例如欣臻併於真 3B，迄韻併於質 3B，重紐的內容跟《切韻》不盡相同，表現《釋文》獨特的語音系統。

下文各韻分開討論，限於篇幅，一般只作簡單描述。

一、宵小笑韻

宵小笑韻重紐字三四等分佈如下：

	幫	滂	並	明	見	溪	群	疑	影	曉		為
宵3B		鑣		瀌	貓	驕		橋		妖	囂		鴞

宵3A	標	漂	瓢		翹	喓
小3B	麃	犥	藨	矯		妖
小3A	縹	膘	眇			
笑3B				廟	蕎	
笑3A	剽	勡	魦			要

　　《釋文》宵小笑韻注音的字較《廣韻》爲少，明顯可以分爲兩類。重紐三等 3B 類專用本身的唇牙喉音做反切下字，例如平聲用「苗」、「驕」、「嬌」、「橋」、「喬」、「憍」、「夭」、「囂」；上聲用「表」、「矯」；去聲字少，陸德明或用直音，或借用「笑」字（心紐）爲反切下字。此外《釋文》也出現了若干以舌齒音字作反切下字的讀音，其中一部分是前人不合規範的切語或又音，陸德明一一訂正：

> 麃：表嬌反，芸也，說文作穮，音同；穮耰，鉏田也。字林云：穮，耕禾閒也，方遙反。(103-28a-8)
>
> 字書作穮，同方遙反，耘也；字林云：耕禾閒也；左傳云：譬如農夫，是穮是蓘，是也。說文云：穮耰，鋤田也。(414-15a-7)
>
> 犥：本又作臕，芳表反，又符表反，又芳老反(皓)，徐又孚趙反。(110-5b-7)
>
> 藨：謝蒲苗反，或方驕反，孫蒲矯反；字林平兆反，顧平表、白交、普苗三反。(428-9a-1)
>
> 憍：居喬反，又巨消反。李云：高也；司馬云：高仰頭也。

(386-27a-3)

喬：向欽消反，或去夭反，郭音矯，李音驕。(376-7b-1)

嶠：渠驕反，郭又音驕；字林作蕎，云：山銳而長也，巨照
　　反。(422-31b-2)

槁：劉苦老反(皓)，沈居趙反。(137-23a-6)

　　苦老反(皓)，又袪矯反；本亦作矯，居表反。(402-
　　26a-6)

芙：沈、顧烏老反(皓)，謝烏兆反。說文云：味苦，江東食以
　　下氣。(428-9b-5)

　　　上述各例的反切下字「遙」、「消」、「兆」、「趙」、「照」
等字分屬喻、心、澄、照諸紐；這些多是字林、字書、徐邈、向秀、
沈重、謝嶠等諸家相承的舊音，陸德明或注明作音人，或列作又音。
至於陸德明以舌齒音字切 3B 類者，亦有以下各例：

貓：亡朝反。(435-24a-3)

廟：苗笑反。(101-23a-11)

簜：九遙反。(418-24a-7)

矯：居兆反(225-10a-10,323-35b-11,374-3b-8,413-
　　13b-9) 4/24

撟：居兆反。(132-14b-1)

　　居兆反，劉枯老反(皓)，沈古了反(篠)。(141-32b-1)

　　几小反，又巨小反，說文云：舉也。(436-26b-3)

夭：於兆反(272-23b-2,407-2b-6) 2/24

於表反，又於遙反。(349-9b-4)

於兆反，又於遙反，災也。(81-21a-1)

䘏：於兆反，又於老反(晧)。(435-23a-10)

《釋文》或亦用「朝」（知紐）、「笑」、「小」、「兆」（心紐）、「遙」（喻紐）等舌齒音字作宵小笑韻 3B 類的反切下字，陸德明未有注出作音人，看來有時他也不大能區別了。我們認爲這幾個字限於知、心、喻三紐，其實也可以視作有條件的借用，可以兼隸3A、 3B 兩類。《釋文》宵小笑韻兩類重紐的界限雖欠明確，大體則有所別。「鴞」字屬喻三爲紐，一般不算作重紐，《釋文》十見：

j- 鴞：a.于驕反、于嬌反、于苗反 8/10
     a1.户驕反 2/10

「鴞」全用三等的唇牙音字作反切下字，而《廣韻》讀于嬌切，亦與宵 3B 類一致。舌齒音僅此一見，因附列於 3B 類中。又《釋文》喻紐字很多，全用舌齒音字作反切下字，爲、喻兩紐的反切下字不同，區別十分清楚。

《釋文》宵小笑韻唇牙喉音的 3A 類字專用舌齒音字做反切下字，例如平聲用「遙」、「徭」、「消」、「宵」、「招」、「昭」、「饒」、「腰」；上聲用「小」、「紹」、「邆」、「眇」；去聲用「照」、「召」、「妙」等字；其中「眇」、「妙」、「腰」三字都是 3A 類的唇喉音字，韻圖列於四等，自成一類。而重紐三四等混淆者只有「摽」一例，出徐邈讀：

標：婢小反，徐符表反，落也。(56-8a-5)

徐扶妙反，又扶表反，落也。(257-21a-10)

婢眇反，又普交(肴)、符表二反。(408-3a-9)

徐邈或讀符表反、扶表反，不但輕重唇不分，小韻 3A 、 3B 兩類亦不分，《釋文》訂正讀音，徐邈讀僅列作又音。至於宵小笑韻的舌齒音字，除「鴞」字外，其他幾亦專用舌齒音字做反切下字，間用「妙」、「腰」二字，亦屬 3A 類的唇喉音字。《釋文》宵小笑韻唇牙喉音的 3A 類與舌齒音合為一類，唇牙喉音的 3B 類自為一類，大體有別。

此外，《釋文》宵小笑韻中的異讀一般另有音義；其中 3B 類的異讀多通豪皓號韻， 3A 類的異讀多通蕭篠韻，似乎也有不同的讀音傾向。「撟」字屬小韻 3B 類，沈重讀古了反，則為篠韻，《釋文》只列作又音。(141-32b-1)其例外者亦僅此一例而已。

二、祭　韻

祭韻重紐字三四等分佈如下：

	幫	滂	並	明	見	溪	群	疑	影	曉		見
祭3B					劂	憩	藒		瘞			劂
祭3A	蔽	潎	敝	袂				藝				

上表乃根據韻圖排列出來的《釋文》祭韻的重紐字表，合口字只

有見紐一組。從上表看出，祭韻 3A 、 3B 兩類完全沒有對立的重紐字。其實《廣韻》祭韻也只有疑紐一組是對立的：劓，牛例切，三等；藝，魚祭切，四等。《釋文》祭韻疑紐只有四等，所以實得一類。又《廣韻》祭韻開口的切語下字，四等用「祭」、「袂」、「樊」、「蔽」字，以脣音字爲主；三等用「例」、「罽」、「憩」字，以牙喉音字爲主；至於舌齒音則專用「例」、「制」字。由於祭讀子例切，則祭韻開口也就可以系聯爲一類了。祭韻分爲兩類，大概只是韻圖安排的結果。其實 3B 類跟舌齒音同用「例」字作切語下字，關係比較密切； 3A 類以脣音字爲主，反而自成一類了。究竟韻圖祭韻的安排有沒有錯呢？可能也是值得耐人尋味的問題了。

《釋文》祭韻表面上也難以區分出重紐 3A 及 3B 兩類。不但重紐的音位可以完全互補，甚至連反切下字也不能區分爲兩類。例如 3B 類多用「例」、「世」、「罽」、「滯」等字； 3A 類則多用「世」、「袂」、「制」、「曳」、「逝」、「弊」、「例」等字；此外舌齒音更幾乎全用「世」、「例」、「制」三字，也就完全泯除這三類的界限了。不過，如果我們細心觀察祭韻的韻表，似乎 3B 類專用「例」字，3A 類專用「世」字，只有極少例外，例如：

瘈：吉世反，狂也。(301-21b-4)

　　徐居世反，一音制；字林作猘，九世反，云：狂也。

　　(261-2a-2)

漂：匹妙反，韋昭云：以水擊絮爲漂。說文作潎，豐沛反

　　(泰)，又匹例反。(362-5a-9)

　　嚴格來說，在祭 3B 中，陸德明只有「瘞」（吉世反）一條是不能區別重紐的。其他「瘞」（居世反）、「狋」（九世反）二字分屬徐邈、字林的讀音。又祭 3A 「潎」（匹例反）乃又音，可以不算。此外疑紐兩條可能也反映了重紐的區別：

　　　　樲：魚逝反，郭云：魚［原缺此字，今補］逝、魚例二反。

　　　　　（430-13a-5）

　　　　帠：徐音藝，又魚例反。(372-25a-8)

　　按照《釋文》反切下字「例」、「世」的區別，這兩條的異讀應該是區別重紐的，不過陸德明主張依郭璞、徐邈讀祭韻 3A 類，所以疑紐 3B 類還是沒有對立的重紐字了。至於合口方面，只有見紐 3B 類一組，幾乎全用「衛」字作切語下字，只有一條例外：

　　　　劌：九衛反，傷也；字林云：利傷也，又音己芮反。(219-

　　　　24b-4)

　　大抵字林沒有重紐區別，而陸德明則把切語下字統一起來。此外《釋文》舌齒音合口一般多用「歲」、「銳」、「稅」字作切語下字，但爲紐及知紐多用「衛」字，可見祭韻牙音合口 3B 類與爲紐及知紐的關係比較密切，也不是絕對不能與其他舌齒音區分爲兩類的。至於其他異讀方面，祭韻 3B 類多與至 3B 、薛 3B 、元、月諸韻有關，祭韻 3A 類多與支 3A 、紙 3A 、至 3A 、質 3A 、薛 3A 諸韻有關，似乎也有某些不同。

三、侵寢沁韻

《釋文》侵寢沁韻例字不多，其中只有侵韻的影紐字出現對立的重紐，而影紐 3A 類僅得侵韻一例：

ʔ- 愔：一心反，徐於林反，安和貌。(281-13a-9)

案「愔」字的切語下字「心」、「林」同屬舌齒音，陸德明兩讀亦同音，徐邈僅反切用字不同而已。又影紐 3B 類例字較多：

ʔ- 瘖：a.於金反、於今反 2/2(175-27a-4,321-31a-3)

飲：a.如字、邑錦反 1/64

　　b.音陰 2/64　b1.於鳩反[鄭玄、徐邈、王肅]

　　58/64

　　ba:1　b1a:2

陰：a.如字[王] 1/6

　　b.音陰[鄭] b1.於鳩反 2/6

　　ba:1　b1a:1　bb1:1

蔭：a.於禁反 1/8　a1.於鳩反 5/8

　　b.音陰、於金反 1/8

　　ba1:1

廕：a.於禁反 1/6　a1.於鳩反 5/6

暗：音陰，郭音闇(勘)，李音飲，一音於感反(感)。

　　(389-33b-5)

　　闇：如字（勘），又音陰。(315-20a-7)
　　噫：乙戒反（怪），注同，一音蔭。(362-6a-6)

　　《釋文》侵寢沁韻影紐 3B 類所用切語下字有「金」、「今」、「錦」、「禁」等字，牙喉音自成一類。又沁韻多用「鴆」字作反切下字，似屬 3A 類；惟《釋文》「鴆」字兩見，讀除蔭反、直蔭反 (30-23b-9,184-10b-8)，澄紐，可見陸德明「鴆」字亦屬 3B 類。至於侵韻 3B 類所用「金」、「今」字明顯與 3A 類的「心」、「林」字有別。

　　除影紐四字外，《釋文》侵寢沁韻唇牙喉音所用的反切下字還有「琴」、「蔭」、「欽」、「飲」等字，全屬 3B 類，專用牙喉音字作反切下字；唇音字字少，亦借用牙音字作反切下字。又除沁韻多用澄紐「鴆」字外，陸德明並未選用其他舌齒音字作 3B 類的切語下字。又侵韻唇牙喉音 3B 類所見諸家異讀，亦以通鹽韻 3B 類者為多，其中「芩」其炎反(75-9a-5)、「黔」其廉反、巨廉反（共 8 條）等雖用爲紐、來紐作反切下字，殆亦屬鹽韻 3B 類；「嶔」讀去瞻反，「瞻」爲照紐，乃韋昭音(314-18b-7)，陸德明只視作又音，似亦絕不與鹽韻的 3A 類相混。其他異讀尚通覃韻、感韻、勘韻、銜韻、嚴韻等。

　　《釋文》舌齒音知、徹、澄、娘、來、莊、初、床、疏、照、日各紐或用「金」、「今」、「錦」、「蔭」、「禁」、「鴆」作反切下字；大抵舌齒音可以兼用兩類反切下字，沒有區別。

四、緝　韻

　　《釋文》入聲緝韻自成一組，沒有侵寢沁諸韻的異讀。緝韻亦僅影紐出現對立的重紐，其中 3B 類只得一例：

　　　　？- 浥：a.於及反　b.於脅反（業）
　　　　　　　ab:1　（56-7a-10）

緝韻 3A 類則有三例：

　　　　？- 挹：a.音揖、一入反、於十反、於集反5/6
　　　　　　　a1.音邑（緝3B）
　　　　　　　aa1:1
　　　　　　悒：a.於執反[徐]、於十反　b.直立反　c.音秩（質3A）
　　　　　　　abca:1　（378-11a-6）
　　　　　　揖：a.一入反[郭]、於立反、於入反、伊入反　4/7
　　　　　　　b.子入反　c.側立反　d.音集[徐]
　　　　　　　bc:1　da:2

　　案緝韻 3B 類以牙音「及」字作反切下字； 3A 類則專用舌齒音「入」、「十」、「集」、「立」、「執」字作反切下字；兩類明顯有別。陸德明「挹」字或又讀 3B 類，但只列作又音；不過「挹」、「浥」字的聲符相同，兩讀易於混淆。又「悒」字《廣韻》讀「直立切」，澄紐，《釋文》列作又音；徐邈依聲符讀，《釋文》以為首

音；或音秩，韻尾-k、-t不分，惟同屬重紐3A類則不誤。

除影紐外，其他脣牙喉音全屬 3B 類，陸德明專用「及」、「急」、「級」、「泣」、「汲」等牙音字作反切下字，亦能自成一類。《釋文》緝韻 3B 類間亦用「立」字，來紐，例如「鴔」字林讀方立反(433-21a-8)、「鴞」字林讀房立反(434-21a-8)、「鵖」呂、郭讀巨立反，大抵都前有所承，陸德明一般只列作又音；其中亦有「級」九立反(178-33a-4)、「泣」器立反(344-8a-5)兩條可為例外，後者出《孝經音義》，也許經過後人的改動。其實來紐字一般可以用作重紐 3B 類的反切下字，並不奇怪。又如：

> 歙歙：許及反，……顧云許葉反。(358-5b-4)
> 張歙：許及反，徐許輒反，郭踈獵反。……(386-28b-8)

由這兩條資料，可見顧、徐、郭三家分別用「葉」、「輒」、「獵」等字作音，這些都是葉韻的舌齒音 3A 類字，而陸德明則一一的訂正過來了。

《釋文》緝韻舌齒音字雖亦用「立」字作反切下字，惟絕不涉脣牙喉音字，舌齒音自成一類。大抵來紐「立」字可以兼隸兩類，《廣韻》亦不例外。《釋文》緝韻 3B 類除個別異讀通於盍韻、合韻、洽韻、業韻、屋韻等以外，未見與緝韻 3A 類相混，兩類的區別大體清楚。

五、鹽琰豔葉韻

　　《釋文》葉韻字少，今併入鹽琰豔韻一起討論。鹽琰豔韻只有影紐出現對立的重紐，入聲葉韻則有 3A 類而無 3B 類。先舉影紐 3B 類：

　　ʔ- 淹：a.英鉗反　1/5　a1.於廉反　1/5

　　　　　a2.於嚴反[徐](嚴)　b.於驗反[徐]

　　　　　c.於斂反[徐]　d.於劫反(業)

　　　　　a1a2:1　a1d:1　bc:1

　　　　奄：a.如字[王、徐]、於檢反　2/7

　　　　　b.於簡反(產)　1/7

　　　　　c.音淹[鄭]　d.於驗反[劉]　e.於劍反[徐]

　　　　　ad:2　ade:1　ca:1

　　　　弇：a.音掩[沈、戚]、音奄、音掩、於檢反　8/13

　　　　　b.於驗反[劉]　c.音淹　c1.於廉反

　　　　　d.於簡反(產)

　　　　　ab:1　ba:1　ac:1　ac1:1　da:1

　　　　掩：a.音奄[劉]、於檢反　5/6　a1.於斂反[徐]

　　　　　b.於驗反[徐]

　　　　　ba1:1

　　　　揜：a.音掩、於檢反、於憸反　11/13

　　　　　a1.於撿反、意冉反　1/13

　　　　　b.於範反[李](范)

a1b:1

閹：a.於撿反　1/1　(419-25b-3)

淹：a.於檢反　1/1　(85-30a-10)

菴：a.於檢反　1/1　(429-12b-6)

（《廣韻》央炎切；烏含切，覃韻）

　　影紐 3B 類多用「鉗」、「檢」、「憸」、「驗」等三等的牙喉音字作反切下字，有時也用「廉」、「撿」、「斂」、「冉」等字作反切下字，但也只限於來、日紐字，《釋文》兼隸兩類。至於「菴」字，《釋文》讀琰韻 3B 類；《廣韻》兩讀都是平聲，但央炎切也是鹽韻 3B 類，「炎」字是爲紐字，通常也兼隸兩類。次舉影紐 3A 類：

　　?- 懕：a.於占反[説文]　1/1　(413-14a-7)

　　　黡：a.於鹽反　1/8　b.於豔反　6/8

　　　　　ab:1

　　　壓：a.於鹽反　1/4　b.於豔反　3/4

　　　厭：a.於豔反[徐、李、司馬]、一豔反　49/120

　　　　　a1.於驗反(豔3B)

　　　　　b.於鹽反、於廉反[徐]、於占反[沈]、於瞻反[徐]

　　　　　　20/120

　　　　　c.於琰反、於冉反[徐]、一冉反、一琰反[司馬]

　　　　　　3/120

　　　　　d.於葉反、於涉反[徐]、一涉反、一葉反、一妾

反、於輒反[徐]　17/120

e.於十反[徐]、於立反[徐]、於入反[李](緝3A)

f.於甲反(狎)　5/120　g.烏斬反(賺)

h.烏簟反[徐](忝)　i.於感反[徐](感)

ab:8　ba:3　ca:1　cd:2　cfd:1　da:1

da1:1　dci:1　de:1　deeb:1　fa:1

fd:4　gh:1

黶：a.烏簟反(忝)　4/4　(《廣韻》於琰切)

壓：a.於甲反(狎)　(《廣韻》烏甲切，狎韻)

b.於葉反、於輒反[徐]、於涉　c.於琰反[郭]

d.於豔反　e.乃協反(怗)　f.敕煩反(怗)

ab:5　bad:1　ecf:1

韽：劉音闇(勘)，又於瞻反，鄭於貪反(覃)，戚於感反

(感)，李烏南反(覃)。(122-30a-6)

　　鹽琰豔葉韻的影紐 3A 類四聲齊備，《釋文》幾乎全用舌齒音字
做反切下字，自成一類，例如「厭」字出現 120 次，《釋文》讀牙
音於驗反(114-14b-7)者僅一見，而且還是又音，可見影紐的重紐
三、四等的區別十分清楚。在異讀方面，影紐 3A 類多通感韻、賺
韻、狎韻、緝韻 3A 類、忝韻、怗韻等；而影紐 3B 類則多通嚴韻、
業韻、范韻、產韻等，可見兩類的異讀亦有所別。「壓」、「韽」非
本韻字，《釋文》兼注鹽、豔、葉韻各一讀，亦屬 3A 類。

　　影紐以外，《釋文》鹽琰豔葉韻 3B 類所用的反切下字為
「淹」、「檢」、「儉」、「驗」等字，幾乎全屬牙喉音，此外也多

用「廉」、「炎」兩字，限於來、爲二紐；劉昌宗「拾」讀其輒反(147-9b-8)，徐邈「歃」讀許輒反(386-28b-8)，顧懁讀許葉反(358-5b-4)，「輒」爲知紐，「葉」爲喻紐，《釋文》全訂作又音。又陸德明「傑」讀虛涉反(189-20a-8)，曉紐，此條沒有注明出處，可爲例外。大抵重紐 3B 類與來紐、爲紐比較密切，音例亦多。此外，《釋文》所注異讀多與銜韻、范韻、梵韻、嚴韻、儼韻、業韻、產韻等相通，當是經典相承的諸家異讀，例如字林「貶」讀方犯切、「獫」讀力劍切等，殆屬范、梵韻，陸德明都加以改正。又產韻多見，韻尾-m 、-n 不分，可能是後人誤改所致，例如「嚴：如字，馬徐魚簡反。」(38-6b-11)出《古文尚書音義》，「簡」字誤，當爲「檢」字。至於鹽琰豔葉諸韻的舌齒音字，一般多用舌齒音字做反切下字；其他以喉牙音字爲切語下字的有「炎」，榮鉗反；「豔」，移驗反、以驗反；「染」，而險反[劉]；「閹」，嫗檢反；「諂」，嫗檢反、敕儉反、他檢反；「斂」，力驗反[戚]、力儉反、力檢反[徐]等。其中爲、喻、日、來、徹諸紐適與 3B 類所用舌齒音字爲反切下字者一致。

六、真軫震韻／諄準韻

眞軫震韻及諄準韻重紐字三四等分佈如下，穆韻無脣牙喉音字：

	幫	滂	並	明	見	溪	群	疑	影	曉	見	溪	群	影
真諄3B	彬			旻	巾		芹	誾	殷	昕	麕	囷	蜠	頵
真諄3A	賓		蘋	泯					駰		鈞			

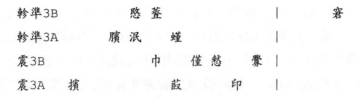

軫準3B	愍蓥		窘
軫準3A	臏泯蝗		
震3B	巾 僅慭齾		
震3A 擯	歃印		

　　《釋文》眞軫震韻的重紐跟《廣韻》大同小異，大致區別清楚。《釋文》眞軫震韻 3B 類可與欣隱焮韻系聯爲一類，而絕不與 3A 類相通；其實《廣韻》「欣」讀許斤切，但韻目注許巾切，也可以看出眞欣相通的痕跡。《釋文》眞軫震韻 3B 類的反切下字多用「貧」、「巾」、「敏」、「愍」、「隕」、「忍」、「覲」、「礐」、「吝」等字，一般仍以三等的脣牙喉音爲主，偶然用舌齒音字作反切下字的，但也只限於來、爲、日三紐。至於原屬欣隱焮韻的「斤」、「謹」、「靳」等字，《釋文》也合爲一類了。眞軫震韻 3A 類的脣牙喉音與舌齒音合爲一類，其反切下字多用「賓」、「眞」、「人」、「因」、「申」、「軫」、「忍」、「尹」、「允」、「善」、「刃」、「信」、「愼」、「胤」等字，除「賓」字外，幾乎全是舌齒音字；而「賓」字韻圖列四等，自屬眞韻 3A 類。可見 3B 及 3A 之間的反切用字可以分爲兩類。合口只有諄韻有對立的重紐，諄韻 3B 類多用「倫」、「綸」、「筠」字，分屬來、爲二紐，有時也用「貧」字，脣音可以兼注開合口；3A 類多用直音「音鈞」、「音均」，四等的牙音互注，自成一類，而反切下字只有舌齒音「旬」字；可見 3B 及 3A 兩類的區別，而來、爲二紐可以與 3B 類合爲一類。準韻 3B 類專用「殞」、「隕」字，也是爲紐，而沒有對立的 3A 類。

　　《釋文》也有些重紐 3B 類及 3A 類互見的例子，例如在 3B 類中，「藺：密謹反，或亡忍反」（427-8a-9）一條區別隱韻及軫韻 3A 類的讀音，《廣韻》「藺」讀眉殞切，屬於軫韻 3B 類，實與《釋文》的密謹反同音，《釋文》大抵是兼注異切而已。其他緡，音泯［郭］、民忍反；愍，亡忍反；賹，音泯［李］；巾，居吝反［劉］；僅，渠吝反；饉，渠吝反；憖，牛吝反［字林］等，不但沒有對立，而且從《釋文》反切下字的選字習慣來說，這些都是來、日紐的，反而應該認作 3B 一類。上述切語有些可能是前有所承的，陸德明沒有一一訂正而已。

　　此外，眞韻 3A 類中的「駰」字值得注意，《釋文》共出三條：

> 維駰：音因，馬陰白雜毛也。(75-9b-8)
>
> 駰：舊於巾反，讀者並音因，陰白雜毛曰駰。(104-30a-11)
>
> 駰：字林乙巾反，郭央珍反，今人多作因音。(437-28a-3)

　　從這三條資料中，大抵字林「駰」字沒有重紐的區別，郭璞則有所別。《釋文》將於巾反列作舊音，從郭不從字林，可見陸德明跟當時的「讀者」、「今人」一樣，他們的口中一定能區別重紐 3B 及 3A 的不同音感。《廣韻》「駰」字兼注於眞切及於巾切兩讀，只是歷史遺留的問題，如果從聲符「因聲」來推斷，這一大堆從「因聲」的字應該都是讀眞韻 3A 類的，「駰」字也不例外。

　　在韻圖的編排方面，《釋文》跟《廣韻》略有差異，本文補收了部分原屬欣隱焮韻的字，例如「芹」、「殷」、「昕」、「蓳」等字兼具眞韻 3B 類一讀，自然也可以列入韻圖了。又《廣韻》「蟯」讀

弃忍切及羌印切，兼具軫、震兩讀，《釋文》讀羌引反，只讀軫韻。
又「菣」《釋文》讀去刃反，《廣韻》讀去刃切，切語用字相同，韻
圖列作震韻 3B 類，反切下字是日紐，固無不可；但《釋文》 3B 類
的反切下字全不用「刃」字，而 3A 類則多用「刃」字；暫時只好列
於四等。至於「巾」（震 3B）、「蜠」（諄 3B）則是按《釋文》的注音
或又音加上去的，《廣韻》原缺。

　　《釋文》眞軫震韻舌齒音的反切下字多自成 3A 一類，其中徹、
澄、娘、來四紐，《釋文》兼用 3B 及 3A 兩類反切下字。此外莊、
初、床、疏四紐的平聲，《廣韻》獨立爲臻韻，而《釋文》則與眞韻
3B 類及欣韻合爲一類，反切下字以「巾」爲主，偶然也用「人」、
「鄰」二字，屬日、來二紐；上去聲則用「謹」、「覲」、「陣」、
「刃」等字，關係也很密切。入聲質、術、櫛、迄諸韻也有相同的現
象，下文另作討論。

七、質術韻

　　質術韻重紐字三四等分佈如下：

	幫	滂	並	明	見	溪	群	疑	影	曉	見	曉
質術3B				弼 密 詑			姞		乙 肸			
質術3A	畢	鷩	邲	謐	拮	詰					橘 戌	

　　《釋文》質術韻幾乎完全沒有眞軫震韻及諄準稕韻的異讀，入聲
自成一組。《釋文》質韻 3B 類與迄韻合爲一類，專用「密」、

「筆」、「訖」、「乙」、「乞」等字作反切下字，全是唇牙喉音字；質韻 3A 類則用「吉」、「必」、「畢」、「一」等字，雖然也全是唇牙喉音字，但韻圖列於四等，兩類自然有所區別了。術韻只有 3A 類字，專用「必」、「律」、「栗」、「術」四字；「必」字唇音不分開合，可以兼隸質、術兩韻；而舌齒音和唇音四等也就系聯成一類了。

《釋文》有時兼注兩讀，例如在質韻 3B 類中：

> 有駜：備筆反，又符必反，馬肥彊貌；字林父必反。(104-
> 　　30b-5)
> 佶：其乙反，又其吉反；毛正也，鄭壯健貌。(77-14b-9)

二例有辨正舊讀的作用。按「駜」字與「駔」字相似，字林不辨重紐，《廣韻》亦兼注兩讀；惟陸德明則有所取捨，但「駜」字從「必聲」，疑當為 3A 類。至於「汔」，陸德明讀許一反 (95-12a-10)；又讀許乙反 (286-24a-1)，《廣韻》為迄韻字，《釋文》沒有區別。又如「姞」字兩讀互見，八條中多兼注兩讀，彼此互為首音，似無所別，而陸德明重紐 3B 及 3A 兩類的區別也就不大明顯了。　又在質韻 3A 類中，「橘」字既讀均必反 (40-9b-3,367-15b-3)、均栗反 (63-21a-2)，又讀均筆反 (419-25b-5)，有時也沒有區別。又如：

> 于邺：扶必反，一音弼。(247-1a-5)
> 于邺：皮必反，又扶必反，一音弼。(329-9a-4)

于邲：蒲必反，一音弼。(331-14b-4)

怭怭：毗必反，又符筆反，媟嫚也。說文作佖，平一反。

　　　　(87-33a-7)

*佖：平一反。(87-33a-7)

柲：音秘（至 3A），劉音筆。(136-21a-5)

繘：音橘，徐又居密反；…又其律反，又音述。(27-18b-8)

繘：均必反，劉俱筆反，綆也。(155-25b-3)

　　《廣韻》「邲」、「佖」兼注兩讀，《釋文》讀質韻 3A 類，而以讀 3B 類者爲又音。其他兼讀 3B 類者亦多，例如「怭」，符筆反；「柲」，音筆[劉]；「繘」，居密反[徐]、俱筆反[劉]；由於多作又音，似可視作陸德明修訂舊音的疏失。從整體來看，《釋文》質韻兩類的重紐大抵有所區別。

　　《釋文》質韻舌齒音中的徹、澄、娘三紐多用 3B 類字作反切下字；又莊、初、床、疏四紐亦然，《廣韻》另立爲櫛韻。《釋文》櫛韻與質韻 3B、迄韻合爲一類。

八、仙獮線韻

　　仙獮線韻重紐字三四等分佈如下：

	幫	滂	並	明	見	溪	群	疑	影	曉	見	溪	群	影	曉
仙3B						愆	虔		焉		圈	權			
仙3A	鞭	偏	便	蝒				研						悁	嬛

獮3B		辯免寋	捷	｜ 巷	蕳
獮3A	編	梗緬		｜	蜎蜎蠗
線3B		卞	唁	｜ 眷倦	
線3A	猵便	鷾譴		｜ 狷	

　　《釋文》仙獮線韻 3B 類的切語下字，平聲多用「虔」、「乾」、「焉」、「然」（日紐）、「連」（來紐）；上聲多用「免」、「勉」、「辯」、「輦」（來紐）、「展」（知紐）；去聲多用「彥」、「變」；合口則用「員」（為紐）、「圓」（為紐）、「權」、「轉」（知紐）、「戀」（來紐）、「眷」、「倦」等字，除專用三等的唇牙喉音字外，兼用舌齒音知紐、為紐、來紐、日紐等字。仙獮線韻 3A 類的切語下字，平聲用「綿」、「乾」、「然」、「仙」、「連」、「延」；上聲用「淺」、「善」、「衍」、「緬」、「鮮」；去聲用「面」、「戰」；合口用「全」、「玄」、「兗」、「轉」、「絹」、「援」等字，多是舌齒音及四等的唇牙喉音，除平聲「然」、「連」及合口「轉」字略有重疊外，兩類的劃界大體清楚。例如 3B 類牙喉音上聲多用「輦」、「展」字，而 3A 類則不用，固然有所區別；又如 3B 類牙喉音平聲多用「然」、「連」字，而 3A 類則多見於唇音的平聲，似乎也可以看作制作反切時的區別。至於「轉」字，牙音兩類互見，也就看不出分別了。我們從韻表觀察所得，仙獮線韻 3B 類會用知、為、來、日各紐的字作反切下字，而 3A 類則罕用三等的唇牙喉音字作反切下字，這大抵牽涉反切選字的標準問題，一般並沒有混淆兩類的區別。

　　在個別讀音方面，值得注意的有「諞」字，《廣韻》讀符蹇切及

符善切，兼存 3B、 3A 兩讀；《釋文》凡三條，亦兼注兩讀：

> 諞：音辨，徐敷連反，又甫淺反。(52-15a-1)
>
> 皮勉反，又必淺反。(315-20b-4)
>
> 音辯。(366-14b-4)

　　由這三條讀音資料，可見《釋文》已經設定了「諞」字的首音屬 3B 類，並紐；徐邈或讀幫、滂紐，或讀平、上聲，皆屬 3A 類，陸德明可能認爲這些都是前代不大統一的讀音，而一一訂正了。至於《釋文》不合規範的讀音，則有六條：

> 冕：亡展反，字林亡辯反。(185-11b-3)
>
> 弁：皮戀反。(174-26b-4)
>
> 卷：起全反。(129-7a-4)
>
> 音眷，徐久戀反。(163-4a-4)
>
> 縛：音篆，又竹眷反。(417-22a-4)
>
> 劉音絹，聲類以爲今作絹字；說文云：鮮色也，居援反；徐升卷反，沈升絹反。(113-12a-1)

　　「冕」字字林注亡辯反蓋用脣音字作反切下字，原本不誤，陸德明一般作音免及音勉，多用直音，此條訂爲「展」字，知紐，也不算錯。「弁」字作音者 22 條，一般都用脣牙音字作反切下字，此條用「戀」字，來紐，也不算錯；如果說是「變」字之誤，似乎也有可能。「卷」字讀起全反，乃用舌齒音字作反切下字，難以解釋；另一

條則爲訂正徐邈反切之誤。「縛」字第一條依首音也有訂正又讀的作用；第二條徐邈讀升卷反，只屬又音。

　　至於舌齒音的反切下字，知、徹、澄、泥、來、爲各紐多選用「連」、「輦」、「展」、「彥」、「權」、「眷」等字，似跟 3B 類相近，而遠於其他舌齒音了。又異讀方面，仙獮線韻 3B 類多通元、阮、願、月韻，也是三等； 3A 類則多通先、銑、霰韻及眞、軫、震韻的 3A 類，殆屬四等，看來音感也有不同。

九、薛　韻

　　薛韻重紐字三四等分佈如下：

	幫	滂	並	明	見	溪	群	疑	影	曉	∣	溪	曉
薛3B	別		別				朅	傑	孼		∣		
薛3A	鱉	撆		滅	孑						∣	蒛	焱

　　《釋文》薛韻唇牙喉音兩類的反切下字幾不能辨。 3B 類用「列」、「烈」、「竭」、「桀」等字，前二者爲來紐，後二者爲群紐，都可以視作 3B 類。 3A 類開口用「列」、「滅」、「設」、「熱」等字，皆屬舌齒音及唇音四等字；合口用「劣」、「悅」、「雪」、「缺」等字，亦多屬舌齒音及牙音四等字，開合口各成一類，似乎不與 3B 類相混；只是由於共用來紐「列」字，而且出現次數極多，也就使兩類完全泯除界限了。又從薛韻重紐字的分佈來看，只有幫紐出現對立的重紐字，不過 3B 類只有一個「別」字，如字當

讀並紐，幫紐只是陸德明等人派生出來的異讀，有別義作用，那就不一定是重紐區別了。而且「別」、「鷩」等字兩類都用「列」字做切語下字，似乎也無法區別了。我們從韻圖互補的角度來看，薛韻似可合拼爲一類。不過從異讀來看，薛韻 3B 類與月韻、曷韻、泰韻及祭韻 3B 類相通者多，薛韻 3A 類則或與祭韻 3A 類、至韻 3A 類、齊韻、霽韻、屑韻等相通，音感有些不同。此外薛韻沒有仙獮線韻的異讀，可見也不與平上去三調有任何關係。

　　至於不合規範的讀音，則有兩條：

　　闌：魚列反，劉魚子反。(151-18b-4)
　　榝：魚列反，何魚子反。(78-15b-2)

　　這兩條反切，劉昌宗及何胤均作魚子反，乃薛韻見紐四等字，不合規範；陸德明只列作又音，並一一訂正了。

十、支紙寘韻

　　支紙寘韻重紐字三四等分佈如下：

	幫	滂	並	明	見	溪	群	疑	影	曉	見	溪	群	疑	影	曉
支3B	陂	鈹	疲	糜	羈	崎	奇	轙	漪	犧	嫣	𧄸		峗	委	麾
支3A	卑		陴	彌			祇				闚					𡣕
紙3B	彼		被	靡	掎	綺	技	齮	倚		垝		跪	顗	委	燬
紙3A	俾	庀	婢	弭	枳	跂			綾		䟣					

眞3B　詖披髲靡寄觭芰義倚戲|廲　　　　　　　　餧毀

眞3A　臂譬　　翅企　　　緆|　　　　　　　志綏

　　《釋文》支紙眞韻兩類的重紐明顯有別。在反切下字的選擇方面，支韻三等用「皮」、「宜」、「奇」、「危」、「爲」（爲紐）等字，都是同類的唇牙喉音；四等則用「卑」、「脾」、「彌」、「支」、「移」、「紙」、「規」、「垂」等字，集中於四等的唇音及舌齒音。紙韻三等多用「彼」、「靡」、「倚」、「綺」、「蟻」、「毀」、「委」、「蘂」、「詭」等字，全是同類的唇牙喉音；四等用「弭」、「婢」、「是」、「氏」、「縈」、「氏」、「爾」，則是四等的唇音及舌齒音。眞韻三等多用「髲」、「寄」、「義」、「僞」、「戲」等字，也全是同類的唇牙喉音；四等用「臂」、「避」、「豉」、「賜」、「致」、「智」、「瑞」、「睡」、「恚」等字，則爲四等的唇音及舌齒音。可能由於本韻字多，三等除「爲」字外，陸德明並沒有借用其他舌齒音字作反切下字；而且「爲」字屬喻三爲紐，根本就與三等通爲一組，沒有借用的問題。至於四等的反切下字也以舌齒音字爲主，只是選用了幾個唇音字，所以兩類重紐的區別十分清楚。

　　陸德明混淆兩類重紐的例子不多，例如：

籠：方皮、方賜二反。(417-22a-6)
披：普靡反，又普知反。(227-14a-2)
麋：亡池反，徐又亡彼反。(31-26a-4)
靡：亡池反，散也，干同；徐又武寄反，又亡彼反。(30-

23a-10)

　　密池反，司馬如字。(375-5b-2)

綺：如字，又魚紙反。(379-14b-5)

羛：郭語規反，字林音危，顧魚奇反。(422-31b-8)

羛：五規反。 (81-21a-6)

　　以上都是支紙韻 3B 類的字，除「䴲」、「䵎」、「羛」三字用
3A 類字作切語下字審音欠準外，其他依首音辨之，亦屬不誤。值得
注意的是「岐」字，《廣韻》讀巨支切，支韻 3A 類，陸德明一般都
注其宜反，凡七條；又讀巨伊反者一條(429-12b-1)，乃脂韻 3A
類；此外又注祁支反、音祇、巨支反、巨移反者六條，只有一條列作
首音(148-11b-4)，其他五條都是又音。可見陸德明「岐」字當讀
支韻 3B 類。顏之推《顏氏家訓・音辭篇》云：「岐山當音為奇，江
南皆呼為神祇之祇。江陵陷沒，此音被於關中，不知二者何所承案。
以吾淺學，未之前聞也。」可見《切韻》、《廣韻》「岐」字蓋依江
南讀音，而陸德明及顏之推皆音奇，當然亦有根據了。

　　至於支紙寘韻 3A 類方面，也有幾個混切的例子。假如真的要批
評陸德明審音不準，大抵也只有「庳」、「彌」、「伎」、「恚」四
字，其他都可以算作又音了。

庳：音碑。(437-28a-11)

彌：亡皮反。(236-5a-1)面皮反。(244-22a-3)

敉：亡婢反，郭敷靡反，孫敷是反。(411-9a-4)

伎伎：本亦作跂，其宜反，舒貌。(82-23b-2)

跂：丘氏反，一音呂氏反，崔音技。(374-4a-4)

水枝：如字，何音其宜反，又音祇。(56-8b-6)

足枝：如字，一音奇。(112-10a-1)

跬：丘榮反，劉闕彼反，一舉足曰跬。(148-11a-4)

恚：一傷反。(255-18b-5)

　　《釋文》「歧」字音祁，共三見。(429-11b-3，434-21b-5，436-25b-6)全見《爾雅音義》，讀脂韻 3A 類。案《廣韻》「歧」讀巨支切，支韻 3A 類；亦與陸德明不同，今改隸脂韻。

　　至於支脂之分混的問題，在支紙寘的重紐韻中，實在並不嚴重，甚至並沒有影響兩類重紐的劃界。今據韻表觀察所得，大抵支紙寘與脂旨至相混者可見於「鈹」、「被」、「陂」、「靡」、「跪」、「卑」、「痺」、「俾」、「臂」、「庀」、「脾」、「蜱」、「紕」、「弭」、「縊」、「恚」等字，似乎以唇音字為多。又與之止志相混者則有「羇」、「己」、「期」、「蛾」、「嬉」、「俾」、「裨」、「蜱」、「弭」、「衹」、「恀」等字，大抵 3B 類多由之止志韻轉來，而 3A 類則由支紙寘韻轉去，看起來也有一些規律。

十一、脂旨至韻

　　脂旨至韻重紐字三四等分佈如下：

　　　幫滂並明見溪群疑影曉｜見溪群疑影曉

脂3B	丕邳湄肌	歧荍	嘻|龜鯸逵		
脂3A	毗	耆蚭屍|	葵	睢	
旨3B	嚭否嫩麂	跽	|軌頯		
旨3A	秕疕牝		屎|癸揆		
至3B	毖	昦媚冀盃曁劓懿	四|媿喟餽	豷	
至3A	芘	寐蟿	咥|叔悸		痶

脂旨至韻兩類重紐的區別也很清楚。在反切下字方面，脂韻三等用「悲」、「眉」、「肌」、「龜」、「追」（知紐），都是同類的唇牙音及知紐字；四等用「夷」、「伊」、「私」、「尸」、「脂」、「維」、「惟」、「唯」、「隹」等字，全是舌齒音字。旨韻三等用「鄙」、「美」、「几」、「軌」、「洧」（爲紐），都是同類的唇牙音及爲紐字；四等用「比」、「揆」、「癸」、「履」、「旨」、「死」、「水」等字，則是四等的唇牙音及舌齒音字。至韻三等用「祕」、「備」、「媚」、「冀」、「器」、「媿」、「愧」、「位」（爲紐）等字，都是同類的唇牙音及爲紐字；四等用「鼻」、「寐」、「季」、「至」、「利」、「類」、「二」、「四」等字，則是四等的唇牙音及舌齒音字。三等兼用爲紐及知紐，音感相近。

《釋文》脂旨至韻 3B 類中或與 3A 類混淆者有以下九例：

鉟：音丕，又音毗。(432-17b-4)

鵬：謝符悲反，郭方買反、符尸反，字林父佳反。(433-19b-3)

洰：其器反，肉汁也；說文云：洰灌釜也；字林己菹反。
　　(268-15b-5)

饐：於冀反；字林云：飯傷熱濕也，央菹、央冀二反。(350-
　　11b-8)

鷾：郭懿、翳二音，字林英菹反。(434-21b-1)

擥：於至反。(123-32b-8)

呬：郭許四反，孫許器反，施火季反。(410-7a-8)

歸：去軌反，又去類反；本或作巋。(404-29b-5)

饋：徐其類反。(164-5a-6)

　　按《廣韻》「擥」讀乙冀切，至韻 3B 類。陸德明兩見，或讀於至反，至韻；或讀伊志反(254-15a-10)，志韻；此例至志不分，而且重紐混切，審音欠準。至於其他八例則有辨正舊音的作用，混切諸例或爲又音，或前有所承，分屬郭璞、字林、施乾、徐邈等的讀音。字林音多用「菹」（來紐）、「隹」（照紐）字作切語下字，重紐的區別不明顯。又諸例以「菹」、「類」爲反切下字者共五例，可見來紐與至韻 3B 類也相當密切。

　　《釋文》脂旨至韻 3A 類中或與 3B 類混淆者有以下三例，全是唇音字。

秕：音鄙，穀不成者也；字林音匕。(296-12a-3)

芘：本又作庇，必利反，又悲備反。(23-9b-9)
　　音祕，又必二反，本亦作庇。(98-17b-7)
　　必利反，又悲位反，本或作茷。(243-19b-7)

　　本亦作庀，徐甫至反，又悲位反。(367-15b-10)

庀：又作庀，匹爾反，具也。劉副美反，一音芳米反。

　　(117-19b-11)

　　匹是反，劉芳美反，具也；沈方二反。(127-3a-7)

　　按「秕」字陸德明音鄙，不合規範；「芘」字 4 條中 3A 、 3B
兩類互爲首音，可能也沒有重紐的區別；「庀」字 26 條，其中以上
聲爲首音者兩條，劉昌宗讀旨韻 3B 類，不合規範，陸德明修訂爲 3A
類。至於讀去聲者 24 條，陸德明全讀必利反、必寐反、必二反，至
韻 3A 類；此外《釋文》或注方二反、方至反、甫至反等，都是徐邈
及劉昌宗的輕重唇不分的又音；或注音祕、彼備反、本祕反、悲位反
等，至韻 3B 類，陸德明也全部列作又音。

　　《釋文》脂韻群紐的審音多與《廣韻》不同。例如「歧」字《廣
韻》讀巨支切，支韻 3A 類；陸德明音祁，脂韻 3A 類，凡三條，全
載《爾雅音義》。今改歸脂韻。

　　《廣韻》渠脂切小韻下有「耆」、「鬐」、「祁」、「鰭」、
「鮨」等字，群紐，只有一類，並沒有對立的重紐。《韻鏡》脂韻牙
音有「肌」、「耆」、「狋」三字，也只有一類，全部列於三等。案
《廣韻》肌，居夷切；耆，渠脂切；狋，牛肌切；由於只有一類，切
語下字又多用舌齒音，如果《韻圖》全部列於四等，似乎也沒有甚麼
問題。至於《釋文》「耆」、「祁」等字也全用舌齒音字作反切下
字，多與之韻相通；鄭玄音或亦與支韻相通，也只限於 3A 類，而絕
不用三等的唇牙喉音作切語下字。《韻鏡》將脂韻群紐列於三等，顯
然有誤。今亦全部改訂爲脂韻 3A 類。

g- 耆：a.音祁、巨夷反、其夷反[徐]、巨伊反、渠夷反
　　　　5/44

　　a1.巨之反[徐](之)　2/44

　　a2.巨支反、巨移反[鄭](支3A)　1/44

　　b.常志反、市志反、時志反(志)　30/44

　　c.音旨、音指[毛]　1/44

　　　　aa2:1　a1a2:1　ba1:1　ca:1　ca2:1

耆：a.音祁、求夷反[徐]　1/5

　　a1.巨之反、渠之反(之)　3/5

　　b.音須[李](虞)

　　　　ab:1

鮨：a.巨伊反　a1.巨之反(之)　1/2　(152-20b-4)

　　b.止尸反[字林]

　　　　ab:1　(417-21b-6)

鰭：a.巨夷反　1/2　(417-21b-4)

　　a1.巨之反(之)　1/2　(152-20b-4)

祁：a.巨私反[毛]、巨伊反、巨尸反[徐]、巨夷反
　　　　1/19

　　a1.巨之反(之)　1/19

　　a2.巨支反、巨移反(支3A)　5/19

　　b.市尸反[沈]、上尸反[字林]、上夷反[字林]

　　b1.上之反(之)

　　c.止尸反　c1.止之反(之)

　　d.尺之反(之)

```
ala2:1  ab:1  a1b:3  a1b1:2  aab:1
a2b:1  ac:1  ac1cb:1  a2b1d:1
```

　　《釋文》脂韻見、疑二紐「肌」、「飢」、「薺」等字自成一類，不似群紐各字專用舌齒音字作反切下字，大抵仍屬脂韻 3B 類：

```
k-  肌：a.音飢  2/6
        a1.居其反、居疑反、己其反(之)  3/6
        b.音既(未)
        a1b:1
    飢：a.居疑反(之)  1/1  (63-21b-9)
    饑：a.音機、九衣反[字林]、居祈反(微)  3/14
        a1.音肌  a2.居宜反(支3B)
        a3.居疑反、居其反(之)  3/14
        a1a:4  a2a:1  a3a:3
ng-*薺  ：a.宜肌反  1/1  (418-23b-10)
```

　　《釋文》「饑」字兼讀微、之、脂、支各韻，其以脂韻為首音者亦得四例(98-17a-8,225-10b-2,233-25a-10,257-22a-4)，所以我們也把它列於脂韻。

　　《釋文》脂旨至韻多與支紙寘韻及之止志韻相通，大體上也沒有影響兩類重紐的區別。又脂旨至韻 3B 類多通微尾未韻，而 3A 類則不通，似乎也有一些界限。

附　錄

《經典釋文》重紐韻表

　　《經典釋文》重紐韻表根據《新校索引經典釋文》及《經典釋文韻編索引》❻兩種索引交互檢索編成，備列《釋文》的音切，以字為單位，加以統計；我們暫時不管意義及假借、改讀等訓詁現象，只是觀察切語的結構。由於《釋文》的字音很多時都兼具平上去多讀，經典相承，陸德明一般不為最常見的「如字」一讀作音，反而全力為破讀作音。我們編製韻表時，平上去的讀音常常糾纏不清，很難分開，所以只好把平上去合為一表了。入聲多數自為一類，獨立出來比較清楚。

　　重紐韻表一般按聲紐編排，並依通行的中古音系區別出 a.b.c. 等不同的讀音，統計各音出現的次數；有多讀的也注明組合情況。前面有＊號表示只附見於注文的讀音，《釋文》正文未見。讀音後的〔　〕注出作音人，陸德明音也包括在內，不另說明；（　）則注出《廣韻》的韻類，以便比較。如果只有一兩條資料，為便檢索，我們注出頁碼；其他請參考《新校索引經典釋文》檢索。

　　《釋文》其他韻部兼具重紐諸韻的讀音者，亦彙列於下，一般僅

---

❻　鄧仕樑、黃坤堯編《新校索引經典釋文》，臺北：學海出版社， 1988 年 6 月；本書除注出新編頁碼外，加注通志堂本舊刻頁碼及行數，以便檢索。本文所注頁碼亦然。
　　潘重規編《經典釋文韻編索引》，臺北：中華民國行政院文化建設委員會，國字整理小組，1983 年序。

列出該條的資料，不注出現次數，也不列出 a.b.c.等次序。

一、宵小笑韻

宵小笑韻 3B 類韻表：

p- 鑣：a.表驕反、彼驕反、彼苗反、必苗反　9/9

　　僄：a.表驕反、表嬌反 2/2（67-29a-2,78-16a-8）

　　穮：a.彼驕反[說文]、表嬌反 1/3（271-22b-1）

　　　　a1.方遙反[字林、字書]（宵3A）2/3（103-28a-8,414-15a-7）

　　麃：a.表驕反、表嬌反　2/5

　　　　a1.符嚻反[郭]　b.步交反（肴）1/5

　　　　c.蒲表反[謝]　c1.房表反[徐]

　　　　d.普保反[劉昌宗]（皓）　e.普表反[徐]

　　　　　　dc1e:1　ca1:1

p'- 犥：a.芳表反　a1.孚趙反[徐]（小3A）　b.符表反　c.芳老反（皓）

　　　　　abca1:1　（110-5b-7）

b- 瀌：a.符驕反　b.符彪反[徐]（幽）　c.方苗反[徐]

　　　　abc:1　（88-35a-2）

　　藨：a.皮表反、白表反、蒲矯反[孫]、平表反[顧]

　　　　a1.扶表反[劉]　a2.平兆反[字林]（小3A）　（428-9a-1）

　　　　b.皮苗反、蒲苗反[謝]　b1.扶苗反、符苗反[謝]

　　　　c.表驕反　c1.方驕反[郭]　d.普苗反[顧]　e.白交反[顧]（豪）

　　　　　　aa1:1　ab1:1　ba:1　bc1aa2aed:1　ca:1　c1b1a:1

　　苞：白表反。（165-8b-11）

m- 貓：a.如字、音苗　2/4　a1.亡朝反（宵3A）1/4（435-24a-3）

　　　　b.武交反（肴）

　　　　　　ab:1

　　茅：卯交反（肴），鄭音苗。（21-5b-5）

　　廟：a.苗笑反（笑3A）1/1（101-23a-11）

　　　：a.音廟[劉昌宗] 1/1 (143-1a-6)

k-　驕：a.如字、音嬌 1/4　b.起橋反 1/4　c.居表反

　　　　f.音駒(虞) 1/4

　　　　　ac:1

　　憍：a.紀橋反、九苗反、居喬反 2/3　b.巨消反(宵3A)

　　　　　ab:1　(386-27a-3)

　　鷮：a.音驕 2/2　(86-32a-3,434-22b-2)

　　簥：a.九遙反(宵3A) 1/1 (418-24a-7)

　　蕎：a.居喬反　b.音喬

　　　　　ab:1　(427-8b-9)

　　矯：a.紀表反、居表反 20/24　a1.居兆反(小3A) 4/24

　　撟：a.音矯、居表反 3/6

　　　　a1.居兆反、几小反(小3A) 1/6 (132-14b-1)

　　　　a2.古了反[沈](篠)　b.巨小反(小3A)　c.枯老反[劉](皓)

　　　　　a1ca2:1　(141-32b-1)　a1b:1　(436-26b-3)

　　敽：a.居表反 1/1　(51-14b-2)

　　蟜：a.居表反 7/7

　　蹻：a.居表反、居夭反[郭] 2/6

　　　　b.其略反、渠略反、巨虐反(藥) 2/6　c.紀略反(藥)

　　　　d.居玉反(燭)

　　　　　ab:1　cd:1

　　槗：劉苦老反(皓)，沈居趙反(小3A)。(137-23a-6)

　　　　苦老反(皓)，　　又袪矯反。(402-26a-6)

g-　橋：a.其驕反、音喬 2/4　b.居廟反 1/4　c.居表反　d.音羔(豪)

　　　　　cd:1

　　喬：a.其驕反、渠驕反、音橋[毛、郭、阮孝緒]、巨苗反 4/13

　　　　b.音驕[李、徐、郭]、紀橋反[徐]、居橋反[鄭] 3/13

　　　　c.欽消反[向](宵3A)　d.去夭反　e.音矯[郭]

ab:5　cdeb:1　(376-7b-1)

僑：a.音喬、其驕反、其憍反　16/16

嶠：a.渠驕反　b.音驕[郭]

　　　ab:1　(422-31b-2)

嶠：a.巨照反[字林](笑3A)　1/1　(422-31b-2)

?- 妖：a.於驕反、於橋反[簡文]　5/5

祆：a.於喬反　1/1　(409-6a-4)

夭：a.於嬌反、於驕反[徐]、音妖、於橋反[簡文]　6/24

　　a1.於遙反(宵3A)　b.於表反　8/24　b1.於兆反(小3A)　2/24

　　c.烏老反(皓)　3/24

　　　　ab:1　ba:2　ba1:1　(349-9b-4)　b1a1:1　(81-21a-1)

殀：a.於表反　1/1　(173-24b-6)

芺：a.於表反　a1.烏兆反[謝](小3A)

　　b.於老反、烏老反[沈、顧](皓)

　　　ab:1　(425-3b-8)　ba1:1　(428-9b-5)

麇：於兆反(小3A)，又於老反(皓)。(435-23a-10)

窅：烏了反(篠)，又于[當爲「於」字]表反。(71-2b-4)

x- 囂：a.許驕反[徐]、許橋反、許嬌反

　　b.五羔反、五刀反、五高反[劉、徐](豪)　4/17

　　　ab:7　ba:6

嚻：a.火喬反[說文]　1/1　(187-15b-5)

嘵：a.許憍反[徐]　1/2　(362-5a-5)　b.胡刀反(豪)

　　c.許口反[徐](厚)　d.胡到反[徐](號)

　　　bcd:1　(362-6a-7)

枵：a.虛驕反、許驕反、許嬌反　6/6

髐：a.虛嬌反　b.音喬

　　　ab:1　(418-23b-4)

猇：a.虛驕反、許喬反　2/2　(438-29a-3,69-33a-10)

j- 鴞：a.于驕反、于嬌反、于苗反 8/10　a1.戶驕反 2/10

宵小笑韻 3A 類韻表：

p- 標：a.必遙反 2/5　a1.方遙反〔徐〕

　　　b.必小反　b1.方小反、甫小反 1/5　c.方妙反

　　　　ab:1　b1a1c:1

　　　熛：a.必遙反、必消反　4/4

　　　蔈：a.必遙反、必招反　1/2　(427-8a-6)　b.芳腰反

　　　　ba:1　(428-9b-6)

　　　猋：a.必遙反　2/3　a1.方瓢反　1/3　a2.方么反(蕭)

　　　　aa1a2:1

　　　臕：a.方遙反　1/1　(432-18b-2)

　　　焱：a.必遙反　1/3　b.芳遙反〔徐〕　c.弋劍反〔字林〕(梵)　1/3

　　　　ab:1

　　　杓：必遙反，又匹遙反。(169-15a-6)

　　　　敷招反，徐必遙反。(165-7b-1)

p'- 漂：a.匹消反、匹遙反、匹招反　2/9

　　　b.匹照反、匹妙反　4/9　b1.敷妙反〔徐〕　c.必招反

　　　　ba:1　bb1a:1　b1ac:1

　　　嘌：a.匹遙反　1/1　(72-3b-11)

　　　縹：a.匹眇反　b.匹妙反

　　　　ab:1　(426-6b-1)

　　　剽：a.匹召反、匹妙反〔孫〕、疋妙反　8/15　a1.芳妙反

　　　b.怖遙反〔李〕　b1.芳遙反、芳昭反〔戚〕、敷遙反〔徐〕

　　　c.扶召反、父召反〔字林〕　d.甫小反　e.彷遙反、甫遙反

　　　f.音瓢〔郭〕

　　　　a1b1c:1　ac:1　aec:1　fa:1　ebb1:1　b1e:1

　　　　dbb1:1

　　　勡：a.孚照反　b.婦堯反〔李〕(蕭)

          ab:1　(117-20b-8)

b-　票：a.避遙反　1/1　(95-11b-5)

   飄：a.避遙反、毗遙反、鼻遙反、婢遙反、音瓢　2/10

      a1.符遙反、扶遙反[徐]　b.必遙反　b1.方消反[沈]

      c.匹遙反　1/10　c1.敷遙反[李、簡文]　1/10

         aa1:2　ab:1　a1b:1　ab1:1　aa1c1:1

   螵：a.毗昭反[戚]、婢遙反　1/3　b.匹遙反　1/3

      c.平堯反[劉]（蕭）

         ac:1

   藨：a.音瓢[郭]、婢遙反　1/2　(426-6a-10)　a1.扶遙反

         aa1:1　(75-9a-1)

   瓢：a.婢遙反、毗遙反　3/4　a1.扶堯反[徐]（蕭）

         aa1:1

   膘：a.頻小反、毗小反　b.扶了反（篠）

         ab:2　(78-15b-9,308-6a-4)

   摽：a.婢小反、婢眇反　a1.符小反　1/6

      a2.符表反[徐]、扶表反[徐]（小3B）

      b.扶妙反[徐]　c.敷蕭反（蕭）　d.普交反（肴）　1/6

         aa2:1　ada2:1　ba2:1　cd:1

m-　眇：a.眇小反、彌小反、名小反、亡小反、妙小反　9/10

      b.音妙[王肅]　1/10

   藐：a.美角反、亡角反、音邈（覺）　5/10

      b.妙小反、彌小反、妙紹反、亡小反　c.亡校反（效）

         ab:3　ac:1　ba:1

   杪：a.亡小反　1/1　(173-24b-7)

   鶖：a.亡小反　b.亡消反

         ab:1　(433-20a-8)

   篎：a.音妙[郭]　b.亡小反[郭]

　　　　　　ab:1　(418-24a-7)
g-　翹：a.祁遙反、祁消反、祁饒反、巨遙反　7/9
　　　　a1.其堯反［沈］（蕭）　1/9
　　　　　　aa1:1
　　蕎：a.祁饒反　1/2　(71-1b-4)　a1.祁堯反（蕭）　b.巨遶反
　　　　　　a1b:1　(425-4a-9)
　　糾：其趙反，又其小反，一音其了反（篠），窈糾舒之姿；說文音己小
　　　　反，又居酉反（有）。(71-2b-4)
?-　要：a.如字、一妙反、於召反［徐］、因妙反、於妙反　4/116
　　　　b.一遙反、於宵反、於遙反、一徭反、音腰　104/116
　　　　b1.於堯反（蕭）　1/116
　　　　　　ab:5　ba:2
　　喓：a.於遙反　3/3
　　葽：a.於遙反　1/2　(73-5b-6)
　　　　b.烏了反（篠）　1/2　(428-9a-4)
　　約：a.如字、於略反［沈］、於略反（藥）　2/28
　　　　b.於妙反［劉、徐］、因妙反、於詔反　4/28
　　　　c.於教反［戚］、於貌反、烏孝反（效）　d.音握、阿駮反［劉］（覺）
　　　　　　ab:12　ba:5　ac:2　ca:1　ad:1　abd:1
　　幺：烏堯反（蕭），字林云：小豚，施於遙反。(435-23b-9)

二、祭　韻

　　祭韻 3B 類韻表：
k-　劌：a.紀例反、居例反、九例反　6/6
　　瀾：a.居例反　b.許廢反［孫］（廢）
　　　　　　ab:1　(422-32b-5)
　　鱖：a.居例反　b.巨例反［郭］
　　　　　　ab:1　(426-5a-4)

瘈：a.居世反〔徐〕、吉世反（祭3A）　1/2　（301-21b-4）　b.音制

　　　ab:1　（261-2a-2）

*狾：a.九世反〔字林〕（祭3A）　1/1　（261-2a-2）

k'- 憩：a.起例反　1/2　（410-7a-6）　b.許罽反〔徐〕

　　　ab:1　（56-7a-9）

　　愒：a.欺例反、起例反　b.苦蓋反（泰）　4/6　c.丘麗反〔徐〕（霽）

　　　ac:2

　　顲：a.丘例反　2/2

　　揭：a.苦例反、起例反、欺例反　7/27　a1.苦蓋反（泰）　1/27

　　　b.居謁反〔徐〕、紀竭反、苟謁反（月）　1/27

　　　c.丘竭反、起謁反〔徐〕（月）　d.其謁反〔徐〕（月）　e.其例反

　　　f.起列反（薛3B）　g.其列反、音桀（薛3B）　h.起言反（元）

　　　　ac:1　af:1　afh:1　ea:1　fa:1　gd:7　dg:3

　　　　db:1　gb:1　bc:1

?- 瘱：a.於例反、乙例反、於滯反、猗例反　9/14

　　　b.烏計反〔徐〕、於計反（霽）　c.音翳〔郭〕（霽合）

　　　d.於器反（至3B）

　　　　ab:3　ac:1　ad:1

ku- 劌：a.九衛反、居衛反、古衛反　4/5　a1.己芮反〔字林〕（祭3A）

　　　aa1:1　（219-24b-4）

　　厥：a.居衛反　1/1　（191-24a-1）

　　撅：a.居衛反　1/1　（187-15a-3）　（《廣韻》居月切、其月切，月韻）

　　蹶：a.俱衛反、居衛反〔沈〕、九衛反、舉衛反〔李〕　11/17

　　　b.其厥反、求月反、其月反〔徐〕（月）

　　　c.音厥〔徐、郭〕、蹇月反（月）

　　　　ab:1　ac:1　bc:1　bac:1　bca:1　cba:1

　　蹷：a.俱衛反、紀衛反、居衛反　3/8

　　　b.其厥反、求月反〔徐〕、其月反（月）

　　c.音厥、九月反、居月反（月）

　　　　bac:1　bca:2　bc:3

祭韻 3A 類韻表：

p-　蔽：a.必世反、必袂反、必制反、畢世反、必曳反　13/23

　　　　a1.甫世反[徐]

　　　　b.方四反[徐]（至3A）　b1.方計反（霽）　c.音必[沈]（質3A）

　　　　d.音弗[劉]（物）　e.音弊、婢世反[鍾、梁武]

　　　　f.補弟反[王]、博堨反[劉]（霽）　g.必婢反（紙3A）　1/23

　　　　　　aa1:2　ab:1　abb1c:1　da:1　ae:2　aa1f:1　af:1

　　驚：a.必滅反[謝]、必列反（薛3A）　7/10

　　　　b.府弊反[劉]、方世反[呂、郭]　b1.方利反[徐、劉]（至3A）

　　　　　　ab:2　ab1:1

p-*澈：a.豐沛反（泰）　b.匹例反（祭3B）

　　　　　　ab:1　（362-5a-9）

　　潎：a.匹弊反、匹世反　a1.孚蓋反[徐]（泰）

　　　　b.匹計反（霽）　b1.孚計反[徐、沈]、芳計反（霽）

　　　　（《廣韻》匹詣切，霽韻；匹備切，至韻3B類；府移切，支韻3A類）

　　　　　　aa1b1:1　ab1:1　b1b:1

b-　敝：a.婢世反[鄭、郭]、音弊、音斃[劉]　7/18

　　　　a1.符世反　1/18　a2.步寐反（至3A）　1/18

　　　　b.扶滅反[王肅、徐]、伏滅反[徐、劉]、扶哲反[徐]、房列反

　　　　[徐]（薛3A）

　　　　b1.父結反[郭]（屑開）　c.音婢[徐]（紙3A）

　　　　d.步計反[李]（霽開）　e.必世反[庾]

　　　　　　ab:6　ae:2　cb1d:1

　　幣：a.婢世反[鄭]　a1.扶世反[徐]　1/3

　　　　b.必世反[干]、音蔽[司馬]

　　　　　　ab:1　a1b:1

斃：a.婢世反、音弊　20/21　b.扶設反(薛3A)

　　　ab:1

弊：a.如字、婢世反　2/14　a1.扶世反[李、徐]

　　b.必世反、音蔽[司馬]　4/14　b1.府世反[徐、劉]

　　c.蒲計反[鄭、徐]、薄計反[劉](霽)　c1.扶計反[徐](霽)

　　d.扶滅反[徐](薛3A)　e.婢庶[疑當爲「世」]反(御)　1/14

　　　a1b:1　ac:3　a1c1:1　ad:1　bcb1:1

獘：a.婢世反　1/2　(430-13a-4)　b.步計反[郭](霽)

　　c.婢設反(薛3A)

　　　acb:1　(412-11b-7)

m- 袂：a.彌世反、面世反、武世反、縣世反、滅制反　17/19

　　b.音決(屑)　1/19　c.音芮[李]

　　　ac:1

ng- 藝：a.魚世反、音藝　6/6

蓺：a.魚世反　2/2　(37-4b-10,40-9a-3)

槸：a.魚逝反[郭]　a1.魚例反[郭](祭3B)

　　b.魚列反、魚子反[何](薛3A)　1/2　(78-15b-2)

　　　aaa1:1　(430-13a-5)

帛：a.音藝[徐]　a1.魚例反(祭3B)

　　　aa1:1　(372-25a-8)

*臬：a.牛世反　1/1　(372-25a-8)

埶：音勢，本亦作勢，一音藝。(400-22b-5)

(下略)

日本漢字音能為重紐的解釋

提供什麼線索

吳聖雄

前　言

　　重紐問題是中國聲韻學研究工作中，一個相當難解的問題。不但對重紐在音值上是何種成分的對立？學者們有各種不同的意見。據以立論的材料，其涵蓋面也相當廣闊。

　　在為重紐問題提出一個解釋之前，我們應意識到：並不是每一份材料都是可以等量齊觀的。能為各種複雜的現象提出一個都能貫通的解釋，當然很理想。但是如果要兼顧和本題無關的現象，則會付出不必要的代價。因為類似的現象，可能有不同的成因。在現象背後的成因沒有徹底瞭解之前，是不宜用來作論據的。所以在重紐問題獲得全面的解釋之前，把每一份可能的材料作一個檢討，評估它能提供多少線索，應是解決重紐問題的基礎工作。

　　日本漢字音，向來被採用為構擬中古音的重要材料。在重紐問題的討論上，也屢被引用。本文擬從這方面的材料來作討論，希望能為研究重紐的學者提供一個參考。

文獻探討

前　說

　　日本學者在重紐研究上，有重要的貢獻。在他們的討論中，日本漢字音是經常被引用的材料。以下介紹三位日本學者所指出的現象，作爲討論的依據。

一、有坂秀世

　　有坂秀世是一位劃時代的學者，他不但在日語音韻史上有傑出的成就，在重紐問題的研究上，也有階段性的貢獻。他爲了研究古日語的元音系統，而研究漢語中古音。又爲了解釋重紐的區別，曾有系統地指出（有坂1937）：1.韓國漢字音重紐牙喉音字，四等爲拗音（有i介音），而三等爲直音（沒有i介音）。❶ 2.越南漢字音重紐脣音字，三、四等聲母有脣、舌的對立。根據這兩個現象，擬測三等有一個舌位較央的介音。河野六郎（1952）推崇他這項研究早於中、外的學者。❷

　　在有坂秀世對重紐的討論中，除了韓國、越南的漢字音，他也指出若干日本漢字音的現象與重紐有關。除此之外，在他對古日語元音系統的研究中，也討論日本漢字音與重紐的關係。現在把他認爲日本漢字音中與重紐有關的現象歸納如下：

　　1.日本吳音的臻攝牙喉音反映重紐的區別，三等與四等有：-on/-otu 與 -in/-iti,-itu 的對比。他認爲這個現象與韓國漢字

---

❶　這裡也有例外的地方，比如說他指出：效、梗兩攝三、四等都是拗音。
　　又如臻攝牙喉音三、四等是主要元音的區別。

❷　〈有坂博士と所謂「重紐」論〉《河野六郎著作集２》p237-238。

音一致，都是由於三等的介音是舌位較央的非口蓋化音，四等的介音是舌位較前的口蓋化音所造成的。❸

　　2.日本吳音在直音與拗音方面的表現多與韓國漢字音一致，認爲這是因爲吳音經過朝鮮輸入日本。❹

　　3.萬葉假名イ、エ兩列的甲、乙類，在使用止攝字的時候，甲類一定使用 A 系統（四等）的開口字，乙類多使用 B 系統（三等）的字，以及 A系統的合口字。❺

二、河野六郎

　　河野六郎是研究韓國漢字音的專家，他對重紐的主張和有坂秀世相同，在採用日本漢字音方面，幾乎也是異口同聲。他引用日本漢字音與有坂相同的部分，這裡不贅述。另外他還有些補充意見，這裡作個介紹：

　　1.萬葉假名對日語キ、ギ、ヒ、ビ、ミ等音節都分爲兩類，甲類用四等字，乙類用三等字。而這兩類的對立只限於聲母屬於：カ、ガ、ハ、バ、マ的幾行，這和重紐的對立限於脣、牙、喉音如出一轍，認爲是直接反映中古音值的資料。❻

　　2.萬葉假名キ、ヒ的乙類和 o、u 有交替關係，那是由於古代日語乙類的 i 舌位較央，和 o、u 的關係比甲類的 i 接近。❼

　　3.韓國漢字音在三等牙喉音有直音化的傾向，這個直音化的傾向

---

❸　《國語音韻史の研究》p344。
❹　《國語音韻史の研究》p349。
❺　《上代音韻攷》p424。
❻　〈有坂博士と所謂「重紐」論〉《河野六郎著作集 2》p236。
❼　〈有坂博士と所謂「重紐」論〉《河野六郎著作集 2》p174。

在日本吳音也可見。這是由於三等有較央的介音，在牙喉音之後原則上脫落。❸由這個特點把韓國漢字音與日本吳音、漢音比較，明顯地是韓國漢字音與日本吳音接近。他認為那是因為兩者都是根據南朝音來的。❾另外他還認為：吳音傳入日本的歷程中，有韓國漢字音的介入。韓國漢字音的構造原型還根深蒂固地保存在日本吳音之中。❿

三、藤堂明保

藤堂明保用-r-與-j-的組合，一方面來解釋重紐三、四等為介音-rj-與-j-的對立，如：三等 krj-／四等 kj-，一方面來解釋中古舌、齒音之間的區別，如：知 tr-、 trj-／莊 cr-／照 crj-／精 cj-。⓫他這個辦法後來對上古音的構擬起了很大的影響，是相當有遠見的看法。

他在《中國語音韻論》討論重紐時，特別加上他認為有力的日本漢字音資料，一是眞、質韻三、四等字的對立，如：

　　3 等　乙‧密‧筆
　　4 等　一‧蜜‧必

吳音的讀法是：乙 otu：一 iti、銀 gon：因 in。

另一則是萬葉假名イ、エ、オ三列各分甲、乙類，除去オ列以

---

❸　〈朝鮮漢字音の一特質〉《河野六郎著作集 2 》 p176 。「原則上脫落」的說法，據〈日本吳音に就いて〉《河野六郎著作集 2 》p552 。

❾　〈朝鮮漢字音の一特質〉《河野六郎著作集 2 》p179 。

❿　〈日本吳音に就いて〉《河野六郎著作集 2 》 p538 。

⓫　見《中國語音韻論》。本書 1957 已出版，但二十三年又修改重新出版。我所用的是 1980 的修改本。

外，分甲、乙類的キヒミ與ケヘメ，其聲母正好相當於漢語的脣、牙、喉音，而重紐三、四等的區別剛好限於這三類聲母。他舉出萬葉假名イ列甲、乙類的用字，指出大體上中古漢語三等字對キヒミ的乙類，四等字對甲類。漢語三、四等的對立反映在日語的「中舌」（央）與「前舌」（前）的區別上。這些資料所反映的中舌：前舌，以及其他資料所反映的弱：強、緩：緊張等對立，他認爲都可以用三等-rj-：四等-j-加以解釋。⑫

　　至於エ列，他爲何不提？因爲エ列的萬葉假名中有漢語的洪音字。他在另一篇文章中指出：エ列甲類對應前舌音、乙類對應非前舌音。⑬

　　綜合他們三位的意見，日本漢字音資料中，與重紐有關的現象是：1.萬葉假名イ列甲類用四等字、乙類用三等字。2.日本吳音三等牙喉音有直音化的傾向。3.日本吳音眞、質韻牙喉音三、四等主要元音有 o：i 的對立。

　　另外需要補充說明的是，他們幾位對三等韻脣牙喉音介音的看法，都是認爲韻鏡列於三等的一律有一種介音，列於四等的一律有另一種介音。

質　疑

　　對以上的說法，本文提出三點質疑：

---

⑫　見《中國語音韻論》p219-220。
⑬　〈萬葉カナの甲乙類と中古漢語の 3・4 等の本質〉《中國語學》
　　27(246) p121。

　　1.萬葉假名區分的甲、乙類和漢語的重紐究竟有何種關係？萬葉假名區別甲、乙類的，有 i 、e 、o 三列，為什麼只有イ列反映漢語重紐的區別？

　　2.古日語音韻系統究竟是怎麼回事？如果依有坂秀世的說法，イ列甲、乙類的區別是 i ：ïi，那麼就得承認古日語中有介音的結構，而且是一種舌位較央的介音。但是為什麼這種結構在日語中分布得這麼不均勻？只可以出現在 i 元音之前；而最容易和其他聲音結合的 a 元音前面，為什麼這種介音反而不出現？

　　3.日本吳音介音分布的情形如何？真的與韓國漢字音這麼相似嗎？為什麼日本吳音可舉的例子這麼有限？日本吳音的反映和古日語的音韻系統，以及漢語中古音的系統各有什麼關係？

研究前提

　　日本漢字音，是由於古代的日本人用他自己的語感學習漢字的讀音，而後經過流傳、演變，所形成的特殊讀法。這個名稱包括了不同來源、派別、以及不同歷史階段的多種讀法。

　　因此研究日本漢字音，首先要考慮語文接觸的問題。所謂考慮語文接觸，這意思是說：除了日本漢字音本身的系統以外，還要考慮另外兩方面的影響，也就是漢語與日語。三者的關係如下：⓮

⓮　打個比喻說：漢語是原料，日語的音韻系統是工廠，而日本漢字音就是出來的成品。

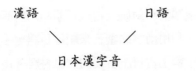

漢語　　　　　　　日語

日本漢字音

　　漢語對漢字的讀音是被模仿的對象，而日語則會把這個對象依照它自己的音韻系統加以修改。因此日本漢字音所顯示的現象，有可能來自漢語與日語兩方面的成因。要利用日本漢字音來研究漢語的音韻系統，不能只因日本漢字音反映了某個現象，就認定它的成因一定與漢語有關，因爲其成因還有來自日語的可能。所以除了描述日本漢字音的現象之外，也有必要對古日語的音韻系統作一些了解。

　　再則，一個歷史的考慮也是必要的。因爲無論是漢語或是日語，在歷史的長流中都是不斷地在變化的。日本漢字音有許多派別，反映的現象互有差異，因爲它們是來自不同時代、地域的漢字讀音，受到不同階段日語修改的結果。同一派別的日本漢字音，有時在不同的時代也有不同的反映，這也與不同時代的日語系統、與漢語刺激有關。此外，各個派別的漢字音彼此互相影響、歷代的學者們對日本漢字音所作的理解與規定，都會改變某種漢字音本來的面貌。因此研究某一派別的漢字音，一方面有必要了解它各個時代的面貌，另一方面還要留意它內部異質的成分。

取　材

一、萬葉假名

　　日本原來沒有文字，最古的文獻不但都使用漢字來記錄，連使用

的文體也多模仿中國的古典，這類資料對研究古代日語的功用有限。
所幸有些典籍採用記音的方式，利用漢字的讀音來記錄日語，主要是
記錄古代的歌謠，這些記錄是了解上古日語首要的文獻材料。由於最
大宗的文獻是《萬葉集》所收的四千五百多首歌謠，於是就稱這種用
漢字讀音來記錄日語的文字叫做「萬葉假名」。

　　對古日語音韻系統的構擬，要以萬葉假名爲主要的研究資料。但
是萬葉假名資料有好多種系統，時代也有先後不同。本文對取材的考
慮有以下幾點：

　　1.時代愈古愈好。因爲愈古的材料，愈能反映較早階段的現象。

　　2.資料量大。如此才有利於作全面的觀察。

　　3.有內部一致性。由於資料中異質的成分有可能會影響結論，所
以初步的研究需要避免。在掌握系統之後，才是處理異質性資料的時
機。

　　依據前兩個考慮，《古事記》(712 年，112 首)、《日本書紀》
(720 年， 128 首)、《萬葉集》（約八世紀後半， 4500 多首）三
部書中所收錄的歌謠都是很好的資料。尤其是《萬葉集》歌謠數量之
高，遠超過前兩部書幾十倍，應是最理想的材料。但是也正因爲《萬
葉集》收錄歌謠數量龐大，其來源也複雜。一方面是歌謠的時代前後
跨越三百年，二則是作者的時代、地域各異，三則是編纂的過程經數
次增修，根據的文獻也頗複雜。特別是它萬葉假名的表記法，可能包
含了好幾種不同的系統。因此在第三個考慮之下，暫時把《萬葉集》
的優先順序排在另外兩部書的後面。

　　合於以上考慮：時代古、資料量大、而又具有內部一致性的材
料，首推《古事記》，其次是《日本書紀》。也許有人會問：不是

《日本書紀》歌謠的數目比較多嗎？這是因爲《日本書紀》各卷編纂者不同，萬葉假名的用法也有所差異。根據森博達（1981）的研究，卷一～十三、廿二～廿三爲一類（他稱爲 β 群）、卷十四～十九、廿四～廿七爲一類（他稱爲 α 群）。將這兩類分開，每一類歌謠的數量就較《古事記》爲少了。本文所處理的，實際上是兩部書，三類萬葉假名。

這兩部書中，有許多訓注的地方也採用萬葉假名。但是觀察它們的用法，許多萬葉假名只出現於訓注，而不出現於歌謠。由此推想訓注所使用的萬葉假名，可能有其他來源的成分，因此暫時也不處理。

時代更早的萬葉假名資料，因爲比較零星，不容易反映系統性，優先順序也排在後面。

二、日本吳音

日本吳音在日本漢字音的傳承中，是日本成系統的漢字音中時代最早的一種。但是也由於時代早，日本化的程度也較深，許多字的讀法失傳，也混入了若干異質的成分。現代日語中的吳音，又因爲經歷了音韻變化，許多古代文獻裡有區別的音被混同了。如較早的假名注音顯示不同音的「少 seu：賞 sjau：昇 sjou」，現代日語都作 sjo:。而編字典的學者爲了給每個漢字注上吳音、漢音，採用韻書韻圖作了許多類比的音，所以字典裡許多不常用的字，它的吳音卻非常規律。因此要使用日本吳音資料，不宜直接到字典裡去找想要的音，最好能用最古的文獻材料，材料中所沒有的字音只能置而不論。另外日本人使用假名來標注漢字音的時代很晚，因此還是要考慮語音演變、以及異質成分的問題。

我（吳聖雄 1991）曾研究十四世紀心空《法華經音義》所記錄

的吳音，所據的板本是《古辭書音義集成》所收永和四年(1378)的
複製本。本文的討論，是根據我當時所作的〈吳音字譜〉。

上古日語的音韻系統

　　由於有語音演變的可能，不能用現代的日語來以今律古。而萬葉
假名是採用漢字記錄古代日語的語音，某個漢字所表記的音節，當時
其日語的音值爲何，實際上還是個有待解決的問題。因此在能夠使用
萬葉假名來討論其漢字讀音的音值以前，先要對古日語的音韻系統作
構擬的工作。

　　本人對古日語音韻系統的構擬，以內部擬測的方法爲主。從事內
部擬測有兩條途徑，一是觀察音韻的分布，二是觀察語音的交替現
象。而所得的系統，應該比所根據的資料時代更早，但確切的時代則
無法指明。以下根據吳聖雄(1991)對古日語音韻系統的看法簡介如
下：

一、音節表

　　根據橋本進吉和有坂秀世的研究，奈良時代的萬葉假名區別八十
八種音節（但《日本書紀》和《萬葉集》モ的甲乙類混同，只有八十
七種）。由於這八十八種音節比後代〈五十音圖〉假名的數目（四十
七個）加上濁音音節（二十個）還要多出了二十一個；因此就有萬葉
假名分爲兩類，而後代只有一個音節與之對應的情形。這些多出來的
音節，用後代的假名沒辦法稱呼它們，只好按照後代假名的稱呼加上
甲、乙來區別。通常甲類用片假名、乙類用平假名，不分甲、乙類的

一律視爲甲類，用片假名來表示。還有兩個音節對應後代的エ，其中
一個與ヤ行有關係，被取名爲「江」。由於這些二對一的情況都發生
在イ、エ、オ三列，用五十音圖的架構列出來，就比原來的五列多出
了三列。雖然五十音圖置於同列的音節，其元音相同，列與列之間是
元音的區別。然而，這多出來的三列是何種區別，學者間的看法卻相
當分歧。爲了討論方便，本文採用一種比較通行的的對音，那就是：
在乙類的元音符號上打兩點，以便與甲類區別，然而不確指其音值。
以下將兩種表記法對照，列出萬葉假名的音節表：

ア a	イ i		ウ u	エ e		オ o	
カ ka	キ ki	き kï	ク ku	ケ ke	け kë	コ ko	こ kö
ガ ga	ギ gi	ぎ gï	グ gu	ゲ ge	げ gë	ゴ go	ご gö
サ sa	シ si		ス su	セ se		ソ so	そ sö
ザ za	ジ zi		ズ zu	ゼ ze		ゾ zo	ぞ zö
タ ta	チ ti		ツ tu	テ te		ト to	と tö
ダ da	ヂ di		ヅ du	デ de		ド do	ど dö
ナ na	ニ ni		ヌ nu	ネ ne		ノ no	の nö
ハ pa	ヒ pi	ひ pï	フ pu	ヘ pe	へ pë	ホ po	
バ ba	ビ bi	び bï	ブ bu	べ be	べ bë	ボ bo	
マ ma	ミ mi	み mï	ム mu	メ me	め më	モ mo	も mö
ヤ ja			ユ ju	江 je		ヨ jo	よ jö
ラ ra	リ ri		ル ru	レ re		ロ ro	ろ rö
ワ wa	ヰ wi			ヱ we		ヲ wo	

二、系　統

1.語位結構容許 CVC 。也就是說：容許韻尾，但不容許介音。

　　a．古日語音節結構不容許介音

　　從假名發展的歷史來看，中古時代日本人歸納日語音節所作的假名一覽表，如：〈あめつち詞〉、〈いろは歌〉及〈五十音圖〉等，原來並無所謂「拗音」的設計。這顯示至少在日語的中古時代，是沒有介音結構的。而現代日語中，除了少部分後代發展出來的狀聲詞、以及經語音變化產生的拗音以外，有介音的成分多是外來的成分（如漢字音及西方外來語）。這顯示現代日語介音的成分，是受語言接觸而產生的。日語較早的結構中，是沒有介音的地位的。

　　然而日語沒有介音的情況，究竟能夠推到多早？上古日語仍有兩個可能，一是有介音，到中古消失；二是從上古以來就沒有介音。如果要認爲上古日語有介音，到中古消失，後來受到外來的影響又再度產生，是有困難的。因爲奈良、平安時代，日語正受到有介音的漢語強力影響，其介音反而消失，到了後代又再度產生，這種發展是有違常理的。如果認爲日語從上古就沒有介音，由於受到漢語的影響而慢慢產生，在語言的發展上是很自然的。因此這裡採用上古日語沒有介音的觀點。

　　b．語位層次容許韻尾

　　由語位劃分的觀念來看：日語語位是容許 CVC 結構的。例如日本傳統文法有所謂的「四段活用動詞」，同一個動詞可以有好幾種不同的形式：

	未然形	連用形	終止形	連體形	已然形	命令形
	ア	イ甲	ウ	ウ	エ乙	エ甲
咲(開花)	saka	saki	saku	saku	sakë	sake

觀察這些不同形式中相同的部分，可以把上例改成：

唉　　　　sak-a　sak-i　sak-u　sak-u　sak-ë　sak-e

這些所謂語尾的元音變化，其實是由於動詞詞幹連接了不同的語位。 sak 是詞幹，而隨後的元音應劃歸其他的語位。這類動詞，西方的學者稱爲「輔音尾動詞」，是日語中比例最高的一類動詞。由此可見，古日語除了有元音結尾的語位，也可以有輔音結尾的語位。

由於一直相信日語的音節不允許韻尾，因此大部分日本學者在構擬甲、乙類的區別時，都向介音或主要元音的方向去想。現在如果能突破這個觀念，了解到日語語位容許韻尾，那麼甲、乙類的區別，就還有韻尾的可能了。

2. C（輔音）的音位有：

p　m

t　n　s　r

k　ŋ

j

w

0

在詞幹中，輔音可出現在元音的前後，其中只有 r 不出現於詞首。值得注意的是：古日語的輔音音位只有阻音與響音的對立，清濁對立是後代產生的。

3. V（元音）只有四個：

i　　　　u

　　　ə

　　　a

　　　a . 元音的頻率

　　統計萬葉假名各段音節出現的頻率，可得以下的統計表：**⑮**

	ア	イ甲	イ乙	ウ	エ甲	エ乙	オ甲	オ乙	
	a	i	ï	u	e	ë	o	ö	計
古事記	1846	1336	63	814	361	94	468	879	5861
日本書紀	1692	1229	58	822	336	121	509	655	5422
萬葉集	12120	9263	370	6415	2985	953	4661	5280	42047

　　由這個統計表可以看出來：這八類元音出現的頻率並不均勻。統計表中依出現次數多少可以分為兩類：次數多的是ア、イ、ウ、オ乙四列；次數少的，依次是：イ乙、エ乙、エ甲、オ甲。

　　　b . i 與 e 、 u 與 o 分別屬於同一個音位

　　e 與 o ，它們的次數是屬於少的一類，橋本進吉指出：奈良時代在某些輔音之後，甲、乙類的區別已經混同，沒有甲、乙類區別的都算是甲類。因此エ、オ甲類中有些音節是來自更早的乙類，原來就屬於甲類的音節應該更少。觀察含有這四列音節的詞彙，能表現 i：e、u：o 最小對比的例子極少，如：三 mi：女 me、津 tu：門 to，這也許是因為「三、津」通常位於複合單位的前一成分，而「女、門」通常是一個複合單位的最末成分，因為重音的關係而有音

---

⑮　《萬葉集》的數據是取自大野晉《日本語の成立》「萬葉集の音韻表・音節別使用度數」（ p152 ）。根據表旁的說明，這是針對《萬葉集》卷五、十四、十五、十七、十八、十九、二十中，一字一音的萬葉假名所作的統計。其他統計數據則見於吳聖雄《日本吳音研究》 p146 ，原文《日本書紀》的統計數字有誤，本文已修正。

值的不同。反之，甲、乙類有別的萬葉假名在 i 與 e、u 與 o 之間
卻有互用的情形。i 與 e 互用如：

之彌良爾 simirani（萬十三）：之賣良爾 simerani（萬十七）
　　終　　　　　　　　　　　終

u 與 o 互用如：

麻用賀岐　majo-gaki　眉畫き（記 43）
　　眉　　畫
和賀毛古邇許牟 waga moko ni kömu 我が婿に來む（記 51）
　　我　　婿　　　　來❻

　「眉」當作 maju，這裡卻作 majo、「婿」當作 muko，這裡
卻作 moko。因此我以爲：i 與 e、u 與 o 是原來分別屬於同一個音
位的不同音值，我將這兩個音位寫作 i 和 u。❼
　　c. イ列乙類與エ列乙類
　　イ、エ兩列只在脣音或舌根音之後有甲、乙類的區別，其他位置
則各只有一類。一般的看法認爲：更早的階段，イ、エ兩列甲、乙類
分布的情況更廣，到了奈良時代，甲、乙類的區別已開始消失，僅在

---

❻　因爲我對《萬葉集》的了解還不足，所以採用有坂秀世所舉的例子，括
　　弧中的「萬」表示《萬葉集》，大寫數字表示卷數。《古事記》的例子
　　是我自己找的，「記」是書名簡稱，阿拉伯數字代表見於第幾首歌謠。
❼　這種情形就像臺灣的許多南島語，只有 i、u 而沒有 e、o 的音位，但
　　是 i 聽起來有時像 i、有時像 e，u 聽起來有時像 u、有時又像 o。

脣音與舌根音之後保存。

這類音節的頻率特別低，而其出現的環境是：

(1)古日語動詞連用形

日本傳統文法把動詞連接其他語位時，連接的位置有不同元音的表現，稱爲「活用」。依照不同的活用情形，把奈良時代的動詞分爲若干類。而把這些不同的活用形式稱爲該類動詞的某某「形」。其中所謂的「連用形」，有如下的不同：

```
四段  咲  saki イ甲
上一段 著  ki   イ甲
上二段 起  okï  イ乙
      盡  tukï イ乙
下二段 明  akë  エ乙
```

上文已經提到：所謂的四段動詞是輔音尾動詞。而這些上、下段動詞應該就是元音尾動詞。由它們在其他形的變化，可以推測它們詞根的形式分別是：sak、ki、okö、tuku、aka。四段動詞的連用形顯示的是在詞幹之後接 i，那麼其他個段動詞的連用形可能也是在詞幹之後接 i，因此可以把上表整理爲：

```
四段  咲  sak+i>saki     イ甲
上一段 著  ki+i>ki        イ甲
上二段 起  oko+i>okï      イ乙
      盡  tuku+i>tukï     イ乙
```

下二段　明　aka+i>akë　　　　エ乙

這顯示イ、エ兩列的乙類是元音之後加 i。

(2)有坂秀世所謂「母音交替」的「露出形」

在古日語的研究上，有坂秀世有一個非常著名的「母音交替說」❶。他指出：在奈良時代的文獻裡，ë 和 a 有條件地交替，而 ï 和 o、ö、u 有條件地交替。交替的條件是：後頭沒有連接其他語位的時候（稱爲「露出形」），就是 ë 和 ï，如果後頭連接其他詞幹（稱爲「被覆形」），就是 a 和 o、ö、u。如：

	被覆形			露出形	
佐加豆岐	saka-duki	杯	左氣	sakë	酒
奈胡也	nago-ja	和や	奈疑	nagï	和
許能波	kö-nö-pa	木の葉	紀	kï	木
都久欲	tuku-jo	月夜	都奇	tukï	月

這種交替現象，首先要考慮的，就是哪一種形式是其原形。如果認爲露出形是原形，那就很難解釋爲什麼露出形是 -ï 而被覆形卻分別變成 -o、-ö、-u，因此被覆形接近原形是比較可能的。但是這樣就不能解釋爲什麼有些以 -a、-o、-ö、-u 結尾的詞卻沒變爲 -ë、-ï，如：坂 saka。因此我以爲這類詞可能有某種詞尾，在後頭有其他詞複合的時候不用，而產生這種交替現象。這個現象和動詞連用形

---

❶　〈國語にあらはれる一種の母音交替について〉、〈母音交替の法則について〉，收於《國語音韻史の研究》p3-72。

的現象相似，我以爲所謂的「露出形」也是元音結尾的詞幹，後面加
i 的現象：

```
saka+i>sakë

nago+i>nagï

ko+i>kï

tuku+i>tukï
```

(3)所謂元音融合的位置

奈良時代的文獻裡，還有一種現象，就是當兩個語位複合時，前
一個語位以元音結尾，後一個語位以元音開頭時，萬葉假名會將這兩
個成分合爲一個音節來表記，這種情形，日本的學者稱爲「元音融
合」，如：

多氣知 takëti(高市)　<taka(高)+iti(市)　(記101)

那宜伎 nagëki(歎)　　<naga(長)+iki(息)　(萬十八)

意斐志 opïsi (大石)　<opo (大)+isi(石)　(記14)

這種現象和上面所提到的現象都很相似，顯示所謂的イ、エ列乙
類是元音加 i 的複元音。

綜合以上的討論，イ列乙類與エ列乙類出現的頻率特別低，出現
的位置也非常受限制，都是在語位結合的位置，而其音值又都與元音
加 i 有關係。由於萬葉假名都只用一個音節來表現這類組合，這個 i
可能是一種不能自成音節的成分。在語位結構容許 CVC 的認識之
下，檢查古日語各種輔音出現在語位末位的情形，-Vj 的組合剛好是
個空缺，因此我以爲：イ、エ列乙類最後的一個成分是 j。前述的現

象反映：エ列乙類與 a 加 i 有關，就擬爲-aj ；而イ列乙類與 o、ö、u 加 i 有關，又由於 o 擬爲 ə 、 o 與 u 是一個音位，就把 イ列乙類擬爲-əj 和-uj 。

　　d. ö（オ列乙類）是 ə

　　萬葉假名中的八類元音，據以上的討論，エ、オ列甲類可以合併 於 i 與 u，而エ、イ列乙類是 a 、 u(o)、ö與 j 的結合，剩下的剛 好是出現頻率多的一類：a 、 i 、 u 、ö。由於 a 、 i 、 u 已分據元 音圖的三個頂點，要與它們有所區別，ö 最妥當的位置應是這個三角 形的中心點。又由於 ö 後代變爲 o，有時又會被鄰近的 a 、 i 、 u 所同化，我推測它的音值是 ə 。

三、發　展

　　由內部擬測的結果來看，古日語只有四個主要元音。由四個主要 元音演變爲後代五個主要元音的過程，可圖示如下：

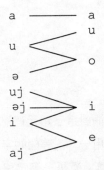

重新觀察萬葉假名

一、萬葉假名有忽視漢語介音的傾向

　　內部擬測的結果，顯示古日語沒有介音。由此可以推測萬葉假名在選用漢字來記錄日語的時候，就該用漢語沒有介音的字，如果用漢語有介音的字，那也是把它當成沒有介音來用。《古事記》歌謠所用的萬葉假名一共有一百二十個不同的漢字，在等第方面有以下分布的情形：❶

	一	二	三	三A	三B	四
ア	16	2	4			
ウ	4		11			
オ甲	14		7			
オ乙	7		8			
エ甲		2		6	2	4
エ乙	1		1		1	2
イ甲			6	13	1	
イ乙			7		1	

　　先看ア、ウ、オ甲三列的音節。各家的擬測對這三類元音都不會考慮有介音，但是在統計表卻顯示萬葉假名兼用一、三等韻的字。這表示萬葉假名把三等韻的字讀得和一等字一樣。漢語一等字沒有介

---

❶　請注意表中的數字是字數，不是次數。

音，借入日語產生介音的可能也很微小，可以推測是三等韻混同於一等。由這個現象可以說明：萬葉假名至少在這三類音節中有忽略漢語介音的情形。

才列乙類兼用一、三等韻字的情形和上述三列相同，主要的用字是一等的登韻（登能曾）、侯韻（母），與三等韻的魚韻（許碁杼敘呂余）。本人將才列乙類構擬爲央元音ə，對這個現象的解釋是：由於中古漢語沒有單用ə元音的韻，只好借用有韻尾的登、侯韻，或是有介音的魚韻，這裡無論是韻尾或是介音都被忽視了。

萬葉假名在以上四類音節的用字，都有忽略漢語介音的情形，在其他音節應該也是如此。然而イ、エ兩列的甲、乙類，因爲少用一等字，而多用三、四等字，使得一般人不得不考慮其介音的成分。實際上這幾類假名之所以多用細音字，和漢語的音韻系統有關，漢語適合對這類元音的音節，大多是三四等字。在沒有更適當的音節可用的情況下，只能選用三四等字。

以下就來進一步觀察萬葉假名是否反映重紐的現象。

二、イ、エ兩列甲、乙類的萬葉假名

我曾對《古事記》與《日本書紀》歌謠所用萬葉假名，與漢語中古音聲、韻類的對應關係作過全面的統計。爲了節省篇幅，將イ、エ甲、乙列的統計列於附錄，正文僅將與重紐討論有關的現象列成簡表，以便討論。表中的數字是每類字出現的次數，這裡的統計特別重視出現的次數。因爲某個音節在資料中出現的次數愈多，其可靠性愈高。如果某個萬葉假名出現了幾十次，而另外幾個萬葉假名各只出現了一次。那麼這個出現了幾十次的字，應該更值得參考，不能以例外來處理。只出現一兩次的字，以例外視之也許比較適合。

1.《古事記》反映的現象

	p	m	k	g
イ甲	脂A 143	脂B 180	支A 159	祭A 18
イ乙	微 13	微 16	之 24	之 5
エ甲	祭A 31	佳 24	脂B 37	
エ乙	齊 19 咍 7	齊 36	微 26	支B 6

　　《古事記》萬葉假名主要的傾向是：用支脂祭三韻的字對イ、エ
兩列的甲類，用之微對イ列乙類，用齊咍對エ列乙類。這裡需要補充
說明的是：由於支脂與祭主要元音的音值不同（可能是 i：e），因
此支脂多用於イ列甲類、祭多用於エ列甲類。然而イ、エ兩列甲類原
屬同一音位，所以也有脂用於エ列甲類、祭用於イ列甲類的情形。

　　雖然同類音可用不同韻類的漢字來對，但是如果依照開首輔音的
類別來觀察，就可以發現一個更有趣的現象，那就是：韻類的選擇似
乎是以聲母為條件的。イ列甲、乙類的區別，在舌根音之後主要是
支：之的對立，在脣音之後則主要是脂：微的對立，然而到了エ列
甲、乙類，在舌根音之後又是脂：微的對立，脣音之後則主要是祭與
齊咍的對立。為什麼脂：微的對立會出現在イ列與エ列甲、乙類的對
立之中？這與這兩列甲類是單元音，而乙類是複元音有關。上文已經
說明イ、エ兩列的甲類原是一個音位，所以エ列甲類用脂並不奇怪。
而エ列乙類是-aj　，也許在 k-之後舌位較高，因此採用本來該用來
對- əj 的微韻字。

　　由以上的討論可知《古事記》萬葉假名イ列甲、乙類的區別主要

是支脂與之微的區別，也就是單元音與複元音的區別。至於重紐的區別，只有一對，bi 毘（脂 A16 次）：bï 備（脂 B 4 次）。然而重紐 B 類出現於萬葉假名甲類的，卻有：mi 美（脂 B 180 次）、ke 祈（脂 B 37 次）。

2.《日本書紀》反映的現象

α群

	p	m	k	g
イ甲	支A22脂A37	支A30	支A69	支B3
イ乙	支B2脂B1	微3	之10	之9
エ甲	齊18		齊7	
エ乙	灰16哈5	灰8	哈14	哈7

β群

	p	m	k	g
イ甲	支A60脂A46	支A78	支A68	祭A13
イ乙	支B2脂B3	微7	之9微8	之4
エ甲	齊7祭A13	（支A齊佳仙）	齊18	
エ乙	灰13哈12齊3	灰24	哈6	哈2

《日本書紀》萬葉假名主要的傾向，與《古事記》大致相同，也就是用支脂對イ列甲類，用之微對イ列乙類，但是齊韻改爲主對エ列甲類，主用灰哈對エ列乙類。這可能是因爲二書所根據的漢字音傳統不同。《古事記》齊哈混用，和吳音的現象相合；《日本書紀》齊與

灰咍分用，和漢音的現象相合。《日本書紀》的 α 群與 β 群在用字上也有稍稍的差別：β 群對イ列甲類也用祭韻字，對エ列乙類也用齊韻字，這個現象和《古事記》有點接近。

　　另外 α 群與 β 群有一個共同的現象值得注意，那就是在脣音ヒ、ビ的甲、乙類音節出現了重紐的對立。α 群：pi 譬 1、避 2（支 A）比 25、毗 4（脂 A）：pï 彼 2（支 B）悲 1（脂 B），β 群：pi 臂 17、譬 9、避 3（支 A）比 39、毗 4（脂 A）：pï 被 2（支 B），bi 彌 24、弭 7（支 A）寐 3（脂 A）：bï 備 2、媚 1（脂 B），也就是ヒ、ビ甲用支脂韻的 A 類，而ヒ、ビ乙用支脂韻的 B 類。但是《日本書紀》中，也有重紐 B 類字用於イ列甲類的例子。α 群：gi 蟻 3（支 B），ki 祁 1（脂 B），mi 美 12（脂 B）。β 群：ki 耆 14、祁 2（脂 B），gi 嶬 1（脂 B），mi 湄 1（脂 B）。這個現象和《古事記》的例子合起來看很有趣。由於支脂韻 A、B 類的字都可以出現在イ列甲類，而且 B 類的次數也不少，應該可以推測萬葉假名並沒有在意其區別。再由日語音韻的發展來看，甲、乙類是走向混同的，雖然脣音與舌根音在奈良時代還保留區別，但是由脂韻字用於イ列乙類，《古事記》只有四次，《日本書紀》α 群只有三次、β 群只有五次來看，這也許是反映イ列乙類的脣音字正走向與甲類混同的跡象。因此我傾向於相信萬葉假名不能區別重紐 AB 類。不過由於找不到イ列乙類用支脂 A 類、以及イ列甲類用之微的例子，如果ヒ、ビ的甲、乙類開始混同了，爲什麼剛巧只限於イ列乙類用支脂 B 類字？假如不是單純的偶然，那麼這些現象仍有可能是日本漢字音中少數反映重紐的資料。

　　就整體來說：《日本書紀》萬葉假名イ列甲、乙類的區別，主要

仍是支脂與之微的區別。

由以上的討論可知：萬葉假名甲、乙類的區別實際上有兩種情形：才列甲、乙類的區別是主要元音舌位前後的不同，而イ、エ兩列甲、乙類的區別則是單元音與複元音的區別。イ列甲、乙類表現在漢字音是支脂與之微的區別，而エ列甲、乙類在《古事記》是祭與齊咍的區別，在《日本書紀》則是齊與灰咍的區別。它們與漢語重紐的區別，關係都不大。

日本吳音的討論

要討論日本吳音反映了那些重紐的線索，最好對所有的三等韻字作系統性的觀察。以下依照李榮《切韻音系》的架構，將三等韻分爲有重紐對立的 A 、 B 兩類，與沒有重紐對立的一類，分別統計吳音在不同聲母條件下，介音與主要元音的表現。統計表請參見附錄㈡。

一、 -j- 介音的分布：

吳音-j-介音分布的情形，有以下幾個特點：

1.梗攝字幾乎都有-j-介音。

2.原則上有重紐對立的三等韻都沒有-j-。只有脂韻喻母字（唯惟維）以 j 爲聲母，諄韻齒音字（純順旬楯出）以-j-爲介音。

3.沒有重紐對立的三等韻，除了梗攝字，脣牙喉音幾乎都沒有-j-介音。例外的只有魚韻的「魚 kjo」、陽韻的「況 kjau 、腳卻 kjaku」。

4.除了梗攝字差不多都有-j-介音，及以上魚、陽韻的四個字，-j-介音主要集中在舌齒音字。舌齒音有-j-介音的有：東、鍾、

魚、虞、麻、陽、清、蒸、尤等韻。然這些韻中的舌齒音字，仍有若干字是沒有 -j- 介音的，如：「 so 鼠（審）、 rau 良、 ru 流留（來）、 sau 瘡（初）想（心）」。

由此看來，-j- 介音在日本吳音的分布是很受限制的。除了梗攝字不論等第都有 -j- 介音以外。其他三等韻，原則上脣牙喉音都沒有 -j- 介音。-j- 介音主要分布在舌齒音。

這個現象可以作以下的解釋：⑴古日語音韻系統因為沒有介音，所以在學習漢字讀音的時候，容易忽視漢語的介音，因此吳音三等韻字沒有 -j- 介音是一個普遍的傾向。⑵在努力的學習之下，舌齒音字的 -j- 介音比較容易習得，而脣牙喉音較難，因此吳音三等韻字 -j- 介音的分布，集中在舌齒音，脣牙喉音有 -j- 介音的情況很零星。⑶梗攝字可能有某種特別的韻母，使得日本吳音不論等第都有 -j- 介音。

因此所謂日本吳音在三等牙喉音有直音化的傾向，這個觀察固然不錯，但是不全面。實際上是除了梗攝字，吳音其他所有的三等韻脣牙喉音幾乎都會丟失 -j- 介音。在這方面重紐三四等字沒有任何不同。

二、合口介音的分布：

統計表中有一個有趣的現象，那就是： A 類有 -w- 介音的字明顯地比 B 類字與沒有重紐對立的三等韻字少；這個現象會令人懷疑是否與重紐有關。但是如果進一步觀察它們在各聲母分布的情形：

	影	曉	喻	爲	見	溪	群	疑
A	0	1		9			1	

w						1		
B0				6	1	4		
w	8	1		4	3		3	2
三0		5		2	3		3	2
w	7	1	1	16	4	4	2	4

原來是《法華經音義》裡，Ａ類合口脣牙喉音字很少，又集中在喻母，所以在統計表中數目很少。因此 Ａ 類-w-介音少的這個現象並不能用來證明Ａ、Ｂ類有什麼差別。

三、主要元音的分布：

觀察日本吳音有重紐區別的三等韻，可以看出：其主要元音是 i 和 e。Ａ類主要元音不爲 i 的例外有：tai 地（脂定）、sai 齜（支莊）、sotu 率（術疏），主要元音不爲 e 的例外有：sai 際（祭開精）歲（祭合心）、namu 奭軟（仙合日）。另外支、脂韻合口舌齒音字作：tui、sui、rui 的有 23 字，這是心空表記上的限制，因爲他使用有 w-的假名表記時，只限於記牙喉音字，因此這裡可以將 i 視爲主要元音，不必視爲例外。Ｂ類主要元音不爲 e 的例外有：amu 掩（鹽Ｂ影）。另外有九個侵韻字的主要元音是 o，有必要加以討論。

侵韻字在《法華經音義》裡，Ａ類只有喻母及舌齒音字，與Ｂ類只有脣牙喉音字剛好互補。喻母及舌齒音字的主要元音是 i，而其他脣牙喉音字的主要元音有 o 也有 i。大致上來說，舒聲字在 k-之後有的字是 i，有的字是 o，在其他脣牙喉音之後主要元音都是 o，而入聲字除了影母字主要元音是 o，其他字的主要元音都是 i。日語

中的 o 有一部分是由古代的 ə 變來的，這裡的 o 可以推測是來自更早的 ə 。現在的問題是：中古漢語同韻的字，日本吳音卻反映兩種主要元音。中古漢語同韻，原來應當只有一個主要元音。因此推測其原來的主要元音就有 i、ə 兩種可能。主要元音是 ə，受介音 j 的影響被聽成 i 的變化比較可能；而反過來的變化可能性比較小。另外侵韻雖然有重紐的對立，但是只限於平、入兩聲的影母字，可以說中古時代侵韻重紐的區別已接近完全混同了。因此本文將侵韻歸爲重紐混同的韻，其主要元音擬爲 ə 。

　　沒有重紐對立的三等韻，其主要元音有 a、u、o 等非前元音，但是也有 i、e 等前元音，這些前元音大多是可以解釋的。

　　主要元音使用 i 的見於：⑴東三的 tiu 中（知）蟲（澄），這是因爲心空使用有 ju 的假名時，只限於零聲母或是在 s- 之後，這裡的 u 可以視爲主要元音。其入聲字的韻母多變爲 -iku ，但脣音字仍爲：puku 和 moku 。⑵之、微韻的主要元音多是 i 。由上文對萬葉假名的討論可知，之、微在借入日本時仍是 -əj ，變成 i 是日本內部的變化。之韻還有三個字作 ko （己欺其）。⑶職韻舌齒音字的韻母，有些作：-iki 。由於其舒聲字的主要元音都是 o ，我以爲這也是受日語影響的變化，漢語的主要元音應是 ə 。⑷尤韻的 tiu 晝（知）杻（徹）稠籌（澄）、niu 柔（日），其理由和⑴一樣。

　　主要元音使用 e 的見於：⑸微韻的 e 衣依（影）、ke 希悕（曉）氣（溪），這個原因和上文所討論的《古事記》用微韻字記萬葉假名的工列甲類（-aj）有關。⑹廢韻的 we 穢（影），由同韻的 pai 癈（非）吠（奉）看來，這個 e 是由某種 ai 變來的。⑺元韻的 wemu 蜿宛（影）、kuemu 券（溪）原（疑）、pemu 反返（非）。

元韻有些主要元音是 o 的：womu 怨（影）洹園遠（爲）、pomu 反販（非）煩（奉），及主要元音是 a 的：kwamu 勸（溪）卷（群）願（疑）、pamu 幡旛（敷）、mamu 万萬蔓（微）。由於有音韻條件相同而不同音的情況，這些讀音可能是來自不同層次的混雜。(8)幽韻主要元音都是 e：eu 幽幼（影）、meu 謬（明）。幽韻其實也是重紐韻，因此它的主要元音是前元音剛好合例。

由以上的討論可知：中古有重紐對立的三等韻，不論 A、B 類，日本吳音反映其主要元音爲前元音；沒有重紐對立的三等韻，日本吳音反映其主要元音爲非前元音。至於沒有重紐對立的三等韻，吳音主要元音爲前元音的，是由於日語的演變或是詞彙層次的混雜。

因此無論是從介音或是主要元音的分布來看，日本吳音並不能反映重紐的區別。但是卻反映了三等韻分類上另一個特徵，那就是：有重紐區別的三等韻，其主要元音爲前元音；沒有重紐區別的三等韻，其主要元音爲非前元音。三等韻脣牙喉音有重紐的對立，在中古以前可能分布得更廣，到了中古只在主要元音是前元音的三等韻保存，在非前元音的三等韻之前則混同。這可以解釋爲什麼侵韻只在平、入兩聲的影母字有重紐的對立，因爲侵韻的主要元音 ə 是非前元音，中古時代，其重紐的對立已經接近完全混同了。

至於藤堂明保所舉日本吳音的例子，他所謂：

3 等　乙・密・筆
4 等　一・蜜・必

的區別，《法華經音義》裡有「一」註爲 iti 、有「密、蜜」但是

都註 miti 、有「筆、必」但是都註 piti 。檢查《漢吳音圖》，除了「乙」有一讀 oti 與「一」 iti 可形成對立以外，質韻開口三等韻韻母都是：-iti 。原來這個例子只是他用來說明三、四等字在韻鏡上排列的方式。眞正的例子只有「乙 otu」：「一 iti」一對最小對比，以及「銀 gon」：「因 in」一對不完全最小對比的例子。「乙」、「銀」來自上古的微部與文部，這兩個讀音也許是來自時代更早的漢語讀音，屬於日本吳音中的異質成分。因此這兩個零星的例子並不是解釋重紐的好線索。

結　論

　　現在可以回答本文提出來的三個問題了。原來古日語的音韻系統中沒有介音的地位，在使用萬葉假名記錄日語的時候，大致上都忽視漢語的介音。萬葉假名甲、乙類的區別，實際上不是單一的音韻對立。才列甲、乙類是元音舌位前後的不同，而イ、エ兩列的甲、乙類則是單元音與複元音的不同，它們與漢語重紐的區別關係都不大。萬葉假名イ列甲、乙類的區別在脣音及舌根音之後保存，與漢語重紐在某些三等韻的脣牙喉音保存，只是表面上的類似。它所反映的，主要是支脂與之微的對立，也就是主要元音的不同。整體來說，萬葉假名並不能有系統地反映漢語重紐的區別。然而ヒ的甲、乙類，的確有少數分用重紐四、三等字的情形。然而由於有重紐三等字用於甲類的許多反例，這個現象仍然很可疑。這是日本漢字音資料中極少數有可能反映重紐的現象。

　　日本吳音的表現是：除了梗攝字不論等第都有-j-介音以外，三

等韻脣牙喉音共同的傾向是忽視介音，只有舌齒音在若干非重紐韻保留部分介音，和韓國漢字音有的現象並不相同。這個現象是由於古日語沒有介音的地位，因此學習漢語的時候容易忽視介音，靠著努力學習，才突破音韻系統的限制，爲日語加入了介音的成素。因此日本吳音在系統上並不能反映中古漢語重紐的區別。

　　根據漢藏比較研究以及漢語上古音的研究，重紐的來源是上古漢語中一種分布很廣的介音成分，與其他的音節是有無這種介音的對立。到了中古，根據反切及韻圖的研究，這種成分與舌齒音融合，和原來沒有這種成分的舌齒音音節形成了聲母的對立；但是在三等韻脣牙喉音之後，這些來自上古的對立，在有些韻母消失，在有些韻母保存，又加上韻部之間發生混合，就造成了中古所謂「重紐」的複雜現象。[20]

　　在這樣的了解之下，中古漢語有重紐對立的韻與沒有重紐對立的韻，究竟有何區別？或是說保留重紐對立的音韻條件是什麼？也是研究重紐問題一個需要探索的問題。由於古日語由四元音的系統變爲五元音的系統，是在漢語的刺激下形成，因此日本漢字音在元音系統方面，就保留了許多中古漢語的特徵。中古漢語有重紐對立的韻，日本吳音大多用前元音。沒有重紐對立的韻，日本吳音主要用非前元音，用前元音的可用音韻變化解釋。這提供我們一個線索，那就是中古三等韻脣牙喉音重紐的區別，在主要元音是前元音的韻保留，而在主要元音是非前元音的韻混同。這也解釋了爲什麼侵韻的重紐只有平、入

---

[20]　這是聽龔煌城老師的課，以及閱讀周法高、龍宇純兩位先生文章的心得。

聲的影母字，因爲它的主要元音是非前元音，重紐的區別已接近完全混同了。這正是日本吳音對討論重紐最大的價值，因爲它反映了中古漢語保存重紐對立的音韻條件。㉑

㉑　漢語中古音在音韻分布上有一個很有趣的現象，那就是：三等韻中，中古有重紐區別的韻，其脣音字後代不輕脣化；而中古沒有重紐區別的韻，其脣音字有些韻輕脣化、有些韻不輕脣化。這個近於互補而又不完全互補的現象，是研究重紐與脣音輕脣化條件需要探討的問題。我認爲這兩個現象同是由於主要元音的條件，在不同時代造成的。三等韻脣牙喉音有重紐的對立，在中古以前可能分布得更廣，到了中古只在主要元音是前元音的三等韻保存，在非前元音的三等韻之前則混同。在輕脣化開始之前，有些主要元音原來是非前元音的三等韻，其主要元音受三等介音的影響，變爲前元音。輕脣化開始之後，主要元音是前元音的三等韻，其脣音字不輕脣化；而主要元音是非前元音的三等韻，脣音字輕脣化。因爲重紐開始混合的時代比較早，而輕脣化開始的時代比較晚，中間有些非前元音經過語音演變變成前元音，因此雖然條件相同，卻形成兩個近於互補又不完全互補的現象。

參 考 書 目

中文部分

丁邦新　1979　〈上古漢語的音節結構〉，《中央研究院歷史語言研究所集刊》 50.4 717-739 。

王靜如　1941　〈論開合口〉，《燕京學報》 29 143-192 。

何大安　1981　《南北朝韻部演變研究》，國立臺灣大學博士論文。

　　　　1987　《聲韻學中的觀念和方法》，大安出版社。

　　　　1988　《規律與方向：變遷中的音韻結構》，中央研究院歷史語言研究所專刊之九十。

余迺永　1982　〈中古三等韻重紐之上古音來源及其音變規律〉，《香港中文大學中國文化研究所學報》 13 71-110 。

吳聖雄　1991　《日本吳音研究》，國立臺灣師範大學國文研究所博士論文。

　　　　1992　〈日本漢字音材料對中國聲韻學研究的價值〉，《第二屆國際暨第十屆全國聲韻學研討會論文集》， 669-681 ，高雄。

李方桂　1971　〈上古音研究〉，《清華學報》 9.1,2 1-61 。

李　榮　1973　《切韻音系》，鼎文書局。

杜其容　1975　〈三等韻牙喉音反切上字分析〉，《文史哲學報》 24 245-279 。

　　　　1981　〈輕唇音之演變條件〉，《國際漢學會議論文集》 213-222 。

周法高　1948　〈廣韻重紐的研究〉，《中央研究院史語所集刊》　13
49-117。

1984　〈玄應反切再論〉，《大陸雜誌》　69.5 197-212。

1989　〈隋唐五代宋初重紐反切研究〉，《中央研究院第二
屆國際漢學會議論文集》 85-110。

邵榮芬　1982　《切韻研究》，中國社會科學出版。

高本漢　1982　《中國音韻學研究》，臺灣商務印書館。

張光宇　1987　〈從閩語看切韻三四等韻的對立〉，《國文學報》　16
255-269。

陳新雄　1975　《等韻述要》，藝文印書館。

1983　《古音學發微》，文史哲出版社。

1984　《鍥不舍齋論學集》，學生書局。

董同龢　1948　〈廣韻重紐試釋〉，《中央研究院史語所集刊》　14
257-306。

1981　《董同龢先生語言學論文選集》（丁邦新編），食貨
出版社。

龍宇純　1970　〈廣韻重紐音值試論兼論幽韻及喻母音值〉，《崇基
學報》 161-181。

1987　〈切韻系韻書兩類反切上字之省察〉，《毛子水先生
九五壽慶論文集》 1-12。

1989　〈論重紐等韻及其相關問題〉，《中央研究院第二屆
國際漢學會議論文集》 111-124。

日文部分

三根谷徹 1953 〈韻鏡の三・四等について〉，《言語研究》 22,23 56-74 。

大野晉 1953 《上代假名遣の研究》，岩波書店。

1980 《日本語の成立》，中央公論社。

小松英雄 1981 《日本語の音韻》，中央公論社。

太田方 1815 《漢吳音圖》，勉誠社文庫 57 。

白藤禮幸 1987 《奈良時代の國語》，東京堂。

平山久雄 1977 〈中古音重紐の音聲的表現と聲調との關係〉，《東洋文化研究所紀要》 73 1-42 。

1983 〈森博達氏の日本書紀 α 群原音依據說について、再論〉，《國語學》 134 17-22 。

松本克己 1974 〈古代日本語母音組織考－內的再建の試み－〉，《金澤大學法文學部論集文學篇》 22 83-152 。

1976 〈日本語の母音組織〉，《言語》 6 15-25 。

吉田金彥 1976 《日本語源學の方法》，大修館書店。

有坂秀世 1937 〈カールグレン氏の拗音說を評す〉，《國語音韻史の研究》 327-357 。

1955 《上代音韻攷》，三省堂。

1957 《國語音韻史の研究》，三省堂。

佐藤喜代治 1977 《國語學研究事典》，明治書院。

河野六郎 1979 《河野六郎著作集》，平凡社。

沼本克明 1986 《日本漢字音の歷史》，東京堂。

　　　　　　1982　《平安鎌倉時代に於る日本漢字音に就ての研究》，
　　　　　　武藏野書院。

森博達　1981　〈漢字音より觀た上代日本語の母音組織〉，《國語
　　　　　　學》126 30-42 。

　　　　　　1982　〈平山久雄氏答え再び日本書紀α群原音依據說を論
　　　　　　證す〉，《國語學》131 55-65 。

馬淵和夫1984　《增訂日本韻學史の研究》，臨川書店。

　　　　　　1971　《國語音韻論》，笠間書院。

遠藤光曉1989　〈『切韻』反切の諸來源〉，《日本中國學會報》 41
　　　　　　1-15 。

　　　　　　1989　〈『切韻』小韻の層位わけ〉，《青山學院大學「論
　　　　　　集」》30 93-108 。

　　　　　　1990　〈臻櫛韻の分韻過程と莊組の分布〉，《日本中國學
　　　　　　會報》42 257-270- 。

賴惟勤　1957　〈中國における上古の部と中古の重紐〉，《國語
　　　　　　學》28 1-9 。

橋本進吉1965　《國語音韻史》，岩波書店。

　　　　　　1976　《文字及び假名遣の研究》，岩波書店。

築島裕　1969　《平安時代語新論》，東京大學出版會。

　　　　　　1987　《平安時代の國語》，東京堂。

龜井孝、河野六郎 1989　《言語學大辭典》，三省堂。

藤堂明保1959　〈吳音と漢音〉，《日本中國學會報》 11 113-129 。

　　　　　　1969　《漢語と日本語》，秀英出版。〈萬葉ガナの甲乙類
　　　　　　と中古漢語の３・４等の本質〉，《中國語學》 27 24.6

121-125。

1980 《中國語音韻論－その歷史的研究》，光生館。

英文部分

Bernhard Karlgren 1940 *Grammata Serica* （中日漢字形聲論），
CH'ENG WEN （成文）。

James D. McCawley 1968 *The Phonological Component of a Grammar
of Japanese*, MOUTON THE HAGUE PARIS。

Julie Beth Lovius 1975 *Loanwords and the Phonological Structural of
Japanese*, Indiana University Ling club。

Margaret M.Y. Serruys 1990 *Chinese Dialects and Sino-Japanese*，中
國境內語言暨語言學國際研討會論文集 660-625。

Roland A. Lange 1970 *The Phonology of Eighth-Century Japanese*,
SOPHIA UNIVERSITY, TOKYO。

Roy Andrew Miller 1967 *The Japanese Language*, The University of
Chicago Press。

Ting Pang-hsin 1975 *Chinese Phonology of the Wei-Chin Period:
Reconstruction of the Finals as Reflected in Poetry* （魏晉音韻研
究），中央研究院歷史語言研究所專刊之六十五。

附　錄

附錄（一）

《古事記》、《日本書紀》イ、エ甲乙類萬葉假名見次統計表

《古事記》

イ列甲類

韻類	0	j	w	p	b	m	t	d	n	s	z	r	k	g
支A						2	78		196	171			159	
脂A	112			127	16			8						1
脂B					180									
之								2		101	8	142		
微合			15											
祭A														18

共　1336字

イ列乙類

韻類	0	j	w	p	b	m	t	d	n	s	z	r	k	g
脂B				4										
之													24	5
微合					13	16							1	

共　63字

エ列甲類

韻類	0	j	w	p	b	m	t	d	n	s	z	r	k	g
支A										4				
脂B													37	

韻類	0	j	w	p	b	m	t	d	n	s	z	r	k	g
齊							61	53			53			
齊 合			13											
祭A				31					41					
佳 合						24								
仙A		27												
仙A合							14							
仙B					2									
麻														1

共　361字

エ列乙類

韻類	0	j	w	p	b	m	t	d	n	s	z	r	k	g
支B														6
微														26
齊				19		36								
咍					7									

共　94字

《日本書紀》α群

イ列甲類

韻類	0	j	w	p	b	m	t	d	n	s	z	r	k	g
支A				3	19	30	6		28	20				69
支B														3
支B合			1											
脂A	32			29	8		9	6	13	1		30		1
脂B						12				1				1
之	7							46	65	5	15			
微 合			7											
齊						8								

眞A 1

共　476字

イ列乙類

韻類	0	j	w	p	b	m	t	d	n	s	z	r	k	g
支B				2										
脂B				1										
之												10	9	
微 合					3									

共　25字

工列甲類

韻類	0	j	w	p	b	m	t	d	n	s	z	r	k	g
齊				18	6		38	6	4	10		6	7	
祭A			16		2				12	1	21			
祭B合				5										
咍	1													
先							3							

共　156字

工列乙類

韻類	0	j	w	p	b	m	t	d	n	s	z	r	k	g
魚												2		
皆													1	
灰 合				9	7	8								
咍				5								14	7	

共　53字

《日本書紀》β群

イ列甲類

韻類	0	j	w	p	b	m	t	d	n	s	z	r	k	g

韻類	0	j	w	p	b	m	t	d	n	s	z	r	k	g
支A				29	31	78	51	3	4	4	10	7	68	
支B合			2											
脂A	48			43	3		2	1		3	2	60		
脂B						1						16	1	
脂B合			1											
之	24						1		4	132	84	2		
微合			2											
齊							20							
祭A														13
眞A													1	
清	2													

共　753字

イ列乙類

韻類	0	j	w	p	b	m	t	d	n	s	z	r	k	g
支B				2										
脂B					3									
之												9	4	
微												8		
微合						7								

共　33字

エ列甲類

韻類	0	j	w	p	b	m	t	d	n	s	z	r	k	g
支A						2								
齊				1	6	1	30	2	13	11		8	18	
齊合			6											
祭A		9		13						11	1	23		
佳合				2										
灰合			2											

韻類	0	j	w	p	b	m	t	d	n	s	z	r	k	g
咍	1							6						
先								6						
仙A		1				3								
麻				3									1	

共 180字

工列乙類

韻類	0	j	w	p	b	m	t	d	n	s	z	r	k	g
魚													5	
齊				3										
泰				1										
皆													2	
灰 合				13	24									
咍				12									6	2

共　68字

附錄（二）

《法華經音義》三等韻字統計表

三

	a	i	u	e	o	計	ja	ju	jo	計	wa	wi	we	wo	計	wja	wjo	計	共
脣	20	9	39	3	21	92	10			10									102
牙	9	10	32	2	32	85	14		1	15	6	4	2		12	2		2	114
喉	6	11	20	6	5	48	17	16	10	43	3	10	3	14	30	4	1	5	126
舌	1	22	2		3	28	20		6	26									54
齒	5	43			14	62	72	49	24	145									207
合計	41	95	93	11	75	315	133	65	41	239	9	14	5	14	42	6	1	7	603

三 A

	a	i	u	e	o	計	ja	ju	jo	計	wa	wi	we	wo	計	wja	wjo	計	共
脣		25		11		36													36
牙		6		2		8						1			1				9
喉		14		22		36	3			3									39
舌	1	37	6	18		62													62
齒	5	86	17	60	1	169	5			5									174
合計	6	168	23	113	1	311	8		9			1			1				320

三 B

	a	i	u	e	o	計	ja	ju	jo	計	wa	wi	we	wo	計	wja	wjo	計	共
脣		15		8	2	25													25
牙		19		5	7	31					6		2		8				39
喉	1			3		4					5	2		6	13				17
合計	1	34		16	9	60					11	4		6	21				81

論《韻鏡》重紐的邏輯原型
及原型重估後的音值

陳貴麟

一、《韻鏡》重紐及其上古來源

筆者計算享祿本《韻鏡》的位字，一共有 3894 個字，其中入聲有 712 個。即使再減去 80 個左右的重出字，大約還有三千個字。近代音《中原音韻》（訥菴本）收單字 5866 個，參考其他版本補三個字，共有 5869 個❶。不過合併同音字之後，實際的音節總數只有一千六百多個。《韻鏡》去除入聲之後的音節總數為什麼還是《中原音韻》的兩倍呢？從邏輯上我們就可以推斷它的基礎音系不是單獨的某一個地點方言。比較好的解釋應該是：《韻鏡》收錄的位字為當時的共同語疊置著不同的方言或是存古的反切音讀。方言向通語的靠攏或是基礎音系的轉移，促使近代音以後的韻書韻圖收字減少，表面上音

---

❶ 引自寧繼福（忌浮）《中原音韻表稿》（吉林文史出版社， 1985 年），第 7 頁。

節總數急遽地下降，其實是實際音節的呈現。

　　王松木從「音系疊置」的觀點總結近代漢語共同語標準音的轉換過程。宋代是汴洛方音，元代是大都音疊置著汴洛方音，明初是南京音，明末是南京音疊置著北京音，清代中末葉是北京音疊置著南京音，民國是北京音❷。筆者認爲北宋以開封、洛陽爲官方標準音，其實也疊置著隋唐秦洛音。這中間有個交集，那就是洛陽音。從玄應《一切經音義》的反切，可以得出跟《切韻》差不多的音韻系統❸。《切韻》的性質是「兼包古今方國之音」，這個「音」字是讀書音而不含語音❹。如果一定要在中古音當中選取核心音系，那麼洛陽讀書音應該會優先考慮。

　　筆者根據《韻鏡》四十三轉各圖的序號，挑選跟重紐有關的轉次，計算其位字總數以及重紐字對。

---

❷　詳閱王松木《《西儒耳目資》所反映的明末官話音系》（嘉義中正大學中文所碩士論文，民83年（1994）），第八章。

❸　周法高〈論切韻音〉。原載於香港中文大學《中國文化研究所學報》1968年第1期第89-112頁。又收在《中國音韻學論文集》（1984：1-24），香港中文大學出版社。

❹　陳新雄〈《切韻》性質的再檢討〉。（《中國學術年刊》第3期，民68年（1979）），第31-57頁。

⑴ a=轉次。 b=位字總數（單位：字）。 c=重紐（單位：對）。

a	04	05	06	07	13,15	17	18	21,23	22,24	25,26	37	38	39,40
b	89	58	78	48	166,57	136	136	113,223	91,179	182,35	158	107	208,124
c	18	7	9	6	1	13	1	6	3	11	1	3	6

　　依照⑶所分布的情況看來，支韻系(04,05)有 25 對重紐最大宗。脂韻系(06,07)有 15 對。眞韻系(17)有 13 對。宵韻系(25,26)有 11 對。仙韻系(21,23；22,24)有 9 對。鹽韻系(39,40)有 6 對。侵韻系(38)有 3 對。祭韻(13,15)、諄韻系(18)、尤(幽)韻系(37)各有一對重紐。尤幽既已分韻，其實已不在「嚴格重紐」的定義裡面。

　　明瞭了平面分布的結構之後，筆者又進一步投影到上古音。有趣的是除了支韻系以外，幾乎所有重紐韻的來源都很複雜。⑵是個簡表。自有清以來，上古韻部的分類已臻郅境。但由於各家擬音差異頗大，因此筆者以「韻部」爲單位，結合「古韻」與「諧聲」兩大類別，列出中古重紐諸韻（舉一以賅餘調）的上古來源❺。

---

❺　陳貴麟〈《廣韻》重紐問題之擬釋〉（手稿本，民 75 年(1986)，頁 1-105。

(2)

	之[職]蒸	幽[覺]多	宵[藥]	侯[屋]東	魚[鐸]陽	佳[錫]耕	脂[質]眞	微[術]文	祭[月]元	歌		葉談	緝侵
支B										v			
支A						v							
脂B	v	(v)			(v)		v	v					
脂A							v	v					
祭B							(v)		v				
祭A							(v)		v				
眞(諄)B	(v)				(v)		v	v	(v)				
眞(諄)A						(v)	v	v					
仙B					(v)		(v)		v				
仙A							(v)		v				
宵B		(v)	v		(v)								
宵A			v										
侵B													v
侵A													v
鹽B												v	
鹽A												v	

　　爲配合《韻鏡》重紐三等是 B 類、四等是 A 類，因此先列 B
類，再列 A 類。打「v」者表示存在演變的關係，外加小括號者代表
諧聲系統的情況，而詩韻系統則不存在。除了脂、眞二韻比較複雜之
外，其它各對立組都能找到單向的演變路線。從諧聲系統來看，除了
支韻重紐的上古來源十分清楚之外，其它或多或少都有參差，影響了

對發展軸線的取捨。整體觀察分布的情況，似乎有向「脂質眞」靠攏的趨勢。諧聲材料往往不出於同樣的基礎方言，因而是音節中的什麼成分就不能斷定了。

侵韻跟鹽韻的重紐上古來源雖然只有兩條軸線，但是都鎖定在一個韻部裡面。其中鹽韻勉強可以找到一個條件， B 類分布在三等韻， A 類跟四等添韻關係密切。這顯示鹽韻重紐的重估行爲進行得比較早。只跟三等韻有關的侵韻就很棘手了。大體說來， B 類似乎比較混亂， A 類比較單純。如果改從詩韻系統來看就可以刪除外加括弧的部分，於是重紐諸韻的來源便可以得到統一的解釋。

鄭仁甲指出重紐的本質意義就是在同一聲母下ǐ、 i 二介音並存❻。筆者認爲這種「ǐ、 i 二介音並存說」用來擬構秦洛音或汴洛音的重紐音值並不周延。譬如王韻韻目小注「脂、之、微大亂雜」的情況，鄭氏就沒有進一步地處理。

其實王韻「大亂雜」的問題是方言引起來的。尤其是檢視韻書某個小韻的同音字群時，發現前期韻書有些小韻中的單字後來竟然有兩種讀音。有些情況是比較容易解釋的，例如「陂」小韻共有十一個同音字，其中第三個字「碑」是例外的演變。這種不規則的演化可能來自偏旁的誤讀。幸好《韻鏡》只列位字，相當於韻書的小韻代表字，這樣可以消解許多推論上的歧點。況且詩韻系統也不像韻書一樣有小韻的劃分。因此就詩韻系統到《韻鏡》的演變大勢來看，用連續式音變就可以圓滿解決了。

---

❻　鄭仁甲〈論三等韻的 i 介音〉。（《音韻學研究》第三期，北京中華書局，1994 年），第 136-157 頁。

二、邏輯原型的建立

　　我們要論證重紐的音值，最好是連同它的古音來源及後來發展一併說明。不過這個前提是該重紐韻有清楚的同源軸線。如果來源太過複雜，根本無法作周延而有效的論證。觀察前面(2)所列的結果，以支韻系的重紐分布最廣，同時其上古來源既單純又清楚，因此筆者就從這裡切入。

(3)

上古	《韻鏡》時代	
歌部	支韻重紐三等	e.g. "陂奇"
佳部	支韻重紐四等	e.g. "祇卑"

　　現代漢語方言絕大部分沒有重紐。找一個普通的字來看，如「皮」這個字是重紐 B 類，在三等位。根據《漢語方音字匯》❼，官話區裡面全部是唸 i ，只有合肥這個地點方言例外，是個舌尖前音（麟按：應爲央高元音）。湘語、贛語、客語也是唸 i。吳語裡面蘇州是唸 i、溫州是唸複元音 ei。粵語是唸 ei。閩語文讀是 i、白讀是 e。從這些平面的方言語料重建古音，大概無法跟上古歌部的 a 元音勾串在一塊儿。閩語的古音成分在《切韻》音系之前，像騎馬的「騎」k'ia24 ，仍舊保持上古歌部的主元音。可見「皮」字雖屬上古歌部，其原型應當不同於一般的歌部字。從它分布在前半高元音跟

---

❼ 北京大學中國語言文學系語言學教研室《漢語方音字匯》（北京：文字改革出版社（第二版），1989年），第 74 頁。

前高元音的情況研判，原型當中應該有 j 或 ji 的介音成分促使 a 元音高化。閩語白讀音的時代比較早，所以是由前半高元音向前高元音發展，或者是文讀音疊置著白讀音。

　　域外漢字音也可以提供一些佐證❽。例如：漢代在朝鮮設置四郡 (A.D.108)，開始傳入漢字。統一新羅時期(A.D.668)有許多鄉歌用漢字標示韓語。直到十五世紀中葉朝鮮王朝的世宗大王創製《訓民正音》(1446)，韓國才有了自己的文字。這以後《東國正韻》(1447)、《訓蒙字會》(1527)跟《華東正音通釋韻考》(1747)是三本有關韓國漢字音教育的重要典籍。因為《訓蒙字會》反映口語的成分比較多，所以我們選這部書來觀察。崔世珍的《訓蒙字會》

---

❽　有幾篇文章專門探討域外漢字音，列舉如下。
　　三根谷徹：(1972)《越南漢字音の研究》。收在《東洋文庫論叢》53。日本東京。
　　王力：(1948)〈漢越語研究〉。收在《王力文集》(1991)18:460-587。山東教育出版社。
　　王吉堯：(1994)〈漢字域外音對古漢語重紐現象的反映〉。《音韻學研究》3:166-177。北京中華書局。
　　吳鍾林：(1990)〈從五種方言和譯音論重紐的音值〉。《中國文學研究》4:43-61。臺灣大學。
　　河野六郎：(1939)〈朝鮮漢字音の特質〉。《言語研究》3:27-53。後收在《河野六郎著作集》(1979)2:155-180。東京：平凡社。
　　潘悟雲、朱曉農：(1982)〈漢越語和《切韻》脣音字〉。《中華文史論叢增刊·語言文字研究專輯(上)》1982:323-356。
　　聶鴻音：(1984)〈《切韻》重紐三四等字的朝鮮讀音〉。《民族語文》1984，3：61-66。
　　藤堂明保：(1987)〈吳音と漢音〉。《中國語學論集》頁70-99。日本：汲古書院。

(1527)有漢字 3360 個。《訓蒙字會》重紐的音值支韻系開口跟合口音值不同。開口的重紐三等是 ɨi 、重紐四等是 i ；合口的重紐三等是 uəi 、重紐四等是 ui 。若還原合口的重紐音值，應該就是 ɨi 跟 ui 。

　　根據金炅助的分析，這些漢字音跟中古音重紐呈規則性的對應，但也表現在沒有重紐的「之韻、微韻」。因此他否定用 ɨi 跟 i 的對立來解釋重紐❾。其實由《全本王仁昫刊謬補缺切韻》可知「呂、夏侯（脂）與之、微大亂雜」。《訓蒙字會》支、脂、之、微的牙喉音都是 ɨi 跟 i 對立，可能是「脂之微大亂雜」之後又跟支韻合流。這是新羅時期（相當於唐代）以後朝鮮漢字音內部的變化，不能用來完全否定 ɨi 跟 i 對立的獨特價值。金炅助用「韻圖的等」質疑高本漢、董同龢對止攝擬音的解釋❿，其實這是他沒有區分《切韻》隋唐音跟《韻鏡》汴洛音的音系基礎以及新羅時期的音系歸化所產生的困惑。

　　董同龢認爲止攝主要元音 e 或 ə 有強弱之分，較弱的主元音變成 ɨi 之後又進一步讀成 i 元音⓫。在時序的排比中，有些音變關係是我們無法辨識的，只能用文字加以補充說明，這是無可奈何的事。像是「卑」這個字在活的漢語裡面讀 pei˥，《廣韻》中跟「卑」同音的「㠱、陴、彌」的主元音卻是 i 。從歷史語言學的觀點來看，支

---

❾　金炅助《《訓蒙字會》朝鮮漢字音研究》（臺灣師大國文研究所碩士論文，1993 年），第 152-154 頁。

❿　同前註，第 68 頁。

⓫　董同龢〈《廣韻》重紐試釋〉。（《中央研究院歷史語言研究所集刊》第 3 本，民 37 年（1948 ）），第 1-20 頁。

韻重紐四等脣音小韻沒有條件怎麼能分化呢？ Stimson 認爲是避免跟「屄」同音而借用方音改讀❶，平山久雄認爲因忌諱而把重紐四等改讀重紐三等❸。兩位學者基本上都認爲是「避諱改讀」所造成的例外。

　　根據上面所述，我們將(3)模擬出一個可能的發展模式。由於學界對上古音陰聲韻尾的看法不一，因此筆者擬訂甲、乙兩種方案。重點是放在介音及《韻鏡》的音值上，故而不評論甲、乙兩種方案上古音系統的優劣。

　　所謂甲種跟乙種，是針對學界上古音系統陰聲韻有無輔音尾的兩大派別而設計的。支韻重紐的上古來源， B 類是歌部、 A 類是佳部（支部）。甲種認爲除了歌部以外，其它的陰聲部都有輔音韻尾；乙種認爲所有的陰聲部都沒有輔音韻尾。甲種 A 類的規律過程是「弱化、低化、高化」，乙種 A 類的規律過程則是「分裂、高化」。筆者懷疑有一種「浮動音段」的存在❹。這種浮動音段在表面結構上看不出來，暫時加上一個 j ，於是就變成了 jji 。主乙種方案的學者中有的認爲上古音有元音韻尾，但如此擬音跟詩經押韻系統恐怕並不契

❶ Stimson, Hugh. (1966) "A Tabu Word in the Peking Dialect." Language. Vol.42 No.2, pp.285-294.

❸ 平山久雄〈中國語にわける避諱改詞と避諱改音〉（《未名》第 10 號， 1992 ），第 1-22 頁。

❹ 所謂「浮動音段」就是指音節裡面某個音段受到前後音段的影響發生變化，本無音位上的對立關係。但這種變化屬於離散式音變或詞彙擴散類型，在變化的過程中會有分裂的兩個音節。古人審音時發現有兩類音值，便分成兩個小韻，但又感覺一種「浮動音段」，於是將其壓縮在同一個大韻裡面。

合。「重紐」是從反切中發現的，反切系統屬於綜合音系。若果眞是複元音，筆者認爲其時代處於上古到中古之間爲佳。

(4)

a.甲種

上古音	中古音	近代音	現代音
*rja →	ɯia →	ɯe →	ɨe →{i̵i}→ i"陂奇"B
*jig →	je →	je →	ie →{i̵i}→ i"衹"A

b.乙種

上古音	中古音	近代音	現代音
*rja →	ja →	ja → e → i → i	"陂奇" B
*jji →	ji →	jai → ja → e → i	"衹" A

甲種邏輯原型是「*rja ，*jig 」，中古音就是《韻鏡》的對立模式。在近代音的部分，有{i ̵i}及{i ̵ei}的特殊音變或因避諱而改讀者（如 A 類的「卑」字）。{i ̵i} 的意思是 i 跟 ̵i 處於分裂競爭的狀態，屬於一種離散式音變。競爭的結果是 i 元音取得勝利。{i ̵ ei}也是分裂競爭的狀態，並且可知其分裂原因出於避諱。這些是屬於少數的例外，因此發展軸線上仍以 i 爲主。至於特殊音變的主因可能是元代大都音到明代南京音之間有離散式音變的情況發生。雖然明成祖由南京遷都到北京，但是明代官話仍活躍在皇族以及江淮功臣集團裡面。南京在一千多年的時間內完成了從吳語向江淮官話的轉變，其中最重要的因素是人口的遷徙⓯。這給了我們兩點啓

⓯　參閱王能偉〈序言〉（南京市地方志編纂委員會《南京方言志》，南京出版社，1993 年）。

示：第一，標準音是根據統治集團來決定的；第二，人口流動才是語音變化多端的主因。

　　乙種規律看起來比較單純，但乙種上古陰聲韻沒有輔音尾。爲了避免跟上古音發生結構上的衝突，勢必要增加介音或元音韻尾的成分。這牽涉到另一項龐大的課題——上古音系的擬構，超出本論文的範疇。爲了有個標記，筆者暫時用「*rja-、*jji-」代表支韻重紐三、四等的上古來源，稱之爲「乙種邏輯原型」。由於沒有-g尾，最自然的演變是 ja 跟 ji。重紐四等在唐代西北方音中有向四等靠攏的跡象。目前認爲中古四等主元音是 ai 的學者或許會很讚賞這樣的假設。不過從上古音到中古音的這一段演變過程，恐怕還有很多的關卡要解決。

三、《韻鏡》重紐的內容及其相關問題

　　有關《韻鏡》的版本，以馬淵和夫(1970)所列最全❶。至於校證方面，有龍宇純(1959)、李新魁(1982)兩位大家的專著❶。李存智(1991)的碩士論文對《韻鏡》作了集證及研究❶，相當辛苦，仍有魯魚亥豕之處。可見在這方面的研究確實是吃力不討好。

---

❶　馬淵和夫：(1970)《韻鏡校本廣韻索引》。日本：巖南堂書店。
❶　龍宇純：(1959)《韻鏡校注》。臺北：藝文印書館(1976)第五版。
　　李新魁：(1982)《韻鏡校證》。北京中華書局。
❶　李存智：(1991)《韻鏡集證及研究》。東海大學中文所碩士論文。

(5)《韻鏡》重紐 85 對，附《廣韻》反切❶，各轉內外開合據前人校本更正。

a.內轉第四開

01b 陂,彼爲(支)． 01a 卑,府移(支)． 02b 鈹,敷羈(支)．

02a 跛,匹支(支)． 03b 皮,符羈(支)． 03a 陴,符支(支)．

04b 縻,靡爲(支)． 04a 彌,武移(支)． 05b 奇,渠羈(支)．

05a 祇,巨支(支)． 06b 犧,許羈(支)． 06a 詑,香支(支)．

07b 彼,甫委(紙)． 07a 俾,并弭(紙)． 08b 帔,匹靡(紙)．

08a 諀,匹婢(紙)． 09b 被,皮彼(紙)． 09a 婢,便俾(紙)．

10b 靡,文彼(紙)． 10a 弭,綿婢(紙)． 11b 掎,居綺(紙)．

11a 枳,居紙(紙)． 12b 綺,墟彼(紙)． 12a 企,丘弭(紙)．

13b 賁,彼義(寘)． 13a 臂,卑義(寘)． 14b 帔,披義(寘)．

14a 譬,匹賜(寘)． 15b 髮,平義(寘)． 15a 避,毗義(寘)．

16b 寄,居義(寘)． 16a 馶,居企(寘)． 17b 尯,卿義(寘)．

17a 企,去智(寘)． 18b 倚,於義(寘)． 18a 縊,於賜(寘)．

b.內轉第五合

19b 嬀,居爲(支)． 19a 規,居隨(支)． 20b 虧,去爲(支)．

20a 闚,去隨(支)． 21b 麾,許爲(支)． 21a 隳,許規(支)．

---

❶ 這 85 對重紐主要參考

李新魁〈《韻鏡》研究〉（《語言研究》1981 年第 1 期（總 1 ），華中理工大學），第 125-166 頁。

李新魁〈重紐研究〉。（《語言研究》 1984 年第 2 期（總 7 ），華中理工大學），第 73-104 頁。

22b 跪,去委(紙)．22a 跬,丘弭(紙)．23b 贐,詭僞(寘)．

23a 睡,規恚(寘)．24b 餧,於僞(寘)．24a 恚,於避(寘)．

25b 毀,況僞(寘)．25a 孈,呼恚(寘)．

c.內轉第六開

26b 丕,敷悲(脂)．26a 紕,匹夷(脂)．27b 邳,符悲(脂)．

27a 毗,房脂(脂)．28b 鄙,方美(旨)．28a 匕,卑履(旨)．

29b 否,符鄙(旨)．29a 牝,扶履(旨)．30b 祕,兵媚(至)．

30a 痹,必至(至)．31b 濞,匹備(至)．31a 屁,匹寐(至)．

32b 備,平秘(至)．32a 鼻,毗至(至)．33b 郿,明秘(至)．

33a 寐,彌二(至)．34b 器,去冀(至)．34a 棄,詰利(至)．

d.內轉第七合

35b 逵,渠追2(脂)．35a 葵,渠追1(脂)．36b 軌,居洧(旨)．

36a 癸,居誄(旨)．37b 鄈,暨軌(旨)．37a 揆,求癸(旨)．

38b 媿,俱位(至)．38a 季,居悸(至)．39b 匱,求位(至)．

39a 悸,求季(至)．40b 豷,許位(至)．40a 侐,火季(至)．

e.外轉第十三開 & 外轉第十五開

41b 劓,牛例(祭)．41a 藝,魚祭(祭)．

f.外轉第十七開

42b 彬,府巾(眞)．42a 賓,必鄰(眞)．43b 砏,普巾(眞)．

43a 繽,匹賓(眞)．44b 貧,符巾(眞)．44a 頻,符眞(眞)．

45b 珉,武巾(眞)．45a 民,彌鄰(眞)．46b 瑾,巨巾(眞)．

46a 趣,渠工(眞)．47b 愍,眉殞(軫)．47a 泯,武盡(軫)．

48b 螼,去刃(震)．48a 蟪,羌印(震)．49b 筆,鄙密(質)．

49a 必,卑吉(質)．50b 弼,房密(質)．50a 邲,毗必(質)．

51b 密,美筆(質).　51a 蜜,彌畢(質).　52b 暨,居乙(質).

52a 吉,居質(質).　53b 乙,於筆(質).　53a 一,於悉(質).

54b 肸,羲乙(質).　54a 故,許吉(質).

g.外轉第十八合

55b 礜,居筠(諄).　55a 均,居匀(諄).

h.外轉第廿一開 & 外轉第廿三開

56b 辡,方免(獮).　56a 福,方緬(獮).　57b 辨,符蹇(獮).

57a 楩,符善(獮).　58b 免,亡辨(獮).　58a 緬,彌兗(獮).

59b 變,彼眷(線).　59a 徧,方見(線).　60b 卞,皮變(線).

60a 便,婢面(線).　61b 驚,并列(薛).　61a 箭,方別(薛).

i.外轉第廿二合 & 外轉第廿四合

62b 嬽,於權(仙).　62a 娟,於緣(仙).　63b 眷,居倦(線).

63a 絹,吉椽(線).　64b 懱,乙劣(薛).　64a 妜,於悅(薛).

j.外轉第廿五開 & 外轉第廿六開

65b 鑣,甫嬌(宵).　65a 飆,甫遙(宵).　66b 苗,武瀌(宵).

66a 蜱,彌遙(宵).　67b 趫,起囂(宵).　67a 蹻,去遙(宵).

68b 喬,巨喬(宵).　68a 翹,渠遙(宵).　69b 妖,於喬(宵).

69a 要,於霄(宵).　70b 表,陂矯(小).　70a 標,方小(小).

71b 麃,滂表(小).　71a 縹,敷沼(小).　72b 藨,平表(小).

72a 摽,符少(小).　73b 夭,於兆(小).　73a 闄,於小(小).

74b 廟,眉召(笑).　74a 妙,彌笑(笑).　75b 嶠,渠廟(笑).

75a 翹,巨要(笑).

k.內轉第卅七開

76b 丘,去鳩(尤).　76a 怵,去秋(尤).

1.內轉第卅八合

77b 音,於金(侵). 77a 愔,挹淫(侵). 78b 坅,丘甚(寢).

78a 顭,欽錦(寢). 79b 邑,於汲(緝). 79a 揖,伊入(緝).

m.外轉第卅九開 & 外轉第四十開

80b 箝,巨淹(鹽). 80a 鍼,巨鹽(鹽). 81b 淹,央炎(鹽).

81a 懕,一鹽(鹽). 82b 預,丘檢(琰). 82a 夾,謙琰(琰).

83b 奄,衣儉(琰). 83a 魘,於琰(琰). 84b 愇,於驗(豔).

84a 厭,於豔(豔). 85b 敏,於輒(葉). 85a 魘,於葉(葉).

　　以上是《韻鏡》裡面存在的重紐諸韻。這些重紐對立組的代表字在不同的版本中可能有所差異,下面將各版本有異字或移字者列表比較。

(6)

　　a.支紙寘

　　　02a,06a,11a,12a,13a,14a,15a,18a,22b

　　b.脂旨至

　　　34a,40b

　　c.祭

　　　41b,41a

　　d.眞軫震質（諄準稕術）

　　　43b,46a,47b,48a,55b

　　e.仙獮線薛

　　　56a,57b,59b,59a,60b,61b,61a,62b,64b

　　f.宵小笑

65a,67b,68a,69a,70a,71b,73b,73a,75a

g.尤有宥

76a

h.鹽琰艷葉（嚴儼釅業）

80b,80a.81b,82b,82a,83b

i.侵寑沁緝

78a

　　從《韻鏡》被修改的地方可知經過多人之手，這些人的口音未必相同。除非我們確立了核心音系並去除邊際方言的干擾，才能清晰地描寫《韻鏡》音系的動態發展❷。只是這樣的工作恐怕需要許多學者合作才能克奏其功。目前我們只能明瞭《韻鏡》的音系基礎是汴洛音而已。

　　目前中古音的音值是根據現代方言擬構的，若是這裡又引用現代方言做前提，那就犯了竊取論點或是循環論證的謬誤。左思右想只有從「時間差」下手，認爲「重紐」是某些音類的殘存現象。它經過「重估」（ re-interpretation ）等語言行爲，從原來的完整結構中離散或重組。有些分了韻，如尤、幽；有些則形成了「嚴格的重

---

❷　大城市的口音跟作者母語的交集便是核心音系。有時韻書韻圖的作者不
　　詳，因而筆者改用「主體音系」爲指稱詞。邊際方言就是離開核心音系
　　以外的地點方言或地區方言。參考陳貴麟《韻圖與方言—清代胡垣〔古
　　今中外音韻通例〕音系之研究》（臺北：沛革，民 85 年(1996)），第
　　五章。

紐」，如支、脂等韻的 A 類跟 B 類。

　　孫玉文從《後漢書・注》等材料論證尤韻本身就有重紐，並非跟幽韻合爲重紐❷。尤韻是輕脣十韻之一，若尤韻有重紐則重紐屬重脣韻的原則似乎就錯了。其實不然。簡單來說，重紐諸韻三等的主元音是展脣前高元音或低元音時保持重脣，若是圓脣後高元音則配合 j 介音促使脣音齒化變成輕脣音。❷

四、重紐原型重估後的音值

　　我們可以確定的是：中古重紐進一步的發展便是對立的消失；重紐四等先靠向四等韻，然後重紐三等也靠向四等韻。語音變化行爲一旦完成，便正式邁入近代音的階段。

　　至於要如何擬測《韻鏡》重紐的音值呢？就甲種方案來說，首先可以確定的是支韻系，重估前是*-rja 跟*-jig 的對立，分屬於上古的歌部以及佳部。就乙種方案來說，*-ji 是無法一次跳躍成-ja 的，因爲這會跟普通三等韻發生衝突。筆者試圖爲乙種方案找尋答案。上古音到中古音之間，歌部跟佳部各有一部分字逐漸演變在一塊兒。但兩者似乎總有「時間差」，也許當時有拉鏈(drag chain)或

---

❷　孫玉文〈中古尤韻舌根音有重紐試證〉（《清華學報》新 24 卷第 1
　　期，臺灣清華大學，民 83 年(1994)），第 155-161 頁。
❷　筆者原先擔心諄韻 un 會破壞這個原則，幸好諄韻只有一對舌根音的重
　　紐，並沒有脣音上的糾葛。

推鏈(push chain)❷的音韻行為。這個解釋的前提是存在兩個前後期的音系，韻書反切併收了兩期音系的某些成分。譬如中古音後期 B 類跟近代音前期 A 類同音，有些編者就將其放在同一個韻目底下。若單就中古音共時狀態下的某個音系來看，A、B 類可能還是有音位上的對立。

筆者認為《韻鏡》的重紐適合用甲種方案來解析。以支韻重紐為例，其上古來源本不同部，意味著 A、B 這兩個小類在上古並非重紐。重估之後到了《韻鏡》支韻則是-ɨi 跟-i 的對立，才能稱之為重紐。雖然有的重紐韻的上古來源同部，但數量有限，無法跟支韻相提並論。鄭仁甲標舉三等韻的 ǐ 介音，這個 ǐ 相當於本文的 ɨ。鄭氏指出重紐的本質就是在同一聲母下 ǐ、i 二介音並存❷。這種說法最好能限定它的有效範圍。像上文提到「脂、之、微大亂雜」的情況，鄭氏就沒有進一步地處理。不同的語料可能適合的邏輯原型及原型重估的路徑也有所差異，必須就個案作具體的分析才能下結論。

在(7)裡面我們參考並修改鄭仁甲的擬音，列出在《韻鏡》中有關重紐的音值。這些音值都採取寬式音標的記音格式。打✳之處表示空

---

❷ 所謂「鏈移」(chain)，意思是語言變遷中連續牽引(drag)或推擠(push)的現象，即所謂的拉鏈跟推鏈。例如「蟹 2、麻 2、歌、模、侯、遇 3」諸攝，在普通話是「ai，a，o，u，əu，y」，在蘇州話是「a，o，u，əu，y，E」。這就構成一個推鏈(push chain)「ai > a > o > u > əu > y > E」。參閱張光宇〈漢語方言發展的不平衡性〉(《中國語文》1991 年第 6 期(總 225)，北京)，第 431-438 頁。

❷ 同註 6。

缺。

(7)《韻鏡》重紐的音值

重紐諸韻	開口（脣牙喉）	合口（牙喉）
a.支紙寘 B	ɨi	ʉi
A	i	ui
b.脂旨至 B	ɨe	ʉe
A	e	ue
c.祭 B	ɨei	✳
A	iei	✳
d.眞軫震質 B	ɨn	ʉn
（諄準稕術）A	in	un
e.仙獮線薛 B	ɨen	ʉen
A	ien	uen
f.宵小笑 B	ɨeu	✳
A	ieu	✳
g.侵寢沁緝 B	ɨm	✳
A	im	✳
h.鹽琰艷葉 B	ɨem	✳
（嚴儼釅業）A	iem	✳

　　(7) a.已經論證過了，再補充一點說明，唐宋詩詞支脂往往合流，韻書則有別，發展軸線上的支韻中古音有 e 跟 i 兩種，爲了跟脂韻重紐有別，支韻重紐取 ɨi 跟 i 的對立。

　　(7) b.是考慮到後來「支脂之」合流的情況，脂韻系的主元音應該跟支韻系很接近，因此賦予/e/這樣的音位。脂韻實際的語音可能

有 [ə] 的變體，這個 schwa 也可以解釋爲*-g 消失後的抵補成分。
在有些「支脂之微大亂雜」的韻書裡面，支脂已無韻尾，使得主元音
提早混同，自然就無所謂重紐的存在了。這類的韻書現多已亡佚，然
而當時可能干擾過《切韻》系韻書的音系。這或許是重紐變化多端的
原因之一。

(7) c.的祭韻系，朝鮮漢字音是 ɨi 跟 iəi 的對立。這裡的 ɨi 的
-i 尾可能反映上古的-d 韻尾❷。不過這個假設跟(7) a.有衝突。現在
筆者用*-rj-的方式，不僅是單獨的上古歌部到中古支韻重紐三等有
效，其它上古到中古的重紐三等也都有效。祭韻重紐三等只來自脂
部，重紐四等則分別來自脂部跟祭部。參照朝鮮漢字音以及對《韻
鏡》脂韻系的擬音之後，筆者認爲在《韻鏡》裡面祭韻系的重紐三等
跟四等是 ɨei 跟 iei 的對立。

(7) d.的眞(諄)韻系，王吉堯指出日語吳音是 o 跟 i 的對立，
說明重紐三等 (B類) 的舌位要比重紐四等 (A類) 爲後❷。筆者認
爲三等 o 是歸化日語後的變體，可還原爲 ɨ 。在汕頭方言中正是 ɨn
跟 in 的對立。(7) e.的仙韻系，日語吳音開口是 ua 跟 e 的對立、合
口是 o 跟 ue 的對立。筆者認爲合口的部分其實可以還原成 ɨen 跟
uen 的對立。(7) g.的侵韻系，日語吳音是 o 跟 i 的對立，情況跟眞
韻系一致，只是要將韻尾改爲雙脣鼻音而已。

---

❷ 有些學者爲了古音結構的完整性，主張「歌(祭)、月、元」三部對
　轉。只是把歌部擬成*jad，去聲部分將跟祭部發生衝突。

❷ 王吉堯〈漢字域外音對古漢語重紐現象的反映〉。(《音韻學研究》第
　三期，北京中華書局，1994 年)，第 166-177 頁。

(7) h.鹽韻系的主元音，朝鮮漢字音是 ə 跟 iə 的對立。 ə 可能是由 ɨe 變來的， iə 是由 ie 變來的。(7) f.的宵韻系若以脣音字為例，越南語是 Pieu 跟 Tieu 的對立。大寫字母表示聲組。Denlinger 指出越南語裡跟漢語對當的字，分用不同聲母的情形很普遍，並不限於《切韻》的重紐範圍。甚至在泰語系的莫話跟苗語裡也可找到類似的情形❷。筆者認為越南語的重紐四等是借用時或歸化後受到該語言內部結構的影響而改變的。重紐四等脣音選擇舌齒音替代原有聲母的內涵，跟漢語是沒有同源關係的。因此我們不必就越南語而認為重紐的對立是聲母的不同。這麼說來，似乎宵韻就沒有重紐的區別了。其實不然， Pɨeu 跟 Pieu 本有區別，越南語在借用時或歸化後各自選擇了 P 或 T，這樣的歧出結果對本文並不構成反證。

五、結　論

本文分析《韻鏡》各轉的重紐，的確有重紐三等跟重紐四等的對立。「支脂祭眞諄仙宵侵鹽」諸韻可以找到一個共同的對比——/ɨ/：/i/或/e/。這是甲種邏輯原型重估到《韻鏡》之後變成元音音素的不同。元音音素在音節中可以作介音或主元音。重紐三等跟四等後來有混雜的情況，這可能是詞中音類擴散或是鏈移速度不一致的結果。筆者推求這些重紐的上古來源，並模擬兩種可能的發展路徑。

---

❷ Denlinger, Paul B. (1979) "The CH'UNG NIU Problem And Vietnamese." *Tsing Hua Journal of Chinese Studies (THJCS)*. New Series XII, No. 1 & 2. pp.217-227.

其意義在於告訴我們重紐原型的本質差異是非元音音素的不同——
/*rj/：/*ji/，這兩個音素在音節結構裡面只充作介音，而非聲母
或韻尾。到了《韻鏡》時代，重紐是元音性介音的對比。至於其它的
重紐語料可能有不同的行爲模式，那就有待學者補充指教了。

論「重紐」—變遷的音韻結構

李存智

內 容 提 要

本論文從音韻變化、結構調整的觀點探討重紐。認為 A、B
兩類的區別可能經過語言變遷上的「重估」(reinterpretation 或
rephonologization)。即中古音韻文獻反映的重紐 A、B 類，以
聲母徵性區別合於韻書編纂與韻圖分韻列等的原則。A、B
兩類互不用作反切上字的事實也能普遍關照以韻母區分所不能
含括的大部分例外現象。而上溯重紐 A、B 類所屬古韻部的
部分不同，其透露之意義應為：語音史上重紐兩類字具有不同
的上古韻部來源。所反映的差異是早於中古音系的音韻現象。
重紐 A、B 二類由有別到無別（現代少數漢語方言部分例字
仍可別），體現了音韻變遷的過程。

一、前　言

　　爲了給眾說紛紜的重紐一個合理的詮釋，學者莫不殫精竭慮。甚至同一位研究者在不同階段而有不同的看法。❶過去曾爲文（李存智1993）從聲母之別區分重紐Ａ、Ｂ類在韻圖時代的差異。說明Ａ類具有較明顯的顎化聲母，故置於四等。相對而言，Ｂ類則否。本文則想進一步觀察存在於韻書與韻圖本身裡的一些反切現象，說明「重紐」是經過變化的音韻結構。並將時代上溯到上古，指出重紐在上古與經過音變後的中古，其區別特徵顯然不同。

　　從Ａ、Ｂ二類古韻部歸屬的有別，直接的聯想便是元音的不同。而由Ａ、Ｂ二類互不用作反切上字則又啓示可能是聲母上具有差異性，這便關係到時間性與地域性的問題。各執一端，所論自然有異，如果改以音韻通史的角度視之，或許便有機會一窺全豹。以下將由文獻與現代漢語方言所提供的音韻現象論證本文的觀點。

二、文獻觀察

　　在周子範先生〈廣韻重紐的研究〉(1948a)一文中，對重紐的反切下字做了系聯。我們發現一個有趣的現象：切語下字有分三類、二

---

❶　先師周子範先生致力於重紐研究達五十年之久，早年在〈廣韻重紐的研究〉(1948a)等一系列有關文章中力主以元音區別Ａ、Ｂ二類。晚年，如〈隋唐五代宋初重紐反切研究〉(1986)則改從聲母差異區分重紐Ａ、Ｂ類。

類，或完全合爲一類者。❷隱約透露Ａ、Ｂ二類與三等Ｃ類的對立狀態，在不同的重紐韻中有參差不等的變化。爲了說明方便，將有關之現象整理如下：

支韻開口：《廣韻》、《切韻》切語下字分二類，和重紐相應。

支韻合口：《廣韻》、《切韻》切語下字系聯爲一類。

紙韻開口：《廣韻》、《切韻》切語下字分二類，《廣韻》和重紐相應。

紙韻合口：《廣韻》、《切韻》切語下字系聯爲一類。

寘韻開口：《廣韻》、《切韻》切語下字系聯爲一類。

寘韻合口：《廣韻》、《切韻》切語下字分二類，和重紐相應。

脂韻合口：《廣韻》、《切韻》切語下字系聯爲一類。

旨韻合口：《廣韻》、《切韻》切語下字系聯爲一類。

至韻開口：《廣韻》、《切韻》切語下字系聯爲一類。

至韻合口：《廣韻》、《切韻》切語下字分三類，唇音自成一類。

眞韻開口：《廣韻》切語下字分二類，與重紐相應。《切韻》（切三）切語下字系聯成一類。

眞韻合口：《廣韻》之眞韻合口和諄韻下字成一類。《切韻》不分眞、諄。

質韻開口：《廣韻》切語下字系聯成一類。《切韻》切語下字分三類。

❷　參〈廣韻重紐的研究〉。見《中國語言學論文集》：35-42。

　　仙韻合口：《廣韻》、《切韻》切語下字分二類。

　　獮韻開口：《廣韻》、《切韻》切語下字系聯成一類。

　　獮韻合口：《廣韻》、《切韻》切語下字系聯成一類。

　　線韻開口：《廣韻》、《切韻》切語下字分三類。

　　線韻合口：《廣韻》切語下字成二類，《切韻》分成三類，和重
　　　　　　　紐相應。

　　薛韻開口：《廣韻》、《切韻》切語下字系聯成一類。

　　薛韻合口：《廣韻》、《切韻》切語下字分成二類。

　　宵韻：《廣韻》切語下字分成三類，《切韻》切語下字系聯成一
　　　　　類。

　　小韻：《廣韻》、《切韻》切語下字分成二類。

　　笑韻：《廣韻》切語下字分成二類，《切韻》系聯成一類。

　　侵韻：《廣韻》、《切韻》切語下字分成三類。

　　緝韻：《廣韻》切語下字系聯成一類，《切韻》分成二類。

　　鹽韻：《廣韻》、《切韻》切語下字系聯成一類。

　　琰韻：《廣韻》、《切韻》切語下字分成二類。

　　豔韻：《廣韻》、《切韻》切語下字分成二類。

　　葉韻：《廣韻》、《切韻》切語下字系聯成一類。

　　祭韻開口：《廣韻》、《切韻》切語下字系聯成一類。

　　由以上重紐韻的切語下字的系聯結果來看，分成二類者有支開、
紙開、真合、真開、仙合、線合、薛合、小韻、笑韻（《切韻》成一
類）、緝韻（《廣韻》成一類）、琰韻、豔韻等。其中支（紙寘）、
真諸韻的 A、B 類有不同的上古韻部歸屬。又切語下字雖分三類而可

合併成二類者有至合、質開（《切韻》）、線開、線合（《切韻》）、宵韻、侵韻。

切語下字的分成二類，說明重紐Ａ、Ｂ類仍在某些韻中保有元音性的差別。而切語下字系聯成一類者，甚至包括有不同之上古韻部來源的支合、紙合、寘開、脂合、旨合、至開、眞合等韻。這又表示Ａ、Ｂ二類在韻書時代的合流。往上古溯源，《詩經》時代已看不出Ａ、Ｂ二類古韻部不同的仙、宵、侵、鹽諸韻，在切語下字的系聯中猶有分別。恰與諧聲現象符合，可說這樣的音韻現象是早於《詩經》時代，而在重紐反切上的遺留。

另外，庚韻系開口三等與清韻系合成一組重紐，庚爲Ｂ類，清爲Ａ類。庚韻系與昔韻Ｂ類字分別來自上古的陽部與鐸部，據此，連同上述切語下字系聯的結果，推論得知，重紐韻切語下字的不能盡分爲二類明顯是音韻演變後的事實呈現。音韻系統上的空缺正是變化後的面貌。

張光宇先生(1992:96)論及《切韻》所據以立韻的方言是Ａ、Ｂ二類合流而與Ｃ類對立，未能顧及Ｂ、Ｃ二類合流而與Ａ對立的現象。由顏之推《顏氏家訓·音辭》對呂靜《韻集》分韻的批評，可知在顏氏的方言中，Ａ、Ｂ二類是無別的。然而編纂者（"蕭顏多所決定"）的主觀認定，和文獻本身的客觀呈現，兩者並不吻合。這又讓我們不得不思考《切韻》的性質。若照顏氏"益、石"共一韻的原則，重紐韻之切語下字猶分二類者不應出現，否則只能說是編者搜集諸家音切之時，音同而切語各異者，同時並錄，並相比次以示其實爲同類，除此之外，別無他意。然則《韻鏡》一類韻圖的編者又如何能夠分析《切韻》，加以排比，嚴然劃分，將Ａ類置於四等，Ｂ類置於

三等？難道韻圖作者所操持的方言與韻書編者迥異？抑或重紐Ａ、Ｂ二類猶有分別？依韻圖分析韻書，且具有教育學習的功能而言，我們傾向於Ａ、Ｂ二類仍有語音上的分別。只是分別已不在元音。《切韻》把"爲奇"同列支韻，"益石"同列昔韻可證。

在以元音區別重紐Ａ、Ｂ類的時代，我們以爲Ｂ類具有一較後、較低的元音而與Ａ類區別。隨著漢語語音史後元音前化、高化的運動，逐漸消泯了元音的前後或高低之別。在後元音前進的同時致使原即爲前元音之Ａ類在聲母上因元音有高化現象而產生顎化徵性，而使Ａ、Ｂ二類在元音上雖然漸趨合流，在聲母上卻有了區隔。也就是說，後元音的前化運動是重紐Ａ、Ｂ二類由元音區別轉變成聲母區別的原動力。

文獻上的證據是統計數字中Ａ、Ｂ二類互不用作反切上字的絕對多數(張慧美 1988 ；謝美齡 1990)。表示兩類字聲母上必具有辨音徵性。有了以上的了解，我們也可以來回答孔仲溫先生(1987：134)所提出的質疑。《韻鏡研究》曾列舉重紐諸小韻，非支、脂、眞等古韻部來源有別之重紐，即切語下字分成二類之仙、宵、鹽諸小韻，以他們的反切上字都相同來反駁持聲母區別重紐Ａ、Ｂ二類的學者。❸就辨音而言，我們認爲在當時反切下字既然還能分成兩類，則切語上

---

❸　例如：皮（支Ｂ；上古歌部）符羈切；陴（支Ａ；上古支部）符支切；
　　軌（旨Ｂ；上古幽部）居洧切；癸（旨Ａ；上古脂部）居誄切；貧（眞
　　Ｂ；上古文部）符巾切；頻（眞Ａ；上古眞部）符眞切；辨（仙Ｂ）符
　　蹇切；楩（仙Ａ）符善切；鐷（宵Ｂ）甫嬌切；飆（宵Ａ）甫遙切；愔
　　（鹽Ｂ）於驗切；厭（鹽Ａ）於鹽切；可以與《廣韻》重紐韻切語下字
　　的系聯情形一併觀察。

字相同可謂不妨。一旦後元音向前運動，韻漸趨合流，Ａ類聲母發生顎化。Ａ、Ｂ二類互不用作反切上字，說明兩者的聲母具有辨音徵性，即顎化與否。反切上字由於只能表示類的區別，無法求得確切音值，遂導致論者不認爲統計數字的絕對多數能說明什麼事實。本文則以爲尊重文獻的客觀呈現誠然是討論歷史音韻現象的基本法則。

漢越語中之《廣韻》重紐唇音小韻，Ａ類讀成舌音，Ｂ類仍保持唇音，本文認爲乃因Ａ類在當時具有顎化聲母的緣故。（參見潘悟云、朱曉農 1982）。

Ａ類舌齒化（顎化）　　pj → t

顎化趨向的啓示爲Ａ、Ｂ兩類的對比愈來愈小，更進一步的演變可能就是完全合流。現代漢語方言絕大多數如此。

三、現代漢語方言之觀察

現代漢語方言被用以觀察重紐Ａ、Ｂ二類者，高本漢已開其端，後復有學者繼之。張光宇先生〈益石分合及其涵義〉更極力論證閩方言殘存的支Ａ：支Ｂ；昔Ａ：昔Ｂ；清：庚三；眞Ａ：眞Ｂ幾組對立關係，說明重紐Ａ、Ｂ二類乃前、後元音的對立。而這幾個重紐韻的Ａ、Ｂ二類分別有不同的上古韻部來源，一如我們在上一節觀察歷史文獻時所知之早期的重紐形式。可謂歷史音變中的殘留。Ｂ類仍保有較後、較低的元音，與Ａ類的前、高元音維持元音對立。

相對而言，Ａ、Ｂ類合流的方言就多得多。翻檢《漢語方音字

匯》，除了閩方言保留了較多的元音對立之外，客語、湘語、粵語、官話等方言，僅得零星字例。如：

	北京	濟南	合肥	揚州	蘇州	長沙
至 B 備	pei	pei	pe	pəi	bE	pei
至 A 鼻	pi	pi	piə?	pie?	bɤ?	pi

	陽江	廣州
質 B 筆	pɐt	pɐt
質 A 必	pit	pit

	長沙	雙峰	梅縣	廣州	陽江
質 B 乙	ie	ia	iat	jyt	jit
質 A 一	i	i	it	jɐt	jɐt

在宵韻、仙韻，閩方言仍留有零星字組的元音對立關係。符合我們在古文獻的觀察中所獲致的結論：依切語下字分二類及諧聲❹也分二類，可知仙、宵等重紐韻的古韻部別是早於《詩經》時代的音韻現象。例字如：

	廈門	潮州
仙 B 眷	kuan	kueng
仙 A 絹	kin	kieng

---

❹ 見董同龢《上古音韻表稿》，〈韻母分論〉一節。

	廈門	潮州
宵B廟	bio	bie
宵A妙	biau	mĩə̃ũ

	廈門	潮州
宵B妖	iau	iəu
宵A腰	io	ie

　　閩方言在宵韻、仙韻的重紐 A 、 B 類元音對立，不若眞、支、昔、庚清的前、後元音之別，可見即使是同一方言，仍保持元音對立的重紐韻，其演變之速度也不盡相同。漢語方言發展的不平衡性，在重紐A、B二類上有很鮮活的體現，從元音的前後對立到二類完全合流，中間地帶也有不同樣貌。 A 、 B 二類與 C 類的關係，客方言與閩方言有同也有異。基本上，客方言乃A、B類合流之類型，但其眞韻B類卻與C類殷韻同元音，表現與閩語相同。所以欲從現代漢語方言追溯古漢語的原型，所需之"剖析毫釐"的工夫可謂不比蕭、顏等人編纂韻書時爲少。

　　從韻書中重紐韻切語下字系聯後類別不一，諧聲偏旁的分類及現代漢語方言部分重紐韻類的元音區別殘留來看，重紐 B 類向 A 類合流是一個大趨勢，在賡續不絕的後元音前化運動的影響下，不論是文獻或方言均呈現語言不斷發展變化的不一致現象。探究歷史音韻問題，若兩者能相互發明，分辨文獻之音系基礎，理清方言演變的軌跡，則可收相乘之效果。

四、結 語

　　當元音由後向前運動，推著 B 類元音前化時，A 類同時也受到影響，因其原先即具前元音，故在聲母上表現出顎化的徵性。呈現在韻書裡則是同一個韻目中，同爲開口或同爲合口的兩組同聲紐反切。我們只能從《切韻》（《廣韻》）中得知聲、韻的類，而無法知其音值上的差異。本爲元音有別之兩組反切，一旦因 B 類元音高化而致 A、B 類元音合流之後，其語音差別便不在韻母上了。今猶能知其有異者，乃《韻鏡》分韻列等，將兩類分置韻圖三、四等，A 類與四等關係近，B 類與三等 C 類關係密切之故。推究其根源，這是一個元音前化、高化推動著聲母顎化的音韻演變過程。

　　在《廣韻》的重紐小韻，可以看出元音有別者，不到百分之四十（周法高 1948a）；《慧琳一切經音義》則降到百分之三十弱（黃淬伯 1931）。反之，各種音義書中，A、B 二類互不用作反切上字的比例則高達百分之九十五以上，這種現象只能說是重紐 A、B 二類的聲母從審音的角度而言已具有區別性特徵。完成了辨音徵性由元音到聲母的轉移。此處可以進一步附帶說明介音的問題。在顎化的過程中，A、B 二類元音合流，A 類因較強的顎化特徵在語音上產生介音的成素，即介音的差別被包含在聲母之中。這種特徵使得越南漢字音的唇音重紐 A 類讀成舌尖音。又例如介音在喉牙音的差異，可能爲輔音本身發音位置不同所致。

　　討論歷史音韻演變，時代的問題（演變階段）必須放進整個語言史中考量。唯有如此，論者或爲追溯原型，重建重紐的原始形式，或爲討論韻圖時代重紐 A、B 二類的語音分別，基本立場一區隔開來，

便不至於是非難斷。即使是運用域外對音資料研究漢語歷史音韻問題，這一點也是必須嚴格遵守的原則。如朝鮮漢字音（聶鴻音 1984）與越南漢字音（潘悟雲、朱曉農 1982 ）便因其時代性而有不同的論證價值。

在擬音的問題上，因重紐 A 、 B 二類在上古有不同的來源，故中古的聲母區別實為變化後的徵性轉移。因此，上古音中如何構擬重紐，仍是一個值得再深思的課題。李方桂先生《上古音研究》中未能徹底劃分 A 、 B 二類，恐也因其是牽一髮動全身的關鍵，故存而未論。可見三等韻的複雜性不是三言兩語就可說分曉。張琨先生三等韻三向對立的論點，提供一個新的思考方向。惟重紐韻的元音對立，在部份韻類於《詩經》時代已無分別。就系統性而言，蟹、山、臻等攝符合三向對立的原則，止、效攝則不符合。因此，究竟是構擬重紐韻的原始漢語形式，抑或《詩經》時代之別，還可以再議。又或者重紐諸韻從未有過完全以同一種區別徵性來劃分 A 、 B 二類的局面？所以在歷史文獻與漢語方言中分別有參差的現象透露出演變的不一致性，都還值得探究、討論。故本文對重紐韻的古音構擬暫從缺，以待區別徵性轉移的時代能夠確切釐清之後再行構擬。

參 考 文 獻

(1) 三根谷徹　1953　〈韻鏡の三四等について〉，《言語研究》22、23 合刊：56-74。

(2) 孔仲溫　1987　《韻鏡研究》，學生書局。

(3) 平山久雄　1990　〈敦煌《毛詩音》殘卷反切的結構特點〉，《古漢語研究》3：1-11。

(4) 北京大學　1989　《漢語方音字匯》，文字改革出版社。

(5) 余明象　1987　〈《切韻》庚三歸清說〉，《南開學報》：80。

(6) 杜其容　1975　〈三等韻牙喉音反切上字分析〉，《文史哲學報》24：244-279。

(7) 李方桂　1971　〈上古音研究〉，《清華學報》新 9.1, 9.2:1-61。《上古音研究》，北京商務印書館，1980。

(8) 李存智　1993　〈重紐問題試論〉，第十一屆全國聲韻學學術研討會論文（中正大學）。

(9) 李新魁　1984　〈重紐研究〉，《語言研究》7：73-104。

(10) 周法高　1984a　〈廣韻重紐的研究〉，《中央研究院歷史語言研究所集刊》13：49-117。

(11) 周法高　1948b　〈古音中的三等韻兼論古音的寫法〉，《中央研究院歷史語言研究所集刊》19：203-233。

(12) 周法高　1948c　〈玄應反切考〉，《中央研究院歷史語言研究所集刊》20：359-444。

(13) 周法高　1952　〈三等韻重唇音反切上字研究〉，《中央研

究院歷史語言研究所集刊》 23： 385-407。

(14) 周法高　　1984　〈玄應反切再論〉，《大陸雜誌》 69.5： 1-16。

(15) 周法高　　1986　〈隋唐五代宋初重紐反切研究〉，《中央研究院第二屆國際漢學會議論文集》： 85-110，1989。

(16) 周法高　　1990　〈讀「論晚唐漢藏對音資料中漢字顎化情形」〉，《大陸雜誌》 81.5： 221。

(17) 周法高　　1991　〈讀「韻鏡中韻圖之構成原理」〉，《東海學報》 32： 19-36。

(18) 林英津　　1979　〈廣韻重紐問題之檢討〉，東海大學中國文學研究所碩士論文。

(19) 邵榮芬　　1982　《切韻研究》，北京，中國社會科學出版社。

(20) 張光宇　　1987　〈從閩語看切韻三四等韻的對立〉，《師大國文學報》 16： 255-269。

(21) 張光宇　　1991　〈漢語方言發展的不平衡性〉，《中國語文》： 301-308。

(22) 張光宇　　1992　〈益石分合及其涵義〉，《語言研究》 23： 91-99。

(23) 張慧美　　1988　〈朱翱反切中的重紐問題〉，《大陸雜誌》 76.4： 152-169。

(24) 麥　耘　　1988　〈從尤幽韻的關係論到重紐的總體結構及其他〉，《語言研究》 2： 124-129。

(25) 麥　耘　　1992　〈論重紐及《切韻》的介音系統〉，《語言

研究》2 ： 119-131 。

(26) 陳新雄　　　1974　　《等韻述要》，台北藝文印書館。

(27) 黃淬伯　　　1931　　〈慧琳一切經音義反切考〉，《中央研究院歷史語言研究所專刊》六。

(28) 董同龢　　　1944　　《上古音韻表稿》四川李莊。 1967 ，中央研究院歷史語言研究所單刊甲種之二十一。

(29) 董同龢　　　1948　　〈廣韻重紐試釋〉，《中央研究院歷史語言研究所集刊》 13 ： 1-20 。

(30) 潘悟云、朱曉農　　1982　　〈漢越語和切韻唇音字〉，《中華文史論叢增刊.語言文字研究專輯》上： 323-356 ，上海古籍出版社。

(31) 盧順點　　　1990　　〈論晚唐漢藏對音資料中漢字顎化情形〉，《大陸雜誌》 81.5 ： 215-221 。

(32) 龍宇純　　　1989　　〈論重紐等韻及其相關問題〉，《中央研究院第二屆國際漢學會議論文集》： 111-124 。

(33) 謝美齡　　　1990　　〈慧琳反切中的重紐問題〉，《大陸雜誌》 81.1 ： 34-48 ； 81.2 ： 85-96 。

(34) 聶鴻音　　　1984　　〈《切韻》重紐三四等字的朝鮮讀音〉，《民族語文》 3 ： 61-66 。

(35) 韻　鏡　　　古逸叢書本。

(36) Chang Kun & Betty Shefts Chang 1972, The Proto-Chinese Final System and the Chieh-yun, The Institute of History and Philology Monographs, Series A, no.26, Academia Sinica, Taipei 。

怎麼樣才算是古音學上的審音派

陳新雄

提 要

一九九四年增刊的《語言研究》刊載了北京大學教授唐作藩先生〈論清代古音學的審音派〉一文，對我在〈黃侃的古音學〉論文裡的一些觀點，特別是有關審音派古音學家的認定，有不同的看法，本文擬就此一問題，提出一些看法，以就教於唐作藩先生。

【壹】前 言

一九九四年增刊的《語言研究》，刊載了中國音韻學研究會第八次學術討論會的論文，在論文集的下冊❶，刊登了中國音韻研究會理事長、北京大學中文系教授唐作藩先生的大作〈論清代古音學的審音

---

❶ 《語言研究》 1994 年增刊爲中國音韻學研究會第八次學術討論會論文集。

派〉一文❷，對我在〈黃侃的古音學〉❸一文中的若干觀點，特別是
有關審音派古音學家的認定，有不同的看法。因此本文可視爲對唐先
生一文的回應，同時更提出一些自己的看法，以便對問題取得更清楚
的概念及更周延的界定。

【貳】審音派學說的緣起

　　誠如唐先生所說，審音、考古兩個概念，也是江永(1681-1762)
首先提出來的。江氏在《古韻標準・例言》中說：「《古音表》分十
部，離合處尚有未精，其分配入聲多未當，此亦考古之功多，審音之
功淺，每與東原歎惜之。」❹後來戴震(1725-1777)在他的〈答段
若膺論韻書〉裡也提到審音與考古兩個名詞。戴氏說：「僕謂審音本
一類，而古人之文偶有相涉，有不相涉，不得舍其相涉者，而以不相
涉爲斷；審音非一類，而古人之文偶有相涉，始可以五方之音不同，
斷爲合韻。」又曰：「僕以爲考古宜心平，凡論一事，勿以人之見蔽
我，勿以我之見自蔽。」❺段玉裁(1735-1815)在〈江氏音學序〉
中說：「蓋余與顧氏、孔氏皆一於考古，江氏、戴氏則兼以審音，而
晉三于二者尤深造自得。」其〈苔江晉三論韻〉書云：「足下云：顧

---

❷　《語言研究》1994 年增刊下冊 pp.529-535。

❸　拙著〈黃侃的古音學〉一文，載於《中國語文》1993 年第 6 期
　　pp.445-455。

❹　見廣文書局印行音韻學叢書本《古韻標準》p.4。

❺　見廣文書局印行音韻學叢書本《聲類表》pp.8-13。

氏合侯於虞，與三代不合，而合於兩漢；江氏合侯於尤，且不合於兩漢矣。足下合眞臻於文魂，非求合於他書而不合於三百篇乎！戴氏亦以眞文爲一，尤侯爲一，謂僕考古功多，審音功少。」❻可見在清代康雍乾嘉全盛之期，已有古音學大師注意到考古與審音兩派之差異，段玉裁氏且爲兩派古音學家分類，而江氏晉三則以爲於考古、審音皆深造自得，亦可說介於兩派之間，兼兩派之長者也。不過這仍是初步的觀察，也還沒有指出各派的特徵來。直到王力(1901-1986)在一九三七年《語言與文學》雜誌第一期發表〈古韻分部異同考〉一文，才明白地指出來說：

> 諸家古韻分部，各不相同；大抵愈分愈密。鄙意當以王念孫爲宗；然顧炎武、江永、戴震、段玉裁、孔廣森、嚴可均、江有誥、朱駿聲、章炳麟、黃侃亦各有獨到處。顧、段、孔、王、嚴、朱、章爲一派，純以先秦古籍爲依歸；江永、戴、黃爲一派，皆以等韻條理助成其說；江有誥則折中於二派者也。❼

後來又在《清代古音學》一書中說：

> 我曾經把清代古音學家分爲考古、審音兩派：顧炎武爲考古派，段玉裁、王念孫、孔廣森、江有誥、章炳麟繼其後；戴震爲審音派，黃侃繼其後。我自己原屬考古派，後來變爲審音派。入聲獨立是審音派的標識，我認爲入聲獨立是對的，陰陽

---

❻ 俱見廣文書局印行音韻學叢書本《江氏音學十書·第一冊》pp.1-9。
❼ 見於中華書局《龍蟲並雕齋文集》第一冊 p.63。

入三分也是對的。❽

在「黃侃繼其後」下有小注云：「江永考古、審音並重，不屬于任何一派。」從王力先生這兩段說明，他爲審音派加上了兩個條件。就是：

　　㊀須以等韻條理助成其說。
　　㊁入聲獨立是審音派的標識。

我覺得王力先生所定下來的這兩項條件，對我們研判某位古音學家是否爲審音派有很大的幫助，值得我們細加推敲的。

【參】審音派古音學家的要件

王力先生所說的兩項判定審音派的條件，可以說是成爲審音派的必要條件，但還不是充分條件。王力先生在他的《漢語音韻》一書第七章古音（上），談到〈上古的韻母系統〉一節時，他列舉了清代的顧炎武、江永、段玉裁、孔廣森、王念孫、江有誥及民國的章炳麟、王力等人的學說。並且說：「以上所述諸家，代表著古音學上最重要的一派。這一派比較地注重材料的歸納，不容以後說私意參乎其間。」又說：「另一派的音韻學家以戴震、黃侃爲代表。他們的特點是陰陽入三聲分立。」王力先生在第八章古音（下）說到〈爲什麼陰

---

❽　見於山東教育出版社《王力文集》第十二卷 p.468-469。

陽兩分法和陰陽入三分法形成了兩大派別〉時說：

> 顧炎武的十部，事實上是陰陽兩分法，因爲他把入聲歸入了陰
> 聲。段玉裁的古韻十七部，事實上也是陰陽兩分法，只不過他
> 以質屬眞，步驟稍爲有點亂罷了。孔廣森的古韻十八部，開始
> 標明陰陽，並宣稱古代除緝合等閉口音以外沒有入聲。而他的
> "合類"是歸入陰聲去的。王念孫和江有誥雖沒有區分陰陽，
> 看來也不主張陰陽入截然分爲三類。章炳麟作"成均圖"把月
> 物質三部（他叫做泰隊至）歸入陰界，緝葉（他叫做緝盍）歸入陽
> 界，仍是陰陽兩分。
> 江永把入聲分八部，並主張數韻共一入，這是陰陽入三分的先
> 河。戴震認爲入聲是陰陽相配的樞紐，所以他的古韻九類廿五
> 部是陰陽入三聲分立的。應該指出，戴氏和江永的古韻分部的
> 性質還是很不相同的。江永只分古韻爲十三部，而沒有分爲廿
> 一部（連入聲），他還不能算是陰陽入三分，入聲還沒有和陰陽
> 二聲分庭抗禮。到了戴震，入聲的獨立性才很清楚了。但是，
> 戴震的入聲概念和黃侃的入聲概念是不同的。戴震的入聲是
> 《廣韻》的入聲，所以以祭泰夬廢不算入聲；黃侃的入聲是《詩
> 經》的入聲，所以祭泰夬廢算是入聲。黃侃承受了段玉裁古無
> 去聲之說，更進一步主張古無上聲，這樣就只剩下平入二類，
> 平聲再分陰陽，就成了三分的局面。❾

王力初把江有誥列於折中於考古審音之間，其後又把他列入考古

---

❾　香港中華書局《漢語音韻》 pp.162-163 及 pp.174-175。

派；先把江永列爲審音派，後來在《漢語音韻》先說他是考古派，後又說他是陰陽入三分的先河，但又說他還不算是陰陽入三分，在《清代古音學》裡又說江永考古、審音並重，不屬于任何一派。可見同一個古音學家，王力先後的看法也不完全一致。也就是說懂得等韻的條理，可說懂得審音，但不一定是審音派的古音學家，因爲要用上了等韻的條理去作古韻分析，才能算是審音派的古音學家；就是用了等韻的條理去分析上古韻部，而沒有把入聲獨立成部，還非審音派。把入聲韻部獨立，是審音派古音學家的必要條件，但不是充分條件，要陰陽入三分，使入聲與陰陽兩聲能夠分庭抗禮，也就是要注意陰陽入三聲之間的互配關係，能如此才算是一位眞正的審音派的古音學家。

【四】對唐作藩質疑的答覆

唐先生對拙稿〈黃侃的古音學〉一文最大的質疑，是因爲我說：「審音派自戴震以後，即未再發展，直到黃侃始受到肯定，故在古音學的研究上，黃侃應該是民國以來審音派的開創人。」於是提出江永與江有誥，也應該是審音派。至於所提到的姚文田與劉逢祿，唐先生不認爲是審音派，我也不認爲是審音派，這兩人不構成意見的分歧，所以用不著辯解。剩下來的就只有江永與江有誥該不該算作審音派的問題。在討論二江是否審音派之前，我們先看看鐵定爲審音派的戴震與黃侃是怎麼樣利用等韻知識來分析古韻部，又怎麼樣將入聲獨立與陰陽二聲抗禮相配。

戴震云：

僕巳年分七類爲二十部者，上年以呼等考之，眞至仙，侵至凡
同呼而具四等者二，脂微齊皆灰及祭泰夬廢亦同呼而具四等者
二，仍分眞巳下十四韻，侵以下九韻各爲二，而脂微齊諸韻與
之配者亦二。

又曰：

僕以爲考古宜心平，凡論一事，勿以人之見蔽我，勿以我之見
自蔽，嘗恐求之太過，強生區別，故寧用陸德明『古人韻緩』
之説。後以殷（眞）、衣（脂）、乙（質），及音（侵）、邑（緝）
五部字數過多，推之等韻，他部皆止於四等，此獨得四等者
二，故增安（元）、靄（祭）、遏（月）及醃（覃）、浜（合）五
部，至若殷乙及謳（尤），更析之則呼等不全。❿

戴氏這段話，意思是說，每一個古韻部，所包含《廣韻》的韻部
應僅止於一、二、三、四等四個等的韻，如果具有兩個以上的四等
韻，則應另外分出一部來，他把眞元、脂祭、質月、侵覃、緝合各分
成兩部，正是從這樣的一種觀點出發的。但是我們仔細地檢查他每一
個古韻部的呼等的話，也未必每部皆四等俱全。例如他的祭部，有一
等韻泰、二等韻夬怪、三等韻祭廢，就沒有純四等韻，又如他的庚
部，有二等韻庚耕、三等韻庚清、四等韻青，卻沒有一等韻。但有一
點是肯定了的，如果一個古韻部裡缺四等性的韻，就一定具有一等性

---

❿　見廣文書局印行音韻學叢書本《聲類表・卷首》pp.1-16。

的韻；反過來，若缺少了一等性的韻，就一定具有四等性的韻。也就是說，一等性的韻與四等性的韻，是構成一個古韻部骨幹，二者只可缺其一，而不可全缺。換句話說，如果古韻部裡沒有一等性與四等性的韻，就不能成爲一個古韻部了。這就是充分地利用等韻知識與條理來分析古韻部，所以是審音派。

　　關於入聲的獨立，戴氏很注意陰陽入三分與分配，與音韻結構的完整性。他說：

> 僕審其音，有入者如氣之陽，如物之雄，如衣之表；無入者，如氣之陰，如物之雌，如衣之裡。又平上去三聲近乎氣之陽、物之雄、衣之表；入聲近乎氣之陰、物之雌、衣之裡。故有入之入，與無入之去近，從此得其陰陽、雌雄、表裡之相配。而侵以下九韻獨無配，則以其閉口音，而配之者更微不成聲也。⓫

　　戴氏所以得此種陰陽之相配者，因爲其正轉之法中，有一種爲相配互轉之故也。戴氏云：「一爲相配互轉：眞文魂先轉脂微灰齊，換轉泰，咍海轉登等，侯轉東，厚轉講，模轉歌是也。」⓬我們把戴氏所分的九類二十五部，按著他相配互轉之理，排列起來，就有如下表：

⓫　見廣文書局印行音韻學叢書本《聲類表・卷首》pp.4-5。
⓬　見廣文書局印行音韻學叢書本《聲類表・卷首》p.7。

陽　聲	入　聲	陰　聲
一歌	三鐸	二魚
四蒸	六職	五之
七東	九屋	八尤
十陽	十二藥	十一蕭
十三庚	十五錫	十四支
十六眞	十八質	十七脂
十九元	二一月	二十祭
二二侵	二三緝	
二四覃	二五合	

　　這樣九類二十五部，在分配上看起來就很整齊，音韻結構上陰陽
入三聲的相配就很完整。

　　至於黃侃(1886-1935)，他屬於審音派，也與戴震一樣，能充
分利用等韻知識作爲古韻分部的依據。黃氏說：

　　　　凡變韻之洪與本韻之洪微異，變韻之細與本韻之細微異，分等
　　　　者大概以本韻之洪爲一等，變韻之洪爲二等，本韻之細爲四
　　　　等，變韻之細爲三等。⓭

　　所以他用以標示的古韻二十八部的韻目，在等韻上，不是一等，
就是四等。例如：

⓭　見 1964 年中華書局《黃侃論學雜著》p.94。

陰　聲	入　聲	陽　聲
歌戈一等	曷末一等	寒桓一等
	屑四等	先四等
灰一等	沒一等	痕魂一等
齊四等	錫四等	青四等
模一等	鐸一等	唐一等
侯一等	屋一等	東一等
蕭四等		
豪一等	沃一等	冬一等
咍一等	德一等	登一等
	合一等	覃一等
	怗四等	添四等

　　如前所說，一等韻與四等韻是構成一個古韻部的骨幹，所以黃侃稱它爲古本韻。黃侃推求古本韻的方法，首先根據錢大昕所考〈古無輕脣音〉及〈舌音類隔之說不可信〉兩篇文章的證據，加上章炳麟〈古音娘日二紐歸泥說〉的考證，知道上古音聲母沒有非、敷、奉、微、知、徹、澄、娘、日等九紐，他以此九紐爲基礎，進察《廣韻》二百六韻，三百三十九小類，發現凡無此九變聲之韻或韻類，也一定沒有喻、爲、群、照、穿、神、審、禪、邪、莊、初、床、疏等十三紐，那麼這十三紐必定與非、敷、奉、微、知、徹、澄、娘、日等九紐同一性質可知，什麼性質呢？那就是變聲。四十一聲紐當中減去二十二變聲，所剩下的十九紐，就是古本聲了，而只有古本聲的韻就是古本韻了。故黃氏在〈與友人論治小學書〉云：

當知二百六韻中，但有本聲，不雜變聲者爲古本音，雜有變聲者，其本聲亦爲變聲所挾而變，是爲變音。❹

因爲古本韻不用輕脣、舌上、半齒等變聲作切語，因此知道凡"古本韻"的切語上字，一定是"古本聲"。他在〈爾雅略說〉中說：

> 古聲類之說，萌芽於顧氏，錢氏更證明『古無輕脣、古無舌上』，本師章氏證明『娘、日歸泥』，自陳蘭甫作《切韻考》，劃分照、穿、床、審、禪五母爲九類，而後齒、舌之界明，齒舌之本音明。大抵古音於等韻只具一四等，從而《廣韻》韻部與一四等相應者，必爲古本韻，不在一四等者，必爲後來變韻，因而求得古聲類確數爲十九。❺

所以黃侃的古音研究是結合《廣韻》、等韻、古音三者來觀察的，這不但把古今音變的問題解決了，也把古音、《廣韻》、等韻的整個系統都弄清楚了。他在〈聲韻略說·論斯學大意〉中說：

> 往者，古韻、今韻、等韻之學各有專家，而苦無條貫。自番禺陳氏出，而後《廣韻》之理明，《廣韻》明，而後古音明，今古之音盡明，而後等韻之糾紛始解。此音學之進步一也。❻

---

❹ 見 1964 年中華書局《黃侃論學雜著》p.157。
❺ 見 1964 年中華書局《黃侃論學雜著》pp.399-400。
❻ 見 1964 年中華書局《黃侃論學雜著》p.94。

　　黃侃從《廣韻》、等韻、古音三者交錯中，考得古韻二十八部，在方法上，與過去純粹根據《詩經》韻腳與《說文》諧聲的傳統方法迥然不同，而在處理舊有成績上，更是擇善而從，吸收了各家合理的部分。他在《音略》中說：

> 古韻部類，自唐以前，未嘗昧也。唐以後始漸茫然，宋鄭庠肇分古音爲六部，得其通轉之大界，而古韻究不若是之疏。爰逮清朝，有顧、江、戴、段諸人，畢世勤劬，各有啓發，而戴氏所得爲獨優，本師章氏論古韻二十三部，最憭然矣。余復益以戴君所論，成爲二十八部。❶

　　他所以覺得戴君爲獨優者，就是因爲戴氏注意到陰陽入的三分與彼此的互配關係，對於音韻結構最爲完整，故認爲獨優。黃侃從《廣韻》出發，確立古音系統，關聯等韻結構，再從等韻結構，重驗《切韻》系統，修訂古韻分部。後來他覺察到《切韻》殘卷中，談、盍兩韻也是沒有今變聲紐的韻，於等韻屬於一等韻，如果併入添怗部的話，在添怗部裡頭，既有一等談盍，又有四等的添怗，因此主張把它分成二部。他的〈談添盍怗分四部說〉一文，就是具體的例證了。黃先生這一主張，從音韻結構來看，是值得人們的重視的，因爲《廣韻》自眞至仙十四個收音於 -n 的韻，既分成了痕、寒、先三個古韻部，入聲自質至薛十三個收音於 -t 的韻，也分成了沒、曷、屑三個

---

❶　見 1991 年 10 月文史哲出版社增訂初版十四刷陳新雄著《音略證補》
　　pp.89-90。

古韻部；若收音於-m 及-p 韻尾的韻，只分覃添與合帖四部，則與收音於-n 與-t 的六部，在音韻結構上，不足相配，所以主張談盍從添帖分出來，加上覃合兩部，則正好與收音於-n 與-t 的六部相配，這個理論，當然值得人們的重視。下面是我替黃侃擬音的三十部古韻相配表：

韻尾＼元音	ə	ɐ	a
o	咍 ə	齊 ɐ	模 a
k	德 ək	錫 ɐk	鐸 ak
ŋ	登 əŋ	青 ɐŋ	唐 aŋ
u	蕭 əu	豪 ɐu	侯 au
uk		沃 ɐuk	屋 auk
uŋ	冬 əu		東 auŋ
i	灰 əi		歌 ai
t	沒 ət	屑 ɐt	曷 at
n	魂 ən	先 ɐn	寒 an
p	合 əp	帖 ɐp	盍 ap
m	覃 əm	添 ɐm	談 am

這樣陰陽入三聲相配，大致說來，相當整齊。雖然還沒有分出覺部以配蕭冬，也沒有分出脂部以配屑先。仍然有所缺憾，但說他是繼戴震後的另一位審音派的古音學家，我想是沒有問題的。❶⑧

---

❶⑧ 參見陳新雄〈論談添盍帖分四部說〉一文，在 1994 年東大圖書股份有限公司陳新雄《文字聲韻論叢》pp.225-246。

　　至於江永算不算是古審音派的古韻學家，這並不是說他懂得審音，就算是審音派的古音學家，如果他沒有用上這些等韻的條理或陰陽入三聲相配的條理來分析古韻部的話，儘管他懂得審音，甚至於審音精到，我們仍舊不能算他是審音派的古韻學家。王力先生說得好：「江永只分古韻爲十三部，而沒有分爲廿一部（連入聲），他還不能算是陰陽入三分，入聲還沒有和陰陽二聲分庭抗禮。」⑲江永把侯與虞之半并入尤幽及分豪分肴分宵分蕭等爲十一部，這裡就出現了在同一部古韻中既有一等韻的侯（如侯婁諏裒），又有一等韻的豪（如牢醪謟陶）。所以江有誥批評他說：「顧氏合侯於虞，與三代不合，而合於兩漢，江氏合侯於尤，且不合於兩漢矣。」⑳又說：「婺源江氏始專就三百篇以求古韻，故得十三部，然猶惑於今人近似之音也。」㉑

　　至於江永在異平同入方面，本來觀念是不錯的，但也有些不應該如此相配而配錯了的。例如：

陽　聲	入　聲	陰　聲
第八部陽唐	第四部藥鐸	第三部魚模 第六部宵豪

---

⑲　見 1984 年 3 月重印中華書局香港分局王力《漢語音韻》p.175。

⑳　見段玉裁〈答江晉三論韻書〉在廣文書局音韻學叢書本《江氏音學十書》第一冊 p.10。

㉑　見廣文書局印行音韻學叢書本《江氏音學十書・第一冊・古韻凡例》p.1。

他把魚宵陽同入是說不通的，其實只要魚陽同入鐸就可以了，宵部自有其入聲藥，不應該混爲一談，這也是因爲入聲分部上面還有些未清楚，把藥鐸兩韻合到一塊兒，所以平入相配就亂了。再看下表：

陽　聲	入　聲	陰　聲
第四部眞諄	第二部質術	第二部支脂
第九部耕清	第五部昔錫	
第十部蒸登	第六部職德	

　　江氏拿陰聲的第二部支脂部跟三部陽聲與三部入聲相配，顯然配得不是很理想，還不能跟戴震與黃侃相比。㉒所以王力先生在《漢語音韻》裡面，把江永劃入考古派，沒有認爲是審音派的最大原因吧！㉓

　　至於江有誥（?-1851），他精於審音，也能瞭解等韻學理，這都不必懷疑。但他不是審音派的古韻學家，則毫無問題，第一他的入聲除緝、葉兩部外，都附在陰聲韻部沒有獨立，更沒有運用陰陽入三聲相配的理論來分析上古韻部的結構。他甚至不相信"陰陽對轉"的理論，他的《古韻凡例》說：「孔氏《詩聲類》，雖有補正三家之處，

㉒　參見 1983 年 2 月 3 版文史哲出版社陳新雄《古音學發微》 pp.184-189 。

㉓　見 1984 年 3 月重印中華書局香港分局王力《漢語音韻》 pp.150-163 。

乃臆爲陰陽九聲，穿鑿武斷，功過相參。」㉔先師許世瑛先生〈輯江
有誥通韻譜合韻譜借韻譜後記〉批評江氏云：「對陰陽對轉亦不置
信，實則之蒸對轉，東侯對轉，脂諄對轉，歌寒對轉，三百篇中，亦
常見之。江氏僅於〈東門之枌〉二章云：歌元借韻，〈北門〉三章、
〈碩人〉一章、〈墓門〉二章及〈雨無正〉四章云：脂文借韻，可謂
極罕見現象，在彼以爲借韻，其價值遠不如通韻、合韻之可貴，而吾
儕反覺其較通韻合韻諸條，更耐人尋味，而對後人研究上古音之幫
助，或更偉大。」㉕

　　也沒有充分的利用其所知的等韻知識來分析韻部，例如王念孫分
立至部，實在是很有見地的，在等韻上來講，至部的屑韻、霽韻都是
四等韻，與脂部去入聲的沒韻、隊韻是一等韻，這裡就有了分化的條
件。王念孫〈與江有誥書〉說：「段以質爲眞之入非也，而分質術爲
二則是，足下謂質非眞之入是也，而合質於術以承脂，則似有未安。
《詩》中以質術同用者，唯〈載馳〉三章之濟閟，〈皇矣〉八章之類
致（原注：是類與是致爲韻，是禡與是附爲韻，類致、禡附皆通韻
也。）〈抑〉首章之疾戾，不得因此而謂全部皆通也。（原注：有誥
按：尚有〈終風〉三章之曀瘲嚏，未引首二章，弟三句皆入韻，則瘲
字不得謂非韻。）若〈賓之初筵〉二章："以洽百禮，百禮既至。"
此以兩禮字爲韻，而至字不入韻，"四海來格，來格其祁。"亦以兩

㉔　見廣文書局印行音韻學叢書本《江氏音學十書・第一冊・古韻凡例》
　　p.6。
㉕　見許世瑛〈輯江有誥通韻譜合韻譜借韻譜〉一文，在燕京大學《文學年
　　報》第七期。

格字爲韻，凡下句之上二字與上句之下二字相承者皆韻也。質術之相近猶術月之相近，〈候人〉四章之薈蔚，〈出車〉二章之斾瘁，〈雨無正〉二章之滅戾勩，〈小弁〉四章之嘒淠屆寐，〈采菽〉二章之淠嘒駰屆，〈生民〉四章之斾穟，術月之通較多於質術，而足下尙不使之通，則質術之不可通明矣。念孫以爲質月二部皆有去而無平上，術爲脂之入，而質非脂之入，故不與術通也。」❷⑥

然江氏〈復王石臞先生書〉云：

> 來書謂拙箸與先生尊見如趨一軌，所異者惟質術之分合耳。曩者有誥于此條，思之至忘寢食，而斷其不能分者有數事焉。論古韻必以《詩》《易》《楚辭》爲宗，今此部于《詩》《易》似若可分，而《楚辭》分用者五章，〈九歌・東君〉之節日，〈遠遊〉之一逸，〈招魂〉之日瑟，〈高唐賦〉之室乙畢四條爲質部字，〈高唐賦〉之物出一條爲術部字，合用者七章：〈九章・懷沙〉之抑替（原注：替 白聲，白古自字。），〈悲回風〉之至比，〈九辨・六〉之濟死，〈風賦〉之慄欷，〈高唐賦〉之出忽失，〈笛賦〉之節結一出疾，〈釣賦〉之失術，《楚辭》而外，則犬牙相錯，平側不分，其不能離析者一也。……今質術二部《詩》中與祭部去入合用十一章，〈旄邱〉之葛節日，〈正月〉之結屬滅 ，〈十月之交〉之徹逸，〈賓之初筵〉之設逸，此質之與祭合也。〈候人〉之薈蔚，

---

❷⑥ 見廣文書局印行音韻學叢書本《江氏音學十書・第一冊・王石臞先生來書》pp.22-23。

〈出車〉之旆瘁，〈雨無正〉之滅戾勩，〈小弁〉之嘒屆淠
寐，〈采菽〉之淠嘒駟屆，〈皇矣〉之爵柳，〈生民〉之旆
穮，此術之與祭合也，亦無平側賓主之辨，其能離析者二
也。唐韻去入二聲分承平上，統系分明，今若割至齊與質櫛屑
別爲一部，則脂齊無去入矣。二百六部中有平去而無上入者有
之，未有有平上而無去者也。且至齊二部爲質之去者十之二，
爲術之去者十之八，賓勝于主，無可擘畫，若專以質迄櫛屑成
部，則又有去聲數十字牽引而至，非若緝盍九韻之絕無攀緣
也。……此段氏質術之分，有誥所以反覆思之而不能從也。㉗

　　從王念孫與江有誥往來論韻書可知，江氏所以不從段王將質從脂
分出，仍是根據《楚辭》韻腳之合比分多，故合而爲一，則他顯然是
一於考古，而非據於審音而來的。故王力在《漢語音韻》裡對江有誥
評道：「江有誥的古韻分部，沒有什麼特點；但也可以說王念孫的四
個特點中有三個特點也是江有誥的特點，因爲江有誥與王念孫不謀而
同都主張祭葉緝三部從平聲韻部裡分出來。江有誥沒有采用王念孫的
質部，但是采用了孔廣森的多部（改稱中部），所以仍是廿一部。」㉘
江有誥古韻分部的特點既同於王念孫與孔廣森，如果把王念孫與孔廣
森算做考古派，我們有什麼理由說江有誥是審音派呢？
　　其實唐作藩先生與我都是根據王力先生的著作來區分考古派與審

㉗　見廣文書局印行音韻學叢書本《江氏音學十書・第一冊・復王石臞先生
　　書》pp.24-25。

㉘　見1984年3月重印中華書局香港分局王力《漢語音韻》p.160。

音派的，但是所採信的資料輕重稍有不同，我比較側重王力先生的
《漢語音韻》之說，而唐作藩先生把江永、江有誥算做審音派，是採
用了王力先生早年〈古韻分部異同考〉的說法而已。

一九九五年四月十日脫稿於臺北市和平東路二段鍥不舍齋

甲骨文所見若干上古漢語
複聲母問題蠡測

畢　　鶚

一、前　言

　　從事歷史比較語言學的學者都知道，複輔音是一個深藏於語言僻處的奇物，運用各種各樣的擬測方法把它誘導出來，既非易事，亦常誤入歧途。據 Décsy (1993) 對有關語音共性現象的粗略估計，世界上約 95% 的活語言中不存在任何複輔音聲母❶，更沒有複輔音節尾。與之相反的是，大多數用傳統新語法學派的擬測方法歸納出來的原始音位系統，無論是原始印歐語、藏緬語、阿爾泰語、侗泰語、苗

---

❶　很可惜，Décsy (1993) 未說明這個統計的資料來源。據 Ruhlen (1987:1) 的統計，到目前為止，世界上大約有 5,000 種活語言。其中至少 Greenberg([1965]/1978) 所記載的 104 種語言中 (2.08%) 有複聲母或複韻尾。顯然，如果在剩下來的約 4,900 種語言中還包括複輔音的話，Décsy 的數字似乎就太高了一些。

瑤語、孟—高棉語、烏拉爾語、乍得語、班圖語、南部高加索語、納
—得內語、佩努提亞語等系統，都毫無例外地含有形形色色的複輔
音。據此看來，一方面，人類自然語言在音系上幾乎都曾一再趨於簡
化，另一方面，語言的辭彙、句法和語用行為越來越複雜，二者最終
則又構成一種平衡。雖然複輔音簡化在語言歷時演變過程中處處都占
主導趨勢，但也有一些例外。例如屬於南高加索語系的斯凡語(Svan)
就很明顯地違背了「最節約原則」，在簡單輔音的原始基礎上生發了
其他南高加索語所無的次要複輔音。❷在歷時演變的過程中，複輔音
簡化的兩個最典型的發展是複輔音的節縮(cluster simplific-
ation)和插入音(epenthesis)。如原始漢藏語（以下簡稱 PST）
的數詞「九」可以擬作*'dkwəɣʷ❸和原始藏緬語(TB)的*d-kuw

---

❷　參見 Schmidt (1991)。

❸　參見柯蔚南(Coblin 1986:113)。我們採取蒲立本(Pulleyblank
　　1962, 1992, 1994)，鄭張尚芳(1987)和 Starostin(1989)的說
　　法，對中古三等字不擬出*-j-介音，而用國際音標系統的重音符號
　　('[x]。)表示中古三等字在上古音系裡，音節第一短音節上帶某種韻律
　　或超切分特徵。關於上古漢語的重音和超切分特徵請參見金思德
　　(Künstler 1971)的構想。另外也採用陽托夫(Jaxontov [1960]
　　1963, 1965)、蒲立本(1962)、李方桂(1971)等學者的說法，認為
　　中古二等字和重紐三等字帶*-r-介音。上古韻母的構音在本文基本上依
　　照白一平(Baxter 1991)的系統，但是在聲母方面也包括了鄭張尚芳
　　(1987, 1991)、潘悟雲(1990)和Starostin (1989)的一些建議。

❹。在藏語書面語(WT)的 dgu 和羌語（桃坪方言）的 xgue³³ ❺中還保留著的原有複聲母形式，在藏語大部分現代方言裡已則經過節縮，變成了 ku¹² （拉薩、噶爾、日土、普蘭、革吉、措勤等方言）、gu¹² （札達方言）或者 ge³¹ （改則方言）等簡單輔音形式❻。插入音方法則出現在門巴（ Monba ）語錯那方言的 tu³¹ku⁵³ 和景頗語（ Kachin ）的 tʃǎ³¹khu³¹ 等形式中。❼這樣的歷時變化往往平行於共時層次上的現象，例如公元八二一年《唐蕃會盟碑》所見的漢語譯音資料當中 WTdgu 寫作「突瞿」(EMC *d[wət]-guǎ>d-guǎ)的分裂音形式，但是在同一個人名裡的 WT khri （「御座」）既可以寫作「棄」(EMC *kʰjiʰ)、「器」(EMC *kʰiʰ)、「綺」(EMC *kʰiǎ')的節縮形式，也可以寫作「可黎」(EMC *kʰ[a']-lɛj>kʰlɛj)的插入音形式。❽分解複聲母的複雜性時，說話者作出用節縮法還是插入音法的選擇也并不隨便，然而有抽象的音位基礎。雖然瑞典語和英語的聲母系統有一定的區別，瑞典人和英國人在試驗裡，

---

❹ 參見 Benedict & Matisoff (1972: 19/#13)。這個形式在原始彝語支(PL)經過順同化和首音省略，也變成了*go²，參見 Bradley (1979: 340/#486)。

❺ 參見戴慶廈、馬學良([1982]/1990: 109)。

❻ 參見瞿藹堂、譚克讓(1983: 338-339/#1021)。到目前為止，少數保守方言還保留*dk-的弱化形式，如夏河方言作 hge ，澤庫方言作 rge 等等。

❼ 參見《藏緬語語音和辭彙》編寫組(1991: 1292/#919)。

❽ 參見聞宥(1954)、李方桂(Li Fang Kuei 1979)。早期中古漢語(EMC)的擬音依照蒲立本(Pulleyblank 1984, 1991)系統的範例。

面對假造的三合複輔音採用基本上相同的節縮或插入音方法。❾

　　複聲母固有的複雜性在普通語言學的各個方面也有確鑿的證據。譬如患有「唐恩氏綜合癥」("Down syndrome")或者「運動性（布羅卡區）失語癥」("motorial [Broca] aphasia")的人，最常形成的錯誤發音(misarticulation)就是複聲母的節縮和插入音。❿這種現象也顯現在大多數參加切分英語複聲母試驗的健康人中間：他們在言語感知(speech perception)層次上把複聲母處理作完整的全體，而處理切分 CCV-音節所需的時間比處理切分 CV-音節的時間要長得多。⓫從語言習得(language acquistion)研究的角度來講，共時性處理時間長短的差別与兒童習得的巨視過程也有相似的地方。四歲和五歲之間，說英語的孩子在習得把複聲母切分成獨立單位的能力之前，會將複聲母處理作非間斷性的整體音位。⓬另外，成人在習得第二語言時(second language acquistion)對複聲母的處理，也會首先發生各種各樣的節縮和插入音現象。⓭社會語言學研究表明，在個別語言當中，複輔音的節縮也與說話者的職業背景有關。譬如說泰語的人，社會職業地位越低，複聲母節縮現象就越普遍。⓮德語個別方言中也有類似的趨勢。

---

❾　參見 Wingstedt (1991)。

❿　參見 Parsons & Iacono (1992), Valdois (1990)。

⓫　參見 Cutler, Butterfield & Williams (1987)。

⓬　參見 Barton, Miller & Macken (1980), Ruke-Dravina (1990), Chin & Dinnsen (1992)。

⓭　見 Pereira (1977), Broselow & Finer (1991)。

⓮　參見 Beebe (1975), Lodge (1986)。

二、上古漢語複聲母說與古文字資料

　　自從十九世紀七十年代英國駐華傳教士艾約瑟 (Joseph Edkins, 1823-1905) 首次提出似乎匪夷所思、標新立異的上古漢語有複聲母說以來❶，海內外有學之士，沸沸揚揚、議論紛紛辯難了複聲母一說的利與弊。

　　到目前為止，雖然有些學者仍蹈前轍，堅決否定上古漢語曾經存在過複聲母的任何看法，但與之對立的說法最近十年好像已趨於為學術界所公認。同時使人高興的是，個別學者不再避重就輕，而開始審慎地探討戰國秦漢古文字❶和兩周金文❶資料對於擬測上古漢語音位系統的價值。甚至出現了幾篇專門研究甲骨刻辭所反映殷商音系的論文，如趙誠 (1984)，張書鋒 (1984)，陳振寰 (1986)❶，管燮初 (1988)，郭錫良 (1988)，馬如森 (1990)，孔仲溫 (1992)，陳代

---

❶　參見 Edkins (1874, 1876)。從思想史的角度來講，這個發現在當時歐州的東方語文學界是一件具有重大意義的事件。譬如面對藏文複雜的複輔音系統，艾氏的俄國前輩學者 Jakob Isaak Smidt (1779-1847) 還固執地聲言，藏文的複輔音只是狡猾的喇嘛為了愚弄老百姓所設想的裝飾符號而已，對於藏語史研究沒有甚麼參考價值。參見 Miller (1968: 147 -148)。

❶　參見周祖謨 (1984)，趙誠 (1986)，李家浩 (1987)，趙平安 (1991)。

❶　參見眞武直 (1959)，于省吾 (1962, [1962]/1979)，裘錫圭 (1979)，余迺永 (1980)，嚴學宭 (1983)，王輝 (1988)，陳初生 (1989)，全廣鎭 (1991)。

❶　參見第四章第二節"上古前期聲韻概貌"，頁一二八～一三九。

興(1993)，何九盈(1994)。⑲據胡厚宣(1991)統計，九十年以來
殷墟出土的全世界公私收藏的甲骨共 154.604 片⑳，其中不重複的
單字約共四千五百多個㉑，但是載於《殷墟甲骨刻辭類纂》可眞正辨
識的只有一千三百字形左右。㉒其中到底有多少諧聲字大有討論的餘
地，各人說法不一。這裡我們暫以孔仲溫記錄的 221 個諧聲字作爲
最低限度。張書鋒、陳振寰、管變初、郭錫良和孔仲溫五篇論文的方
法基本上都一樣，從中古音系往上類推，用甲骨文諧聲關係的豐富資
料和聲韻結合的分布現象，來探討殷商聲類的全貌，但是一律不構擬
出各個被歸納出來的聲母的具體音值。趙誠的文章，雖然沒作甲骨文
各個聲符和聲系諧與被諧的充分統計、僅僅討論幾個有代表性的例
子，然而因爲他也注意到了刻辭所反映的假借和同源分化現象，還是
有一定的參考價値。陳代興的論文以較大的規模進行殷商音系的分
析，將九百餘甲骨文分別置於一個以傳統四十一聲母爲經的表格之
中，并將 461 個單字分成 258 個發生諧聲、通假、同源等對應關係
的雙分字組、分別列成「關係字表」。何九盈的論文摘要專門討論甲
骨文所見的複聲母問題，用「同源分化」、「同音假借」、「同字異
讀」、「諧聲交替」、「方言轉語」、「經傳異文」、「經籍舊音」

---

⑲　據悉還有丁邦新先生"The Phonology of Oracle Bone Inscrip-
　　tions: A Working Hypothesis"〔"甲骨文時代音韻系統…一個
　　研究構想"〕，Paper presented at NACL-3, Cornell 1991
　　（未見）。

⑳　參見胡厚宣(1991: 1)。

㉑　參見于省吾(1973: 33)。

㉒　參見姚孝遂、肖丁等編(1989，第 3 冊，附"部首檢索"，頁 26)。

等七種引證，給殷商音系擬測出三十二個二合複聲母，但是不涉及到聲紐分布的問題。馬如森的文章僅僅就趙、管、郭三氏的論文作粗略的摘要。

只要將管、郭、張❷、孔、陳代興所構擬出來的聲母分布與融合的論述作一粗略比較，便會發現他們在某些方面不同之所在，并不僅僅因為他們所引用的甲骨文素材的數量和類別有區別，而且也同他們所依據的中古或上古聲母系統及語言演變理論有關。陳代興從王力先生所分的三十韻部和傳統的四十一聲類出發，認為在甲骨文時代清唇音和重唇音不分，舌上音讀作簡單的舌音，莊系字歸於精系，章、昌、船、書、禪五母的照三系字歸於舌頭音，中古日紐、娘紐字一律歸於殷商泥組，喻母四等字讀如舌頭音的定母字，并懷疑送氣音在殷商時期的存在。他跟郭錫良一樣否認匣母的存在，但至少肯定同部位的聲紐已經很明顯地開始分化。

張書峰和陳振寰以二十六部聲母系統，加上喻四、日、莊、初、崇、生六母，共計三十二母的上古後期系統作為基礎，對四百三十一個甲骨文諧聲字相逢頻繁程度作了統計。從下面圖表可以看出，他們歸納出來的十七聲母系統跟陳代興的系統大致相同：

唇：	幫		並(滂)		明		
舌：	端(章)		餘(透定昌船)		泥		來
齒：	精(莊)		從(清初崇)		心(生書)		邪(禪)

---

❷ 陳振寰(1984)的上古前期聲母系統基於張書鋒的碩士論文，兩者大致相同。

牙: 見(溪)　　　群　　　　　　疑　　　　匣
喉: 影　　　　　　　　　　　　曉

　　孔仲溫先生雖然也認爲，"甲骨諧聲字所呈現出的聲母系統，比周秦古音有更寬緩的跡象"，但是依靠諧聲相逢統計法則可以肯定清濁在甲骨文時代已有分途，非、泥、清、禪、莊、初、床、疏等九母已"呈現穩定狀態"。

　　郭錫良與其他學者在資料方面的不同，在於他也引用了少數商代青銅器銘文字。郭先生指出，殷商語系在聲母方面很像黃侃所提出來的「古本聲十九紐」說，并認爲，雖然群母和匣母不分，余（喻四）母本屬定母、邪母本屬從母，但是屬牙音部位的溪母和見母是可分的，而舌音透母和定母、齒音清母和從母、唇音滂母和並母也有明顯的分化現象。

　　管燮初先生不但分析了四百四十一個諧聲字的相逢比例，並用陸志韋先生在《古音說略》爲了計算韻母機遇相逢之數所提出來的公式，依據機率統計規定個個聲母諧與被諧之間的機遇相逢數是否超過實際相逢數，以便排除諧聲通轉中的偶然因素。運用這個方法，管先生分析了殷商音系三十七個聲類。因爲管氏所引用的諧聲字和陳代興所列出來的包括四百六十一個單字的發生諧聲、通假、同源等關係「關係字」組有很大的區別，我們也用陸氏的公式分析了陳氏的資料。我們所作的不完全統計的結果跟管氏的聲母分布基本上一樣，表明殷商時代的聲母系統並不那麼簡單，因爲篇幅有限，恕不在此詳論。

　　研究甲骨文諧聲字的論文當中只有趙誠、孔仲溫、陳代興與何九

盈支持殷商音系有複聲母。張書鋒碩士論文的一部分是爲反駁複聲母說而寫的，他認爲「複聲母用的是一種累積式方式得諧聲現象進行排比，它跟黃侃的十九紐所用的歸納法在方法論上實際是一致的」❷，試圖用「右文說」等同源分化或名─動派生的模式來解釋不同部位諧與被諧之間的關係，并以不承認漢藏語系的共同來源否認其對複聲母構擬的重要旁證作用。陳振寰採取王力的立場，同樣徹底否認複聲母說。郭、管二氏根本不談複聲母問題。趙誠則具體討論複聲母問題，并認爲聲母「發音部位如果相通或近」是構擬複聲母不可缺少的條件，不然的話「在兩個輔音之間一定會夾入一個元音或半元音而形成多音節」。❷孔仲溫多少也贊成複聲母的構擬，但僅僅把丁邦新(1978)所構擬出來的*l-/*mr-、*bl-/*ml-、*gl-/*kl-、*gl-/*nl-、*br-/*b-、*kl-/*l-和*gr-/*l-的六種諧與被諧字所反映的複聲母種類類推到殷商音系。陳代興構擬出*kd-、*hd-、*kl-、*hl-、*Nl-*、pl-、*ml-、*pd-、*ph-、*mh-等十個種類。何九盈則標新立異，擬測出下列三十二個殷商複聲母：

（甲）	（乙）
*sp-, *sph-, *sb-,	*pl-, *pr-, *phr-,
*sm-, *st-, *sth-,	*br-, *mr-, *thr-,
*sd-, *sn-, *sr-,	*mr-, *kl-, *kr-,
*sl-, *sk-, *skh-,	*khr-, *gl-, *gr-

---

❷ 張書鋒(1985：63)。
❷ 趙誠(1984：264)。

```
*sg-, *sng-
(丙)                          (丁)
*klj-, *khlj-, *glj-              *?k-,*?r-,*mg-,*ng-
```

三、構擬複聲母的資料種類

研究複聲母的學者一般憑十種材料種類來構擬上古漢語複聲母：

(甲) 諧聲字⑯   (乙) 假借字⑰
(丙) 〔漢語〕同源字、音訓⑱   (丁) 異讀字及經籍舊音⑲

---

⑯　參見丁邦新 (1978)、李方桂 (1971)、余迺永 (1980)、竺家寧 (1982)、鄭張尚芳 (1987,1991)、嚴學宭 (1979,1984)、 Baxter (1992), Bodman (1980), Jaxontov (1963), Karlgren (1957), Maspéro (1935), Pejros (1976), Pulleyblank (1962, 1992), Sagart (1993), Starostin (1989)等多種論文。

⑰　參見全廣鎮(1989)、周祖謨(1982)、陳初生(1989)、趙誠(1986)、鄭張尚芳(1987, 1991)、嚴學宭(1979, 1984.a, b)、嚴學宭&尉遲治平(1985), Bodman (1950), Coblin (1982), Schüssler (1974), Serruys (1958, 1959)等論文。

⑱　參見余迺永(1980)、竺家寧(1982)、梅祖麟(1983, 1988)、鄭張尚芳(1987, 1991)、嚴學宭(1979, 1984.a,b)、嚴學宭&尉遲治平(1985), Benedict (1987), Bodman (1950), Boltz (1993), Boodberg (1937), Chang Tsung-tung (1991), Karlgren (1933), Pulleyblank (1973), Schüssler (1976), Serruys (1958, 1959), Unger (1984, 1985, 1986)等文。

⑲　參見李家浩(1987)、何九盈(1994)、竺家寧(1992)、鄭張尚芳(1987, 1991)、 Boodberg (1937), Bodman (1950), Coblin (1977-78, 1982, 1982, 1983), Serruys (1958, 1959) 等文。

(戊) 經傳異文❸　　　　　　(己) 古代方音❸

(庚) 合音、緩聲、發聲現象❸　　(辛) 外文對音❸

(壬)〔藏緬等語系〕同源詞❸

---

❸ 參見何九盈(1994)、鄭張尙芳(1987, 1991)、 Coblin 1983 、
Serruys (1958, 1959)等文。

❸ 參見何九盈(1994)、俞敏(1989)、黃樹先(1994)、趙秉璇(1979)、
潘悟雲 (1990) 、 鄭張尙芳 (1987, 1991) 、 Coblin (1983),
Serruys (1958, 1959, 1960-62, 1967)等文。

❸ 參見周祖謨(1943)、俞敏(1989)、黃樹先(1993, 1994)、梅祖麟
(1983)、「清代經學の研究」班(1979)、慶谷壽信(1974)、鄭張尙
芳(1987, 1991)、嚴學宭&尉遲治平(1985)、藤堂明保(1953)、
Behr (1994)、 Boodberg (1934, 1937)、 Chang Tsung-tung
(1991) 、 Miller (1955) 、 Sagart (1993.a, b) 、 Serruys
(1958, 1959)等文。

❸ 參見黃樹先(1992, 1994)、趙秉璇(1991)、藤堂明保、 Behr
(1994) 、 Benedict (1987) 、 Pulleyblank (1982) 、
Sedlacek (1062, 1970)等文。

❸ 參見何九盈(1994)、俞敏(1989)、黃樹先(1993, 1994)、梅祖麟
(1983, 1985, 1988)、馮蒸(1988)、潘悟雲(1990)、鄭張尙芳
(1987, 1991)、嚴學宭(1979, 1984.b)、嚴學宭&尉遲治平
(1985)、 Benedict & Matisoff (1972)、 Benedict (1976,
1987) 、 Bodman (1969, 1973, 1980, 1985) 、 Coblin
(1986) 、 Gong Hwang-cherng (1993) 、 Matisoff (1982) 、
Pejros (1976) 、 Pulleyblank (1962, 1963, 1994) 、
Schüssler (1974, 1975) 、 Sedlacek (1962, 1964,
1970) 、 Shefts-Chang & Chang (1976.a,b) 、 Starostin
(1989) 、 Unger (1984, 1985, 1986)等文。

（癸）現代方言、方言隱語、反切語❸

　　下面從甲骨文資料爲每一種類提出一個典型的例子❸，并試圖說明這十種材料之間有甚麼關係、時間及方言層次。

（甲）　諧聲字：

　　諧與被諧字屬於不同發音部位的現象是構擬複聲母最重要的基礎，也是複聲母說的思想史來源。例如甲骨文「尹」字寫作「？」，史官名或卜官名，從又（手）持筆會意，作爲「君」字「？」的聲符。「尹」余準切，臻合三上準以， EMC *jwin' < OC *'wʳənʔ「君」舉云切，臻合三平文見， EMC *kun < OC *'kun 。那麼「君」字在殷商漢語（YSC）可能讀作**'kwʳun 。「君」、「尹」兩字在傳世文獻也有很明顯的相鋒現象，如《荀子・大略》“堯學於君疇”，《新序・雜事》、《韓詩外傳・五》皆作「尹疇」，《左傳・隱公・三年》“君氏卒”《穀梁傳》作「尹」。

（乙）　假借字：

---

❸　參見陳志良（1939）、趙秉璇（1979, 1991）、潘悟雲（1990）、藤堂明保（1953）、 Benedict （1987）、 Künstler （1990, 1991）、McCoy （1986）、Sagart （1993.a）、Wen Duanzheng （1987）、Yang （1977-78, 1985）等文。

❸　本章仿照何九盈（1994）的辦法，但在他所引用的七個資料種類上還加上（庚）、（辛）、（癸）、（壬）四種類，并把「異讀字」及「經籍舊音」兩種類歸併成一組，而且把「經籍音訓」歸成「〔漢語〕同源字」一類中。

　　據姚孝遂先生統計，假借字在甲骨文中約占 76%**㊲**，可是其中大多數是通過分析後代的傳世文獻考釋出來的、本無其字的假借。本有其字的假借在刻辭資料中其實相當少，文字假借現象到了秦漢簡帛中所見的古文字才近頂峰時期。**㊳**

　　甲骨文「歲」字寫作「」、「」等形式，或從「步」，寫作「」，即《說文》"從步戌聲"所本**㊴**，一年一歲之歲，在卜辭一般用作祭祀名或收穫季節名，但也有以犧牲品作爲賓語的動詞性用法。如《合集‧三三二零七》

　　　　"……行貞：翌丁未父丁莫歲牛"

等例子當中，「歲」字顯然讀作「劌」。銀雀山漢簡"諸歲之勇"一句當中「歲」亦借爲「劌」。「劌」字，《說文》注"利傷也"，即'殺戮'之義，在古文字資料未見增「刀」者。「歲」相銳切，蟹合

㊲　參見趙平安(1991：28)。

㊳　同註 37。

㊴　自從羅振玉以來，大多數古文字學家同意「歲」字從「戉」得聲，《說文》「戌聲」，未確，參見孔仲溫(1992：38，註 23)。郭沫若(1952 [1982]：135-155) 認爲「歲」、「戉」古本一字，"古人尊視歲星，以戉爲之符徵以表示其威靈"，誌此存疑。梅祖麟指出《釋名》以「越」訓「歲」與 WT skyod-pa '越過、(指時間) 過去'兩義吻合，疑所釋亦當義訓，可從。關於「歲」字所屬詞組及其同藏緬語和台語的同源關係，細見 Mei Tsu-lin (1979), Bodman (1973：393)。

三去祭心， EMC *swiaj^h < OC *'swats ，「劌」居衛切，蟹合
三去祭見， EMC *kwiaj^h < OC *'kwats ，也許可以擬作 YSC
**'skwats 。

(丙) 〔漢語〕同源字、經籍音訓：

我認爲「音訓」資料，由於它一般來講用於說明某種「俚俗語
源」的概念，跟「同源字」一類有很密切的關係。雖然有時候「音
訓」和「義訓」之間可以劃清界限，但是與此相反的情況好像更爲普
遍。可見，伏爾泰(1694-1778)對同時代的「宗教語源學」的譏
諷，"有詞源或者顯而易見，或者錯誤的" ("une étymologie
est soi evidente, soi fausse") ，恐怕還是有一定的道理。
故之，對音訓的使用應和同源字材料一樣，必須採取非常嚴謹的態
度。

甲骨文「晶」字寫作「 品 」或「 晶 」，象星星之形，或寫作
「 ⻤ 」、「 ⻤ 」等從「晶」、「生」聲的構形，後來簡化隸定作
「星」，可知「晶」、「星」二字乃同源字。「晶」子盈切，梗開三
平清精， EMC *tsiaŋ < OC *'tseŋ ，「星」字，桑經切，耕
開四平青心， EMC *sɛŋ < OC *s'eŋ ，暫擬作 YSC
**'stseŋ 。雖然齒頭音的字在周秦和中古音系經常互相諧聲，可是
甲骨文資料當中基本上未見精母和心母諧聲之例，不能把「晶」
「星」的'旁紐'關係擬訂爲 YSC 的單聲母。此外，藏緬語'星'
的詞根也有*s*前綴⓵，這從 WT skar-ma ，迦羅(Garo)語 a-ski

⓵ PST *s-kar/*s-gar ，參見 Benedict & Matisoff (1972:
25/#49)，Matisoff (1982: 35)。

❹，尼泊爾拉伊（Rai）語諸方言 sangi（Yamphu）、songer（Khulung）、sangen-ma（Dungmali）❷，古絨語（Gurung）(mu-)sagra ❸和景頗語 ʔǎ³³kan³³ ❹等形式可以引證。景頗語的 ʔǎ³³ 詞頭"表示泛指（沒有固定的時限）"❺，它很可能是 PST *s-前綴原本具有語法功能的遺留。

(丁) **異讀字及經籍舊音：**

「土」字，甲骨文寫作「Ω」、「Ω̇」、「Ω̇」、「△」、「⊥」等形式，象土塊在地上或土封之形，在卜辭和青銅器銘裡用稱自然神或先祖神。《公羊傳·僖公三十一年》"諸侯祭土"，何休注"土謂社也"❻，蓋「土」為「社」（EMC *dʑia' < OC *'staʔ）之初文。《莊子·讓王》有「土苴」一詞，即泥土枯草之義，《經典釋文》有「土」字之匣母二等馬韻異讀"行賈反"❼，EMC *ɣaɨ'（>ɣɛI'）< OC *gr'aʔ。這樣，「土」他魯切，遇合一上姥透，EMC *thɔ' < OC *th'aʔ < **l̥'aʔ，在 YSC 的時候

---

❹ 參見 Weidert (1987: 443/#1059)。

❷ 參見 Weidert (1987: 311/#820)。

❸ 參見 Matisoff (1982: 57，註 145)。

❹ 參見《藏緬語語音和辭彙》編寫組(1991: 374/#4)，Weidert (1987: 229/#520)。

❺ 參見戴慶廈&徐悉艱(1992: 2)。

❻ 見北京中華書局版《十三經注疏》，頁三二六三中。

❼ 見潘悟雲(1990: 2)。

也許讀作**gr'a2 或者**hg'ra2的複聲母音節。㊽

　　關於「土」字從牙音到舌尖音的不平常音變也可以參照湖南雙峰話的情況：中古的見溪群母大都讀成現代雙峰話的端透定。此外，有《釋名》「苦，吐也」，《毛詩・綿》「土，居也」等聲訓旁證。雖然*K>T 之類的音變在世界自然語言不太常見，可是共時層次上經常有 K～T 的非功能變異，如敦煌文獻當中 WT 'dron（'旅行'）或寫作'gron ，'grul（'遞行'）或寫作'drul ㊾，美國兒童把christmas 發成[tismes]㊿等等。

(戊)　經傳異文：

　　何九盈(1994)指出："卜辭中每一字的音韻形式、地位都要與後世文字材料相比較才可確定，因此，卜辭中的某個字，如果後世有多種讀音，而且這些讀音之間的歷史演變關係又是可說得清的，我們可以假定：它們在卜辭時代，不論是聲母還是韻母，存在某種聯繫。"

　　「攸」字在甲骨文寫作「𠂤夂」，從人從夂，或作「𠂤攵 」，從人從攴，方國名，在商國的東南。據李學勤等學者考證�51，「攸」為西周穆王時期青銅器銘文和傳世文獻中所見的「條」。《史記・晉世

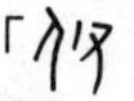

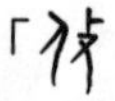

㊽　潘悟雲(1990: 3)認為「土」字跟「所」字(EMC *ʂɨə ＜ OC 'skra2)同源，說可備存。

㊾　參見 Nishida (1977: 4)。

㊿　參見潘悟雲(1990: 1)。 Sagart (1993.b: 256-7)主張「土」字在 OC 也讀作送氣舌尖音，并且跟原始南島語的*tha2（'泥土'）有同源關係，此說待考，識此存疑。

(51)　參見李學勤(1959: 43-60, 95-100)。

家》："（穆王）七年，伐條"，裴駰《集解》引杜預曰"條，晉地也"。「攸」以周切，流開三平尤以，EMC *juw < OC *'liw，「條」，徒聊切，效開四平蕭定，EMC *dɛw < OC *δ'iw，那麼「條」字在 YSC 可能讀作 *'liw < **'d'iw。❺❷

(己) 古代方音：

　　甲骨文「昏」字寫作「 ⟨symbol⟩ 」，蓋即 '黃昏' 之義。「昏」字在《粹・七一七》

　　　　"郭兮至昏雨"

等例中出現，或跟「聞」字（EMC *mun < OC *'mun）發生假借關係。❺❸《方言・十》第三十一條記載"悃…惛也，楚揚謂之悃"，郭璞注"謂迷昏也"。「昏」、「惛」呼昆切，臻合一平魂曉，EMC *xwən < OC *m'un ❺❹，「悃」古本切，臻合一上混見，EMC *kwən' < OC *kʷ'ənʔ，那麼「昏」字在 YSC 也許讀作 **kʷm'un。出組卜辭另有「昏」字的異體「　　」，從日溫聲，以

<hr />

❺❷　關於 *δl* 類複聲母到 OC 和 EMC 的演變規律請參見潘悟雲 (1990) 和 Bodman (1980) 的解說，另見 Baxter (1992: 197, 226)。

❺❸　關於「聞」、「問」等跟「昏」諧聲的字的構音請參見白一平 (Baxter 1991: 13-15, 1992: 427-431) 的具體討論。順便說一句，白氏 (1991，註 35) 所引用未見於拓本著錄者的《史問鐘》，據悉爲廣州博物館所藏展覽品。

❺❹　「昏」字顯然也跟 WT mun-pa '暗淡、黑暗' 同源，參見 Bodman (1980: 70)。

晨對貞❺❺。此字可以擬作 OC *Qʷun 或 *ʔʷ'əns < YSC
ʔʷm'əns，可能是複聲母的弱化形式。

(庚)　合音、緩聲、發聲現象：

　　顧炎武在《音論・卷下》著「反切之始」一章，主張"反切之語
自漢以上已有之"，認爲宋沈括所描述的「二聲合」、鄭樵所提出的
「急聲」和「慢聲」對立和漢魏晉南北朝個別注釋者所用的「徐
言」、「發聲語」等訓詁述語，多半指雙音節溶合成單音節或單音節
插入音、分列成雙音節的現象，并認爲後者爲自然發生的反切法，而
出現在孫叔然《爾雅音義》等漢代注疏反切語之前。從生成音位學的
角度來講，所謂的反切法（也包括緩聲譯音法）跟其他語言形態系統
所見的各種重復式和語言游戲在抽象層次上大致相同，基於所有說本
族語人的語言能力(competence)，可以給它作出有抽象原則的解
釋。❺❻所謂的緩聲法在上古漢語只能牽涉到有重音短音節和非重音短
音節對立 [σ['xx]] 或 [σ[x'x]] 的實詞韻律詞 (autonomous
prosodic word)。上古緩聲形式的派生看來不能從僅有單獨時間
位格(timing slot)的單短音節(monomoraic)功能詞(function
word)[σ[x]]出發，因此「何不」→「盍」、「不之」→「勿」、
「若之何」→「奈何」等多種功能詞急讀現象，并不屬於緩聲法的範
圍，也沒有構擬複聲母的必要。❺❼

---

❺❺　參見裘錫圭(1990)。

❺❻　參見業梅娜(Yip 1982)和包智明(Bao 1990)和本文第三章(b)。關
　　於自然語言遊戲對音位學的重要性請參見 Ohala (1986)。

❺❼　參見 Behr (1994)。

　　甲骨文「降」字寫作「👣」、「👣」、「👣」、「👣」
等形式，容庚《金文編》引吳大澂云"「降」從阜從二足跡形，
「降」「陟」二字對，二止前行爲「陟」，倒行爲「降」"。可知，
「降」、「陟」皆爲會意字，照《說文》「降」字右邊兩個倒「止」
亦當聲符。「降」字在甲骨文常見，有‘往下走’和‘使往下走’→
‘降落’兩義❺❽，二者多以「上帝」爲主語。《左傳‧哀公二十六
年》曰"…六卿三族降聽政"，杜預注"降，和同也"。❺❾「降」下
江切，江開二平江匣， EMC *ɣaɨwŋ < OC *ɦ-kʳ'uŋ ，「和」戶
戈切，果合一平戈匣， EMC *ɣwa < OC *g'o ，「同」徒紅切，
通合一平東定， EMC *dowŋ < OC *d'ong 。那麼「降」字也許在
YSC 爲 **gd'oŋ ，如果採用 Starostin (1989)所提出來的「邊擦
音說」也可以擬作 YSC **gʒ'oŋ 。

　　這個構擬模式從藏緬語也可以引證，如「下降」一詞在尼泊爾基
蘭蒂（ Kiranti ）語支的切彭（ Chepang ）語作 glyuɦ 或
glyunɦ ，在印度北部那迦（ Naga ）語支的唐撒（ Tangsa ）語作
²džʌu 或 ¹džo(ʔ)❻⓿，也許跟緬語的 c'an ‘下降’❻❶和北部庫基
－欽（ Kuki-Chin ）語支嗶昊（ Zahao ）語的 trûm ❻❷‘下降’也
有同源關係。‘和同’義訓，則在盧舍依（ Lushei ）語的 tluang

---

❺❽　嚴學宭(1989: 91)主張「降」字和「下」字(OC *graʔ)同源，互相
　　發生元音交替和同部位的音節尾音交替關係，似乎有一點牽強。

❺❾　見《十三經注疏》，頁二一八二下。

❻⓿　參見 Weidert (1987, #65, #113, #347, #1124)。

❻❶　參見 Luce (1981: 72/#48)。

❻❷　參見 Bodman (1980: 122)。

'撫慰地、溫和地、平滑地' 一詞裡有所反映。⑥

(辛) 外文對音：

「易」字甲骨文寫作「 」，「 」，左右無別，在卜辭中或借作「賜予」之「賜」(EMC *siðʰ < OC *'sleks)，如《合集·九四六五》

   "乙卯卜，互貞，勿易〔賜〕牛"

是其例。或借作「錫」，即「賜」(EMC *sɛjk < OC *sl'ek)，如《合集·五七四五》

   "貞，翌乙亥錫多設 "

是其例。「易」又借作「剔」⑥⑤(EMC *tʰɛjk < OC *l'ek)和「踢」(EMC *tʰɛjk < OC *'stek)。據考證，「交易」之「易」在台語個別語言和方言中是漢語借詞⑥⑤，如暹邏語的 l*ɛɛkᴰ² 和北方剝隘方言的 liikᴰ²，可以擬作原始台語*dlɛ̄k 。⑥⑥「變易」之「易」讀羊益切，梗開三入昔以， EMC *jiajk < OC *'leks ，那麼參照台語的資料把它可以擬作**'tleks < **'s-tleks 。

---

⑥③　參見 Lorrain (1940: 516)。

⑥④　參見陳代興(1993: 92)。

⑥⑤　參見 Starostin (1989: 543)。

⑥⑥　參見李方桂(Li Fang Kuei 1977: 125)。

(壬) 〔藏緬等語系〕同源詞：

「吉」字在甲骨文寫作「 」、「 」、「 」、「 」、「 」等形式，在卜辭兆語習見。在命辭和驗辭中可以用作形容詞，蓋當爲‘吉利’之義，或用作及物意動詞，如《鐵·八九四》

"王吉兹卜"

一例當中，「吉」字有‘認爲某事吉利’之義。 WT skyid(-pa)有‘愉快、高興、吉祥’的意思。❻❼那麼「吉」居質切，臻開三入質見，EMC *kjit < OC 'kit，也許在 YSC 讀作**'skit。此外，梵文 duskrta 義譯爲‘惡作’，在佛家譯音資料寫作「突吉羅」，那麼**sk-或許也可以從(辛)類「外文對音」印證。❻❽

(癸) 現代方言、方言隱語、反切語：

大多反對上古漢語有複聲母一說的學者，經常以未見漢語現代方言有複聲母作爲反對任何*CCV-音節構擬模式的理由。這樣他們遵守的是 Lass (1993:175)在理論歷史語言學界近兩年比較有影響的論文裡提出來的，適用於任何語系構擬的「語系一貫性拘束」("family consistency constraint")：

---

❻❼ 參見俞敏(1989, 1: 74)。俞氏寫作 skid，誤也。

❻❽ 參見 Coblin (1994: 933)引《大正新修大藏經》#1432.1043.1。

"No segment type ought to be reconstructed for
a protolanguage that does not occur in at
least one attested descendant."

其實除了晉方言所謂的「雙音詞嵌勒式」很可能爲古代複聲母的
痕跡⑲以外，在今山西的文水、孝義、祁縣、原平和忻州方言中有屬
於上古明、泥（娘）、疑和影四個聲母，發音作 [mb-]、[nd]、
[ŋg]等同部位音形式的複聲母。雖然屬於這三種複聲母形式的字當
中也許有一部分第二輔音是同部位侵入外加音 (homorganic in-
trusive stop)，但看某一些屬於此組的資料種類在其他種類的反
映和旁證，畢竟可以肯定他們跟上古漢語的複聲母還是有密切的關
係。

此外，也有學者用一些令人注目的超切分特徵現象，作爲構擬上
古漢語複聲母的出發點。譬如馬約翰 (McCoy 1986)以粵方言所見聲
調在辭彙詞裡發生個別音節的中和 (neutralisation)現象，看作
複聲母的痕跡，對上古漢語構擬出以-1-爲第二輔音的複聲母。

甲骨文「土」字在上面已經提到了，通過(戊)類「經傳異文」資
料的分析也許可以擬作 YSC**ghr'aʔ或者**hg'raʔ。太原方言裡
有「坷垃」一詞，讀作[kheʔ⁷-laʔ⁷]，爲 '硬土塊' 之義，顯然

---

⑲　參見趙秉璇(1979, 1991)、楊福綿(1977-78, 1985)和 Sagart
　　(1993.a)。溫端政(1987)則不承認「嵌勒式」是從上古複聲母演變來
　　的。

是「土」字的現代緩聲式(lento form)。❼⓪

　　Benedict & Matisoff ❼① 把原始藏緬語的「土地」一詞擬作 *r-ka (> WT sa)，林窩羌語χ^{lep}，原始基蘭蒂語為*kha，巴興（Bahing）語作 kha-pi，景頗語作 ka^{55}、a^{31}ka^{55}、na^{55}，怒子（Nusu）語作 ga 或 rəga，另外克倫語支的 Sgaw 方言有 ^{2}hɔ^{2}kho，Bwe 方言有 lăkhò，Pwo 語毛淡棉（Moulmein）方言有 ɣànʔkhó、勃生（Bassein）方言有 ɣànkhò 等形式❼②、似乎也多少反映 YSC 的複聲母。

　　以理想而言，我們在為殷商音系構擬出一套自成一體的複聲母系統之前，必須詳盡地分析甲骨文的每一個可辨別的諧聲字在上面所介紹的十種資料類別當中是否顯露出複聲母的痕跡。這樣，充其量可以找到一個複聲母的五、六種互相沒有直接關係的引證。反之，在不利的情況下（沒有複聲母的痕跡或者從不同的資料類別所得出來的痕跡包含著無法解決的矛盾），至少可以把構擬模式的不足之處揭露出來，得到修正措施的具體線索。應特別強調，這十個資料種類對於複聲母的構擬不具有完全同等的參考價值。如果考慮到每種類在時間、地點或傳世直接性的層次上對於甲骨文諧聲字的全面距離，它們之間

---

❼⓪　參見趙秉璇(1991: 25)。

❼①　(1972: 33/#97)。

❼②　參見 Weidert (1987: 347/#895a)。Weidert 認為克倫語支的形式的第一個半音節就等於巴羅（Baro）語支的*raʔnʔ，其義為'乾燥的'，那麼如果他是對的，TB 的*r-ka 的本意為'乾農田地'，跟《爾雅・釋言》"土，田也"一說吻合。

很明顯的呈現出一個可說明的內部等級體系。我們當一個初步的研究構想把上面所介紹的十個資料種類分成等級體系的四個層次，并對於每一個層次假定一個數值：

數值 種類

4　　(甲)諧聲字，(乙)假借字

3　　(丁)異讀字及經籍舊音，(庚)合音、緩聲、發聲現象

　　　(壬)〔藏緬等語系〕同源詞

2　　(丙)〔漢語〕同源字、音訓，(戊)經傳異文

　　　(己)古代方音，(辛)外文對音

1　　(癸)現代方言、方言隱語、反切語

　　數值的合計總數是 26 分。因此我們暫時把 13 個資料種類的「分」看作構擬複聲母的「最低要求」。因此，在某些特殊的情況下，給一個僅僅自諧的甲骨文字，如果在其他等級層次上顯露出「足夠的」複聲母痕跡，也可以構擬出一個複聲母。請參看下列的例子：

　　「角」字在甲骨文寫作「」，象獸角之形，在卜辭裡用作人名或地名，借音詞，未見用其本義。雖然「角」字在甲骨文跟其他字沒有發生諧聲或者通假關係，但是它在 YSC 有*kr-或*gr-之類的複聲母從另外六種資料種類可以得到如下的引證：

　(1)第二等級層次

　(1a)異讀類〔3分〕

　　「角」字在後漢角善叔一個人名裡讀作盧谷切，來母屋部字。

(1b) 緩聲類 [3 分]

《莊子‧徐無鬼》"卷巨員切婁者舜也" 當中「卷婁」是「角」字的緩聲式，有 '背頂俯曲' 之義，與《莊子‧大宗師》的「曲樓」，《大生》的「痀僂」，《淮南子‧精神訓》的「傴僂」三詞同源。❸ 明朝陳懋仁《庶物異名疏》把「卷婁」解作 '羊之別名'。

(1c) 藏緬語同源詞類 [3 分]

WT '角' 爲 rwa、ru，跟 grwa、gru '角落' 同源，怒語的 khɪu³⁵ '角'，獨龍語 (Trung) 的 xɪɯ⁵⁵ '角'，緬語的 khruyi 或 khyui '角'，皆 <TB *kruw。另外有 TB *ruŋ > *rwaŋ 一個同義詞根在迦羅語的 groŋ，迪馬薩 (Dimasa) 語的 gron 和博嘎爾珞巴 (Abor-Miri-Dafla) 語支 Miju Mishmi 語的 krʌŋ³⁵ 出現。❹

(2) 第三等級層次 [2 分]

(2a) 經傳異文類

《禮記‧喪月大記》"實於綠中"，鄭注 "「綠」力玉切當爲「角」，聲之誤也"。

(2b) 外文對音類 [2 分]

在孟—高棉語族西雙版納崩龍 (Palaungic) 語支裡，'角'

---

❸ 參見藤堂明保 (1953：5-11)。「角」字屬於一個相當大的同源詞組，請參見 Yang (1985)。

❹ 參見 Benedict & Matisoff (1972：22/#37; 113) 和 Weidert (1987：34/#89, 227/#507, 290/#733)。

可能是漢語借詞，在布朗語作 rwɳ'，新芒語作χɤɳ'，Pangloh 語作 rʰun'，可以擬作原始崩龍語 (Proto-Palaungic)*rɤɳ'。⑦

(3)第四等級層次[1 分]

(3a)現代方言類

現代太原和落川方言有「圪勞」一詞，讀作[kə ʔ⁷lau¹]，其義爲‘牆角’，是「角」的嵌勒式。⑦

[*:14 分]

四、語言類型學和共性現象理論的因素

如果我們仔細閱讀涉及到複聲母問題的論文，很快便會發現大多著者往往措詞婉轉、表述模稜兩可、或者畏葸不前。很少有學者採取鮮明的立場，逐一說明他們對個別複聲母潛在的反感，尤其當他們拒絕構擬複聲母的各種看法時，通常不給出任何形式上的根據。譬如研究甲骨文諧聲關係的學者若遇到一些周秦音系所無，或似乎怪模怪樣的聲母相逢現象及由此得出的複聲母結構模式時，通常根本不談及這個複聲母的具體性質和它在自然語言音型整體中的地位，而是下一個「不符合語音構造的基本原理」⑦、「不可思議的累贅物」⑦、「違

---

⑦　參見 Paulsen (1989: 97/#111)。

⑦　參見趙秉璇(1991: 25)，黎錦熙(1951)。

⑦　趙誠(1984: 264)。

⑦　張書鋒(1985: 63)。

背語言的基本結構……與求眞相去太遠了」**㊆**的籠統斷語。

戴震曾有言云：「人之語言萬變，而聲氣之微有自然之節限」（《轉語二十章序》）。愚見所及，目前呈現在我們面前的棘手問題久已不是印證複聲母在上古某個時代是否存在過，問題的關鍵在於我們憑藉傳統音韻學之外的哪些原則、理論和調整措施來評判取舍，如何遵守蒲立本先生主張的"use the best available theory"原則**㊊**對各個學者所提出來的複聲母系統作出充分的估價。縱然中國傳統音韻學卓有成效的研究方法仍爲擬測上古漢語確鑿不移的堅實基礎，學者們恐怕也不能一而再、再而三，原封不動地照搬照抄，毫無發展地用同樣的資料和不變的理論來繼續處理複聲母的構擬問題。我們認爲普通語言學的領域裡半個世紀以來有許多關於複聲母「自然之節限」的認識和研究成果是非常值得我們借鑒的。因此本文最後一部分的宗旨不在於構擬出殷商聲母系統的有機整體或者評講其他學者所構擬出來的殷商聲母系統，而是僅僅試圖討論一些基於普通語言學上的、也許有益於甲骨文複聲母研究的很不成熟的設想。

語言類型學和語言共性現象理論對印證某一種構擬出來的語音系統的「可能性」，毫無疑問有相當高的參考價值。**㊑**印歐語系構擬上最近二十年以來盛行的「喉音理論」（"glottalic theory"），和與之對立的蒲立本的「鼻音理論」及其對原始印歐語系重音系統和元

㊆ 孔仲溫 (1992：34)。

㊊ 參見 Pulleyblank (1992)。

㊑ 參見 Comrie (1994)和 Lass (1994)。

音音質交替(qualitative ablaut)來源的解釋⑧，還有 Boisson
對於蘇美爾語整個音系⑧和伊特拉斯坎語阻塞音系統⑧的新穎建議都
是這個趨勢的間接結果。 Greenberg 氏([1964]/1978)根據 104
種自然語言音型資料歸納出四十個 "關於複輔音聲母和複輔音韻母的
綜合性現象"。⑧這種用多數自然語言的音型資料來抽象出共性現象
的方法也可以稱作"bottom-up typology"。它與生成音位學和依
存音位學先有抽象理論然後證之以自然語言的例子的"top down"方
法相對立，可是兩種方法似乎可以取長補短，攜手併進。

　　Greenberg 所歸納出來的第三個共性現象基於 Hjelmslev
(1936) 首 次 提 出 來 的 「分 解 性 原 則」 ("resolvability
principle") :

"Every initial or final sequence of length m

contains at least one subsequence of length m-1"

---

⑧　參見 Pulleyblank (1993)。

⑧　參見 Boisson (1989)。在蘇美爾語音韻學中，也許因為蘇美爾語跟
　　漢語一樣用極其複雜的詞符文字系統間接表明語音，一百多年以來沒有
　　任何複聲母說。最近有 Schretter (1993)用阿卡得語的插入音譯音
　　資料首次給原始蘇美爾構擬出來了複聲母，在他的論文中也有幾次以共
　　性現象作為旁證。

⑧　參見 Boisson (1990)。

⑧　討論 Greenberg 所提出的複輔音共性現象在自然語言有哪一些例外可
　　以參照 Henderson (1985, 1989-1990), Jaeger & Van Valin
　　(1982), Abbi (1985), Traill (1981)等論文。

在他全部的素材裡， 98%的自然語言甚至遵守「徹底分解性原則」(complete resolvability principle)，也就是說，如果某一個 $C_1C_2C_3C_4$ 之類的四合複輔音在某一種語言出現，那麼 $C_1C_2C_3$、 $C_2C_3C_4$、 C_1C_2、 C_2C_3、 C_3C_4 等五種三合的和二合的序列也必定出現。主張周秦音系有複聲母說的「激進分子」在西方可算是卜弼德、司禮義和施立策，在中國是嚴學宭和尉遲治平[86]。下面請參見這幾位學者擬出四合或三合複聲母[87]的兩個典型的例子及其從語言類形學角度所犯的弊病：

(a) 嚴、尉遲二氏基于諧聲、同源、假借等分析法，認為「有」、「無」、「每」、「每有」、「不」等許多單字和聯綿詞都屬於同源分化的範疇，可以按下列的模式構擬出來：

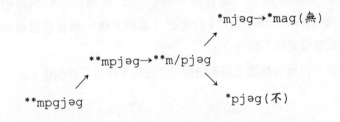

$$*mj\theta g \to *mag（無）$$
$$**mpj\theta g \to **m/pj\theta g$$
$$**mpgj\theta g$$
$$*pj\theta g（不）$$

---

[86] 參見 Boodberg (1937), Serruys (1958, 1959), Sedláček (1962, 1964, 1970)；嚴學宭 (1984)、嚴學宭＆尉遲治平 (1985)。

[87] 藏緬構擬研究中也有不少類似的嘗試，如 Weidert (1980-81: 17) 把原始藏緬語 (PTB)「靈魂」一詞擬作*mrgsla的五合複聲母。請參考 Matisoff (1982) 和 Miller (1988) 對於這種 "proto-form stuffing"的尖銳批評和 Greenberg (1964/1978: 251)從概率邏輯角度分析複輔音序列長度所受的限制。

$$**m/pgj\partial g\rightarrow**mgj\partial g\rightarrow*gwj\partial g\rightarrow*\gamma wj\partial g(有)$$

$$**mgj\partial g\rightarrow*m\partial g-*\gamma^w j\partial g(每有)$$

$$*m\partial g(每)$$

可是在他們的論文裡基本上找不到擬作*pgj-或者*mpg-等複聲母的
真實單字。❽很顯然，*mpgj-這個複聲母按照「徹底分解性」的共
性現象是不能成立的。如果周秦音系裡曾經真實存在過像*mpgj-此
類的複聲母，則絕對不能把它分解爲單音節、而且必定有一個音素音
位界限介於其間。可見，*mpgj-這個複聲母不但表面上「不符合語
音構造的基本原理」、違背由 Matisoff 氏稱作 "原始語感"
("Proto-Sprachgefühl")的潛在「本能」❾，而且依據可預測
性、形式性模式也不能成立。

　　甲骨文偶爾有屬於三個不同聲母的諧聲字發生通假關係，如

---

❽　看來，嚴、尉遲二氏以雙星號來表示擬作*pgj-、*mpg*的詞形都屬於
　　史前語言層次、并且不說明這些詞形是否參與有互補分布的音位系統、
　　也沒有論述四合複聲母經過哪些變音定律變成了他們所構擬出來的周秦
　　音系。這樣的構擬層次，運用共性現象理論也不能被「證僞」，因此純
　　粹屬於「語源語言學」(glottogonic linguistics) 莫測高深的的
　　範疇。

❾　參見 Matisoff (1982)。

龍（彳）：龐（彔）：龓（彳彳）**⑩**，

金文和帛書又出現「龍」借爲「恩寵」之「寵」的例子。**⑪**

「龍」、「龐」、「龓」、「寵」四字，分別屬於來、並、透、見四個聲母。那麼，面對這樣的例子也要考慮到「分解性原則」，在沒有確定殷商音系裡有沒有*ktl-、*bkt、*bk-、*kt-、*tl-等五種複聲母之前不能隨意地擬出一個*bktl-之類的複聲母。

(b)《左傳・桓公六年》有"神王…謂其不疾瘯蠡"一句。「瘯蠡」、一本作「蔟蠡」、《釋文》作「族蠡」、《說文・七下》「痤」字下作「族絫」、《玉篇》作「瘯瘰」、皮膚病也。「瘯」、「蔟」千木切，「族」昨木切皆屬上古屋部合口一等字，可擬作*tsh'ok 和*dz'ok。「蠡」盧啓切，蟹開四上薺來，EMC*lɛj < OC*C-r'ej$?$，「絫」力委切，止合三上紙來，EMC *lwiə < OC *'C-ruj，「瘰」魯過切，果合一去過來，EMC *lwa^h < OC *C-r'ajs。司禮義先生把「瘯蠡」等同源雙音詞看作「痤」字（昨木切，果合一平戈從，EMC *dzwa < OC *dz'aj）的緩聲形式，給

---

⑩ 參見張書峰(1985：62)。承蔡哲茂先生提示，張氏主張甲骨文已借「龍」爲「寵」，未確。細見蔡哲茂＆吳匡"釋冐（蜎）"一文（待刊）。

⑪ 《遲父鐘》"用昭乃穆穆不〔丕〕顯龍光"一句裡「龍」字用作「寵」；《老子・十三》王弼本"寵辱若驚"，馬王堆甲本帛書作「龍」，乙本作「弄」。

它擬出一個*tslk-或者*tslg-的三合複聲母。❷他構擬這個複聲母的模式，好象把第一個音節的韻母尾音也包括在緩聲範圍之內，隨意地用累積式的

$$*C_1C_2VC_3 \ + \ *C_4jVC_5 \ < \ **C_1C_2C_3C_4jVC_5$$

聯結法(concatenation)以便"證明"幾個同源詞未預料到的語音關係。我們上面已經說過，所謂的緩聲形式跟重複式一樣，也有「自然之節限」。因此，緩聲式在它從單音節的派生過程當中也不能違背生成音位學所提出來的「非橫度拘束」("no crossing constraint")：❸

---

❷　參見 Serruys (1958，註 74)。

❸　參見 Sagey (1988)。

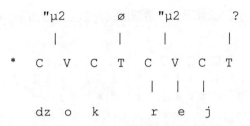

我們認為，緩聲形式的派生不能看作加 CC-詞綴的過程。從自主音段音位學(autosegmental phonology)的角度來講，緩聲形式的派生跟反切語的派生過程一樣，包括包智明(Bao 1990)所提出來的兩個連續施行的派生階段：

(1)全部複製源點音節

(2)對於由(1)得出來的音段序列施行替換行動

本例子的替換行動又包括三個階段：

(2a)在第一個音節裡以[ok]。代替韻母[94]

(2b)在第二個音節裡以$[C_2]_r$代替節首音

(2c)在第一個音節裡以$[C_1]$。代替節首音

「瘊蠱」→「族殲」一詞按照顧炎武的說法"正切「痤」字"[95]，也

---

[94] 所謂的緩聲形式經常在疊韻詞出現。在疊韻緩聲詞的派生，(2a)-替換可以省略或者把(2a)改作"…以$[[X]_r]$。代替韻母"：

→ $[[CC]_o[[V]_nC]_{rj}]_\sigma+[[_oCC][[V]_nC]_{rj}]_\sigma$。

[95] 顧炎武，《音學五書・音論卷下・反切之始》，一九八二年北京中華書局版，頁五一下。

就是說，它是「痤」字的緩聲形式。這個形式的派生過程如下：⑨

```
C   C V C          C   C V C          C   C V C
|   | | |   (1)    |   | | |          |   | | |   (2)
d z r a j    →    d z r a j    +     d z r a j    →
  ⌣ | |              ⌣ | |              ⌣ | |      a
  o n |              o n |              o n |
  |   | /            |   | /            |   | /
  |   r              |   r              |   r
   \  |               \  |               \  |
     σ                  σ                  σ

C   C V C          C   C V C          C   C V C          C V C
|   | | |          |   | | |   (2)    |   | | |          | | |
d z r o k    +    d z r a j    →    d z r o k    +     r a j
  ⌣ | |              ⌣ | |      b      ⌣ | |            | | |
  o n |              o n |              o n |            o n |
  |   | /            |   | /            |   | /          | | /
  |   r              |   r              |   r            | r
   \  |               \  |               \  |             \ |
     σ                  σ                  σ              σ
```

---

⑨ 我們暫時不顧計到超切分特徵的體現層次。如果那樣的韻律特徵在 YSC
音系裡已經存在過，它們很可能位於一個跟緩聲形式派生過程不相關的
自主音段層(autosegmental tier)上，而且還沒有構成有區別性的
特徵分布。

```
        C  V C      C V C
 (2)    |  | | |    | | |
  →     d  z o k  + r a j
  c     |  | | |    | | |
        o  n |      o n |
        |  | |/     | | |/
        |  r |      | r
        \  | |      \ |
           σ          σ
```

　　包氏另外對於反切語的派生過程提出一個拘束，主張替換行動在每一個音節上只能一次施行。我們則認爲，緩聲語與反切語的區別在於這個拘束的適用範圍：在緩聲語的派生過程當中，替換行動雖然可以在一個音節上兩次施行，但是不能在一個音節的構成成分（聲母，韻母）上兩次施行。因爲緩聲語第一音節的節尾輔音是通過替換規律的施行產生出來的，它根本不屬於源點音節的音段資料。因此也無法把它看作源點音節複聲母的構成成分，不能像司禮義那樣把它包括在構擬出來的複聲母之內。此外，司禮義所構擬出來的三合複聲母的 C_3-輔音也不會在(1),(2a-c)完成之後才產生：(2a)替換行動已經涉及到緩聲語第一音節的韻母，如果再次去代替韻母的音段成分就違背上面提出來的拘束。

　　雖然在外文對音資料當中，譯者有時候把一個字的韻母跟另一個字的聲母聯合起來，表示外文的複聲母，如《唐蕃會盟碑》裡 WT 的 mthong 寫作「貪通」，EMC*[tʰa]m-dəwŋ>*mdəwŋ **❾**，或梵文的 [ksa]*ₒ[tri]*ₒ[ya]*ₒ在《大藏經》經常寫作「刹利」，EMC

---

❾　參見 Li Fang Kuei (1979: 239)。

*[ʂɛIt]。[li]。 > *[ʂɛI]。[tli]。，可是聲—韻—聲的聯合式也不會出現。故之可以類推，在構擬殷商音系的複聲母過程中，連用緩聲資料的話，也必須遵守源點音節固有的音段結構。

五、結　論

我們在本文討論過甲骨文所見的複聲母問題，介紹過十種資料種類在構擬過程當中的重要性及其內部等級體系。我們也特別強調了語言類型學、共性現象理論和生成音位學對於複聲母構擬的益處。我們認為如果將試圖通徹解釋傳統中國音韻學對於聲母問題繼世所積累的材料和知識，普通語言學的研究方法位居要津。除了本文所介紹的方法和理論以外，標際性理論(markedness theory)❾❽、響度等級體系和響度序列化原則(sonority hierarchy, sonority sequencing principle)❾❾以及特徵幾何學(feature geometry)❿將來也應該當作我們研究複聲母問題的工具。領會複聲母問題的實質是研究上古漢語的形態學必不可缺少的準備措施，也是澄清漢藏語系內部關係的要素。本文所提出來的設想僅僅是一種初步的探索，或許也只是一些海外奇談。差錯在所難免，請各位學者惠予指正。

---

❾❽　參見 Kaye & Lowenstam (1982), Rice (1992)。

❾❾　參見 Clements (1990), Rice (1992), Chin & Dinnsen (1992), Hamans (1992)。

❿　參見 Rice (1992), Chin & Dinnsen (1992)。

＊本文初稿曾經 Laurent Sagart 、劉樂寧、吳劍虹賜閱建議，又於會議宣讀時承蒙孔仲溫、蔡哲茂、向光忠、吳疊彬、季旭昇的指正，今已作多處修改，謹佳致謝。作者附誌。

參考書目

一、中文、日文部分

丁邦新

　　（一九七八）　　“論上古音帶 l 的複聲母”，載：《屈萬里先生
　　七秩榮慶論文集》，頁六〇一～六一七，臺北〔：聯經〕

　　（一九七九）　　“上古漢語的音節結構”，《中央研究院歷史語
　　言研究所集刊》五十本四分，頁七一七～七三九

于省吾

　　（一九六二）　　“從古文字學方面來評判清代文字、聲韻、訓詁
　　之學的得失”，《歷史研究》第六期，頁一三五～一四四

　　（一九七三）　　“關於古文字研究的若干問題”，《文物》第二
　　期，頁三二～三五

　　（一九七九）　　“釋「囲」、「呂」兼論古韻部東、冬的分
　　合”，載：《甲骨文字釋林》，頁四六三～四七一，北京〔：中
　　華〕（原載：《吉林大學社會科學學報》一九六二年第一期）

王　力

　　（一九五八）　　《漢語史稿》，三冊，北京〔：中華〕，一九八
　　二年第三版

　　（一九八二）　　《同源字典》，北京〔：商務〕

王　輝

　　（一九八八）　　“研究古文字通假的必要性與遵循的原則”，中
　　國古文字研究會成立十週年學術研討會論文，長春中華民國聲韻

學學會、東吳大學中國文學系所主編

　　（一九九二）　《聲韻論叢・第四輯》，臺北〔：學生〕

孔仲溫

　　（一九九二）　"殷商甲骨諧聲字之音韻現象初探——聲母部分"，《聲韻論叢》第四輯，頁一五～四二

全廣鎮

　　（一九八九）　"兩周金文通假字研究"（《中國語文叢刊》；11），臺北〔：學生〕

吳九龍

　　（一九八九）　"銀雀山漢簡中的古文、假借、俗省字"，載：國家文物局古文獻研究室編《出土文獻研究續集》，頁一九七～二二四，北京〔：文物〕

李方桂

　　（一九七一）　"上古音研究"，《清華學報》新九卷一、第二期，頁一～六一

李學勤

　　（一九五九）　《殷代地理簡論》，北京〔：科學〕

李家浩

　　（一九八七）　"從戰國「中信」印談古文字的異讀現象"，《北京大學學報》第一期，頁九～一九

何九盈

　　（一九九四）　"商代複輔音聲母"，瑞士蘇黎世大學第一屆國際中國先秦語法研討會論文

余迺永

　　（一九八〇）　《兩周金文音系考》（國立臺灣師範大學博士論文），臺北

周祖謨
　　（一九四三）　"《顏氏家訓·音辭篇》注補"，重刊於：《問學集》，第二冊，頁四〇五～四三三，北京〔：中華〕
　　（一九八二）　漢代竹簡與帛書中的通假字與古音考定，《音韻學研究》第一輯，頁七八～九一

竺家寧
　　（一九八二）　"「古漢語複聲母研究」提要"，《華學月刊》第一二五號，頁五四～五九
　　（一九九二）　"《說文》音訓所反映的帶 l 複聲母"，《聲韻論叢》第四輯，頁四三～七〇

眞武直
　　（一九五九）　"兩周金文系上古韻の分部"，《九州中國學學會報》第五期，頁六五～八六

胡厚宣
　　（一九九一）　"詳細占有甲骨文資料的大好時機"，《漢字文化》第一期，頁九～一二

俞　敏
　　（一九八九）　"漢藏同源字譜稿"，《民族語文》第一期，頁五六～七七，第二期，頁四九～六四

姚孝遂、肖丁等編
　　（一九八九）　《殷墟甲骨刻辭類纂》，三冊，北京〔：中華〕

馬如森

（一九九〇）　“殷商音系述評”，《殷都學刊》第四期，頁三
四

黃樹先

（一九九三）　“漢語古籍中的藏緬語借詞「吉量」”，《民族
語文》第二期，頁二三

（一九九四）　“古代漢語文獻中藏緬語詞拾〇”，《民族語
文》第五期，*頁四一～四三

梅祖麟

（一九八三）　“跟見系字諧聲的照三系字”，《中國語言學
報》第一輯，頁九一～一一三

（一九八八）　“內部擬構漢語三例”，《中國語文》第三期，
頁一六九～一八一

郭沫若

（一九五二）　《甲骨文字研究》，載：周揚等編《郭沫若全
集・考古編》，第一冊，頁五～三四〇，北京〔：社會科學〕

郭錫良

（一九八八）　“殷商時代音系初探”，《北京大學報》第六
期，頁一〇三～一二一

「清代經學の研究」班

（一九七九）　“顧炎武《音論》譯注”，《東方學報》第五一
輯，頁六一七～七二三

裘錫圭

（一九七九）　“談談古文字資料對古漢語研究的重要性”，
《中國語文》第六期，頁四三七～四四二、四五八

（一九九〇） "殷墟甲骨文字考釋（七篇）"，《湖南大學學報》第一期，頁五〇～五七

張書鋒

（一九八四） 《甲骨文諧聲字內部的語音關係》（廣西師范大學碩士論文），南寧

陳代興

（一九九三） "殷墟甲骨刻辭音系研究"，載：胡厚宣、黃建中等編，《甲骨語言研討會論文集》，頁三五～一一〇，武昌〔：華中師範大學〕

陳初生

（一九八九） "上古見系聲母發展中一些值得注意的線索"，《古漢語研究》第一期，頁二六～三四

陳志良

（一九三九） "上海話的反切語"，《說文月刊》一卷第九期，頁二一三～二二〇，第十期，頁二二三～二四〇

陳振寰

（以九八六） 《音韻學》，長沙〔：湖南人民〕

馮　蒸

（一九八八） "漢藏語比較研究的原則與方法——西門華德《藏漢語比較詞匯》評析"，《溫州師範學院學報》第四期，頁六七～七九，（重刊於《中國人民大學復印報刊資料語言文字學月刊》一九八九年第二期，頁四一～四九）

（一九八九） "漢語音韻研究方法論"，《語言教學與研究》第三期，頁一二三～一四一

趙平安

　　（一九九一）　“秦漢簡帛通假字的文字學研究”，《河北大學學報》第四期，頁二五～三〇

趙秉璇

　　（一九七九）　“晉中話「嵌 l 詞」匯釋”，《中國語文》第六期，頁四五五～四五八

　　（一九九一）　“陳獨秀《中國古代語音有複聲母說》今證”，載：尉遲治平、黃樹先等編，《漢語言學國際學術研討會論文集（〈語言研究〉一九九一年增刊）》，頁二五～二七，武漢〔：華中理工大學〕

趙　誠

　　（一九八四）　“商代音系探索”，《音韻學研究》第一輯，頁二五九～二六五

　　（一九八六）　“臨沂漢簡的通假字”，《音韻學研究》第二輯，頁十七～二六

聞　宥

　　（一九四五）　“論唐蕃會盟碑中所見之藏語前置音與添首子音”，《中國文化研究會刊》第五卷，頁一九～二八

管燮初

　　（一九八二）　“從《說文》中的諧聲字看上古漢語聲類”，《中國語文》第一期，頁三四～四一

　　（一九八八）　“從甲骨文字的諧聲關係看殷商語言聲類”，中國古文字研究會成立十週年學術研討會論文，長春

慶谷壽信

（一九七四）　"中國音韻學史上の一問題—顧炎武「二合音」について"，載：京都大學文學部中國語學文學研究室編《入矢教授小川教授退休記念中國文學語學論集》，頁二三～三五，京都〔：京都大學〕

蔡哲茂＆吳匡

（一九九二）　"釋冐（蜎）"，臺北（待刊）

黎錦熙

（一九五一）　《陝北關中兩方言分類詞會》，北京〔：師範大學〕

潘悟雲

（一九九〇）　"中古漢語擦音的上古來源"，《溫州師範學院學報》第四期，頁一～九

鄭張尙芳

（一九八七）　"上古韻母系統和四等、介音、聲調的發源問題"，《溫州師範學院學報》第四期，頁六七～九〇（重刊於《中國人民大學復印報刊資料語言文字學月刊》一九八八年第一期，頁六一～八四）

（一九九一）　"上古聲母系統演變規律（摘要）"，載：尉遲治平、黃樹先等編，《漢語言學國際學術研討會論文集（〈語言研究〉一九九一年增刊）》，頁一八，武漢〔：華中理工大學〕

戴慶廈＆馬學良

（一九八二）　"彝語支語音比較研究"，載：《民族語文論集》第七期，重刊於戴慶廈著《藏緬語族語言研究》，頁九八～一二六，昆明〔：雲南人民〕一九九〇年

戴慶廈&徐悉艱

　　（一九九二）　《景頗語語法》，北京〔：中央民族學院〕

《藏緬語語音和詞匯》編寫組

　　（一九九一）　《藏緬語語音和詞匯》，北京：〔中國社會科學〕

瞿藹堂&譚克讓

　　（一九八三）　《阿里藏語》，北京〔：中國社會科學〕

嚴學宭

　　（一九七九）　"論漢語同族詞內部屈折的變換模式"，《中國語文》第二期，頁八五～九二

　　（一九八四）　"循義定音，循音統形—釋字要則"，《古文字研究》第十輯，頁一七七～一八九

　　（一九八四）　"周秦古音結構體系（稿）"，《音韻學研究》第二輯，頁九二～一三〇

嚴學宭&尉遲治平

　　（一九八五）　"說「有」「無」"，《中國語言學報》第二期，頁二二～四三

藤堂明保

　　（一九五三）　"表現論的音韻論の試み—〔ｋｌ〕〔ｔｋ〕〔ｐｌ〕類の表わす形態映像"，載：《中國語學研究會會報》，第一期，頁八五～一〇四，重刊於：平山久雄等編，《藤堂明保中國語學 論集》，頁三～二一，東京〔：汲古〕

二、西文部分

Abbi, Anvita

　　(1985)　"Consonant Clusters and Syllabic Structures of Meitei", Linguistics of the Tibeto-Burman Area 8 (2): 81-92

Bao Zhiming　〔包智明〕

　　(1990)　"Fanqie Languages and Reduplication", Linguistic Inquiry 21 (3): 317-350

Barton, David; Miller, Ruth & Marlys A. Macken

　　(1980)　"Do Children Treat Clusters as One Unit or Two?", Papers and Reports on Child Language Development (18): 105-137

Baxter, William H. III　〔白一平〕

　　(1991)　"Zhōu and Hàn Phonology in the Shījīng", in: W.G. Boltz & M.C. Shapiro eds., Studies in the historical phonology of Asian languages (Amsterdam Studies in the Theory and History of Linguistic Science; 4, Current Issues in Linguistic Theory; 77): 1-34 , Amsterdam [:Benjamins]

　　(1992)　A handbook of Old Chinese phonology (Trends in Linguistics; Studies and Monographs; 64), Berlin & New York [:de Gruyter]

Behr, Wolfgang　〔畢鶚〕

　　(1994)　"'Largo forms' as secondary evidence for the reconstruction of Old Chinese initial consonant clusters", Paper presented at the 27 ème Congrès International sur les Langues et la Linguistique Sino-Tibétaines, Paris 1994

Beebe, Leslie M.

(1975.a) "Occupational Prestige and Consonant Cluster Simplification in Bangkok Thai", International Journal of the Sociology of Language (5): 43-61, also Linguistics (165): 43-61

Benedict, Paul K. 〔白保羅 / 班尼迪〕 (J. Matisoff contributing editor)

(1972) Sino-Tibetan: a conspectus, Cambridge [:UP]

(1976) "Sino-Tibetan: another look", Journal of the American Oriental Society 96: 167-96

(1987) "Archaic Chinese Initials", in: 馬蒙等編，王力先生紀念論文集, I: 25-72, 香港〔：三聯〕

Bodman, Nicholas C. 〔包擬古〕

(1950) A linguistic study of the Shih Ming * initials and consonant clusters (Harvard-Yenching Institute Studies; 9), Cambridge/ Mass.: [Harvard UP]

(1969) "Tibetan sdud `folds of a garment', the character 卒, and the *st-hypothesis", 《中央研究院歷史語言研究所集刊》 39 (2): 327-345

(1973) "Some Chinese reflexes of Sino-Tibetan s-clusters", Journal of Chinese Linguistics 1 (3): 383-396

(1980) "Proto-Chinese and Sino-Tibetan: Data towards establishing the Nature of the Relationship", F. van Coetsem & L.R. Waugh eds., Contributions to Historical Linguistics, Issues and Materials (Cornell Linguistic Contributions; 3): 34-199, Leiden, New York, Kφb enhavn & Köln [:Brill]

(1985)　"Evidence for l and r medials in Old Chinese and associated problems", in: G. Thurgood et al eds.: 146-167

Boisson, Claude

(1989)　"Contraintes typologiques sur le systèm e phonologique du Sumèrien", Bulletin de la Sociètè Linguistique de Paris 84 (1): 201-233

(1990)　"Note typologique sur le systèm e des occlusives en ètrusque", Studi Etruschi 53

Boltz, William G.

(1993)　"Notes on the Reconstruction of Old Chinese", Oriens Extremus 36 (2): 186-207

Boodberg, Peter A.　〔卜弼德〕

(1934)　"The etymology of 筆 pi `stylus, brush'" (Karlgren's Dictionary Notes; 1), repr. in: Alvin P. Cohen ed., Selected Works of Peter A. Boodberg: 436-7, Berkeley & Los Angeles [:UCP] 1979

(1937)　"Some proleptical remarks on the Evolution of Archaic Chinese", Harvard Journal of Asiatic Studies (2): 329-372

Bradley, David

(1979)　Proto-Loloish (Scandinavian Institute of Asian Studies Monograph Series; 39), London & Malmö[:Curzon]

Broselow, Ellen Q. & Daniel Finer

(1991)　"Parameter Setting in Second Language Phonology and Syntax", Second Language Research　7 (1): 35-59

Chang, Tsung-tung　〔張聰東〕

(1991) "Old Chinese initial consonant clusters as evidenced in Indo-European vocabulary" "古漢語複輔音在印歐語詞彙的印証"，載：尉遲治平、黃樹先編，《漢語言學國際學術研討會論文集（〈語言研究〉一九九一年增刊）》：19-24, 武漢〔：華中理工大學〕

Chin, Steven B. & Daniel A. Dinnsen

(1992) "Consonant Clusters in disordered speech: constraints and correspondence patterns, Journal of Child Language 19: 259-285

Clements, G.N.

(1990) "The role of the sonority cycle in core syllabification", in: J. Kingston & M.E. Beckman eds., Between the grammar and physics of speech (Papers in Laboratory Phonology; 1): 283-333, Cambridge [:UP]

Coblin, W. South 〔柯蔚南〕

(1977-78) "The Initials of the Eastern Han Period as Reflected in Phonological Glosses", Monumenta Serica 33: 207-247

(1982) "Notes on the Western Han initials", 《清華學報》 14 (1-2): 111-132

(1983) A handbook of Eastern Han sound glosses, Hong Kong [:CUP]

(1986) A Sinologist's Handlist of Sino-Tibetan Lexical Comparisons (Monumenta Serica Monograph Series; 18), Nettetal [:Steyler * Wort und Werk]

(1994) "BTD Revisited * A Reconsideration of the Han Buddhist

Transcriptional Dialect", 《中央研究院歷史語言研究所集刊》63(4): 867-943

Comrie, Bernard

(1993) "Typology and reconstruction", in: Charles Jones ed., Historical Linguistics: Problems and Perspectives (Longman linguistics library): 74-98, London [:Longman]

Cutler, Anne; Butterfield, Sally & John N. Williams

(1987) "The Perceptual Integrity of Syllabic Onsets", Journal of Memory and Language 26 (4): 406-418

Dècsy, Gyula

(1987) A select catalogue of language universals (Bibliotheca Nostratica; 18), Bloomington [:Eurolingua]

Edkins, Joseph 〔艾約瑟〕

(1874) "The stage of the Chinese language at the time of the invention of writing", Transactions of the International Conference of Orientalists 2: 98-119

(1876) Introduction to the Study of Chinese Characters, London [:Trübner & Co.]

Greenberg, Joseph H.

(1978) "Some Generalizations Concerning Initial and Final Consonant Clusters" (revised version of an article published in Voprosy Jazykoznanija [1964] 4: 41-65 and Linguistics 18 [1965]: 5-34), in: J.H. Greenberg, C.A. Ferguson & E.A. Moravcsik eds., Universals of Human Language, vol. 2: Phonology: 243-279, Stanford

[:UP]

Greenlee, Mel

(1973) "Some observations on initial English consonant clusters in a child two to three years old", Papers and Reports on Child Language Development (6): 97-106

Gong Hwang-Cherng 〔龔煌城〕

(1993) "The Primary Palatalization of Velars in Late Old Chinese", Paper presented at the Second International Conference on Chinese Linguistics, Paris

Hamans, Camiel

(1992) "Sppose there are No Ptatoes. On Complete Vowel Reduction and Impossible Onsets", Paper presented at the 7th International Phonology Meeting (July 4th-9th), Krems, Austria

Henderson, Eugènie J.A.

(1985) "Greenberg's `Universals' Again: A Note on the Case of Karen", in: Thurgoodet al eds.: (1985: 138-40)

(1989-90)   "Khasi Clusters and Greenberg's Universals", Mon-Khmer Studies 18-19: 61-66

Hjelmslev, Louis

(1936) "On the principle of phonematics", Proceedings of the Second International Congress of Phonetic Sciences: 49-54

Jaxontov, Sergej Evgen'evič 〔雅洪托夫 / 楊托夫〕

(1963) "Sočetanija soglasnyx v drevnekitajskom jazyke", in: Trudy dvadcat' pjatogo meždunarodnogo kongressa vostokovedov, t. 5: 89-

95, Moskva [:Izd. Vostoc\noj Literatury]

(1965)　Drevnekitajskij jazyk, Moskva [:Nauka]

Jaeger, Jeri J. & Robert D. Van Valin Jr.

(1982)　"Initial Consonant Clusters in Yatee Zapotec", International Journal of American Linguistics 48 (2): 125-138.

Karlgren, Bernhard　〔高本漢〕

(1933)　"Word families in Chinese", Bulletin of the Museum of Far Eastern Antiquities 5: 9-120

(1957)　Grammata Serica Recensa (repr. from Bulletin of the Museum of Far Eastern Antiquities 29), Stockholm

Kaye, J.D. & J. Lowenstam

(1982)　"Syllable structure and markedness theory", in Biondi et al. eds., The theory of markedness in generative grammar, Pisa [:Scuola Normale Superiore]

Künstler, Jerzy Meiczyxaw　〔金思德〕

(1971)　"O mozliwosci rekonstrukcji akcentu w archaicznymjȩ zyku chin'skim", Acta Philologica Warsowiensia 3: 119-129

(1990)　"Note on Pekingese shikelang　屎殼郎 `dung-beetle'", Rocznik Orientalistyczny 46 (2): 73-75

(1991)　"Asyllabic Morphemes in Modern Chinese Languages", Linguistica Posnaniensia 34: 47-52

Lass, Roger　"How real(ist) are reconstructions?", in: Charles Jones ed., Historical Linguistics: Problems and Perspectives (Longman linguistics library): 156-189, London [:Longman]

Li Fang Kuei 〔李方桂〕

(1977) A Handbook of Comparative Tai (Oceanic Linguistics Special Publication; 15), Honolulu [:UoH Pr.]

(1979) "The Chinese Transcription of Tibetan Consonant Clusters", 《中央研究院歷史語言研究所集刊》 50 (2): 231-240

Lodge, Ken

(1986) "Allegro rules in Thai: some thoughts on process phonology", Journal of Linguistics 22: 331-354

Lorrain, James Herbert

(1940) Dictionary of the Lushai Language, 3rd reprint, Calcutta [:The Asiatic Society] 1990

Luce, Gordon H.

(1981) A Comparative Word-List of Old Burmese, Chinese and Tibetan (Ms., School of Oriental and African Studies), London

Matisoff, James A.

(1982) "Proto-Languages and Proto-Sprachgefül", Linguistics of the Tibeto-Burman Area 6 (2): 1-64

McCoy, John 〔馬約翰〕

(1986) "Modern Suprasegmental Evidence for Consonant Clusters in Proto-Yue", in: John McCoy & Timothy Light eds., Contributions to Sino-Tibetan Studies (F. van Coetsem & L.R. Waugh eds., Cornell Linguistic Contributions; 5): 367-374, Leiden, New York, Kφbenhavn & Kφln [:Brill]

Mei Tsu-lin 〔梅祖麟〕

(1985) "Some examples of prenasals and *s-nasals in Sino-Tibetan", in: Thurgood et al. eds. (1985: 334-343)

Miller, Roy Andrew 〔米勒〕

(1954) Review of Bodman (1954), T'oung-Pao 44 (1-3): 266-287

(1968) Review of A. Rȯna-Tas, Tibeto-Mongolica (Indo-Iranian Monographs: 7), Budapest [:Akadémiai Kiadȯ, The Hague [:Mouton] (1966), Language 44 (1): 147-168

(1988) "The Sino-Tibetan Hypothesis", 《中央研究院歷史語言研究所集刊》 59 (2): 509-540

Nishida Tatsuo 〔：西田龍雄〕

(1977) "Some Problems in the Comparison of Tibetan, Burmese and Kachin Languages", Studia Phonologica 11: 1-24

Ohala, John J.

(1986) "Consumer's guide to evidence in phonology", Phonology Yearbook 3: 3-26

Parsons, Carl L. & Teresa A. Iacono

(1992) "Phonological Abilities of Individuals with Down Syndrome", Australian Journal of Human Communication Disorders 20 (2): 31-45

Paulsen, Debbie Lynn

(1989) A phonological reconstruction of Proto-Plang (Ph.D. Diss., The University of Texas), Arlington (unpublished)

Pejros, Il'ja Iosifovič

(1976) Nekotorye problemy izuc8enija konsonantizma kitajsko-tibetskix jazykov (Avtoreferat dissertacii kand. fil. nauk), Moskva

[unpublished]

Pereira, Vera Regina Araujo

(1977) "Adaptacoes fonologicas dos emprestimos ingleses", Letras de Hoje (27): 53-71

Pulleyblank, Edwin George 〔蒲立本〕

(1962) "The consonantal system of Old Chinese", Asia Major 9: 58-114, 206-265

(1963) "An interpretation of the vowel systems of Old Chinese and of Written Burmese", Asia Najor 10: 200-221

(1973) "Some new hypotheses concerning word families in Chinese", Journal of Chinese Linguistics 1 (1): 111-125

(1982) "Loanwords as evidence for Old Chinese uvular initials", 《中央研究院歷史語言研究所集刊》 53: 205-212

(1984) Middle Chinese: A Study in Historical Phonology, Vancouver [:UBCP]

(1991) Lexicon of Reconstructed Pronounciation in Early Middle Chinese, Late Middle Chinese, and Early Mandarin, Vancouver [:UBCP]

(1992) "How do we reconstruct Old Chinese?", Journal of the American Oriental Society 112 (3): 365-382

(1993) "The typology of Indo-European", Journal of Indo-European Studies 21 (1&2): 63-118 and "Reply to the Comments of Professors Lehmann and Schmidt", ibid.: 135-141

(1994) "The Old Chinese origin of type A and B syllables", Journal of Chinese Linguistics 22 (1): 73-100

Rice, Keren D.

(1992) "On deriving sonority: a structural account of sonority relationships", Phonology 9: 61-99

Ruhlen, Merrit

(1987) A Guide to the World's Languages, vol. 1: Classification, Stanford [:UP]

Rūk₍e-Dravin₍a, Velta

(1990) "The Acquisition Process of Consonantal Clusters in the Child: Some Universal Rules?", Nordic Journal of Linguistics 13 (2): 153-163

Sagart, Laurent 〔薩卡爾 / 沙加爾〕

(1993.a) "L'infixe -r- en chinois archaïque", Bulletin de la Société Linguistique de Paris 88 (1): 261-293

(1993.b) "New views on Old Chinese phonology (On the occasion of : A Handbook of Old Chinese Phonology by William H. Baxter)", Diachronica 10 (2): 237-260

Sagey, E.

(1988) "On the Ill-formedness of Crossing Association Lines", Linguistic Inquiry 19: 109-118

Schretter, Manfred

(1993) "Sumerische Phonologie: Zu Konsonantenverbindungen und Silbenstruktur", Acta Orientalia 54: 7-30

Schmidt, Karl-Xorst [Karl-Horst]

(1991)　"Mesto Svanskogo v sem"e kartvel'skix jazykov", Voprosy Jazykoznanija 40 (2): 5-11

Schüssler, Axel　〔許斯萊 / 薛斯勒〕

(1974)　"R and l in Archaic Chinese", Journal of Chinese Linguistics 2: 186-199

(1975)　"The origins of Ancient Chinese ho-kou", Journal of Chinese Linguistics 3: 180-204

(1976)　Affixes in Proto-Chinese (Münchener Ostasiatische Studien; 18), Wiesbaden [:Steiner]

Sedláček, Kamil　〔施立策〕

(1962)　"Existierte ein Lautgesetz in zusammengesetzten Anlauten des Proto-Sino-Tibetischen?", Central Asiatic Journal 7: 270-311

(1964)　"On some Tibetan s-, d- Initial Clusters and their Metathetical Forms in Sino-Tibetan Lexemes", Orbis 13 (2): 556-567

(1970)　Das Gemein-Sino-Tibetische (Abhandlungen für die Kunde des Morgenlandes; XXXIX,2), Wiesbaden [:Steiner]

Serruys, Paul L.M.　〔司禮義〕

(1958)　"Notes on the study of the Shih ming. Marginalia to N.C. Bodman, A linguistic study of the Shih ming", Asia Major 6 (2): 137-199

(1959)　The Chinese Dialects of Han Time according to Fang Yen (University of California Publications in East Asiatic Philology; 2), Berkeley & Los Angeles [:UCBP]

(1960-62)　"Five word studies on Fang Yen", Monumenta Serica

19: 114-209, 21: 223-319

(1967) "The dialect words for `tiger' in Middle Han times", Monumenta Serica 26: 225-285

Shefts Chang, Betty 〔張蓓蒂〕 & Chang Kun 〔張琨〕

(1976.a) "The prenasalized stop initials of Miao-Yao, Tibeto-Burman and Chinese: a result of diffusion or evidence of a genetic relationship?", 《中央研究院歷史語言研究所集刊》 74 (3): 467-502

(1976.b) "Chinese *s-nasal initials", 《中央研究院歷史語言研究所集刊》 74 (4): 587-609

Snow, Catherine E.

(1990) "Cosonant Clusters * Some Thoughts: Comment on Velta R⁻uk(e*-Dravin(a's, paper", Nordic Journal of Linguistics 13 (2): 165-168

Starostin, Sergej Aanatol'evic

(1989) Rekonstrukcija drevnekitajskoj fonologic8eskoj sistemy, Moskva [:Nauka]

Stemberger, Joseph Paul & Rebecca Treiman

(1986) "The Internal Structure of Word-initial Consonant Clusters", Journal of Memory and Language 25: 163-180

Thurgood, Graham, Matisoff, James A. & David Bradley eds.,

(1985) Linguistics of the Sino-Tibetan area: the state of the art. Papers presented to Paul K. Benedict for his 71st birthday (Pacific Linguistics; C-87), Canberra [:ANU]

Traill, A.

(1981) "Khoisan Consonants and Phonological Universals", Studies in African Linguistics supp. 8: 134-136

Ulving, Tor

(1994) "A New Reconstruction of the Old Chinese Sound System", Acta Orientalia 55: 174-186

Unger, Ulrich 〔翁有理〕

(1984) "Präliminarisches zur Frage der Präfixe im Altchinesischen", Hao-ku 好古 30: 270-296

(1985) "Das m-Präfix", Hao-ku 好古 31: 297-309

(1986) "Das Qa-Präfix im Chinesischen", Hao-ku 好古 33: 1-20

Valdois, Sylviane

(1990) "Internal Structure of Two Consonant Clusters", in: Jen-Luc Nespoulous, & Pierre Villiard eds., Morphology, Phonology and Aphasia: 253-269, New York [:Springer]

Weidert, Alfons

(1980-81) "Stars, moon, spirits, and the affricates of Angami Naga: a reply to James A. Matisoff", Linguistics of the Tibeto-Burman Area 6(1): 1-38

(1987) Tibeto-Burman tonology: a comparative account (Current Issues in Linguistic Theory; 54), Amsterdam [:Benjamins]

Wen Duanzheng 〔溫端政〕

(1987) "Les contactions et expansions lexicales dans les dialectes Jin du Shanxi" (trad. par Alain Peyraube & Laurent Sagart), Cahiers de Linguistique Asie-Orientale 16 (1): 5-18

Wingstedt, Maria & Richard Schulman

    (1988) "Listeners' Judgments of Simplifications of Consonant Clusters", Linguistics 26 (1): 105-123

Yang, Paul F.M. 〔楊福綿〕

    (1977-78)   "Prefix kə- in modern Chinese dialects and Proto-Chinese", Monumenta Serica 33: 286-299

    (1985)   "Initial cononant cluster KL- in modern Chinese dialects and Proto-Chinese", in: Thurgood et al. eds. (1985: 168-179)

Yip, Moira 〔業梅娜〕

    (1982) "Reduplication and C-V Skeleta in Chinese Secret Languages", Linguistic Inquiry 13(4): 637-661

李方桂諧聲說商榷

吳世畯

一、前 言

　　研究上古聲母，最重要的材料就是諧聲。但是在實際諧聲的認識上學者們的意見並不完全一致。這種諧聲認識上的偏差當然會直接影響到構擬上古聲母系統的具體擬音。比如說：

　　高本漢（1957：229，254'）曾經將"止聲"與"企聲"分成兩個不同聲系。如果根據高氏的這個歸類，"止（諸市切）"的李方桂先生（以下省尊稱）音可以擬爲[*tjəgx>ts'jï]。但各種資料顯示，"止聲"系字往往跟舌根音來往，如《說文》云：「阯，基也」又云：「止，下基也。」《釋名》云：「水出其前曰阯丘，阯基阯也」又云：「時，期也。」《白虎通》也有類似的聲訓：「時[*djəg>z'ï]：期[*gjəg>gjï]（見柯蔚南 1983：154）」。這裡的"阯""時"都是从止得聲，這點連高本漢（1957：254）都贊成。這樣一來，"止"的李方桂音應該是[*krjəgx>ts'jï]。

　　我們在研究上古聲母的過程中，往往不難發現各學者認識諧聲上的缺點。雖然他們（如高本漢）的上古聲母系統可以照顧到多數較重

要的諧聲現象，但也有不少不理想的地方。這個時候他們時常採取否認諧聲關係的方法，甚至他們將形聲字看成會意字。其實高本漢的《修訂漢文典》裡這樣的例子很多，如上舉的"企"。

這樣的錯誤李方桂(1971,1976)也犯了不少。本篇論文則要專門討論李氏所犯的一些諧聲錯誤。要注意的是：李氏的上古聲母系統主要根據諧聲，因此他的諧聲誤解往往會導致系統的改擬。但是本文的主要寫作目的不在於擬音，所以多半沒有詳細的討論相關複聲母問題。

[凡　例]

(1)擬音：討論時我們用李方桂擬音(1971,76)，但有必要時修改李氏聲母系統，這種擬音我們用"實線"來表示。

(2)朱氏《定聲》：代表朱駿聲《說文通訓定聲》。

(4)王氏聯綿字：代表王國維《聯綿字譜》所記載的聯綿字。

二、諧聲討論

1.「婁聲」：

根據《說文》，"婁聲"系除了"婁（力朱切）"等的來母字、疏母"數（所矩切）"、心母"籔（蘇后切）"等字之外，又有舌根音字"屨（九遇切）"、"窶（其矩切）"等。

關於跟舌根音諧聲的來母字，李方桂仍然採用高本漢的構擬方法，而擬爲[*gl-](1971:24)。《說文》"婁聲"系確有舌根音

字，所以高本漢也將"樓""僂"等字擬爲[*gl-]（見周法高1974：
151,14）。但是李氏卻將"婁"字擬爲[*lug>lǒu]（1971：71），
顯然將整個"婁聲"系中的來母字看成單純的來母字群。這樣一來，
他的理論跟實際就衝突了。他應該將"婁"擬爲[*glug>lǒu]，不
應該擬爲[*lug>lǒu]（1971：71）。

　　除了諧聲之外，古文獻上另可找到"婁聲"系字跟舌根音字來往
的例子，如：

(1)《說文》聲訓：

　　A.「傴，僂也。[* ʔjugx>ʔju][*lug>lǒu(?)] → 應改爲
　　　 *glug]」

(2)通假：

　　B.「句[*kug>kǒu]：婁[*lug>lǒu(?)]」：王輝（1993：
　　　 161）。

(3)王氏聯綿字：

　　C.「僂句[*lug>lǒu(?)][*kug>kǒu]（《左傳、昭二十五
　　　 年》)」

　　D.「枸簍[*kjugx>kju][*lugx>lǒu(?)]（《方言》九)」

　　E.「曲僂[*khjuk>khjwok][*lug>lǒu(?)]（《莊子、大宗
　　　 師》)」

　　F.「痀僂[*kjug>kju][*lug>lǒu(?)]（《莊子、達生》)」

　　G.「傴僂[* ʔjugx>ʔju][*lug>lǒu(?)]（《淮南子、精神
　　　 訓》)」

　　〔畯按〕我們應該將以上的「從婁得聲」的各李方桂擬音改擬爲
[*gl-]。

(4)又切：《類篇》的“僂”反切，除了來母讀「郎侯切」之外，又
有影母讀「委羽切」。

既然李氏(1971:71)將“婁”看成單純的來母字，那麼他的整
個“婁聲”系音韻關係應爲這樣：

婁[*lug>lə̯u]
數[*sljugx,h>ṣju]
藪[*sugx>sə̯u]
寠[*gjugx(?)>gju]
屨[*kjugh(?)>kju]

但如果承認聲系中的舌根音字，則應該將“寠”與“屨”改擬爲
[*gljugx(?)>gju]與[*kljugh(?)>kju]。因爲李氏曾經在解釋
來母字跟舌根音諧聲的例子時，採取高本漢的 C 式([*gl->l-]：
[*KL->K-])。不過這種擬音在李氏系統裡仍然有缺點，就是這個
[*glj->gj-](寠)跟另一個李氏演變律[*glj->lj-]衝突。

我們認爲本聲系的音韻關係可以這樣擬：

婁[*rug>lə̯u]
數[*srjugx,h>ṣju]
藪[*srjugx>*srjugx>ṣju](爽主切――《集韻》《類篇》)
　　　　　>*sugx>sə̯u](蘇后切――《廣韻》)
　　　　　>*rjugx>lju](隴主切――《類篇》)
寠[*grjugx>gju]
屨[*krjugh>kju]

根據《廣韻》，"藪"只有一個心母讀「蘇后切」，但《集韻》有疏母讀「爽主切」，《類篇》有疏母讀「爽主切」及來母讀「隴主切」。我們覺得這三個讀法共同來自於[*srjugx]。就是說「爽主切」可能是正讀，「蘇后切」與「隴主切」是方言讀法。

本論文採取多數學者（蒲立本、包擬古、薛斯勒、龔煌城）曾經主張過的來母、喻四新擬音[*l->ji-][*r->l-]。

2.「戔聲」：

《說文》「戔聲」系除了"戔（昨干切）""棧（士免切）"等的精、莊系字之外，又有一個照三字"醆（旨善、阻限切）"。要注意的是：《廣韻》這照母讀音「旨善切」正好反映《說文》的本義，而莊母讀「阻限切」卻反映其"一曰"義。如《說文》云：「醆，爵也。一曰酒濁而微清也。」《廣韻》云：「醆（旨善切），杯，又側限切。」「醆（阻限切），酒濁微清。」還有這個照母「旨善切」音讀也見於《全王》、四部備要本《集韻》等。

李方桂後來(1976)將跟舌尖塞音諧聲的清母字等擬為[*sth->tsh-]等，但他曾經(1971:55)將「從戔得聲」的清母字"淺"擬為[*tshjan>tshjän]，似乎還沒有注意到"戔聲"系裡有舌尖塞音的現象。

在古文獻資料上，從戔得聲的字常跟舌尖塞音接觸。如：

(1)《說文》聲訓：「躔，踐也。[drjan>djän][dzjanx(?)>dzjän]」

王力(1982:577)曾經認為"躔"與"踐"是同源詞。既然可以證明二者的密切音韻關係，"踐"的李方桂音應該不是

[dzjanx>dzjän]而是[*sdjanx>dzjän]。

(2)朱氏通假：

A.「踐[*dzjanx(?)>dzjän]：善[*djanx>zʼjän]」：朱氏
《定聲》踐下〔鮎借〕項云：「又爲善。《禮記、曲禮》：
『日而行事，則必踐之。』」

B.「踐[*dzjanx(?)>dzjän]：塵[*drjan>djän]」：朱氏
《定聲》踐下〔鮎借〕項云：「又爲塵。《方言》三：『塵，
或曰踐。』」

〔峻按〕《方言》云：「慰、塵、度，尻也。江淮青徐之間曰
慰，東齊海岱之間或曰度，或曰塵，或曰踐。」錢繹《方言箋疏》
云：「塵踐古同聲。」

總而言之，我們可以發現李氏擬音無法解釋本聲系的音韻關係，
如：

淺[*tshjan>tshjän]：醆[*tjanx>tsʼjän]

我們認爲這個諧聲關係可以這樣改：

淺[*s-thjan>tshjän]：醆[*tjanx>tsʼjän]

上舉各音證的音韻關係也可以這樣改：

躔[*drjan>djän]：踐[*s-djanx>dzjän]

踐[*s-djanx>dzjän]：善[*ljanx>zʼjän]

踐[*s-djanx>dzjän]：塵[*drjan>djän]

3.「合聲」：

根據《說文》，「合聲」系除了舌根音字 "合（古沓、侯閤切）"、"給（居立切）" 等之外又有舌尖塞音字 "荅（都合切—从艸合聲）"、"䶀（都合切）" 等與禪三字 "拾（是執切）"。

沈兼士 (1945:157-161) 與權少文 (1987:1177-1181) 跟從許慎，而高本漢 (1957:180) 則將 "荅" "合" 看成不同聲系字。我們覺得許慎的方法並不誤，因爲在金文等的古文字材料裡 "荅" 經常通作 "合"。且《說文》所見「从荅得聲」的 "榙（廣韻：侯閤切，徐鉉反切：土合切）" 字又是匣母字。其實這個字與《廣韻》 "褡（都合切）" 同字。我們可說 "褡" 字有舌根音、舌尖塞音的二讀。

李方桂忽略這些現象，而將各 "合聲" 系字擬爲 (1971:43, 44)：

合 [*gəp > ɣập]：
荅 [*təp > tập]：
洽 [*grəp > ɣập]

顯然他將 "合 [*gəp > ɣập]" 與 "荅 [*təp > tập]" 看成不同聲系字。李方桂不承認這個諧聲現象的主要原因很可能是要避免 [*TK-] 之類複聲母的構擬。但是多數古文獻資料顯示，二者確實是同聲符字。如：

⑴《說文》聲訓：

A.「佮，合也。[*thəp>thập & *kəp>kập][*gəp> ɣập]」

《廣韻》 "佮" 有三讀「他合、古沓、烏合切」。其中「他合

切」算是其正讀（合也）。但我們認爲這個「他合切」也跟
「古沓切（併佮，聚）」同源（同源異型詞），因爲二者的詞
義正相通。

B.「踏，跋也。[*təp>t̥âp][*skəp>s̥âp]」

(2)金文、古文獻通假：

C.「荅（答）[*təp>t̥âp]：合[*gəp>ɣâp]」：陳初生(1985：
572)

D.「荅[*təp>t̥âp]：合[*gəp>ɣâp]」：馬天祥等(1991：121)

E.「合[*gəp>ɣâp]：答[*təp>t̥âp]」：王輝(1993：900)

F.「闔[*hjəp>xjəp]：鈒[*skəp>s̥âp]」：馬天祥等(1991：
751)

G.「闔[*hjəp>xjâp]：闔[*dap>d̥âp]」：馬天祥等(1991：
751)

H.「拾[*grjəp(?)>zʹjâp]：歙[*hjəp>xjəp]」：王輝(1993：
899)

I.「及[*gjəp>gjəp]：給[*kjəp>kjəp]」：馬天祥等(1993：
297)

(3)朱氏通假：

J.「翕[*hjəp>xjəp]：吸[*hjəp>xjəp]」：朱氏《定聲》翕
字〔鮎借〕項云：「又爲歙，爲吸。《詩、大東》：『載翕其
舌。』箋：『猶引也。』」

如上所述，從合得聲的字經常跟舌根音、舌尖塞音字來往。我們
覺得跟"合聲"系有關的李方桂音有修訂之必要。因爲李氏擬音無法
解釋上面所舉的各項通假例。我們認爲它們的諧聲關係是這樣：

	李方桂擬音	本文擬音
合（侯閤切）	[*g əp> ɣập]	[*gəp> ɣập]
答（都合切）	[*təp>tập]	[*k-ləp>tập]
拾（是執切）	[*grjəp(?)>zʹjəp]	[*g-ljəp>zʹjəp]

　　處理舌尖塞音跟舌根音諧聲的現象，可能有兩種複聲母構擬方法。第一種方法是「[*KT->T-]：[*K->K-]（K代表任何舌根音，T代表任何舌尖塞音）」，第二種方法是「[*K-l->T-]：[*K->K-]」。包擬古(1980)、潘悟雲(1987)、吳世畯(1995)曾經主張過第二種方法，本文暫且採用他們的主張。

4.「是聲」：

　　《說文》"是聲"系除了"是（承紙切）""提（杜奚切）"等的禪母、舌尖塞音字之外，又有一個舌根音又讀字"翨（居企、施智切）"。

　　根據《廣韻》，舌根音「居企切」是正讀，因爲詞義說明正符合於《說文》，如「翨，鳥翨，《說文》云鳥之彊羽猛者，……」。我們認爲這兩個反切是同出一源的「同源異型詞」（共同詞義爲"鳥翨"）

　　李方桂不承認這個諧聲現象，因此將"是""提"各擬爲[*djigx>zʹjě][*tjig>tsʹjě]。如果他承認了，則該擬爲[*grjigx>zʹjě][*krjig>tsʹjě]。

　　若根據李氏系統，則無法解釋"是聲"系的如下諧聲關係：

是[*djigx>zʻjě]

禔[*tjig>tsʻjě]

提[*dig>diei]

翨[*kjigh>*kjigh>kjiě]（居企切）

　　　　>*thjigh(?)>sʻjě]或[*hrjigh(?)>sʻjě]（施智切）

我們總不能將"翨"的"居企切[*kjigh>kjiě]"看成單純的方言讀法。因為我們無法解釋它跟[*thjigh(?)>sʻjě]（施智切）同源關係。

古文獻資料當中也有"是聲"系的舌尖塞音字跟舌根音接觸的例證。

(1)《說文》聲訓：

　A.「攜，提也。[*gwig>ɤiwei][*dig>diei]」

　B.「媞，媞也。[群支（精支）：定支（禪支）]」

(2)王氏聯綿字：

　C.「提攜（《禮記、曲禮》）」

　D.「踶跂（《莊子、馬蹄》）」

　E.「媞媞（《說文、尢部》）」

如上所述，我們可以知道"是""禔""提"等字上古不僅是舌尖塞音字。就是說我們不能用如下方法解釋本聲系的音韻關係：

是[*dj->zʻj-]

禔[*tj->tsʻj-]

提[*d->d-]

翨[*klj->kj-]

因為這樣一來，就不好解釋「提[*d->d-]：攜[*gw->ɣ-]」等的聲訓關係。我們認為"是聲"系的諧聲關係是這樣的：

是[*g-ljigx>zʹjě]
褆[*k-ljig>tsʹjě]
提[*g-lig>diei]
翨[*kljigh>*kljigh>kjiě]（居企切）
　　　　　　>*hljigh>sʹjě]（施智切））

在我們的系統裡，[*k-l->tsʹ-]、[*g-lj->zʹj-]演變律相應於上述的[*K-l->T-]演變律。

另外，上述《說文》聲訓中的"攜[*gwlig>ɣiwei]"也帶 l 音，可以跟"提[*g-lig>diei]"構成聲訓。因為"巂聲"中有喻四字"瓗（羊捶切）[*l->ji-]"、審三字"蠵（大徐本一式吹切）[*hlj-]"、疏母字"鑴（山垂切）[*skwrjig>sjwiě]（李音）"等。

5.「酉聲」：

《說文》"酉聲"系有舌尖塞擦音精系字"酒（子酉切）"等，這點高本漢(1957:282)、沈兼士(1945:904)、權少文(1987:907)等人都贊成。其實根據《說文》，"酉（丣，古文酉）聲"系另有"留（从田丣聲）"等的來母字。喻四為[*l->ji-]，可以跟

來母[*r->l-]諧聲。

李方桂曾經將(1971:41)"酉"擬爲[rəwx>jiə̆u],也沒有爲跟喻四、來母諧聲的精母字擬複聲母。可見他否認喻四字"酉"跟精母字"酒"諧聲的現象。另外許慎雖然將"酋"看成「从酉,水半見於上」,但我們認爲"酉""酋"爲同聲系字,比如朱駿聲說:「酋,酉亦聲」。這點高本漢(1957:282)、權少文(1987:909)等人都贊成。總之,李氏系統無法解釋這些各"酉聲"系字的諧聲關係,如:

酉[*rəgwx>jiə̆u]:

酒[*tsjəgwx>tsjə̆u]:

留[ljəgw>ljə̆u]:

酋[sdjəgw(?)>dzjə̆u]

"酋"的擬音[sdjəgw(?)>dzjə̆u]是類推而得的。因爲李氏(1976:89)當初爲跟舌尖塞音諧聲的從母字擬了一個[sd->dz-]。如果暫且將喻四、來母字看成舌尖塞音類字,我們應可以將"酋"的擬爲[sdjəgw(?)>dzjə̆u]。這個擬音可以解釋它跟喻四字"酉[*rəgwx>jiə̆u]"、來母字"留[ljəgw>ljə̆u]"諧聲的現象,但無法解釋跟"酒[*tsjəgwx>tsjə̆u]"諧聲的現象。若將"酋"擬爲[dzjəgw(?)>dzjə̆u],也發生類似問題。因爲它雖然可以跟"酒[*tsjəgwx>tsjə̆u]"諧聲,卻無法解釋跟"酉[*rəgwx>jiə̆u]""留[ljəgw>ljə̆u]"諧聲的現象。

另外我們不難發現李方桂擬音的另一個缺點。就是他對精、從二

母字跟舌尖塞音字諧聲的現象採取各不相同的構擬方法。因爲他只爲
從母擬了[*sd->dz-]，不爲精母擬[*st->ts-]類的音。在他的系
統裡，[*st]不變成[ts-]而變成[s-]。這是因爲他考慮整個系
統。但這種擬音已經在"酉聲"系露出其缺點的一端。因爲我們如果
暫且將喻四、來母字"酉""留"等歸於舌尖塞音的大範圍裡，似乎
不能說明同屬精系字的兩個同聲系字，爲什麼一個可以擬爲[sd-
>dz-]（酋）一個卻不能擬爲[*st->ts-]（酒）的現象。

在古文獻資料上有很多"酉聲"系字跟舌尖塞擦音或喻四、來母
字來往的音證，如：

(1)《說文》聲訓：

　A.「酉，就也。[*rəgwx>jiə̆u][*dzjəgwh>dzjə̆u]」

(2)《釋名》聲訓：

　B.「酒，酉也。[*tsjəgwx>tsjə̆u][*rəgwx>jiə̆u]」

(3)通假：

　C.「逎：猶」：見王輝(1993:227)

　D.「酉：酒」：見王輝(1993:237)

　E.「莤（所六切）入屋疏覺部：酒」：見王輝(1993:237)

　F.「酋：猷」：馬天祥等(1991:550)舉例云：「《詩、大雅、
　　卷阿》：豈弟君子，俾爾彌爾性，似先公酋矣。〔《箋》：嗣
　　先君之功而終成之。〕」

　G.「蝤：蝣」：馬天祥等(1991:930)舉例云：「《漢書、王褒
　　傳》：蟋蟀俟秋唫，蜉蝤出以陰。〔顏師古云：蝤，音由，字
　　亦作蝣，其音同也。〕」

我們認爲本"酉聲"系的音韻關係是這樣的：

酉[*ləgwx>jiŭu]:酒[*tsljəgwx>tsjŭu]:
留[rjəgw>ljŭu]:酋[dzljəgw>dzjŭu]

另外《說文》跟《釋名》聲訓的音韻關係也可以這樣擬:

酉[*l->ji-]:就[*dzlj->dzj-]
酒[*tsl->ts-]:酉[*l->ji-]

6.「刀聲」:

根據《說文》,刀聲系的"刀(都牢切)""召(直照、寔照切)""招(止搖切)"等字,跟舌根音字"羔(從羊照省聲)"有密切的聲音關連。若純從許慎的諧聲條例,我們可以將二者看成同聲系字。但二者的古文字形迥異,是否能歸於同一聲系仍有待商榷。王延林(1987:236)也說過:「羔原從羊從火,『照省聲』不確」。不過我們還得說明它們之間的音近關係,因爲許多古文獻資料都表示二者的密切聲音關連。相關音證見於下文。但是李方桂上古聲母系統卻無法照顧到這個音韻關係,比如他一方面將二者看成不同聲系字,另一方面沒有爲解釋它們的音韻關係而構擬任何複聲母。如他把从刀得聲的照三字"昭"單純的擬爲[*tjagw>tsʻjäu](1971:63),也沒有爲跟舌尖塞音諧聲的見系字擬了[*KT->K-]之類的複聲母。總之,他不承認它們之間的密切音韻關係。我們認爲這種李氏諧聲條例很可能來自於高本漢(1957:291)。因爲高氏《修訂漢文典》把"刀聲"與"羔聲(照省聲)"分開。

古文獻音證如下:

(1)《說文》聲訓：

　A.「卲，高也。[*djagwh>z'jäu][*kagw>kâu]」

(2)通假：

　B.「汋[*tagw>tâu]：咎[*gjəgwx>gjǒu]」：王輝(1993：
　　208)。

　C.「招[*tjagw>ts'jäu]：撟[*kjagw>kjäu]」：馬天祥等
　　(1991:996)。

(3)聯綿字：

　D.「夭 [* ʔjagw> ʔjäu] 紹 [*djagwx>z'jäu]（《詩、月
　　出》)」

(4)朱氏《定聲》通假：

　E.「詔[*tjagwh>ts'jäu]：告[*kəw>kuok]」

　F.「招[*tjagw>ts'jäu]：撟[*kjagw>kjäu]」

　G.「招[*tjagw>ts'jäu]：翹[*gjiagw>gjiâu]」

(5)朱氏《定聲》聲訓：

　H.「告[*kəw>kuok]：詔[*tjagwh>ts'jâu]」

　I.「詔[*tjagwh>ts'jäu]：教[*kragwh>kau]」

　J.「昭[*tjagw>ts'jäu]：曉[*hiagwx>xieu]」

　　從不同材料，我們可以知道"召聲"系字經常與舌根音字來往的
事實。因此便可以知道《說文》的這個省聲"羔（从羊照省聲）"也
有它的根據。若不承認這個現象，我們就無法解釋上面所舉的各種聲
訓、通假例。因此 "昭" 等的李方桂音不應該是 [*tjagw>
ts'jäu]，而應該是[*krjagw>ts'jäu]。如果按照這點爲李氏修改
其他字，則本聲系主要幾個字的音韻關係（李氏系統）應爲如下：

邵[*grjagwh>zʻjäu]

招[*krjagw>tsʻjäu]

紹[*grjagwx>zʻjäu]

詔[*krjagwh>tsʻjäu]

羔[*kagw>kâu]

另值得注意的是，《說文》聲訓中的"邵[*djagwh>zʻjäu]"與"高[*kagw>kâu]"很可能是同源字。因爲古訓詁資料顯示从召得聲的字一般多有"高義"，如"召、邵、超"字都以"高"字訓釋。這樣，許愼把"羔（从羊照省聲）"與"召"歸類爲同一聲首是並沒有錯的。

我個人認爲主要"刀聲"系字與"羔"字之間的音韻關係應爲如下：

```
邵[*g-ljagwh>    ]
招[*k-ljagw>  j  ]
------------------------
羔[*kagw>k   ]
```

7.「咸聲」：

根據《說文》，"覃（从𩰾鹹省聲）""咸"是同聲系。高本漢(1957:172)將二者分成兩個不同聲首，但沈兼士(1945:1007)、權少文(1201-4)贊成《說文》的歸類。我們覺得應該可以遵守許愼方法，因爲假若"覃"與"鹹（从鹵咸聲）"之間的發音相差很遠，

許慎不可能將它們歸於同聲系裡。

這樣《說文》"咸聲"系的諧聲關係是這樣（擬音爲李方桂音）：

咸(胡讒切)[*grəm>ɣam]：

感(古禫切)[*kəmx>kậm]：

葴(職深切)[*krjəm>tsʼjəm]：

覃(徒含切)[*dəm>dậm]：

撢(他含切)[*hnəm>thậm]：

嗿(乃玷切)[*niəmx>niem]

蟫(餘針切)：[*rəm>jiəm]

但是李方桂不贊成這個諧聲現象，而不爲跟舌根音諧聲的透母、定母特地構擬複聲母。比如將"簟"擬爲[*diəmx>diem]（1971：45）。

除了諧聲之外，另可以找到其他幾個音證。如：

(1)《說文》聲訓：「弓，嗿也。[*gəmx>ɣậm][*dəmx>dậm]」
值得注意的是這裡的"弓[*gəmx>ɣậm]"跟"鹹(覃，從鼻鹹省聲)[*grəm>ɣậm]"同爲匣母字。

(2)王氏聯綿字：「弓嗿[*gəmx>ɣậm][*dəmx>dậm]（《說文·弓部》）」

(3)《說文》內部訓釋旁證：「嗿[*dəmx>dam]：含[*gəmx>ɣam]」。

《說文》云：「弓，嗿也。艸木之華未發預然。……讀若含。」

又云：「嗛，含深也。」我們覺得這兩條訓釋都可以算是一種廣義的聲訓。徐鍇《繫傳》：「嗛者，含也，草木花未吐，若人之含物也。」《玉篇》：「嗛，《莊子》云：『大甘而嗛。』」段注：「《莊子》曰：『大甘而嗛』。」《義證》、《句讀》皆云：「《莊子、馬蹄篇》：『大甘而嗛。』」

我們認爲本聲系的音韻關係可能如下：

咸（胡讒切）[*grəm> ɣâm]：
感（古禫切）[*kləmx(?)>kậm]：
葴（職深切）[*k-ljəm>tsʼjəm]：
覃（徒含切）[*g-ləm>dậm]：
撢（他含切）[*kh-ləm>thậm]：
婝（乃玷切）[*nliəmx(?)>niem]：
蟫（餘針切）：[*ləm>jiəm]

8.「勺聲」：

根據《說文》，「勺聲」系有 “勺（之若、市若切）” “的（都歷切）” “豹（北教切）” “約（於笑切）” “礿（以灼切）” “芍（都歷、張略、七雀、胡了切）” 等字。但李方桂不完全同意這諧聲關係，比如他不承認 “勺聲” 系裡有舌根音字的事實。因爲他當初 (1971:62) 將 “勺（＝汋、礿）” 擬爲[*djakw]，顯然他將之看成單純的禪母字。如果他注意到了則應該將它擬爲[*sgj->zʼj-] (1971) 或[*grj->zʼj-] (1976)。對這諧聲現象，權少文 (1987：1041)、沈兼士 (1945:730) 以及高本漢 (1957:287) 等人早就都同

意了。我們舉幾個「勺聲」系跟舌根音接觸的古文獻音證如下：

(1)《說文》聲訓：

 A.「芍，約也。[*djakw>zʹjak][* ?jakw> ?jak]」

 B.「煿，灼也。[*gakw> ɣuok][*krjakw>tsʹjak]」

(2)王氏聯綿字：

 C.「汋約[*djakw>zʹjak][* ?jakw> ?jak]（《楚辭、哀郢、遠遊》)」

 D.「勺藥 [*djakw>zʹjak][*grjakw>jiak]（《詩、溱洧》)」：

 E.「淖約[*thjakw>tsʹhjak][* ?jakw> ?jak]（《荀子、宥坐》、《莊子、逍遙遊，在宥》)」

 F.「彴約[*krjakw>tsʹjak][* ?jakw> ?jak]（《爾雅、釋天》)」

(3)通假：

 G.「約 [* ?jakw> ?jak]：灼 [*krjakw>tsʹjak]」：王輝
  (1993:364)

由此我們可以知道"勺聲"系的確往往跟舌根音字接觸。這樣我們可以為李方桂將禪三字"芍"等改擬為[*grj->zʹj-]。這樣"勺聲"系的主要音韻關係（李氏音），如下：

勺(照三)[*krj->tsʹ-]

 (禪三)[*grj->zʹ-]

妁(照三)[*krj->tsʹ-](媒妁)

 (禪三)[*grj->zʹ-](媒妁)

的(端四)[*t->t-]

豹(幫二)[*pr->p-]

杓(幫三)[*plj->pj-](北斗柄星)

　(禪三)[*grj->z'j-](杯杓)

　(並二)[*br->b-](牛脛相交也)

　(來四)[*gl-(?)>l-]&

　　　　[*bl-(?)>l-](牛脛交)

杓(禪三)[*grj->z'j-]

　(定四)[*d->d-]

約(影三)[*?lj-(?)>?j-]&

　　　　[*?j-(?)>?j-]

杓(喻四)[*grj-(?)>ji-]&

　　　　[*brj-(?)>ji-]

芍(匣四)[*g->ɤ-]

在本聲系裡，李氏擬音有如下三點缺點。

第一，李氏原本擬了兩種不同的喻四上古來源 [*grj-]
[*brj-]，它們分別跟舌根音及唇音諧聲。但是本聲系裡既有舌根
音，又有唇音，我們無從選擇其中之一。類似的問題同樣發生在來母
“杓”字以及影母“約”字身上。

第二，“的[*t-]”無法跟其他聲母諧聲。

第三，無法解釋“杓”的兩種同源異型詞的歷史音變（“杓”也
是如此）。

我們認爲本聲系的音韻關係應如下：

```
勺(照三)[*k-lj->ts'-]
  (禪三)[*g-lj->z'j-]
妁(照三)[*k-lj->*k-lj->ts'-]
  (禪三)[        >*g-lj->z'j-]
的(端四)[*k-l->ti-]
豹(幫二)[*pr->p-]
杓(幫三)[*plj->*plj->pj-](北斗柄星)
  (禪三)[        >*lj->z'j-](杯杓)
牑(並二)[*br->*br->b-](牛脛相交也)
  (來四)[        >*rl->li-](牛脛交)
仢(禪三)[*g-lj->z'j-]
  (定四)[        >*g-l->di-]
約(影三)[*?lj->?j-]
礿(喻四)[*l->ji-]
芍(匣四)[*gl->ɤi-]
```

　　聲系中的帶流音的喻四[*l-]及禪母[*lj-]等是諧聲的樞紐。雖然聲系中存在不同性質的帶舌根詞頭的[*k-lj-]等以及[*p lj-]等，但它們都具備流音成份，應可以勉強諧聲。

三、結　論

　　從以上討論中，我們至少可以找到李方桂誤解的八條諧聲條例。即：「刀聲」「婁聲」「戔聲」「合聲」「是聲」「酉聲」「咸聲」

「勺聲」。他既然誤解了，當然他的聲母系統也就無法解釋這些聲系的具體音韻交替現象。

據此，我們提出如下修正案。（需要說明的是：左邊的擬音是李氏擬音，右邊的是本文的新擬音。我們從中可以發現李氏諧聲說及其擬音的缺點。）

1.「婁聲」：否認聲系中的舌根音。

　　婁[*lug>lə̌u]→[*rug>lə̌u]

　　數[*sljugx,h>ṣju] → [*srjugx,h>ṣju]

　　嫂[*gjugx(?)>gju] → [*grjugx>gju]

　　屨[*kjugh(?)>kju] → [*krjugh>kju]

2.「戔聲」：否認聲系中的照三字等。

　　淺[*tshjan>tshjän] → [*s-thjan>tshjän]

　　醆[*tjanx>ts'jän] → [*tjanx>ts'jän]

3.「合聲」：否認聲系中的舌尖塞音字。

　　合[*gəp>ɣầp] → [*gəp>ɣầp]

　　答[*təp>tập] → [*k-ləp>tập]

　　拾[*grjəp(?)>z'jəp] → [*g-ljəp>z'jəp]

4.「是聲」：否認聲系中的舌根音字。

　　是[*djigx>z'jě] → 是[*g-ljigx>z'jě]

　　褆[*tjig>ts'jě]' → 褆[*k-ljig>ts'jě]

　　提[*dig>diei] → 提[*g-lig>diei]

　　鬄[*kjigh>*kjigh>kjiě] → 鬄[*kljigh>*kljigh>kjiě]

5.「酉聲」：否認流音跟塞擦音的諧聲關係。

酉[*rəgwx>jiǔu] → 酉[*ləgwx>jiǔu]

酒[*tsjəgwx>tsjǔu] → 酒[*tsljəgwx>tsjǔu]

留[ljəgw>ljǔu] → 留[rjəgw>ljǔu]

酋[sdjəgw(?)>dzjǔu] → 酋[dzljəgw>dzjǔu]

6. 「刀聲」：李氏系統無法照顧到"刀聲"與"羔"之間的音韻關係。

邵[*djagwh>z′jäu] → [*g-ljagwh>z′jäu]

招[*tjagw>ts′jäu] → [*k-ljagw>ts′jäu]

羔[*kagw>kâu] → [*kagw>kâu]

7. 「咸聲」：主要否認舌根音跟舌尖塞音的諧聲關係。

感[*kəmx>kậm]： → [*kləmx(?)>kậm]

葴[*krjəm>ts′jəm]： → [*k-ljəm>ts′jəm]

覃[*dəm>dậm]： → [*g-ləm>dậm]

撢[*hnəm>thậm]： → [*kh-ləm>thậm]

嬋[*niəmx>niem] → [*nliəmx(?)>niem]

蟫[*rəm>jiəm] → [*ləm>jiəm]

8. 「勺聲」：主要反對聲系中的舌根音字。

勺(照三)[*krj->ts′-] → [*k-lj->ts′-]

的(端四)[*t->t-] → [*k-l->ti-]

豹(幫二)[*pr->p-] → [*pr->p-]

仢(禪三)[*grj->z′j-] → [*g-lj->z′j-]

約(影三)[*?lj-(?)>?j-] → [*?lj->?j-]

杓(喻四)[*grj-(?)>ji-] → [*l->ji-]

芍(匣四)[*g->ɤ-] → [*gl->ɤi-]

主要參考書目

[中文論文]

丁福保

　　1928《說文解字詁林》（1983 鼎文書局第 2 版）。

王　力

　　1982《同源字典》，北京：商務印書館（ 1983 臺北：文史哲影
　　　　本）。

王　輝

　　1993《古文字通假釋例》，臺北：藝文印書館。

王延林

　　1987《常用古文字字典》，上海書畫出版社（ 1993 臺北：文史
　　　　哲台二版）。

王國維

　　？　《聯綿字譜》（《王觀堂先生全集》第九冊）。

包擬古

　　1954（竺家寧 1979 譯）

　　〈釋名複聲母研究〉，《中國學術年刊》 1979.3:59-83 。

司馬光

　　？　《類篇》（ 1988 上海古籍出版社第 1 版）。

朱駿聲

　　1833《說文通訓定聲》（ 1970 臺北：京華書局）。

杜其容

1969〈部份疊韻連綿詞的形成與帶 l 複聲母之關係〉，《聯合書院學報》7 期。

何師大安

1992〈上古音中的*hlj-及相關問題〉，《漢學研究》 10.1:343-348。

李方桂

1971〈上古音研究〉，《清華學報》新 9:1,2 合刊（1980 《上古音研究》北京：商務印書館）。

1976〈幾個上古聲母問題〉，《總統 蔣公逝世週年紀念論文集》（1980 《上古音研究》 85-94 ，北京：商務印書館）。

沈兼士

1945《廣韻聲系》（1985 北京：中華書局）。

邢公畹

1980〈原始漢台語複輔音聲母的演替系列〉（1983 《語言論集》北京：商務印書館）。

吳世畯

1994〈系聯同源詞的音韻條件〉，《陳伯元先生六秩壽慶論文集》，臺北：文史哲。

1995《說文聲訓所見的複聲母》，東吳博士論文。

竺師家寧

1981《古漢語複聲母研究》，中國文化大學中研所博士論文。

1992〈《說文》音訓所反映的帶 l 複聲母〉，《聲韻論叢》四輯，臺北：學生書局。

郝懿行等

　　？　《爾雅、廣雅、方言、釋名清疏四種合刊》（ 1989 上海古
　　　　籍出版社）。

馬天祥、蕭嘉祉

　　1991《古漢語通假字字典》陝西人民出版社。

高本漢著、陳舜政譯

　　1974《先秦文獻假借字例》，中華叢書編審委員會。

張舜徽

　　？　《說文解字約注》（ 1984 臺北：木鐸出版社翻印本）。

梅祖麟

　　1982〈跟見系字諧聲的照三系字〉，《中國語言學報》 1 期。

許　慎

　　？　《說文解字》（ 1992 北京：中華書局第 12 版）。

許　慎、段玉裁注

　　？　《說文解字注》（ 1989 臺北：黎明文化事業公司增訂四
　　　　版）。

　　？　《說文解字注》（ 1992 臺北：天工書局再版）。

郭錫良

　　1986《漢字古音手冊》，北京：北京大學出版社。

陳初生

　　1985《金文常用字典》（ 1992 臺北：復文圖書出版社）。

陳師新雄

　　1993〈黃季剛先生及其古音學〉，《中國學術年刊》 14 期，國
　　　　立臺灣師範大學國文研究所。

雅洪托夫

　　1960〈上古漢語的複輔音聲母〉，（ 1986 《漢語史論集》 42-
　　　52，北京大學出版社）。

潘悟云

　　1987〈漢藏語歷史比較中的幾個聲母問題〉，《語言研究集刊
　　　1》，復旦大學出版社。

權少文

　　1987《說文古均二十八部聲系》，甘肅人民出版社。

龔煌城

　　1990〈從漢藏語的比較看上古漢語若干聲母的擬測〉，西藏研究
　　　論文集 4:1-18.（ 1994 臺北：學生書局《聲韻論叢》 1 輯）

[英文論文]

Bodman, N.C. (包擬古)

　　1954《 A Linguistic Study of The Shih Ming Initials and Consonant
　　　Clusters 》, Harvard-Yenching Institute Studies XI.Cambridge.

　　1969〈 Tibetan Sdud 'Folds of A Garment', The Character 卒, and
　　　The *st- Hypothesis 〉,《史語所集刊》 39:下.

　　1980〈 Proto-Chinese and Sino-Tibetan: Data Towards Establishing
　　　The Nature of The Relationship 〉,《 Contributions To
　　　Historical Linguistics 》 vol.3.

Coblin, W.S. (柯蔚南)

　　1978〈 The Initials of XU Shen's Language as Reflected in The
　　　Shuowen Duruo Glosses〉,《JCL》, vol.6 no.1.

1983 《*A Handbook of Eastern Han Sound Glosses* (東漢聲訓手冊)》, The Chinese University Press, Hong Kong.

1986 《 *A Sinologist's Handlist of Sino-Tibetan Lexi-Cal Comparisons*》, Monumenta Serica Monograph Series 18. Nettetal, Steyler Verlag.

Gong, Hwang-Cherng. (龔煌城)

1993 〈*The Primary Palatalization of Velars in Late Old Chinese*〉, The Second International Conference on Chinese Linguistics, Paris, 1993.

Karlgren, B. (高本漢)

1957 《*Grammata Serica Recensa* (修訂漢文典)》, Reprinted From The Museum Of Far Eastern Antiquities, Bulletin 29, Stockholm 1957.

Pulleyblank, E.G. (蒲立本)

1962 〈 *The Consonantal System of Old Chinese* 〉, 《 Asia Major 》 vol.9.1:58-144, 206-265.

1973 〈 *Some New Hypotheses Concerning Word Families in Chinese* 〉, 《 JCL 》 vol.1 no.1.

論喻母字「聿」的上古聲母

金鐘讚

一

中古喻母字的上古擬音是引人注目的。各家的意見都不完全相同。其中最受人重視的是李方桂先生的觀點。李先生主張喻母（四等）字的上古聲母基本上是 r 音，但會隨著不同的諧聲現象發生變化❶。李先生根據他的上古音系統給喻母字「聿」擬 brj-音，但個人認爲他的擬音存在著問題。

在本文中個人先介紹李方桂先生對喻母及「聿」字的擬音，再討論他對「聿」字擬音的疑點。最後藉「其、箕」的假借關係提出個人對「聿」字聲母擬音的見解。

---

❶ 參見李方桂先生著《上古音研究》，頁十四，商務印書館，一九八〇，七。

二

　　曾運乾曾提出喻四古歸定的說法，頗受學者們支持，但到了高本漢才開始加以修改。高氏根據他自己的語音知識以及他對語音的歷史發展觀點，並不完全贊同曾氏的說法，而認爲喻母（四等）字與定母字的音值非常接近，但不能跟定母字完全一樣。

　　高本漢把喻母（四等）的上古音主要分爲 [d]、[z] 兩類（案少數字擬爲 g、b 等音）。[d] 類是不送氣的 [d]，和定母送氣的 [d′] 有所區別，這就算解決了曾運乾所沒有解決的問題：分化條件問題。高氏已經把邪母的上古音擬測爲不送氣的 [dz′] 以和從母 [dz] 相配，他另把喻母一部分字的上古音擬測爲 [z]。高本漢的這種擬音跟他對上古音系統的安排有非常密切的關係。他認爲在上古有送氣和不送氣的兩套濁聲母。如果他的這一觀點不成立的話，他對喻母字的擬音就自然而然地不能成立了。

　　王力先生對中古濁塞音的觀點跟高本漢不同，他說❷：

> 濁母字送氣不送氣，歷來有爭論。江永、高本漢認爲是送氣的，李榮、陸志韋認爲是不送氣的。我認爲這種爭論是多餘的。……從音位觀點看，濁音送氣不送氣在漢語裏是互換音位。所以我對濁母一概不加送氣符號。

---

❷　參見王力先生著《漢語語音史》，頁十九，中國社會科學出版社，一九八五，五。

　　王力的上古濁聲母只有不送氣一套。他知道喻母字常跟定母字發生諧聲。但他既然給定母字擬 d 音，就不能再給喻母字擬 d 音而一定要找一個與 d 音相近的音。王氏發現舌尖塞音 t、tʻ、d、n 具有與它們相配的邊音 l 而舌面塞音 ȶ、ȶʻ、ȡ、ȵ 卻沒有與它們相配的邊音。因此，王氏根據語音的系統性認爲這喻母字是與照系字同發音部位的舌面邊音 ʎ，這 ʎ 音到了中古就變爲半元音 j 了。

　　那些不相信高本漢的兩套濁聲母的學者認爲王力的這種擬音比高本漢合理很多。李方桂先生正是其中之一。他在《上古音研究》❸中說：

　　　切韻系統的濁母塞音、或塞擦音，高認爲是吐氣的……所以引起他在上古音系裏另立了一套不吐氣的濁母……

　　李方桂先生不可能給喻母字擬 d 音也不會給喻母字擬 ʎ 音，因爲他的上古聲母系統跟王力不同在於沒有舌面塞音。李方桂先生考慮到喻母字的諧聲問題就說❹：

　　　大體上看來，我暫認喻母四等是上古時代的舌尖前音，因爲他常跟舌尖前塞音互諧。因此可以推測喻母四等很近 r 或者 l。

❸　參見李方桂先生著《上古音研究》，頁六，商務印書館，一九八〇，七。
❹　參見李方桂先生著《上古音研究》，頁十三，商務印書館，一九八〇，七。

又因爲他常跟舌尖塞音諧聲，所以也可以說很近 d-。我們可以想像這個音應當近似英文（美文也許更對點兒）ladder 或者 latter 中間的舌尖閃音（flapped d，拼寫爲-dd-或-tt-的），可以暫時以 r 來代表他，如弋*rək，余*rag 等。到了中古時代 r 就變成 ji-了。

高本漢的上古兩套濁聲母說法比較不爲人所接受。因此後來才產生了王力、李方桂二位先生的新見解。其中最受重視的是李方桂先生對喻母字的見解。

三

我們已知道李方桂先生的擬音目前最爲人所接受。李方桂先生認爲喻母（四等）字的上古音應該是 r 音，但他卻不給聿字擬 r 音。這是爲什麼呢？李方桂先生說❺：

> 喻母四等還有跟脣音或舌根音互諧的例子，如聿（參看筆）鹽（參看監）等，這類的字可以擬作*brj-或*grj-。

又說❻：

---

❺　參見李方桂先生著《上古音研究》，頁十四，商務印書館，一九八〇，七。

❻　參見李方桂先生著《上古音研究》，頁十五，商務印書館，一九八〇，七。

這個介音*r 不但可以在舌尖音後出現，也可以在任何別的聲母後出現，也可以在介音*j 的前面出現，不過在唇音及舌根音後這個介音多數已在中古時期失去，只有*grj-變成 ji-（喻母四等與舌根音諧聲的字）*brj-也變成 ji-（喻母四等與唇音諧聲的字）。

李方桂先生的這種擬音其實跟高本漢的觀點有關係。現在參看一下高氏的觀點。高氏在他的《先秦文獻假借字例（下）》❼中說：

『筆』的上古音值當是 pliət，『律』的上古音值當是bliwət。『聿』的情形就比較特殊，我們不能把它的上古值定爲 bliwət，因爲那會使 l-音沒有著落，但是也不能把它定作 pliwət，因爲那又會使 p- 音沒有著落。有一個可能是（就像說文所說的燕人讀『弗』的古音——上古音值爲 piwət），它只有單聲母，顯然是一個唇音。那麼或許它的上古音值應該作biwət（因爲 piwət 音的聲母 p-，在後來是不會失去的，『聿』的中古音既作 iuĕt，所以我們推它的上古聲母可能是 b-）。

高本漢認爲「筆、律」都是從「聿」得聲的。「筆、律」的上古聲母分別爲 pl-、bl-，則「聿」一定不可能是 pl-或 bl-。他依據

❼ 參見高本漢先生著《先秦文獻假借字例（下）》，頁四八七，中華叢書編審委員會，一九七四，六。

其系統給聿字擬 b-音。至於李方桂先生，他在《上古音研究》❽中
說：

　　……律*bljət>*ljuət>ljuĕt ……又有筆*pljiət>pjĕt

　　李方桂先生與高本漢對喻母字「聿」的擬音是不同，但基本觀點
是一樣，他的擬音也脫離不了「聿」字的諧聲現象。李方桂先生跟高
氏同樣認爲筆是從聿得聲的。筆與聿的中古音不同，因此李先生給
「聿」擬一個與「筆」（pl-）字音雖不同但比較接近的 brj-。

四

　　在第三節中我們談過李方桂先生對「聿」字的擬音。現在我們檢
討一下他的擬音是不是符合古人遺留下來的文獻資料。王延林先生編
的《漢字部首字典》❾中說：

　　　聿，甲骨文作𦘠，金文作𦘠，小篆作𦘠。《說文》云：『聿，
　　所以書也。楚謂之聿，吳謂之不律，燕謂之弗。從聿，一聲。
　　凡聿之屬皆從聿。』甲金文聿，象手持筆形，本義當爲執筆寫

---

❽　參見李方桂先生著《上古音研究》，頁四七，商務印書館，一九八〇，
　　七。

❾　參見王延森先生著《漢字部首字典》，頁四四，上海古籍出版社，一九
　　九〇，一。

字。亦爲筆的初文。

許愼既然在聿字下說：「吳謂之不律」、「燕謂之弗」，那麼我們可以推測這聿字在上古某一時期一定具有唇音聲母的成分。由此可見，李方桂先生給聿字擬 brj-音是有道理的，但他的擬音存在著問題。

古代有「窟窿」、「孛纜」、「屈林」、「扒拉」、「不來」、「果裸」等聯綿詞，這些例子中的第二個字都是來母字，因而主張複聲母的人都給這類詞擬成帶 l 的複聲母如 pl-、tl-、kl-等。「不律」之「不」是幫母字，「律」是來母字，按道理「聿」字的音應該是帶 l 的複聲母 pl-。李方桂先生的擬音(brj-)雖能夠符合自己設定的系統但卻不符合常規。

至於這個問題，高本漢原先給聿字擬 bl-音（案高氏給律、筆二字分別擬爲 l-、pl-）❿，然後說：

> 聿：bl-? stylus, pencil ; narrate, expose ……
> it seems probable that a bl- has become bĭ,
> and b- has fallen like g- and d-, cf. Introd.

高本漢的 bl-音遠比 brj-音好很多。但他所擬 bl-音的演變規律問題。他的 bl-聲母字（如巒、欒、癴、鑾、戀、攣、臠、慛、

---

❿ 參見高本漢先生著《 ANALYTIC DICTIONARY OF CHINESE AND SINO - JAPANESE 》，頁三七二，成文出版社，一九七五。

臨、巒、孿、變等字）後來都變成 l-音，何以只有聿之 bl-音反而先丟掉 l 音呢？後來高本漢放棄原來的擬音 bl-而給它擬 b-音（案高氏給律、筆二字分別擬爲 bl-、pl-）⓫，但這裏可能有另一個問題在裏面。

《爾雅·釋器》云「不律謂之筆」，《說文》聿字下云：「楚謂之聿、吳謂之不律、燕謂之弗」，《廣韻》聿字下云：「秦謂之筆」⓬。上述文獻上的說法足夠證明在秦漢時期，同一器物在不同的地域（吳、燕、秦、楚）有不同的語音（不律、弗、筆、聿）。其中的「不律」恰能證明此器物曾有*pl-的聲母，後在某些地域簡化爲單聲母。因此鄭仁甲先生在他的〈朝鮮語固有詞中的『漢語詞』試探〉⓭中說：

> 『筆』的古字是『聿』，《說文》：『聿，所以書也，楚謂之聿 [d′-]，吳謂之不律 [p-l-]，燕謂之弗 [p-]。』從《說文》的這一段描繪可以設想『聿』原是複輔音聲母，其聲母可能與 [d′-]（如果喻母字的音值是 [d′-]）、[p-]、[l-] 有關。舌音 [d] 或 [d′] 在 [i] 介音前容易變爲閃音 [ɾ]，朝鮮語和法語裏都有這種現象。喻母在《說文》時代，至少在當時的吳方言可能讀爲 [l-] 或 [ɾ-]（『吳謂之不律』）。先秦『聿』字的實際

⓫ 參見高本漢先生著《中日漢字形聲論》，頁二五三，成文出版社，一九七八。

⓬ 參見《校正宋本廣韻》，頁四七三，藝文印書館，一九八一，三。

⓭ 參見《語言學論叢》第十輯，頁二〇七，商務印書館，一九八三，八。

音值可能是[pd'iwăt ——>pʃiwăt]。到兩漢複輔音聲母消失，或只取[p-]（『燕謂之弗』），或只取[ʃ-]（『楚謂之聿』），或兩者並存，變爲雙音節（『吳謂之不律』）。

鄭仁甲先生對喻母（四等）及聿字的上古聲母的見解與我們不一樣，但其基本觀點卻相同，認爲聿字與筆字在上古是同音。問題是，如果我們斷定聿字的上古聲母是與筆相同的 Pl-的的話，我們一定要解決一個問題——爲什麼聿、筆這兩個同聲母的字到了中古一個變成喻母字而另一個卻變成幫母字？

五

江擧謙先生在他的〈漢文字結構法則及演變通例導論〉❹中說：

> 人類語言先文字而存在。抽象的意念，圖形文字不能表達。而後世語言範圍日廣，即令配聲，亦難因應。爲了取其便捷，直接就已有文字，依其聲而寄以新義。

江擧謙先生講的是訓詁學上的假借現象。這種現象與造字無關，但影響到人們造出新字。諧聲字中之一種正是因假借而造出的。下面參看一下這種特殊的諧聲字。

「其」字，在甲骨文中像「箕」之形，本義簸箕。此外，也假借

---

❹　參見《東海學報》十三卷，頁二，一九七二。

爲代詞和語氣詞。用作代詞或語氣詞的「其」字，不能用其他方法造字，只好借用實詞代替。因與簸箕的箕音近（或音同），于是將箕的本字「其」借來使用。

「其」本指簸箕，後假借爲虛詞「其」，它們是同一形體，但不是同一個詞。由於它們是同一個形體的兩個語意符號，也就是同形異詞。它們實際表達的是兩個不同的概念。正是因爲分別表示兩個不同概念這個內在的要求，簸箕的「其」才又增添形符，變成與虛詞的「其」不同形的另一個字「箕」，使到它們從形體上也能區別開來。漢字裏許多借字與被借字都是這樣分化開的。現在我們參看一下《國語日報辭典》⓯的「其」字。

> 其▲〈一ˊ〉(g'i)〈1〉代名詞，就是他（它）或他（它）們
> （只能用在句中，不能用在句的開頭或末尾。如『聽其自
> 然』。〈2〉他（它）的或是他（它）們的。如『知其一，不
> 知其二』。〈3〉這、那。如『其中有個道理』『正當其
> 時』。〈4〉『尤其』『極其』的『其』，是陪襯的字。〈5〉
> 〔文〕或者。如「濃雲密布，其將雨乎」。〈6〉〔文〕將
> 要。如『五世其昌』『其始播百穀』。〈7〉〔文〕豈。如
> 『君其忘之乎』『一之謂甚，其可再乎』。〈8〉〔文〕可，
> 應該，有勸使的意思。如『汝其速往』『子其勉之』。〈9〉
> 〔文〕夾在一句中間的虛字。如『北風其涼』。
> ▲〔文〕ㄐㄧ(ji)用在語末表示詰問的助詞。如『夜如何其？

⓯　參見《國語日報辭典》，頁七九，國語日報社，一九八四，九。

夜未央』。」

　　根據《廣韻》❶，「其」字有見、群二母。當我們構擬「其」字的上古音時，如果我們只顧形體，則無法斷定它的上古聲母是 k-還是 g-。 k-、 g-這兩個聲母毫無疑問跟意義有密切關係。只就《國語日報辭典》的釋義來論，「其」如果是用在語末表示詰問題助詞的話，「其」一定是 k-音，在其他的意義上「其」一定是 g-音。問題是《國語日報辭典》講的跟「簸箕」無關。由此可見，它們都是借義而不是本義（案為了方便起見暫定念 k-的為假借義 1 而念 g-的為假借義 2 。）那麼「簸箕」義的「其」字它的上古音應怎麼構擬呢？

　　簸箕的「其」字在上古發生假借時只有一個形體，但這「其」字實際上是同形異詞，是同一個形體而表示兩個不同的詞。後來假借義喧賓奪主，為了保存「其」（簸箕）的本義只好另造「箕」字。音義是密不可分的，因此我們推斷，這時不但把形體從「其」變成「箕」，箕連「其」字的本音也轉移到「箕」字身上了。因此，我們相信構擬「其」（簸箕）字的上古音時不應說從中古之群母找根據而須從「箕」字的中古音（見母）找根據。依此推斷「其」字的聲母演變應該如下：

---

❶　參見《校正宋本廣韻》，頁六十、六一，藝文印書館，一九八一，三。

```
其（本義）k —> 其（本義）k ————————> 箕（本義）k
   └————————> 其┌（假借義1）k——> 其┌（假借義1）k
              └（假借義2）g        └（假借義2）g
```

　　以上我們舉的是本字與後起字的關係。這種諧聲字與一般諧聲字是迥然不同的。其實「聿」與「筆」的關係正屬於這種關係。

　　中古喻母字「聿」的意思並不是本義而是借義。這「聿」字在沒有發生假借時只是一字一音。等發生假借了就變成一形二詞二音了（案在語言裏已有某 brj-音的語助詞，但不容易替它造字。因此古人只好借「聿」字來表達該 brj-音的語助詞）。後來久假不歸，才另造後起的「筆」❼。字有更革，音有轉移。這時不但把「聿」的意義轉移到「筆」字上，連原本的語音也同時寄到「筆」字身上了。現在依我們的觀點構擬一下「聿」與「筆」字的聲母（案個人暫把上古音時期分成三個階段的劃分，不可能標出嚴格的年代，只能認為是一個歷史演變的趨勢）。

```
上古一期          上古二期          上古三期          中古
聿pl-(本義)-->聿pl-(本義)----->筆pl-(本義)---->筆p-
      └----->聿brj-(假借義)->聿rj-(假借義)-->聿j-
```

❼　參見《漢字演變五百例》，頁四四五，北京語言學院出版社，一九九二，五。

六

「聿」一詞字在不同的地域（吳、燕、秦、楚）有不同的語音（不律、弗、筆、聿）。其中的「不律」恰能證明此書寫器物曾有 *pl-的聲母，後來在某些地域簡化爲單聲母。問題是李方桂先生一方面依據中古音，一方面根據諧聲現象（案他把「聿－筆」這類特殊的諧聲關係跟一般的諧聲字混爲一談），給「聿」字擬一個與「筆」(pl-)字不同的 brj-音。

其實「聿－筆」這類諧聲字跟一般的諧聲字在構形上迥然不同，「聿」與「筆」是初文與後起字的關係。「聿」字在上古其聲母爲 pl-而當時在語言中也有某 brj-音的語助詞。這語助詞不好造字，故暫用與它聲音相近的「聿」字來表示。後來久假不歸，故再加竹頭造「筆」字表示「聿」的本義。這時不但把「聿」字的意義轉給「筆」字，連「聿」字的本音 pl-也轉附於「筆」字身上了。由於語助詞的用法漸佔上風，後來「聿」字就失去其本音、本義而只保留借音、借義了。

《皇極經世解起數訣》
「清濁」現象探析

陳梅香

【摘 要】

宋・祝泌《皇極經世解起數訣》爲一以「聲音」爲工具,做爲卜卦依據的書籍,其中「清濁」即是分辨「聲音」的重要因素之一;而韻圖〈聲音韻譜〉則是「聲音」工具具體的表現方式,在編排上,可顯見在聲母、韻部的編排上也涉及「清濁」的運用問題。因此,本文擬從《皇極經世解起數訣》及其相關資料的序例中「清濁」的說法、韻譜以「清濁」爲分聲別韻的編排方式、韻譜「清濁」內容與聲韻關係的分析等方面加以探討,進而釐析《皇極經世解起數訣》中「清濁」現象的特殊性。

從相關序例、韻譜的編排與韻譜內容的分析,可知《皇極經世解起數訣》「清濁」的相關說法與運用,確有其特殊之處:在定義的釐析上,祝氏欲以「韻分上下平聲」的方式,加以界定其範圍,雖有其用心之處,但卻助益不大,在發音方法上,也有以「清濁」或「輕

重」做爲分別字母的觀念，且在清濁的細分上，有以每一等再細分全清、半清、半濁、全濁爲一、二、三、四等分名稱上的異同；而在運用上，則有以在等列上以一或四等爲清聲，而以二或三等爲濁聲的傾向；又同一韻又佔據同一等，卻分清濁兩圖的例字，則有將舌齒音列於濁音的現象，亦顯現出有聲母發音部位的差異性；在等列的分別上，清濁的分別要比開發收閉四音代表四等的情形明顯得多；而以清濁做爲韻部等列與聲母發音部位分別的方式，或爲其個人特殊之領會，殊可聊備一說。

一、前　言

漢語中「清濁」一詞的使用，由來久遠，文獻記載舉如《隋書·潘徽傳》：「李登《聲類》、呂靜《韻集》，始判清濁，纔分宮羽」，范曄《後漢書·自序》：「別宮商，識清濁」，陸法言《切韻·序》：「欲廣文路，自可清濁皆通」，孫愐《唐韻·序》：「引字調音，各自有清濁」等，皆論及「清濁」，雖然高明先生認爲前二者「蓋或字調之分別，或亦兼言音素」，而後二者「似隋唐聲韻學家言清濁，乃指韻部（其時人尚以字調歸韻部），而非指聲紐。」❶但以文獻本身而言，或以時代久遠，書多亡佚，或僅點到爲止，未能再加以解釋說明，或以其定義的含混，涵義的隱晦，以致使後來諸多學者在體會與認知上，有以發音用力的輕重分別者，如方以智《通

---

❶　詳見高明〈韻鏡研究〉頁 313。

雅》，也有以陰陽之說附會者，如江永《音學辨微》，❷若以「如人飲水，冷暖自知」形容，或不為過；也因所論多涉玄虛，徒為「清濁」的內容，披覆不少神祕的色彩，祝泌對於「清濁」說法的體會與運用亦即其中之一。

宋・祝泌《皇極經世解起數訣》為一以「聲音」為工具，做為卜卦依據的書籍，其中「清濁」即是分辨「聲音」的重要因素之一，如〈韻例〉中言「同韻而分清濁」，而〈切字姥開指〉亦云：「切字正法，致辨於輕重清濁之間」，以其所論「清濁」內容來看，實兼涉聲母與韻部；而韻圖〈聲音韻譜〉則是「聲音」工具具體的表現方式，在編排上，聲母部分，祝氏個人以四十八音分為清、濁兩部分，韻部上，則以開發收閉與清濁相配，❸分為八種情形，再配上等韻圖四等與韻部名稱的形式，交織成為韻譜的基本架構，從其基本架構中，可顯見在聲母、韻部的編排上也涉及「清濁」的運用問題，因此，本文擬從《皇極經世解起數訣》及其相關資料的序例中「清濁」說法的探析、韻譜以「清濁」為分聲別韻編排方式的解析、韻譜「清濁」內容與聲韻關係的分析等方面加以探討，進而釐析《皇極經世解起數訣》中「清濁」現象的特殊性，對於歷來「清濁」之辨，或可聊備一說。

---

❷ 詳見孔師仲溫《韻鏡研究》頁 82-84。

❸ 祝泌於〈聲音韻譜・序〉云：「開口內轉為開音，開口外轉為發音，合口外轉為收音，合口內轉為閉音。」

二、相關〈序例〉中「清濁」說法的探析

「清濁」既是辨別「聲音」重要的因素，則辨明其現象與內容，實為刻不容緩的事，祝氏於《聲音韻譜·序》中即論及清濁的現象：

> ……惟四體之中，莫辨乎聲音，故其道與政通，雖五方之言語不通，如吳楚之輕淺，燕趙之重濁，秦隴以去聲為入，梁益稱平聲似去。然至於以言寫聲，以韻　音，不問華夷蕃漢之殊方。……後世聲音之學，自唐陸法言之《玉篇》、顧野王之《廣韻》，❹能別五音之呼吸，四聲之清濁矣。……

祝氏言及方言中有所謂「輕淺」、「重濁」的現象，但引字用韻上，則仍能「不問華夷蕃漢之殊方」而有所溝通；對於這種「清濁」現象的了解，祝氏所言方言之間的差異，「清濁」的不同也扮演著非常重要角色的觀念，或來自陸法言〈切韻序〉中所言：「吳楚則時傷輕淺，燕趙則多傷重濁，秦隴則去聲為入，梁益則平聲似去」的啓發。而對於聲音之學，能在發音部位、發音方法上加以分辨的，則要等到陸法言、顧野王時，才能分別其五音呼吸、四聲清濁的異同。

然祝氏本人對於「清濁」的看法態度又是如何？首先，若僅從聲韻的立場來看，對於「清濁」觀念的體會，則有其個人的見解，其於《皇極數起例·地之用音一百五十二舉要》曾言：

---

❹ 此處引文疑應作「唐陸法言之《廣韻》、顧野王之《玉篇》。」

……而所得音之清與濁者，自昔人謂易念者爲清，難念者爲濁，然亦有差互難分之處，不若從韻分上下平聲之例，以出於上者爲清，下者爲濁，自然犖然，有清濁不可易之辨也。

蓋祝泌認爲以「易念」與「難念」做爲「清濁」的分際，很難有一定的道理可循，因此，將「清濁」與韻部加以縮合，提出以「韻分上下平聲」的方式爲準，想解決「清濁」的界定問題，雖是想出一套可資遵循的標準，但以「韻分上下平聲之例」做爲「清濁」的分別，其實仍嫌粗疏，因爲韻書平聲之所以分上平與下平，並非因爲二者發音方式上的差異，而是因爲字數太多，集爲一卷則分量過大，所以分爲上下兩卷，此可從其上去入三聲相承韻部的分卷情形看出，因此，祝泌雖然明確地提出「清濁」的界定方式，但對於其意義的闡述，仍殊乏其功。

又祝氏論及字母與「清濁」的關係時，也論及與「等」相關的問題，〈韻例〉云：

……而隸於二十四姥者，則橫觀之，最上層是字姥，其下分平上去入四聲；每聲又別四等者，古韻□字與姥音同位，而字不同者多，平仄四等各具四眼者，分全清、半清、半濁、全濁之等也，《總明韻》於每姥之字有一、二、三、四者也。……

李新魁以此段認爲：

按他的說法，他所分的四等，就是全清、半清、半濁、全濁。

這些『等』，在《總明韻》這部韻圖中，則稱爲一、二、三、四等。由他的說明可知，他是以聲母的發音部位分等的，而等的名稱就叫做全清、半清等，這相當於沉括所說的輕、中輕、重、中重四等。祝書每一圖都標明開發收閉和清濁。同是一個東韻，他把一等的東韻稱爲清，把三等的東韻稱爲濁；一等的冬韻稱爲清，把三等的鍾韻稱爲濁。很顯然，他是以清、濁來區別等第，與他的清濁，別的韻圖則稱爲一、二、三、四等韻。❺

　　若以李氏以「清濁」分等的觀念來說，首先與其認爲「音圖中所說的開發收閉，大略相當於韻圖中之一、二、三、四等」的說法，❻以「開發收閉」爲一、二、三、四等的分別，和此處以一、二、三、四等爲全清、半清、半濁、全濁的說法，彼此之間有互相抵觸的情形，且其對於「開發收閉」和「清濁」同分「四等」的情形，亦未能深究其間的關係，又韻譜中只有「清濁」聲的區別，而無清、半清、半濁、全濁的細分；再則，若細究祝氏引文的語意，則是在橫觀二十四字母的基礎上，平上去入又各自分爲四等，又以在字母上發音部位相同，但例字顯然不同的情形很多，所以使得平上去入四聲在四等的分別上，又各別有「四眼」的不同，如此，則「清濁」的分別，當在於四等之中又各有四個紐眼、樞紐，意即一等之中再別分全清、半清、半濁、全濁的等別，二等、三等、四等也是這樣的情形，而這樣

---

❺　詳見李新魁《漢語等韻學》頁 58。
❻　詳見李新魁《漢語等韻學》頁 174。

的標法，《總明韻》不別以清濁的分別，而標以一、二、三、四的次第，此亦即祝泌於唇舌牙齒喉半之下所標一、二、三、四之意；可見這樣的「清濁」是就聲母發音部位的發音方法上，聲母不帶音者為清音，帶音者為濁音而言的，個人於此的體會與李氏不同，或許也可以提供另一層面的思考角度。**❼**

　　由以上所述，可知祝泌對於由三十六母增添而成的四十八字母，除了說明例字的發音部位之外，並曾分析各發音部位在發音方法上「清濁」的問題，如〈韻例〉言：「平仄四等，各具四眼者，分全清、半清、半濁、全濁之等也」，可見其將同一發音部位的聲母，再細別為「全清、半清、半濁、全濁」的不同。

　　其次，對「清濁」論述較多的，則是站在術數家的立場加以解析的，〈聲音韻譜·序〉云：

> ……然暌之自然之聲音，陰陽無不該之物，輕重無不分之理，有陰則有陽，有清則有濁，有輕則有重也。今即了義字姆論之，唇音分輕重，齒音分清濁是矣，舌音分舌上、舌頭，曾知舌頭即重音，舌上即輕音乎？牙音、喉音乃不分輕重，半宮、半徵音又止有二字，而缺其一，是了義字姆猶未全。惟皇極用

---

❼ 李氏後來在〈起數訣研究〉一文中，也提到《起數訣·韻例》的這一段引文，但只有簡單的說明：「他把各種聲母字（他以『字姆』為代表）分為清濁不同的等，並分列於各個韻圖中的不同位置上，就是基於他的按聲母分清濁的理論之上的。」（詳見〈起數訣研究〉頁 10）則在說明上似未如《漢語等韻學》所引的內容詳析而清楚，也或許已有修正之意。

音之法，於脣、舌、牙、齒、喉、半，皆分清與重，❽聲分平
上去入，音分開發收閉，至精至微。……

從引文中，不難得知蓋祝氏以爲「清濁」與陰陽、輕重互相配對
的性質，同爲表達自然聲音的重要角色，所以就了義字姆論之，其字
母便包涵清濁與輕重，對於脣、舌、齒發音方法的分別，在《皇極數
起例·地之用音一百五十二舉要》中亦言：

　　……地之全音百九十二音，有如音分三十六母，出於釋氏，今
　　人習之，不知脣既分輕重，則舌頭音便是重，舌上音便是輕
　　也，齒音又分二等，則牙、喉之音，豈可單行？……

又〈聲音說〉亦云：

　　……三十六字姆者，幫滂並明脣音重，非敷奉微脣音輕之類是
　　也。……

以上兩則引言可與〈聲音韻譜·序〉相互參看，則《皇極數起
例·地之用音一百五十二舉要》中所說「舌頭音便是重，舌上音便是
輕」可爲〈聲音韻譜·序〉「曾知舌頭即重音，舌上即輕音乎？」的
解答，又〈聲音說〉中「幫滂並明脣音重，非敷奉微脣音輕」可爲

---

❽　「清」字，明鈔本、清周懋琦校抄本和四庫全書本皆做「輕」字，疑已
　　有訂正的可能性。

〈聲音韻譜・序〉「脣音分輕重」的進一步說明，而對於齒音言「清濁」或「二等」，蓋二者意思相似，可惜未能再深入細述；而也似乎由此相配的角度推論衍申，所以認爲「牙音、喉音乃不分輕重，半宮、半徵音又止有二字，而缺其一」，是了義字姆仍有未能完備之處，因此祝氏在字母的配對上，便注意到清濁與輕重的對稱性；且於《皇極數起例・動植之數起例》更補充說明：「言音者知有脣舌牙齒喉，不知有開發收斂清濁之異」，故以此認爲皇極用音之法實爲至精至微。

這種必以「清濁」配對的觀念，具體表現在韻譜的製作上，〈聲音說〉云：

> ……內外八轉者，如……。今因之而分歸十六位，以開合清濁別之爲二十八。……幫滂並明脣音重，非敷奉微脣音輕之類是也，今華夷皆用之，惜其字未備，康節增牙音、喉音、半音各四字爲四十八，別其清濁而中分之。……

祝氏將三十六字母改爲四十八字母的標法，有承襲邵雍〈聲音唱和圖〉之處，而將一般等韻圖內外開合的標法改易爲開發收閉與清濁的標目，這樣的做法，則爲個人的創舉；而從此段文字中，也不難揣測，在韻部與字母的分別上，「清濁」扮演著非常重要的角色，而在轉用邵雍所用聲音之母的過程中，在「清濁」的認定上，總不免出現齟齬的情形，《皇極數起例・地之用音一百五十二舉要》曾言：

> 康節聲音之姆與諸韻大有不同，已嘗言其多有川蜀之語矣，今

試即元之元會運世四位之聲辨之，甲聲多可□舌，今舌作薛；
丙聲先銑線薛，今線薛作翰曷；丁聲蕭筱嘯藥，今作蕭巧效
覺；戊聲齊駭霽昔，今作齊止至質，清濁互交矣。以至會運世
之元會運世亦然，又如清濁二十四聲，交互處亦多，如清音脣
音第一、齒音第一、第二、喉音第一，各有二姆；與濁音脣音
三、舌音三、牙音三，齒音三、喉音四、半音三，亦皆有二
姆，此方言之不同也。

韻部部分，祝氏直接具體舉例指出其「清濁交互」不同之處；而
在字母部分，若將邵雍〈聲音唱和圖〉和祝氏〈聲音目錄〉做一比
對，則在「聲音目錄」的形成中，❾祝泌則有以「輕」而入「清」
者，如「夫法飛」和「卜百丙必」兩組，邵雍〈聲音唱和圖〉同列於
「清」音，祝泌在分其清濁的考慮下，以前者脣音輕而入「清」音，
後者脣音重而入「濁」音，此以「脣音分輕重」而別之；而齒音「走
哉足」和「莊震」、「草采七」和「叉尺」，邵雍同列於「清」音，
而祝泌則以「齒音分清濁」的觀點，將「走哉足」和「草采七」列為
「清」音，「莊震」和「叉尺」列為「濁」音；祝泌以「清濁」分別
四十八字母，其意概於承傳邵雍的「聲音之學」，因為在將邵雍「一
百五十二音」轉化為《皇極數起例·一百五十二音舉要》時，祝泌即
曾提出同一發音部位而清濁又相同的矛盾情形，如在濁音中的舌音
「卓坼、中丑」，齒音的「莊叉、震尺」等字，於〈聲音唱和圖〉
中，皆屬「清」音，祝氏認為邵氏之所以有「濁音入清音」的情形出

---

❾　詳見陳梅香《皇極經世解起數訣之音學研究》頁 19-24。

現，其原因在於「多有川蜀之語」，乃因「方言之不同」所造成的現象，對於這樣的情形，祝泌並未加以改易，誠如《皇極數起例·地之用音一百五十二舉要》所言，謹作記號以「見其所考之異」。

由以上相關序例對於「清濁」說法的分析來看，《皇極經世解起數訣》中的「清濁」和韻部、與聲母的發音部位和方法三者都有密切的關係，而值得注意的是：在四十八字母「別其清濁而中分」的圖版編排上，雖有發音部位的分別，雖然沿襲〈聲音唱和圖〉而來，若「清濁」與發音部位的相關性而言，以祝氏分析了義字姆的內容來看，唇、舌音分輕重、齒音分清濁，自然釐然。

三、韻譜以「清濁」為分聲別韻編排方式的解析

〈聲音韻譜〉共分八十圖，內容可分聲母標目、韻目和例字等部分，在韻譜的編排上，祝泌曾在〈韻例〉中明言：

> 每版第一行是題開發收閉四音之綱，第二行是別諸韻之首字，其同韻而分清濁；既分為兩版，又有清濁同韻而又分二版者，四音併在一韻者也；又有一韻皆清字，則無濁聲版，皆濁字則無清聲版；每面第三行以後，則是同韻。而隸於二十四姆者，則橫觀之，最上層是字姆，其下分平上去入四聲；每聲又別四等者，古韻□字與姆音同位，而字不同者多，故平仄四等各具四眼者，分全清、半清、半濁、全濁之等也，《總明韻》於每姆之字有一、二、三、四者也。

　　從其內容來看，所謂「韻例」，蓋指〈聲音韻譜〉的規則範例，實際上已涵括了聲母和韻部；除了〈韻例〉對於〈聲音韻譜〉的編排，提供了直接的說明之外，另外〈壹百五十二音入卦表〉，也提供了可茲參考的資訊，因此，在敘述上，採取二者互相配合的方式，以求對〈聲音韻譜〉「清濁」內容的編排，能有一較全面的了解，茲分別述之。

3.1　以「清濁」中分四十八字母

　　八十圖中，每一張圖必標明「開發收閉」和「清濁」的關係，在聲母上，主要是以「清濁」中分四十八字母，其內容與組合，則主要表現在〈壹百五十二音入卦〉表中，茲將其組合列表如下：

〈壹百五十二音〉一覽表

		唇				舌				牙				齒					喉				半		
		一	二	三	四	一	二	三	四	一	二	三	四	一	二	三	四	五	一	二	三	四	一	二	三
開	清	夫	普	旁	母	東	土	同	乃	古	坤	□	吾	走	草	曹	□	寺	黑	武	安	文	老	■	■
	濁	卜	□	步	目	■	■	兌	內	□	□	■	五	■	■	□	□	思	父	黃	自	□	鹿	■	■
發	清	法	朴	排	馬	丹	貪	覃	妳	甲	巧	□	牙	哉	采	才	山	□	華	晚	亞	萬	冷	□	崇
	濁	百	□	白	兔	卓	坼	大	南	乍	□	□	瓦	莊	叉	茶	三	士	凡	華	在	交	輦	□	宅
收	清	□	品	平	美	帝	天	田	女	九	丘	乾	月	足	七	全	手	象	香	□	乙	□	呂	耳	辰
	濁	丙	□	莆	眉	中	丑	弟	年	□	□	近	仰	震	尺	呈	星	石	□	雄	匠	王	□	二	直
閉	清	飛	匹	瓶	米	■	■	□	■	癸	弃	虯	堯	■	■	■	■	■	血	尾	一	未	■	■	■
	濁	必	■	鼻	民	■	■	■	■	□	□	□	挨	■	■	■	■	■	吷	賢	□	寅	■	■	■

　　祝泌根據邵雍所添加的四十八字母，再詳細地以「清濁」為標準，即〈聲音說〉所謂「別其清濁而中分」之意，將四十八字母分為清濁兩組，清音有：「夫普旁母東土同乃古坤吾走草曹寺黑武安文老」、「法朴排馬丹覃妳甲巧牙哉采才山華晚亞萬冷崇」、「品平美帝天田女九丘坎月足七全手象香乙呂耳辰」、「飛匹瓶米癸弃虬堯血尾一未」等字；濁音有：「卜步目兌內五思父黃自鹿」、「百白兒卓圻大南乍瓦莊叉茶三士凡華在爻犖宅」、「丙莆眉中丑弟年近震尺呈星石雄匠王離二直」、「必鼻民挨吠寅」等字，這些例字是從邵雍〈聲音唱和圖〉沿襲而來，分清濁之後的二十四字母，則橫列於〈韻譜〉的最上方，故〈韻例〉言：「而隸於二十四字姥者，則橫觀之，最上層是字姥」，需注意的是，由於是沿襲而來，這些例字多只具有標目的作用，與其中例字在〈韻譜〉中聲韻的排列位置並非全然相符，如以標目「卜」字而言，列為「開音濁」的代表字，但屋韻下的卜字，卻列於「開音清」版「夫」字的入聲一等之下；又如「華」字，既屬於「發音清」，又屬於「發音濁」，又在「聲音目錄」的形成過程當中，祝氏雖有以唇音輕歸清音，如夫法飛，唇音重歸入濁音，如卜百丙必；但以例字內容來看，則未必如此，如東韻卜支僕木以唇音「重」而屬開音「清」，而微韻非（飛）霏肥微則以唇音「輕」而入閉音「濁」，然則祝氏雖然有以輕清、重濁的相配現象，而在例字的聲母歸屬上，則仍有所出入，其因或在於祝氏為了既要顧及〈聲音唱和圖〉的原貌卻又有所增改的考量下，在增改之後又未能符合自己〈韻譜〉聲韻上的要求，而顯現出來的矛盾。

3.2　以「清濁」分別韻類

　　「清濁」除了在聲母上區分四十八字母，在韻目上，也有分別韻類的作用，以東韻而言，表現在等韻圖中，如《韻鏡》、《七音略》等，則東韻一圖中有一、三等的分別，而〈聲音韻譜〉則是將此東韻一、三等分爲「清濁」兩圖，以顯現東韻分爲兩類的情形，若從聲母而言，可視爲發音部位不同而造成的「清濁」分圖的情形；而同一韻之中，也因韻字發音部位清濁的不同，而使韻目分佔在兩三圖裡的情形；也是因爲韻目的編排深受「清濁」和「開發收閉」的影響，使得一韻之中，依其韻字清濁的不同，分而爲二，同爲清或濁的韻，又依開發收閉的不同，各自分圖；若一韻皆爲清聲字，就沒有濁聲版，如「模」韻僅屬開音「清」；若一韻皆濁聲字，則沒有清聲版，如「臻」韻僅屬收音「濁」；若有清濁的不同，則分爲兩版，如「江」韻同屬發音「清」與發音「濁」；而有時清濁雖爲同一韻，但因開發收閉的不同，則又分爲二版，故有四音併於一韻的情形，如「麻」韻同屬「發音清」、「發音濁」、「開音清」、「開音濁」；從以上的說明之中，即可明瞭〈韻例〉中所言「其同韻而分清濁，既分爲兩版，又有清濁同韻而又分二版者，四音併在一韻者也；又有一韻皆清字，則無濁聲版，皆濁字，則無清聲版」之意。

　　茲將同一韻部與清濁聲圖版分佈列表統計如下：

同一韻部與清濁聲圖版分佈統計表

同為清聲						同為濁聲					
佔一圖版者			佔二圖版者			佔一圖版者			佔二圖版者		
圖例	圖序	韻部	圖例	圖序	韻部	圖例	圖序	韻部	圖例	圖序	韻部
收清	3	冬	收清	68	青	閉濁	28	廢	發濁	48	元
開清	21	模	收清	70	青	收濁	34	臻	發濁	49	元
發清	25	咍	發清	29	泰	收濁	37	欣			
開清	27	灰	開清	31	泰	發濁	78	咸			
閉清	33	痕	發清	40	先	發濁	80	嚴凡			
開清	35	魂	開清	42	先	發濁	80	凡嚴			
發清	40	寒									
閉清	50	蕭									
收清	53	歌									
發清	71	登									
開清	73	侯									
開清	73	幽尤									
發清	77	覃									
發清	79	銜									
發清	79	添									
韻部總計	15			3			6			1	

清濁聲版不同者

佔二圖版者			佔三圖版者			佔四圖版者			佔五圖版者		
圖例	圖序	韻部	圖例	圖序	韻部	圖例	圖序	韻部	圖例	圖序	韻部
發清	5	江	收濁	17	微	收清	7	支	發清	64	清
發濁	6	江	閉濁	18	微	收清	8	支	發濁	65	清
開清	15	之	收清	19	微	閉清	9	支	開清	66	清
開濁	16	之	開清	21	佳	閉濁	10	支	開濁	67	清
收清	19	魚	發濁	23	佳	收清	11	脂	收清	70	清
收濁	20	魚	發濁	24	佳	收清	12	脂			
開清	21	虞	發清	29	夬	開清	13	脂			
開濁	22	虞	發濁	30	夬	閉濁	14	脂			
開清	35	諄	開濁	32	夬	發清	25	皆			
開濁	36	諄	收濁	41	刪	發濁	26	皆			
開清	38	文	閉清	42	刪	開清	27	皆			
開濁	39	文	閉濁	43	刪	閉濁	28	皆			
發清	51	豪	發濁	45	山	發清	25	齊			
發濁	52	豪	收清	46	山	發濁	26	齊			
發清	51	爻	收清	47	山	開清	27	齊			
發濁	52	爻	閉清	53	戈	閉濁	28	齊			
發清	51	宵	閉濁	54	戈	發清	29	祭			
發濁	52	宵	閉濁	55	戈	發濁	30	祭			
發清	77	鹽	收清	60	唐	開清	31	祭			
發濁	78	鹽	收清	61	唐	開濁	32	祭			
發清	79	銜	開清	62	唐	發清	44	僊			
發濁	80	銜	收清	60	陽	發濁	45	僊			
			收濁	61	陽	收清	46	僊			
			開濁	63	陽	收濁	47	僊			
			發清	64	庚	發清	56	麻			

		發濁	65	庚	發濁	57	麻		
		開濁	67	庚	開清	58	麻		
		收清	68	耕	開濁	59	麻		
		收濁	69	耕					
		收清	70	耕					
韻部總計	11				10			7	1

注：1.圖序一欄為筆者根據魚尾欄中數字而編列。

　　2.韻目以平聲涵括上去入三聲。

　　從上表韻部與清濁聲版表中，可察知一韻且同屬清聲版而只佔一圖者，有多、模、咍、灰、痕、魂、寒、蕭、歌、登、侯、幽、覃、銜、添等 15 韻，佔二圖者則有青、泰、先 3 韻；同屬濁聲版而只佔一圖者有廢、臻、欣、咸、嚴、凡 6 韻，佔二圖則為元韻；同韻而分清濁聲版，佔二圖者有江、之、魚、虞、諄、文、豪、爻、宵、鹽、御等 11 韻，佔三圖者有微、佳、夬、刪、山、戈、唐、陽、庚耕等 10 韻，佔四圖者則有支、脂、皆、齊、祭、僊、麻等 7 韻，且有佔五圖者為清韻，此其韻部與清濁編排方式的大概。

四、韻譜「清濁」內容與聲韻關係之分析

　　韻譜圖例開發收閉與清濁的相配，主要是以〈壹百五十二音入卦〉內容為依據，而在例字的歸屬上，則有與其他等韻圖大相逕庭者，有同一韻字而別分清、濁二版者，則更能顯出「清濁」運用的特別性，茲將同一韻部同為清聲或同為濁聲，與別分情形，列表說明並分析之。

4.1 同韻同清聲的聲韻關係

表一 韻部相承、四音相同、同爲清聲圖版
例字發音部位與等列關係一覽表

圖例 開發收閉 /清濁	圖序	韻部	等第	例字發音部位出現位置								字數	備註
				唇	舌	牙	齒	喉	半舌	半齒	半三		
收清	3	冬	一	※	※	※	※	※	※			41	
開清	21	模	一	※	※	※	※	※	※	※		75	
發清	25	哈	一	※	※	※	※	※	※			72	
開清	27	灰	一	※	※	※	※	※	※			76	
閉清	33	痕	一		※	※	※	※				17	
			二			※	※					2	狼癱
開清	35	魂	一	※	※	※	※	※	※			74	
			二		※				※			2	圖碖
發清	40	寒	一	※	※	※	※	※	※			58	
閉清	50	蕭	一			※		※				2	硯貌(小字)
			四	※	※	※	※	※	※			44	
收清	53	歌	一		※	※	※	※	※			59	
發清	71	登	一	※	※	※	※	※	※			61	
開清	73	侯	一	※	※	※	※	※	※			72	
開清	73	幽尤	四	※								39	尤幽同等
發清	77	覃	一	※	※	※	※	※	※			61	
發清	79	談	一	※	※	※	※	※	※			47	
發清	79	添	四	※	※	※	※				※	51	

表1.1 韻部相承、四音相同、同爲清聲而佔一圖者

圖例 開發收閉 /清濁	圖 序	韻 部	等 第	例字發音部位出現位置								字 數	備 註
				脣	舌	牙	齒	喉	半舌	半齒	半三		
收清	68	青	四	✳	✳	✳	✳	✳	✳			66	
收清	70	青	四			✳	✳	✳				17	

表1.2　韻部相承、四音相同、同爲清聲而佔二圖者

圖例 開發收閉 /清濁	圖 序	韻 部	等 第	例字發音部位出現位置								字 數	備 註
				脣	舌	牙	齒	喉	半舌	半齒	半三		
收清	68	耕	二	✳								15	
收清	70	耕	二	✳								1	萌

表1.3　韻部相承、四音相同、同爲清聲而佔三圖中之二圖者

注：1.每一張圖中，每一韻部橫列 24 字，再加上縱列平上去入四聲相承的
　　　關係，因此，每一等例字加總最多應有24 ✳ 4 = 96 字。
　　2.有些等列出現例字較少，僅以少於 5 字者，列出例字，以見其概。

表二　韻部相承、四音不同、同爲清聲圖版
例字發音部位與等列關係一覽表

圖例 開發收閉 /清濁	圖 序	韻 部	等 第	例字發音部位出現位置								字 數	備 註
				脣	舌	牙	齒	喉	半舌	半齒	半三		
發清	29	泰	一	✳	✳	✳	✳	✳	✳			17	
開清	31	泰	一		✳	✳	✳	✳	✳			15	
			二					✳				1	祭(小字)
發清	40	先	四		✳		✳	✳	✳		✳	71	
開清	42	先	四	✳			✳	✳	✳			35	

表2.1　韻部相承、四音不同、同爲清聲而佔二圖者

圖例 開發收閉/清濁	圖序	韻部	等第	例字發音部位出現位置								字數	備註
				唇	舌	牙	齒	喉	半舌	半齒	半三		
收清	53	戈	三				米					3	迦佉伽
閉清	54	戈	一	米	米	米	米	米	米			72	
			四					米				2	錐脞
收清	60	唐	一		米	米	米	米	米			58	
開清	62	唐	一	米		米	米	米	米			34	

表2.2 韻部相承、四音不同、同爲清聲而佔三圖之二圖者

圖例 開發收閉/清濁	圖序	韻部	等第	例字發音部位出現位置								字數	備註
				唇	舌	牙	齒	喉	半舌	半齒	半三		
收清	7	支	一				米				米	12	
			三	米	米	米						22	
			四	米	米	米	米	米	米	米		37	
閉清	9	支	三	米								1	縻
			四	米							米	25	
收清	11	脂	一				米					12	
			三	米								21	
			四	米	米	米	米	米				21	
閉清	13	脂	三	米								4	筆拂弼密
			四	米	米	米	米	米				41	
發清	25	皆	二	米		米						14	
開清	27	皆	二	米		米						10	
			三	米								1	助(小字)
發清	25	齊	四	米	米	米	米	米	米	米		74	
開清	27	齊	四	米								17	
發清	29	祭	四	米			米	米	米			10	

圖例 開發收閉/清濁	圖序	韻部	等第	唇	舌	牙	齒	喉	半舌	半齒	半三	字數	備註
開清	31	祭	四					※				1	叡
發清	44	僊	三					※				2	焉誕
			四	※	※	※	※	※				39	
收清	46	僊	三	※								8	
			四	※	※	※	※	※		※	※	53	
發清	56	麻	二	※								14	
			三		※							1	爹
			四	※	※	※	※	※		※		25	
開清	58	麻	二	※								11	
			四					※				1	衵

表2.3　韻部相承、四音不同、同爲清聲而佔四圖之二圖者

圖例 開發收閉/清濁	圖序	韻部	等第	唇	舌	牙	齒	喉	半舌	半齒	半三	字數	備註
發清	64	清	三	※								12	
			四	※	※	※	※	※				49	
開清	66	清	四			※	※	※				17	
發清	64	清	三	※								12	
			四	※	※	※	※	※				49	
收清	70	清	三									17	
開清	66	清	四			※	※	※				17	
收清	70	清	三									17	

表2.4　韻部相承、四音不同、同爲清聲而佔五圖之二圖者

　　從表一韻部相承、四音相同，而所屬例字皆屬清聲、只佔一圖的情形中，四音相同且同爲清聲，而只佔一張韻圖的韻部，多半爲一或四等韻，其中一等韻有多、模、咍、灰、痕、魂、寒、歌、登、侯、

覃、燄等 12 個，而四等韻則有蕭、幽、添等 3 個，在分居一或等的
情形中，只有少數例字如狠、癏，囷、碖等字佔列二等，而磽、磽二
字寫的較一般例字爲小，居於格中右上角，應與四等字列爲同格的字
才是！而四音相同，也同爲清聲，分爲兩圖的青韻，也屬四等韻；三
圖中有兩圖四音相同，同爲清聲的耕韻，則屬二等韻，然其中一圖僅
有一個例字，或不足爲證！而一、四等韻中，開發收閉四音的情況，
都曾出現，開音 5 次，發音 5 次，收音 2 次，閉音 2 次，一等開音
有模、灰、魂、侯等四韻，四等開音則爲幽韻；一等發音則有咍、
寒、登、覃、燄等五韻，四等發音則爲添韻；一等收音有多、歌二
韻，一等閉音爲痕韻，四等閉韻爲蕭韻；這樣同一等中並存開發收閉
的情形，與李新魁認爲「音圖中所說的開發收閉，大略相當於韻圖中
之一、二、三、四等」，並舉《廣韻》中的東韻包含有一等和三等的
字，解釋說明「開是屬於一等，此一圖即收一等韻；收是屬於三等，
即收三等之字」的說法，❿迭有相異之處。

　　再則，在韻部相承、清聲亦同，而四音不同的情況之下，是否清
聲例字亦分佔一或四等韻？根據表二中所列情形，若舉其例字之多數
加以觀察，則舉如泰、先、唐、齊、僊等韻，情形亦同於表一，韻部
多分佈在一或四等韻，而同一等韻中也都有開發收閉四音的性質。

　　在例字發音部位的分佈上，表 1.1 爲一韻一圖的形式，例字出
現的發音部位均勻，唇、舌、牙、齒、喉、半舌等部位多有例字，而
半齒和祝泌所增半音三一類則只出現在模、添二韻，或以此類例字較
少之故；而在韻部、四音、清聲皆相同，而佔兩圖表 1.2 的青韻，

---

❿　詳見李新魁《漢語等韻學》頁 174-175。

亦佔居四等，而所有條件都相同，祝氏卻將之分爲兩圖，所不同者，則第二圖只分佈在牙、齒、喉，但不知其意爲何，或有可能爲介音[i]有無的分別；其次佔三圖之二圖表 1.3 的耕韻，亦有與青韻相似之處，然以第二圖只有例字 1 字，故意義的呈現並不明顯。

表 2 所列爲同爲清聲，四音不同，而分居兩圖以上中兩圖的韻部，在發音部位的分佈上，亦廣而無規律可循，可解釋者或正在於開發收閉四音的不同，而開發收閉的內涵既爲開合與內外轉的配合，則在實質的內容上，應該是開合口與內外轉的不同。

4.2 同韻同濁聲的聲韻關係

又韻部相承、四音相同，而同爲濁聲版或韻部相承、四音不同，亦同爲濁聲版的情況又是如何？亦先列表如下：

表三　韻部相承、四音相同、同爲濁聲圖版
例字發音部位與等列關係一覽表

圖例 開發收閉 /清濁	圖序	韻部	等第	唇	舌	牙	齒	喉	半舌	半齒	半三	字數	備註
閉濁	28	廢	三	＊		＊		＊				8	
收濁	34	臻	二				＊					14	
收濁	37	欣	二					＊				3	梓劓醑
			三		＊	＊	＊	＊				25	
發濁	78	咸	二	＊		＊	＊	＊	＊			55	
發濁	80	嚴凡	三	＊		＊	＊	＊				53	凡韻附之
發濁	80	凡嚴	三	＊		＊	＊	＊				53	

表 3.1　韻部相承、四音相同、同爲濁聲而佔一圖者

圖例 開發收閉/清濁	圖序	韻部	等第	唇	舌	牙	齒	喉	半舌	半齒	半三	字數	備註
發濁	48	元	三	※	※	※		※	※			29	
			四		※	※						2	撲填
發濁	49	元	三	※	※	※	※	※				46	

表3.2　韻部相承、四音相同、同爲濁聲而佔二圖者

圖例 開發收閉/清濁	圖序	韻部	等第	唇	舌	牙	齒	喉	半舌	半齒	半三	字數	備註
發濁	23	佳	二	※	※	※	※	※				44	
			三				※					1	崖
發濁	24	佳	二		※	※	※	※				31	
			三				※					1	夥(小字)

表3.3　韻部相承、四音相同、同爲濁聲而佔三圖之二圖者

表四　韻部相承、四音不同、同爲濁聲圖版
例字發音部位與等列關係一覽表

圖例 開發收閉/清濁	圖序	韻部	等第	唇	舌	牙	齒	喉	半舌	半齒	半三	字數	備註
收濁	17	微	三			※		※				17	
閉濁	18	微	二	※		※						2	飛椎
			三	※		※	※	※	※			48	
			四			※						5	壝醾彀歀衣
發濁	30	夬	二		※	※	※	※				9	
開濁	32	夬	二		※	※	※	※				9	
收濁	41	刪	二	※	※	※	※	※				38	

圖例 清濁	圖序	韻部	等第	唇	舌	牙	齒	喉	半舌	半齒	半三	字數	備註
閉濁	43	刪	二			✳	✳	✳	✳			31	
發濁	45	山	二		✳	✳	✳	✳	✳	✳		49	
收濁	47	山	二			✳	✳	✳	✳			31	
收濁	61	陽	二				✳	✳				11	
			三		✳	✳	✳		✳	✳	✳	62	
			四					✳				2	香央
開濁	63	陽	三	✳			✳	✳				34	
發濁	65	庚	二		✳	✳	✳	✳	✳			49	
開濁	67	庚	二				✳	✳				16	

表 4.1　韻部相承、四音不同、同為濁聲而佔三圖之二圖者

圖例 開發收閉/清濁	圖序	韻部	等第	例字發音部位出現位置								字數	備註
				唇	舌	牙	齒	喉	半舌	半齒	半三		
收濁	8	支	二		✳		✳					11	
			三		✳	✳	✳	✳	✳	✳	✳	37	
			四		✳		✳				✳	16	
閉濁	10	支	二				✳					4	齜棻衰糦
			三		✳	✳	✳	✳	✳	✳		41	
			四		✳		✳	✳				4	錘(小字) 錘隆䶌
收濁	12	脂	二				✳					2	師率
			三		✳	✳	✳	✳	✳	✳	✳	47	
			四				✳	✳				5	旨叱唎伊夷
閉濁	14	脂	二					✳				7	
			三		✳	✳	✳	✳	✳	✳		32	
			四		✳	✳	✳			✳		4	鏈達惟藥
發濁	26	皆	二		✳	✳	✳	✳	✳			47	

開發收閉/清濁	圖序	韻部	等第	唇	舌	牙	齒	喉	半舌	半齒	半三	字數	備註
閉濁	28	皆	二		✱	✱	✱	✱				29	
發濁	26	齊	三			✱	✱	✱		✱		9	
閉濁	28	齊	四	✱								1	畦
發濁	30	祭	三		✱	✱	✱	✱	✱			13	
開濁	32	祭	三		✱	✱	✱	✱		✱		10	
			四				✱	✱				5	蔽脆歲篲叡
發濁	45	僊	三		✱	✱	✱	✱	✱	✱	✱	57	
			四				✱	✱				2	獂嬽
收濁	47	僊	三	✱	✱	✱	✱	✱		✱		52	
			四				✱	✱		✱		3	卷腃暰
發濁	57	麻	二		✱	✱	✱	✱	✱	✱	✱	55	
			三				✱	✱				17	
開濁	59	麻	二		✱	✱	✱	✱	✱			32	
			四				✱					1	柤

表 4.2　韻部相承、四音不同、同爲濁聲而佔四圖之二圖者

圖例開發收閉/清濁	圖序	韻部	等第	例字發音部位出現位置								字數	備註
				唇	舌	牙	齒	喉	半舌	半齒	半三		
發濁	65	清	三		✱	✱	✱	✱				46	
開濁	67	清	三			✱		✱				9	

表 4.3　韻部相承、四音不同、同爲濁聲而佔五圖之二圖者

　　從表三韻部相承，四音相同，而爲濁聲所列圖表中，可觀察出韻部中例字大部分出現在二或三等，例字在 5 字以上的韻部，二等有臻、咸、佳 3 韻，三等則有廢、欣、嚴、凡、元等 5 韻，四音中沒有開音，二等發音有咸、佳 2 韻，二等收音則有臻韻，三等發音有嚴、凡、元 3 韻，三等收音爲欣韻，而三等閉音則爲廢韻；發音部位多分

布在唇、舌、齒、喉、半舌等，與表一情形大致相同。

　　表四所列韻部相承，四音不同，而兩圖以上之兩圖同為濁聲的韻部中，其韻部例字也如表三所呈現的情形相似，大部分出現在二或三等，舉其例字之多者來看，居二等的有夬、刪、山、庚、皆、麻等 6 韻，而居三等的則有微、陽、支、脂、齊、祭、僊、清等 8 韻；發音部位亦雜而無則，其可分別者或亦在開發收閉四音上，其實質的內容來看，則是開合口、內外轉的不同。

4.3　同韻清濁聲不同的聲韻關係

表五　韻部相承、四音相同、清濁聲圖版不同
例字發音部位與等列關係一覽表

圖例 開發收閉 /清濁	圖序	韻部	等第	例字發音部位出現位置								字數	備註
				唇	舌	牙	齒	喉	半舌	半齒	半三		
發清	5	江	二	※		※		※				19	
發濁	6	江	二		※	※	※	※	※			40	
開清	15	之	一					※				12	
			三	※				※	※			14	
			四		※	※	※	※	※			14	
開濁	16	之	二					※			※	13	
			三		※	※	※	※	※	※	※	55	
			四			※						1	拄
收清	19	魚	四			※	※	※				22	
收濁	20	魚	二					※				14	
			三		※	※	※	※	※	※		63	

清濁	編號	韻	等									字數	備註
			四			※						1	絮(小字)
開清	21	虞	四					※	※			17	
開濁	22	虞	二					※	※			14	
			三	※	※	※	※	※	※	※		74	
			四	※				※		※		3	膚魷、蕖(小字)
開清	35	覃	四				※	※	※	※	※	30	
開濁	36	覃	二					※				6	
			三	※	※	※	※	※	※	※	※	47	
			四			※						2	趣堀
開清	38	文	三			※						14	
開濁	39	文	二			※						1	亂(牙三等亦出現)
			三	※	※			※				29	
發清	51	豪	一	※	※	※	※	※	※		※	76	
發濁	52	豪	一					※				1	猱
發清	51	爻	二	※	※		※		※			19	
發濁	52	爻	二	※	※	※	※	※	※			57	
發清	51	宵	三	※		※	※					10	
			四	※		※	※	※	※	※		49	
發濁	52	宵	三		※	※	※	※	※	※		55	
發清	77	鹽	三	※								4	砭狎鵶延
			四		※	※	※	※				27	
發濁	78	鹽	三		※	※	※	※	※	※		44	
發清	79	銜	二	※								2	碪埾
發濁	80	銜	二		※	※	※	※	※		※	35	

表 5.1　韻部相承、四音相同、清濁聲不同而佔二圖者

圖例 開發收閉/清濁	圖序	韻部	等第	例字發音部位出現位置								字數	備註
				唇	舌	牙	齒	喉	半舌	半齒	半三		
收濁	17	微	三			＊		＊				17	
收清	19	微	三	＊				＊				3	脢楄鯡
發清	29	夬	二	＊								3	敗敗邁
發濁	30	夬	二		＊	＊	＊	＊				9	
閉清	42	刪	二	＊								21	
閉濁	43	刪	二		＊	＊	＊	＊				31	
收清	46	山	二	＊	＊							11	
收濁	47	山	二		＊	＊	＊	＊	＊			31	
閉清	54	戈	一	＊	＊	＊	＊	＊				72	
			四					＊				2	銼脞
閉濁	55	戈	三	＊		＊		＊	＊	＊		7	
			四					＊				2	脞銼
收清	60	唐	一		＊	＊	＊	＊	＊			58	
收濁	61	唐	一		＊	＊	＊	＊				13	
收清	60	陽	三	＊								6	
			四					＊	＊			22	
收濁	61	陽	二					＊				11	
			三		＊	＊	＊		＊	＊	＊	62	
			四					＊				2	香央
發清	64	庚	二	＊								15	
發濁	65	庚	二		＊	＊	＊		＊			49	
收清	68	耕	二	＊								15	
收濁	69	耕	二		＊	＊	＊	＊			＊	31	
			三					＊	＊			10	
收濁	69	耕	二		＊	＊	＊				＊	31	

圖例開發收閉/清濁	圖序	韻部	等第	唇	舌	牙	齒	喉	半舌	半齒	半三	字數	備註
			三					※	※			10	
收清	70	耕	二	※								1	萌

表5.2　韻部相承、四音相同、清濁聲不同而佔三圖之二圖者

圖例開發收閉/清濁	圖序	韻部	等第	例字發音部位出現位置 唇	舌	牙	齒	喉	半舌	半齒	半三	字數	備註
收清	7	支	一				※				※	12	
			三	※	※	※						22	
			四	※	※	※		※	※			37	
收濁	8	支	二		※		※					11	
			三		※	※					※	37	
			四		※		※				※	16	
閉清	9	支	三	※								1	糜
			四	※			※	※			※	25	
閉濁	10	支	二		※		※					4	觜纇衰鼃
			三		※	※	※		※	※		41	
			四	※			※	※				4	錘(小字) 錘陸觸
收清	11	脂	一									12	
			三	※		※						21	
			四	※	※	※	※	※	※			21	
收濁	12	脂	二				※					2	師率
			三	※	※	※	※	※	※	※	※	47	
			四				※	※				5	旨叱咦伊夷
閉清	13	脂	三	※								4	筆拂弼密
			四	※	※	※	※	※				41	

清濁	數	字	聲	1	2	3	4	5	6	7	8	數	備註
閉濁	14	脂	二				※					7	
			三		※	※	※	※	※	※		32	
			四		※	※		※		※		4	鏈遠惟藥
發清	25	皆	二	※	※	※	※	※				14	
發濁	26	皆	二		※	※	※	※				47	
發清	25	齊	四	※	※	※	※	※	※			74	
發濁	26	齊	三		※	※		※		※		9	
發清	29	祭	四	※		※	※	※				10	
發濁	30	祭	三		※	※	※	※				13	
開清	31	祭	四				※					1	叔
開濁	32	祭	三		※	※	※	※		※		10	
			四			※	※					5	葹脆歲篲叔
發清	44	偬	三				※					2	焉涎
			四	※	※	※	※	※				39	
發濁	45	偬	三		※	※	※	※	※	※	※	57	
			四			※	※					2	猭嫚
收清	46	偬	三	※								8	
			四	※	※	※	※	※		※	※	53	
收濁	47	偬	三	※	※	※	※	※	※	※		52	
			四			※	※			※		3	卷腱嗖
發清	56	麻	二	※								14	
			三		※							1	爹
			四	※	※	※	※			※		25	
發濁	57	麻	二		※	※	※	※	※	※	※	55	
			三			※			※	※		17	
開清	58	麻	二	※	※							11	
			四			※						1	妞

開濁	59	麻	二		米	米	米	米				32	
			四					米				1	如

表5.3　韻部相承、四音相同、清濁聲不同而佔四圖之二圖者

圖例 開發收閉/清濁	圖序	韻部	等第	例字發音部位出現位置								字數	備註
				唇	舌	牙	齒	喉	半舌	半齒	半三		
發清	64	清	三	米								12	
			四	米	米	米	米	米	米	米	米	49	
發濁	65	清	三		米	米	米	米	米	米	米	46	
開清	66	清	四	米	米	米	米	米				17	
開濁	67	清	三			米	米		米			9	

表5.4　韻部相承、四音相同、清濁聲不同而佔五圖之二圖者

　　從表五韻部相承，四音相同，而列為清濁聲版的韻部中，清濁的差別有傾向一四等韻為清，而二三等韻為濁的現象，如之、❶魚、虞、諄、宵、鹽、戈、陽、支、脂、齊、祭、僊、麻等 14 韻；不同於前的情形，則可發現有等第相同，卻分居清、濁聲二版的情形，以 5 字以例字而言，居於一等的有唐韻，居於二等的舉如江、爻、夬、刪、山、庚、耕、皆、麻等 9 韻，居於三等的則有之、文、微等 3 韻；考唐韻所居發音部位，則清聲涵括舌、牙、齒、喉、半舌，而濁聲只佔牙、齒、喉；其他二、三等韻，除開發收閉四音之不同外，在例字發音部位的分佈上，是否有規律可循，祝氏曾於〈聲音韻譜·序〉中明言唇音、舌音分輕重，而齒音分清濁，若以江韻來看，則

---

❶　之韻開音清一圖，三四等韻皆有 14 字。

舌、齒音現象頗為明顯，濁聲的舌、齒音有例字而清聲沒有，又三等也約略有以有唇音為濁，無唇音為清的現象，故以此三大類為比較的對象，謹列表觀察如下：

四音相同、清濁聲版不同、唇舌齒發音部位分佈一覽表

等列	唇音		舌音		齒音		韻部
	清	濁	清	濁	清	濁	
二	※	※	※	※	※	※	爻
	※		※	※	※	※	皆
	※			※		※	江庚夬耕
	※		※	※		※	麻山
	※				※	※	刪
三	※			※		※	之
		※		※			文
		※					微

從上表中，可看出二等上，爻韻在唇、舌、齒等三個發音部位皆有例字，考其特殊者，於牙、喉二音，濁聲有例字而清聲沒有；而情形最多的則屬無唇音濁聲，而舌、齒濁聲俱足的江、庚、夬、耕等四韻，其次無唇音濁聲，舌音清濁皆有，齒音只有濁聲有例字的麻、山二韻；三等部分舌、齒情形不盡相同，而唇音文、微二韻均呈現為清聲無而濁聲有例字的情形，此二韻正是輕唇音分佈的韻部，而之韻唇音例字則有 5 個例字，屬唇音重，然則此處有以唇音輕歸入濁聲，而唇音重歸入清聲的跡象；從祝氏對四音相同而清、濁聲不同的韻部編排中，可約略看出其有意分別發音部位的用心，然以例子不多，故僅

能備爲參考。

　　對於四音不同，清、濁聲版亦不同的韻部而言，其例字的聲韻關係又是怎樣的現象？由於變數頗多，三圖以上清濁與聲韻的關係，在由簡入繁的考量之下，清濁關係密切的韻部，多已在前五表中加以討論，故此處僅舉分爲二圖，而四音不同，清、濁聲版也不同的韻部，列表說明之。

表六　韻部相承、四音不同、清濁聲圖版亦不同
例字發音部位與等列關係一覽表

圖例開發收閉/清濁	圖序	韻部	等第	例字發音部位出現位置								字數	備註
				唇	舌	牙	齒	喉	半舌	半齒	半三		
開清	1	東	一	※	※	※	※	※	※		※	70	
			三					※				1	雞
			四					※	※			6	
收濁	2	東	二	※	※	※	※					13	
			三	※	※	※	※	※	※	※	※	52	
			四					※				1	趙
收清	3	鐘	四					※	※			19	
開濁	4	鐘	二			※	※					4	玉娗麗數
			三	※	※	※	※	※	※	※	※	71	
			四	※								1	衡
閉清	33	眞	三	※		※						10	
			四				※	※	※			50	
收濁	34	眞	三	※	※	※	※	※	※	※	※	58	
			四						※			2	齎筠
發清	71	蒸	三	※				※	※			10	

清濁		韻	等									數	備註
			四			※		※	※	※			11	
收濁	72	蒸	二				※					8	
			三		※	※	※	※	※	※		48	
開清	73	尤	四	※		※	※	※	※			39	尤幽同等
收濁	74	尤	一			※						4	鄒搊愁搜
			二		※	※	※	※	※			21	
			三	※	※	※	※	※	※	※	※	73	
收清	75	侵	三	※								2	品稟
			四		※		※	※				26	
發濁	76	侵	二			※						16	
			三	※	※	※	※	※	※	※	※	68	

　　若從清濁的立場來看，則東、鐘、眞、蒸、尤、侵等6韻，亦爲清聲多居一或四等，而濁聲多居二或三等，發音部位廣而無律，對於開發收閉四音與四等的關係，符合同韻中開音屬一等、閉音屬二等、收音屬三等、閉音屬四等而分爲兩圖的韻部，只有東、眞二韻而已。

　　總論表一至表六所呈現的意義，則不論四音是否相同，同爲清或濁聲版的韻部，如表一、表二與表三、表四所不相同者，清聲圖版有明顯分據一或四等的傾向，而濁聲版則分居二或三等，而以此爲分界的基點，再進一步比較開發收閉四音相同，而清濁聲圖版不相同的韻部，也呈現類似的現象；又在四音同而清濁聲版不同但等列相同的比較下，也略見祝氏已注意到將清濁做爲分別發音部位的用心，然在同爲清或濁聲同，而開發收閉四音不同的對照之下，似乎未能充分顯示四音與四等的密切關係，此則韻部相承同、四音不管同異，而清濁聲版在聲韻等列分別上的大概。

五、結　論

　　從相關序例、韻譜的編排與韻譜內容的分析，可知《皇極經世解起數訣》「清濁」的相關說法與運用，確有其特殊之處，在定義的釐析上，祝氏欲以「韻分上下平聲」的方式，加以界定其範圍，雖有其用心之處，但卻助益不大，在發音方法上，也有以「清濁」或「輕重」分別字母的觀念，如以唇、舌音分輕重，以齒音分清濁，更以此推衍牙、喉也應分輕重，且在清濁的細分上，有以每一等再細分全清、半清、半濁、全濁爲一、二、三、四等分名稱上的異同；而在運用上，則有以在等列上以一或四等爲清聲，而以二或三等爲濁聲的傾向，或有韻部等韻的考量，又或即爲其人所認識清濁聲的分界；又同一韻又據同一等，卻分清濁兩圖的例字，則將有舌齒音列於濁音的現象，亦顯現出有聲母發音部位的差異性；在等列的分別上，清濁的分別要比開發收閉四音代表四等的情形明顯得多，而清濁加開發收閉八種組合的出現是隨機的，其中並不具備任何的規律，應是以所參考其他韻圖的實際情況所需爲其取捨的態度，⓬所以八種組合並未均衡分佈；而以清濁做爲韻部等列與聲母發音部位分別的方式，或爲其個人特殊之領會，殊可聊備一說。

⓬　祝泌〈聲音韻譜·序〉云：偶因官守之暇，取德清縣丞方淑《韻心》、當塗刺史楊俊（俟）《韻譜》、金虜《總明韻》相參合較定四十八音，冠以二百六十四姥，以定康節先生聲音之學。

參考引用書目

（一） 專書：

孔仲溫，1989，《韻鏡研究》，北台：學生書局，二版。

司馬光（？），《切韻指掌圖》，等韻五種，台北：藝文印書館。

江　永，《音學辨微》，音韻學叢書本，台北：廣文書局。

林　尹，1984，《中國聲韻學論》，台北：黎明文化事業公司。

邵　雍，《皇極經世》，正統道藏本。

　　　　《皇極經世書》，四部備要本，台北：中華書局。

祝　泌，《皇極經世解起數訣》，淳祐本，日本靜嘉堂文庫。

　　　　《皇極數起例》，淳祐本，日本靜嘉堂文庫。

　　　　《觀物篇斷訣》，淳祐本，日本靜嘉堂文庫。

　　　　《觀物篇解》，淳祐本，日本靜嘉堂文庫。

　　　　《聲音韻譜》，明鈔本，故宮藏本。

　　　　《皇極經世韻譜》，清周懋琦校抄本，台灣師大藏本。

　　　　《皇極經世解起數訣》，四庫全書本，台北：商務印書館。

陳　澧，《切韻考》，音韻學叢書本，台北：廣文書局。

陳梅香，1993，《皇極經世解起數訣之音學研究》，中山大學中文碩士班碩士論文。

陳彭年，《廣韻》，澤存堂本，台北：黎明文化事業公司。

趙蔭棠，1985，《等韻源流》，台北：文史哲出版社，再版。

鄭　樵，《七音略》，等韻五種，台北：藝文印書館。

劉　鑑，《經史正音切韻指南》，等韻五種，台北：藝文印書館。

不　詳，《四聲等子》，等韻五種，台北：藝文印書館。

不　詳，《韻鏡》，等韻五種，台北：藝文印書館。

（二）　期刊論文：

于維杰

    1968，〈宋元等韻圖源流考索〉，成大學報 3，頁 137-150。

    1972，〈宋元等韻圖序例研究〉，成大學報 7，頁 91-133。

    1973 ，〈宋元等韻圖研究（韻圖彙編）〉，成大學報 8 ，頁 137-213。

孔仲溫

    1986，〈敦煌守溫韻學殘卷析論〉，中華學苑 34，頁 9-30。

    1986，〈韻鏡的特質〉，孔孟月刊 24：11 ＝ 287，頁 19-22。

    1987，〈祭泰夬廢四韻來源試析〉，國文學報 16，頁 37-154。

    1989 ，〈論韻鏡序例的題下注、歸納助紐字及其他相關問題〉，第七屆全國聲韻學學術研討會論文。

    1991 ，〈辯四聲輕清重濁法的音韻現象〉，孔孟學報 62 ，1991，頁 313-343。

平田昌司

    1984 ，〈皇極經世聲音唱和圖與切韻指掌圖─試論語言神祕思想對宋代等韻學的影響〉，東方學報 56，頁 179-215。

李方桂

    1985，〈論聲韻結合〉，史語所集刊 56：1，頁 1-4。

    1986，〈論內外轉〉，音韻學研究第二輯，頁 249-263。

李　榮

1973，〈轉與攝的關係〉，《切韻音系》附錄四，頁 173-182。

1973，〈皇極經世十聲十二音解〉，《切韻音系》附錄三，頁 165-173。

李新魁

1994，〈起數訣研究〉，音韻學研究第三輯，頁 1-42。

周祖謨

1966，〈宋人等韻圖中轉字的來源〉，收入《問學集》，頁 507-510。

1966，〈宋代汴洛語音考〉，收入《問學集》，p581-655。

竺家寧

1983，〈論皇極經世聲音唱和圖之韻母系統〉，淡江學報 20，頁 297-307。

高　明

1971，〈等韻研究導言〉，原載《文海》 16，收入《高明小學論叢》頁 267-272。

1971，〈韻鏡研究〉，原載《中華學苑》 5，收入《高明小學論叢》頁 303-343。

陳　晨

1991，〈論四聲等子和切韻指掌圖的韻母系統及其構擬─附論宋代邵雍和祝泌韻圖的入聲韻尾〉，漢字漢語學術研討會論文集（下），頁 129-152。

陸志韋

1946，〈記邵雍皇極經世的天聲地音〉，燕京學報 31，另亦載陸志韋《近代漢語音韻論文集》，頁 35-44。

馮 蒸

　　1987 ，〈北宋邵雍方言次濁上聲歸清類現象試釋〉，北京師院
　　學報，頁 80-86 。

試探《拙菴韻悟》
之圓形音類符號

李靜惠

壹、前　言

一、作者及成書概況

　　李新魁、麥耘兩位先生合著的《韻學古籍述要》(1993:500-504)中，相當推崇《拙菴韻悟》這本韻書。他們寫道：

> 趙氏此書反映實際語音，南北兼采、雅俗無遺，且又分析精
> 細、纖毫必辨，對於今天研究近代語音史，特別是研究現代北
> 京語音的形成史，是極其重要的材料。

　　《拙菴韻悟》是清聖祖康熙十三年（西元 1674 年）由河北易水人趙紹箕（以下本文用「趙氏」來代稱）在「易水居易齋」中所作。

趙氏從小就接受他父親的庭訓和音韻知識❶，因此有比一般人強的審
音辨韻能力。至於趙紹箕的詳細生平，筆者曾查閱《易州志》和《畿
輔通志》，二者均無記載，筆者僅能自《拙菴韻悟》書前自敘略知一
二。趙氏幼年與一般小孩沒有兩樣，都是「四聲罔辨，音韻莫知，切
之與反，尤爲不曉」❷，但經過他父親的殷殷教誨之後，再加上趙氏
本身孜孜不倦的問學態度，他深深地體認到音韻之於人、事、物的重
要性，所以《拙菴韻悟》書前自敘就開宗明義地說：

> 甚矣！聲之爲用也大矣哉！人稟陰陽五行之氣，即具陰陽五行
> 之聲。萬形由之而辨，萬象由之而名，萬情由之而通，萬理由
> 之而著。甚矣！聲之爲用也大矣哉！是以黃帝因聲而制律呂，
> 蒼頡因聲而造文字，歷代帝王因聲而作樂考文，無不鄭重其事
> 也。夫聲也者，神聖帝王莫不以之爲務，而學者可不以之爲務
> 乎？

由此，我們可以了解趙氏在音韻認知上的用心以及寫作此書的嚴

---

❶ 在《拙菴韻悟》書前自敘裡描述他父親對趙紹箕與他弟弟的庭訓和教導
的文字相當多，一如：「一日，　大人呼余與且愚弟而訓之曰：『欲讀
書者先識字，欲識字者先知聲。蓋聲在字先，而字在聲後者也。』隨授
以分聲之法，析音別韻之方，兼授以取切調反之訣，始知聲之爲聲、音
之爲音、韻之爲韻，及知反有轉音，切有標射也。……」又如：「又蒙
大人示之曰：『入聲讀法不同者，五方取音之異也；平聲命名唯一者，
休文立法之疏也；韻之重者，前人口法之不清；韻之缺者，前人推類之
不細也。……」由此可知，即使趙氏之父親不是音韻大家，至少潛修聲
韻之學應頗有深度，否則怎能授以「分聲之法」、「析音別韻之方」，
及「取切調反之訣」呢？甚至還大力支持他兩個兒子對這方面的認知，
可見趙氏的父親對音韻之學的重視。
❷ 參見於趙紹箕《拙菴韻悟》書前自敘。

謹態度。

　　另外，趙氏的二位從弟是《拙菴韻悟》成書的關鍵人物。當趙紹箕前去信都學署拜訪伯父時，二位從弟涿子、洛子常常和趙氏討論音韻之學，趙氏「每遇素疑，輒無可答。因將各韻，日詠夜思，忽爾得其要領，爰爲之繪成綱、目二圖」，趙氏將此圖拿給二位從弟看時，二位從弟「謬曰：『此圖詳明易簡，從所未聞，當成書以爲家學。』」❸由此我們可以知道當時趙氏爲了解答二位從弟的疑惑，而爲《拙菴韻悟》完成藍圖，再加上他弟弟的慫恿，就將《拙菴韻悟》正式成書。

　　無論如何，《拙菴韻悟》一書的價值是受肯定的，不論趙氏如何自謙地說：「不過志一得之愚，少副　大人之教，聊爲子弟之需云爾。」此書在審音上極爲詳晰，誠如趙氏自敘云：

> 彼韻書之聲與音與韻，其所以異同者，無非古人囿於土音，後人拘於成法也。……而且於人之聲音，悟其吐茹之闔闢，呼應之化生，又悟其聲之經緯，音之正變，韻之奇偶獨通，更悟其聲之成字，必由三母，母之化韻，有正有偏，三復無疑，妄信得乎聲理之約矣！

　　所以，趙紹箕《拙菴韻悟》在中國音韻學史上的地位與價值，實在不應該等閒視之。

---

❸　引號所引之語，同註 2 均參見於趙紹箕《拙菴韻悟》書前自敘。

二、《拙菴韻悟》音系的確立

對於《拙菴韻悟》的音韻系統（聲母、韻母和聲調系統）及其所反映的音韻現象，筆者已作過整體性的探討❹，這裡本文討論的重心雖然放在《拙菴韻悟》的圓形音類符號，但是筆者認為我們必須先對它的音韻系統有概括認識，才能深究這個問題。

筆者在此先分述說明《拙菴韻悟》的音韻系統。

(一) 音韻系統的主架構：十要

趙氏在《拙菴韻悟》書前列出〈十要〉，對韻圖中音韻體系的架構作基礎性的說明。「十要」，簡單地說就是「十個要項」，這十個要項分別是「呼」「應」「吸」「聲」「音」「韻」「經」「緯」「分」「合」。根據筆者的研究，其中「呼」「應」「吸」是指一個音韻從起始到完成的發音狀況；「聲」「音」「韻」是指一個音節的聲、氣存在狀況；「經」「緯」是區分「聲」的發音狀況或高低；而「分」「合」則是趙氏別音分韻的基本手法。

這〈十要〉中又以「呼」「應」「吸」為重心。筆者已在「《拙菴韻悟》之音系研究」一文中指出，由趙氏對「呼」「應」「吸」的說明看來❺，「呼」的意旨應為現今漢語所理解的「介音」，他分有

---

❹　參見筆者碩士論文「《拙菴韻悟》之音系研究」，1994.06。

❺　趙氏論「呼」，認為它是「聲之發端也。凡吐字之始，先有一聲為之發端，乃化聲之機也。蓋發動一聲之響，與夫分別一韻之響者，呼聲之功能也。」趙氏論「應」，認為是「聲之承轉也。凡聲發端之後，隨有一聲為之承轉，乃生聲之樞也。蓋繼續一聲之響，與夫聯合一韻之響者，應聲之功能也。」趙氏論「吸」，認為是「聲之收煞也。凡聲承轉之後，即有一聲為之收煞，乃成聲之要也。蓋完足一聲之響，與夫吟詠一韻之響者，吸聲之功能也。」

六種呼法，這六種呼法分別是合口、撮脣、開口、啓脣、齊齒、交牙等，較後世「四呼」多了齊齒呼和交牙呼❻；而「應」的意旨相當於現今漢語所理解的「韻腹」，他分有八種應法，這八種應法分別是如呼、口舒、口展、口張、口弛、口放、口縱、口揭；另外「吸」的意旨則與現今漢語的「韻尾」相當，他分有八種吸法，分別是運顎、逆鼻、順鼻、斂齦、伸齦、抑嗓、揚嗓和曲咽。

（二） 聲母系統的確立

趙紹箕明白聲母無法「獨立」發音，因此賦予「呼」有雙重功能，即「發動一聲之響」與「分別一韻之響」，所以我們可以藉由「呼」來了解《拙菴韻悟》中的聲母系統。

筆者在「《拙菴韻悟》之音系研究」一文裡已討論出《拙菴韻悟》有聲母二十二個，但有兩母應是趙氏所預留的「可能音讀」，實際起聲母作用的只有二十個。筆者也依趙氏的分類名稱和歸併，擬測出它們的音值如下：

---

❻　趙紹箕《拙菴韻悟》分有六呼，即是合口、開口、啓脣、齊齒、交牙、撮脣，名稱與音值內容與後世韻書（註 5 ）有不一樣的地方，但相差不多。筆者將它與後世對四呼之稱列表比較如下：

〈趙氏六呼與後世四呼比較表〉

*　●表示「缺」之意。

趙氏六呼	合口呼	開口呼	啓脣呼	齊齒呼	交牙呼	撮脣呼
音值內容	[-u-]	[- -]	[-i-]	[- -]	[-ɪ-]	[-y-]
後世四呼	合口呼	開口呼	齊齒呼	●	●	撮口呼
音值內容	[-u-]	無介音	[-i-]	●	●	[-y-]

〔脣音〕	逋[p-]	鋪[p'-]	模[m-]	
〔脣齒音〕	夫[f-]	巫[v-]		
〔舌音〕	都[t-]	涂[t'-]	奴[n-]	盧[l-]
〔齒音〕	朱[tʂ-]	初[tʂ-]	舒[ʂ-]	如[ʐ-]
〔牙音〕	租[ts-]	粗[ts'-]	酥[s-]	
〔喉音〕	姑[k-]	枯[k'-]	呼[X-]	烏[ɸ-]

(三) 韻母系統的確立

　　《拙菴韻悟》的韻母，有由呼聲獨當韻腹而成韻，如六奇韻或六獨韻；也有由呼聲合應聲、吸聲而成韻，如八十四偶韻。筆者認爲這九十個「正化韻」❼可視爲《拙菴韻悟》音韻的韻母系統。

　　這八十四偶韻如果不計呼口，可合併成十四通韻，十四通韻的韻字例爲「昆」「官」「公」「光」「規」「乖」「鉤」「高」「格」「迦」「戈」「瓜」「⟨賚⟩」「⟨兜⟩」，據筆者的擬測，它們的音讀相當於現今國語韻符中的ㄣ、ㄢ、ㄥ、ㄤ、ㄟ、ㄞ、ㄡ、ㄠ、ㄜ、ㄝ、ㄛ、ㄚ、ㄦ；而六奇韻或六獨韻的韻字例爲「姑」「格」「基」「支」「咨」「居」，它們的音讀相當於現今國語韻符中的ㄧ、ㄨ、ㄩ，所以《拙菴韻悟》的韻母系統與今日國語韻符相差無幾，可謂相當精簡而明白的一套韻母系統了。

---

❼　趙紹箕在〈十要〉「韻」下云：「韻者，聲氣之諧和者也，有奇韻，有偶韻，有獨韻，有通韻。古法未辨縱之奇偶、衡之獨通，所立之韻，其數不一。……余據韻之奇偶獨通，立正化韻九十，推偏化韻三百六十，……」

（四） 聲調系統的確立

趙紹箕是以「緯聲」來統稱《拙菴韻悟》中的聲調，分有「天」「平」「上」「去」「入」五者。對於這五者的定名，趙氏並非憑空杜撰，他把從梁沈約以來一些音韻大家調類所定名和調類名所收之聲合為〈考定四聲〉一表，仔細考量後，認為古之平聲的確應該分有二類，而且兩者的關係並不能僅以陰平、陽平即可判分，必須別立一名以示區分，所以才有「天」「平」之謂。

至於「入聲」的定名，經筆者的推斷，認為它應該是當時存留於南音系統中的一種聲調。趙氏《拙菴韻悟》雖是以北音系統為主來編撰的韻書，但是趙氏為了不致於重蹈「古人囿於土音，後人拘於成法」之覆轍，遂將入聲「寄」放在聲的第五位，讓《拙菴韻悟》有完整周延的聲調系統。所以儘管趙氏並未對聲調的性質多作解說，不過整體說來，它仍是相當清楚而明白的。

總的來說，如果我們贊成將明清以來的等韻韻書、韻圖分為南派存濁系統及北派化濁入清系統或北音系統❽，我們可以判斷出作者趙

---

❽ 此處將明清等韻大略地分為南派存濁系統與北派化濁入清系統，乃是參照趙蔭棠先生《等韻源流》，頁 139 和頁 208 。其云：「在《中原音韻》與《洪武正韻》之後，等韻亦形成兩大派：受《中原音韻》影響者，其聲母多則二十一，少則十九，蓋刪去全濁者也。受《洪武正韻》影響者，其聲母無論為三十二，為二十七，要皆保存三十六母之全濁而刪去自認為重複者。」又云：「明清等韻可以分為兩個系統：一是存濁系統，簡稱曰南派；一是化濁入清系統，簡稱曰北派。……」另外，應裕康先生《清代韻圖之研究》將清代韻圖依內容、形式分有「襲古系統之韻圖」「存濁系統之韻圖」「北音系統之韻圖」三類。趙先生與應先生的分法並無衝突，它是因所選取討論的韻圖有差異之故。

紹箕是以北方音系爲原則來撰寫《拙菴韻悟》這本韻圖。

貳、《拙菴韻悟》圓形音類符號之地位

一、圓形音類符號的背景

　　《易經》〈繫辭傳〉云：「易有太極，是生兩儀，兩儀生四象，四象生八卦，八卦定吉凶，吉凶生大業。」就哲學觀點來說，太極是指形而上的道體，是無始無竟的混茫之極，也可說是生命之機、造化之元。太極所生成的兩儀即是「陰」「陽」❾，陰爲「無」、爲「虛」，以中分的耦畫（即--）爲陰爻；陽爲「有」、爲「實」，以連貫的奇畫（即—）爲陽爻。然後由兩儀化爲四象，四象爲「老陰」（或「太陰」）、「老陽」（或「太陽」）、「少陰」和「少陽」❿，而後四象再化爲「乾」「坤」「艮」「兌」「震」「巽」「坎」「離」等八卦，由八卦來貞定吉凶。

　　圓形音類符號◖、●、〇、⊙、○是在太極陰陽等觀念下伴之而起的。這裡本文就太極和陰陽兩方面來說明。

　　㈠　太極與圓形音類符號◖、◗

　　據韋政通先生所編著《中國哲學辭典》「太極」一條所述，「太

---

❾　有關「兩儀」的說法，除了指「陰陽」之說外，虞翻、王肅則以「天地」或「乾坤」來解釋。此處筆者言「兩儀爲陰陽」乃參考謝秀忠先生所編的《白話易經》，取用一普遍性的解說爲是。

❿　有關「四象」的說法，更是有許多歧義，有以「四時」爲四象；有以「四數」爲四象，或以「實象、假象、義象、用象」爲四象。這裡筆者的立場同註 9。

極」之名始見於《莊子》和《易經》〈繫辭傳〉，但是讓「太極」在哲學史上佔有重要地位者，是源於北宋周敦頤的〈太極圖說〉，南宋朱熹承繼其說，並且作更進一步的發展。

然而「太極」究爲何則？《中國哲學辭典》轉引朱熹《語類》〈卷九十四〉云：「事事物物皆有個極，是道理極致。總天地萬物之理，便是太極。」另外它也引了馮友蘭《新理學》〈第一章〉云：

> 所有之理之全體，我們亦可以之爲一全而思之。此全即是太極。所有眾理之全，即是所有眾極之全。總括眾極，故曰太極。

又云：「太極即是眾理之全，所以其中是萬理具備。」因此「太極」可說是萬理的總名。

周敦頤〈太極圖說〉中的「太極圖」是爲一由四個大小不等的圈重疊成的圓形符號，其中黑、白相間，黑色表「陰」；白色表「陽」，如「○」。而《拙菴韻悟》的圓形音類符號◓、◒也意旨「太極」，筆者認爲趙氏的用心亦如是，他以「太極」爲萬事萬物的總名，遂將五音中的「喉音」、六呼中的「合口呼」以及橫韻中的「六奇韻」在它們各自的範疇中以「太極」之位視之。至於圓形音類符號中陰（黑）、陽（白）的位置，筆者認爲趙氏有他自創的方式。何以說如是呢？如果以陰爲地、陽爲天，那麼應該是陽在上、陰在下，也就是說應畫成「◒」，可是《拙菴韻悟》中的圓形音類符號恰好上下顛倒爲「◓」，而且還有重疊成「◉」。其實我們可以看到《拙菴韻悟》〈韻綱總圖〉或〈韻目圖〉的右邊和左邊的圓形音類符

號，它第一格即是意旨「太極」的符號，不過右邊畫成「◖」，而左邊畫成「◗」。右邊「◖」下方還有●和○兩種音類符號；左邊「◗」下方更有●、○、⊙和○等四種音類符號，既然「太極」是萬理之總名，就必須涵蓋萬理，右邊●和○符號是爲◖所統，它是因爲●在上、○在下，兩者相合而成「◖」。而左邊●、○、⊙和○等四種音類符號所統，也必須「涵蓋」此四者，因爲●、○在上，⊙和○在下，所以取○的上半圖，取⊙的下半圖，相合即成爲「◗」。

(二)　陰陽與圓形音類符號●、○、⊙和○

「陰」「陽」二觀念的運用，在最早二者都僅僅代表一種單純現象，或指光明陰暗，或指山水南北而已。《中國哲學辭典》「陰陽」一條中，其轉引朱駿聲《說文通訓定聲》云：「侌者，見雲不見日；昜者，雲開而見日。」《中國哲學辭典》也提及其後的春秋時代，「陰」「陽」意旨爲「氣」；戰國時代就在這個基礎上，將它們與「萬物之本」牽扯上了關係；而《易經》〈繫辭傳〉更將它們和天道結合。一直到了宋明理學家，才又針對「陰」「陽」的特性，以及二者交互關係做進一步的說明。

「陰陽」觀念這般發展下來，後人逐將「陰」「陽」看成是物質自身的屬性，只是它們所指並非絕對，並非代表某一事物的固定性，而是一種相對性，會隨事物的對立而轉變。例如以天地言，則天爲陽、地爲陰；以晝夜言，則晝爲陽、夜爲陰；以氣味言，則氣爲陽、味爲陰；以男女言，則男爲陽、女爲陰。至於陰與陽的內部，也還有陰與陽的對立包含在內。在周治華先生《針灸與科學》〈陰陽五行與科學運算〉一文轉引《黃帝素問經》〈金匱眞言論〉云：

陰中有陰，陽中有陽。平旦（朝）至日中，天之陽，陽中之陽
也；日中至黃昏（夕），天之陽，陽中之陰也。合夜（晚）至雞
鳴，天之陰，陰中之陰也；雞鳴至平旦，天之陰，陰中之陽
也。

此「陰中之陰」「陰中之陽」「陽中之陰」「陽中之陽」可謂陰、陽
所化生之四象，即「老陰」（或「太陰」）為「陰中之陰」、為純陰
至清；「少陽」為「陰中之陽」、為清中帶濁（次濁）；「少陰」為
「陽中之陰」、為濁中帶清（次清）；「老陽」（或「太陽」）為
「陽中之陽」、為純陽至濁。

趙氏《拙菴韻悟》藉由「陰」「陽」兩儀化生「四象」的觀念，
將喉齒牙舌脣五音、經緯聲和直橫韻都與陰陽四象作妥善配置，並且
也藉由陰黑陽白的顏色特性，用圓形符號●、○、⊙和○來代表「四
象」，而對音類加以統整。

二、圓形音類符號在《拙菴韻悟》中的呈顯

《拙菴韻悟》中有五種圓形音類符號，它們分別是◖、●、○、
⊙和○。這五種音類符號在《拙菴韻悟》中多處出現，筆者在此先就
它出現的「地方」整理出一表如下，再略作「角色」討論。

【表　一】

	陰陽	清濁	經聲分配	緯聲分配	五音分配	直韻分配	橫韻分配
◖	太極	中平			喉音變喉	合口姑門	一格六奇
●	太陰	至清	姑聲	天聲	脣音變脣	撮脣居門	二格昆格
○	少陽	次濁	枯聲	平聲	舌音	齊齒支門 交牙咨門	三格公戈
⊙	少陰	次清	呼聲	上聲	牙音	啓脣基門	四格官迦
○	太陽	至濁	烏聲巫夫	去聲入聲	齒音	開口格門	五格光瓜

（一）　在〈經聲分配〉中

《拙菴韻悟》有「四經聲」，分別是姑聲、枯聲、呼聲和烏聲。在〈經聲分配〉中，僅有四個圓形音類符號與它相配，即是●、○、⊙、○，分屬太陰、少陽、少陰和太陽。

所謂「經聲」，是指聲音「直列而　者也」，每一個正音都有四個經聲和四個緯聲。在〈經聲分配〉中，趙氏僅以喉音及變喉、變脣音爲例，舉列出喉音的四個經聲爲「姑」「枯」「呼」「烏」，而變喉及變脣音均只有一個經聲，分別是「巫」和「夫」。另外齒音的四個經聲是「朱」「初」「舒」「如」；牙音的四個經聲爲「租」「粗」「蘇」「⟨蘇⟩」；舌音的四個經聲是「都」「涂」「奴」「盧」；脣音的四個經聲爲「逋」「鋪」「模」「⟨夫⟩」。不論是五正音或二變音，它們四個經聲的清濁狀況都是由至清到至濁。

（二）　在〈緯聲分配〉中

《拙菴韻悟》除了「四經聲」之外，還有「四緯聲」，「四緯聲」所指的是天聲、平聲、上聲和去聲。在〈緯聲分配〉中，也有四

個圓形音類符號與它相配，亦是●、○、⊙、○，分屬太陰、少陽、少陰和太陽。

所謂「緯聲」，是指聲音「橫列而調者也」，每一個正、變音都有四個緯聲⑪。在〈緯聲分配〉中，趙氏舉列出四個經聲爲「天聲」「平聲」「上聲」和「去聲」，另外，南音系統的「入聲」則與「去聲」一同置於○符號之下。這四個緯聲的清濁狀況也是由至清到至濁。

(三) 在〈五音分配〉中

趙氏在〈十要〉中定義「音」爲「聲所從出之竅也，有正音、有變音」。所謂「從出之竅」即是指聲音的「發音部位」，而「正音」是「音之純也」；「變音」是「音之雜也」，所以正音可以分有五者，即喉音、脣音、舌音、牙音和齒音；變音可分有二者，即變喉音和變脣音。

趙氏在各式陰陽分配圖表中，以「宮」爲太極，「商」「角」爲陽，「徵」「羽」爲陰，而「徵」「羽」雖同屬陰，但是「羽」爲全陰，故爲「太陰」；「徵」爲陰中帶陽，故名「少陽」，而「商」「角」雖同屬陽，不過「商」爲全陽，故爲「太陽」；「角」爲陽中

---

⑪ 在《拙菴韻悟》〈聲分經緯叶調圖〉中左側文字寫道：「直呼者爲聲之經，橫呼者爲聲之緯。同聲相次爲 ，異響相次爲調。 之數長，故名經；調之數短，故名緯。知聲之經，則知韻之異同；知聲之緯，則知聲之平仄。正音之聲，經四緯四；變音之聲，經一緯一。」這裡雖然提到有關「變音」的緯聲只有一種，可是在它後面的圖格中，二變音（變喉音和變脣音）均有天、平、上、去四聲（甚至有入聲），因此筆者以爲這段文字之末略有小誤。

帶陰，故名「少陰」。趙氏因將喉齒牙舌脣等五音與宮商角徵羽等五
音相配，所以在〈五音分配〉中，喉音配宮，屬中平音，配以太極及
其符號◐；脣音配羽，屬至清音，配以太陰及其符號●；舌音配徵，
屬次濁音，配以少陽及其符號〇；牙音配角，屬次清音，配以少陰及
其符號⊙；齒音配商，屬至濁音，配以太陽及其符號〇。

　(四)　在〈直韻分配〉中

　　所謂「直韻」，是指呼、應、吸中的「呼」，亦即是指韻頭而
言。在《拙菴韻悟》〈韻綱總圖〉或〈韻目圖〉中，直列者爲同呼口
（同韻頭），因此遂將「呼」又稱「直韻」。又因爲每一呼法是以五
門之奇韻爲準❷，所以合口呼爲姑門；撮脣呼爲居門；齊齒、交牙呼
爲支、咨門；啓脣呼爲基門；開口呼爲格門。

　　在〈五門陰陽〉分配圖表中，以「姑」門爲太極，「格」門和
「基」門爲陽，「支」門（即支、咨門）和「居」門爲陰，而「支」
「居」門雖同屬陰，但是「居」門爲全陰，故爲「太陰」；「支」門
爲陰中帶陽，故名「少陽」，而「格」「基」門雖同屬陽，不過
「格」門爲全陽，故爲「太陽」；「基」門爲陽中帶陰，故名「少
陰」。所以，姑、居、支（咨）、基、格等五門所配符號依次是◐、
●、〇、⊙、〇。

　(五)　在〈橫韻分配〉中

　　所謂「橫韻」，是指呼、應、吸中的「應」和「吸」，亦即是指

---

❷　在《拙菴韻悟》〈六呼〉標目下有一列略小之文字，寫道：「呼法俱以
　　五門之奇韻爲準」，故此之謂。而六奇韻中的支、咨同爲一門，所以爲
　　五門。

韻腹及韻尾而言。在《拙菴韻悟》〈韻綱總圖〉「姑」門中，橫韻者分有一奇界（一獨韻）和四偶界（十二通韻），俗韻（兒化韻）除外。

　　一奇界屬太極；四偶界分屬陰陽，每一偶界細分有三韻，因此在〈五界陰陽〉分配圖表中，它以「姑」門爲例，是以獨韻「姑」爲太極，「昆規蠅公皼戈」爲陰，「官乖籠光𧆐瓜」爲陽，而「昆規蠅公皼戈」雖同屬陰，但是「昆規蠅」爲全陰，故爲「太陰」；「公皼戈」爲陰中帶陽，，故名「少陽」，而「官乖籠光𧆐瓜」雖同屬陽，不過「光𧆐瓜」爲全陽，故爲「太陽」；「官乖籠」爲陽中帶陰，故名「少陰」。其餘各門均與「姑」門一般，所以一格六奇韻屬太極，配以符號◖；二格「昆」「格」等通韻屬太陰，配以符號●；三格「公」「戈」等通韻屬少陽，配以符號○；四格「官」「迦」等通韻屬少陰，配以符號⊙；五格「光」「瓜」屬太陽，配以符號○。

參、《拙菴韻悟》圓形音類符號的特性

一、符號本身的可讀性

　　誠如作家簡媜在《雙響炮４》書前「談朱德庸和他的漫畫」一文中所言：「一個四格漫畫家最重要的考驗可能在於：能否顛覆索然無味的人生，一針見血挑出令人搥桌捧腹或低迴不已的趣點。」由是可見漫畫之所以能獨樹一幟地來表現百態的人生，其最大作用就在於它能「一針見血」；而圓形音類符號之所以能展現音韻知識，也在於它往往能收「畫龍點睛」之效。理由無他，就因於圖畫符號均有它自身的可讀性。

　　與趙氏《拙菴韻悟》成書時代相當的某些韻書韻圖也用類似的圓形音類符號來標記聲類或韻類⓭。筆者將它們列爲一表，由於格式空間的局限，筆者就僅列出部份：

【表　二】

	《切韻正音經緯圖》	《內含四聲音韻圖》 《明顯四聲等韻圖》	《等韻切音指南》
○	見、端、知、幫、非	見、端、知、幫、非	見、端、知、幫、非
⊙	溪、透、徹、滂、敷	溪、透、徹、滂、敷	溪、透、徹、滂、敷
●	群、定、澄、並、奉	群、定、澄、並、奉	群、定、澄、並、奉
◖		疑　　　　微	
◑		泥	
◓		娘	
◗	疑、泥、娘、明、微	明	疑、泥、娘、明、微

　　像這般使用圓形音類符號，筆者認爲音韻學家的動機或許就在於符號較文字容易被人理解而接受，於是利用圓形音類符號來整合音韻類別的韻圖製作，才蔚爲風氣。

二、傳統性

　　周敦頤〈太極圖說〉云：

　　　無極而太極。太極動而生陽，動極而靜，靜而生陰，靜極復
　　　動。一動一靜，互爲其根。分陰分陽，兩儀立焉。……二氣交

⓭　可參閱應裕康先生《清代韻圖之研究》一書。

感，化生萬物，萬物生生而變化無窮焉。⋯⋯

如此的宇宙生成觀，乃是從先秦而下發展成的，這樣的觀念也不僅用在抽象的天道上，漸次地更擴及於各種具體的自然現象和社會現象，如天地、日月、君臣、夫婦等等。在這種氛圍的渲染下，音韻學家也認爲語音可以藉此得到適當的歸屬，因此明清以來的音韻學家多數熱衷此道，紛紛將這種理念帶進韻書韻圖中❹。

　　《拙菴韻悟》作者趙紹箕身處在這樣的時代環境中，承繼著中國如此傳統的哲學觀，在他書前的自敍即開宗明義地說：

> 甚矣！聲之爲用也大矣哉！人稟陰陽五行之氣，即具陰陽五行之聲。萬形由之而辨，萬象由之而名，萬情由之而通，萬理由之而著。甚矣！聲之爲用也大矣哉！

所以趙氏一秉傳統，在《拙菴韻悟》中也以含藏太極陰陽觀念的圓形符號，統領紛雜的音類。

三、神祕性

　　由前文對太極陰陽等觀念的說明討論，我們可以明白《拙菴韻

---

❹　據耿振生《明清等韻學通論》所舉，如以陰、陽爲支配聲音的屬性者，有龍爲霖《本韻一得》、喬中和《元韻譜》；以四象附會聲類者，有趙紹箕《拙菴韻悟》；以八卦附會聲音者，有方本恭《等子述》、裕恩《音韻逢源》等等，由是可見。

悟》所用的圓形音類符號，與傳統哲學上所認知的太極陰陽等有密切
關係。正因爲傳統哲學上的太極、陰陽五行等虛玄觀念一直被人們不
解地敬畏著，再加上一般人對音韻理論的認知態度與對太極陰陽等玄
理的認知態度相當，所以當時有許多韻書韻圖都運用了陰陽五行等觀
念和圓形音類符號。例如龍爲霖《本韻一得》中論及「陰陽」說：

> 陰陽對待，天地至理，萬物莫能逃焉，聲韻亦然。但陰陽者，
> 無定位，無專名。如……；論五音，則宮商角爲陽，徵羽爲
> 陰；又宮角羽爲陽而商徵爲陰，又宮陽而餘皆陰。

　　由龍氏之說法可見，太極陰陽雖爲「天地至理」，可是它們並無
「定位」，也沒有「專名」，所以一與宮商五音律相配置，就有如此
多種說法，讓人莫衷一是。這樣，除了增加它身份的奧妙，也使得圓
形音類符號蒙上一層神祕色彩。

四、系統性

　　雖然依恃玄虛陰陽觀念所生成的圓形符號，其內涵性質是如此抽
象而神祕，然而趙氏運用圓形符號與語音類別相對應，是自成系統
的。我們由【表一】可以見出，當語音類別其數爲「四」時，趙氏即
以「太陰」「少陽」「少陰」「太陽」來與它們相配，例如：姑枯呼
烏「四經聲」；天平上去「四緯聲」等；當語音類別其數爲「五」
時，趙氏除了以「四象」相配置之外，還另外加上「太極」來對應音
類，例如：喉齒牙舌脣「五音」；併六呼而成的「五門」；以及合
奇、偶韻所成的「五界」。

此外，我們尚可由〈韻目圖〉見得，太極、四象的音類符號除與
喉、齒、牙、舌、脣、變喉、變脣七類音相對應之外，在每一發音部
位，還分以伯仲叔季，分別以●○⊙○表示。筆者將它們畫成簡表如
下：

【表　三】

七音	樂律	符號	一行	符號	二行	符號	三行	符號	四行	符號
喉音	宮	◒	伯喉	●	仲喉	○	叔喉	⊙	季喉	○
齒音	商	○	伯齒	●	仲齒	○	叔齒	⊙	季齒	○
牙音	角	⊙	伯牙	●	仲牙	○	叔牙	●	季牙	○
舌音	徵	◐	伯舌	●	仲舌	○	叔舌	○	季舌	○
脣音	羽	●	伯脣	●	仲脣	○	叔脣	⊙	季脣	○
變喉	變宮	◒	季喉	○						
變脣	變羽	●	季脣	○						

趙氏名以「伯」「仲」「叔」「季」，當然是因其音類的排列順
序一、二、三、四而來的，只是何者歸入「伯」行？何者歸入「季」
行？這音類的歸屬並非憑空捏造，它自有其「區別特徵」❶。

再者，根據筆者對《拙菴韻悟》語音系統的研判，認爲它的發音

---

❶ 所謂「區別特徵」，根據上海辭書出版社所編著《語言學百科詞典》的
記載，它說：「區別特徵，又稱『音位特徵』，與『非區別特徵』相
對。具體語言的語音系統中各個音位借以互相區分（對立）的語音（發
音或音響）特性。……具體語言中何種語音特性充當區別特徵決定於該
語言的語音系統，即區別特徵因語言而異。……」

方法也是成系統地展現。筆者亦列一表並說明如下：

【表　四】

行	所對應符號	趙氏所標「清濁」	發音方法	送氣與否
伯	●	至清	塞音或塞擦音（清音）	不送氣音
仲	○	次濁	塞音或塞擦音（清音）	送氣音
叔	⊙	次清	清擦音或鼻音	
季	○或○	至濁	濁擦音、邊音或零聲母	

　　由【表四】可知，「伯」「仲」行字音的發音方法俱為後世清塞音或清塞擦音，而且前者為「不送氣音」；後者為「送氣音」⓰。至於「叔」行則多為清擦音和鼻音；「季」行則以濁擦音、邊音和零聲母居多。因此我們可以了解趙氏在《拙菴韻悟》書中，以具系統性的圓形音類符號來標舉，確有他將語音類別系統化的深切用心。

五、生活性

　　太極、陰陽、五行等名詞，在春秋戰國時代原僅意旨「形而上」的觀念，然而隨時代的伸展，這「形而上」的觀念逐漸落實在人們「形而下」的器質生活上，舉凡宮、商、角、徵、羽等「五音」；心、肝、脾、肺、腎等「五臟」；青、黃、赤、白、黑等「五色」；東、南、西、北、中等「五方」，無一不以「五行」相應，成為人們

⓰　送氣與否，在漢語普通話中算得上是語音的「區別特徵」，但在其他語言系統中，如英、法或日本的語言中，送不送氣則無區別作用。

比較容易理解、接受的知識。

趙氏《拙菴韻悟》亦然。當它語音類別數為「五」時，他不僅配以太極、四象（太陰、少陽、少陰、太陽）或五行，更以宮商五音、五臟和五方相對應⓱。作者用生活上顯而易見或易於被接受認知的概念來說明語音類別，主要用心當然是希望音韻知識能深入生活，如此一來，也帶領圓形音類符號踏進人們多元化的生活領域。

肆、《拙菴韻悟》圓形音類符號的價值

綜上的說明討論，筆者認為趙紹箕《拙菴韻悟》中的圓形音類符號有下列二種價值作用，筆者分點說明如后。

一、有助於音韻類別的辨識

用符號來闡述學理，可以省略不少的文字說明，而且或能收「畫龍點睛」之效。《拙菴韻悟》是本韻圖。一般來說，圖表的製作，主要是要讓學識得以適切地傳達，而圖表上的文字，當然是力求簡扼清晰為上。因此我們可以看到《拙菴韻悟》的各種圖表，雖然它縱橫所指，意義各殊，但是趙氏就先用文字來說明符號（有些符號是不須要文字說明的），然後再就符號來展現音韻類別，使音韻類別得以綱舉而目張。

二、有助於提昇音韻之學的地位

⓱　可參閱《拙菴韻悟》〈五音分配〉和〈直韻分配〉。

　　人類天天使用語言和他人溝通、商談，對自己的語言往往「知其然」（行）而「不知其所以然」（知），如果一論及到語音或音韻方面的知識理論，則個個莫不以其爲艱澀深奧的學問視之。　國父孫中山先生是有「知難行易」說，然而是否就因「知難」而打退堂鼓呢？答案是「否定」的。　國父雖有「知難行易」之說，但是　國父更強調「能知必能行」以及「不知亦能行」的觀念，努力去克服「求知」上的阻礙，才是我等學者應時時謹勉於心的。

　　因此清朝人趙紹箕能使用圓形音類符號來作爲傳遞音韻之學的工具，筆者認爲這是他克服「求知」障礙的一種方式，而且這種方式對音韻學地位的提昇，也有了莫大的助益。

　　這是值得嘉許和效法的。

參 考 書 目

王志偉等人

　　1993　語言學百科詞典，上海：上海辭書出版社，一版一刷。

朱德庸

　　1993　雙響炮 4，台北：時報文化出版公司，五版。

李新魁、麥耘

　　1993　韻學古籍述要，山西：陝西人民出版社，一版一刷。

李靜惠

　　1994　《拙菴韻悟》之音系研究，淡江大學中文研究所碩士論
　　　　　文。

周治華

　　1976　針灸與科學，影印本。

竺家寧

　　1989　古音之旅，台北：國文天地雜誌社，再版。

耿振生

　　1992　明清等韻學通論，北京：語文出版社，一版一刷。

韋政通　編

　　1994　中國哲學辭典，台北：水牛出版社，初版三刷。

勞思光

　　1989　新編中國哲學史（三上），台北：三民書局，五版。

趙紹箕

　　1674　拙菴韻悟，趙蔭棠先生韻略堂藏書，手抄本。

錢　穆

　　1988　　中國思想史，台北：學生書局，一版六刷。

謝秀忠　編

　　1990　　白話易經，台南：大孚書局，初版。

應裕康

　　1972　　清代韻圖之研究，台北：弘道文化公司。

《等韻一得》所表現的
尖團音探微

朴允河

壹、尖團音名稱之由來

何謂尖團音？

王力《漢語史稿》(頁 161)中說：

> 在能分辨尖團音的現代方言中，又有兩種主要的不同情況：一
> 種是見系齊撮字已經變了 $t\varphi$ ， $t\varphi$ ， φ ，但精系字仍舊保持
> ts ， ts' ， s ，如吳方言；另一種是見系保持 k ， k' ， x ，
> 精系保持 ts ， ts' ， s 如膠東半島。粵方言、閩方言、客家
> 方言都屬第二種或接近第二種。

從上一段引文來看，現代方言中區別尖團音的情況有兩種，一爲
$[ts]$ 與 $[k]$ 的區別，一爲 $[ts]$ 與 $[t\varphi]$ 的區別。話雖這麼說，但是一
聽尖團區別，大部分人就會馬上連想 $[ts]$ 與 $[t\varphi]$ 的區別。而且很少

人拿粤、閩、客方言來探討尖團分合的問題。這也許因爲漢語中尖團術語的由來，是在不分尖團音的語言中人爲地把它們兩類區分出來的緣故。假設北方官話中見系、曉系聲母，齊齒呼與撮口呼字沒有顎化，而仍讀舌根音，或是既使見系、曉系聲母顎化，但在滿漢翻譯時也沒有什麼困擾的話，說不定尖團之術語未必產生。保有 [ki] 音的方言中，尖團區別是易如反掌，這兩類音目前也沒有合流的可能❶，因此粤、閩、客語自然在尖團音分合討論熱門焦點之外。而吳語的現階段剛好是尖團合流的過渡期❷，因此不但成爲尖團分合討論的對象，也成爲學者用來說明尖團音術語的好材料。

　　追溯尖團用辭之淵源，尖音、團音的名稱最早見於清乾隆年間《圓音正考》，《圓音正考》的兩篇序文❸；即〈文通序〉(1830 年) 與〈存之堂原序〉(1743 年)。〈存之堂序〉中「第尖團之辨，操觚家闕焉弗講，往往有博雅自詡之士，一失口肆。」與〈文通序〉中

---

❶ 閩語中見系細音讀 [ki] 音，但有的精系細音字已經讀成 [tɕ] 或接近音。這與吳語中尖團音變化順序不同，雖然現在不能完全排除閩語中 [ki] 音以後會變成 [tɕ] 音而與精系變來的 [tɕ] 音合流的可能性，但目前爲止方言中尖團合流是 [ki] 音先變爲 [tɕ] 音，[ts] 音後變而與它合流的傾向來看，這樣的可能性不太大。

❷ 葉祥苓先生 1978-1980 年的調查報告中說現代蘇州人口語中老年人尙區別尖團音，但青少年尖團不分的現象漸漸擴散。參見《蘇州方言地圖集》頁 37、頁 139。

❸ 因爲沒得看《圓音正考》原書，此二序參考引用林慶勳老師的〈刻本《圓音正考》的四十八組音節〉與日下恆夫先生的〈中國近世北方音韻史の一問題〉裏引的〈序〉。

「夫尖團之音，漢文❹無所用，故操觚家多置而不講，雖博雅名儒，詞林碩士，往往一出口而失其音，惟度曲者尚講之，惜曲韻諸書，只別南北陰陽，亦未專晰尖團。而尖團之音，繙譯家絕不可廢。蓋清文中既有尖團二字，凡遇國名、地名、人名當還音處，必須詳辨。存之堂集此一冊，蓋爲繙譯而作，非爲韻學而作也，明矣。」的說明，可以知道《圓音正考》中區別尖團是爲了翻譯方便而作的，並非爲韻學而作。

《圓音正考》時代，北方官話區大部分❺精系細音（精、清、從、心、邪聲母與[i]、[y]韻母結合的，以下簡稱精系細音，或稱尖音）與見系細音（見、溪、群、曉、匣聲母與[i]、[y]韻母結合的，以下簡稱見系細音，或稱團音）已經合流爲一類，而沒有尖團區別，但滿文中尚有尖音(ts)與團音(k)的區別，每次要將滿文中的團音([ki])翻譯成漢文（北方官話）的時候會找不到適當音，因此特別著《圓音正考》做翻譯參考，這是人爲地區別古見系細音與古精系細音的。

藤堂明保先生曾經(1960)說過：「乾隆原序很明白地指出（當時）漢人把尖團音混淆的錯誤，（並希望此能）恢復古來的狀態。」

---

❹　"漢文"指的是北方官話，如果文通、存之堂二人注意當時的吳語、閩語、粵語、客語中尚保留團音的話，也許說明尖團之別更會確實。他們似無注意除了北方官話之外的其他漢語方言。

❺　雖說最晚於 18 世紀中葉北方官話中尖團音合流爲一類，但有個例外，少數北方方言目前爲止也仍保持尖團區別，例如河南開封。參見《漢語語音史》頁 419。

❻藤堂氏的這句話參看林慶勳老師的〈刻本《圓音正考》的四十八組音節〉(頁 25)所擬出來的音值就更可以明白,此引用一小部分:

		拉林語❼	規範語	現代北京音
1A	其	[k'i]		[tɕi]
B	齊	[dʒi]	[tʃi]	
2A	及	[gi]		[tɕi]
B	即	[dʒi]	[tʃi]	
3A	奚	[hi]		[ɕi]
B	析	[ʃi]	[ɕi]	

　　由上可知《圓音正考》中以中古見系細音聲母來對應的拉林語(滿文)是舌根細音聲母,因此所謂團音在《圓音正考》中原來指的是[k]聲母而不是[tɕ]聲母。

　　眾所皆知,吳語中目前尚保存尖團音的差別,而其尖團對應狀態是[ts]系與[tɕ]系的對應。那麼吳語中目前[tsi]與[tɕi]的對應,這樣狀態是從什麼時候開始的呢?這個問題目前還沒正確答案,尚待研究,但今擬以《等韻一得》(1883)爲研究材料,初步地觀察

---

❻ 「乾隆の原序では,明らかに漢人が尖團を混用するに至つた非を指摘し,古い狀態に返そうとしている。」參見藤堂明保〈 ki-と tsi-の混同は 18 世紀に始まる〉頁 2。

❼ 拉林語的音標則是乾隆時期編的御製增訂的十二字頭漢語註音爲依據;而規範語的音標,則是乾隆時期編的御製增訂清文鑒中的十二字頭做標準。參見林師慶勳〈刻本《圓音正考》的四十八組音節〉頁 29。

十九世紀吳語中尖團音的面貌。

貳、《等韻一得》基本背景

一、《等韻一得》簡介

《等韻一得》爲桐鄉勞乃宣所著，分爲〈內篇〉、〈外篇〉、〈補篇〉；〈內篇〉〈外篇〉成書於 1883 年，〈補篇〉成書於 1913 年。〈內篇〉乃將等韻觀念圖式化，共分爲十譜，各圖後略加說明。〈外篇〉乃補充說明〈內篇〉所提出的各項目，並多加說明〈內篇〉尙未言及的內容，因此〈外篇〉的說明比〈內篇〉更爲詳細。〈補篇〉比〈內篇〉、〈外篇〉晚著三十年，時隔三十年，早期與晚期之間內容有所更改。〈內篇〉、〈外篇〉主要反映著吳語的音系，〈補篇〉中對清濁、入聲的處理稍有更改，這也許與他中年以後接觸的北方官話有關係。❽

過去等韻研究學者把《等韻一得》列入顯示語音骨架的等韻圖類，或列入存濁系統的等韻圖之類，因爲勞氏有「音有定數」的概念，安排韻圖則採取以下方法，就是若某一方言中保留古音讀法，就把它列入〈母韻合譜〉系統中❾，但有時候勞氏知道時音中明有此音，爲顧及四呼排列上的均衡，故未把它列入〈母韻合譜〉中，對見

---

❽ 參見〈勞乃宣《等韻一得》研究〉頁 48-57 及頁 122-128。
❾ 勞氏雖說大多數方言中非敷奉合流爲一類(轃類)，但有些字仍讀送氣透類，因此既然也有字讀此音，從分不從合，就把它列入〈母韻合譜〉中。參見〈勞乃宣《等韻一得》研究〉頁 60-61 及頁 143。

系細音的處理方法也是其中之一❿。雖然從表面上看《等韻一得》為一部守舊的傳統韻圖，但仔細分析〈內篇〉〈外篇〉〈補篇〉所表現的音韻層次，可以分析出古今之間、南北之間的明顯區別，可謂為近代音韻史研究的難能可貴的資料。

二、勞乃宣生平與《等韻一得》之基礎音系

勞乃宣 1843 年生於廣平，1921 年死於青島，葬於蘇州，享年79 歲，22 歲考上鄉試以來，一身為朝廷官員，走過不少地方，因此他對方言的常識頗為豐富。對了解《等韻一得》之音韻系統，最有幫助的除了《等韻一得》原書之外，莫大於〈靭叟自訂年譜〉，因為〈年譜〉中把一生走過的、做過的寫得頗為詳細，因此容易掌握他的方言背景。《等韻一得》〈內篇〉〈外篇〉中以全濁聲母配不送氣清聲母（勞乃宣所稱戞類），〈補篇〉中的入聲同配陽聲韻、陰聲韻，〈外篇・雙聲疊韻〉說明反切法（詳見下文），和他的祖先背景以及他的生活環境等等資料足夠證明《等韻一得》基礎音系是吳方言。《等韻一得》原書反映的音韻現象只能證明它是屬於吳語音系的，無法肯定是哪一個地區的吳語，唯一能夠進一部證明《等韻一得》的更具體的所屬音系是他的祖先遷至吳地的動機與他的生活環境，因此筆者在此特別注重介紹勞氏生平，來證明它係屬於蘇州一帶的吳語，此

---

❿　勞氏明知當時見系細音聲母與洪音聲母音值上有所不同，但這兩類系統上有互補關係，若把它們分成兩類聲母，這兩類聲母的開合齊撮不全，因此在〈母韻合譜〉中把它們合併，而在〈外篇〉中另加補充說明這兩類實際上的不同音值。

又能符合本論文附錄所列的蘇州方音資料。

勞氏〈韌叟自訂年譜〉說:「勞氏古爲勞山之民,以地爲姓,世居山東,明初自樂安遷陽信,曾祖觀察公嘉慶間官江蘇糧道祖正郎公寓居蘇州,以浙江桐鄉縣青鎮勞氏爲宋時同族,因入桐鄉籍。」因爲他的曾祖入桐鄉籍,《清史稿》記載勞乃宣是桐鄉人,然而他卻生在廣平外婆家,長在蘇州,二十多歲當官以後才走過江蘇省各地與北方天津、京師(現北京)等地,六十歲才到桐鄉賣屋住一陣子,因此我們雖然習慣上說他是桐鄉人,但是如果要研究他的方言,我們不能不考慮他的祖先住居地和他的生長環境,所以他的母語可以說是蘇州話,以下列他生長活動的地點,由此可以推測勞氏可能所接觸過的方言。

勞氏主要活動地點

年齡	活動地點	年齡	活動地點
1	廣平	41	天津、保定、天津,《等韻一得》〈內篇〉、〈外篇〉完成。
2	廣平	42	天津、保定
3	廣平	43	完縣
4	蘇州	44	完縣
5	吳江	45	完縣
6	金匱(今併入無錫縣)	46	蠡縣
7	無錫	47	蠡縣
8	無錫	48	蠡縣
9	江寧	49	蠡縣、吳橋
10	江寧	50	吳橋
11	江寧、吳江、蘇州	51	吳橋
12	蘇州、嘉興	52	吳橋

13	嘉興、蘇州	53	吳橋
14	蘇州	54	清苑
15	蘇州	55	清苑
16	蘇州	56	清苑、吳橋
17	蘇州、如皋、蘇州	57	吳橋
18	蘇州、通州、泰州	58	曲阜、蘇州
19	泰州、曲阜、泰州	59	嘉興、上海、杭州
20	泰州	60	杭州、桐鄉
21	天津、曲阜	61	蘇州、杭州、桐鄉
22	曲阜、通州、保定、曲阜	62	桐鄉、金陵、桐鄉、杭州
23	杭州、泰州	63	金陵、鎮江
24	蘇州、淮安、濟甯、曲阜、保定	64	金陵
25	保定	65	金陵
26	保定	66	桐鄉、杭州、鎮江
27	保定	67	京師
28	直隸	68	京師
29	保定	69	京師
30	保定	70	淶水
31	保定	71	京師、青島，《等韻一得》〈補篇〉完成
32	志局	72	青島
33	志局	73	曲阜、濟寧、上海、杭州、蘇州、曲阜
34	志局	74	曲阜、青島
35	志局	75	青島
36	志局	76	青島
37	(未提)	77	青島
38	(未提)	78	青島
39	天津、保定、南皮	79	青島
40	南皮、保定		

參、《等韻一得》所表現的見系、精系聲母

一、《等韻一得》〈母韻合譜〉中的分配

《等韻一得》〈母韻合譜〉中的見系聲母、精系聲母的排列可參考（附錄 1）。

二、前人對《等韻一得》見系、精系聲母的擬音

在許世瑛先生〈等韻一得研究〉（1939?）、未遲先生〈勞乃宣的等韻一得〉（1957）、應裕康先生《清代韻圖之研究》（1972）、姚師榮松〈勞乃宣審音論〉（1992）當中無論見系之洪音、細音皆擬音為舌根音[k]、[k']、[g]、[x]、[ɣ]，但他們沒有詳細說出擬音根據和見系細音聲母之音值。筆者以為他們的處理的標準是：

第一、〈母韻合譜〉中見系的本字或反切上字與精系的本字或反切上字毫無混用跡象，可以肯定有尖團之別。

第二、勞氏猛烈地批評李汝珍把見系字、精系字之開合聲母與齊撮聲母分為二類，認為李氏不懂四等原則。他說：

> 李氏音鑑……若不知韻有四等，而強分其半於母，則諸家尚不至疏謬，至此而李氏方且矜為獨得，深詆古人不知音有粗細，可謂陋矣。（〈外篇・雜論〉頁五十三。）

其實《李氏音鑑》反映著見系洪音、細音之不同，但勞乃宣不但沒有接受李氏的做法，反而這麼嚴厲地批評李氏，這點以致現代學者沒有深思《等韻一得》音系裏有否反映著見系洪細音的不同。

第三、或許他們注意到了當時見系細音已經顎化的傾向，只是以音位的觀念而把他們合併爲一類，或是論文篇幅的關係，音系的擬測只以〈母韻合譜〉爲基準，沒有加以討論。

三、《等韻一得》見系聲母擬音商榷

雖然《等韻一得》〈母韻合譜〉中見系聲母四等齊全，而且見系字、精系字無論用本字或用反切，都用本呼字，絕無混用，因此只從這些表面的現象來看，很難判斷見系細音聲母到底是怎麼樣的音，所以我們一定要從《等韻一得》之內部敘述與時代背景來仔細觀察，才能肯定實際的音值，今從四方面來推敲《等韻一得》表現的見系聲母之讀音。⓫

(一) 〈母韻合譜〉中的反切現象來看

在前面已經提及過〈母韻合譜〉所列之見系的本字或反切上字與精系的本字或反切上字毫無混用跡象。不但如此，見系本字或反切，無論開、齊、合、撮皆用本呼字⓬，這只能證明尖、團仍有區別，對見系細音顎化與否不提供任何線索，單從這種現象很難肯定見系細音的顎化與否。因爲這些聲母不但開、合與齊、撮之間沒有往來，開口與合口之間或齊齒與撮口之間也沒有往來。總而言之，〈母韻合譜〉

⓫ (一)、(二)、(五)項在拙著〈勞乃宣《等韻一得》研究〉裏提過，這裏再補充 (三)、(四)項。

⓬ 參考（附錄１），可見勞氏對選字方面，無論本字，連反切運用也頗重視音和。因此開口呼皆用開口呼字，齊齒呼皆用齊齒呼字，合口呼皆用合口呼字，撮口呼皆用撮口呼字。

中的見系本字或反切上字對見系聲母的擬音都無法給直接的線索。

(二) 〈外篇〉中說明的反切法

勞乃宣在〈外篇·雙聲疊韻〉中說：

> 雙聲、疊韻爲反切之根，明雙聲疊韻而後能明反切，雙聲者同
> 母之字是也，疊韻者同韻之字是也……玉篇所謂正雙聲隆閭、
> 旁雙聲宮居，則隆閭同來母，宮居同見母也。正疊韻居閭、旁
> 疊韻宮隆則居閭同魚韻，宮隆同東韻也。正雙聲岳伍旁雙聲角
> 古，則岳伍同疑母，角古同見母也。正疊韻古伍、旁疊韻角岳
> 則古伍同姥韻，角岳同覺韻也。以此類推雙聲疊韻之法可知
> 矣。（〈外篇·雙聲疊韻〉頁二十三～二十四）

接著又說：

> 凡同母之字不論同等與否皆爲雙聲，而同等者比不同等爲諧，
> 雖不同等而同正副者亦諧，如干根同爲見母開口呼，堅巾同爲
> 見母齊齒呼，官昆同爲見母合口呼，涓君同爲見母撮口呼，同
> 母同等其音至諧，若干巾則一開口一齊齒，官君則一合口一撮
> 口，雖同母而不同等，即不甚諧，若干昆則一開口一合口，雖
> 不同等而同爲正韻，堅君則一齊齒一撮口，雖不同等而同爲副
> 韻，其音亦諧，此雙聲中微細分別也，古人爲雙聲則不盡同
> 等，若南史所稱官家恨狹，則官合口而家齊齒恨開口而狹齊
> 齒，既佳光景，則既佳景皆齊齒，而光合口，溫飛卿雙聲詩，
> 簾櫳蘭露落，則簾齊齒，櫳露落合口，蘭開口，蘇東坡一字韻

詩，故居劍隔錦官，則故合口，居撮口，劍錦齊齒，閣隔開
口，皆雙聲不必同等之證也，故必知同等之雙聲，乃能明雙聲
自然之理，必知不同等之雙聲，乃能明古人雙聲之法。（〈外
篇·雙聲疊韻〉頁二十四～二十五）。

　　由上引文可知勞乃宣所謂的正雙聲是同母、同等，傍雙聲是同
母、不必同等，正疊韻是同韻、同等，傍疊韻是同韻、不必同等，再
說同呼的是正雙聲、正疊韻，跨呼的是旁雙聲、旁疊韻。如此說來，
只要同母，開口呼字與合口呼字可以諧，齊齒呼字與撮口呼字也可以
諧，但是開、合與齊、撮之間音不諧，一為洪音，一為細音，音值完
全不同。可將勞氏所描述的雙聲疊韻的關係簡單整理如下：

正雙聲 ⎧ 干、根　同為見母開口呼⋯諧
　　　　⎪ 堅、巾　同為見母齊齒呼⋯諧
　　　　⎨ 官、昆　同為見母合口呼⋯諧
　　　　⎩ 涓、君　同為見母撮口呼⋯諧
傍疊韻 ⎧ 干、昆　一為開口，一為合口，雖不同等，同為正韻⋯諧
　　　　⎪ 堅、君　一為齊齒，一為撮口，雖不同等，同為副韻⋯諧
　　　　⎪ 干、巾　一為開口，一為齊齒，不但不同等，正副也不同
　　　　⎨ 　　　　⋯不諧
　　　　⎪ 官、君　一為合口，一為撮口，不但不同等，正副也不同
　　　　⎩ 　　　　⋯不諧

　　勞氏認為溫飛卿、蘇東坡時代無論開齊合撮皆可協諧，但至自己

所處的時代已有音變。勞氏想要反映這樣的音,但他又不願意破壞整齊劃一的四呼體系,因此〈母韻合譜〉中保留傳統的形式,另外設〈雙聲疊韻〉來說明齊齒、撮口的見系聲母與開口、合口的聲母讀音迥然不同。

(三) 十九世紀西方傳教士的記音

在與《等韻一得》同時代,則在 19 世紀,居住上海、寧波、溫州的西方傳教士們留下不少上海、寧波、溫州等地的方音記錄,從他們的資料來看,當時見系細音的音值確實已經不是舌根音了❸,其中舉兩本書來介紹:

F.L Hawks Pott 《 Lessons in The Shanghai Dia-

---

❸ 清末民初西方傳教士記下來的吳語的資料中,以下七本的見系細音字都已經不再讀成舌根音,已經顎化為舌面音或接近音。以下是個人目前為止所看到的資料,現藏於中央研究院史語所圖書館。

J.Edkins 《A Vocabulary of the Shanghai Dialect》1869年。

P.H.S.Montgomery 《 Intrsduction to the Wenchow Dialect》1893年。

A Committee of the Shanghai Vernaculàr Society 《An English-Chinese Vocabulary of the Shanghai Dialect》1901年。

P.G.Von Mollendorff 《The Ningpo Syllabary》1901年。

R.A.Parker 《Lessons in the Shanghai Dialect》1907年。

P.G.Von Mollendorff 《 Ningpo Colloquial Handbook》1910年。

F.L Hawks Pott 《Lessons in the Shanghai Dialect》1912年。

lect 》(1907 年)的記音如下：

				強：jang	向：hyang
見：kyien	遣：chien			件：jien	顯：hyien
				及：jih	歇：hyih
叫：kyau					曉：hyau
九：kyeu	求：jeu				
幾：kyi	氣：chi	奇：ji			希：hyi

R.A.Parker 《 Lessons in the Shanghai Dialect 》
(1923 年)的記音如下：

韁：kyang			強：jang	向：hyang
見：kyien			搝：jien	
結：kyih	曲：chok	及：jih	歇：hyih
叫：kyau	巧：chau	橋：jau	孝：hyau
九：kyeu	驅：chui	求：jeu	休：hyeu
幾：kyi	氣：chi	奇：ji	希：hyi

F.L Hawks Pott 《Lessons in the Shanghai Dialect》
〈序〉裏說明聲母讀音：

　　...Upper Series are — p,'m,'v,t,ts,'l,'n,'ny,
　　　　　　　　　　　　'ng,k,ky,kw,i and 'w.

...ky: ch in chuh with all aspiration eliminated.

...ch: ch in church.

hy: is nearly like ti in portia.

...Lower Series are — b,m,v,d,dz,z,l,n,ny,ng,

g,j,gw,y,and w.

若將 Hawks Pott 和 R.A.Parker 書中的音標與傳統見系聲母搭配，則如下表：

傳統聲母	Hawks、Parker
見母開口	k
見母合口	kw
見母齊齒	ky
見母撮口	ky
溪母開口	kh
溪母合口	khw
溪母齊齒	ch
溪母撮口	ch
群母齊齒	j
群母撮口	j
曉母開口	h
曉母合口	hw
曉母齊齒	hy
曉母撮口	hy
匣母齊齒	hy, 零聲母
匣母撮口	hy, 零聲母

　　Hawks Pott、R.A.Parker 二人並沒有對 k,kw,kh,khw,h,
hw 等聲母特別解釋，是因爲這些聲母按照英文的一般讀法來讀是差
不多一樣的音，但 ky,ch,hy 等聲母就不一樣，所以特別註明它們的
讀法。根據他們的說法，這些音肯定不是舌根音了，但與現在國語的
[tɕ]音是否完全相同呢？這尚早確定，或許是[k]跟[tɕ]之間的音
⑭，無論如何，值得我們注意的是這些音發音部位已經變得脫離舌根
部位而往前推移，而帶些塞擦或擦音成份的舌面音。

　㈣　從相關現代方言

　　〈母韻合譜〉中的見系聲母字在《漢語方音字匯》的蘇州音中，
開口、合口呼皆讀舌根音，齊齒、撮口呼除了少數文白讀音之外，皆
唸舌面音（參考附表 1 ）。

---

⑭　J. Edkins 說明 k、k′的音值：「g or k: as in 其 ki, he,
　　before i, u often heard like ji。」……「k′: a
　　strongly aspirated sound 空 k′ung, empty. It is often
　　mistaken by foreign ears when occurring before i and
　　u, for the aspirated c′h but should be separated from
　　that sound in careful pronunciation ; 去 k′i , go;
　　rsually heard c′hi。」
　　又加註解說：「When a native is asked whether k′i or
　　c′hi is the more correct pronunciation of 去 , he
　　replies the former. Yet the orthography by c′hi seems
　　to the foreigner more like the true sound. The fact
　　is that the sound is in a state of transition from
　　k′i to c′hi。」
　　由此可知 J.Edkins 所說的[k]、[k′]音不是按照英文讀音來發的，與
　　英文的 ji、ch′音很像，但不是同音，以英文字母無法記此類音。因
　　此後來 PAKER、HAWKS 以[ky]、[khy]等記號來專門代表這類音。

　　《漢語方音字匯》成於 1960 年代，離《等韻一得》時代僅有八十多年，不太可能有太大的音變，因此我們可以推測《等韻一得》的見系細音已經顎化爲舌面音了。

肆、結　語

　　勞乃宣是一位中國傳統的等韻學家，尚未接觸過西學，但其審音能力非凡，又精通於音韻理論，《等韻一得》一書不但對音韻理論發展上有所貢獻⓯，又提供很豐富的方言資料，只要我們能夠將《等韻一得》裏面的方言現象系統地歸納，想必不但對近代吳語之研究且對近代吳語鄰近方言研究也提供不少線索。⓰

　　雖然勞氏在〈母韻合譜〉中爲了顧及韻圖格式，而沒有把見系開、合與齊、撮聲母分開，列在舌根音位置，但在〈外篇〉中特別強調說明見系洪、細聲母實際上有所不同，這是一個能證明勞氏當時見系細音已經有變化的最直接、最確實的證據。除了這點之外，從同時代的西方傳教士記音資料、現代相關方音等輔助資料來看，也可以肯定這個事實。

　　如果有人說吳語中不管以 [k] 或以 [tɕ] 來標，反正指的都是見系細音，不必計較，這就像勞氏被韻圖形式所困一樣，將會導致後人無法掌控音變的軌跡。依現代語音學觀點來看，這兩種聲母發音部位一

⓯　詳見姚師榮松〈勞乃宣的審音論〉。

⓰　《等韻一得》以蘇州一帶的吳語爲基礎，但除了吳語之外，多少都言及北方官話、閩語、奧語、陝西、湖南、江西、山西、山東等方音。

爲舌根，一爲舌面，相差很遠，不得忽略。

　　總而言之，以上種種的直接或間接的資料來分析，勞乃宣時代的吳語，尤其蘇州一帶的音系中尖音、團音的對應是[ts]與[tɕ]的對應，而不是[ts]與[k]的對應，再說見系細音早已顎化了。

參 考 書 目

（依國別、發表年日為序）

中　文

勞乃宣　〈韌叟自訂年譜〉，《桐鄉勞先生遺稿》㈠，藝文印書館。
　　　　《等韻一得》，1883 年。

趙元任　《現代吳語之研究》，大華印書館，1929 年。

羅常培　〈京劇中的幾個音韻問題〉，《羅常培語言學論文選集》，
　　　　1978 年 3 月 20 日，原載《東方雜誌》第 32 卷第一號，1935
　　　　年。

王　力　〈《類音》研究〉，清華學報，第 10 卷 3 期，1936 年。

許世瑛　〈等韻一得研究〉，許世瑛先生論文集（1939 年？）

未　遲　〈勞乃宣的等韻一得〉，語言學論叢，第 1 輯，1957 年。

李　濤　〈試論尖團音的分合〉，中國語文，1955 年 7 月。

翠　庵　〈京劇語音改革問題〉，中國語文，1956 年 8 月

史存直　〈我對于修改ㄐ、ㄑ、ㄒ拼法的意見〉，文字改革 1956 年
　　　　10 月。

徐世松　〈論尖團〉，文字改革，1957 年 2 月。

李　濤　〈尖音系統不應該恢復〉，中國語文，1957 年 6 月。

應裕康　《清代韻圖之研究》，政大中研所博士論文，1972 年。

葉祥苓　〈《類音》五十母考釋〉(上)，南京師大學報，1979 年 2
　　　　月。

　　　　〈《類音》五十母考釋〉(下)，南京師大學報，1979 年 3

月。

　　　　《蘇州方言地圖集》，龍溪書舍，1981 年。

李新魁　《漢語等韻學》，北京中華書局，1983 年。

王　力　《漢語語音史》，中國科學出版社，1985 年。

　　　　《漢語史稿》，王力文集，第九卷，山東教育出版社，
　　　　1988 年。

陳師新雄主編《語言學辭典》，學生書局，1989 年。

陳貴麟　〈《古今中外音韻通例》〉，臺灣師大國研所碩士論文，
　　　　1989 年。

林慶勳　〈刻本《圓音正考》的四十八組音節〉，漢學研究，第 8 卷
　　　　第 2 期，1990.12

姚師榮松〈勞乃宣的審音論〉，中國音韻學研究會第七次年會暨國際
　　　　學術討論會抽印本，1994 年 8 月。

朴允河　〈勞乃宣《等韻一得》研究〉，臺灣師大國研所碩士論文，
　　　　1992 年。

《中國語言學大辭典》，江西教育出版社，1991 年。

英　文

J. Edkins　《 A Vocabulary of the Shanghai Dialect 》 1869 年。

A Committee of the Shanghai Vernacular Society　《 An English-Chinese
　　　　Vocabulary of the Shanghai Dialect 》 1901 年。

R.A. Parker　《 Lessons in the Shanghai Dialect 》 1907 年。

F.L Hawks Pott　《 Lessons in the Shanghai Dialect 》 1912 年。

P.G. Von Mollendorff　《 The Ningpo Syllabary 》 1901 年。

P.G. Von Mollendorff 《 Ningpo Colloquial Handbook 》 1910 年。

P.H.S. Montgomery 《 Intrsduction to the Wenchow Dialect 》 1893 年。

日　文

藤堂明保〈 ki-tsi-混同は 18 世紀に始まる〉中國語學 1960.1 。

藤堂明保主編《言語學辭典》， 1969 年。

日下恆夫〈中國近世北方音韻史の一題〉，人文學報（東京都立大學
　　人文學部） 1973.2 。

太田　齋〈尖團小論〉，人文學報（東京都立大學人文學部）
　　1980.3 。

附錄 1

《等韻一得》〈母韻合譜〉所見見系、精系字的蘇州音

	阿	厄	餿	埃	額	敖	歐	昂	齃	安	恩	諳	(厄音)
開	嘎阿	歌 kəu	祴師	該 kE	歌額	高 kæ	鉤 kɸy	岡 kɐŋ	庚 kɐŋ	干 kɸ	根 kən	甘 kɸ	歌音
齊	嘉 tɕi kɐ	基絅 tɕi	基 tɕiɐ	皆	基額	驕 tɕiæ	鳩 tɕiɸY	薑 tɕiaŋ	京 tɕin	堅 tɕI	巾 tɕin	監 tɕI kE	今 tɕin
合	瓜 ko	鍋 kəu	姑 ku	乖 kuE	規 kuE kuɐ	姑敖	姑歐	光 kuɐŋ	公 koŋ	官 kuɸ	昆 k'uən	姑諳	姑音
撮	居阿	居絅	居 tɕy	居埃	居額	居敖	居歐	居昂	局	涓捐	君 tɕyən	居諳	居音

溪

	阿	厄	餿	埃	額	敖	歐	昂	齃	安	恩	諳	(厄音)
開	咯阿	珂 k'ə?	刻 k'E	開	珂額 k'æ	尻 k'ɸ	摳 k'ɐŋ	康 k'a	阬 k'ɸ	看	艱 tɕiiI	堪 k'ɸ	珂音
齊	魺 tɕ'i	溪絅	溪 k'ɐ	揩	溪額	蹺	蚯	羌	卿	愆	溪因	謙 tɕ'I	欽 tɕ'iŋ
合	誇 k'o	科 k'əu	枯 k'əu	關	蚵 kuE t'y	枯敖	枯歐	匡 k'uɐŋ	空 k'oŋ	寬 k'uɸ	坤 k'uən	枯諳	枯音
撮	區阿	區絅	區 tɕ'y	區埃	區額	區敖	區歐	區昂	穹	捲 tɕiɸ	困	區諳	區音

群

	阿	厄	餒	埃	額	敖	歐	昂	鞥	安	恩	諳	(厄音)
開	噶阿	翊	翊師	翊埃	翊額	翊敖	翊歐	翊昂	翊鞥	翊安	翊恩	翊諳	翊音
齊	茄 ge	奇綱	奇 dʑi	奇厓	奇額	喬 dʑiæ	求 dʑiɸɣ	彊 tɕia	擎鷩 tɕin	虔 dʑI	勤 dʑin	箝	琴 ʑin
合	葵窪	葵窩	葵烏	葵歪	葵 guE	葵敖	葵歐	狂 guəŋ	葵翁	葵彎	葵溫	葵諳	葵音
撮	渠阿	渠綱	渠 dʑy	渠埃	渠額	渠敖	渠歐	渠昂	瓊 dʑyoŋ	拳 dʑiɸ	群 dʑiyən	渠諳	渠音

曉

	阿	厄	餒	埃	額	敖	歐	昂	鞥	安	恩	諳	(厄音)
開	哈阿	訶	黑師	哈	訶額	蒿 hæ	齁	齁	炕 k'əŋ	亨 haŋ	頏	訶恩	訶音
齊	蝦 qiɐ ho	希綱	希 ɕi	希厓	希額	枵	休 ɕiɸɣ	香 ɕiaŋ	興 ɕin	掀 ɕi	欣 ɕin	杴	歆
合	花 huɐ ho	呼窩	呼 həu	呼歪	暉	呼敖	呼歐	荒 huəŋ	烘 hoŋ	歡 huɸ	昏 huən	呼諳	呼音
撮	虛阿	虛綱	虛 ɕy	虛埃	虛額	虛敖	虛歐	虛昂	胸 ɕioŋ	儇 ɕyɐn	熏 qyən	虛諳	虛音

匣

	阿	厄	餒	埃	額	敖	歐	昂	鞥	安	恩	諳	(厄音)
開	何阿	何 ɦə	劾師	孩 ɦE	何額	豪 æ	侯 ɦɸY	航 ɦəŋ	恆 ɦən	寒 ɦɸ	痕	含 ɦɸ	何音
齊	遐 tɕiɐ	兮綱	兮	諧	兮額	淆 ɦiæ	兮歐	降 ɦəŋ	形 in	賢 I	礥 I	嫌	兮音
合	華 ɦʊ	和 ɦə	胡 ɦəu	懷 ɦuɐ	回 ɦuɐ	胡敖	胡歐	黃 ɦuəŋ	洪 ɦʊŋ	桓 ɦuəŋ	魂	胡諳	胡音
撮	兮俞阿	兮俞	兮俞	兮俞埃	兮俞額	兮俞敖	兮俞歐	兮俞昂	雄 ioŋ	懸 iɸ	兮云	兮俞諳	兮俞音

精

	阿	厄	餒	埃	額	敖	歐	昂	鞥	安	恩	諳	(厄音)
開	帀阿	作綱	咨	哉	作額	遭 tsæ	諏	臧	增 tsən	市安	作恩	簪	作音
齊	嗟	齎綱	齎	齎厓	齎額	焦 tɕiæ	啾	將 tsia	精 tsiŋ	箋 tsI	津 tsin	尖 tsI	祲
合	租窪	侳	租	租歪	嘬	租敖	租歐	租汪	宗 tsoŋ	鑽 tsɸ	尊 tsən	租諳	租音
撮	苴阿	苴綱	苴	苴埃	苴額	苴敖	苴歐	苴昂	蹤 tsoŋ	遵 tsɸŋ		苴諳	虛音

清

	阿	厄	餘	埃	額	敖	歐	昂	鞬	安	恩	譜	(厄音)
開	搽阿	蹉	雌	猜	蹉額	操	礎	倉	釤	餐	雌恩	參	雌音
	ts'ʔ	ts'E		ts'æ			ts'əŋ		ts'ɸ		ts'ɸ		
齊	石	妻綱	妻	妻厓	妻額	鏊	秋	蹌	清	千	親	籤	侵
	ts'i						ts'ɸY		ts'in	tsI	ts'in	ts'I	ts'in
合	粗窪	脞	粗	粗歪	崔	粗敖	粗歐	粗汪	聰	村		粗譜	粗音
		tsəu		ts'E				ts'oŋ		ts'ən			
撮	趣阿	趣綱	趣	趣埃	趣額	趣敖	趣歐	趣昂	樅	詮	逡	趣譜	趣音

從

	阿	厄	餘	埃	額	敖	歐	昂	鞬	安	恩	譜	(厄音)
開	雜阿	醋	慈	裁	醋額	曹	郰	藏	層	殘	醋恩	蠶	醋音
	zʔ	zE		zæ			zəŋ		tsən	zE			
齊	查	齊綱	齊	齊厓	齊額	樵	酋	牆	情	前	秦	潛	齰
	zi			ziæ			ziaŋ	zin	zi	zin			
合	徂窪	矬	徂	徂歪	摧	徂敖	徂歐	徂汪	叢	攢	存	徂譜	徂音
								zoŋ			zən		
撮	苴阿	苴綱	苴	苴埃	苴額	苴敖	苴歐	苴昂	從	全	苴云	苴譜	苴音
								zoŋ	zI				

心

	阿	厄	餩	埃	額	敖	歐	昂	幹	安	恩	諳	(厄音)
開	薩阿	娑	思 $s2$	鰓	娑額 $sæ$	騷	涷	桑 $səŋ$	僧 $sən$	珊	思恩	三 sE	思音
齊	些 si	西綱	西 si	西厓	西額	蕭 $siæ$	脩	襄 sia	星 sin	先 $ɕI$	新 sin	銛	心 sin
合	蘇窪	羕 $səu$	蘇 $səu$	蘇歪	雖 sE	蘇敖	蘇歐	蘇汪	鬆	酸 $sφ$	孫 $sən$	蘇諳	蘇音
撮	胥阿	胥綱	胥	胥埃	胥額	胥敖	胥歐	胥昂	淞	宣 sI	荀	胥諳	胥音

邪

	阿	厄	餩	埃	額	敖	歐	昂	幹	安	恩	諳	(厄音)
開	祠阿	祠綱	祠 $z2$	祠埃	祠額	祠敖	祠歐	祠昂	祠幹	祠安	祠恩	祠諳	祠音
齊	邪 $ziæ$	席綱	席伊	席厓	席額	席敖	囚 $zɸY$	祥 zia	錫	涎 $ɦi$	席因	爛	尋 $ziŋ$
合	俗窪	俗窩	俗烏	俗歪	隨 sE	俗敖	俗歐	俗汪	俗翁	俗彎	俗溫	俗諳	俗音
撮	徐阿	徐綱	徐 zi	徐埃	徐額	徐敖	徐歐	徐昂	松 $soŋ$	旋 zI	旬 zin	徐諳	徐音

論《等切元聲・韻譜》的
兩對相重字母

林慶勳

摘　要

熊士伯《等切元聲・韻譜》的聲母，於「群、同、旁、從、澄」之外，又收有「近、兌、步、自、乍」五個全濁聲母。此外於「疑、泥、明、來、日、微」之外，也收有「五、乃、母、呂、耳、武」六個次濁聲母。這十一個相重的字母，並不是要求整齊的「增位」，而是為因應南北語音清化之後的區別，以及古今音變對照的需要，所反映的語音實際面貌。本文就此兩點，加以論述。

一、《元聲韻譜》介紹

　　《等切元聲・韻譜》(以下簡稱《元聲韻譜》)，收在清人熊士伯所撰《等切元聲》(1703) 卷七，是一部排列特殊的等韻圖。同書卷五、六收有〈元聲全韻〉，屬於韻書性質，與《元聲韻譜》音系相應，有明顯「體用關係」。

　　熊氏字西牧南昌人，弱冠讀書即留心韻學，《等切元聲·自序》說：「韻固小道，而千古元音、萬國同文之理，未嘗不具於此。」對《等切元聲》之經營熊氏用功極深，〈自序〉所謂「五六易稿，一洗陳說」，如果對照全書十卷內容，剖析毫釐，見解獨到，應非虛語。《等切元聲》書成，熊氏示意門人弟子湯燦撰序，湯序說：

　　　　喉牙齒脣，古今年代，南北方言，溷淆參錯，牽合支離。今先
　　　生此書，舉一音而清濁全，舉一韻而五音備。音分五位，循初
　　　發以訖平呼。刪重母補陰陽，增三十六爲四十二，清濁、正
　　　變、七音平列五十四位。於古人是非得失，同異偏全，無不辨
　　　其從生，而推其終極。派入聲於三聲之中，合南北而主中音，
　　　正攝定等，即母類韻，一反天地自然之妙。

足見熊氏留意「古今言殊，四方談異」的複雜背景，而《元聲韻譜》正是反映熊氏韻學清晰理念，以及對等韻獨特見解之最重要著作。
　　《元聲韻譜》共分十六圖，每圖仍以攝命名，即通攝、支攝、徵攝、遇攝、蟹攝、臻攝、山攝、效攝、果攝、假攝、遮攝、宕攝、曾攝、流攝、深攝、咸攝。從命名看，仍遵循無名氏《四聲等子》及劉鑑《經史正音切韻指南》舊稱，不過更名止攝爲「徵攝」；合併江攝入宕攝、梗攝入曾攝；從徵攝分出「支攝」、假攝分出「遮攝」。熊氏的〈凡例〉第一條說：

　　　　舊譜內外八轉，共一十六攝。茲主中音，合江於陽［宕］，合梗
　　　於曾；分支於徵（原注：止易徵），分遮於假，亦一十六攝。所

謂併所當併，析所當析也。

足見上述四項分合，依據的是「中音」，中音就是《中原音韻》。熊氏以爲此十六圖併與合，極其自然，可能是心目中理想的韻母系統，也可能是調合南北方音差異的結果。

　　《元聲韻譜》每攝列有四十二字母：
　　見近溪群五疑曉匣影喻　　端兌透同乃泥••••　　幫步滂旁母
　　明敷奉武微　精自清從〇〇心象••　照乍穿澄❶〇〇審誰
　　••　呂來耳日

與三十六字母相較，增「近、兌、步、自、乍」五個全濁聲母，以及「五、乃、母、武、呂、耳」六個次濁聲母。其次再刪「知、徹、澄、娘、非」五個重複聲母，加減適得四十二。其中爲因應語音自然變化命名需要，將「定、並、床、邪、禪」更易爲「同、旁、澄、象、誰」五母。

　　聲調有平、上、去、入四個調，入聲既配陽聲韻又置於陰聲韻之下，惟每字皆規誌之，似乎說明入聲字與平、上、去三聲有所不同。熊氏〈凡例〉第九條說：

　　中音無入，俱派入三聲。南音之入，姑圈存之，位置如舊者，派入有定例也。

---

❶　此處「澄」母其實是「床」母，參見第三節四十二母定名的說明。

可見對入聲之安置，考慮南北方音差異之外，不忘傳統韻圖排列之影響。

　　熊氏隸籍南昌，屬古贛語區，《等切元聲》各卷每每提及《中原音韻》，可能與周德清 (1277-1365) 高安背景，兩人同屬現代方言贛語區昌靖片有關，因此私淑而心嚮往之。《元聲韻譜》於聲母、韻母及聲調之措置，受《中原音韻》啓發影響，隨時可見。熊氏有感於「古今言殊、四方談異」的語音複雜背景，以《中原音韻》、《皇極經世聲音唱合圖》加上南北方音，折衷取捨，編入韻圖之中，借以表現他對語音的看法。

二、後人對《元聲韻譜》的研究

　　趙蔭棠《等韻源流》(1957:181) 對熊士伯《元聲韻譜》批評嚴厲，他說：

> 此書是一部很能革新的書。惟著者對於南北方音之系統，未能辨別清楚，故首以邵子《音圖》淆等韻，繼以等韻亂《中原》，而成非驢非馬之結果。再者主輕重舊詞，令人莫曉；斥四呼，尤違乎時代。世有以孤陋見譏者，爲其不讀書也。若熊氏者，吾卻笑其坐讀閱韻書太多之累也。

　　應裕康《清代韻圖之研究》(1972:202) 對熊氏增益「近、兌……」等十一母也提出批評：

熊氏所增各母，其觀點係著眼於其所謂之「位」。……以音理
言之，有清必有濁，兩兩相對，固屬必然，而以語音實況言
之，卻未必如此整齊耳。故熊氏增母之說，視爲熊氏於音理之
領悟可也。

趙氏批評從形式出發，認爲熊氏混淆南北方音，遂使《元聲韻
譜》非驢非馬。這個批評，似欠公允，熊氏於邵雍《皇極經世聲音唱
合圖》及周德清《中原音韻》等韻書，不但精研優劣得失❷，取爲編
圖殷鑑，又於南北方音差異尤其注意。熊氏用心，正顯示在〈韻譜〉
之安排，下文將詳細論述。應氏之批評，見其增加聲母太過整齊，可
能是作者對「音理之領悟」，並非實際聲母，應氏(1972:203)於是
「刪其與語音實況不合者，凡得二十九母」。這個批評，亦與事實有
出入，熊氏增加、改易聲母，皆以當時語音實況爲考量，〈凡例〉第
二條增刪各母後說：「非敢師心自用也」，正是此意。究竟熊氏所列
四十二母是否「音理之領悟」？下文將有明確交待。

其次，從後人研究等韻圖，對《元聲韻譜》之歸類，亦可明白各
家對熊書之評價。近人著述，討論《元聲韻譜》者其實不多，比較常
見除前面趙蔭棠、應裕康二氏之外，尚有耿振生《明清等韻學通論》
(1992)。三家皆非專就熊書爲討論對象，詳略不等，其中以應書專
列一節(1972:184-213)介紹《等切元聲》之作者、體例，並討論
全書聲母、韻母、聲調，最爲詳盡，其中論及《元聲韻譜》，分量比

---

❷ 《等切元聲》卷三專論「皇極經世聲音圖說」，卷十是「閱諸韻書」，
對各書優劣得失論之甚詳。

例亦不少，頗有參考價值。

　　趙蔭棠(1957)，將明清等韻分爲兩大系統，一爲存濁系統，一爲北音系統。應裕康(1972)，將清代等韻圖分爲：1.襲古系統、2.存濁系統、3.北音系統。耿振生(1992)，區別等韻音系有：1.官話方言音系、2.南方方言音系、3.考訂古音音系、4.混合型音系。趙蔭棠(1957：178-181)與應裕康(1972:184-213)同樣將《元聲韻譜》歸入「存濁系統」，耿振生(1992:242-243)則列入「混合型」。耿氏(1992:140)對「混合型」的解釋是：「從南北各地的方言或古韻書韻圖中取材，加以折衷取捨，構成一個混合型的音系。」其實三人說法都一致，衹不過耿氏後出轉精，說得較周延而已。

　　耿氏所謂「混合型音系」，又區分：1.保存三十六字母的等韻音系，如袁子讓《字學元元》(1603)、李世澤《韻法橫圖》(1614前)、勞乃宣《等韻一得》(1883)等。2.刪併三十六字母而保存全濁聲母的等韻音系，與《元聲韻譜》同歸在此類尚有葉秉敬《韻表》(1605)、《韻法直圖》、樸隱子《詩詞通韻》(1685)、潘耒《類音》等。3.取消全濁聲母的等韻音系，如桑紹良《青郊雜著》(1581)、方以智《切韻聲原》(1641)、馬自援《等音》(1681前)、林本裕《聲位》(1708左右)、李汝珍《李氏音鑑》(1805)等。從耿氏分類，可以知道《元聲韻譜》被歸入保存全濁聲母但「刪併」了三十六字母。耿氏的話，衹說對了刪併「知、徹、澄、娘、非」五母，對於增加「近、兌、步、自、乍」五個全濁聲母及「五、乃、母、武、呂、耳」六個次濁聲母，僅提及而未加任何說明補充，或許受制於撰書體例，未能充分發揮。

　　如果以耿氏「混合型」觀念來看《元聲韻譜》，的確指出事實眞

象，切中要害。單從四十二母措置而論，《元聲韻譜》確實如耿氏所論，是折衷南北方言及取材古韻圖所構成的混合型音系等韻圖。

三、四十二母的定名

《元聲韻譜》分字母爲四十二，每攝標字母名稱之外，從未見歸類說明，熊氏於《等切元聲》卷四〈字母分音〉、〈酌定七音之序〉及〈酌定七音總圖〉等文，論三十六字母皆刪去「知徹澄娘」四母，其歸類情形如下：

	初發		上升		高呼		轉降		平呼	
	清	濁	清	濁	清	濁	清	濁	清	濁
喉音	見	0	溪	群	0	疑	曉	匣	影	喻
舌音	端	0	透	定	0	泥	·	·	·	·
脣音	幫	0	滂	並	0	明	非敷	奉	0	微
牙音	精	0	清	從	0	0	心	邪	·	·
齒音	照	0	穿	床	0	0	審	禪	·	·
半舌	·	·	·	·	·	來	·	·	·	·
半齒	·	·	·	·	·	日	·	·	·	·

刪去知系四母及合併非敷，理由見後再說。上表把見系發音部位改列「喉音」，精系改列「牙音」，熊氏說是依據《字彙》❸。其次將清

---

❸　詳見《等切元聲》卷四〈字母分音〉說明。

不送氣塞音與塞擦音定名「初發」、送氣塞音與塞擦音定名「上升」、鼻音及邊音定名「高呼」、擦音定名「轉降」、「影喻微」單獨定名「平呼」，這是熊氏對發音方法的分類，可能是受方以智《切韻聲原》(1641) 分「初發、送氣、忍收」啓發。上圖中空圈者，是無相對清聲或濁聲；實圈處，則表示根本無音。

　　將《元聲韻譜》四十二字母，參酌上表可以排列如下：

	初發		上升		高呼		轉降		平呼	
	清	濁	清	濁	清	濁	清	濁	清	濁
	A	B	C	D	E	F	G	H	I	J
喉音	見	近	溪	群	五	疑	曉	匣	影	喻
舌音	端	兑	透	同	乃	泥	●	●	●	●
脣音	幫	步	滂	旁	母	明	敷	奉	武	微
牙音	精	自	清	從	○	○	心	象	●	●
齒音	照	乍	穿	澄	○	○	審	誰		
半舌	●	●	●	●	呂	來	●	●		
半齒	●	●	●	●	耳	日	●	●		

原來實圈「●」，除牙與齒「高呼」外，皆已補上清濁相對之字母。這個整齊的字母排列方式，據〈凡例〉說是模仿北宋邵雍 (1011-1077)《皇極經世聲音唱合圖》十聲十二音編制，目的在求完備，代表一切可能之音盡存其中。

　　上列四十二母，在全書十六攝各圖中，標目及順序都相同。何以它有四十二母之多？熊氏〈凡例〉第二條說：

舊譜三十六母，重「知、徹、澄、娘、非」五母，陰陽各有偏
全。促排二十三行，脣音疊混，牙齒不分，以致切法難通，增
諸法門，愈支離。茲遵《經世》書，增「近、兌、步、自、
乍」五母，以補陽；「五、乃、母、武、呂、耳」六母，以補
陰。刪五重母，凡四十二母。牙音邵子存二空方，齒音當同，
以每音十位推之，八位無音，凡五十四位，俱平列，不煩牽
合，可謂音完而法整矣。

「近、兌、步、自、乍」五母，分別屬中古「群、定、並、從、床」
全濁仄聲，熊氏定爲「陽類」；「五、乃、母、武、呂、耳」六母，
分別屬中古「疑、泥、明、微、來、日」次濁上聲，熊氏定爲「陰
類」。每組發音部位，熊氏以十個字母計算，除牙音、齒音的「高
呼」（E、F)據邵雍存四個「空方」外，另有「八位無音」是指舌音
的「轉降」（G、H)及舌、牙、齒音的「平呼」（I、J)。若以「音
完法整」觀念看待，總數可以達到五十四位，扣除「空方」及「無
音」，實得四十二母。

至於三十六字母「知、徹、澄、娘、非」五母，《中原音韻》已
併「知、徹、澄」於「照系」，「泥」與「娘」同音，「非」與
「敷」同音。熊氏所處時代十八世紀初，北方共同語也是同此現象，
《音韻闡微》（1726)即反映知、照系讀[tʃ]、[tʃʻ]、[ʃ]，泥、娘
讀[n]，非、敷讀[f]的事實(林慶勳 1988:278-287)。甚至熊氏母
語南昌話都可能讀成[ts]、[tsʻ]、[s]（知、照系）及[f]（非、敷

母)❹。無怪乎熊氏認為「知、徹、澄、娘、非」是相重，宜刪併。

四十二母標目，也有部分更易三十六字母之舊，這是有意義的，〈凡例〉第二條又說：

> 其「定、並」二母，中音讀入「端、幫」，祇因濁去可游移，
> 今從邵圖：「定」易「同」、「並」易「旁」，俱平聲為清
> 確。至「床」疑「藏」，不若存「澄」；「邪」疑「查」，從
> 邵易「象」；「禪」疑「纏」，從趙凡夫易「誰」，取其音
> 清，非敢師心自用也。

熊氏把「定、並」二母改易為「同、旁」，是依據語音發展做考慮。第一，全濁「定、並」兩母仄聲，《中原音韻》已改讀清聲「端、幫」，全濁聲母既已演化，如果仍用去聲「定、並」兩字標目，會有祇收仄聲的誤會；第二、改易做「同、旁」，正好與新增濁音「兌、步」平仄相對，不致產生全濁演化困擾。與其他各組「近：群、自：從、乍：澄」搭配亦甚整齊。「床」改「澄」，主要是床母與舌尖前邪母「藏」，南方方言有雷同讀音現象，現代方言如蘇州同讀[z̪ɑŋ]、南昌、梅縣同讀[ts'ɔŋ]、廣州同讀[tʃʻɔŋ]（北大中文系 1989:307-323 ）可證。熊氏因此易「床」做「澄」，一來「澄、床」當時讀音相同，再者「澄」是平聲字，與仄聲「乍」字相配極適當。至於「邪」母從邵雍改為「象」母、「禪」母從趙凡夫改為「誰」母，都是兩字改讀擦音與「心、審」清濁相配，否則邪讀查

---

❹ 北大中文系(1989)所列現代方言資料，南昌方言正是如此可證。

（《廣韻・麻韻》才邪切）、禪讀纏，都是「塞擦音」與實際有出入。

由以上討論，大約可以明白熊氏定名四十二母用心，其實就是調合南北異讀、古今演化，使四十二母在《元聲韻譜》中標目清楚明白。他的安排條理分明，即：

(1) Ａ、Ｂ(初發)是清濁相配的不送氣塞聲與塞擦聲。

(2) Ｃ、Ｄ(上升)是清濁相配的送氣塞聲與塞擦聲。

(3) Ｅ、Ｆ(高呼)是清濁相配的鼻聲、邊聲與擦聲(指日、耳)。

(4) Ｇ、Ｈ(轉降)是清濁相配的擦聲。

(5) Ｉ、Ｊ(平呼)是清濁相配的零聲母與擦聲(指武、微)。

四、兩組全濁字母

四十二母Ａ組與Ｂ組及Ｃ組與Ｄ組，兩兩清濁相配，Ｂ組標目「近、兌、步、自、乍」，熊氏用字都取全濁仄聲，Ｄ組「群、同、旁、從、澄」，相對取全濁平聲。何以同屬中古「群、定……」聲紐，要分置於Ｂ、Ｄ兩組？其實這是作者調合異音的巧妙安排。我們先看「遇攝」例字，再做說明：

	平聲	上聲	去聲	入聲
Ｂ近母	遽		巨	
Ｄ群母	渠	ⓔ	ⓔ	ⓔ
Ｂ兌母	渡		杜	
Ｄ同母	徒	ⓔ	ⓔ	ⓔ
Ｂ步母	捕		部	

母				
D 旁母	蒲	(部)	(捕)	僕
B 自母	祚			
D 從母	俎	粗	(祚)	(族)
B 乍母	助		鉏	
D 澄母	鉏	鉏	(助)	

　　除「近、群」母「重合上」無歸字，改用同攝「輕合下」收字外，其餘都隸屬於有 [-u-] 介音的「重合上」。

　　《中原音韻》代表的北音音系，全濁聲母清化後，仄聲讀不送氣、平聲讀送氣。若上表全照北音讀，都是「 k 、 k′、′t 、t、p、 p′……」清音，熊氏實在沒必要分列 B 、 D 兩組。現代贛語南昌話，濁音清化後不論平仄一律讀送氣，上表例字在南昌話讀「 tɕ、 t、 p′……」（北大中文系 1989），都是送氣，南昌話之外梅縣客家話也是如此。我們可以假設，二百多年前南昌話，可能與現代南昌話類似，濁音清化後不論平仄都讀送氣，這個假設若成立，上表若照熊氏南昌話，B 、 D 組都讀送氣清聲字，我們懷疑作者何必區別兩組全濁字分列。合理解釋，可能是 B 組讀不送氣清聲「 k 、t、p、ts、tʃ」，D 組讀送氣清聲「k、t、p、ts′、tʃ」，目的是分別爲北音、南音濁音清化後歸字位置而考慮。

　　此外也看到上表 B 、 D 組歸字的規則：

(1) B 組平聲與 D 組去聲收字相同。

(2) B 組去聲與 D 組上聲收字相同。

這個現象並非僅見於「遇攝」，全書其他十五攝也是如此，應該是《元聲韻譜》歸字的一項特色。此外 B 組歸字全用小一號字刊刻，有

別於 D 組普通字，而 D 組除平聲及少數字，字外皆加圈規誌，當然都是有意義的安排。(1)、(2) 兩條規則，可以在《元聲韻譜》前面〈等切元聲全韻定例〉找到依據，以舌音爲例：

	平	上	去	入
A.	端			讀如上
B.	兌	以同去作平		同入作平
C.	透			讀如上
D.	同	濁上中音讀去	中音同端、邵兌平	讀如平

「D 上」收「杜」字，濁音清化後讀去聲又置於「B 去」，《中原音韻》魚模韻即收在去聲，〈定例〉說：「濁上中音《中原音韻》讀去」正是此義。「D 去」收「渡」字，〈定例〉說：「中音同端，邵兌平。」意思是說，濁音清化後《中原音韻》歸「端母」，依據邵雍《皇極經世聲音唱合圖》則歸在「 B 平」❺。由此可知，熊氏安排 B 、 D 兩組全濁聲母用意是：

(1) B 組讀不送氣清塞聲或塞擦聲，專門安置北音之濁音清化歸字，如「渡、杜」皆讀[t]。

(2) D 組讀送氣清塞聲或塞擦聲，專門安置南音之濁音清化歸字，如「徒、杜、渡、獨」皆讀[tʻ]。現代方言贛語南昌、客家話梅縣等就是讀[tʻ] (北大中文系 1989 ： 107-109) 可證。

(3) 若從中古音系來看，不論 B 、 D 都是全濁字。區別在 B 組、 D

---

❺ 邵雍將全濁去聲讀平聲，理論依據仍值得討論。

組分別用平仄聲標目，就是從濁音演化看，「仄聲讀不送氣、平聲讀送氣」的現象，都已顧慮周詳。此外 A 與 B、C 與 D，濁音清化前是「清濁相配」，清化後又是同隸不送氣或送氣。

《元聲韻譜·凡例》第八條說：「茲譜從等韻辨中音，於本濁加圈，於初發之濁，去書上、平書去者，從經世書增母也。」全書十六攝，配陰聲或陽聲之入聲字都加圓圈於字外，借以說明南北古今對入聲之異讀。其餘上、去聲加圈者是全濁字，而「初發之濁」（即 B組），以及字母之增益，熊氏受同鄉前賢邵雍書影響，實在不小。而B 組濁音增加，目的在比較共時讀音差異的做法極清楚，並非僅在湊足「位」而已。

五、兩組次濁字母

熊氏四十二母之中，在原來三十六字母次濁「疑、泥、明、來、日」（F 組）、「微」（J）之外，增益另一組次濁「五、乃、母、呂、耳」（E 組）、「武」（I 組）共六母。若從熊氏發音方法觀念看，它們正好是「高呼」、「平呼」兩類清濁相配字，也就是說增添「五、乃……」六母是清聲，在各類發音部位正好配「疑、泥……」六母濁聲。

究竟增加六個「清聲次濁字母」，有何用意？首先看〈等切元聲全韻定例〉於六對清濁有相似說明，舉「五、疑」為例：

	平	上	去	入
E 五	疑上作平			

F 疑 　　　中音同喻 　　疑上卲作五平 　　　　　　讀如去

除「疑平」有「中音同喻」，說明《中原音韻》將疑母歸入喻母讀 [ø] 之外，其他各組定例全同，即：

(1) E 平注：「以 F 上作平」，或 I 平注：「以 J 上作平」。

(2) F 上注：「F 上卲作 E 平」，或 J 上注：「J 上卲作 I 平」❻。

(3) F 入、J 入同注：「讀如去」。

這些說明，對我們比較 E 與 F、I 與 J 的差異，有系統性瞭解。

　　前面提過，《等切元聲》卷五、卷六是〈元聲全韻〉，與《元聲韻譜》有韻書、韻圖之體用關係，借所載反切做比較，或許能得到線索。以下借「徵攝」為例說明：

	平	上	去	入
(1)喉音(重開下)：				
E 五	蜑 仰衣切			
F 疑	宜 銀移切	蜑 銀倚切	義 銀意切	屹 銀意切
(2)舌音(重開下)：				
E 乃	旎 濘衣切			

---

❻ 邵雍將次濁上聲讀平聲，理論依據仍值得討論。

　　F 泥　　　　尼 年移切　　 㲾 年倚切　　 𦚾 年意切　　 暱 年意切

(3)脣音(重開下)：

　　E 母　　　　弭 敏衣切

　　F 明　　　　彌 明移切　　 㝳 綿倚切　　 (寐 模位切)　密 綿意切

(4)脣音(重合上)：

　　I 武　　　　尾 武透切

　　J 微　　　　微 亡惟切　　 尾 亡委切　　 未 亡位切

(5)半舌音(重開下)：

　　E 呂　　　　李 輦衣切

　　F 來　　　　離 鄰移切　　 李 鄰倚切　　 利 蓮意切　　 栗 蓮意切

(6)半齒音(重合下)：

　　E 耳　　　　縈 忍吹切

　　F 日　　　　狨 仁椎切　　 縈 仁髓切　　 芮 戎墜切

　　第(3)組脣音舉「重開下」為例，徵攝以去聲無字，借「重合上——寐」入替，從其反切下字做「位」可知。 E 組或 I 組祇有平聲有字，用字且以小號字刊刻，用意一如第四節 B 組，也就是上面〈定例〉所說的「以 F(或 J)上作平」體例。熊氏所造反切，與其後成書時代相近之《音韻闡微》(1726)相同，都屬於改良式反切，下字多用影、喻母字，且注意聲調與被切字一致。上面各組入聲字((3)組密字除外)反切都與去聲相同，正是〈定例〉所說「讀如去」。

　　上列 E 組平聲字用「衣、吹」字當反切下字， F 組平聲也用「移、椎」當反切下字；相對之 I 組用「透」， J 組用「惟」。《中原音韻》齊微韻收字情況是：

平聲陰　　　衣、吹

平聲陽　　　惟、移、椎(與鎚同音)

　　這個現象與現代國語完全相同，「逶」字《廣韻・支韻》作「於為切」，屬清聲母，不論《中原音韻》或現代國語，依照演化規律都讀陰平沒有問題。《音韻闡微》對各字安排，從反切推論與《中原音韻》相同，「衣、吹、逶」在陰平、「移、椎、惟」在陽平(見林慶勳 1988：131、153、157)。

　　大約我們可以得到這樣的看法：在平聲字部分，Ｅ、Ｉ歸字是陰平調，Ｆ、Ｊ歸字是陽平調。對照它們清濁歸類，前者是清聲，後者是濁聲。Ｅ、Ｉ位置屬清聲陰調，各攝祇有平聲有字，所以是陰平調。Ｆ、Ｊ位置相對屬濁聲陽調，平、上、去、入各有收字，自然與陰調有別。《元聲韻譜・凡例》第二條說：「[增]五、乃、母、武、呂、耳六母，以補陰。」正是此義。熊氏依據同鄉先賢邵雍將「Ｆ上、Ｊ上」歸入「Ｅ平、Ｉ平」，是為了區隔Ｅ與Ｆ、Ｉ與Ｊ不同，不得不將次濁聲母另列一組「清聲」以補陰類。

　　至於「五、乃……」六母用上聲字標目，除依據邵雍《皇極經世聲音唱合圖》外，主要是相對於「疑、泥……」多用陽平字(日字除外)，可以突顯清聲陰類收字。至於不用「陰平字」標目，第一，可能找不到「次濁陰平字」；第二，這些標目本來都是濁上的陽類字。由此可知，熊氏增加六個次濁聲母，目的在區別由次濁上聲變來的陰類(清聲)平聲與原來的陽類(濁聲)平聲是有不同。

六、結 論

　　《音韻闡微》(1726)代表的音系，是十七、十八世紀間北方共同標準語的實際讀音，它的聲母祇有十九個（見林慶勳 1988：306）：

　　　p、p'、f、m　t、t'、n、l　k、k'、x　tʃ、tʃ'、ʃ、ʒ
　　　ts、ts'、s　ø

　　最大的特點是，濁音清化可以說已經完成。比較時代相近的《元聲韻譜》(1703)，竟然列有四十二個字母，除其他語音分合不論之外，四十二母最大的特點，也是受到非議最大的兩組重複字母，即全濁的「近、兌、步、自、乍」及次濁的「五、乃、母、呂、耳、武」，總計十一母。前者與「群、同、旁、從、澄」相重，後者與「疑、泥、明、來、日、微」相重。這些增益的字母，其實都是熊氏的苦心安排，目的是在解決南北異音、古今變化造成的錯綜複雜的讀音現象。如果熊氏祇在記載標準音或某一地的方音，自然不會有如此多的字母，正因為他觀察多閱讀韻書廣，想折衷用一種方法來表現古今南北演化的不同音系，因此在韻圖上，採用了此種綜合型的音系表現法，為了兼容並包，所以多出了十一個相重的字母。

　　綜合以上討論，我們可以給全部二十二個字母暫時擬音如下：

　　　B組　近k　　兌t　　步p　　自ts　　乍tʃ
　　　D組　群k'　　同t'　　旁p'　　從ts'　　澄tʃ'

E組　　五ŋ　　乃n　　母m　　呂l　　耳ʒ

F組　　疑ŋ　　泥n　　明m　　來l　　日ʒ

I組　　武v

J組　　微v

　　B 組是北音之濁音清化歸字，祇收仄聲字； D 組是南音（如南昌、梅縣等）之濁音清化歸字，平仄聲字都有。 E 、 I 組是清聲陰類次濁，與 F 、 J 組的濁聲陽類次濁相配成對，因此擬音暫時讓它們相同。其中「五、耳、疑、日、武、微」，從反切系統看，似乎尚未變讀成 [ø-]。而 B 、 D 組讀清音， E 、 I 與 F 、 J 相對清濁，似乎是熊氏模仿邵雍的安排，周祖謨(1966 ： 586-589)及平山(1993 ： 60)的擬音，正是如此安排。

引 用 書 目

平山久雄， 1993 ，〈邵雍皇極經世聲音唱合圖の音韻體系〉，《東
　　洋文化研究所紀要》 120 ： 49-107 。

北京大學中文系， 1989 ，《漢語方音字匯》（第二版），北京：文
　　字改革出版社。

林慶勳， 1988 ，《音韻闡微研究》，台北：學生書局。

周祖謨， 1966 ，〈宋代汴洛語音考〉，《問學集》 581-655 ，台
　　北：知仁出版社（影本）。

周德清， 1324 ，《中原音韻》，台北：學海書局（影本）。

耿振生， 1992 ，《明清等韻學通論》，北京：語文出版社。

趙蔭棠， 1957 ，《等韻源流》，台北：文史哲出版社（影本）。

熊士伯， 1703 ，《等切元聲》（藏台灣師大國文系）。

應裕康， 1972 ，《清代韻圖之研究》，台北：弘道文化出版公司。

佚　名，《韻鏡》，台北：藝文印書館（影本）。

《同聲千字文》所傳
《中原雅音》記略

岩田憲幸

一

自從在明代章黼的《韻學集成》一書裏發現有很多《中原雅音》材料以後，否定《中原雅音》作為一部書存在的這一說法就不攻自破。辻本春彥先生早在 1957 年發表的論文裏指出：

> 在那裏（按，在《韻學集成》裏）可以看到許多「中原雅音云……」的注釋。可見《韻學集成》的年代已有那樣的韻書。❶

---

❶ 原文係日文。辻本春彥〈洪武正韻反切用字考—切上字について—〉，《東方學》第 13 輯，東方學會，1957 年，第 69 頁。

　　後來他又寫了一篇論文重申此見解並討論了在《韻學集成》裏所引的《中原雅音》的注音❷。迄今爲止，此外還有幾位學者撰寫了關於《中原雅音》的論文。它們都是以見於《韻學集成》（以下簡稱《集成》）的材料爲依據的❸。

---

❷　辻本春彦〈韻學集成と中原雅音〉，《中國哲學史の展望と模索》，創文社，1976 年。

❸　主要的有：

冀　伏〈《中原雅音》考辨—兼與蔣希文同志商榷〉，《吉林大學社會科學學報》，1980 年第 2 期，總第 38 期。

蔣希文〈《中原雅音》記略〉，《中國語文》1978 年第 4 期。

龍　晦〈《韻學集成》與中原雅音〉，《中國語文》1978 年第 4 期。

龍　晦〈《中原雅音》語言資料的發現及其評價〉，《詞典研究叢刊》1，四川人民出版社，1980 年。

龍　晦〈《中原雅音》聲類考〉，《詞典研究叢刊》2，四川人民出版社，1981 年。

邵榮芬《中原雅音研究》，山東人民出版社，1981 年。讚井唯允〈《中州音韻》小考—王本の底本をめぐって—〉，《中國語學》228，中國語學會，1981 年。

讚井唯允〈《韻學集成》所傳《中原雅音》考辨—與冀伏先生商榷—〉，《人文學報》156，東京都立大學人文學部，1982 年。

楊耐思，〈《韻學集成》所傳《中原雅音》〉，《中國語文》1978 年第 4 期。

二

不久前我翻閱一部名曰《同聲千字文》的書❹，就發現了在此書裏頭也摘錄了不少《中原雅音》（以下簡稱《雅音》）的材料。

《同聲千字文》（以下簡稱《千字文》），十卷續六卷❺，清人朱紫撰。書中有「康熙歲次辛巳（1701 年）蘭月長洲朱紫天凝甫識」的「自序」❻。書中還有「康熙四十有七年（1708 年）正月中浣長洲尤珍序」❼。由此可見。本書成於 1701 年，到 1708 年以後刊行於世。本書前後分二部分。前一半為「正千字文」，以周興嗣千字文為本，彙其字之同音者載於其下。後一半為「續千字文」，以未收於千字文之字為本，集其字之同音者列於其下❽。值得一提的是，據本書的記述來看，「中原雅音」作為一部書的存在也是肯定的。本書「正千字文·例言」第六條云：

---

❹ 本文所據，是今藏於日本國立國會圖書館的刻本。封面書名曰《同音字鑑》。封面上還有如下文字：「嘉慶辛未年（1811 年）重鐫 吾門朱天凝先生纂集 仁和錢次軒先生審定 音本中原 字宗正韻 莊敬堂藏板」。版心有「永慕堂」三字。

❺ 據《國立國會圖書館漢籍目錄》（國立國會圖書館，1987 年，第 55 頁）的記載。現訂成共八冊。

❻ 見第一冊。

❼ 見第六冊。

❽ 自第一冊至第五冊為「正千字文」，自第一冊至第五冊為「續千字文」。

註引周易、尚書、毛詩、春秋、禮記、孝經……老、莊、管、
列……淮南諸子、楚辭、董仲舒、賈誼……李白、杜甫、韓愈
詩文、文選、說文、洪武正韻、中原雅音、韻學集成、廣韻、
玉篇等語從省，止用一字鑴陰文，以表之。

這說明了「中原雅音」不外書名。

三

在《千字文》裏收集到有關《雅音》的材料，共近一千三百條。
但去掉其重複，實際上有用的就更少些，沒有《集成》多❾。下面擬
對見於《千字文》的《雅音》材料略作一點介紹。

《千字文》和《集成》所引的《雅音》材料相比較❿，大致有如
下異同。

1.在被釋字方面。

二書中的被釋字，雖有很多一致的，但也有不少不一致的。如

---

❾　《集成》摘錄的《雅音》材料：據蔣文（見附注三中的蔣希文先生的論
文。以下類推。），共有一千四百條左右（第 253 頁）；據楊文，共有
一千三百三十條（第 255 頁）；據冀文，共有一千四百二十二條（第
89 頁）；據邵書，共有一千四百零五條（第 15 頁）；據讚井 1982 年
的論文，共有一千四百二十二條（第 54 頁）。

❿　本文所據的《集成》有二：一是明萬曆六年刊，陳世寶重訂本。書名作
《重刊併音連聲韻學集成》；二是明萬曆三十四年刊，吳道長重訂本。
書名作《重訂併音連聲韻學集成》。二書均爲日本內閣文庫所藏。同時
主要參考了邵書和龍文（1981 年）。

「弓恭觥肱」四字在《集成》裏均作爲被釋字，注爲「音公」❶。然而《千字文》雖然收有「弓」字，但沒給此字注意。又如「蓬彭」二字，不管在《集成》還是《千字文》裏都作爲被釋字，注云「普蒙切」。《集成》還有一個「朋」字爲「普蒙切」。《千字文》則對此字沒有注音，倒給「鵬」字注上「普蒙切」。二書中的像這樣被釋字互不一致的例子甚多。

2.在注音方式方面。

《集成》關於《雅音》的注音方式繁多，有十幾種❷。《千字文》關於《雅音》的注音方式更多一些。如「音×○聲」、「音×○聲，音×」、「××切，音×○聲」、「音×○聲，××切」、「作○聲，××切，音×」、「作○聲，音×，似×音」、「××切，應讀如×○聲」、「××切，讀如×○聲」、「音××切，讀×○聲」、「音×，××切，讀×○聲」等式樣，在《集成》裏都不見。例如（把該字在《集成》裏的注音一併提出來，供參考）：

被釋字	《千字文》	《集 成》
攜	音慧平聲。	無注音。
靡	音梅上聲，音浼。	音浼。
責	之買切，音齋上聲。	之買切。
壞	音懷去聲，休買切。	休買切。
	（「買」字當誤。）	（「買」字當誤。）

---

❶ 「弓」字的注音，有的版本「音」字原無，當是漏刻。

❷ 冀文說：「…大體上可歸納成 18 種」（第 89 頁）。

白	作平聲，邦埋切，音排。	邦埋切。
	（「排」字當誤。）	
出	作上聲，音杵，似觸音。	音杵。
荷	休个切，應讀如呵去聲。	休个切。
畓	丁加切，讀如打平聲。	收麻韻，丁加切，當呼打平聲。
蓳	音丘頑切，讀慣平聲。	丘頑切。
	（「慣」字當誤」。）	
戻/側	音賣，莊改切，讀齋上聲。	音賣。

3.在注音字樣方面。

除上述情況外，二書所引述的《雅音》材料大部分相同。如果不考慮被釋字的不同而僅對用來附上的注音來說，那麼二書有關《雅音》的注音完全相同的例子占大多數。下面隨便例舉一些：

蓬	普蒙切。	
彭	普蒙切。	
鵬/朋	普蒙切。	（注音雖是一樣，但被釋字不同。置斜線前的是《千字文》的，置斜線後的是《集成》的。下同。）
烹	普公切。	
砰	音烹。	（《集成》還有一個音切「普公切」，與「音烹」分別出現。）
恒	戲登切。	

亨　休稜切。

莖　戲棱切。

恭　音公。

觥　音公。

肱　音公。

陳　丑仁切。

拳/權　丘員切。

絹　收絹一字，音見。餘字並音眷。　（《千字文》「絹」字
　　　　　　　　　　　　　　　　　　　　　　　用一號代替。）

投/頭　吐婁切，音偷。

氏/是　收去聲，音試。

恃/侍　音試。

墨　音妹，又音賣。

有幾個字《集成》誤，《千字文》也同樣誤。例如：

永　音員。　　　　　　　（「員」字當誤。）

仍　世移切。　　　　　　（「移」字當誤。「世」字存
　　　　　　　　　　　　　疑。）

辦　郭盼切，音扮。　　　（「郭」字當誤。）

壞　音懷去聲，休買切。　（《集成》無「音懷去聲」四
　　　　　　　　　　　　　字。「買」字當誤。）

宥　倨救切，音幼。　　　（「倨」字當誤。《集成》有
　　　　　　　　　　　　　的版本不誤，正作「伊」。）

日　　作去聲，日吏切。　　（《集成》無「作去聲」三字。

「日」字當誤。）

若　　作去聲，日曜切，又月夜切。　　（《集成》無「作去

聲」三字。「月」字蓋誤。）

　　看來，《千字文》的注音似乎是抄襲《集成》的。《千字文》在
「唐」字下注云：「韻學⑬（按，《集成》）云：中（按，《雅
音》）無音，推之當音湯」。又在「崒」字下注云：成（按，《集
成》）按中原雅音當音租」。這些就是《千字文》的作者參看了《集
成》的明證。其實，《千字文》的作者已在書中明確地交代他查看了
《集成》一事。「續千字文·例言」第三條中云：

　　……今余惟以《韻學集成》爲本，檢《中原雅音》聲口相同者
　　彙收附列。

第五條中又云：

　　……故於《韻學集成》內考其所註《中原雅音》之音切相同者
　　彙收之，俾中原帝都之音著而侏離16舌之俗偕可諧音，八荒九
　　有之氓咸堪通譯。⑭

---

⑬　「韻學」二字，原文作陰文。＿號用來表示在此中的文字爲陰文。下同。

⑭　《千字文》的作者認爲《雅音》之音切代表中原帝都之音是非常值得注
　　意。《雅音》的基礎方言問題不在本文討論的範圍之內，只在這裏提一
　　下，留待以後研究。

那麼，《千字文》的注釋是否全都襲用《集成》的呢？不盡然。
例如：

被釋字	《千字文》	《集　成》
層	七稜切。	七棱切。
定	音訂。	音矴。
長	痴禳切，似昌音。	痴禳切，似昌音。
裳/常	音長，更爲痴禳切。	音長，更爲痴禳切。
杜	收去聲，音妒。	收去聲，音妬。
度	音妒。	音妬。
粗	收去聲，音祚。	收去聲，音祖。
朒	泥救切。	尼救切。

這些差異也許可以說是因形近而偶然造成的。但是下列例子的存
在使我們相信，《千字文》的注音並不是一概照抄《集成》的。

被釋字	《千字文》	《集　成》
洪	戲同切，似烘音。	戲同切。
墳/焚	付文切，似芬音。	付文切。
浮	付無切，音符。	付無切。
限	收去聲，休諫切。	當作去聲，休諫切。
在	音再，讀哉去聲。	音再。
	收去聲，音載。	收去聲，音再。
渠	丘余切，似驅音。	丘余切，似壚音。

逵/葵	渠回切，似魁音。	渠回切，似恢音。
甲/夾	音假。	音賈。
戞	音假。	音賈。
戻/側	音責，莊改切，讀齋上聲。	音責。
肉	音柔去聲，更音歠。	更音歠。

《千字文》的有些注音方式具有系統性。反切和直音並列用來作一個音釋的時候，先置反切，後置直音，例外極少。《集成》則相反（但也有例外）。例如：

被釋字	《千字文》	《集 成》
橫	休貢切，音烘。	音烘，休貢切。
脛	休徑切，音興。	音興，休徑切。
誑	九曠切，音桄。	音桄，九曠切。
懸	休虔切，音賢。	音賢，休虔切。
涎	思延切，音先。	思延切，音先。
掣/徹	音撦，丑也切。	音撦，丑也切。

有趣的是，《千字文》很有系統地忌避「夷」字。例如：

被釋字	《千字文》	《集 成》
昂/卬	儀江切。	夷江切。
仰	移兩切，音陽上聲。	夷兩切。
品	儀緘切。	夷緘切。

遺	音爲，又音儀。	音爲，又音夷。
其/奇祈	器儀切。	器夷切。
涯	夸皆切。	夷皆切。

有些注音《集成》誤，或有可疑，然而《千字文》卻不誤，或無可疑。這是很值得注意。例如：

被釋字	《千字文》	《集 成》
汞	休孔切。	体孔切。
哄	休貢切，音烘。	体貢切，音烘。
敻	休用切。	音哭，休用切。或音突，休用切。（因版本而異。）
咄	音堵。	音堵。
篤	音堵。	音堵。
抱	收去聲，音報。	去聲，音報。
腳	音角，更音絞。	從角，更音絞。
節	音姐。	音阻。
雉	收去聲，音智。	收又音智。

又有些字，由於二書的注音不同就會影響到《雅音》音系的討論。例如：

被釋字	《千字文》	《集 成》
崇	音蟲。	音蟲弓。

（也可視爲「蟲弓切」之誤。）⑮

生	式登切，音申。	式登切。
撑/樘	丑增切，似春音。	丑增切。
鹹	休嵓切，似軒音。	休嵓切。
男/南	音奴藍切，似難音。（「音」字爲衍。）	奴藍切。
沆	戲浪切。	戲朗切。
所	音數，讀束上聲。	音數。（按，在《集成》裏，「數」〔上聲〕不與「束上聲」同音。）
出	作上聲，音杵，似觸音。	音杵。（按，在《集成》裏，「觸，音楚」，不與「出，音杵」同音。）
赤	作上聲，音恥。	音稚。
色	入上聲，所買切。	所馬切。
眦	音債。	日寨切。（有人認爲「日」字當是「丑」字之誤。）⑯
別	邦也切。	布耶切。

　　把「別」字特別提出來談一下。「別」字，據《集成》注音「布耶切」，當列入平聲。據《千字文》「邦也切」，似當列入上聲。但

---

⑮　邵書訂爲「蟲弓切」（第 99 頁）。

⑯　見邵書第 137 頁。又見龍文（1981 年）第 56 頁。

也有可能歸入平聲，因爲「也」字在《雅音》裏還可以作平聲用。《千字文》在「也」字下注云「作平聲」或「作平聲用」**❼**。不過，此字（即「別」字）到底該列入上聲，還是平聲，沒有材料可作依據。

附帶談「顥」字。此字也有同樣的同題。「顥」字，《集成》、《千字文》均注爲「而也切」。邵榮芬先生認它爲上聲，是並不無道理的**❽**。但據《千字文》，它應歸爲平聲。《千字文》在「涉」字的同音字群中的最後一字下注云：

> ……案，「舌」「顥」二音俗讀同「熱」音。因中原雅音以「熱」字收去聲，將「舌」「顥」二字收平聲，故分立附于「涉」音之後。

這注文並不見於《集成》，該是《千字文》的作者所述的。文中所說的「俗讀」指的是作者的家鄉話的讀音——吳音吧。問題就是他怎麼能知道「顥」字是平聲呢？「熱」字爲去，「舌」「涉」二字爲平，只要有《集成》一書，即使沒有其他材料也就能夠推測出來。見於《集成》的《雅音》注音如下：

---

❼ 千字文第 638 字「野」字的同音字群中有「也」字，注爲「作平聲」。《千字文》又在「椰」字的同音字群中收有「也」字，注爲「作平聲用，又上聲」。「也」字可作平聲用，《集成》同。

❽ 邵書第 161 頁。

熱　日夜切。

舌　式耶切。

涉　式耶切。

「齇」字《集成》只注為「而也切」。《千字文》的作者竟然明確地說，《雅音》把它收入平聲。這是怎麼回事？這是否暗示著，當時《雅音》一書還留存，《千字文》的作者親眼查過此書而確認「齇」字的所在。遺憾的是，除此外，本書沒有其它有力的材料可證實這一可能性。

4.互不見的音釋。

見於《集成》，而不見於《千字文》的注音有。例如：

腫　日孔切。

餧　作上聲，於梅切。

就　音僦，子就切。

䃀　七下切。

査　按《中原雅音》當音七邪切。

瘸　丘靴切，音鮀。

褫　按《中原雅音》當作上聲，古每切。

傉　音奴。

《千字文》原來未收這些字，怪不得沒有它們的注音。

令人驚異的是，在《集成》裏不見，只有在《千字文》裏才見到的注釋也有。例如：

賊　　作平聲，則移切。

攜　　音慧平聲。

摔　　升擺切，手一。

簪　　茲三切。

悔　　作上聲。

藝　　收去聲。

徠　　音賴。

在這幾個字當中，只有「摔」一字《集成》未收，其他均收有，但無注釋。

　5.在釋義方面。

有釋義的《雅音》材料，《千字文》又不如《集成》多。但對二書共同的材料來看，大體上差不多。但也有些差異值得注意。例如：

被釋字　　《千字文》　　　　　《集　成》

呶　　多言也。　　　　　　多言。

挽　　一攬也。　　　　　　挽攬。

縱　　纏繞也。　　　　　　纏繞。

靠　　依一。　　　　　　　倚靠。

俏　　俊俏。　　　　　　　要俏。

徠　　聲軟小貌。　　　　　聲軟小兒。（「兒」字當誤。）

釭　　唐人用銀一，燈盞也。　銀釭，燈盞。

癱　　癱也。俗謂癱曰風一。　癱也，俗云癱風癱。

四

以上只是就《千字文》所引述的《雅音》材料加以簡略的介紹而已。目的在於試探一下它們究竟有沒有研究價值。本文的結論認爲：

1.《千字文》所引的《雅音》材料能夠成爲探討《雅音》的很寶貴的依據。

2.通過本文的介紹，初步了解了問題的所在。今後需要對本書的材料，更全面地、更細緻地進行分析。《千字文》和《集成》之間的《雅音》注音的異同是哪裏來的？這指的是什麼意思？我們應該弄清楚。

3.《千字文》參考和抄錄《集成》的痕跡是十分明顯。二書關於《雅音》注音的異同，有一部分或是由於《集成》本子的不同而來的。因此我們對《集成》也需要繼續進行研究。《集成》到底有多少本子未詳。我們要致力於發現更多、更好的版本。

〔1995 年 3 月 30 日脫稿〕

＊ 本課題得到 1994 年度日本文部省科學研究費補助金一般研究(C)的資助。

中古陽聲韻類在
現代吳語中的演變

許寶華

　　本文擬主要就中古陽聲韻類的韻尾-m，-n，-ŋ 在現代吳語裏的演變作一些分析和討論。

　　據《中國語言地圖集》(1988)，現代吳語分爲太湖、台州、甌江、婺州、處衢、宣州六片。本文缺宣州片字音材料，其他五片的太湖片列有毗陵、蘇滬嘉、茗溪、杭州、臨紹、甬江六小片二十一個方言點的字音材料，台州片列有五個方言點、甌江片和婺州片各列有七個方言點、處州片列有處州和龍衢兩個小片十個方言點的字音材料。文後附表《中古陽聲韻類在現代吳語中演變情況表》，共列五十個方言點的十八個字音材料。吳語除宣州片外，其他五片共有縣、市一級的方言點一二〇個（包括少數重複計算的方言點在內），其中太湖片六十九個，台州片十個，甌江片十一個，婺州片八個，處州片二十二個，本文所列尚不足半數；而字音材料，每個中古陽聲韻攝只取兩個字。同時，字音材料採自幾種不同的論著，各家記音本身寬嚴不盡一致。因此本文所談問題的意見，尚缺乏較強的概括性和說服力，觀其大略，作爲參考，則庶幾可以。

壹、據本文附表《中古陽聲韻類在現代吳語中演變情況表》，從各陽
　　聲韻攝出發觀察，可見今吳語韻母的以下一些情況：

　　咸、深二攝例字"南甜深沈"，"南"爲咸攝開口一等，"甜"
爲咸攝開口四等，"深沉"同爲深攝開口三等，中古均收-m 尾，但
在今吳語五十個方言點中已無一處收-m 尾。呂四（原屬南通今屬啓
東）的"南"讀 num 比較特殊，可以不看作是-m 尾的遺存。咸攝字
"南甜"今吳語基本上都念口元音韻，只有少數地點讀鼻化元音韻，
個別地點讀舌根鼻音韻。深攝字"深沉"今吳語大部分都收-n 或-ŋ
尾（-ȵ 尾可視作-n 或-ŋ 尾），少數讀鼻化元音韻，沒有讀口元音
的地方。

　　山攝例字"單穿"，"單"爲開口一等，"穿"爲合口三等，今
吳語基本上都讀口元音韻，少數地點讀鼻化元音韻，只有個別地點收
-n 尾或-ŋ 尾。

　　臻攝例字"人斤"，都爲開口三等，今吳語的大部分方言點都收
鼻音韻尾-n/-ȵ/-ŋ，小部分方言點讀鼻化元音韻。

　　宕攝例字"幫裝"，"幫"爲開口一等，"裝"爲開口三等，今
吳語五十個方言點的讀音，就韻母而言，有十三個收鼻音-ŋ 或-ȵ
尾，二十七個讀鼻化元音韻，十個讀口元音韻。

　　江攝例字"江雙"，都爲開口三等，今吳語五十個方言點的韻
母，十三個收-ŋ 或-ȵ 尾，二十六個讀鼻化元音韻，十一個讀純元音
韻，跟宕攝例字"幫裝"的演變情況大體一致。

　　曾攝例字"冰凝"，都爲開口三等，今吳語五十個方言點的讀音
各自相同，其中絕大部分收鼻音-ŋ 或-ȵ尾，少數讀鼻化元音韻。

　　梗攝例字"梗清"，"梗"爲開口二等，"清"爲開口三等，今

吳語五十個方言點的韻母情況是："梗"字收鼻音-ŋ/-ɲ/-n 尾的十一個,讀鼻化韻的二十五個,讀口元音韻的十四個。"清"字基本上都收鼻音-ŋ/-ɲ/-n 尾,少數讀鼻化韻,讀口元音的沒有。

通攝例字"東中","東"為合口一等,"中"為合口三等,今吳語五十個方言點中二十九個"東中"同音,二十一個"東中"不同音,但韻尾都同為-ŋ。個別特殊讀法如平陽"中"讀 iɸn,縉云"東中"讀-ɔm,可作進一步分析。

貳、據《中古陽聲韻類在現代吳語中演變情況表》,再從吳語各方言片出發觀察,可見中古陽聲韻攝在每一個方言片裏的以下一些演變情況:

太湖片中,咸、山二攝的例字幾已全部失去鼻音尾-m 和-n,絕大部分地方讀口元音韻,少數地方讀鼻化元音韻。深攝的鼻音韻尾-m 也早已消失,例字韻尾跟臻攝混同,多數地方收-ŋ 尾,少數地方收-n 尾或轉讀鼻化韻。宕攝例字,多數地方讀 ʌ、a、A、ɑ、ɔ 的鼻化韻,少數地方收-ŋ 尾。江攝例字,多數地方讀鼻化韻,少數地方收-ŋ 尾。梗攝例字,"梗"多數地方讀鼻化韻,少數地方收鼻音尾;"清"絕大部分地方都收鼻音尾,少數地方讀鼻化元音韻。曾攝例字,"冰、凝"的今韻情況跟梗攝"清"字的相同。通攝例字"東中",太湖片各地都收-ŋ 尾。

台州片中,咸、山二攝的例字,都讀口元音韻,沒有一處例外。深攝例字,鼻音尾-m 也已消失,例字韻尾跟臻攝混同,多數地方收-ŋ 尾,少數地方收-n 或讀鼻化韻。宕攝例字,多數地方讀 ɔ 的鼻化韻或鼻化後帶有-ŋ 尾,個別地方讀口元音 ɔ 韻。江攝例字,多數

地方讀鼻化韻或主元音鼻化後帶-ŋ尾，個別地方讀口元音韻。曾攝例字，多數地方收-ŋ尾，少數地方收-n尾。梗攝例字，"梗"部分地方收鼻音尾-ŋ，部分地方讀鼻化韻，部分地方讀口元音韻；"清"絕大部分地方收-ŋ尾，個別地方收-n尾。通攝例字"東中"，台州片都收-ŋ尾。

　　甌江片中，咸、山二攝的例字，各地都讀口元音韻，沒有一處例外。深攝例字，鼻音韻尾已跟臻攝的混同，多數地方收-ŋ尾，少數地方收-n尾。宕攝例字，甌江片各地都讀口元音韻。江攝例字，也都讀口元音韻。曾攝例字，都讀鼻音尾韻。梗攝例字，"梗"都讀口元音韻；"清"都讀鼻音-ŋ尾韻。通攝例字"東中"，甌江片差不多都讀-ŋ尾韻，只有平陽一地"中"讀-iɸn。

　　婺州片中，咸、山二攝的例字，差不多各地都讀口元音韻，只有浦江一處讀鼻化元音韻。深攝例字，鼻音尾-m也已消失，今音韻尾跟臻攝混同，都收鼻音尾-n或-ŋ。宕攝例字，多數地方收鼻音尾-ŋ，少數地方讀鼻化韻或口元音韻，個別地方讀鼻音韻。江攝例字，韻母演變大體同宕攝。曾攝例字，都收鼻音尾，其中大部分地方收-n尾，小部分地方收-ŋ尾，個別地方收-ɲ尾。梗攝例字，"梗"大部分地方讀口元音韻，小部分地方讀鼻化韻，個別地方讀鼻音尾韻；"清"都讀鼻音尾韻。通攝例字"東中"，都收鼻音尾-ŋ，但一部分地方同音，一部分地方不同音。

　　處衢片中，咸、山二攝的例字，讀口元音韻的跟讀鼻化元音韻和鼻音尾韻的大體各半。深、臻二攝的例字，各地韻尾已經混同，多數地方收-ŋ尾，少數地方收-n尾或讀鼻化韻。宕攝例字，多數地方讀鼻化韻，少數地方讀-ŋ尾韻。江攝例字，今音韻母讀同宕攝。曾攝

例字，大部分地方讀鼻音-ŋ 尾韻，小部分地方讀鼻化韻。梗攝例
字，"梗"絕大部分地方都讀鼻化韻或鼻音尾韻，個別地方讀口元音
韻；"清"多數地方讀鼻音尾韻，少數地方讀鼻化元音韻，沒有讀口
元音韻的。通攝例字"東中"，幾乎所有地方都收-ŋ 尾，只有一處
讀-ɔm 韻。

參、據上文壹、貳兩部分所述，可見各陽聲韻攝的古今演變及地理分
　　布，情況不盡一致，發展是不平衡的。

　　《中國語言地圖集》"吳語"條說："咸、山兩攝字一般不帶鼻
尾，讀口音或半鼻音。如蘇州'敢'ᶜkɸ ，嵊縣'山'ᶜsæ̃，溫州
'先' ᶜɕi。。"這是正確的，但吳語各地具體情況如何，語焉未
詳。要是按上文所析，進一步把每攝例字在吳語各地的今韻情況略加
歸納，分為口元音韻、鼻化元音韻、鼻音尾韻，那韻母尤其是它的韻
尾情況就可以比較具體地顯示出來了。

　　下面是歸納後排成的表格：

		太湖片	台州片	甌江片	婺州片	處衢片
咸攝	口音韻	++(35)	+++(10)	+++(14)	++(12)	+(7)
	鼻化韻	+(7)	0	0	+(2)	++(10)
	鼻尾韻	0	0	0	0	+(3)
深攝	口音韻	0	0	0	0	+(2)
	鼻化韻	+(6)	0	0	+(2)	++(6)
	鼻尾韻	++(36)	+++(10)	+++(14)	++(12)	++(12)
山攝	口音韻	++(35)	+++(10)	+++(14)	++(12)	+(6)
	鼻化韻	+(7)	0	0	+(2)	++(10)
	鼻尾韻	0	0	0	0	+(4).

臻攝	口音韻	0	0	0	0	0
	鼻化韻	+(5)	0	0	0	++(8)
	鼻尾韻	++(37)	+++(10)	+++(14)	+++(14)	++(12)
宕攝	口音韻	0	+(2)	+++(14)	+(3)	+(2)
	鼻化韻	++(30)	+++(8)	0	+(2)	++(12)
	鼻尾韻	+(12)	0	0	++(9)	++(6)
江攝	口音韻	0	+(2)	+++(14)	+(2)	+(3)
	鼻化韻	++(30)	+++(8)	0	+(2)	++(10)
	鼻尾韻	+(12)	0	0	++(10)	++(7)
曾攝	口音韻	0	0	0	0	0
	鼻化韻	+(4)	0	0	0	++(8)
	鼻尾韻	++(38)	+++(10)	+++(14)	+++(14)	++(12)
梗攝	口音韻	0	++(2)	+++(7)	++(4)	+(1)
	鼻化韻	++(15)	+(2)	0	++(2)	++(6)
	鼻尾韻	+(6)	+(1)	0	+(1)	++(3)
通攝	口音韻	0	0	0	0	0
	鼻化韻	0	0	0	0	0
	鼻尾韻	+++(42)	+++(10)	+++(14)	+++(14)	+++(20)

　　上表中的“０”表示該方言片“沒有”該韻母類型的讀法，“＋”表示“少數”或“個別”，“＋＋”表示“多數”或“大部分”，“＋＋＋”表示“全部”。括號內的數目字表示“出現的個次數”。吳語五個方言片由於所列方言點多少不一，也就不能簡單地依靠表中數字來準確說明各片韻母情況和不同韻母類型出現的頻率，只能據表觀其大略。

　　1.咸攝讀口元音韻的有七十八個次（占 78%），讀鼻化韻的有十九個次（占 19%），讀鼻尾韻的有三個次（占 3%）。由於個次數和

百分比是一致的，以下只寫百分比。

　　2.深攝讀口元音韻的占 2%，讀鼻化韻的占 14%，讀鼻尾韻的占 84%。

　　3.山攝情況跟咸攝差不多，讀口元音韻的占 77%，讀鼻化韻的占 19%，讀鼻尾韻的占 4%。

　　4.臻攝情況跟深攝差不多，沒有讀口元音韻的，讀鼻化韻的占 13%，讀鼻尾韻的占 87%。

　　5.宕攝讀口元音韻的占 21%，讀鼻化韻的占 52%，讀鼻尾韻的占 27%。

　　6.江攝讀口元音韻的占 21%，讀鼻化韻的占 50%，讀鼻尾韻的占 29%。

　　7.曾攝讀口元音韻的沒有，讀鼻化韻的占 12%，讀鼻尾韻的占 88%。

　　8.梗攝讀口元音韻的占 14%，讀鼻化韻的占 30%，讀鼻尾韻的占 58%。

　　9.通攝沒有讀口元音韻和鼻化韻的，讀鼻尾韻的為 100%。

　　據上表及說明，可以得出以下數據：

　　1.吳語九攝三類韻母的百分比：

	咸攝	深攝	山攝	臻攝	宕攝	江攝	曾攝	梗攝	通攝
口元音韻	78%	2%	77%	0%	21%	21%	0%	14%	0%
鼻化韻	19%	14%	19%	13%	52%	50%	12%	30%	0%
鼻尾韻	3%	84%	4%	87%	27%	29%	88%	56%	100%

　　再按以上三類韻母百分比多少的順序（由多到少）改排成以下順序：

□元音韻　(1)咸攝78%　(2)山攝77%　(3)宕攝21%　(4)江攝21%
　　　　　(5)梗攝14%　(6)深攝 2%　(7)臻攝 0%　(8)曾攝 0%
　　　　　(9)通攝 0%

鼻 化 韻　(1)宕攝52%　(2)江攝50%　(3)梗攝30%　(4)咸攝19%
　　　　　(5)山攝19%　(6)深攝14%　(7)臻攝13%　(8)曾攝12%
　　　　　(9)通攝 0%

鼻 尾 韻　(1)通攝100%　(2)曾攝88%　(3)臻攝87%　(4)深攝84%
　　　　　(5)梗攝56%　(6)江攝29%　(7)宕攝27%　(8)山攝 4%
　　　　　(9)通攝 3%

　　2.吳語各片三種韻母類型的百分比：

	太湖片	台州片	甌江片	婺州片	處衢片
口元音韻	18.5%	28.8%	56.2%	29.5%	12%
鼻 化 韻	28%	20%	0%	10.8%	40%
鼻 尾 韻	53.5%	51.2%	43.8%	59.7%	48%

　　再按以上吳語各片三類韻母百分比多少的順序（由多到少）改排成以下順序：

　　口元音韻　(1)甌江片56.2% (2)婺州片29.5% (3)台州片28.8%

      (4)太湖片18.5% (5)處衢片12%

鼻 化 韻　(1)處衢片40%　　(2)太湖片28%　　(3)台州片20%

           (4)婺州片10.8% (5)甌江片 0%

鼻 尾 韻　(1)婺州片59.7% (2)太湖片53%　　(3)台州片51.2%

           (4)處衢片48%　(5)甌江片43.8%

　　這樣，咸、深等中古陽聲韻攝在現代吳語中的韻尾情況，吳語各片不同類型韻母的分布情況，都比較具體地顯示出來了，從而有助於作進一步分析研究。

肆、中古陽聲韻諸攝的韻尾-m、-n、-ŋ 在吳語地區的演變，可以從方言以外的客觀因素作一些解釋。

　　比如自然地理和歷史上長期形成的行政地理對於方言地理的制約性這一點在吳語地區就比較明顯。據《浙江吳語分區》(1985)一文所說，自然條件（包括山脈的走向、阻隔，江河水系的分布等）是過去設置郡縣州府的重要依據，如溫州府的範圍大致就是甌江、飛雲江、盤江水系範圍，台州府的範圍就是椒江水系流域的範圍等等，而所有這些江河的分水嶺，大致也就是各個郡府的分界線，如四明山隔開了寧波府和紹興府，大盤山隔開了台州府和金華府，括蒼山隔開了台州府和溫州府等等。再加吳語地區的郡縣設置宋元明清以來變動較小。這樣，山脈、水系的走向和阻隔，不僅是自然地理和行政地理的天然分界，也是長時期內逐漸形成的方言地理的天然界線。聯繫自然

地理和行政地理，吳語地區的甲地跟乙地之所以差別很大或很小，就可以得到較爲合理的解釋。比如包括永嘉、溫州在內的甌江片方言所以跟其他片方言差距那麼大，是由溫州一帶地處浙江東南隅，東臨大海，北面與西面均有崇山峻嶺與外地阻隔、對外交通極爲不利所致；而內部有江河橫貫東西，沿海又有大片平原連接南北，近海舟船交通相當便利，所以甌江片內的方言從聲韻調到詞匯、語法都非常一致，人們通話並無多大困難。太湖片最大，覆蓋六十七縣市，人口 6730 萬，由於內部平原廣闊，交通比較便利，六個方言小片之間通話也無明顯困難。浙江中部的婺州片，方言區最小，只有九個縣市， 400 萬人，由於山川阻隔，對內對外交通都很不便，內部方言差別很大，不僅其他片方言區人不易聽懂婺州片方言，就是婺州片內部好些縣之間也不能直接通話。

　　當然，問題並不總是簡單的。人文歷史因素如常有變動，方言也會隨之起這樣那樣的變化。比如方言片跟方言片之間的方言點，就常常兼有幾個片的特點，而考察歷史，可知這些方言點也往往是處在兩個不同行政區劃的邊界，而又曾多次改變過歸屬的地方。例如太湖片甬江小片的寧海，曾先後屬過會稽郡和過中郡，也曾經南北分屬過不同的郡府，是一個歸屬變動較多的地方，那裏的方言就兼有南北吳語某些不同的特點。方言是社會現象，不能脫離人們的生存空間以及自然地理和人文歷史的具體情況來談方言的發展演變。至於方言的具體特點，如甌江片不僅咸、山、宕三攝的例字都讀成開尾韻，而且九攝陽聲韻例字無一處讀作鼻化韻，這個爲吳語其他方言片所無的特點，就不能簡單地直接從自然地理和行政地理找出有說服力的理由說明其成因。

伍、中古陽聲韻諸攝的韻尾-m、-n、-ŋ 在吳語地區的演變，也可以
　　從方言本身作一些解釋。

　　根據本文附表所列吳語今韻，可以歸納出以下十七種韻母組合類
型：

　　　(1) v+ŋ　　　(2) v+v+ŋ　　　(3) v+v+v+ŋ

　　　(4) v+ɲ　　　(5) v+v+ɲ　　　(6) v+n

　　　(7) v+v+n　　(8) v+m　　　　(9) ˍŋ

　　　(10) v+v~　　(11) v+v~+ŋ　　(12) v~+ŋ

　　　(13) v~+ɲ　　(14) v~　　　　(15) v

　　　(16) v+v　　 (17) v+v+v

説　明：

　　1.上述韻母組合類型中，" v "表示口元音，" v~"表示元音
鼻化。"ˍŋ"指鼻音韻。" v+m "指 um（左上角小 u 加 m）、 ym
（左上角小 y 加 m）、 ɔm 三韻，這裏的ˍŋ 和 m 都不是鼻音尾，因
出現個次數很少，統計時把它們歸入鼻化韻一類。

　　啓東呂四鎭 um、 ym 二韻的發音，《呂四方言記略》一文中
說：＂中古山咸、兩攝一等開口和山攝一三四等合口都讀成閉口韻 m
（ m 在舌而音聲母後，帶有 y 的色彩），在其他聲母後帶有 u 的色
彩，例外極少。＂我認爲從呂四音系看，古鼻音尾-m 和-n 已接近消
失，大部分-m、-n 尾字已併入-ŋ 尾韻，小部分轉讀鼻化韻， um、
ym 中的 u、 y 既是指這兩個韻發音時的舌位，也應看作是韻母構成

中的主要語音成分，um、ym 實際是間鼻化韻發展的一種過渡性的韻母類型，發音時從一開頭就帶有鼻化成分，已跟 ũ、ỹ 差不了太多，再進一步演變，um、ym 就很可能爲 ũ、ỹ，再變爲 u、y。咸、山兩攝鼻尾消失過程最快，只剩下 3 ～ 4% 的比例讀鼻音尾了。呂四的-um、-ym、兩韻在同屬毗陵小片的常州話中讀圓唇元音韻 ɔ 或前帶介音的 iɔ 韻，而在離呂四不遠的蘇瀘嘉小片的上海話中則讀爲圓唇元音 φ 和 yφ 韻。這對理解呂四 um、ym 兩韻的性質並觀察其演變趨勢是可以得到啓示的。至於處衢片的縉云，讀 "東中" 爲 ɔm 韻，也比較特殊。陳其光《漢語鼻音韻尾的演變》(1991)、馬希寧《漢語方言的特殊韻尾 [m]》(1994)對浙南地區的-m 尾韻均作了深入、細緻的研討，請參閱，不贅。

　　2.上述十七種韻母組合類型中，如把(1)～(9)算作鼻音尾韻，把(10)～(14)算作鼻化韻，把(15)～(17)種算作口元音，則據前列材料可得到以下數據：

中古諸攝鼻尾	-m	-n	-ŋ
吳語口元音韻	39.5%	38.5%	11.6%
鼻　化　韻	16.5%	16.5%	29%
鼻　尾　韻	44%	45%	59.4%

　　由是觀之，古鼻音尾-m、-n 演變爲今天的口元音韻、鼻化韻和鼻尾韻三類韻母比例差不多，古-ŋ 尾韻母演變而成的三類韻母比起古-m、-n 兩類的演變結果來，口元音韻最少，鼻化韻較多，鼻尾韻最多。這從一個方面反應出-m 尾已經消失，-n、-ŋ 已漸趨混同，

或收-n ，或收-ɲ，或收-ŋ ，實際已不構成音位對立，無辨義作用。其中-ŋ尾最爲穩定，各地鼻音尾韻母中使用最多。

　　3.鼻音韻尾的演變是一個歷史過程，跟古開合口和等乃至聲母的清濁、系組都有相當密切的關係。以本文附表所列例字而言，“深沉”二字同爲深攝開口三等平聲侵韻字，今吳語各地韻母仍相同，韻尾同樣變爲-n 或-ŋ ，或弱化後變爲鼻化韻，並未受到聲母不同的影響。但“江雙”二字同爲江攝開口二等平聲江韻字，今吳語大部分地方不同韻，大概是聲母的演變影響到韻母演變的緣故。“人斤”同爲臻攝開口三等字，“人”的白讀音跟“斤”的讀音韻母相同，但“人”爲眞韻日母字，“斤”爲殷韻見母字，“人”有文讀音，“斤”則沒有，導致“人斤”二字的韻母有同有異。“東”爲通攝合口一等，“中”爲通攝合口三等，太湖片二字都同韻，但台州、甌江、婺州、處衢四片基本上都不同韻。“單”爲山攝開口一等平聲寒韻端母字，“穿”爲山攝合口三平聲仙韻昌母字，今吳語各地韻母不混。但“幫”爲宕攝開口一等平聲唐韻幫母字，“裝”爲宕攝開口三等平聲陽韻庄母字，今吳語區一部分地方韻母已混，一部分地方韻母不混。

　　此外，臻攝合口三等知章組字“春、椿、出”等字，江蘇宜興、金坛、呂四等地今音多保持合口，而蘇瀘嘉小片則已變讀開口。咸、山兩攝開口和合口三等知章組字“閂、專、占、展、纏”等，杭州小片今音都同讀合口 uõ 韻。咸、深、山、臻、宕、曾等攝舒聲開口三等知章組字，甬江小片一般讀細音韻母，跟同韻的精、見兩組字同音，如寧波“津珍眞巾”都讀 ꜀tɕioŋ 。甌江片的一些地方“東鍾”兩韻有別，如樂清“鍾 ꜀tɕɯa ≠中 ꜀tɕioŋ ”，文成“重 ꜀dʑyʌ ≠虫

cdʑioŋ。婺州片的一些地方能區別三四等,如金華"仙 csie ≠ 先 csie",浦江"連 clie ≠ 蓮 clia"。桓韻屬山攝,魂韻屬臻攝,處衢片裏兩韻的字有相混的現象。如廣豐"酸＝孫 csue"。在吳語區的大部分地方"聾龍"同音,都讀洪音,但漸南麗水、宣平、泰順等地二字不同音,"聾"讀洪音,"龍"讀細音,區別了一等和三等。

由上觀之,古開合口和等乃至聲母清濁、系組的同異,對於各地方言演變所起的制約作用並非相同,通常呈現出來的往往是既有規律又很複雜一幅幅色彩豐富的畫面。

陸、附表《中古陽聲韻類在現代吳語中演變情況表》

音標符號說明:

由於電腦型號較老,又無標準的國際音標符號軟件,本文正文和附表中少數音標符號跟原文略有出入。例如:

1. i 上有鼻化符號,ɪ 上沒有,故上面有鼻化符號的 ɪ、iɪ 也只能打成 ĩ、iĩ。

2. 音標的左上方和右上方不能再帶小一號的音標和符號,原來左上方和右上方小一號的音標和符號,改爲在左右方平行地使用大一號的音標和符號。如鼻化的 ɪ,右上方還有小的 ɲ,本文只能打成 ĩɲ。

3. ŋ 中帶的圓唇符號小-,本文只能打在左下方。v 上加~表示元音鼻化,但~只能打在 v 的右上方。

\字\韵\母\方言	南咸開一	甜咸開四	深深開三	沉深開三	單山開一	穿山合三	人臻開三	斤臻開三	幫宕開一	裝宕開三
太湖片										
1>										
呂四	um	iĩ	əŋ	əŋ	æ̃	ym	iŋ/ə	ŋi	aŋ	ɣaŋ
江陽	θ	I	ɪʮŋ	əŋ	æ	θ	iŋ/Eŋ	ʮŋ	ʌ/ɒŋ	ʌ/ɒŋ
常州	ɔ	ĩ/I	Eʮŋ	Eʮŋ	æ̃/æ̃	ɔ	iʮ/ə	iʮŋ	ʌʮ	ʌʮŋ/ʌʮŋ
深陽	U	i	ɪʮŋ	əŋ	ʌ	yʮ	in/ən	in	ʌʮ	ʌʮŋ
2>										
海門	ie	ie	əŋ	əŋ	ɸ	ɸ	əŋ/ŋie	iŋ	ã	ã
常熟	ɣ	ie	ɛ̃ʮ	ɛ̃ʮ	æ	ɣ	iĩ	iĩ	ʌ̃	ʌ̃
無錫	o	I	əŋ	əŋ	ɛ	o	in/iən	in/iən	ã	ã
蘇州	θ	iI	əŋ	əŋ	E	θ	iIn/ən	iIn	ʌ̃/ã	ʌ̃/ã
上海	ɸ	i	ɪʮŋ	əŋ	E	ɸ	iʮ/ə	iʮ	ʌ̃ʮ	ʌ̃ʮ
松江	e	i	ɪəʮŋ	ɪʮŋ	E	e/ɸ	iʮ/ə	iʮ	ã	ã
嘉興	ɣə	ie	əŋ	əŋ	Eɛ	ɣə	iə/ən	in	ʌ̃	ʌ̃
3>										
湖州	E	I	əŋ	əŋ	E	E	In/ən	In	ɔ̃	ɔ̃
德清	ɸ	i	ẽ	ẽ	ɛ	e	iẽ/ẽ	iẽ	ã	ã
余杭	uo	ie	əŋ	əŋ	ɛ	uo	ien/əne	ien	ã	ã
4>										
杭州	E	ie	əŋ	əŋ	E	uo	ən	In	ʌŋ	ɥŋ
5>										
臨安	ɛ	ie	eŋ	eŋ	ɛ	ɸ	iŋ/eŋ	iŋ	ã	ã
紹興	ẽ/æ	ĩ	ĩ	ĩ	æ̃	ĩ	ŋ/ĩ	Iŋ	aŋ	aŋ
余姚	ẽ	ĩ	əʮŋ	əʮŋ	ɛ̃	ẽ/ĩ	iŋ/ʮŋ	əʮŋ	ã	ã
6>										
寧波	EI	i	iŋ	iŋ	E	ɸ/yʮ	iŋ/əʮŋ	ɥi	ɔ̃	ɔ̃
奉化	æI	e	iŋ	iŋ	ɛ	œʮ	iŋ/og	ŋi	ɔ̃	ɔ̃
寧海	ɸ	ie	iŋ	iŋ	ɛ	yɸ	iŋ/yg	iŋ	ɔ̃	ɔ̃

例字\韵\母 方言	江江開二	雙江開二	冰曾開三	凝曾開三	梗梗開二	清梗開三	東通合一	中通合三
太湖片								
1>								
呂四	ɑŋ/iɑ	yaŋ	iŋ	iŋ	əŋ	iŋ	oŋ	oŋ
江陽	ʌŋ/i√/ŋ/ɑŋ	ʌŋ/ɑŋ	iŋ	iŋ	ʌŋ/aŋ	iŋ	oŋ	oŋ
常州	ʌŋ	Ҷʌŋ	iŋ	iŋ	ʌŋ	iŋ	oŋ	oŋ
深陽	ʌŋ	ʌŋ	in	in	ən	in	oŋ	oŋ
2>								
海門	iã/ã	ã	iŋ	iŋ	ã	iŋ	oŋ	
常熟	ʌ̃	ʌ̃	ĩŋ	ĩŋ	ʌ̃	ĩn	ʊŋ	ʊŋ
無錫	ã	ã	in	in/iən	ã	in	oŋ	oŋ
蘇州	ʌ̃/iʌ̃/ã	ʌ̃/ã	iIn	iIn	ʌ̃/ã	iIn	oŋ	oŋ
上海	ʌ̃ŋ	ʌ̃ŋ	iŋ	iŋ	ʌ̃ŋ	iŋ	ʊŋ	ʊŋ
松江	ɑ̃	ɑ̃	iŋ	iŋ	ɛ̃	iŋ	ʊŋ	ʊŋ
嘉興	ʌ̃	ʌ̃	in	in	ʌ̃	in	oŋ	oŋ
3>								
湖州	ɔ̃/iɔ̃	ɔ̃	In	In	ã	In	oŋ	oŋ
德清	iã	ã	ẽ	ẽ	ã	ẽ	oŋ	oŋ
余杭	iã	ã	ien	ien	ã	ien	oŋ	oŋ
4>								
杭州	iʌŋ	iʌŋ	In	In	ən	In	oŋ	oŋ
5>								
臨安	ã/iã	ã	iŋ	iŋ	uaŋ	iŋ	oŋ	oŋ
紹興	ɑŋ/iaŋ	ɑŋ	Iŋ	Iŋ	aŋ	Iŋ	uŋ	uŋ
余姚	ã/iʌ̃	ã	eŋ	iŋ	ʌ̃	iŋ	uŋ	uŋ
6>								
寧波	ɔ̃	ɔ̃	Iŋ	Iŋ	ã	Iŋ	oŋ	oŋ
奉化	ɔ̃	ɔ̃	iŋ	iŋ	uʌ̃	iŋ	oŋ	oŋ
寧海	ɔ̃ŋ	yɔ̃	iŋ	iŋ	uã	iŋ	oŋ	oŋ

\字\韻\母\ 方言	南 咸開 一	甜 咸開 四	深 深開 三	沉 深開 三	單 山開 一	穿 山合 三	人 臻開 三	斤 臻開 三	幫 宕開 一	裝 宕開 三
台州片										
天台	ε	ie	iŋ	iŋ	ε	yɸ	iŋ	iŋ	ɔ	ɔ
臨海	ɸ	iE	iŋ	iŋ	ε	yθ	iŋ	iŋ	õŋ	õŋ
黃岩	ε	ie	iIŋ	iIŋ	ε	ɸ	iIŋ	iIŋ	ʊŋ	ã
仙居	ɸ	ie	ən	ən	ɑ	ɸ	in/ən	in	õŋ	õŋ
寧海	ɸ	ie	iŋ	iŋ	ε	yɸ	iŋ/yŋ	in	õ	õ
甌江片										
永嘉	ɸ	iε	aŋ	aŋ	a	yɸ	iai/aŋ	iaŋ	ɔ	ɔ
溫州	θ	i	ən	aŋ	a	y	əŋ/uɐ/i	i∧ŋ/iaŋ	ʊŋ	ʊŋ
平陽	ɸ	yθ	ian	ian	ɑ	yθ	ian/an	ian	uo	io
貴田	ɔ3o	iɑ	aŋ	aŋ	a	yuε	iaŋ/an	iaŋ	o	io
樂清	e	ie	iaŋ	iaŋ	ε	ye	iai/aŋ	iaŋ	a	io
瑞安	e	iε	aŋ	aŋ	ɔ	yɸ	iaŋ/aŋ	iaŋ	o	o
文成	e	iε	iaŋ	iaŋ	ɑ	θ	iaŋ/aŋ	iaŋ	u∧	io
婺州片										
浦江	ə	iã	ən	ən	ã	yẽ	in	in	ũ	yũ
義烏	ɯɣ	iε	ən	ən	ɔ	ye	iən	iən	ɯɣ	-ŋ
東陽	ɯ	i	ən	ən	ɔ	iɷ	ien	ien	ɔ	iɔ
永康	ɣə	i∧	ŋə	ŋə	∧	ye	oŋ/ə	iIŋ	∧ŋ	v∧ŋ
金華	ɯə	iɑ	ən/ iIn	nIn	ɑ	he	iIn	iIn	∧ŋ	ɣʌ
武義	ɣ	ie	ŋə	ŋə	uo	ye	iŋ	iŋ	ɑŋ	yaŋ
蘭溪	ɯə	iɑ	iæ̃ŋ	iæ̃ŋ	ua	yə	iŋ/iæ	iŋ	ɑŋ	yɑŋ
處衢片 1>										
麗水	uε̃	iε	əŋ	əŋ	ã	yε	iŋ/yeŋ	iŋ	oŋ	oŋ

\字 \韵 \母 方言	南 咸開 一	甜 咸開 四	深 深開 三	沉 深開 三	單 山開 一	穿 山合 三	人 臻開 三	斤 臻開 三	幫 宕開 一	裝 宕開 三
缙云	ɛ	ia	aŋ	aŋ	ɑ	yɛi	ɛiŋ/aŋ	ɛiŋ	o	o
2>										
松陽	ɔŋ	iæŋ	iŋ	iŋ	ɔŋ	yæŋ	i/uŋe	iŋ	oŋ	ioŋ
衢州	ə	iẽ	ʮeŋ	ʮeŋ	æ	ʮə	iʮ/ʮeŋ iŋ	iʮ/iŋ	ã	ʮɑ̃
江山	ã	iẽ	in	in	ã	yẽ	ã/in	ə̃	iã	iɑ̃
龍泉	ɯə	iɛ	iŋ	iŋ	aŋ	yue	ʌuŋ/ieŋ	æiŋ	ɔŋ	iɔŋ
慶元	ɛ	iaŋ	ɛ	ɛ	aŋ	yɤ	iEŋ	iEŋ	õ	iõ
玉山	ã	iẽ	yɛ̃	yɛ̃	ã	yẽ	ã/ĩ	ɛ̃	ã	yã
廣丰	ã	iẽ	ĩ	ĩ	ã	yẽ	ən/ĩ	iĩ	ã	ã
上饒	ã	iẽ	ĩ	ĩ	ã	uã	ĩ	ĩ	ã	ũã

\字 \韵 \母 方言	江 江開 二	雙 江開 二	冰 曾開 三	凝 曾開 三	梗 梗開 二	清 梗開 三	東 通合 一	中 通合 三
台州片								
天台	ɔ	yɔ	iŋ	iŋ	ua	iŋ	oŋ	ioŋ
臨海	ɔ̃	iɔ̃ŋ	iŋ	iŋ	uaŋ	iŋ	oŋ	yoŋ
黃岩	ɑ̃/iɑ̃	ɑ̃	ɪŋ	ɪŋ	ã	iɪŋ	oŋ	oŋ
仙居	ɔ̃ŋ	yɔ̃ŋ	in	in	ua	iŋ	oŋ	yoŋ
寧海	ɔ̃	yɔ̃	iŋ	iŋ	uã	iŋ	oŋ	yoŋ
甌江片								
永嘉	ɔ	yɔ	ɪŋ	ɪŋ	ɛ	iɪŋ	oŋ	ioŋ
溫州	ʊɔ	ʊɔ	ɵŋ	iʌŋ	ɜi	iʌŋ	oŋ	yoŋ
平陽	o	yo	eŋ	eŋ	a	ieŋ	oŋ	iɸn
貴田	o	io	eŋ	eŋ	ue	ieŋ	oŋ	ioŋ
東清	ɔ	ua	eŋ	eŋ	a	ieŋ	oŋ	yoŋ
瑞安	o	yo	eŋ	eŋ	a	eŋ	oŋ	oŋ
文成	uʌ	yʌ	eŋ	eŋ	a	ieŋ	oŋ	ioŋ

\字\韵\母\方言	江 江開 二	雙 江開 二	冰 曾開 三	凝 曾開 三	梗 梗開 二	清 梗開 三	東 通合 一	中 通合 三
婺州片								
浦江	ũ	yũ	in	in	ũ	in	oŋ	ioŋ
義烏	ŋ-	ŋ	əŋ	əŋ	uaŋ	əŋ	oŋ	oŋ
東陽	ɔ	ɕiɔ	əŋ	əŋ	uaŋ	əŋ	oŋ	ioŋ
永康	ʌŋ	ʌŋ	iɿŋ	iɿŋ	ai	iɿŋ	oŋ	oŋ
金華	ʌŋ/i/ʌŋ	ɕʌŋ/uʌŋ	iɿn	iɿn	uʌŋ	iɿn	oŋ	ɕoŋ/oŋ
武義	aŋ	yaŋ	iŋ	iŋ	ua	iŋ	oŋ	oŋ
蘭溪	aŋ/ia	yaŋ	iŋ	iŋ	uæ̃	iŋ	oŋ	yoŋ
處衢片 1>								
麗水	ŋo	ioŋ	iŋ	iŋ	ã	iŋ	oŋ	ioŋ
縉云	o	o	giɜ	giɜ	ã	ɦiŋ	ɔm	ɔm
2>								
松陽	oŋ	ioŋ	iŋ	iŋ	aŋ	iŋ	ɦəŋ	iəŋ
衢州	ɑ̃/iɑ̃	ɕɑ̃	iŋ	iŋ	əŋ	iɲ/iŋ	ʌŋ	ɕʌŋ
江山	ã/iã	iã	ã	ã	uã	in	oŋ	oŋ
龍泉	ɔŋ	iɔŋ	ieŋ	ieŋ	uaŋ	ieŋ	ʌŋ	iɔŋ
慶元	ɔŋ	io	iŋ	iŋ	uɛ	iŋ	oŋ	iEŋ
玉山	ã	yã	ĩ	ĩ	ã	ĩ	uŋ	uŋ
廣丰	ã	ã	ĩ	ĩ	uɛ̃	ĩ	ɦə	ɔŋ
上饒	ã	uã	ĩ	ĩ	uɛ̃	ĩ	uŋ	uŋ

參 考 文 獻

袁家驊等：《漢語方言概要》，1983，文字改革出版社。

李　榮：《〈切韻〉與方言》，1983，方言第三期。

楊耐思：《近代漢語[m]的轉化》，1984，語言學論叢第七輯。

張　琨：《論吳語方言》，1985，史語集刊第 56 本第 2 分抽印本。

傅國通等：《浙江吳語分區》，1985，鉛印本。

潘悟雲：《吳語的語音特徵》，1986，溫州師專學報第二期。

盧今元：《呂四方言記略》，1986，方言第二期。

丁邦新：《論官話方言研究中的幾個問題》，1987，史語集刊第 58 本第 4 分抽印本。

張光宇：《切韻與方言》，1990，台灣商務印書館。

陳其光：《漢語鼻音韻尾的演變》，1991，武漢漢語言學國際研討會論文集。

錢乃榮：《當代吳語研究》，1992，上海教育出版社。

馬希寧：《漢語方言的特殊韻尾[m]》，1994，日本國際漢藏語言學會議論文集。

南京方言中照二化精現象

周世箴

一、「照二化精」現象的多角透視—語音、語境、發音人 及其背景

「捲舌音的非捲舌化」在現代漢語中是一個很普遍的現象。在等韻時代被歸爲「知系」、「莊系（照二）」、「章系（照三）」的字讀同「精系」字，有的是全部有的則是部份。這一現象一般（非專家）認爲是南方方言或南方國語的特殊標記。能否準確發出捲舌音也基本上成了評價發音是否標準的先決條件。但無論從歷時的角度還是從共時的角度來探討，這一現象並不僅僅只反映「南<>北」「標準<>不標準」的二分，也不是像目前臺灣國語所呈現的這樣一個似乎無條件的合流。

1.1 語言現象的直覺反映及深層反思：

```
    A類    B類    A＃B      A＝B
1.瑟澀—>塞    音？義？    音義ˇ
```

2. 獅子＜＞塞子　　音ˇ義ˇ　　＞鈒　音？義？

3. 詩想＜—思想　　音ˇ義？　　音義？

4. 炒地＜—草地　　音ˇ義？　　音義？

5. 老生＜＞老僧　　音ˇ　　　　義？

1.2　「化精」現象的非規律性呈現：個別性與多向性：

1. 照二化精
2. 矯枉過正
3. 潛在聲望
4. 方音異讀

A類-莊系	B類-精系	語境限制	語言現象		標準認同
1.瑟澀　生母->塞	心母		(時空變異>照二化精)		ˇ
2.獅　生母<>塞	心母	同只「鈒」	(時空變異>方音異讀		＃
			>照二化精)		ˇ
3.詩　書母<-思	心母	～想			
4.炒　初母<-草	清母	～地	(語言心理<矯枉過正		＃
			>潛在聲望)		？
5.生　生母<>僧	心母	～常談	(時空變異>照二化精		＃
		～入定	語言心理<矯枉過正		＃
			>潛在聲望)		？

二、聲母的中古來源及其相應關係

現代北京音中的捲舌音聲母字如「師詩知」等來自三類中古聲母：莊系、知系、章系，並與「思資」等來自中古「精系」一等字以捲舌與否構成最小對比。綜觀全國的方言包括官話與非官話，以上四類字都有不同程度的合流。合流的大勢學者多曾論及：

董同龢 (1968)《漢語聲韻學》, 9.3 節論及中古到現代國語聲母演變趨勢時指出：

(10) 莊系大致是捲舌音，只在深攝及曾梗通攝入聲韻中變舌尖音。
(11) 章系全變捲舌音。

所舉例為：

莊系＞捲舌：皺、抄、師、崇
　　　精化：森 (深攝)、澀測責縮 (曾梗通入聲)
章系＞捲舌：蒸、綽、述、扇、十

李三榮 (1974)《由中古音到現代聲母發展的特徵》追蹤了 306 個中古莊系字，發現有 78 個「精化」，"並不限於某些韻攝，也不限於某些聲調，它們的存在是普遍的，沒有規律可以分別它們跟捲舌音的分配情形"（頁 16）。

薛鳳生〈論入聲字之演化規律〉(1978:426)以「瑟澀」為例說

明了照二系演化的「讀音」（捲舌）「口語」（化精）的差異以及方言分歧：

> 韻尾爲/p, t/的入聲字，在本文論及的三種方音中，似乎只有內轉照二系字……顯出分歧的變化。
>
> 在讀音的傳統中，照二化精是一個相當廣泛而有趣的現象，但這一音變的語音條件尚難確定，須作進一步的研究，……。

史存直(1981)《漢語語音史綱要》（頁 139 ）雖然對「莊」「精」二系的淵源及其在現代方言中的分合大勢交待詳細：

> 從語音史的角度來說，這組聲母是最令人迷惑的。根據幾種韻圖和現代各方言來看，它們似乎應該和齒音「精清從心邪」合併，但根據文字的諧聲關係來看，它們似乎和舌音「端透定」「知徹澄」關係最密切。正因爲這個原故，所以章太炎就讓它們和齒音合併。……在《切韻》的反切系統中，這組音既然和舌音、齒音等的切語上字已經沒有絲毫糾纏，可見它們和舌音、齒音等斷絕關係已經很久。……
>
> 「莊」組在上古和「精」組不分，根據諧聲關係大致是可以相信的。但兩者在甚麼時候分化，又是怎樣分化的呢？既然《廣韻》的切語上字已經截然把「莊」「精」兩組分開，可見兩者在《切韻》時代已經分化了。不過當時並不是在南北各地都已經分化，而是和現代的情況相似，「莊」組擺動於「精」「照」兩組之間，在甲地合於「精」組，在乙地又合於「照」

組。《切韻》所以在切語上把「莊」「照」兩組分開,正是爲
了兼顧南北方音的原故。

就現代客家話來看,「莊」組正和「精」組讀音相同,而
「照」組則和「知」組讀音相同;但浙閩粵一帶的方言則大部
分「莊」「照」無別。

有些方言,如果在聲類系統中有齒音和翹舌音兩組聲母的話,
往往「照」組全部讀翹舌音,而「莊」組則一部分讀翹舌音,
一部分讀翹舌音。

但畢竟還停留在概念的層次,我們只能由此「想像」而無法由此
考察這一語言現象的實質,及其與語言使用者之間的關係。至於「莊
系」「精」「章」「知」等系列中古聲母的字之間,其具體分合歷時
軌跡、共時演變的條件、以及地理分佈的狀況等,未見詳細論及。

共時性方言資料顯示,「莊章精」等中古聲母字的分合演化還在
繼續。歷時性語音記錄提供了線索,並不是答案的全部。在地理上有
「南」「北」的區別與互相影響,在社會上有標準的轉移與方音的融
合,在語言心理上則受說話人或說話情境等因素的左右。

發音條件、標準語的權威影響、潛在聲望、語言禁忌等因素都有
可能會影響音變。本文選擇了在地理和方言特色上均介於南北之間的
南京方言作一橫剖面的解析。但因資料時間的不足,以及本人學養的
侷限,還有多方面未能顧及。

三、演變的歷時性：從元明韻書到現代官話（見附錄三）

演變條件：照二（莊系）、高元音、入聲？

音變，最早的音變始於照二系的字，可能還因韻母性質而有選擇性的差異。歷時性的資料已顯示了這一點。但歷時性的資料所列的字數有限，其收錄的情形無法測知，也無法驗證。共時性方言資料顯示，「化精」這一音變還在繼續，在地理上有「南＞北」的擴散趨勢，在語言心理上則因說話人或說話情境的社會因素而有區別。

四、演變的地域性：歷時音變的基因遺傳及其地域性發展
（見附錄一、二）

由中古莊系、知系、章系聲母在現代漢語方言中的分佈情形看南京音的「化精」「精」「莊」分合三型態：

A 類　捲舌的穩固派—少數例外，多數與章知合流。如北方官話
B 類　精化的搖擺派—與精系或章知合流的趨勢不明
　　　如：南京（下江）、長沙（湘）、西安（西北）
C 類　精化的穩固派—少數例外，多數與精系合流
　　　西北官話（太原）、西南官話（成都、漢口）、揚州（下江）、
　　　非官話方言

五、由中古莊系、知系、章系聲母在現代漢語方言中的分佈情形看南京音中的情形

附錄四：照二化精現象在南京話中的一般狀況

 （以 Hemeling 1902 及南京 1956 爲據）

附錄五：照二化精現象在南京話中的條件差異

 （以南京 1961〈南京方言中幾個問題的調查〉所收資料爲依據）

 南京 1961 爲南京大學中文系教授鮑明煒帶領學生所做專題調查，以區域（城內外）及年齡層選擇發音人（老中青）。

六、例外與主流的啓示

鄭錦全、王士元 Cheng & Wang (1971)：

The exceptional forms cna tell us a great deal about the phonological development of the language. The extent to which two dialects share exceptional forms can lead us to very different interpretations of these two dialects.

參 考 資 料

A．現代方言及中古音資料

丁聲樹(1958)，『古今音對照手照』，香港：太平書局。

北京大學中國語言文學系語言學教研室(1962)，『漢語方音字匯』，
　　北京：文字改革出版社。

江蘇省和上海市方言調查指導組『江蘇省和上海市方言概況』，南
　　京：江蘇人民出版社。

南京大學方言調查組 1953 、 1954 年級語言組同學(1961)，「南京方
　　言中幾個問題的調查」，『方言與普通話季刊』 8:1-32 。

鄭錦全 Cheng Chin-chuan & 王士元 William S-Y Wang (1971)，
　　「Phonological Change of Middle Chinese Initials」，『清華學
　　報』，n.s. 9.1 & 9.2:216-270 。

趙元任(1929)，「南京音系」，『科學』 13:1005-1036 。

鮑明煒(1986)，「南京方言歷史演變初探」，『語文研究季刊』第一
　　期：375-593 。

Hemeling, K. (1902).　The Nanking Kuanhua.　Shanghai: Statistical
Department of the inspector General of Customs.

B．相關論述

李三榮(1974)，『由中古音到現代聲母發展的特殊現象』，台北：文
　　史哲出版社。

何大安(1988)，『規律與方向：變遷中的音韻結構』，中央研究院歷

史語言研究所專刊之九十，台北：中央研究院。

史存直(1981)，『漢言詞音史綱要』。

袁家驊(1960)，『漢語方言概要』，北京文字改革出版社。

張光宇(1990)，『切韻與方言』。

詹伯慧(1981)，『現代漢語方言』，湖北：人民出版社。

董同龢(1954)，『中國語音史』，台北：中華文化出版事業委員會。

薛鳳生 Hsueh, F.S.

(1975)　Phonology of Old Mandarin.　The Hague: Mouton.

(1978)　「論入聲字之演化規律」

(1982)　「論音變與音位結構的關係」，『語言研究』，1982 年
第 2 期：11-17。

(1985)　「試論等韻學之原理與內外轉之含義」，『語言研究』
1985 年第 1 期：38-56。

(1986)　『北京音系解析』，北京：北京語言學院出版社。

(1990)　「傳統聲韻學與現代音韻理論」，聲韻學會年會論文。

(1990)　『中原音韻位系統』（魯國堯、侍建國譯），北京：北
京語言學院出版社。

周世箴

(1985)　「On the nature of the Entering tone words in the Yunlue
Huitong 韻略匯通入聲研究」， Journal of the Chinese Language
Teachers Association 中國語文教師學會，20.2 (1985):41-63。

(1986)　「切韻指掌圖中的入聲」，『語言研究』，1986 年第 2
期：36-46。

(1989)　『 Hongwu Zhengyun: Its relation to the Nanjing Dialect and its impact on Standard Mandarin「洪武正韻」與南京方言』，博士論文。

Forrest, R.A.D. (1973).　The Chinese Language.　London: Faber & Faber Ltd. 1973.

附錄一：

照二化精現象的時空差異〈之一〉
中古「知」「莊」「章」系聲母在現代漢語方言中的分布

　　本附錄資料依據 Cheng and Wang (1971) 的電腦統計數據。該文以 1962 年出版的《漢語方音字匯》為基本資料。唯《字匯》及 Cheng & Wang (1971) 未收南京方言，為便於在漢語方言的大背景之中考量南京方言的「語音現象」，本人依據 1960 出版的《江蘇省和上海市方言概況》（本研究簡稱「《江蘇》 1960 」）所載資料補入。據鮑明(1986)，「《江蘇》 1960 」所收南京方言資料依據的是 1956 年全國方言普查時所得（本研究簡稱「南京 1956 」）。《字匯》所據也是 1956 ～ 1958 全國方言普查資料，二者屬同時同性質的資料。

官話 (北)

共時分佈

聲母來源		[tʂ]	[ts]	[tʃ]	[tɕ]	[tʂ]	[ts']	[tʃ]	[tɕ]	[t]	[ʂ]	[s]	[ʃ]	total
北京	莊	21	4				1							26
		80%												
	崇(仄)	9									3			12
		75%												
	章	70												70
		100%												
	知	37								1				38
		97%												
	澄(仄)	26	2							1				29
		89%												
濟南	莊	25	2				1							28
		89%												
	崇(仄)	9									3			12
		75%												
	章	69	1											70
		97%												
	知	37								1				38
		97%												
	澄(仄)	27								1				27
		96%												

官話（西北）

聲母來源＼共時分佈	[tʂ]	[t.s]	[tʃ]	[tɕ]	[tʂ̩]	[ts']	[tʃ̩]	[tɕ̩]	[t]	[ʂ]	[s]	[ʃ]	total
西安 莊	3	16		1									26#
		61%											
崇(仄)		6								3			12#
		50%											
章	33	17		1									70#
	47%	24%											
知	19	3							1				38#
	50%												
澄(仄)	9	6							1				28#
	32%	21%											
太原 莊	1	27			2								30
		89%											
崇(仄)		9								3			12
		75%											
章		70			2								71
		98%											
知		38											39
		97%											
澄(仄)		31			1								33
		93%											

官話（西南）

共時分佈 聲母來源		[tʂ]	[ts]	[tʃ]	[tɕ]	[tʂ]	[ts']	[tʃ]	[tɕ]	[t]	[ʂ]	[s]	[ʃ]	total
漢口	莊	27			1									28
		96%												
	崇(仄)	9										3		12
		75%												
	章	61			8							1		70
		87%			11%									
	知	31			6					1				38
		81%			15%									
	澄(仄)	20			2		6			1				29
		68%												
成都	莊	25				1								26
		96%												
	崇(仄)	8					1					3		12
		66%												
	章	69										1		70
		98%												
	知	38								1				39
		97%												
	澄(仄)	21					7			1				29
		72%												

官話（下江）

共時分佈

聲母來源		[tʂ]	[ts]	[tʃ]	[tɕ]	[tɕ]	[ts']	[tʃ]	[tɕ]	[t]	[ʂ]	[s]	[ʃ]	total
揚州	莊	26					1							27
		96%												
	崇(仄)	9										3		12
		75%												
	章	68		2										70
		97%												
	知	34		2						1				38
		89%												
	澄(仄)	27								1				28
		96%												
南京	莊	17	9				1							27
		63%	33%											
	崇(仄)	7	2									3		12
		58%												
	章	70												70
		100%												
	知	37								1				38
		97%												
	澄(仄)	23	3							1				27
		85%												

湘方言

聲母來源	共時分佈	[tʂ]	[ts]	[tʃ]	[tɕ]	[tʂ]	[ts']	[tʃ]	[tɕ]	[t]	[ʂ]	[s]	[ʃ]	total
長沙	莊	21			4									25
		96%												
	崇(仄)	6			2	1	1			1	3	1		15
		40%												
	章	56	3		11									70
		80%			15%									
	知	23	5		10						1			39
		58%	12%		25%									
	澄(仄)	22	1		6		5			1	2			37
		59%			16%									

贛方言

聲母來源	共時分佈	[tʂ]	[ts]	[tʃ]	[tɕ]	[tʂ]	[ts']	[tʃ]	[tɕ]	[t]	[ʂ]	[s]	[ʃ]	total
南昌	莊	25				1								26
		96%												
	崇(仄)	3				5						2		10
						50%								
	章	64			7									71
		90%			10%									
	知	30			6					1				37
		81%			16%									
	澄(仄)	5			21					2	2			30
					70%									

吳方言

聲母來源	共時分佈												
	[tʂ]	[ts]	[tʃ]	[tɕ]	[tɕ]	[ts']	[tʃ]	[tɕ]	[t]	[ʂ]	[s]	[ʃ]	total
蘇州 莊	29 100%												20
崇(仄)	12 100%												12
章	71 100%												71
知	36 94%					1							38#

客家方言

聲母來源	共時分佈												
	[tʂ]	[ts]	[tʃ]	[tɕ]	[tɕ]	[ts']	[tʃ]	[tɕ]	[t]	[ʂ]	[s]	[ʃ]	total
梅縣 莊	26 100%												26
崇(仄)	2					7 58%				3			12
章	70 100%												70
知	32 86%					1			2				37#
澄(仄)	2					24 88%			1				27

粵方言

共時分佈 聲母來源	[tʂ]	[ts]	[tʃ]	[tɕ]	[tʂ]	[ts']	[tʃ]	[tɕ]	[t]	[ʂ]	[s]	[ʃ]	total
廣州 莊			26 100%										26
崇(仄)			9 75%								3		12
章		1	69 98%										70
知		1	36 94%						1				38
澄(仄)			24 85%			1			1		2		28

閩方言

共時分佈 聲母來源	[tʂ]	[ts]	[tʃ]	[tɕ]	[tʂ]	[ts']	[tʃ]	[tɕ]	[t]	[ʂ]	[s]	[ʃ]	total
廈門 莊		27 72%	2			2			1				37#
崇(仄)		10 58%									5		17#
章		79 95%							3				83#
知		11 22%							37 75%				49#
澄(仄)		5 11%							35 81%				43#

共時分佈 聲母來源		[tʂ]	[ts]	[tʃ]	[tɕ]	[tɕ]	[ts']	[tʃ]	[tɕ]	[t]	[ʂ]	[s]	[ʃ]	total
潮州	莊	23												26
		88%												
	崇(仄)	10										5		17#
		58%												
	章	66									2	1		70#
		94%												
	知	15					1			21				38#
		39%								55%				
	澄(仄)	9								18				29#
		27%								62				
福州	莊	25					1							27#
		92%												
	崇(仄)	7										4		12
		58%												
	章	73								1				74
		98%												
	知	6								31				37
		16%								83%				
	澄(仄)	5								20				28#
		17%								71%				

官話（北）

共時分佈 聲母來源	[tʂ]	[ts]	[tʃ]	[tɕ]	[tɕ]	[ts']	[tʃ]	[tɕ]	[ʂ]	[s]	[ʃ]	[ɕ]	total
北京 初					22	5							27
					81%								
崇(平)					8								8
					100%								
昌					28								28
					100%								
船(平)					3				3				6
					50%				50%				
徹	1				11								12
					91%								
澄(平)					28								28
					100%								
禪					16				4				19
					84%								
濟南 初	1				24	2							29
					88%								
崇(平)					8								8
					100%								
昌					26								28
					92%								
船(平)					3				3				6
					50%				50%				
徹		1			11								12
					91%								
澄(平)					27								27
					100%								
禪					17				3				20
					85%								

官話（西北）

共時分佈 聲母來源	[tʂ]	[ts]	[tʃ]	[tɕ]	[tʂ]	[ts']	[tʃ]	[tɕ]	[ʂ]	[s]	[ʃ]	[ɕ]	total
西安 初	1			3		17 62%							27
崇(平)						5 62%							8#
昌	1			11		2 39%							28
船(平)						1		3 50%					6#
徹	1			5		3 41%							12
澄(平)				16		3 60%							27#
禪				12 63%				1					19#
太原 初						31 100%							31
崇(平)						8 100%							8
昌	1					27 96%							28
船(平)						3 50%				3 50%			6
徹	1					13 86%	1						15
澄(平)						27 100%							27
禪						15 78%				4			19

官話（西南）

共時分佈

聲母來源	[tʂ]	[ts]	[tʃ]	[tɕ]	[tʂ]	[ts']	[tʃ]	[tɕ]	[ʂ]	[s]	[ʃ]	[ɕ]	total
漢口 初						27							27
						100%							
崇(平)						8							8
						100%							
昌						22		5					28#
						78%		17%					
船(平)						2		1		3			6
										50%			
徹		1				11							12
						91%							
澄(平)						23		4					27
						85%		14%					
禪						10		1		7		1	19
						52%							
成都 初						27							27
						100%							
崇(平)		1				7							8
						88%							
昌		1				27							28
						96%							
船(平)						1				5			6
										83%			
徹		1				11							12
						91%							
澄(平)						27							27
						100%							
禪						8				10			18
						44%				56%			

官話（下江）

共時分佈

聲母來源	[tʂ]	[ts]	[tʃ]	[tɕ]	[tʂ]	[ts']	[tʃ]	[tɕ]	[ʂ]	[s]	[ʃ]	[ɕ]	total
揚州 初						28 100%							28
崇(平)						8 100%							8
昌	1					27 96%							28
船(平)						3 50%			2 33%		1		6
徹						10 83%							12
澄(平)						27 96%	1						28
禪						16 84%	1		2				19
南京 初					18 67%	9 33%							27
崇(平)					4 50%	4 50%							8
昌					28 100%								28
船(平)					2 33%				4 67%				6
徹	1				9 75%	2							12
澄(平)					27 100%								27
禪					16 84%				3				19

湘方言

共時分佈

聲母來源	[tʂ]	[ts]	[tʃ]	[tɕ]	[tʂ]	[ts']	[tʃ]	[tɕ]	[ʂ]	[s]	[ʃ]	[ɕ]	total
長沙 初		2			1	22	4						29
						75%							
崇(平)	6					1	1						8
	75%												
昌						15	1	12					12
						53%		42%					
船(平)				1					5		1		7
									71%				
徹	1				7	3				1			12
					58%								
澄(平)	17	2			5	2		1			1		28
	58%				17%								
禪	8					1	1	6			3		19
	42%							31%			15%		

贛方言

共時分佈

聲母來源	[tʂ]	[ts]	[tʃ]	[tɕ]	[tʂ]	[ts']	[tʃ]	[tɕ]	[ʂ]	[s]	[ʃ]	[ɕ]	total
南昌 初						26							6
						100%							
崇(平)						8							8
						100%							
昌						27	2						29
						93%							
船(平)						1			5				6
									83%				
徹		1				11							12
						91%							
澄(平)						23	3						27
						85%							
禪						11		8			1		20
						55%		40%					

吳方言

共時分佈 聲母來源	[tʂ]	[ts]	[tʃ]	[tɕ]	[tʂ]	[ts']	[tʃ]	[tɕ]	[ʂ]	[s]	[ʃ]	[ɕ]	total
蘇州 初						30 100%							30
崇(平)													
昌						29 100%							29
船(平)													
徹		2				11 84%							13
澄(平)													
禪													

客家方言

共時分佈 聲母來源	[tʂ]	[ts]	[tʃ]	[tɕ]	[tʂ]	[ts']	[tʃ]	[tɕ]	[ʂ]	[s]	[ʃ]	[ɕ]	total
梅縣 初						26 96%							26
崇(平)						7 88%				1			8
昌						28 100%							28
船(平)										6 100%			6
徹		1				10 83%							12
澄(平)						26 96%				1			27
禪						4				13 72%			18

粵方言

共時分佈 聲母來源	[tʂ]	[ts]	[tʃ]	[tɕ]	[tʂ]	[ts']	[tʃ]	[tɕ]	[ʂ]	[s]	[ʃ]	[ɕ]	total
廣州 初						26 100%							26
崇(平)						6 75%					2		3
昌			2		1	24 85%							28
船(平)										1	5 83%		6
徹						11 91%							12
澄(平)						27 100%							27
禪						3					16 84%		19

閩方言

共時分佈 聲母來源	[tʂ]	[ts]	[tʃ]	[tɕ]	[tʂ]	[ts']	[tʃ]	[tɕ]	[ʂ]	[s]	[ʃ]	[ɕ]	total
廈門 初		3				37 86%				2			43#
崇(平)		2 20%				6 60%				2			11#
昌						36 92%							29
船(平)		3								6 60%			10#
禪		1								23 95%			24

共時分佈 聲母來源	[tʂ]	[ts]	[tʃ]	[tɕ]	[tɕ]	[ts']	[tʃ]	[tɕ]	[ʂ]	[s]	[ʃ]	[ɕ]	total
潮州 初					26 92%								28#
崇(平)	1				7 88%								8
昌					27 96%								28#
船(平)	2								3 50%				6#
禪					3				16 84%				19
福州 初	1					25 92%			1				27
崇(平)	3 37%					4 50%							8#
昌						30 96%							31
船(平)									6 100%				6
禪									21 100%				21

官話(北)

	MC	[tʂ]	[ts]	[tʃ]	[tʂ]	[ts']	[tʃ]	[tɕ]	[ʂ]	[s]	[ʃ]	[ɕ]	total
北京	生								41	10			51
									80%	19%			
	書				2				50				52
									96%				
	禪(仄)								29				30
									96%				
	船(仄)								10				10
									100%				
濟南	生								47	4			51
									92%				
	書				2				50				52
									96%				
	禪(仄)	1							29				30
									96%				
	船(仄)								9	1			10
									90%				

官話(西北)

	MC	[tʂ]	[ts]	[tʃ]	[tʂ]	[ts']	[tʃ]	[tɕ]	[ʂ]	[s]	[ʃ]	[ɕ]	total
西安	生								4	30			50#
										59%			
	書				1				32	9			52
									61%	17%			
	禪(仄)	1							17	6			30#
									56%	20%			
	船(仄)								6	1			10#
									60%				

MC		[tʂ]	[ts]	[tʃ]	[tɕ]	[ts']	[tʃ]	[tɕ]	[ʂ]	[s]	[ʃ]	[ɕ]	total
太原	生									52			52
										100%			
	書					2				51			53
										96%			
	禪(仄)		1							29			30
										96%			
	船(仄)									11			11
										100%			

官話 (西南)

MC		[tʂ]	[ts]	[tʃ]	[tɕ]	[ts']	[tʃ]	[tɕ]	[ʂ]	[s]	[ʃ]	[ɕ]	total
漢口	生									50		1	51
										98%			
	書					2				46		4	52
										88%		7%	
	禪(仄)		1							26		2	29
										89%			
	船(仄)									8		2	10
										80%			
成都	生					1				49			50
										97%			
	書					2				50			52
										96%			
	禪(仄)		1			1				29			31
										96%			
	船(仄)									10			10
										100%			

官話（下江）

MC	[tʂ]	[ts]	[tʃ]	[tɕ]	[ts']	[tʃ]	[tɕ]	[ʂ]	[s]	[ʃ]	[ɕ]	total
揚州 生									50			50
									100%			
書					2				43		7	52
									82%		13%	
禪(仄)		1							27		3	31
									87%			
船(仄)									8		2	10
									80%			
南京 生									24	23		47
									51%	49%		
書					3				48			51
									94%			
禪(仄)		1							28	1		30
									93%			
船(仄)									10			10
									100%			

湘方言

MC	[tʂ]	[ts]	[tʃ]	[tɕ]	[ts']	[tʃ]	[tɕ]	[ʂ]	[s]	[ʃ]	[ɕ]	total
長沙 生								7	31		31	51
									60%		25%	
書					2			41	1		8	53
								78%			15%	
禪(仄)								28	3		4	37
								75%				
船(仄)								8	1		3	12
								66%				

贛方言

MC		[tʂ]	[ts]	[tʃ]	[tɕ]	[ts']	[tʃ']	[tɕ']	[ʂ]	[s]	[ʃ]	[ɕ]	total
南昌	生									53			53
										100%			
	書					2				45		4	51
										88%		7%	
	禪(仄)	1					1	1		25		2	30
										83%			
	船(仄)									10			10
										100%			

吳方言

MC		[tʂ]	[ts]	[tʃ]	[tɕ]	[ts']	[tʃ']	[tɕ']	[ʂ]	[s]	[ʃ]	[ɕ]	total
蘇州	生												
	書									55			55
										100%			
	禪(仄)	1				1				52			54
										96%			
	船(仄)					2							

客家方言

MC		[tʂ]	[ts]	[tʃ]	[tɕ]	[ts']	[tʃ']	[tɕ']	[ʂ]	[s]	[ʃ]	[ɕ]	total
梅縣	生					2				48			50
										96%			
	書					7				45			52
										86%			
	禪(仄)					2				27			30#
										90%			
	船(仄)									10			10
										100%			

粵方言

MC	[tʂ]	[ts]	[tʃ]	[tɕ]	[ts']	[tʃ]	[tɕ]	[ʂ]	[s]	[ʃ]	[ɕ]	total
廣州 生			1						2	47		50
										93%		
書			1		4				3	44		52
										84%		
禪(仄)			2						1	27		30
										97%		
船(仄)			1							9		10
										90%		

閩方言

MC	[tʂ]	[ts]	[tʃ]	[tɕ]	[ts']	[tʃ]	[tɕ]	[ʂ]	[s]	[ʃ]	[ɕ]	total
廈門 生					3				63			68#
									92%			
書		2			6				59			68#
									86%			
禪(仄)		3			2				32			37
									86%			
船(仄)		3							15			18
									83%			
潮州 生					2				48			50
									95%			
書	4				5				42			52#
									80%			
禪(仄)		4			4				21			30#
									70%			
船(仄)		2							8			10
									80%			

	MC	[tʂ]	[ts]	[tʃ]	[tɕ]	[ts']	[tʃ]	[tɕ]	[ʂ]	[s]	[ʃ]	[ɕ]	total
福州	生				1					54			55
										98%			
	書		3		6					45			54
										83%			
	禪(仄)		1		1					29			31
										93%			
	船(仄)									10			10
										100%			

附錄二：

照二化精現象的時空差異〈之二〉

中古「知」「莊」「章」系聲母在現代漢語方言中的空間差異

爲便於顯示中古「莊」「章」「知」系聲母在現代漢語方言中的空間
差異性，本人依〈附錄一〉所提供之數總結成〈表 2-1 〉及圖 2-
1、2-2、2-3、2-4。基本原則爲：

r+ ＞資料顯示捲舌佔三分之二或以上
r± ＞資料顯示捲舌與精化之間搖擺
r- ＞資料顯示精化佔三分之二或以上

表 2-1 ：「知」「莊」「章」系聲母在現代漢語方言中時空差異一
　　　　覽表
圖 2-1 ：「莊」系聲母在現代漢語方言中的空間差異
圖 2-2 ：「章」系聲母在現代漢語方言中的空間差異
圖 2-3 ：「知」系聲母在現代漢語方言中的空間差異
圖 2-4 ：「知」「莊」「章」系聲母在現代漢語方言中的空間差異
　　　　綜合呈現

表 2-1 :

「知」「莊」「章」系聲母在現代漢語方言中時空差異一覽表

中古聲母	方言	官話								非官話							
		北京		西北		西南		下江		湘	贛	吳	客家	粵	閩		
	次方言	北京	濟南	西安	太原	漢口	成都	揚州	南京	長沙	南昌	蘇州	梅縣	廣州	廈門	潮州	福州
莊		+r	+r	-r	-r	-r	-r	-r	±r	-r	-r	-r	-r	-r	-r	-r	-r
崇(仄)		+r	+r	-r	-r	-r	-r	-r	±r	-r	-r	-r	-r	-r	-r	-r	-r
章		+r	+r	±r	-r	-r	-r	-r	+r	+r	-r	-r	-r	-r	-r	-r	-r
知		+r	+r	±r	-r	-r	-r	-r	+r	±r	-r	-r	-r	-r	-r	-r	-r
澄(仄)		+r	+r	±r	-r	-r	-r	-r	-r	±r	-r	-r	-r	-r	-r	-r	-r
初		+r	+r	-r	-r	-r	-r	-r	±r	-r	-r	-r	-r	-r	-r	-r	-r
崇(平)		+r	+r	±r	-r	-r	-r	-r	±r	-r	-r	-r	-r	-r	-r	-r	-r
昌		+r	+r	±r	-r	-r	-r	-r	+r	±r	-r	-r	-r	-r	-r	-r	-r
船(平)		+r	+r	±r	-r	-r	-r	-r	+r	-r	-r	-r	-r	-r	-r	-r	-r
徹		+r	+r	±r	-r	-r	-r	-r	+r	-r	-r	-r	-r	-r			
澄(平)		+r	+r	±r	-r	-r	-r	-r	+r	-r	-r	-r	-r	-r			
禪		+r	+r	±r	-r	-r	-r	-r	+r	-r	-r	-r	-r	-r	-r	-r	-r
生		+r	+r	-r	-r	-r	-r	-r	±r	-r	-r	-r	-r	-r	-r	-r	-r
書		+r	+r	±r	-r	-r	-r	-r	+r	+r	-r	-r	-r	-r	-r	-r	-r
禪(仄)		+r	+r	±r	-r	-r	-r	-r	+r	-r	-r	-r	-r	-r	-r	-r	-r
船(仄)		+r	+r	±r	-r	-r	-r	-r	+r	-r	-r	-r	-r	-r	-r	-r	-r

附錄三：

照二化精的歷時差異——元明韻書及現代國語

2.1 一致與現代國語平行

中古			中原音韻 1324「支思」	洪武正韻 1375「支」	易通 1442	匯通 1642「支 辭」	國語
1. 齜zi	側宜	止開三平支莊	□	□	早	早	c
2. 淄zi	側持	止開三平支莊	=資 #支	#資	枝	枝	
3. 滓zi	阻史	止開三上止莊	□	=子	早	早	
4. 第zi	阻史	止開三上止莊	□	=子	早	早	
5. 胏zi	阻史	止開三上止莊	□	=子	早	早	
6. 戴zi	側史	止開三去志莊	□	=恣	早	早	
7. 颸	楚持	止開三平支初	=思 #師	□	雪	雪	
8. 俟si	床史	止開三上止崇	=四 #是	=寺	雪	雪	s
9. 涘si	床史	止開三上止崇	=四 #是	□	雪	雪	s
					#士仕柿事	#士仕柿事	
			「皆來」	「皆」	「皆 來」		
10. 衰	所追	止合三平脂生	#□	#□ #□	上		
			「齊微」	「灰」	「西微灰微」		
	楚危	止合三平支初	=崔 #吹	=崔	□	□	
11. 榱cui	所追	止合三平支初	=崔 #吹	=崔	從	從	

對比：

資zi	即夷	止開三平脂精	=淄 #支	#淄	早	早	c

支zhi	章移	止開三平支章	#資 #淄	=淄	枝	枝	cr
四si	息利	止開三去至心			雪	雪	s
是shi	承紙	止開三上紙禪	=士仕柿事		=士仕柿事		sr
師shi	疏夷	止開三平脂生	#思 =詩	=詩	上	上	sr
士shi	鉏里	止開三上止崇	#四 =是	=是	上	上	sr
仕shi	鉏里	止開三上止崇	#四 =是	=是	上	上	sr
柿shi	鉏里	止開三上止崇	#四 =是	=是	上	上	sr
事shi	鉏吏	止開三去志崇	#四 =是	=是	上	上	sr
崔cui	倉回	蟹合一平灰清	=衰 #吹	=衰 #吹	從=衰榱		c
吹cui	昌垂	止合三平支昌	#崔	#崔	春		cr

結論：

化精	+	+	+	+	+
莊<>章知對立 (1)介音	-	-	-	-	-
(2)聲母	+	+	+	+	+

	中古		中原音韻	洪武正韻	易通	匯通	國語
			1324	1375	1442	1642	
			「尤侯」		「幽	樓」	
			生一：		上：	上	s
12.	搜sou	所鳩	流開三平尤生	=颼#收溲	=艘#收	#收艘	#收	s
13.	颼sou	所鳩	流開三平尤生	=搜	=搜	=搜	=搜	s
				生二：				
14.	溲sou	所鳩	流開三平尤生	=颼#收搜	=搜	=搜	=搜	s
15.	餿sou	所鳩	流開三平尤生	=溲	□	=搜	=搜	s
16.	蒐sou	所鳩	流開三平尤生	□	=搜	=搜	=搜	s

對比：

收shou	式州	流開三平尤書	#搜溲		#搜艘	#搜	sr

艘1sou　蘇遭　效開一平豪心　「蕭豪」　＝搜　　　□　　＝搜　s
　　2sau　　　　　　　　　　　　＝騷　　　　　＝騷　＝騷

騷sao　蘇遭　效開一平豪心　＝艘2　#搜　　　＝艘2　＝艘　s

結論：

化精　　　　　　　　　　　＋(生一)　＋　　　－　　？　＋
韻尾對立　　　　　　　　　－　　　　－　　　－　　－
莊<>章知對立 (1)介音　　　？(生二)　－　　　＋　　＋　＋
　　　　　　　(2)聲母　　　？　　　　＋　　　－　　＋　＋

討論：

《中原音韻》「尤侯」平聲生母分爲兩組，與「收」三向對本 {爲「生一」
　　已化精，而「生二」與「收」之別爲介音有無。（趙*990：77,
　　90）}

《中原音韻》「艘」與「搜颼溲溲蒐」同音

《易通》「幽樓」韻「雪」「上」二母下：均不見「艘」
　　　　「蕭豪」韻「雪母」下：艘（船之總名）＝騷

《匯通》「幽樓」韻「上母」下：艘（船隻總名）＝搜颼溲溲蒐
　　　　「蕭豪」韻「雪母」下：艘（船隻）　　＝艘

	中古		中原音韻	洪武正韻	易通	匯通	國語
			1324	1375	1442	1642	
			「魚模」	「魚模」	「東	洪」	
17.	謖suo	所六 通合三入屋生	＝速 #叔	＝速 #叔	雪	雪	s
18.	縮su	所六 通合三入屋生	謖		上	上	s
	suo						
19.	謖sou		□	＝謖	□	□	

對比：

叔shu	式竹	通合三入屋書	#速謖縮	#速謖	上　上	sr
速su	桑谷	通合一入屋心	=謖縮#叔	=謖#叔	雪　雪	sr

結論：

化精	+	+	謖+　+	+
莊<>章知對立　(1)介音	?	-	-　-	-
(2)聲母	+	+	+　+	+

2.2 與現代國語不同

《洪武正韻》顯示「化精」現象、《匯通》《易通》顯示介音差別

中古			中原音韻 1324 「魚模」	洪武正韻 1375 「魚模」	易通 1442 「呼	匯通 1642 模」	國語
20. 助zhu	床據	遇合三去遇崇	#柞 #注	#柞注	枝#	注	cr
21. 鋤chu	士魚	遇合三平魚崇	#齟 #除	=齟#除	春#	除	crh
22. 雛chu	仕于	遇合三平虞崇	#齟 #除	=齟#除	春#	除	crh
23. 耡chu	仕于	遇合三平魚崇	□	=齟#除	春#	除	crh
24. 鉏chu	仕于	遇合三平魚崇	□	=齟#除	春#	除	crh
25. 梳shu	所菹	遇合三平魚生	#蘇胥書	□	上#蘇胥書		sr
26. 疏shu	所菹	遇合三平魚生	#蘇胥書	=蘇胥#書	上#蘇胥書		sr
27. 蔬shu	所菹	遇合三平魚生	#蘇胥書	=蘇胥#書	上#蘇胥書		sr

對比：

柞zuo	昨誤	遇合一去暮從	#□ #助		早#助		c
爼徂cu	昨胡	遇合一去模從	#鋤除	=鋤#除			ch
胥xu	相居	遇合三平魚心	#蘇書疏	=疏疏	上#蘇書疏		

蘇		素姑	遇合一平模心	#胥書疏	=疏蔬		上#胥書疏	s
注zhu		之戍	遇合三去遇章	#祚	#助		枝「居魚」	sr
除chu		直魚	遇合三平魚澄	#□	#鋤雛		春「居魚」	crh
杵chu		昌與	遇合三上語昌	#□	#楚		春「居魚」	crh
書shu		傷魚	遇合三平魚書	#蘇	#蔬		上「居魚」	sr

結　論：

化精		−		+	−	−	−
莊<>章知對立 (1)介音		+		−	+	+	−
	(2)聲母	−		+	−	−	−

附錄四：

「照二化精現象」在南京話及北京音中的反映

2.1 舒　聲

字	中古反切	中古	中原音韻 1324	洪武正韻 1375	易通 1442	匯通 1642	南京音 1902	國語 1956
			「支思」	「支」	「支 辭」			
龇zi	側宜	止開三平支莊	□	□	早	早	c c	c
淄zi	側持	止開三平支莊	=資支#支	#資	枝	枝		c
滓zi	阻史	止開三上止莊	□	=子	早	早		c
笫zi	阻史	止開三上止莊	□	=子	早	早		c
胏zi	阻史	止開三上止莊	□	=子	早	早		c
胾zi	側吏	止開三去志莊	□	=恣	早	早		c
輜zi	側持	止開三平支莊	#□ #□	#資=支	枝=支			c
菑zi	側持	止開三平支莊	#□ #□	#資=支	枝=支			c
緇zi	側持	止開三平支莊	#□ #□	#資=支	枝=支			c
			「支思」					
厠ci	初吏	止開三去志初	#次 #翅			春=翅	crh ch	ch
			「支思」	「支」	「支 辭」			
俟si	床史	止開三上止崇	=四 #是	=寺	雪	雪	s	s
涘si	床史	止開三上止崇	=涘	□				s
士shi	鉏里	止開三上止崇	#四 =是	=是	上=是		s s	sr
仕shi	鉏里	止開三上止崇	#四 =是	=是	上=是		s s	sr
柿shi	鉏里	止開三上止崇	#四 =是	=是	上=是		s	sr
事shi	鉏吏	止開三去志崇	#四 =是	=是	上=是		s	sr

			「魚模」	「模」	「呼模」			
師shi	疏夷	止開三平脂生	#思 =詩	#思 =詩	上#思=詩	s	s	sr
獅shi	疏夷	止開三平脂生	=師	=師	上=師	s	s	sr
史使駛	疏士	止開三上止生	#死 =始			sr	sr	sr
			「魚模」	「模」	「呼模」			
鋤chu	士魚	遇合三平魚崇	#殂除	=殂除	春# 除			
雛chu	仕于	遇合三平虞崇	#殂除	=殂除	春# 除			
耡chu	仕于	遇合三平魚崇	□	=殂#除	春# 除			
鉏chu	仕于	遇合三平魚崇	□	=殂#除	春# 除			
梳shu	所菹	遇合三平魚生	#蘇胥書	□	上#蘇胥書	s	s	sr
疏shu	所菹	遇合三平魚生	#蘇胥書	#蘇胥書	上#蘇胥書	s	s	sr
蔬shu	所菹	遇合三平魚生	#蘇胥書	#蘇胥書	上#蘇胥書	s	s	sr
			「魚模」	「模」	「呼模」			
阻zu	側呂	遇合三上語莊	#祖主	#祖主	枝 枝	c	c	c
俎zu	側呂	遇合三上語莊	#祖主	#祖主	枝 枝	c	c	
初chu	楚居	遇合三平魚初	#粗 #□	#粗	春#粗	ch	ch	crh
楚chu	創舉	遇合三上語初	#□ #杵	#杵	春=礎#杵	ch	ch	crh
礎chu	創舉	遇合三上語初	=楚	=楚	春		ch	crh
數shu3	所矩	遇合三上虞生	#□ #暑	#暑	上#□ 暑	s	s	sr
數shu4	色句	遇合三去遇生	#素 #樹	#樹	上#素 樹	ch	ch	crh
助zhu	床據	遇合三去遇崇	#祚 #注	#祚注	枝# 注	c	c	cr
鄒zou	側鳩	流開三平尤莊	=諏 #周		枝 #周	c	c	cr
皺zhou	側救	流開三去宥莊	#奏晝		枝#奏晝	c	c	cr
驟zhou	鉏祐	流開三去宥崇	=驟		枝=驟	c	c	cr
zou	(二讀 同見丁本)							
瘦shou	所祐	流開三去宥生	#嗽受		上#嗽受	c	c	cr
			生一:		上: 上:			
搜sou	所鳩	流開三平尤生	=颼#收溲	=艘#收	#收艘 #收艘	s	s	s
			生二:					

餿sou	所鳩	流開三平尤生	=溲	□	=搜	=搜	s	s
蒐sou	所鳩	流開三平尤生	□	=搜	=搜	=搜	s	s
			「侵尋」		「侵尋.眞尋」			
參cen	楚簪	深開三平侵初	#□#琛		春	#琛	ch ch	ch
森sen shen	所今	深開三平侵生	#□#琛		上=參#深申	s	s	s
參shen (「人參」)	所今	深開三平侵生	=森		上=森#深	s	s	sr
滲shen	所禁	深開三去沁生	#□#腎甚		上#甚腎	s	s	sr
			「庚青」		「庚晴」			
生sheng	所庚	梗開二平庚生	#僧	#聲	上#僧	#聲	s s	sr
牲sheng	所庚	梗開二平庚生	#僧	#聲	上#僧	#聲	s s	sr
甥sheng	所庚	梗開二平庚生	#僧	#聲	上#僧	#聲	s s	sr
笙sheng	所庚	梗開二平庚生	#僧	#聲	上#僧	#聲	s s	sr
省sheng	所景	梗開二上梗生	#□		上#□	s	s	sr
爭zheng	側莖	梗開二平耕莊	#僧	#蒸	枝#僧	#蒸	c c	cr
箏zheng	側莖	梗開二平耕莊	#僧	#蒸	枝#僧	#蒸	c	cr
			「庚青」		「庚晴」			
崇chong	鋤弓	通合三平東崇	#叢	=蟲	春#叢	=蟲	ch ch	ch

附錄五：

照二化精現象在南京話中的條件差異

（以南京 1961〈南京方言中幾個問題的調查〉所收資料爲依據）

南京1961爲南京大學中文系教授鮑明，帶領學生所做專題調查，以區域（城內外）及年齡層選擇發音人（老中青）。

附錄三：「照二化精現象」在南京話中的分佈

第一組：中古莊母＋（－低＋前）

地理分佈		城內				城郊		
		南			北	南	西	北
		老	中	青	青	青	老中青	老中青
發音人數		7	5	5	5	7	5	4
比例 %	r	100%	100%	100%	100%	100%	100%	100%
生 梗開二不庚生	r	7	5	5	5	7	5	4
窄 梗開二不陌莊	r	7	5	2	4	4	3	2
				□3	□1	□3	□2	□2

* □ ＝ 無紀錄

第二組：中古莊母+(+低-前)

地理分佈			城內(22)				城郊(15)						
			南			北	南		西			北	
			老	中	青	青	中	青	老	中	青	中	青
發音人數			7	5	5	5	1	6	1	1	3	1	2
比例 %		+r	95%	58%	44%	9%	15%	97%			63%	73%	92%
		-r	5%	42%	56%	91%	85%	3%	100%	100%	37%	27%	8%
齋	蟹開二平皆莊	+r	6	2	2	2		6				2	2
		-r		2	1	3	1		2	1			
債	蟹合二去卦莊	+r	6	3	2			5			2	2	2
		-r		2	3	5	1	1	1	1	1		
差	假開二平麻初	+r	6	3	2	1		6			2	2	1
		-r		2	3	4	1		1	1	1		1
柴	蟹開二平佳崇	+r	7	3	2			5			2	2	1
		-r		2	3	5	1	1	1	1	1		1
篩	止開三平脂生	+r	7	2	2			6			2	2	2
		-r		2	3	5	1		1	1	1		
曬	蟹開二去卦生	+r	7	2	2			6			2	2	2
		-r		2	3	5	1		1	1	1		
渣	假開二平麻崇	+r	6	3	2		1	6			1	1	2
		-r	1	2	3	5	1		1	1	2	1	
乍	假開二去禡崇	+r	7	1	1			6				1	2
		-r		3	4	5	1		1	1	2	1	
沙	假開二平麻生	+r	5	3	2			6			2	1	2
		-r		2	3	5	1			1	1	1	
傻	假合二上馬生	+r	7	3	3	1	1	6			2	1	2
		-r		2	2	4			1	1	1	1	
殺	山開一入黠生	+r	1	6	3	2		7			2	1	2
		-r		2	3	5			1	1	1		
炸	咸開二入洽崇	+r	7	3	1			6			2	1	2
		-r		2	4	4	1		1	1	1	1	
插	咸開二入洽初	+r	6	3	4			6			2	1	2
		-r	1	2	1	5	1		1	1	1	1	

第三組：中古章母+(+低-前)

地理分佈	城內(22)				城郊(15)						
	南			北	南		西			北	
	老	中	青	青	中	青	老	中	青	中	青
發音人數	7	5	5	5	1	6	1	1	3	1	2
比例% +r	98%	61%	50%	14%	100%	93%		67%	71%	93%	92%
比例% −r	2%	39%	50%	86%		7%	100%	33%	29%	7%	8%
遮 假開三平麻章 +r	7	3	3	2	1	6		1	2	2	2
−r		2	2	3			1	1			
車 假開三平麻昌 +r	6	3	2	1	1	6		1	2	2	2
−r		2	3	4			1		1		
扯 +r	6	3	2	1	1	6		1	2	2	2
−r		2	3	4			1	1			
奢 假開三平麻書 +r	7	2	2		1	4		1	2	1	1
−r		1	2	5			1	1		1	1
舍 假開三上馬書 +r	5	3	2		1	5		1	3	2	1
−r	1	2	3	5			1				1
昌 宕開三平陽昌 +r	6	3	3		1	5		1	2	2	2
−r		2	2	5			1	1		1	
上 宕開三去漾禪 +r	6	3	3	1	1	6			2	2	2
−r		2	2	4			1	1	1		

第四組：中古章母+（−低+前）

地理分佈		城內(22)				城郊(15)					
		南			北	南		西			北	
		老	中	青	青	中	青	老	中	青	中	青
發音人數		7	5	5	5	1	6	1	1	3	1	2
比例 %	+r	100%	62.5%	46%			100%		33%	71%	91%	100%
	−r		37.5%	54%	100%	100%		100%	67%	29%	9%	
真 臻開三平眞章	+r	6	3	2			6			2	2	2
	−r		2	3	5			1	1	1		
蒸 臻開三平眞章	+r	6	3	2			6			2	2	2
	−r		2	3	5			1	1	1		
神 臻開三平眞船	+r	6	3	3			6		1	2	2	2
	−r		2	2	5			1		1		
成 梗開三平清禪	+r	6	3	2			6			2	2	2
	−r		2	3	5			1	1	1	1	
繩 臻開三平蒸船	+r	5	3	2			6		1	2	2	2
	−r	1	2	3	5			1		1		

第五組：中古知母

地理分佈		城內(22)				城郊(15)					
		南			北	南		西			北	
		老	中	青	青	中	青	老	中	青	中	青
發音人數		7	5	5	5	1	6	1	1	3	1	2
比例 %	+r	100%	60%	47%		50%	100%			67%	83%	83%
	−r		40%	53%	100%	50%		100%	100%	33%	7%	7%
茶 假開二平麻澄	+r	7	3	2			6			2	1	1
	−r		2	3	5	1		1	1	1	1	1
丈 宕開三上養澄	+r	6	3	3		1	6			2	2	2
	−r		2	2	5			1	1	1		
陳 臻開三平眞澄	+r	6	3	2			6			2	2	2
	−r		2	3	5			1	1	1		

漢語方言中的
聲調標示系統之檢討

蕭宇超

1. 序 論

　　本文擬使用較小的篇幅來討論一個聲調研究的基本問題，也是一個容易遭忽視的問題，那就是漢語的聲調標示。我們研究漢語聲調時，一方面可能埋首於很深入的調查，另一方面則可能徘徊於連串的基本問題：譬如，53 為一個或者兩個調？高平調為 55 或者 44？入聲是否真為短調？諸此等等。許多問題的出現皆可能源自聲調標示的不同。在這篇論文裏，我們主要是採整理性與分析性的角度來探討 1930 年至 1994 年的聲調標示演變，並討論其背後的理論假設以及潛在的理論結果。以下的章節將逐一討論聲調線圖、聲調成分、自主音段、聲調幾何結構、起伏聲調結構以及聲調持有單位。

2. 聲調線圖

趙元任先生(Chao 1930)首度以線圖來表示漢語各方言的「字調結構」(word tone structure)，包括一條垂直「參考線」與一條計時「音高線」。參考線均分為四個等份，以數字 1 、 2 、 3 、 4 、 5 分別表示低、半低、中、半高、高等五個音階刻度，這些刻度所標出的是音高的「比較值」而非「絕對值」。音高線附著於參考線上，標示每一個字調的調型，譬如 ㄚ 代表高降調、ㄐ 代表中平調等等。以下即是國語的聲調線圖：

(1) 國語字調線圖

陰平	陽平	上聲	去聲
55	35	213	53
˥	ˊ	ˬ	˥

音高線也是一條計時線，此線之長短直接對應聲調之長短，如入聲即使用短線，而聲調延長時亦可拉長計時線表示。表中的線圖可轉換為數字，標示聲調的「起點音高」與「終點音高」。舉個例子來說， 55 並非表示兩個獨立的高調而是表示一個高平調，其起點音高為 5 、終點音高亦為 5 ；此外， 55 也用於標示長調，有別於入聲之短調，後者以單獨一個 5 表示。❶趙元任先生的聲調線圖與數字一方

---

❶　洪維仁先生(1985)提出一個類似的線圖，唯以三階音高代替五階。

面分析每一個字調的完整性，另一方面也說明了字調的內部結構。

3. 聲調成分

　　早期的「衍生音韻理論」(theories of generative phonology)以「成分」(feature)的觀念來解釋聲調的內部結構，王士元先生(Wang 1967)應用此一觀念描寫漢語方言的聲調，視聲調為音節內部的成分，以閩南語為例，[high]、[falling]、[rising]與[long]四個成分乃是用來標示聲調的「高」、「降」、「升」與「長」等特性。以下為閩南語的聲調成分表：

(2) 閩南語聲調成分表

	陰平	陰上	陰去	陰入	陽平	陽去	陽入
	˧	˩	˨	˨	˩	˧	˧
High	+	+	−	−	+	−	+
Falling	−	+	+	+	−	−	−
Rising	−	−	−	−	−	−	−
Long	+	+	+	−	+	+	−

　　由表(2)顯示，高平調以[+high, −falling, −rising, +long]標示，下降調以[+high, +falling, −rising, +long]標示等等。變調現象屬於音節內部成分的改變。譬如陰平變陽平乃是[high]成分的變化，陰入變陽入則亦牽涉到[falling]成分的轉

換。成分屬於「線性音韻學」(linear phonology)的理論機制，王士元先生(Wang 1967)、 Woo (1969)以及鄭良偉先生(Cheng 1968,1972) 等皆認為音節結構是由「音段成分」(segment features)與「聲調成分」(tone features)線性排列而成。譬如「童」(13)、「風」(55)等音節的聲調即是與其音段相連如下：(σ = 音節)

(3) 童 $\longrightarrow$ σ + [-high, -falling, +rising, +long]

(4) 風 $\longrightarrow$ σ + [+high, -falling, -rising, +long]

　　線性聲調標示系統有一個必然的理論結果：既然聲調為音節的一部分，當音節被刪除時，其聲調也必須隨之消失。此一理論則無法解釋「音節合成」(syllable contraction)時的聲調變化：

(5) 查某儂：　　　　tsa^{33} bo^{55} lang^{13} $\longrightarrow$ tsa^{35} lang^{13}

例(5)的第二個字在音節合成時被刪除，但其 55 調則保留而與前字結合，使得「查」(tsa)的表層結構呈 35 調。此一現象說明了聲調並非屬於音節的內部結構，而是獨立存在的單位。

4. 自主音段

　　聲調的獨立存在否定了它與音段線性排列的說法，歐美學者研究非洲語言，如 Leben (1973)與 Goldsmith (1976)等人，認為聲

調乃是屬於不同層次的「自主音段」(autosegment)，並以 H 、
M 、 L 分別標示高、中、低三個「調素」(toneme)，這些調素與音
節呈「非線性」(nonlinear)的指派關係：

(6) σ σ σ　　　(7) σ σ σ
H M L　　　　H L H M

　　調素與音節由一條「關係線」(association line)連繫，當
兩個不同的調素連於同一個音節時即構成了起伏調，故而 HM 表高
降、 ML 表低降、 MH 表高升、 LM 表低升等等。兩個相同的調素則不
可連於同一個音節，此即所謂的「必要性起伏原則」(Obligatory
Contour Principle)，簡稱 OCP 。也就是說，平板調必須以例(6)
的方式標出，而例(8)的形式則不被允許：

(8)* σ σ σ
H H M M L L

　　由於 OCP 的設定，例(8)會自動簡化為例(6)才呈現於表層結
構。此種標示系統將「時間」訴諸於音節，聲調本身則無關長短，譬
如當音節延長時其聲調亦隨之延長。此外，聲調與音節的連繫必須遵
循一組「合法性制約」(Well-Formedness Condition)，簡稱
WFC 。其主要規定有三點：第一，調素由左至右連繫音節；第二，連

線不可交錯；第三，未連線的調素或音節不可浮出表層結構。

(9)*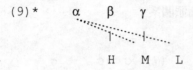

　　如例(9)所示，假設某語言中有一個特定的規則規定 H 調必須連
於 β 音節，則其右端的調素 M 或 L 皆不可連於 α 音節，以避免連線
交錯。基於調素是由左至右連繫音節，M 調必須連於 γ 音節；而 L 調
則有兩種可能，一是連於 γ 音節形成 ML 調，一是遭刪除，因爲未連
線的調素不可浮出表層結構。同樣的道理，未連線的 α 音節亦必須有
某個規則指派聲調給它才可浮出表層結構。 Yip (1980)將「自主音
段音韻學」(autosegmental phonology)的觀念應用於閩南語、
廣東話、上海話和國語，不僅將聲調與音節分開，並且認爲「音階」
(reigster)與「調型」(melody)乃是屬於不同層次的單位。音階
以[upper]成分來標示，起伏調只有兩種，下降(HL)與上升(LH)，
平板調亦只有兩種，高(H)與低(L)：

(10) 音階與調型標示系統

```
         音階              調型

                      H
       + upper               HL,  LH
                      L

       ─────────────────────────────

                      H
       - upper               HL,  LH
                      L
```

　　以閩南語為例，陰去以[-upper, HL]標示、陰上以[+upper, HL]標示，當陰去變為陰上時，其下降調型(HL)不變，只是音階由低[-upper]變高[+upper]。值得注意的是陽去之類的中平調可能有兩種標示身份，亦即[+upper, L]或[-upper, H]，視其個別語言特性而定(詳參 Yip 1980 的討論)。

5. 聲調幾何結構

　　音階與調型的分離說明了一個觀念：那就是聲調本身亦是由「多層次」(multi-tiered)的「節點」(nodes)所架構而成的複合體。隨之引起學者對於「聲調幾何結構」(tone geometry)的廣泛研究，Yip (1989)與 Bao (1990)各自提出了一套系統：(r = register; c = contour)。

(11) Yip(1989)的聲調幾何結構

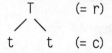

(12) Bao(1990)的聲調幾何結構

　　Yip 的大 T 是帶有音階成分(register feature)的節點，而小 t 則是組合調型起伏(contour)的節點，換句話說，兩者的關係是音階「支配」(dominate)調型。另一方面，Bao 的音階(r)與調型(c)則同為大 T 所支配。連讀變調可視為結構樹上任何一個節點「展延」(spread)的結果。不過，就「成分幾何學」(feature geometry)而言，同類節點的展延必須有所限制，❷因此 Chan (1991)提出了一條制約來規範，禁止大 T 節點與小 t 節點同時展延：

---

❷　大 T 節點與小 t 節點同屬於聲調節點，[nasal]則屬於音段節點。等有關成分幾何學的理論模式，請參閱 Sagey (1986)等論文。

(13)＊

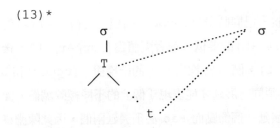

　　例(13)說明無論是 Yip 或 Bao 的聲調幾何結構皆不允許有直屬
支配關係的聲調節點(即大 T 與小 t)展延到同一個音節，以避免調值
(tone value)的重複或矛盾。陳淵泉先生(Chen 1992a)延伸此
一制約，主張不能有任兩個層次的節點同時展延，試比較例(13)與
例(14)對國語輕聲的處理方式：

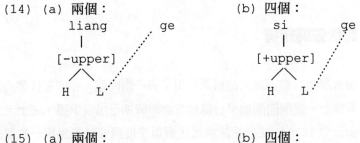

(14) (a) 兩個：

(b) 四個：

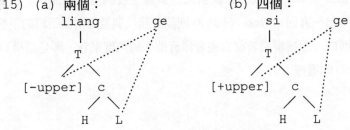

(15) (a) 兩個：

(b) 四個：

　　例(14)採用 Yip 的結構樹，音階成分直接支配 L 調，當 L 展延

至「個」(ge)的時候，已同時帶有[upper]的值，使得(14)(a)的輕聲音節「個」比(14)(b)的要低，前者調值爲[-upper, L]、後者調值爲[+upper, L]。例(15)採用 Bao 的結構樹，[upper]和 L 無支配關係，兩者必須同時展延才能表現「個」的不同輕聲調值。簡單的說，Yip 只須展延一個節點而 Bao 必須展延兩個，因此陳淵泉先生認爲 Yip 的聲調幾何結構優於 Bao 。雖然陳先生的這項論點理論基礎源自 Chan (1991)，不過我們若仔細觀察例(13)與例(15)則不難發現兩者展延的本質其實不同。例(15)的[upper]與 L 既無直屬關係，兩者同時展延並不會造成調值上的重複或矛盾，應該是可以允許的。因此單就展延的節點數而言，實不足以定優劣，但若從理論的「經濟性」(economy)來看，展延規律的運作則在 Yip 的架構下較爲單純。

6. 起伏聲調結構

複合層次的聲調幾何結構牽引出了另一個問題，亦即起伏調的定位。事實上，這個問題稍早於線性音韻學時期已出現爭議。王士元先生(Wang 1967)的成分系統將起伏調與平板調同樣視爲單一的聲調單位，另一方面，Woo (1969)則認爲起伏調是由兩個不同的平板調組合而成。此項爭議若從自主音段音韻學的角度來看，即是結構(16)與(17)的選擇：

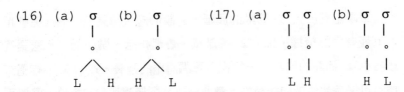

Yip (1989)與陳淵泉先生(Chen 1992a,b)認為漢語大部分方言的起伏調結構屬於(16)(a,b)的類型，而非洲語言的起伏調結構則多屬(17)(a,b)的類型：❸

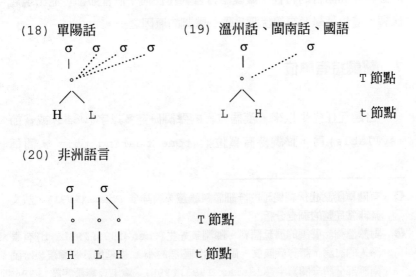

---

❸ 鎮江方言的聲調展延則類似非洲語言，請參閱陳淵泉先生(Chen 1992a,b)的討論。此外，就孫天心先生(1995)調查看來，藏語似乎居於兩類之間。

　　單陽話屬於大 T 節點的展延，是說明起伏掉調為一個「完整單位」最有力的證據，即(18)的結構。❹溫州話、閩南話以及國語等屬於小 t 節點的展延，一般視為聲調調尾的延長，以(19)的結構來標示可保持起伏調的完整性。❺非洲語言則無起伏調的單位，具體而言，其起伏調的構成只有一個途徑，亦即藉由兩個或三個大 T 節點的結合，如(20)的結構。❻如果依循第 4 節所介紹的 WFC 規定，聲調必須由左至右展延，則只有最後一個音節才可能帶有起伏調，而此點的確是非洲語言的特性。❼漢語方言則在任何一個音節都可能出現起伏調，這也是學者視起伏調為單一聲調的原因之一。

7. 聲調持有單位

　　自趙元任先生以來，漢語方言的聲調研究多以字(word)或音節(syllable)為「聲調持有單位」(tone bearing unit ，簡稱

---

❹　有關單陽話起伏調展延的詳細語料驗證，請詳參 Chan (1991)，該文有非常完整的調查分析。

❺　對於溫州話聲調的展延語料，陳淵泉先生(Chen 1990,1992a,b)有很深入的討論，請詳參該文。閩南話和國語的小 t 展延屬於輕聲現象，閩南話部分請參閱蕭宇超(Hsiao 1993,1995)、歐淑珍與蕭宇超(1995)等文的語料討論，國語部分請參閱 Yip (1989)的語料討論。

❻　有關各種非洲語言的聲調展延語料，請詳參 Hyman (1982)、 Odden (1992)等等的討論。

❼　Yip 等人亦曾經提出「由外向內」的展延(edge-in associa-tion)，其結論亦類似，非洲語言中只有特定音節串的最後一個音節才可能帶有起伏調。

TBU)。端木三先生 (Duanmu 1990,1994) 與張美智先生 (Chang 1993,1994) 則認爲「音拍」(mora) 才是眞正的聲調持有單位,大致可以 (21) 的結構標示:

長音節通常包含兩個音拍,而短音節只有一個音拍,每個音拍則持有一個調素。端木三先生因此反對起伏調單位的存在,他將漢語方言分爲兩類:第一類爲「M語言」,包括廣東話、閩南話、國語和福州話等,此類語言的音節多呈雙音拍,起伏調常見;第二類爲「S語言」,包括新上海話、老上海話、蘇州話和單陽話等等,此類語言的音節屬於單音拍,鮮有起伏調。簡單地說,起伏調其實是兩個音拍(亦即兩個平板調)的組合。M語言和S語言的主要區別可由以下的現象了解:

(22) 填補性延長

(22)主要說明入聲字失去韻尾喉塞音時,其韻母隨之延長。具

體而言，喉塞音（？）刪除以後，所留下來的音拍（μ）遂由其韻母（V）填補，此一現象稱爲「填補性延長」（compensatory lengthening），常見於廣東話、閩南話等等，是M語言的特徵。另一方面，S語言的入聲音節通常衹含一個音拍，因此喉塞音的消失不會導致韻母的延長。音拍的理論給予聲調長短一個頗生動的定義，唯一美中不足的是單陽話（S語言）的起伏調無法得到解釋。端木三先生認爲(18)的展延現象出現的機率很低，不足以證明起伏調的必要性。❽不過，儘管使用率低，單陽話的聲調展延畢竟是存在的，且仍未獲得詮釋，廢除起伏調依然有其代價。

8. 結 論

　　總括而言，漢語方言的聲調標示系統自 1930 年以來經過了幾番蛻變，由有形的音高線圖而至抽象的線性成分，之後再發展爲多層次的幾何結構。聲調本質的定義也不時更新，由音節的一部分變爲自主音段，接著音階與調型再行分離成爲獨立的節點。起伏調的真正特性從早期的「衍生音韻學」以降即是一個未定論的爭議，聲調幾何結構的建立給予漢語的起伏調鋪陳了有利的動機，而以音拍爲聲調持有單位的論點則否定了它的存在。不過音拍與聲調的關係卻同時提供了一個研究入聲的新方向，假設聲調由音拍所持有，但必須藉由韻母或鼻化韻尾才能顯現，則「聲調」長短的包袱或可卸下，換句話說，入聲

---

❽　端木三先生指出，單陽話三字組的起伏調展延出現的機率只有 17.6%，四字組的起伏調展延出現的機率則只有 9%。

字的聲調結構亦可能與非入聲字類似：

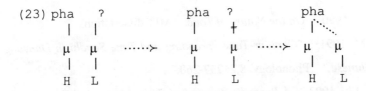

  例(23)是一個假設性的分析，倘若喉塞音無法表現聲調， pha？
所呈現的表層調型自然只有短促的 H 調，而當喉塞音消失時， pha
發生填補性延長，遂可能呈現 HL 調。本文將漢語聲調結構理論的演
變作了整理性的分析，希望能夠把現代音韻學的觀念引進傳統聲韻研
究的領域，並提供作為方言調查的參考。

參 考 文 獻

Bao, Z. 1990. *On the Nature of Tone.* MIT dissertation.

Chan, M. 1991. *"Contour-Tone Spreading and Tone Sandhi in Danyang Chinese."* Phonology. 8,2: 237-260.

Chang, L. 1993. *A Prosodic Account of Tone, Stress, and Tone Sandhi in Chinese Languages.* Taipei: The Crane Publishing.

Chang, L. 1994. *"Types of Tone Sandhi in Mandarin Dialects and the Implications for a Formal Analysis of Tone."* Paper for ISCLL 4.

Chao, Y. 1930. *"A system of tone letters."* Le Maitre Phonetique 45: 24-47.

Chen, M. 1990. "Competing Strategies Toward Tonotactic Targets." University of California, San Diego. Manuscript.

Chen, M. 1992a. *"Tonal Geometry - A Chinese Perspective."* Paper delivered at the LSA Institute, UC Santa Cruz.

Chen, M. 1992b. *"Tone Rule Typology."* Paper for BLS-18.

Cheng, R. 1968. *"Tone Sandhi in Taiwanese."* Linguistics. 41: 19-42.

Cheng, R. 1972. *"Some Notes on Tone Sandhi in Taiwanese."* Linguistics. 100: 5-25.

Duanmu, S. 1990. A *Formal Study of Syllable, Tone, Stress and Domain in Chinese Languages.* MIT. Ph.D. Dissertation.

Duanmu, S. 1994. *"Against Contour Tone Units."* Linguistic Inquiry 25: 555-608.

Goldsmith, J. 1976. *Autosegmental Phonology.* Unpublished MIT Ph.D.

Dissertation.

Hsiao, Y. 1993. "*Taiwanese Tone Group Revisited: A Theory of Residue.*" Paper for the Second International Conference on Chinese Linguistics. Paris, France.

Hsiao, Y. 1995. *Southern Min Tone Sandhi and Theories of Prosodic Phonology*. Taipei: Student Book Co. Ltd.

Hyman, L. 1982. "*Globality and the Accentual Analysis of Luganda Tone.*" Journal of Linguistic Research. 2,3: 1-40.

Leben, M. 1973. *Suprasegmental phonology*. MIT. Ph. D. Dissertation.

Odden, D. 1992. "*Tone: African Languages.*" Ohio State University. Manuscript.

Sagey, E. 1986. *The Respresentation of Features and Relations in Nonlinear Phonology*. MIT. Ph.D. Dissertation.

Sun, T. 1994. "*The Typology of Tone in Tibetan.*" Academia Sinics. Manuscript.

Wang, W. 1967. "*Phonological features of tone.*" International Journal of American Linguistics 33: 93-105.

Yip, M. 1980. *Tonal Phonology of Chinese*. MIT dissertation.

Yip, M. 1989. "*Contour Tones.*" Phonology. 6,1:149-174.

歐淑珍・蕭宇超, 1995 , 〈從韻律音韻學看台灣閩南語的輕聲現象〉,第四屆國際暨第十三屆全國聲韻學學術研討會論文。

洪惟仁,1985,《台灣河佬話聲調研究》,台北:自立晚報社。

老國音與切韻音

徐芳敏

一、民國初年的老國音

1.1　老國音就是指民國初年的「老國音」，怎麼會和《切韻》有牽
涉呢？個人以為，這是一個有趣的聯想。不過在討論之前，先簡單介
紹老國音的由來。

　　根據黎錦熙《國語運動史綱》(1934:49-62)、方師鐸《五十年
來中國國語運動史》(1965:17-29)的記載，民國元年十二月，教育
部公佈〈讀音統一會章程〉，先於部中設籌備處，由主任吳敬恒具函
延攬會員八十人。次年二月，讀音會正式開議，有四十四位會員與
會。按〈章程〉第五條規定，進行「(一)審定一切字音為法定國音
(二)將所有國音，均析為至單至純之音素，核定所有音素總數(三)
采定字母，每一音素均以一字母表之」。（此〈章程〉見黎氏另作
《國語學講義》，1919:下篇、14-15）

　　以審定國音而言，當時的情形是（黎錦熙 1934:53）：

　　　其審音辦法，先依清李光地的音韻闡微各韻（合平上去，入聲另

列）之同音字，採取其較爲常用者，名爲『備審字類』，隔夜印發各會員，以便分省商定其應讀之音，而用會中預備之「記音字母」注於其上——此『暫攝』之「記音字母」，即後來變爲『眞除』之「注音字母」也；——次日開會，每省爲一表決權，推一審音代表交出已注之音單，由記音員逐音公較其多寡，而以最多數爲會中審定之讀音——此多數票決之讀音，即後來公布國音字典之藍本也。

　　另外要核定音素、采完字母。所通過的國音字母（或稱注音字母）於民國七年由教育部正式公佈。但其聲韻母排列次序不盡理想，次年部令又公佈「注音字母音類次序」。當時的國語統一籌備會並且議決增加ㄛ（爲書寫印刷方便，日久遂變爲ㄜ）母、ㄦ母兼作聲母等（以上經過，見黎錦熙同上：76-94、方師鐸同上：31-43）。整個說來，老國音字母如下：（括號內國際音標聲母部分沿用卓文義1982：385，但日母 r 變更爲 ʐ；韻母部分爲筆者所加。）

ㄅ(p)	ㄆ(ph)	ㄇ(m)	ㄈ(f)	万(v)
ㄉ(t)	ㄊ(th)	ㄋ(n)	ㄌ(l)	
ㄍ(k)	ㄎ(kh)	π(ŋ)	ㄏ(x)	
ㄐ(tɕ)	ㄑ(tɕh)	广(nɕ)	ㄒ(ɕ)	
ㄓ(tʂ)	ㄔ(tʂh)		ㄕ(ʂ)	ㄖ(ʐ)
ㄗ(ts)	ㄘ(tsh)		ㄙ(s)	
ㄧ(i)	ㄨ(u)	ㄩ(y)		
ㄚ(a)	ㄛ(o)	ㄜ(ɤ)	ㄝ(e)	

ㄞ(ai)　　ㄟ(ei)　　ㄠ(au)　　ㄡ(ou)

ㄢ(an)　　ㄣ(ən)　　ㄤ(aŋ)　　ㄥ(əŋ)

ㄦ(ə)

如果把單韻母與「結合韻母」一起列出，就是(佐藤昭 1991:80)：

```
      ㄚ  ㄛ  ㄜ  ㄝ  ㄞ  ㄟ  ㄠ  ㄡ  ㄢ  ㄣ  ㄤ  ㄥ  ㄦ
   一  一  一      一  一      一  一  一  一  一  一
      ㄚ  ㄛ      ㄝ  ㄞ      ㄠ  ㄡ  ㄢ  ㄣ  ㄤ  ㄥ
   ㄨ  ㄨ  ㄨ          ㄨ  ㄨ          ㄨ  ㄨ  ㄨ  ㄨ
      ㄚ  ㄛ          ㄞ  ㄟ          ㄢ  ㄣ  ㄤ  ㄥ
   ㄩ      ㄩ      ㄩ                  ㄩ  ㄩ      ㄩ
          ㄛ      ㄝ                  ㄢ  ㄣ      ㄥ
```

最後，聲調爲陰平、陽平、上、去、入五聲。

1.2　國音已定，需要有字典以明字音。《國音字典》乃應運而生，不過其間過程甚爲曲折。民國二年讀音統一會曾輯有《國音彙編草》一本，五年後該會原會長吳敬恒又依已審定的六千多字音，增補了六、七千未審定的字音，命名爲《國音字典》。吳氏並請王璞、錢玄同、黎錦熙……等一起會商，定奪全稿。民國八年，此字典初印本出版。同時教育部國語統一籌備會也對字典進行修訂，完成〈修正國音字典之說明及字音校勘記〉，並作爲〈國音字典附錄〉。民國十年，《字典》暨〈附錄〉正式出版，定名爲《教育部公布校改國音字典》

（以上所述，見黎錦熙 1934 ： 94-101 ，方師鐸 1965 ： 43-36）。

1.3　老國音公佈後，由於揉合江浙、直隸、河南等省的讀音，「他遷就了全國二十三省（及地方）的讀音，也就是不合於全國任何一省一縣的讀音。……名爲『包羅萬象』的標準國音，實際卻是『紙上談兵』，全國沒有一個人發得出這種『怪音』來。」（方師鐸同上： 47 ）因此引發「京國問題」，即以北京音或老國音作標準音之爭，又導致教師在傳授上的困難。根據當時江蘇省的記載，京音教員和國音教員大打出手。同一戶人家兩兄弟各學到京、國不同的音，家長去質問校長，校長回答說「都不錯！都不錯！」（以上見黎錦熙同上： 95-97）。

　　這個問題遷延到民國十三年正式獲得解決。當時國語統一籌備會開會決定以北京語音爲標準（黎同上： 171 ）。從此國音開始步入「新國音」時代。新國音，就是我們現在通行的國音。

二、老國音的制定

2.1　老國音究竟是怎麼制定的？如上文所述，一般對它的印象就是折衷於全國之間，實際的情形又如何呢？首先，它是根據讀書音制定的。吳敬恒曾草擬《讀音統一會進行程序》一冊，於民元十一月寄發讀音統一會各會員。其中（吳 1964 ： 7 ）明言：

　　　定名：定此會爲讀音統一會。（理由）讀音統一之名，根據於國

語統一一部分之性質而生。……對文字言,則爲讀音;對聲響言,則爲口音;讀音口音,原互相關連。以廣義言之,宜同時求其統一。……惟於進行程序上,遽從廣義命名,含混其詞,稱爲國語統一會,則讀音口音,歧見紛起,……毋寧先從一部分之讀音,以狹義命名。將各有文字可憑之讀音,討論既定,而後即藉讀音之勢力,用以整齊隨時變動,此有聲響可憑之口音,則有執簡馭繁之效益矣。……

次年讀音會開會時,根據《音韻闡微》製成「備審字類」,供會員商定讀音。所以老國音之爲讀書音,殆無疑義。

其次,老國音的音讀大部分仍與北京音相同。民國九年教育部公佈《國音字典》時,曾引用國語統一籌備會來函,稱(轉引自黎錦熙1934:99):

查讀音統一會審定字典,本以普通音爲根據。普通音即舊日所謂官音,此種官音,即數百年來全國共同遵用之讀書正音,亦即官話所用之音,……取作標準,允爲合宜。北京音中所含官音比較最多,故北京音在國音中適占極重要之地位;國音字典中所注之音,什九以上與北京音不期而暗合者,即以此故。

此函敘述官音、北京音與國音、普通音的關聯。北京音是什麼時候成爲官音、標準音的?學者或認爲元代《中原音韻》所記即大都音,或認爲遲至清代。即使從後一說法,清中葉以下北京音也已取得「正音」的地位(李新魁1993:165-166)。因此宣統三年各省教

育總會聯合會議決〈統一國語方法案〉，就主張「以京音爲標準音」
「以京話爲標準語」（轉引自陳懋治 1922:193-194 ）。而老國音
在審定時，〈審音代表決定之辦法〉（轉引自黎錦熙 1919 ：下篇、
17 ）規定「將應注之讀音，用會中預備之記音字母，注於各字敏
案：指備審字之旁。（所注之音，應審量可爲全國讀音者，非各舉其
鄉音也。）」既然要求讀音行之能遠，則各省代表必定傾向於標準的
北京音，宜乎其在全國之中脫穎而出。

2.2　至於老國音與北京音不同的部分，乍看之下，極可能是各省湊
合起來的「大雜燴」。不過在檢視讀音統一會會員的籍貫後，可以發
現：八十名會員中，江蘇省十七人、浙江省九人、直隸省八人，其餘
湖南、福建、山東、安徽、吉林、新疆等省多則四人、少僅一人。正
式開會時，實際參與的四十四位會員，有二十或三十多位來自江浙兩
省。根據當時副會長王照（ 1930 ：卷1、 46-47 ）的記載：

> 余至京，入籌備處，見其布置已定，會期限三個月。所召集之
> 員分三項，第一項曰延聘員，……共三十餘人，而蘇浙兩省占
> 二十五人，……第二項曰各省代表，每省限以二人。……第三
> 項曰部派員，……開會之日，各省代表多未到，第一第三兩項
> 中之江左人三十餘員已過全體之半數。

王氏所言，與事實有出入。黎錦熙(1934:52)曾駁正之「按此數與
會員錄頗不合，蘇十七、浙九，合爲二十六人，兩省代表及部派員均
在內矣，安得延聘員一項即占二十五人乎？」但無論如何，江浙會員

的確佔了一半以上。

　　也由於江浙代表勢力龐大，北方諸省代表深爲不滿。王氏曾與北
省會員面見教育部長，稱「蘇浙讀音統一會，我等外省人闌入多日，
甚爲抱歉！」經部長慰留，並允許一省一代表權，始打消江浙會員所
提「濁音字母案」（即增添相當於中古並定群等字母）（王同上：卷
一、47-51）。

2.3　清末民初的江浙及南方各省，除了使用北京話，可能更熟悉南
方官話。考近代漢語晚期，官話有南北之分。李新魁先生（1994：
viii-ix）爲瀨戶口律子《琉球官話課本研究》（1994）作序，指出
清代官話南北語音不同。瀨戶口此書即認爲琉球幾種編於清初至清中
葉以前、且與福建有密切關連（同上：15、87）的官話課本，
「可能是屬於流行在南方地區的官話」（同上：89）。另一方面，
黎錦熙《國語學講義》（1919：上篇、21）對此情形也有所說
明：

　　　本來官話有兩種，一爲南方官話，一爲北方官話。……試令一
　　　南京人與一北京人各說一段話，依音錄出。其有音無字之處，
　　　北京人必較多，即此可判優劣。但此尚兼有詞類與語法的關
　　　係。若專從音韻範圍講究，所不滿於京音者，不過數點。第
　　　一，即是無入聲。然現在國音，明明不廢入聲。……第二，即
　　　是母之清濁與聲之陰陽不分。但此是音理上之講究。在言語
　　　上，不足爲京音病。第三，即是捲舌音太多。然英法德等國語
　　　言，亦是如此。從比較語言學上，論此種捲舌音之價值，尚難

判其高低。

黎氏主張定北京音為標準音，對之多所迴護。不過從文中也可看出南方官話與北方官話的「對等」地位。

我們可以想像：讀音會在審音的時候，第一優先考慮的是北京音，其次可能就是南方官話。現在要進一步追問：南方官話有沒有標準音？——當時江浙以及南方各省會員如何制定那些不同於北京的音讀？

談到這裡，似乎又牽涉到明代官話的標準語問題，魯國堯(1985：50-51)、楊福錦(Yang 1986:232)、曾曉渝(1991:73-74)等均以南京音當之。這裡不擬作討論，值得注意的是上述瀨戶口律子對琉球官話課本的研究，這些課本的音系與南京音相符合(1994:54、73)。此外，黃典誠〈《官話新約全書》所反映的一百年前官話語音的面貌〉也談到以羅馬字拼音的《新約全書》「好像以南京官話為藍本似的」、「既以南京音系為基礎，又吸收了前代遺留下來的傳統北方讀書音」(1993:223、225)。然則無論南京音與明代官話的關係如何，其作為南方官話的龍頭，大致不會有錯。

2.4　下文將仔細討論老國音音系中，與北京音異、南京音同的部分。這裡簡單作一結語：從史實及近現代漢語現象推測，老國音的制定，多半基於北京話的讀書音，其他可能根據南方官話的南京音。

三、老國音、北京音的不同

3.1　民國十年，原讀音統一會第三任主席（前兩任即吳敬恒、王照）、直隸代表王璞，出版了一本小冊子《國音京音對照表》(1921)，將老國音、北京音有不同的字音，按部首逐字列出。現在照此書所述，先舉出國、京音聲母、聲調相異之犖犖大者；其次舉出韻母不同之處。附帶說明一點：老國音與北京讀書音的對照以「：」表示。王氏原書以國音字母注音，現在轉寫作國際音標；原書以「四聲點法」　上・　□　・去　表示聲調，現在改成四角標上 ꜀、꜄ 或 ꜂。
　　　　　陽平・　・入
　　　　陰平無號
每字後的數字是此字在《對照表》前編中的頁碼－行數。如「乇」1-2꜀tho:꜀thuo,1-2 是第 1 頁第 2 行，「：」號前爲老國音、後爲北京讀書音。

3.2
　　(1) 老國音與北京讀書音最大的不同，在於前者分尖團，如「七」1-1tshiʔ:tɕhi。❶。這種分別幾乎佔了全書的一半，可謂到處皆是。
　　(2) 某些攝❷的一等字（少數攝還包括二等字、三等字）疑母老國音讀 ŋ、京音爲零聲母。以下是各攝的例字：

---

❶　老國音入聲有 ʔ 尾、北京音無之，詳下文 (4)。
❷　這裡沿用中古十六攝來進行討論，下同。

A 陰聲字

蟹攝　開口一等咍韻　　呆4-4$_c$ŋai:$_c$ai　　開口一等泰韻　　乂1-2 ŋai°:ai°
　　　　（舉平賅上去，下同）

　　　　　　　　　　　　　礙24-2 ŋai°:ai°　　　　　　　　　　艾29-6 ŋai°:ai°

　　　　　開口二等皆韻　　娾7-2$_c$ŋai:$_c$ai　　開口二等佳韻　　捱12-1$_c$ŋai:$_c$ai

　　　　　　　　　　　　　疻22-2^{c}ŋai:^{c}ai

　　　　　　　　　　　　　諤36-5 ŋai°:ai°

效攝　開口一等豪韻　　敖13-2$_c$ŋau:$_c$au　　開口三等宵韻　　翺32-4 ŋau°:au°

　　　　　　　　　　　　　隩31-6^{c}ŋau:^{c}au

果攝　開口一等歌韻　　俄2-1$_c$ŋo:$_c$o　　合口一等戈韻　　吪4-3$_c$ŋo:$_c$o

　　　　　　　　　　　　　我11-2^{c}ŋo:^{c}o　　　　　　　　　　囮6-1$_c$ŋo:$_c$o

流攝　開口一等侯韻　　吽4-4$_c$ŋou:$_c$ou

　　　　　　　　　　　　　偶2-3^{c}ŋou:^{c}ou

B 陽聲字

江攝　開口二等江韻　　岘8-3$_c$ŋaŋ:$_c$aŋ

山攝　開口一等寒韻　　犴20-4$_c$ŋan:$_c$an

　　　　　　　　　　　　　岸8-3 ŋan°:an°

宕攝　開口一等唐韻　　昂13-4$_c$ŋaŋ:$_c$aŋ

　　　　　　　　　　　　　卬4-1$_c$ŋaŋ:$_c$aŋ

咸攝　開口一等覃韻　　顐36-5$_c$ŋan:$_c$an ❸

　　　　　　　　　　　　　儑2-5 ŋan°:an°

C 入聲字

通攝　合口一等沃韻　　㺜20-3ŋuʔ:uʔ。

臻攝　開口一等沒韻　　兀20-2ŋɤ ʔ:ɤ。

山攝　開口一等曷韻　　岉9-1ŋoʔ:oʔ。　　開口二等鎋韻　　齾48-4ŋaʔ:aʔ。

　　　　　　　　　　　　　枿14-3ŋoʔ:oʔ。

---

❸　原未標調號，今補。

宕攝　開口一等鐸韻　　　瞔5-4 ŋo?ₒ:oₒ

　　　　　　　　　　　　顎44-2 ŋo?ₒ:oₒ

梗攝　開口二等陌韻　　　額44-2 ŋɤ?ₒ:ɤₒ　開口二等麥韻　　　鶪47-1 ŋɤ?:ɤₒ

　　(3)老國音較之北京音，除了多出 ŋ 母，還多出 v 母。不過在
《國音京音對照表》中， v 出現的頻率極低，如「桅」 37-6ᶜvei:
ᶜuei，全書似僅一見。另外 ȵ 也少用。黎錦熙(1934:89)曾指出：

　　民九（一九二〇）審音委員會審議國音字典時，即將注『万』母
　　諸字都加注『ㄨ』母爲今讀，如「微」原注「万ㄟ」，加注
　　「ㄨㄟ，今讀」所以『万』母之成爲「黴羊」也最早。……其
　　次『广母』，有主張併入『ㄋ』母的，……總之，北平音有
　　『ㄋ一』無『广』，各地土音『广』和『ㄋ一』在一個地方並
　　立的也很少，故『广』母在國音字典中本來用得不多，後來因
　　記憶不便，大家就不用來注音了。

　　這是從北京音的角度來看問題。平心而論，雖然日後照北京的辦
法修訂《國音字典》， v 母轄下的字紛紛轉到零聲母、u 介音項下，
但 v 母在《中原音韻》時代就已經出現，民初當然可以成爲一個音
位，放在音韻系統中。 ȵ 母的設立，是爲了泥、娘、疑母齊撮口
（方師鐸 1965:24 ）。誠如黎氏所言，倘若要歸音位，無妨取消 ȵ
母。不過疑母齊撮口讀 ȵ 現象，北京音少見，值得注意。

　　(4)《對照表》的老國音與北京讀書音均有入聲，然而民初的北
京能不能保存入聲，是一個問題。黎錦熙（同上:102 ）描寫入聲的
情形如下：

　　那年（敏案：民國九年）王璞在上海發音之中華國音留聲機片，則
陰陽上去都全依北京，入聲就把北京的去聲讀得短一點兒，可
是「短」而不「促」，「收」而不「藏」，據說從前北京講究
讀音的老師就是這樣教學生的。次年（民十，一九二一）趙元任在
美國發音之國語留聲機片（商務印書館製），陰陽上去也一律準
照北京，全如王氏；而入聲則標準南京，……雖「短促」「收
藏」，而不如江北之「急」。

　　按黎文所述，從前北京的老師或者王璞，似乎有意「創造」了入
聲——「把北京的去聲讀得短一點兒」。本文依據趙先生的辦法，把
入聲算在南京音的賬上。不過《對照表》既然列出北京的入聲，本文
仍從之，但只標調號。老國音以及南京音的入聲不同，有調號、也有?
尾。

3.3　在韻母方面，情形比較複雜，以下分別作說明。（爲免繁瑣，
各攝僅舉幾個例字。）

　　(1) 止蟹攝合口一、三等來母（蟹合一另有泥母）老國音-
uei、北京音-ei。

止攝　合口三等支韻　　嬴28-1$_c$luei:$_c$lei　合口三等脂韻　㜷7-3$_c$luei:$_c$lei
　　　　　　　　　　　累26-4luei°:lei°　　　　　　　　淚17-3luei°:lei°
蟹攝　合口一等灰韻　　雷43-1$_c$luei:$_c$lei　合口三等廢韻　䋥27-2luei°:lei°
　　　　　　　　　　　耒28-2luei°:lei°
　　　　　　　　　　　內2-6nuei°:nei°

　　(2a) 果攝開口一等端系、來母、精系老國音-o、北京音-uo。

果攝　開口一等歌韻　　多6-4$_c$to:$_c$tuo　　　　　精系　　左9-2^{c}tso:^{c}tsuo

端系　　彈5-5ᶜto:ᶜtuo　　　　　　搓12-4ₑtsho:ₑtshuo

　　　　娜7-1ₑno:ₑnuo　　　　　　娑7-1ₑso:ₑsuo

來母　　羅27-6ₑlo:ₑluo

(2b)宕攝入聲開口一等端系、精系、三等知系、章系、日母老國音-o？、北京音-uo。

宕攝　開口一等鐸韻　　度9-4to?:tuoₒ　　開口三等藥韻　箬25-4tʂo?:tʂuoₒ❹

　　　　端系　　鐸42-1to?:tuoₒ　　　　知系　　硺6-5tʂho?:tʂhuoₒ

　　　　　　　託35-4tho?:thuoₒ　　　章系　　灼19-3tʂho？:tʂhuoₒ

　　　　精系　　作1-5tso?:tsuoₒ　　　　　　　綽26-6tʂho？:tʂhuoₒ

　　　　　　　削3-4tsho?:thsuoₒ　　　　　　爍19-6ʂo?:ʂuoₒ

　　　　　　　索26-3so?:suoₒ　　　　　日母　　若30-2ʐo?:zuoₒ

(3a)假攝開口三等章系、日母老國音-e、北京音-o。

假攝　開口三等麻韻　　遮39-6ₑtʂe:ₑtʂo　　　日母　　惹10-4ᶜʐe:ᶜʐo

　　　章系　　車39-2ₑtʂhe:ₑtʂho

　　　　　　射7-6ʂeᵒ:ʂoᵒ

(3b)山攝入聲開口三等知、莊、章系、日母、深攝入聲開口三等知系、咸攝入聲開口三等知、莊、章系、日母，老國音均為-e？、北京音-o。

山攝　開口三等薛韻知系　蜇33-1tʂe?:tʂoₒ　　咸攝　開口三等葉韻知系　耴30-4tʂe？:tʂoₒ

　　　　　　徹10-1tʂhe？:tʂhoₒ　　　　　　　　魮46-3tʂe？:tʂoₒ

　　　莊系　闋42-3tʂe？:tʂoₒ　　　　　　　　　殊16-2tʂe？:tʂoₒ

　　　章系　浙17-1tʂe？:tʂoₒ　　　　　莊系　　庸9-5tʂe？:tʂoₒ

　　　　　　舌29-4 ʂe?:ʂoₒ　　　　　章系　　摺12-4tʂe?:tʂo

　　　　　　設35-4 ʂe?:ʂoₒ　　　　　　　　　呫4-4tʂhe?:tʂho

　　　日母　熱19-5 ʐe?:ʐoₒ　　　　　　　　　拾11-5ʂe?:ʂoₒ

---

❹　此字〈對照表〉的國音除入聲外，又標了去聲調號，應為衍文。

深攝 開口三等緝韻知系　墋6-3tʂheʔ:tʂhoｏ　　　　　　　　日母　䏜36-6zeʔ;zoｏ

　　　　腊29-2tʂeʔ:tʂoｏ　　　　開口三等業韻莊系　磼24-2tʂeʔ:tʂoｏ

(4a) 臻攝開口二等生母老國音 ʂən 、北京音 ɕin。

臻攝　開口二等臻韻　生母侁1-6cʂəː:cɕin

　　　　　　　鮮46-5cʂən:cɕin

(4b) 臻攝合口一等心母老國音 sun 、北京音 ɕyn。

臻攝　　合口一等恩韻　心母巽 9-2sunˊː ɕynˊ

　　　　　　　遜39-6sunˊ: ɕynˊ

(5a) 江攝入聲見影系老國音-ioʔ、北京音-ye。宕攝入聲開口三等來母、見影系、精系老國音-ioʔ、北京音-ye。

江攝 開口二等覺韻見系　覺35-1tɕioʔ:tɕyeｏ宕攝 開口三等藥韻來母　　掠12-1lioʔ:lyeｏ

　　　　　　　岳8-3ɕioʔ:yeｏ　　　　　　　　　　　略21-6lioʔ:lyeｏ

　　　　　　　學7-4ɕioʔ: ɕyeｏ　　　　見影系　　腳28-6tɕioʔ:tɕyeｏ

　　　　　　　　　　　　　　　　　　　　　　虐32-4ɕioʔ: ȵyeｏ

　　　　　　　　　　　　　　　　　　　　　　約26-2ɕioʔ:yeｏ

　　　　　　　　　　　　　　　　精系　　爵20-1tsioʔ:tɕyeｏ

　　　　　　　　　　　　　　　　　　　　鵲47-1tshioʔ:tɕhyeｏ

　　　　　　　　　　　　　　　　　　　　削3-3sioʔ: ɕyeｏ

(5b) 宕攝入聲合口三等見影系老國音-yoʔ、北京音-ye。

宕攝　　合口三等藥韻見影系　　矍23-3tɕyoʔ:tɕyeｏ❺

　　　　　　　　　　躩39-1tɕhyoʔ:tɕhyeｏ

　　　　　　　　　　雘36-3ɕyoʔ: ɕyeｏ

(6) 山攝入聲合口三等來母老國音-yeʔ、北京音-ie。

山攝　　合口三等薛韻來母劣3-5lyeʔ:lieｏ

　　　　　　　　　埒6-1lyeʔ:lieｏ

---

❺　tɕyeｏ 原作 tɕhyeｏ，據本書後編 17-3 校改。

以上所述，限於國、京音之間的歧異比較一致者。如果兩者間的歧異有參差，就不列入。比方流攝一等侯韻明母的情形是：

懋 10-6mouˀ：mauˀ
楙 15-1mouˀ：讀 mouˀ、俗 mauˀ ❻
茂 30-3mouˀ：mauˀ
貿 37-4mouˀ：mauˀ
鄮 40-4mouˀ：讀 mouˀ、俗 mauˀ

看起來常用字「懋」「茂」「貿」似乎丟掉了讀書音，剩下口語音。不過「楙」「鄮」仍保留讀書音，所以不能直接把「懋」「茂」「貿」mou:mau 當成國、京音之間的分別。

四、老國音採用的南京音

4.1　上文（2.4 節）就史料等立論，推斷老國音大部分根據北京讀書音，少部分來自南京音。然則南京方言果眞是 3.2 至 3.3 節，國京音有歧異時的來源嗎？先看看南京方言。

鮑明煒〈南京方言歷史演變初探〉(1986) 一文，論述南京在魏晉南北朝時期屬吳方言區，其後屢經戰亂，北方人大舉南遷，便南京話逐步向北方話靠攏，終至完全成爲官話方言。在近幾十年裡，南京方言又有一些變化。抗日戰爭前後，蘇北皖北居民大量湧入。中共統

---

❻　「讀」指北京讀書音，「俗」指口語音。

治大陸，南京話進一步受普通話的影響。年輕的一代已經不說原來的
「老南京話」（或曰「舊南京話」），而說接近普通話的「新南京
話」（南京大學 1961:1-2 、 4 ，鮑明煒同上： 383-384 ）。

　　至於有關清末民初老南京話的記錄，主要是胡垣《古今中外音韻
通例》（序文作於光緒十二年(1886 年)，關於此書的研究見鮑明煒
同上、陳貴麟(1989)）、趙元任先生〈南京音系〉(1929)、南京大
學中文系〈南京方言中幾個問題的調查〉(1961)、鮑明煒〈六十年
來南京方音向普通話靠攏情況的考察〉(1980)及〈南京方言同音字
匯〉(1990)等。下文要比較老國音與老南京話，因此 3.2 與 3.3 節
所記的各種情形，都將一一就老南京話作檢視。

4.2　3.2 節談到老國音分尖團、疑母一、二等讀 ŋ 、齊齒撮口讀
ȵ 、有 v 母、保留入聲。老南京話也分尖團（趙元任 1929:76 ）、
具備入聲（趙同上:75 ）。疑母齊撮呼「迎」「疑」等字，胡垣《古
今中外音韻通例》置於「穰」母，陳貴麟(1989:3-14-16.3-21)
以為是 ȵ 、鮑明煒(1986:384)可能相同❼。 v 母也見於胡氏書中
（鮑同上:385 、陳同上:3-19 ）。不過老南京話少了 ŋ 母（趙元
任 1929:75 、陳同上:3-22 ）。

　　這裡要進一步說明 ȵ 、 v 母的情形。「迎」字胡氏的記錄聲母
是 ȵ ，高本漢的〈方言字彙〉聲母卻是 ø(1940:633)。另一方
面，趙先生所記錄的南京話沒有 v 母。我懷疑清末民初的時候，
ȵ 、 v 正處於逐漸消失的階段。胡垣約生存於西元 1860 年前後幾十

---

❼　鮑氏穰母原作 ʐ ，但日母已經是 ʐ ，穰母應當改成 ȵ 。

年間（據序文作於 1886 年推測）。民初制定老國音的蘇籍學者，假設平均年齡爲四十多歲，則生在 1865 年左右。而高本漢〈方言字彙〉所引用的 The Nanking kuan hua 是 1907 年出版（高1940:8），趙先生〈南京音系〉大部分根據 1927 年的調查，此外參考記憶中 1907-1910 年住在南京聽到的音。兩者的年代可能晚於胡垣及民初學者；也就是說，胡氏及民初學者的口中還保留了約消失於十九世紀最後二、三十年間的 n̩、v 所以無論是《古今中外音韻通例》或老國音，均有這兩個聲母的記錄。

關於 ŋ 母，李新魁先生指出南方官話保留疑母 ŋ（1994:viii）。這裡的南方官話或許針對下江（江淮）官話而言——丁師邦新先生(1987:814)討論官話分區，下江官話部分區域如江蘇濱海、安徽南部有 ŋ 母。無論如何，李先生的話是一項線索。老國音的 ŋ 雖非源自南京音，卻可能來自其他地區的南方官話。

4.3　3.3 節所指出的國、京音韻母上的差異，共有六項。以下按照其編號（(1)-(6)），逐一進行討論。

(1)止、蟹攝合口一、三等來母（還有少數泥母）字老國音-uei，老南京話-uəi（趙元任 1929:68 ），如「累」「淚」「雷」「內」（鮑明煒 1990:13 ）。這個 ə「單用甚前，幾乎是一種[e]音。在[əi]，在[əu]音偏後，在[əŋ]或在輕音字是中性[ə]。」（趙同上）由於南京別無 ei、uei，因此 əi、uəi 可以歸爲 ei、uei，也就是具有 uei 韻母。

(2a)果攝開合口一等端系、來母、精系原本開合不同，分隸於《廣韻》歌戈韻，南京「有 o 而沒有 uo」（趙同上：75 ），北京

正好相反，有 uo 而沒有 o。老國音在開口讀-o、合口讀-uo（佐藤昭 1991:92-93），所以能如此井然有序，或許是「紙上作業」的結果——凡遇歌韻字，就取南京 o；遇戈韻字，取北京 uo。

　　(2b) 與果攝類似的是宕攝入聲，開口一等端、精系、三等知、章系、日母在北京讀-uo、南京讀-o？。南京的例字如：「託」tho？、「作」tso？、「索」so？、「著」tʂo？、「勺」ʂo？「若」「弱」ʐo？（鮑明煒 1990:35-6）。然則老國音-o？是用了南京的辦法。

　　(3a) 假攝開口三等章系、日母老國音-e，南京的情形比較複雜。趙元任先生 (1929:79) 說：

> 遮車奢惹的韻音。……照作者的調查，關於這個韻類曾經得到三種音值，就是 [æ]，[ə]，和 [ər]。[æ] 只有文言才用，……[ə] 是一個很前的 [ə]，也可以算是一個很後的 [e]。……[ər] 是捲舌韻，只有白話用它，如一條蛇，不要惹他。……本篇在音值表跟音韻表中都取第二種讀法為標準。

第二種讀法 [ə]，上文已引趙先生的說明「單用甚前，幾乎是一種 [e] 音。」此外，「遮」「奢」等字與趙先生記為 e 的「寫」(1929:84) 等字均列於胡垣書中子韻開口呼（陳貴麟 1989：附錄、頁 12），這些字都屬於假攝三等字，應裕康、鮑明煒、陳貴麟均擬作 e（見陳同上：4-31）。南京大學 (1961:5)、鮑明煒 (1990: 8-9) 調查「遮」「奢」等字，韻母也是 e。本文從眾，將「遮」「奢」等字歸入 e 音位，與老國音相同。

　　(3b)山、深、咸攝入聲開口三等知、莊等系老國音讀-eʔ。這類字南京讀-ɛʔ，如「徹」tʂhɛʔ、「舌」ʂɛʔ、「熱」ʐɛʔ（鮑明煒同上：32-33）。南京另有-eʔ，包括「別」「疊」「鐵」「節」「切」「薛」等字（鮑同上:34）。很明顯的，早先的-ieʔ變爲-eʔ，因此把原來的-eʔ推向-ɛʔ。老國音「別」「鐵」等字用了北京的-ie，「徹」「舌」等字南京雖讀-ɛʔ，在老國音音系中歸爲-eʔ，並無妨。然則這類字老國音讀-eʔ，仍可以說根據了南京音。

　　(4a)(4b)由於臻、恩韻這幾個字較僻，目前未能查到，暫略。

　　(5a)江、宕攝入聲開口見影系等老國音讀-ioʔ。南京話也是-ioʔ，如「學」ɕioʔ、「腳」tɕioʔ、「約」「藥」ioʔ（鮑明煒同上：36）。

　　(5b)宕攝入聲合口見影系老國音讀-yoʔ，南京無yoʔ韻母。但宕攝這批字也是僻字，目前只找到「矍」在胡垣一書的孤韻齊齒呼（陳貴麟1989：附錄頁15），其音讀不詳（陳同上：4-47）。

　　(6)山攝入聲合口三等來母老國音讀-yeʔ，南京音可能讀-eʔ，如「劣」leʔ（鮑明煒1990:34）。

4.4　總計以上的檢索，聲母、聲調方面老南京話與老國音相合者五居其四。韻母方面除去查不到例字的(4a)(4b)、(5b)，其餘(1)、(2a)(2b)、(3a)(3b)、(5a)南京音均可能作爲老國音的來源；只有第(6)項，兩者不符。從影響層面來說，疑母一、二等讀不讀ŋ，是比較大的問題；至於(6)一項，包括的字較少，似乎無關緊要。然則 2.4 節所說的「老國音的制定，多半基於北京話的讀書音，其他

可能根據南方官話的南京音。」大致可以成立。

五、從老國音看切韻音

5.1　現在要談老國音與切韻音了。爲什麼將兩者作聯想呢？

　　切韻音系的性質一直是漢語語音史上聚訟紛紜的問題。但無論大家如何討論，多半不會否認切韻並非完全記錄一時一地之音。主張「綜合音系」的學者固然強調其綜合古今或方俗之音，主張「單一音系」的學者也認爲此書本於洛陽音，兼及於其他方音❽。同樣的情形，老國音也不等於純粹北京音的記錄。

　　此外，切韻音當是讀書音❾，老國音也是。

　　可能由於這些相同之處，某些學者在討論《切韻》的時候，就把老國音拿來作爲旁證。例如羅常培先生〈切韻探賾〉(1928:55)：

> 　　陸法言修集切韻的動機，是當隋朝統一南北以後，想把從前
> 「各有土風，遞相非笑」的諸家韻書，也實行統一起來；這和
> 吳稚暉先生等根據讀音統一會所審定的八千字音編纂國音字典
> 的情形，差爲近似。……並且國音字典以流行最廣的普通音爲

---

❽　迄今爲止，贊成「綜合音系」的學者似乎多於「單一音系」的。「單一音系」中的長安音說，常常遭受質疑，近年已少提起，本文只舉洛陽音說。

❾　〈切韻・序〉「凡有文藻，即須明聲韻。」大部分的學者相信《切韻》爲讀書音的系統。

主，而以各處方音參校之；切韻則欲網羅古今南北的聲音，兼蓄並包，使無遺漏。

濮之珍《中國語言學史》(1987:223)：

《切韻》音系，其本上反映了當時共同語的語音系統。只是由於時代局限，當時對"共同語"認識不明確，因而在音系中，兼採了方言和古音。回顧近代"老國音字母"時，尚且還有三個南方語音字母"万、广、兀"，因而我們更不能苛求古人。

不過，兩位先生均未著意談到老國音與切韻音的第三個共通點：《切韻》是南北學者「論南北是非、古今通塞，欲更捃選精切、除削疏緩」的結晶，老國音主要也靠北方與南方的學者，依《音韻闡微》來考核字音，大部分根據北京音、少部分根據南京音，而制定成功。

5.2　根據 2.2 節所述，民初參與讀音統一會的北方學者，原籍以直隸居多；南方學者主要集中在江浙兩省。《切韻》的情形呢？《切韻》的撰作醞釀於開皇初年，某天晚上❿陸法言家中的聚會。總結來

---

❿　〈切韻·序〉「昔開皇初」，究竟是元年或者九年，各家意見不一。王顯〈《切韻》綱紀討論制定的年份〉(1984)主張為九年文帝平陳後。此次聚會很可能與「南北統一」有關，但不必然在九年（詳下文 5.3 節）；何況九年說仍有疑點。本文暫時沿用「初年」寬泛舊說。

看，當時與會的九（或十）人❶，「三人代表金陵，五人代表鄴下。（陸法言是陸爽子，也是生於鄴城的。……）」（周祖謨 1966b:440）而「夫高齊鄴都之文物人才，實承自太和遷都以後之洛陽。」（陳寅恪 1977c:1277）所以那天晚上，大家注意的重點就放在河北、江東，〈切韻・序〉明白說「江東取韻與河北復殊」。彼時討論的大功臣之一，顏之推在〈顏氏家訓・音辭篇〉也指出「共以帝王都邑，參校方俗、考覈古今，爲之折衷。權而量之，獨金陵與洛下耳。」

　　縱觀漢語的歷史，自古以來北方人一向輕視南音——從孟子有名的「南蠻鴃舌」到近現代諺語「天不怕、地不怕，就怕江浙人（廣東人、福建人？）說官話」，以及民初讀音會北方會員對南方會員的反彈，很難想像中古時候的學者會特別把金陵音與洛陽音等量齊觀。然則金陵音究竟有什麼優點？陳寅恪先生〈東晉南朝之吳語〉(1977b)、〈從史實論切韻〉(1977c)述之已詳：此地士族行用隨南渡帶來的洛陽音，仍保存中原之風。對此，周祖謨先生曾有反對的意見(1966b:472-473)：「如果說切韻音就是東晉南渡以前的洛陽舊音，與歷史事實不合。南朝士族仍操北音，未必就是西晉洛京之舊，其中必然有同有異；」周先生所言，基於今日對語言的認識：語言隨時代而演變，當年南北學者恐怕不能這般通達。他們知道南北音各具缺失，但以爲南方讀書音較佳於北方。（詳下文）否則若不是「中原

----

❶　陸法言的文親陸爽極可能也在家中。不過他死後因爲廢太子勇事得罪了隋文帝，所以〈切韻・序〉不好列名。詳見平山久雄〈《切韻》序和陸爽〉(1990)一文。

舊音」的號召，江南以亡國之餘，要與北朝平起坐，難矣哉。

5.3　金陵音所以受到青睞，除了「中原舊音」外，更有其時代背景：南北對峙，互爲敵體之國，南朝向以衣冠禮樂自矜。相形之下，北朝戰亂之餘，文獻較南方稍爲零落。李源澄〈北朝南化考〉(1950)以北方慕南方禮儀、建築、人物風流等，說明其君臣的南化。梁容若(1962:30)也指出「總看南北朝文化交流大勢，北朝極注意吸收南朝文化……」（此處須說明一點：二氏特就當時一般情形立論，實則北土有輕南士者，南朝也非事事超絕。⑫）

　　不僅如此，南朝言音之美也略勝北朝。當時南北通使，必妙揀人選，尤重視儀表、言辭。《北史》卷四三〈李崇傳〉附〈李諧傳〉：

> 天平末，魏欲與梁和好，朝議將以崔悛爲使主。悛曰：「文采與識，悛不推李諧；口頰顧顧，諧乃大勝。」於是以諧兼常侍、盧元明兼吏部郎、李業興兼通直常侍聘焉。……諧等見，及出，梁武目送之，謂左右曰「朕今日遇勍敵，卿輩常言北間都無人物，此等何處來？」……是時鄴下言風流者，以諧及隴西李神儁、范陽盧元明、北海王元景、弘農楊遵彦、清河崔瞻

---

⑫　北土輕南士，如《洛陽伽藍記》卷二魏中大夫楊元愼以言辭困辱梁武帝大將陳慶之。南朝對北方無所聞問，有時僅基於「民族優越感」而已。梁容若（同上）說「南朝因爲有充沛的民族優越感，不但對於北朝的人看不起來，對於北朝富國強兵的制度，……都漠不關心。從宋初到陳末，對北政策完全消極的防禦的，既不知己，也不求知彼。」（以上所述，承葉師國良提示，謹致謝忱。）

為首。……既南北通好，務以俊乂相矜，銜命接客，必盡一時
之選，無才地者不得與焉。

《北史》所載李諧，其子祖仁、蔚，崔贍與叔崔子約，並為顏之
推所稱，〈音辭篇〉：「至鄴已來，唯見崔子約、崔贍❸叔姪，李祖
仁、李蔚兄弟，頗事言詞，少為切正。」李諧另子李若，又是開皇九
年論及音韻的九（或十）人之一。李氏家聲，應不虛傳。然而李祖仁
兄弟中尚有李庶，《太平廣記》卻記載庶使梁受屈之事。《廣記》卷
二四七詼諧三「僧重公」條：

> 魏使主客郎李恕聘梁，沙門重公接恕曰「向來全無葅酢膎
> 乎？」恕父名諧，以為犯諱，曰「短髮龐疏」。重公曰「貧道
> 短髮是沙門種類。以君交聘二國，不辨『膎』『諧』。」（原
> 出《談藪》）

「膎」為佳韻匣母、「諧」為皆韻匣母，李恕口中不辨二字，致為重
公所譏。等於說北朝世家子弟尚不及南朝善聲沙門。

與南方言音之美略勝一籌相呼應，更為人所熟知的是文風南勝於
北。周一良（1985：384）統計《全上古三代秦漢三國六朝文》《全漢
三國晉南北朝詩》以詩文篇數、作者人數觀之，宋齊梁陳均為魏齊周

---

❸　周祖謨先生〈音辭篇注補〉（1996a：44）指出：「崔贍北史卷二十四作
　　崔瞻，瞻與彥通義相應敏案：彥通為其字，當不誤。若作瞻則不合
　　矣。」

的一倍或數倍。是以南北朝後期，北朝也沾染了南朝押韻嚴整之風：
「齊梁人用韻日**趨嚴整**也是一時的風氣。這種風氣逐漸由南方傳到北
方，所以北齊、北周時代北方的作家用韻也跟南人相近。」（周祖謨
1982：8）南方雖然「以晉家渡江後，北間傳記皆名爲僞書，不貴省
讀，故不見也。」（〈顏氏家訓・書證篇〉）不過歷涉南北的學者開
始注意到兩邊的同異，最有名的就是顏之推。他一方面認爲南方保存
讀書音較北方完整：「冠冕君子，南方爲優；閭里小人，北方爲愈。
易服而與之談，南方士庶，數言可辨。隔垣而聽其語，北方朝野，終
日難分。」一方面也指出各自的缺失：「南染吳越、北雜夷虜，皆有
深弊，不可具論。」❶這種觀察在南方自負言音之美、北方承襲南方

---

❶　周一良（1938：492）對此情形曾作過解釋：
　　自東晉至梁末，雜居二百餘年，無論僑人吳人如何保守，無形間之影響
　　同化乃意中事。南境諸州中，楊州人口最多，而僑人最少，占全州人
　　口……之百分一・五。……故楊州雖爲僑人之政治中心，而此州之少數
　　僑人實最易爲絕大多數之吳人所同化。顏之推已言『南雜吳越』，吳越
　　即南朝楊州之境。蓋楊州之僑人不自覺中受吳人薰染，於中原與吳人語
　　音以外，漸型成一種混合之語音。同時楊州土著士大夫（江東甲族盡出
　　會稽，吳，吳興諸郡，皆屬楊州。）求與僑人沆瀣一氣，競棄吳語，
　　而效僑人之中原語音。然未必能得其似，中原語音反因吳人之模擬施
　　用，益糅入南方成分。……此種特殊之混合語音初型成時，蓋在東晉末
　　年，……逮混合達百餘年後，北方語言又雜夷虜，……梁世南人遂不論
　　僑舊俱目儘楚語音爲鄙拙矣。
　　此外，文字的情形與語音類似，也是南勝於北、又各有弊病。〈家訓・
　　雜藝篇〉「晉宋以來，……所有部帙，楷正可觀。不無俗字，非爲大
　　損。至梁……大同之末，訛替滋生。……爾後籍，略不可看。北朝喪亂
　　之餘，書跡鄙陋，加以專輒造字，猥拙甚於江南。」

之風的情形下是做不到的，必待實際接觸過南北，始能娓娓言及其優
劣。

　　開皇初年，無論朝廷有沒有平陳，當時風氣應如《隋書》卷六七
〈文學傳序〉所記：

> 江左宮商發越，貴於清綺，河朔詞義貞剛。重乎氣質。……梁
> 自大同之後，雅道淪缺，漸乖典則，爭馳新巧。……周氏吞併
> 梁、荊，此風扇於關右，狂簡斐然成俗，流宕忘反，無所取
> 裁。高祖初統萬機，每念斷彫爲樸，發號施令，咸去浮華。然
> 時俗詞藻，猶多淫麗，故憲臺執法，屢飛霜簡。

　　也就是說，隨著周滅梁，南朝文壇「清綺」「宮商發越」的特質
不需要再經傳播，直接被於關中。一些學養佳的文人學者對於北方的
瞭解固不必論，對於南方的瞭解或許也比過去來得深刻。

　　陸法言家中的相聚，正好提供了參與的幾位學者和顏之推一個機
會，讓大家交換意見、心得，並凝聚「共識」。此時即使天下未定，
但陳勢已蹇、滅亡可待。他們值南北統一前夕，或正逢南北統一之
盛，很自然的，希望從古今南北（主要是南北，詳 6.1 節）之中，
找出既恢復華夏舊觀、又適合新時代的語言。❶❺

　　語言以外，還可以從向來與語言有密切關聯的音樂，看到幾乎是
同樣的風潮。南朝引以爲傲的禮樂，北朝也同樣重視。乃至於顏之推

---

❶❺　王顯(1984:44)已經說：「當聯系到南北一統的大好政治現實時，自然
　　而然就要轉到如何統一南北語音的話題上來。」

請隋文帝用梁樂；及平陳，始聞華夏正聲；唐初定雅樂，兼採南北。
《隋書》卷十四〈音樂志中〉：

> 周太祖迎魏武入關，樂聲皆闕。恭帝元年，平荊州，大獲梁氏
> 樂器，以屬有司。……開皇二年，齊黃門侍郎顏之推上言「禮
> 崩樂壞，其來自久。今太常雅樂，並用胡聲，請馮梁國舊事，
> 考尋古典。」高祖不從，曰「梁樂亡國之音，奈何遣我用
> 邪？」

卷十五〈音樂志下〉：

> 開皇九年平陳，獲宋、齊舊樂，……由是牛弘奏曰「……前克
> 荊州，得梁家雅曲；今平蔣州，又得陳氏正樂。史傳相承，以
> 爲合古。……請修緝之，以備雅樂。其後魏洛陽之曲，據魏史
> 云『太武平赫連昌所得』，更無明證。後周所用者，皆是新
> 造，雜有邊裔之聲。戎音亂華，皆不可用。請悉停之。……」

《舊唐書》卷二八〈音樂志一〉：

> 自永嘉之後，咸、洛爲墟，禮壞樂崩，典章殆盡。江左掇其遺
> 散，尚有治世之音。而元魏、宇文，代雄朔漠，地不傳於清
> 樂，人各習其舊風。……隋文帝……郊廟侑神，黃鐘一調而
> 已。開皇九年平陳，始獲江左舊工及四懸樂器，帝立廷奏之，
> 歎曰「此華夏正聲也。……」……隋氏始有雅樂，因置清商

署以掌之。……（唐）高祖受禪，擢祖孝孫爲吏部郎中，……武
德九年，始命孝孫修定雅樂，至貞觀二年六月奏之。……孝孫
又奏：陳、梁舊樂，雜用吳楚之音；周齊舊樂，多涉胡戎之
伎。於是斟酌南北，考以古音，作爲大唐雅樂。

　　我們讀這幾段話，覺得與〈音辭篇〉〈切韻·序〉以及周祖謨先
生之言何其神似！雅樂的傳播比語言慢。——南朝一定把雅樂視爲珍
寶、不外之祕，隋室平陳，而獲雅樂，和南北朝後期北朝文人乍學南
方押韻一樣，以爲這是「正聲」。其後進一步接觸，發現北朝舊樂固
然雜有戎狄之音，南朝也難免涉及吳楚，只是情形不那麼嚴重。——
沈冬(1992:170)即指出：「證諸史籍，北朝以薰習胡風，『以胡入
俗』『以胡入雅』的情形均較南朝爲烈；南朝則雜用南聲，發展主脈
爲『以俗入雅』。」因此唐初祖孝孫希望作斟酌考校的工夫，以定大
唐雅樂。

5.4　5.1 節曾引用羅常培等先生的意見，他們討論切韻音，順便提
到老國音。誠然，切韻音、老國音均爲斟酌南北而有的音，民初制定
老國音也同樣希望符合民國的需要，但《切韻》兼採南北畢竟與老國
音兼具南北不同。後者作爲共同的標準語，要照顧南北居民，所以根
據了北京音、南京音。前者純粹因爲南方仍可見中原遺風，遂成爲採
擷的對象。

六、從老國音推測切韻音的制定

6.1　談切韻音系，個人以爲羅常培〈切韻探賾〉(1928)、周祖謨
〈切韻的性質和它的音系基礎〉(1966b)、張琨〈切韻的綜合性質〉
(1987)（以下簡稱羅文、周文、張文），三位先生之作珠玉在前，
本來不必在這裡另費言詞。不過因爲有老國音可以作對照，從中得到
一些啓示，雖然其音系較之《切韻》簡單許多，也不妨管闚一番。

　　老國音所以能整合南北，與南、北京話均爲官話方言的一支有非
常密切的關係。因爲同源，所以有對當。想來昔日讀音會的南北會員
只要具備相當程度的審音能力，單憑口中所讀之音，應該也能整理出
一份南北京音對當的簡表。此份簡表可能類似《國語運動史綱》（黎
錦熙 1934:58 ）所說的讀音會製作的〈比較審定各省代表音類
表〉。邢島〈讀音統一會公定國音字母之概說〉(1914:14)記錄當
時的議決是：

　　　一、群定等濁母，不另製獨立之字母，……

　　　二、知徹澄三母，議決歸併於照穿牀，……

　　　………………

　　　　　古十二攝

　　　　迦ㄚ　結ㄝ　敏案：即ㄝ母　岡尢（此岡之一二等音）……

《國語學講義》（黎錦熙 1919:14 頁後附）有〈注音字母表〉，與
邢氏所言若合符節，今影印聲母、韻母其中部分如下：

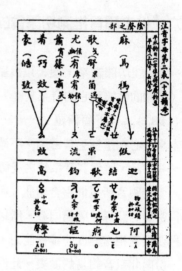

聲母表中明列南音、北音的不同。南音是指吳方言，北音當包括南、北京官話言之。然則讀音會員就聲母的南、北京對當，一定有所共識。其歧異處在江浙會員所提濁聲母，後來議決「不另製字母」（可參見 2.2 節）。韻母部分，大致上南、北京韻母系統對當也找得出來。（關於南、北對當，詳下文 6.2 節。）

尤有進者，讀音會員工作之一為審定國音，取《音韻闡微》各韻的較常用字，由會員議決其讀音。黎氏韻母表中並載《康熙字典》卷首《字母切韻要法》十二攝，即邢島文中所稱「古十二攝」。是韻母的審核，又大量參考近代尤其清初韻書。

《切韻》的情形非常類似。〈切韻・序〉說「魏著作謂法言曰：向來論難，疑處悉盡，何不隨口記之？……法言即燭下握筆，略記綱紀。」「綱紀」可能就是今天所稱的「大綱」。這份大綱之中，記錄了「南北是非」，內容雖不復得見，從〈家訓・音辭篇〉看來，「南

人以錢爲涎、以石爲射、⋯⋯北人以庶爲戍、以如爲儒、⋯⋯。如此之例，兩失甚多。」顏氏此文不過舉若干例子，但那次聚會既然「向來論難，疑處悉盡」，必定盡可能羅列南北的對比，或許就等於南北對當關係的記錄了。

〈切韻・序〉又談到呂、夏侯等六家韻書「各有乖互」、「江東取韻與河北復殊」，則大綱中極可能也包括六家韻書如何分韻的簡明記載。恰好王仁煦《刊謬補缺切韻》韻目小注也約略解釋其中五家韻書的分韻，王國維先生(1975:350)、陳寅恪先生(1977c:1275)引唐蘭語以爲是陸氏原注，黃淬伯(1962:86)甚至說「提綱式的小注和《切韻・序》所說的陸法言在燭下握筆略記的“綱紀”有關。」

現在還要追溯一個問題：老國音何以不取平水韻、《洪武正韻》，獨以《音韻闡微》、《字母切韻要法》作標的？這是因爲《音韻闡微》代表十八世紀初北方官話讀書音（林慶勳 1988:271-272）、《字母切韻要法》代表十七世紀末北方通語（吳聖雄1985:226）。北京話可能傳承自彼，南京話即或關係較疏也不能相去太遠。且兩書或官修、或官修字典所收，於有清一代深具權威，清末民初讀音會員自然隨手用之。要建立老國音系統，遂易收綱舉目張、源流明確之效。

準此以觀，魏晉六朝時期音韻著作鋒出，《切韻》卻獨鐘呂靜等五家。誠如羅文(30)所言「我們根據這些附註，一方面發見切韻和韻集以下各韻書有些『小異』，一方面也可以發見他們的『大同』——知道他們是一系的韻書。」

如果把老國音、切韻音與韻書的關係簡單作一個圖示，就是：

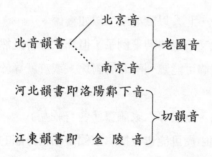

北音韻書與南京音，可能不如與北京音關係之密切，這裡暫時以虛線
表示。「洛陽鄴下」「金陵」是沿用當時人的稱呼。以今天的瞭解，
「金陵音」是「齊梁陳文士的押韻習慣」（張文:26）；相對而言，
「洛陽鄴下音」是「北齊、北周的押韻習慣」（周文:459），不過
呂靜《韻集》「代表早期北方的讀書音」（張文:28）。

　　這裡另外牽涉到「古今通塞」的問題。王力先生(1963:56)指
出：

> 　　實際上，照顧了古音系統，也就是照顧了各地的方音系統，因
> 爲各地的方音也是從古音發展來的。陸法言的古音知識是從古
> 代反切得來的，他拿古代反切來跟當代方音相印證，合的認爲
> "是"，不合的認爲"非"，合的認爲"通"，不合的認爲
> "塞"。這樣就在很大程度上保存了古音系統。例如支脂之三
> 韻在當代許多方言裡都沒有分別，但是古代的反切證明這三個
> 韻在古代是有分別的，陸法言就不肯把它們合併起來。

王先生的第一句話似乎可以倒過來說「照顧了各地的方音系統，也就

是照顧了古音系統。」陸法言可能參考了古代的反切、更可能鑒於當時支脂之有別（詳 6.2 節），所以把三者釐析開來。支脂之「存古」，與其說是陸法言對古音有深刻的認識，不如說正巧當時支脂之還保留了古音的分野。

以〈家訓・音辭篇〉而言，「古今通塞」極似王先生所說「拿古代反切來跟當代方音相印證，……合的認爲"通"，不合的認爲"塞"。」例如「《蒼頡訓詁》……反娃爲於乖；」周祖謨先生 (1966a:416) 謂「娃切韻於佳反，在佳韻，今反爲於乖，是讀入皆韻矣，亦與切韻不合。」 5.3 節曾引《廣記》所載李恕事，此人口中也不辨佳皆韻。然則北土或佳皆無別，顏之推認爲應隨南方佳皆有異，且讀入佳韻？

6.2　如果進一步從對當的角度來看老國音與切韻音的聲、韻、調，兩者還有些類似的地方。

清末民初南、北京聲母相同的居多，相異的只有南京混同 n、l、分尖團、保存 ȵ、v 母，另外加上南方官話的 ŋ 母；所以老國音的聲母和南北都相差無幾。聲調的問題也比較簡單，南、北京均有陰陽上去，不過南京多出入聲。韻母方面就不一樣了。大致上南京方言陰聲字的韻類與北京相當，例如：

	南京❶	北京		南京	北京		南京	北京
茲輜	ʅ	ʅ	皮地	i	i			
巴麻	a	a				瓜垮	ua	ua
排胎	ɛ	ai	介蟹	iɛ	ie(<iai)			
包島	ɔ	au	標調	ɔi	iau			

入聲字韻類的對當也比較整齊，如：

	南京	北京		南京	北京		南京	北京
植吃	ʅʔ	ʅ	必密	iʔ	i	毒卒	uʔ	u
拔伐	aʔ	a	甲狹	iaʔ	ia			
白麥	ɛʔ	❶				國擴	uɛʔ	uo
別/結	eʔ/ie	ie						

陽聲字部分，南京沒有 n 尾，又受周圍吳方言影響，有鼻化元音韻
母；等於混淆了音韻系統的 -n 、-ŋ ，因此而打亂的韻類不少。例
如：

搬/胖	ã/ã	an/aŋ		官/皇	uã/uã	uan/uaŋ
奔/孟	əŋ/ə	əŋ/e	平民	iŋ/i	iŋ/in

　　無論如何，南北韻母系統架構的對應還是存在。這種情形下，民
初讀音會的會員如果進行分析，可能寧取韻類合流不多的北京方言，

---

❶　南京語料採自鮑明煒〈同音字匯〉（1990：韻母表），下同。

❶　北京讀書音「白」「麥」等字 -ɤ，王璞《國音京音對照表》「白」
　　22-4 pɤ、「麥」47-5 mɤ。

從而也遵循北京的音讀——當然，北京以帝都的優勢，其音讀本來就比較通行。老國音韻母所以大部分根據北京音，道理可能在此。它採用南京音，似乎只限於「存古」的部分。例如入聲韻尾；以及江、宕攝入聲開口見影系的-ioʔ，比北京-ye，更合於音韻系統「開口」的要求。

由此可以知道：要冶兩個（或幾個）方言的韻母系統於一爐，彼此間韻類的對當不能相差太遠。除了一對一，南、北京的對當常常是一對二：

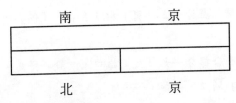

假設有一個方言與北京的對應是：

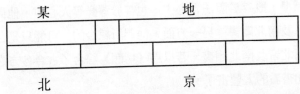

並且陰、陽、入聲皆然。等於說此方言和北京方言韻母系統的架構不一致，很難想像讀音會會員要如何處理。

再來看《切韻》。〈家訓·音辭篇〉說南北聲母的差異在從邪、床禪四母。言下之意，大部分聲母如幫系、端系等可能是南北共通的。聲調均為四聲，大概沒有問題。韻母部分，當時南北詩文押韻的韻部無論和《切韻》同或異，其對當都找得出來。例如支脂之韻，北魏初期北齊三分（何大安 1981:233）、齊梁陳北周隋支與脂之二分

（何同上：236），早先宋北魏前期的支佳、之、脂微（何同上：231）已不復見。也就是說，南北朝後期，支脂之分立的情形比較明顯，與其他韻部（佳、微）的糾葛也少了。至於《切韻》所取的五家韻書，同樣不曾打破《切韻》的格局（詳見周文：455-457）。

羅文(34-35)曾提出《切韻》分韻的三項標準：

(一)以平上去入分——如「東」，「董」，「送」，「屋」……之類；

(二)以陰聲陽聲分——如「齊」與「青」，「侯」與「東」……之類；

(三)以開齊合撮分——如「文」撮口，「殷」齊齒，「魂」合口，「痕」開口，之類；……

這三項標準，既存於陸法言心中，也存於蕭顏等人心中，他們以之取捨南北音及南北韻書。另一方面，他們所綜合的，可能只是合於上述標準的南北音及南北韻書。若以爲《切韻》綜合了古今各方之音，或許就把此書看的太豐富了。

6.3　以上從老國音與南、北京音，推測切韻音與南北朝音，有些觀點前人已經提到。不過老國音仍值得作一項參考，其所以可貴，在於民初學者並不知道《切韻》是如何制定的，卻同樣進行了一場綜合南北的工作。老國音雖然比切韻音簡單，且不妨視之爲具體而微的切韻音，從中讀到許多彼此相通的消息。

主要參考書目

一、古　籍

《北史》　台北：洪氏出版社影印北京中華書局點校本。

《隋書》　（同上）

《舊唐書》　（同上）

《洛陽伽藍記校釋》　楊衒之著、周祖謨校釋，北京：中華書局。

《顏氏家訓彙注》　顏之推著、周法高注，台北：中央研究院歷史語言所專刊之四一。

《太平廣記》　台北：古新書局影印北京中華書局（?）點校本。

《十韻彙編》　劉復等輯，北平：北京大學文史叢刊之五。

二、研究著作及論文

丁邦新，1987.〈論官話方言研究中的幾個問題〉，《史語所集刊》58.4：809-841。

方師鐸，1966.〈五十年來中國國語運動史〉，台北：國語日報社。

王　力，1963.《漢語音韻》，北京：中華書局。

王國維，1975.〈六朝人韻書分部說〉，收入《觀堂集林》（台北：河洛出版社影印本）：349-351。

王　照，1930.〈書摘錄官話字母原書各篇後〉，收入《小航文存》（《水東集》上編四種之一）：卷一，44-56。

王　璞，1921.《國音京音對照表》，上海：商務印書館。

王　顯，1984.《切韻》綱紀討論制定的年份〉，收入《古漢語研究

論文集》(二)（北京：北京出版社）：34-48。

平山久雄，1990.〈《切韻》序和陸爽〉，《中國語文》1990.1：
　　54-58。

何大安，1981.《南北朝韻部演變研究》，台灣大學中國文學所博士
　　論文。

佐藤昭，1991.〈民國初期の「老國音」の音韻〉，《北九州大學外
　　國語學部紀要》71：75-101。

吳敬恒，1964.〈讀音統一會進行程序〉，收入《吳稚暉先生選集》
　　（下）（台北：中國國民黨中央委員會黨史會）：7-30。

吳聖雄，1985.《康熙字典字母切韻要法探索》，台灣師範大學國文
　　所碩士論文。

李源澄，1950.〈北南南化考〉，《學原》3.1：78-79。

李新魁，1993.〈論近代漢語共同語的標準音〉，收入《李新魁自選
　　集》（鄭州：河南教育出版社）：150-167。

———，1994.〈序〉，冠於《琉球官話課本研究》（瀨戶口律子
　　1994）首：vii-x。

沈　多，1992.〈由雅、俗、胡樂之交化論晉室南遷至隋初之音樂發
　　展〉，收入《陳奇祿院士七秩榮慶論文集》（台北：聯經出版公
　　司）：153-171。

邢　島，1914.〈讀音統一會公定國音字母之概說〉，《東方雜誌》
　　10.8：11-15。

卓文義，1982.〈民國初期的國語運動〉，《國立編譯館館刊》
　　11.2：335-389。

周一良，1938.〈南朝境內之各種人及政府對待之政策〉，《史語所

集刊〉7.4：449-504。

———， 1985.〈江氏世傳家業與南北文化〉，收入《魏晉南北朝史札記》（北京：中華書局）：383-384。

周祖謨， 1966a.〈顏氏家訓音辭篇注補〉，收入《問學集》（上冊）（北京：中華書局）：405-433。

———， 1966b.〈切韻的性質和它的音系基礎〉，收入《問學集》（上冊）（同上）：434-473。

———， 1966c.〈切韻與吳音〉，收入《問學集》（上冊）（同上）：474-482。

———， 1982.〈齊梁陳隋時期詩文韻部研究〉，《語言研究》1982.1：6-17。

林慶勳， 1988.《音韻闡微研究》，台北：學生書局。

南京大學中文系， 1961.〈南京方音中幾個問題的調查〉，《方言與普通話集刊》8：1-32。

高本漢著、趙元任、羅常培、李方桂譯， 1940.《中國音韻學研究》，上海：商務印書館（台北：商務影印）。

張琨著、張賢豹譯， 1987.〈切韻的綜合性質〉，收入《漢語音韻史論文集》（台北：聯經出版公司）：25-34。

陳寅恪， 1977a.〈四聲三問〉，收入《陳寅恪先生全集》（下冊）（台北：九思圖書公司）：1143-1156。

———， 1977b.〈東晉南朝之吳語〉，收入《陳寅恪先生全集》（下冊）（同上）：1179-1184。

———， 1977c.〈從史實論切韻〉，收入《陳寅恪先生全集》（下冊）（同上）：1255-1280。

陳貴麟， 1989.《《古今中外音韻通例》所反映的官話音系》，台灣師範大學國文所碩士論文。

陳懋治， 1922.〈統一國語問題〉，收入《晚清五十年來之中國》（上海：申報館）： 189-208 。
案：申報館書名原作《五十年來之中國》，香港龍門書店影印，始更此名。書中頁碼本隨登錄各文自爲起訖，龍門書店另編統一頁碼，今並從之。

曾曉渝， 1991.〈試論《西儒耳目資》的基礎及明代官話的標準音〉，《西南師大學報》 1991.1 ： 66-74 。

黃典誠，1993.《漢語語音史》，合肥：安徽教育出版社。

黃淬伯， 1962.〈關於《切韻》音系基礎的問題〉，《中國語文》1962.2 ： 85-90 。

趙元任，1929.〈南京音系〉，《科學》 13 ： 65-95 。

黎錦熙，1919.《國語學講義》，上海：商務印書館。

───， 1934.《國語運動史綱》，上海：商務印書館（上海：上海書店影印，收入《民國叢書》）。

魯國堯， 1985.〈明代官話及其基礎方言問題—讀《利瑪竇中國札記》〉，《南京大學學報》 1985.4 ： 47-52 。

鮑明煒， 1980.〈六十年來南京方音向普通話靠攏情況的考查〉，《中國語文》 1980.4 ： 241-245 。

───， 1986.〈南京方言歷史演變初探〉，《語言研究集刊》 1 ： 375-393 。

───， 1990.〈南京方言同音字匯〉，未刊稿。

濮之珍，1987.《中國語言學史》，上海：上海古籍出版社。

瀨戶口律子， 1994.《琉球官話課本研究》，香港：中文大學中國文化所吳多泰中國語文中心。

羅常培， 1928.〈切韻探賾〉，《中山大學語歷所週刊》 25-27 ： 26-56 。

Yang, Paul Fu-mien, 1989. "The Portuguese-Chinese Dictionary of Matteo Ricci: A Historical and Linguistic Introduction", in Proceedings of the 2nd International Conference on Sinology (Section on Linguistics and Paleography) (Taipei: Academia Sinica): 191-242.

Yue, Paul Fu-mien, 1985, "The Feudgovernment Chinese Dictionary of Mathematic Roots: A Historical and Linguistic Introduction", in *Proceedings of the 2nd International Conference on Sinology* (中央研究院第二屆國際漢學會議論文集), 語言與文字組(上冊), 215-257.

國語和台語帶有疑問語助詞之
句子的語調研究

江文瑜

一、引　論

　　世界各國語言的語調研究，比起其他聲韻學方面的研究，例如語音變化、語音的深層結構等，算是相對的少數。而漢語方面，語調(intonation)的研究更是如鳳毛鱗角(cf. Cheng, 1990; Ho, 1977; Shen, 1986, 1990)。這是由於漢語是音調語言(tone language)，因此在探討漢語的聲韻結構(the prosodic structure)時，一直把重心放在音調(tone)上，專門研究漢語語調的論述不多。而在極少數的研究中，主要又以Mandarin的語調為主。(cf. Cheng, 1990; Ho, 1977; Shen, 1986)。

　　鑑於漢語的語調研究極少，使我們對漢語的韻律(prosody)缺乏全面的了解，為突破這方面的不足，本研究主要針對國語及台語中含有疑問語助詞的問句和未有語助詞的肯定句之基礎頻率(fundamental frequency)做比較，並以語音實驗的方法提供實

際的數據，再對實驗數據提出音韻學的理論分析，嘗試以語音學/音韻學交流 (phonetics-phonology) 的語調理論 (e.g., Pierrehumbert, 1980; Pierrehumbert & Beckman, 1988) 開啓漢語語調研究的新方向。

　　本研究的兩個重點爲：①國語中有疑問語助詞 ma 的疑問句和沒有 ma 的肯定句，以及台語中有疑問語助詞 bo(或 kam)的疑問句和沒有 bo(或 kam)的肯定句，在整體語調方面的差異。②國語 ma，台語 bo，和台語 kam 等三種疑問語助詞對語調下降的不同影響。這三種疑問語助詞的差異存在於兩方面：第一，以音調高低來看，國語的 ma 和台語的 kam 均爲高平調，台語的 bo 則爲低平調。❶第二，以出現的位置來看，國語 ma 和台語的 bo 爲語尾助詞，台語 kam 則爲語中助詞。一、二兩點變因造成國語 ma，台語 bo，台語 kam 等均兩兩相異，形成三種型態的疑問語助詞。藉由探討其和語調提昇、語調下降(declination)的關係，我們可以分析疑問語助詞在語調現象上所扮演的角色，進一步可了解跨語言的疑問語助詞和語調關係之類型(typology)。

　　本研究的內容共分爲四部份，組織如下：第一部份爲引論，簡單介紹本研究的目的與重點；第二部份爲本研究使用的理論架構之介紹；第三部份爲實驗方法，包括實驗所設計的句子，受試者實驗步驟及測量方法。第四部份爲實驗結果與討論，係針對實驗結果指出漢語

---

❶　疑問語助詞 ma 亦可看成本調爲輕聲調，受其前面音節的音調影響。本研究均以高平調的字設計句子，故 ma 亦唸爲高平調。台語的 bo 可看成低降調或輕聲調，但其多半不受前面音節的音調影響。

語調之現象，並提出理論分析。第五章爲結論，簡單總結研究成果，
並提出未來語調研究可行補充之處。

二、理論探討—語調之音韻形式表示(Phonological representation of intonation)

近年來語調的研究，在理論方面有一大突破，不再只是侷限於傳
統爲利於教學而使用的點和線的表達方式，而進入理論式的探討。在
理論方面，根據 Laver(1994)的整理，主要可分爲兩種：線條輪廓
交流理論(contour interaction theory)和音調群理論(tone
sequence theory)。前者處理語調的方式是把一個句子分爲幾個
階層式的小單位（例如，音節、字、詞組），而這些子單位有指明的
聲調(specified pitch)，更大的單位如語調詞組(intona-
tional phrase)上的聲調或音調(pitch or tone)則和這些小單
位的音調或聲調「競爭」，而附加或取代原先較小單位的聲調或音
調。

前述的理論，每個聲韻結構上的單位都必須事先被指出，而最後
的結果則取決於各單位的交流，所以叫做線條輪廓交流理論。

對於這個理論 Pierrehumbert(1980)， Pierrehumbert &
Beckman(1988)，和 Ladd(1983)則提出批判，另創一套更爲抽象
的音調群理論，這套理論認爲語調的最後結果，並非由於語調層次的
音調或語調取代其他單位的，而是語調本身就像是音調語言(tone
language)中的音調一樣，是由一些音調的組合，這些音調主要可
分成幾種：

①選擇性的句首邊緣音調(H%，L%)(an optional initial boundary tone)

②一個或多個音調重音點的連續組合(H*，L*，L*+H，H*+L，L+H*，H+L*)(a sequence of one or more pitch accent)

③詞組重音點(H，L)(a phrase accent)

④句末邊緣音調(H%，L%)(a final boundary tone)

因此一個句子的語調就是由以上四種音調的組合，例如(1)就表示成(2)：

(1)

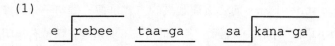

(2)

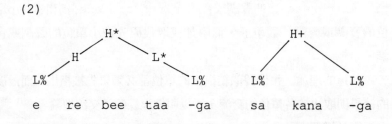

根據 P. & B.(1988)的理論，我們可以用漢語來檢驗及嘗試理論上的分析，在本研究中，我們嘗試探究下列問題：

(a)問句是呈現全面提昇(global raising)還是片面提昇(local raising)？

(b) 問句的語調型態爲何？

(c) 問句出現的高音點(peak)位於何處？

(d) 問句、語調下降、和疑問語助詞三者之間的關係爲何？

　　世界各國的語言無論藉由何種方式形成問句，大多亦伴隨語調的拉高 (cf.Bolinger,1978; Cruttenden, 1986; Ultan, 1978)。 P & B (1988)日語的研究中對疑問句的探討較少，只建議疑問句在句尾有邊緣高音 (H%)，而且有句尾拉高 (final raising)的現象 (e.g., p.20)。這種處理方式將面臨幾個問題。第一，世界各國的語言，大多在句子某處拉高語調，但不一定在句尾；第二，若把疑問句看成句尾有邊緣高音，則兩種邊緣音的行爲並不一樣，邊緣高音影響的範圍較小，僅拉高 ga 一字，但邊緣低音則影響到其前面好幾個音節（例子參見 P & B, 1988, p.74 ）；第三，若以跨語言現象來看，泰雅語的疑問語助詞有兩種，其中含 ga 的疑問句，句尾並沒有語調拉高的現象，而含 pi 的則有。（江，1995 ）假設我們因此就說泰雅語疑問句有兩種邊緣音，H% 和 L%，則我們仍必須處理 pi 和 ga 並非出現在句尾的情形，這樣的處理方式沒有達到經濟的效果。所以用邊緣高音來表示疑問句可以解釋日語的現象，但並無法達到跨語言的整合式分析。所以在本文中我們嘗試用兩階層的音調擴散來處理跨語言的差異。

　　另外，在 P & B (1988)的理論中， downtrend 的程度是由兩點目標(targets)，再由中間的插補方式(interpolation)，決定其下降程度，句子越長，每個音節下降的幅度愈小。見(3)：

(3) P & B (1988), p.41.

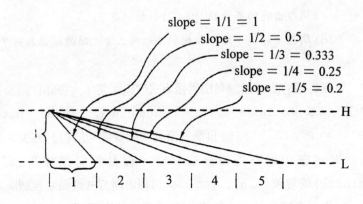

這種解釋方法是假設一個平行基線(baseline)，然後句子的下降是相對於此基線。不同於 P & B 中的基線，本研究嘗試以肯定句為基線，然後以問句和肯定句的頻率差作探討。因為是以肯定句為基線，所以其相對概念就不再是 P & B(1988)中的 H 和 L 的兩個平行線上的插補，而是兩條同時傾斜的線（受到語調下降的影響）的相對位置，如(4)所示。問句所呈現出的語調現象則必須受各種變因的影響，例如上述的問題(d)，便是探討疑問語助詞的音高（例如國語的 ma 為高音， bo 為低音），或疑問語助詞出現的位置（例如台語的 bo 為語尾助詞， kam 為語中助詞）對語調下降的影響。❷

---

❷　本研究中的語調下降指的是 declination ，爲人在自然語言狀態下，不受前後高低音或低音影響，語調持續下降的一種現象，發生的範圍在語調詞組或 utterance 中。

（4）

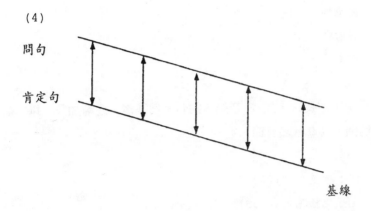

問句

肯定句

基線

三、實驗方法

3.1　實驗所設計的句子

首先，為了測知國語和台語的語調，研究者分別設計了國語部份和台語部份的實驗句，兩種語言又各自分為問句和肯定句，問句和肯定句的句子完全一樣，差別只在於問句多一個語助詞。

　　例如：國語：插花嗎　（問句）

　　　　　　　插花　（肯定句）

在國語中，無論在問句或肯定句中，句子的設計如下：從 2 個音節到 10 個音節的句子（不算語尾助詞在內），每種音節長度的類型各設計有 3 個句子，每個字都是高平調的字，以 2 音節長的問句為例：

插花嗎

喝湯嗎

搭車嗎

當句子加長時，以 2 音節長的句子爲基礎，逐漸加長，以"插花"爲例，（S 代表音節）：

例：插花嗎　（2S）

他插花嗎　（3S）

他插鮮花嗎　（4S）

他都插鮮花嗎　（5S）

他天天插鮮花嗎　（6S）

他天天都插鮮花嗎　（7S）

他天天都插些鮮花嗎　（8S）

他媽媽天天都插鮮花嗎　（9S）

他媽媽天天都插些鮮花嗎　（10S）

以此推算，2 到 10 個音節的問句型態共有 9 種，每種有 3 句，則一共有 27 個句子，分爲 6 組。

在分組時爲避免長度相同的句子在同一組而造成實驗誤差，我們將不同長度的句子打散。

例如：

第一組　　1.插花嗎？
　　　　　　2.他喝鮮湯嗎？
　　　　　　3.他天天搭公車嗎？
　　　　　　4.他天天都喝鮮湯嗎？

　　肯定句的部份和問句的處理方式完全相同。

　　在台語方面，由於台語的問句多了一個語中助詞 kam ，所以在每種長度的問句類型中，均有相對應的具有語尾助詞 bo 和語中助詞 kam 的句子，以三音節長的句子為例：❸

be　　ban　hue　bo　　　？（台語）
要　　摘　　花　　嗎　　？（國語）
kam　be　　ban　hue　　？（台語）
語助　要　　摘　　花　　？（國語）

　　因此台語問句的總數如下：有 bo 的句子長度由 2 音節到 8 音節（共有 7 種類型）， kam 的句子從 3 音節開始，共有 6 種類型❸，每種長度有 3 個句子，因此 bo 組有 21 句， kam 組合 18 句，共 39 句。

　　肯定句則從 2 音節到 8 音節長，每種長度有 3 個句子，一共 21

---

❸　因為 kam 的句型在此種設計下，至少要和三個音節的字相連，所以有
　　bo 的句子可從兩個音節長開始（不算 bo 在內），而有 kam 的句子則從
　　3 個音節長開始。

句。

　　問句的 39 句分爲 8 組，肯定句分爲 6 組。

3.2　受試者

　　受試者一共有 10 名，5 名男性，5 名女性，年齡分布在 20 ～ 25 歲之間，均爲國立台灣大學大學部日夜間部之學生，而且均爲可流利地說國、台語的雙聲帶者。由於年齡上的同質性高，本研究可去除因年齡可能帶來的變因。

3.3　實驗步驟

　　如前所述，國台語兩種語言各分爲問句和肯定句。

　　在問句方面，由 10 位受試者先看過所有句子，練習幾遍再對著一位錄音者用最自然的語調說出，彷彿是在問錄音者問題一般。爲求眞實，錄音者亦會針對受試者問的問題回答。只是在錄音時，只錄受試者的音，並不錄錄音者的回答。反之，在錄肯定句時，則由錄音者根據各組肯定句所對應的問句，用最自然的語調說出，然後由受試者回答肯定的句子，並由錄音者錄下這些肯定的句子。

　　在受試者接受完國語的句子後，在不同的時間再錄台語，主要是避免受試者因唸過句子而產生疲乏，影響到語言的自然性。同時也顧及到避免同時唸兩種語言時，會有語言干擾(language inter-ference)的現象產生。

3.4　測量方法

　　在受試者和錄音者完成錄音工作以後，接下來便是分析語料。分

析所用的機器是 KAY5500 （數位聲譜分析儀），以機器上所顯示出的窄頻聲譜 (narrow-band spectrogram) 上的 formant 做分析。大致而言，取每個音節第 10 個 formant 的頻率值爲準，再除以 10，以求得每個音節的基礎頻率。❹

在取得所有句子中每個音節的基礎頻率以後，把所有的資料輸入社會學科用的統計軟體 SPSS (Statistic Package for Social Science) 中，並做平均值 (mean)，標準誤差 (standard deviation)，t 值檢驗 (t-test)，及變異分析 (ANOVA) 等。❺

四、實驗結果與討論

實驗結果將分： 1.語調型態， 2.國台語之語調下降現象的差異兩方面探討。

4.1 語調型態

實驗結果顯示 (a) 如同 Shen (1990) 在處理北京語的研究中發現問句呈現語調全面升高的現象，本研究亦發現在國語 ma 組，台語 bo 組，和台語 kam 組中的問句均呈語調全面提昇的現象； (b) 疑問語助

---

❹ 用此種測量方法的目的，主要在於避免一般 pitch extraction 所容易造成的分析困難—例如 pitch 的轉換無法連成線，故無法精確比較兩個句子中每個音節的對比。

❺ 由於每種音節長度均有 3 個句子，故先求得 3 個句子的平均值，再分別作統計運算。

詞 ma 和 bo 的頻率比其前面的音節頻率低，顯示國台語的問句並沒
有語尾提高的現象，而 ma 和 bo 都是整個句子持續語調下降的一部
份；(c)無論在問句或肯定句中，音調都是高平調(55)的句子從第一
音節到最後一個音節，句子的語調逐漸下降，有些句子一路下降，有
些句子會在句中出現高音點，然後繼續下降，顯示漢語亦如其他非音
調語言及非洲音調語言一樣，呈現語調自然下降的現象。（參見附錄
中，國台語各種長度之語調變化（取總平均值）。）

　　針對 (a) — (c) 的結果，我們將之以 Pierrehumbert
(1980)，及 P & B(1988)的理論模型分析，則可將本實驗的句子
之語調類型歸納爲最常見的 HL 及 HH⁺L 兩種，以及較少見的
HH⁺H⁰L，其定義如下列所述。

　　H 和 L 均爲邊界音調，前者爲高音，後者爲低音。而 H⁺ 爲第一
高音點，H⁰ 表示第二個高音點，所以 HL 、 HH⁺L 和 HH⁺H⁰L 若以圖
形表示則如(5)所示：❻

---

❻　在此提高音點(H⁺,H⁰,H⁻)的定義指在語調一路下降中音調高於其相臨
　音節之音調的字。但全句最高點(peak)通常都是第一個出現的高音
　點。本文在處理語調類型時只標出高音點所在，而對於涉及句中低音(L)
　的語調類型，則必須藉由未來進一步研究才能對漢語的音調群的組成有
　完整的面貌。另外，本文在句首設定邊緣高音，亦爲一選擇性規則，主
　要是建立在 H 與 L 之間形成的語調下降上。但若單單只是在句尾設定
　邊緣低音，不設定句首邊緣高音，似乎亦無不可。

(5)

  a. HL

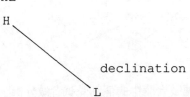

declination

  b. HH⁺L

    (i) 當 H⁺ 在第二音節

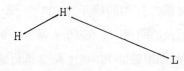

    (ii) 當 H⁺ 在其他音節

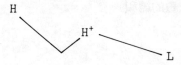

  c. HH⁺H⁰L

    (i) 當 H⁺ 在第二音節

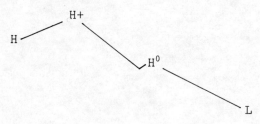

    (ii) 當 H⁺ 在其他音節

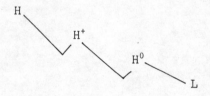

　　以下我們再針對國語及台語中的個別受試者做分析,將更可看出語調變化的全貌。

　　表 1 及表 2 ,分別表示在 10 個受試者當中,每種語調類型出現的次數,例如表 1 中之第二行中的標示: 3S 、問、 HL(8) 、H⁺L(2)、則表示在 3 音節長的問句中,在 10 人當中有 8 個人的語調型態是 HL ,有兩個人的語調型態是 HH⁺L ,表 3 則更進一步以百分比標示出各種類型語調形式出現的比例 (＝某種語調在各種長度出現的總和÷所有應該出現次數的總和)。

表1　國語中 10 位受試者之語調類型

音節類型	句型	語　調　類　型
2S	問	HH⁺H⁻(1),HL(3),HH⁺L(5),HH⁻(1)
	肯	H(1),HL(9)
3S	問	HL(8),HH⁺L(2)
	肯	HL(4),HH⁺L(3),HH⁻(2),HH⁺H⁻(1)
4S	問	HL(8),HH⁺L(1),HH⁻(1)
	肯	HL(7),HH⁺L(3)
5S	問	HL(5),HH⁺L(5)
	肯	HL(7),HH⁺L(3)
6S	問	HL(2),HH⁺L(7),HH⁺H⁰L(1)
	肯	HL(4),HH⁺L(5),HH⁺H⁰L(1)
7S	問	HL(0),HH⁺L(7),HH⁺H⁻(1),HH⁺H⁰L(2)
	肯	HL(3),HH⁺L(7)
8S	問	HL(1),HH⁺L(6),HH⁺H⁰L(3)
	肯	HL(3),HH⁺L(7)
9S	問	HL(1),HH⁺L(7),HH⁺H⁰L(1)
	肯	HL(4),HH⁺L(5),HH⁺H⁰L(1)
10S	問	HL(2),HH⁺L(4),HH⁺H⁰L(3),HH⁺H⁰H⁰L(1)
	肯	HL(3),HH⁺L(6),HH⁺H⁰L(1)

註：H⁻為最後音節的頻率高於其前面音節之頻率。

表2 台語中10位受試者之語調類型

音節類型	句型	語調類型
2S	bo	$HL(5)$,$HH^+L(5)$
	kam	
	肯	$HL(9)$,$HH^\urcorner(1)$
3S	bo	$HL(7)$,$HH^+L(2)$,$HH^+H^\urcorner(1)$
	kam	$HL(2)$,$HH^+L(7)$,$HH^\urcorner(1)$
	肯	$HL(10)$
4S	bo	$HL(5)$,$HH^+L(5)$
	kam	$HL(8)$,$HH^+L(2)$
	肯	$HL(6)$,$HH^+L(4)$
5S	bo	$HL(7)$,$HH^+L(2)$,$HH^+H^0L(1)$
	kam	$HL(6)$,$HH^+L(4)$
	肯	$HL(3)$,$HH^+L(6)$,$HH^+H^0L(1)$
6S	bo	$HL(2)$,$HH^+L(6)$,$HH^+H^0L(2)$
	kam	$HL(7)$,$HH^+L(1)$,$HH^+H^0L(2)$
	肯	$HL(2)$,$HH^+L(7)$,$HH^\urcorner(1)$
7S	bo	$HL(1)$,$HH^+L(5)$,$HH^+H^0L(3)$,$HH^+H^0H^0L(1)$
	kam	$HL(4)$,$HH^+L(2)$,$HH^+H^0L(3)$,$HH^+H^0H^0L(1)$
	肯	$HL(1)$,$HH^+L(4)$,$HH^+H^0L(3)$,$HH^+H^\urcorner(2)$
8S	bo	$HL(5)$,$HH^+L(3)$,$HH^+H^0L(1)$,$HH^+H^0H^0L(1)$
	kam	$HL(1)$,$HH^+L(4)$,$HH^+HOL(3)$,$HH^+H^0H^0H^0L(1)$ $HH^+H^0H^0\urcorner(1)$
	肯	$HL(1)$,$HH^+L(5)$,$HH^+H^0L(3)$,$HH^+H^0H^\urcorner(1)$

註：$H^\urcorner$為最後音節的頻率高於其前面音節之頻率。

表3　國台語語調類型出現之百分比

(根據各個受試者語調類型之詳細分析)

語言	句型	語調類型	百分比
國語	問句	HL	33.33%
		HH+L	48.89%
		其他	17.78%
	肯定句	HL	51.11%
		HH+L	40.00%
		其他	8.89%
台語	bo 問句	HL	45.00%
		HH+L	38.33%
		其他	16.67%
	kam 問句	HL	46.67%
		HH+L	33.33%
		其他	20.00%
	肯定句	HL	41.67%
		HH+L	43.33%
		其他	15.00%

針對表1～3，我們可以歸納出幾個重點：

A. HL 和 HH+L 兩者出現的機率總和趨近於 80%～90%

表 3 清楚顯示國語及台語問句及肯定句中的 HL 及 HH+L 兩種語調類型加起來的總數都十分接近 80%～90%，也就是接近一個區域分配，而其他較特殊的語調類型則大約占 10%～20%。因此我們可以假設，語調類型中，若存在兩種常見的類型，兩者的總和可能會趨近一

個常數，因此兩者的比例互爲反比。

　　B. HL 與 HH⁺L 兩者和句子長短之互動關係

　　根據表 1，我們發現在 4 個音節到 8 個音節的句子中，HL 的比例在問句和肯定句中均遞減，而在 9 音節和 10 音節的句子也維持很低的比例。

　　相反的，HH⁺L 在 4 音節和 7 音節的句子中比例愈來愈高，而在 8 音節至 10 音節的句子時，雖然問句及肯定句中的 HH⁺L 百分比例各有升降，仍多維持在 50%之上的高比例。（只有 10 音節問句中降到 40%，因爲句子越長，越容易有兩個高音點出現。）

　　結論是，當句子愈來愈長時，HL 的出現比例就可能愈來愈低，反之 HH⁺L 出現的比例就愈來愈高。

　　在台語方面，根據表 2 得知從 3 音節到 8 音節長的肯定句中，HL 類型愈來愈少，相反的，從 3 音節長至 6 音節 HH⁺L 愈來愈多，而在 7 音節及 8 音節時則稍微減少，但亦維持高比例。

　　除了肯定句以外，其餘的 bo 問句及 kam 問句方面 HL 及 HH⁺L 均沒有出現較顯著的互動現象。

　　C. H⁺ 與 H⁰ 的落點

　　對於 H⁺ 與 H⁰ 的落點，我們可以歸納出幾個重點：

　　(a) H⁺ 的前趨現象

　　前述提及無論國語或台語，HL 及 HH⁺L 爲兩種主要的語調類型，而且 H⁺ 的落點主要都在句子的第二音節（不論句子的句法結構爲何）。在 HH⁺H⁰L 或 HH⁺H⁰H⁰L 中，H⁺ 出現在第二音節的機率（或百分比）也高。此現象我們可稱爲 H⁺ —第二(H⁺ — Second)。因爲 H⁺ 較常出現在句子的前半段，我們可稱此現象爲語調的高音前趨現

象。

(b) H^+ 與 H^0，或 H^0 與 H^0 之間音節落點不相臨的情況比 H^+ 與 H^0 音節落點相臨的情況多

在國語，高音不相臨的比例是百分之百。在台語中，大部份的情況亦是高音不相臨。 H^+ 與 H^0 音節落點相臨的例子出現在第二、三音節；第五、六音節；第六、七音節各一次，此時均為連續兩個高音，但後面的 H^0 的基礎頻率比前面的 H^+ 高（不同於其他不相臨的例子均為 H^+ 比 H^0 高）。

因此我們臆測，一個 H+和 H^0，或 H^0 和 H^0 之間存在一個理想的距離(optimal distance)，類似英文兩個重音在一起會有 clash 的現象。這個理想距離有可能以有節奏的方式出現。

(c) 提高音(H^+ 或 H^0)出現的最小值(Minimality)為 0 ，最大值(maximality)為音節數除以 2 。

以 8 音節長的句子為例，當提高音(H^+ 或 H^0)等於 0 時，語調類型是 HL 。而 H^+ 或 H^0 出現的次數總和最大值為四(8 ÷ 2)。因此我們可以發現台語中 8 音節長的句子，有一位受試者會出現 $HH^+H^0H^0H^0L$ 的類型。但最大值是理論值，一般實際的情況下，最常見的語調類型是 HL,HH^+L ，其次是 HH^+H^0L ，也就是說高音數為 0 ～ 2 個。而句子愈長，3 個高音或 3 個高音以上的語調類型較易出現。

4.2 國語和台語之語調下降現象的差異

表 4 為國語 ma 組，台語 bo 組，台語 kam 組等三種疑問句類型的三種頻率差比較：(A)欄為第一音節問句和肯定句的頻率差，(B)欄為最後音節問句和肯定句的頻率差，(C)欄的平均值部份為(B)欄

減去(A)欄之差值,也就是測量問句語調在一開始的全面提昇到了最後音節時,它的提昇程度之增減。❼

表4　三種疑問句之問句與肯定句頻率差比較

語言頻率差組別	國語ma 組		台語bo 組		台語kam 組		F 值	F prob
	平均值	標準差	平均值	標準差	平均值	標準差		
A	10.8554	17.0437	15.4660	12.5005	14.3223	15.9009	1.9546	0.1441
B	18.7591	14.6322	15.5290	14.7842	7.9833	10.8300	11.1943	0.0000
C	7.9037	13.6125	0.0630	6.6164	-6.3390	10.6994	31.0715	0.0000

表 4 的(A)欄顯示三種疑問句類型的第一音節的問句與肯定句的頻率差沒有顯著差異(F=1.9546, p>0.05),因此我們臆測疑問句在句首的語調拉高之絕對值並不受疑問語助詞的音高或疑問語助詞出現的位置等因素而影響。但如(B)欄所示,三種疑問句到了最後音節時,其和肯定句的差值則呈現顯著的差異(F=11.1943, p<0.001)。如果一開始語調拉高的值沒有顯著差異,而且如果語調下降的程度也一致,則我們得到的結果應該是三種類型的問句和肯定句最後音節的頻率差沒有顯著差異,因此顯然地疑問語助詞的音高與疑問語助詞出現的位置等二項變因應該可以被臆測是影響疑問句語調下降程度不同的因素。要看疑問句的語調由第一音節到最後音節全面提昇,以及其與語調下降之間的關係,則必須考慮(B)欄與(A)欄的

---

❼　有關國語和台語之語調下降現象的差異在性別與長度上兩項變因的討論,因本文字數上的限制,將另文討論。

差值，以下我們先就其結果作現象上的分析。

(a) 國語 ma 問句和肯定句兩者之最後音節的基礎頻率差距比第一音節的基礎頻率差距大

在國語中，若把問句和肯定句中相對的音節兩兩相減，則發現最普遍的現象是從第二音節開始，差距都比前一音節的差距大（例，男 2S，4S，5S，女 2S，4S，5S）。而在 6S～10S 中差距也是由某個音節開始變大到某個音節，惟一例外是 3 音節長的句子。

這樣的現象顯示，語調下降的程度是肯定句大於問句，才會造成愈到後面差距愈大。也就是說，雖然問句和肯定句在兩個 H^+ 或 H^0 之間、H^0 和 H^0 之間、和 H 與 L 之間，均有一定程度的語調下降，但問句的下降程度較小，肯定句的下降程度大，終於造成後面的音節基礎頻率差距加大的現象。

(b) 台語 bo 問句和肯定句兩者之最後音節的基礎頻率差距和第一音節的基礎頻率差距沒有顯著差異

在台語方面則呈現和國語非常不同的現象。台語問句和肯定句的差距變異程度較高，可分成兩種：(i) 最後音節的差距比前面的音節大，此占問句的 43%（7÷14，14 指的是男女各 7 種長度的句子）；占 kam 問句的 0%。(ii) 最後音節的差距比前面的音節小，占 bo 問句 50%(7÷14)，占 kam 問句的 100%。（以上均以 10 人之總平均值看）

若再細分，則發現差距不到 5Hz 的占 bo 問句的 71%(10÷14)，占 kam 問句 29%(4÷14)。這些實驗結果顯示 bo 問句和肯定句之間，兩者保持程度相當的語調下降。而 kam 問句則不然。以 t 值檢定，發現台語 bo 組和 kam 組兩者相比時，其第一音節的問句與肯定

句之頻率差沒有顯著差異(t=0.46, 2-Tail P= 0.647)。而最後音節的問句與肯定句之頻率差則有顯著差異(t=3.35,2-Tail P = 0.001)。

(c) 台語的 kam 問句和肯定句兩者之最後音節的基礎頻率差距比第一音節的基礎頻率差距小

在 kam 問句中，由於 kam 是出現在句中，所以問句和肯定句的最後一個字(爲同一個字)均受到句尾下降(final lowering)的影響。而由於 kam 的出現使得 kam 問句比肯定句多出一個音節，所以比肯定句多了一個句尾下降的單位，因而到了後面音節，問句和肯定句的差距減少了。（詳見後面之解說）

針對漢語問句語調的全面升高現象，以及其與語調下降之互動關係，我們在此做整合性的臆測來解釋這些現象：

(a) 疑問語助詞本身是一個含有高音的單獨存在單位(auto-segment)，存在於語調階層(intonation level)，如(6)所示：❽

(6)

   a. H   L   加邊緣高音 H

      他媽媽插花嗎   加邊緣低音 L

   b. autosegment ← H   語調階層

---

❽ 亦可看成疑問句本身有一個飄浮高音調(floating H tone)，此音調可向外擴散(tone spreading)。

$$\mid$$

H   L

→   他媽媽插花嗎

必須注意的是，我們在前面已經提過 ma 本身的基礎頻率低於其前面的一個音節，亦即 ma 在整個句子中是語調下降的一部份。這是由於 ma 爲最後一個字，於是邊緣低音亦出現在 ma 上，形成 HL 之間出現語降下降現象。

(b) 高音會有擴散現象(tone spreading)

我們認爲"嗎"字的高音會擴散到整個句子，造成全面性的語調提昇。擴散的方向沒有限制，可以向左，如國語(7a)，可以是雙向，如台語(7b)：

(7)

    a.

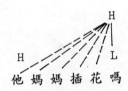

他 媽 媽 插 花 嗎

    b.

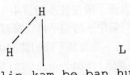

lin kam be ban hue

(c) 語調階層的疑問語助詞的高音造成語調下降中止

(declination suspension)。而其擴散方向是向左，也就是說語調下降中止，只影響到疑問句語助詞左邊的音節。❾

　　(d) 疑問語助詞在音調階層(tone level)的音調可以向左擴散

　　台語的疑問語助詞 bo 和 kam 亦和國語的 ma 一樣，有一個高音的單獨存在單位，造成語調全面升高。而語調下降的現象和國語不同則是因爲 bo 本身是低音調（不同於國語 ma 高平調），我們認爲屬於音調階層(tone level)的音調可以影響語調下降的程度，其擴散方向如同語調階層中 H 高音影響語調下降是有方向性的一樣，是向左邊擴散。試比較(8)中的國語與台語之 bo 問句：

　　(8)a.國語：

b.台語：

---

❾　Cruttenden(1986)指出，語音下降在許多語言中，在肯定句中是典型的現象，然而在 yes-no 問句中，若句子是以對調(inversion)，或是疑問語助詞的方式形成問句，則語調下降的情況也出現，但程度比肯定句小，例如根本哈根的丹麥語(Thorsen,1983)我們稱在疑問句中語調下降程度減緩的現象爲語調下降中止 (declination suspension)。

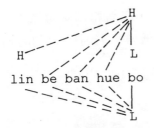

語調階層

音調階層

　　台語的 bo 的 L 低調抵消掉語調階層 H 高音對語調下降中止的影響，故台語 bo 問句和肯定句的基礎頻率差距從句首到句尾程度維持一樣。而國語中由於語調階層 H 的出現，減緩句子的下降程度，而且在音調階層又沒有低音和其互相抵銷，所以到了最後問句和肯定句的基礎頻率差距逐漸愈來愈大。

　　而 kam 疑問句則如(9)所示，因為出現在句中，所以其在語調階層上的語調下降中止之範圍僅止於 kam 之前的音節，而由於 kam 本身是高平調，假設它和 ma 和 bo 一樣，在音調的階層層次上音調擴散是有方向性的（在此是往左），因而它只影響了前面的字，不影響它後面的字。所以在 kam 前面的基礎頻率差距大。但是根據此分析，由於 kam 字後沒有語調下降中止，最後音節的問句和肯定句頻率差理應和第一音節問句和肯定句之頻率差沒有顯著差異，但數據卻顯示其差距比第一音節的小，也比 bo 組最後音節的問句與肯定句頻率差小。

　　kam 組和其他兩組問句不同的是，其他兩組的每個問句和肯定句的音節出現之位置都一致，問句只在最後音節多了一個疑問語助詞。而 kam 組的句子則因 kam 的出現，使得 kam 組句子之 kam 之後的音節在句子出現的位置為其相對應的肯定句加一。我們臆測台語的 kam

問句之最後音節的頻率差變小，主要原因是句尾下降(final lowering)的因素，句尾下降每增加一音節長，其句尾下降的程度愈明顯。

(9)

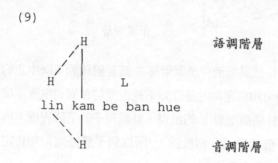

　　以上的解釋方法成功地解釋了國語 ma 問句，台語 bo 問句和台語 kam 問句三者之間的差異。藉由語調層次及音調層次中高音調(H)及低音調(L)的音調擴散，造成兩種語言中語調全面提昇，及語調下降程度不同的結果。

五、結　論

　　本研究以語音實驗的方式，針對國語及台語中含有疑問語助詞的疑問句之語調，企圖以聲韻學的理論解釋語音實驗的實驗結果，這是一種結合語音學及聲韻學的研究方法。本研究的語音實驗提供了以出現機率百分比的語音證據做為聲韻分析的依據。本研究出現了兩個接近 100%機率的現象：

　　(a) 國台語問句的語調全面提昇。

(b) 國台語問句的第一個字到最後一個字呈現語調下降的現象。（中間可能出現一、二個高音重新拉高後又再度下降。）

本研究的實驗結果亦呈現一些機率性的差異（ "＞" 指 "可能性大於"）

(a) HL，HH⁺L ＞ HH⁺H⁰L，HH⁺H⁰H⁰L……

(b) H⁺ ＝第二音節 ＞ H⁺ ＝ 其它音節

(c) 提高音(H⁺ 或 H⁰)不相臨 ＞ 高音相臨

本研究亦以語調階層以及音調階層兩階層之具有方向性的 H 或 L 的擴散，臆測國語 ma 組，台語 bo 組，及台語 kam 組三種類型句子的差異，如(10)所示：

(10)

語調階層：

　1.高音(H)擴散→語調全面提昇

　　方向；沒有限制

　2.高音(H)擴散→語調下降中止

　　方向：向左

音調階層：

　高音(H)或低音(L)擴散→低音可解除語調下降中止之現象。

　方向：向左。

本研究開啓了漢語語調研究的新方向，尤其是過去台語的語調研究幾乎等於零的情況下，本研究對台語 bo 和 kam 問句的發現無疑是對未來相關研究建立了良好的開始，對於以下一些議題將可做爲未來

研究的參考：

1. H^+ 或 H^0 的落點主要是受聲韻結構還是句法結構的影響，或是兩者？

2.本研究無論是國語或台語，實驗句子中的字均為高平調，其他音調在語調中的變化，有待進一步研究。

3.在本研究中 H^+ 以落在第二音節為多，但本研究中的句型同質性高，未來研究應設計不同句型再次驗證 H^+ —第二的發現。

4.漢語語調類型的心理語言學研究，至今仍付之闕如，對高音點是否可以辨識可以做為日後嘗試的方向。

5.疑問語助詞、語調、和語調下降三者互動關係之跨語言研究與理論的建構仍有待加強。

點的研究建立起來便是面的完整，無論是漢語內跨語言的語調研究，或是台灣的原住民語言的跨語言語調研究，都可互相連結，建立台灣本土語言語調研究的新頁。

※　本文為作者國科會計劃(NSC83-0301-H002-007T)之部份研究成果。感謝楊台麟、馮怡蓁兩位助理與鄭宜仲先生在資料處理方面的協助。另外，也要感謝與張顯達教授在統計上的討論。

引 用 書 目

江文瑜 (1995)，疑問語助詞、語調、和語調下降三者互動關係之跨
語言研究—以國語、台語、泰雅語為例。論文將發表於第二屆台
灣語言國際研討會。

Bolinger, D. L. (1978). *"Intonation Across Languages"*. In J. P. Greenberg, C. A. Ferguson & E. A. Moravcsik (eds.), Universal of Human Language. Vol.2 : Phonology. Standford : Standford University Press.

Cseng, C.-Y. (1990). An Acoustic Phonetic Study on Tones in Mandarin Chinese.Taipei, Taiwan: Institute of History & Philogy, Academia Sinica.

Cruttenden, A. (1986), *Intonation*. Cambridge, New York, Port Chester, Melbourne Sydney : Cambridge University Press.

Ho, A.-T. (1977). "Intonation Variation in a Mandarin Sentence for Three Expression: Interrogative, Exclamatory and Declarative." *Phonetica*, 34, pp.446-457.

Ladd, D. R. (1983). *"Peak Features and Overall Slope"*. In A. Cutler & D.R. Ladd(eds.), Prosody : Models and Measurements. Berlin : Springer-Verlag, pp.39-52.

Laver, J. (1994). *Principles of Phonetics*. Cambridge : Cambridge University Press.

Pierrehumbert, J. B. (1980). *The Phonology and Phonetics of English Intonation*. PhD Dissertation, MIT.

Pierrehumbert, J. B. & M. E. Beckman, (1988). *Japanese Tone Structure*.

Cambridge, Mass : MIT Press.

Shen, S. (1986). *Contrastive Study of Mandarin Chinese and French Interrogative Intonologies*. PhD Disserrtation, University of California, Berkeley.

Shen, S. (1990). *The Prosody of Mandarin Chinese*. Berkeley : University of California Press.

Thorsen, N. (1983). "Two Issues in the Prosody of Standard Danish". In A.Cutler & D. R. Ladd (eds.), *Prosody : Models and Measurements*. Berlin : Springer-Verlag.

Ultan, R. (1978). "Some General Characteristics of Interrogative Systems". In J. H. Greenberg, C. A. Ferguson & E. A. Moravcsik (eds.), *Universals of Human Language, Vol. 4 : Syntax*. Standford : Standford University Press.

附錄：國台語各種長度句子之語調變化

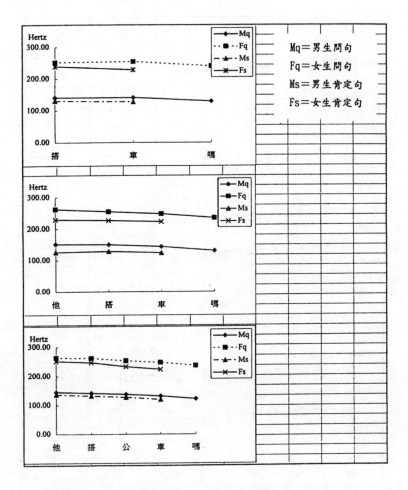

Mq＝男生問句
Fq＝女生問句
Ms＝男生肯定句
Fs＝女生肯定句

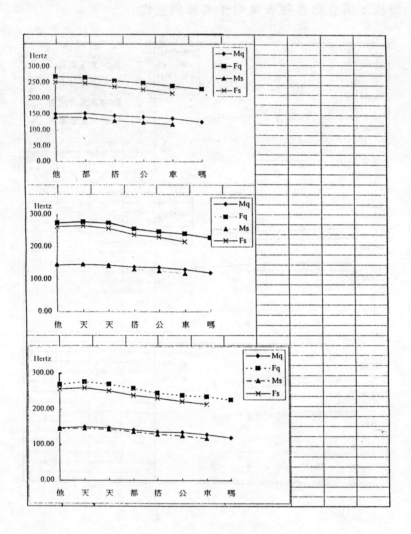

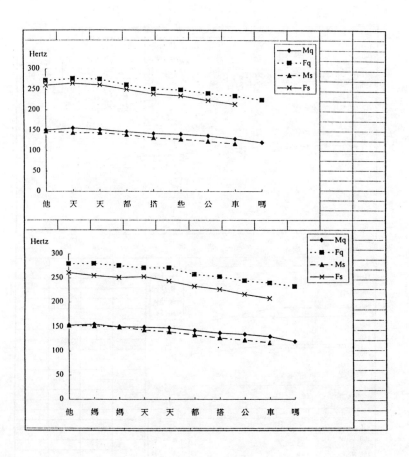

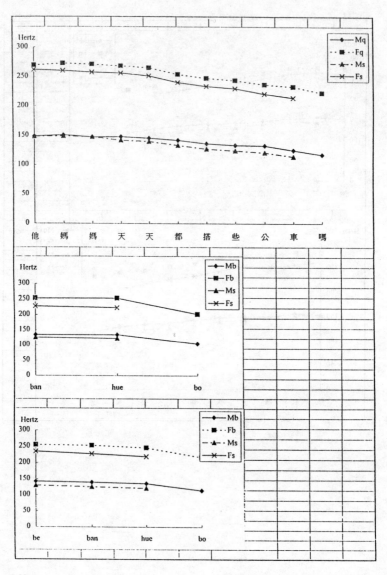

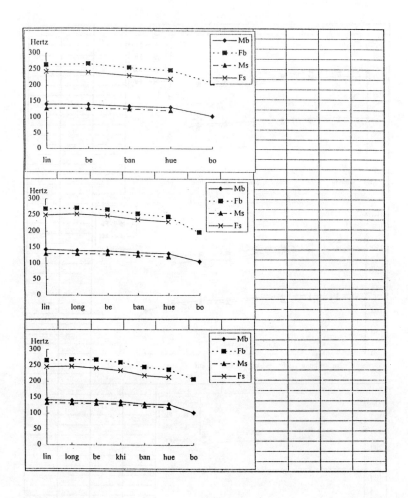

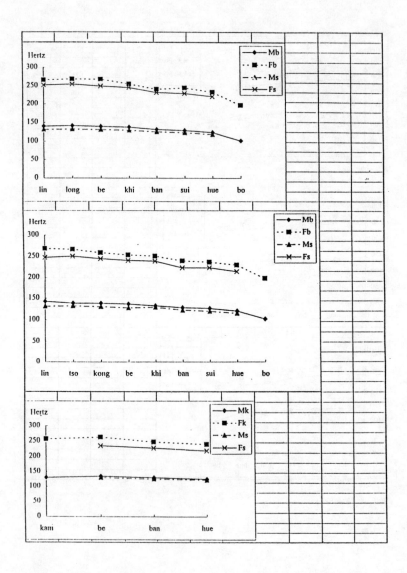

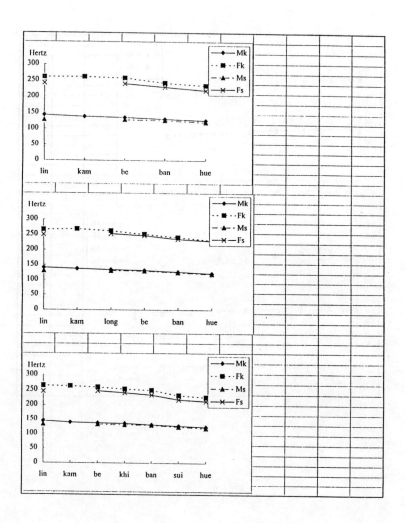

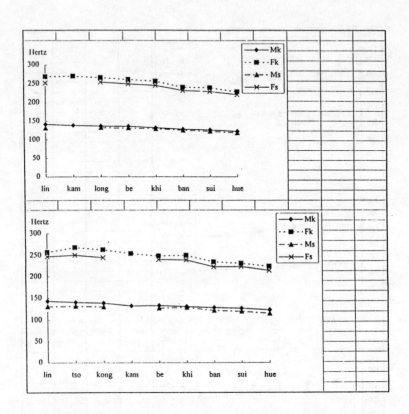

從「韻律音韻學」
看台灣閩南語的輕聲現象

歐淑珍・蕭宇超

　　談到閩南語的輕聲，一般學者會提到兩種現象：一種是「固定低調輕聲」，另一種是「傳調輕聲」。由於閩南語的一般變調具有高度規則性，輕聲乃屬例外之一，因此有關輕聲的研究並不很多。文獻上關於輕聲的研究，學者們多從句法和教學的觀點分析。本文旨在以「韻律音韻學」的觀點重新分析輕聲的兩種現象，希望從一個新的角度對閩南語輕聲提出另一種詮釋方式。我們將分下列幾部份來探討：

1. 閩南語輕聲的定位與分類
2. 輕聲的句法結構
3. 輕讀與輕聲的關係
4. 輕聲的韻律分析

　　第一節定義閩南語輕聲在變調系統中的地位和分類。第二節主要將文獻中有關輕聲句法結構的研究做整理和介紹。第三節我們將輕聲與輕讀作區別，認為輕聲只是輕讀的一種音韻表現而已，並探究輕重讀指派規律。第四節則是探討兩個輕聲規律所運作的韻律範疇、相關制約與關係。

1. 閩南語輕聲的定位與分類

1.1 輕聲的定位

　　一般說來，閩南語的變調現象是具有高度規律性的，規則只有一個，稱爲「一般變調」，如規則(1)：

(1)　一般變調規則

　　　$T \rightarrow T' / \underline{\quad} T \#$

　　意思是說在一個變調群組(tonal group)內，當一個本調(T)後緊接另一個本調，前者須變爲其所對應之變調(T')。閩南語聲調系統共包含七個主聲調，每個主聲調有其對應之變調。❶因此在一個變調群組中，只會留下最後一個音節唸本調，#號表示變調群組結

---

❶ 本文採用 Hsiao (1995)的 H,M,L 系統標示來表示調值，「長音節」(open syllable)以兩個元素(element)，「短音節」(checked syllable)以一個元素表之，以便區分：

<table>
<tr><td rowspan="5">聲
調
系
統
表</td><td>調名</td><td>陰平</td><td>陰上</td><td>陰去</td><td>陰入</td><td>陽平</td><td>陽去</td><td>陽入</td></tr>
<tr><td>調型</td><td>˥</td><td>˥˩</td><td>˩</td><td>˧</td><td>˩˧</td><td>˧</td><td>˥</td></tr>
<tr><td>調值</td><td>HH</td><td>HL</td><td>ML</td><td>M</td><td>LM</td><td>MM</td><td>H</td></tr>
<tr><td>變調</td><td>MM</td><td>HH</td><td>HL</td><td>H</td><td>MM</td><td>ML</td><td>M</td></tr>
<tr><td>例字</td><td>東</td><td>黨</td><td>棟</td><td>督</td><td>同</td><td>洞</td><td>毒</td></tr>
</table>

Chang (1993) and Duanmu (1994) 把「聲調表現單位」(Tone Bearing Unit)定義爲「音拍」(mora)，閩南語長音節一般由兩個音拍組成，所以用兩個元素來表示高平調與中平調並不違反「必要性起伏原則」(Obligatory Contour Principle)。

尾。另一方面,短語性輕聲則屬於一種特殊變調。❷即在同一個變調群組之內,靠近右邊界有一個或數個音節失去原調,而唸輕聲,這些輕聲前一個字唸本調。輕聲化的音節有兩種音韻上的表現:一類是「固定低調」,另一類則是「前字向後傳調」,分別稱作「固定低調輕聲」與「傳調輕聲」。

1.2 輕聲的分類

第一類爲「固定低調輕聲」,其呈現出來的調型爲低調(L),Hsiao (1993)與楊秀芳先生(1990)指出這個低調的調值趨近陰去調,而比陰去調更低,例(2)的"煎"唸本調,"兩片"則唸成低調:❸

(2) 固定低調輕聲:牛排,煎 HH 兩 LL 片 LL

第二類爲「傳調輕聲」,其調值來自前字本調的調尾。文獻上對這種現象有不同的描述名稱,如洪惟仁先生(1994)稱之爲「隨前變調」,董昭輝先生(1993)稱之爲「連前同化」,Hsiao (1993)則稱之爲「聲調展延」,鄭良偉先生(1994)稱之爲「傳調」,其實指的都是此類輕聲。所不同的只是洪、董將理論重點放於接受輕聲的音

---

❷ 輕聲包含兩類:詞彙輕聲與短語性輕聲。前者輕聲有辨義作用;短語性輕聲(phrasal neutral tone)是指字構中原列聲調,而在某種語境下產生「聲調中和」(tone neutralization)現象。其它特殊變調還有三疊音詞變調、/a/前音節變調和短音節變調。

❸ 本文中所採用之漢字僅爲討論方便,恐有不當之處,謹此致歉。有關閩南語漢字研究,請參閱姚榮松先生(1990,1993)的探討。

節，蕭、鄭則將理論重點放於傳遞輕聲的音節。例(3)的"贏"唸本調，"我"則和"贏"本調調尾(-M)相同的聲調，以"贏"為中心則說傳調或聲調展延，以"我"為中心則說隨前變調或隨前同化。以縮小體表示此類輕聲。

(3)　b. 傳調輕聲：贏 LM 我 MM

2. 輕聲的句法結構

有關閩南語輕聲句法的研究，洪惟仁先生(1994)提出詳細的探討和整理。我們以下就洪先生的分析，將閩南語輕聲發生最為豐富的動詞組(VP)，作了以下的整理，語料多採自其論文。我們將其大致分為三類八型。第一類為『動＋動詞補語』，動詞補語需輕聲，包含趨向動詞、程度動詞和結果動詞三型。(4)的趨向動詞可為單音節詞(a 組)或雙音節詞(b 組)。(5)的程度動詞與(6)的結果動詞的輕聲結構相同，但意義不同。此類全屬固定低調輕聲。

第一類、『動＋動詞補語』類

	a 組	b 組
(4)　動＋趨向動詞	起　來 LL	爬 起 L 來 LL
	出　去 LL	走 出 L 去 LL
(5)　動＋程度動詞	枵　死 LL	(意：餓得要死)
	驚　死 LL	(意：嚇得要死)

(6)　動＋結果動詞　　　　　　　枵　死 LL
　　　　　　　　　　　　　　　驚　死 LL

第二類是『動＋數量詞補語』，包含三型：限定、不限定和表少量數
量語，數量語當動詞的補語，需輕聲。其中，限定數量語若為語意重
點，就不輕聲。

第二類、『動＋數量詞補語』類

(7)　動＋限定數量語　　　　　　食　一 L　　碗 LL
　　　　　　　　　　　　　　　煎　兩 LL　片 LL

(8)　動＋不限定數量語　　　　　啉　幾 LL　杯 LL

(9)　動＋少量數量語　　　　　　啉　淡 LL　薄 L
　　　　　　　　　　　　　　　食　寡 LL

第三類是『動＋賓語』，又分兩型：代詞和代名詞，但若為語意重點
時，則不輕聲。代名詞可為固定低調輕聲或隨前變調輕聲。❹

第三類、『動＋賓語』類

(10)　動＋代詞　　　　　　　　 講　按 LL　呢 LL

---

❹　代名詞可有兩種唸法的現象屬地域性差異。在董昭輝(1994)的論文中
　　只允許有傳調輕聲的唸法，但洪惟仁與作者認為兩種唸法皆可。

(11) 動＋代名詞　　　　　　　贏　伊 MM/LL

　　　　　　　　　　　　　　讓　我 MM/LL

但以上輕聲的句法結構會因其它的結構介入，而失去輕聲的條件。如
鄭良偉先生所說不在詞組的末尾，或洪惟仁先生所指有助詞放入動補
結構中等。以下是洪先生 (1994) 的分析。劃底線的部份原可以輕
聲，但因助詞、連動和賓語加入而無法輕聲。（加入部份以粗體字表
示。）

(12) 動＋助＋**趨**　　　　　　走 袂 出 去 LL

(13) 動＋助＋**程**　　　　　　枵 未 死

(14) 動＋助＋**結**　　　　　　食 有 去

(15) 動＋趨＋**連動**　　　　　起 來 食 飯

(16) 動＋趨＋**處所賓語**　　　起 來 樓 上

　　　　　　　　　　　　　　出 去 外 口

(17) 動＋結＋**名詞賓語**　　　損 破 碗

(18) 動＋數＋**賓語**　　　　　煎 兩 片 牛 排

　　　　　　　　　　　　　　食 一 碗 飯

3. 輕讀與輕聲

3.1 輕讀與輕聲的關係

　　趙元任先生(1968)稍早曾指出在語音層次(phonetic level)上，輕重讀與聲調調型有一定對應關係：重讀時，調型較完整而明顯；輕讀時，調型較不完整，甚至變成輕聲，國語三聲變調即是一例。蕭宇超和吳琇鈴(1994)認為輕讀乃屬節奏層次(metrical level)，而輕聲則屬韻律層次(prosodic level)。雖然蕭/吳和趙所指為國語，但我們發現閩南語輕重讀與輕聲，在音韻層次(phonological level)上也有這樣的對應關係，意即重讀時保持原調，輕讀時傾向「變調」(tone sandhi)或「輕聲」(tone neutralization)：❺

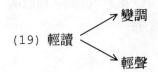

(19) 輕讀　　變調

　　　　　　　輕聲

　　由(19)，我們發現輕讀(-stress)不一定輕聲(NEU)，而輕聲一定輕讀，輕讀有可能使音節失去原本所帶有聲調，而出現輕聲。反之，重讀音節則不可能出現輕聲，(20)即是我們初步假設的兩個規則：

---

❺　關於這幾個層次的特質與彼此間的關係，請詳參 Hsiao (1991)、蕭宇超和吳琇鈴(1994)及蕭宇超和吳瑾瑋(1994)的討論。

(20) (a) [+NEU]→[-stress]

　　 (b) [+sress]→[-NEU]

3.2　閩南語輕重讀指派

　　輕重讀對輕聲的出現有決定性的影響，因此首先必須先了解輕重讀是如何指派。規律如(21)所示：

　　(21)　於一個 X 最大投射片語(maximal projection ，即XP)中，詞彙性主要語(lexical head)爲重讀，以＋號表之；功能詞(function word(s))爲輕讀，以－號表之。

　　以(22a)的「趨向補語」(diective complement)爲例，VP的主要語"搬"屬詞彙性(lexical)，所以必須重讀，"起來"爲趨向補語，亦即功能詞(function words)，所以輕讀。(22b)的「結果補語」(resultative complement)和(22c)的「程度補語」(degree complement)也是相同指派方式：

(22) a.

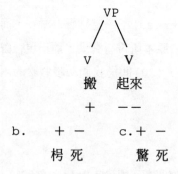

　　　b.　＋ －　　c.＋ －
　　　　 㭍 死　　　 驚 死

　　例(23)有兩個最大投射片語(NP 和 VP)，從最小的範疇(即 NP)

先指派，"樓上"爲一個複合詞是 NP 的主要語，所以重讀。再看 VP 範疇中其餘的部份，即"爬起來"，其指派方式與(22a)相同。

(23)

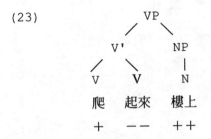

V'　　　NP
V　　V　　N
爬　　起來　樓上
＋　　－－　＋＋

　　例(24a)的數量語也有兩個最大投射片語，即 QP 和 VP，先從 QP 開始指派， QP 的主要語"片"，屬於非詞彙性 (non-lexical)，所以"兩"和"片"皆爲輕讀。再來是 VP，"煎"爲詞彙性主要語，所以必須重讀。例(24b)的非限定數量語和(24c)的表少量數量語也是相同的指派方式。

(24) a.

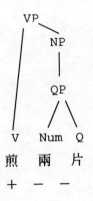

VP
NP
QP
V　　Num　Q
煎　　兩　　片
＋　　－　　－

b.　　　　　　　　c.

```
  +  -  -        +  -  -
  咻 淡 薄         咻 幾 杯
```

即使結構加長，亦是一樣的指派方法，如(25)所示。

(25)

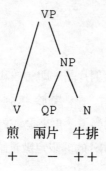

```
          VP
         ╱ ╲
        ╱   NP
       ╱   ╱ ╲
      V   QP  N
      煎  兩片 牛排
      +  - -  + +
```

『動＋代』只有一個最大投射片語 VP，動詞為重讀，賓語輕讀。

(26) a.

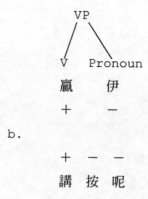

```
       VP
      ╱ ╲
     V  Pronoun
     贏   伊
     +    -
```

b.

```
    +  -  -
    講 按 呢
```

雙賓動詞的兩個賓語若皆爲非主要語，也是全部輕讀。如例(27)。

(27)

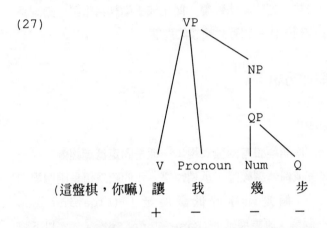

```
                        VP
                         |
                         NP
                         |
                         QP
                         |
     V   Pronoun    Num     Q
（這盤棋，你嘛）讓   我    幾    步
     ＋    －      －     －
```

規律(21)適用於一般情況中，但我們發現只從句法結構並無法完全決定輕聲，必須還要透過語意重點的位置，如限定數量語和代名詞若爲語意重點所在就無法輕讀。我們不禁產生疑問，難道其他虛詞就無法成爲語意重點嗎？我們的答案爲否定的，他們一樣可以成爲語意重點，只是必須透過別種句法結構的強調。如趨向動詞加上"予 ho"、程度動詞加"到欲 ka be"等。例子如(28)-(29)所示。

(28) 動＋ho＋趨　　　　爬　ho 起　來
　　　　　　　　　　　＋　　＋ -

(29) 動＋ka be＋程　　　枵 ka be 死
　　　　　　　　　　　＋　　　＋

洪惟仁先生(1994)指出例(12)-(14)動詞補語前加入助詞失去

輕聲條件，也可視爲突顯語意重點的結構。透過(21)的輕重讀指派規則，我們可將三類八型的句法輕聲，簡化成主動詞爲重讀，動詞補語、數量補語和代詞、代名詞賓語輕讀的型態。

4. 輕聲的韻律分析

4.1 輕聲的規律

　　第一節提過閩南語輕聲有兩種表現：一種是固定低調輕聲，另一種是隨前變調輕聲或稱傳調輕聲、承調輕聲。我們認爲這是兩個規則運作的結果。一個是「浮游低調展延」(Floating Low Spread)，另一個是「原調展延」(Base Tone Spread)，以下將先討論浮游低調展延。

4.1.1 浮游低調展延(Floating Low Spread)

(30) 浮游低調展延：L調連接至失去聲調的輕讀的音節上。

　　　(簡稱L調展延)

　　此規律由一個存在於某種結構末尾的「浮游低調」(floating low tone)所引發(trigger)，❻其展延目標乃是輕讀音節。而這些低調音節往往會有「語意淡化」(semantic bleaching)的現象，Hsiao (1993)認爲語意淡化在音韻層次上會很自然地對應到

---

❻　閩南語的浮游低調是存在於一個「語調片語」的末尾。一般說來，語調片語相當於句法中的「子句」(clause)。

一個較不明顯的低調。這個低調的存在成爲輕讀音節失去聲調(tone loss)後的聲調來源。❼我們採用的是， Inkelas(1987)和 Yip (1989)等人提出的聲調幾何結構(tone feature geometry)：

　　上圖的大 T 節點，是聲調單位（以下以"。"表之）；小 t 是調型單位。以閩南語來說，長音節字的聲調由兩個數字表示（請參看註一），第一個數字代表起頭(begining)的調高，第二個數字代表結尾(ending)的調高，這兩個聲調連向一個大 T 節點，再連向音節。從以下圖示我們可以了解到 L 調展延乃屬大 T 節點的展延。例(31)的"起來"爲輕讀音節，由於 L 調的存在，使得其與原調連結線消失，亦即聲調丟失，此爲步驟一。然後， L 調再連結到這兩個無調的音節上，此爲步驟二。例(32)也是一樣的情形。

---

❼　輕讀音節失去聲調必須有其它聲調來源，如此處所說的 L 調或以下的原調展延，否則將違反 WFC 中每個 TBU 都須連結聲調的規定。

(31) (a) 步驟一：聲調丟失

(b) 步驟二：L調展延

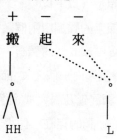

搬	起	來	輸出值
HH	L	L	

(32) (a) 步驟一：聲調丟失

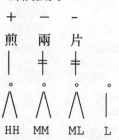

(b)步驟二：L調展延

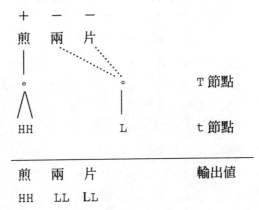

L調展延必須遵守 Goldsmith(1976,1990)等人所提出的合法性制約(Well-Formedness Condition，簡稱 WFC)，其相關規則可歸納如下(33)：

(33) a. 在聲調表層結構，不得出現無調音節。

b. 聲調連線不得交錯。

因此，例(31)、(32)音節失去聲調後必須尋找其他聲調來源遞補（如浮游低調），才不致違反(33a)的制約。關於(33b)「連線不得交錯」的制約，如例(34)、(35)所示，因為 L 調無法越過為重讀所控制的音節，否則將造成連線交錯的情形，違反 WFC 。(34)的"樓上"和(35)的"牛排"皆為詞彙性主要語，根據規則(21)的規定，無法輕讀，所以不能聲調丟失，同時也成為 L 調向"起來"和"兩片"展延的障礙。 WFC 解釋了輕讀音節若不出現於末尾就不輕聲的原因：因為聲調丟失後無其他聲調來源遞補。

(34) (a)步驟一：聲調丟失

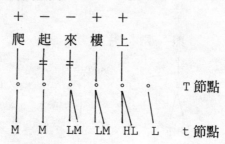

(b)步驟二：L調展延

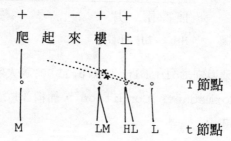

✻	爬	起	來	樓	上	輸出值
	M	L	LL	LM	HL	

(35) (a)步驟一：聲調丟失

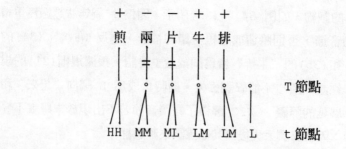

(b)步驟二：L調展延

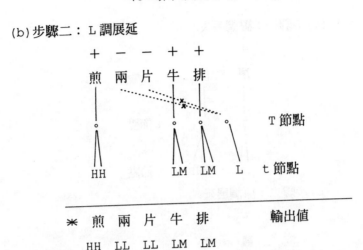

不可連線交錯的限制形成了閩南語特殊的輕聲現象：例(34)的"起來"與(35)的"兩片"皆不可出現 L 調輕聲，而會發生一般變調。

4.1.2 原調展延(Base Tone Spread)

(36) 原調展延：重讀音節的原調調尾向右展延至單音節輕讀音節。

　　原調展延規律是小 t 結點的展延，且方向是由左向右，只能展延一個音節，這些乃是與 L 調展延最大的不同點。例(37)中的"伊"輕讀，其右邊存在一個帶原調的重讀音節，所以"伊"失去聲調，"贏"呈 LM 原調調值，其調尾"-M"向右展延至無調的"伊"。

(37) (a)步驟一：聲調丟失

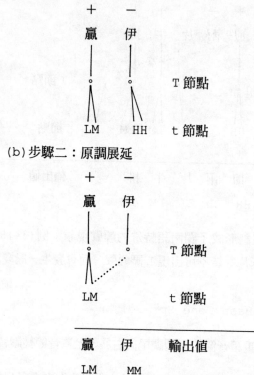

(b)步驟二：原調展延

```
                +     —
               贏    伊

                o     o        T 節點

                ∧     |
               LM    HH        t 節點
```

```
                +     —
               贏    伊

                o     o        T 節點
                ∧ ⋰
               LM              t 節點
```

_____

　　　　贏　　伊　　　輸出值

　　　　LM　　MM

　　但此規律原則上只能適用於單音節代名詞（我、你、伊……等等）及少數動詞補語（來……等等），無法無限制向其餘輕讀音節展延。例(38)就是不合法的展延。

(38) (a) 步驟一：聲調丟失

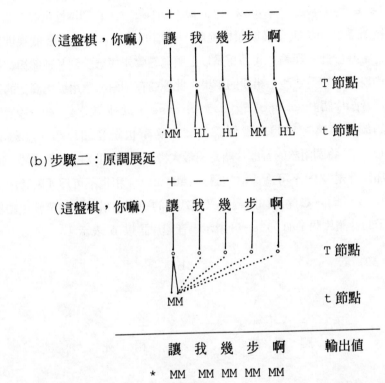

(b) 步驟二：原調展延

4.2 輕聲的韻律範疇

4.2.1 音韻片語

自從 Selkirk (1984)和 Nespor & Vogel (1986)等人提出「韻律體系理論」(Prosodic Hierarchy Theory)後，學者們處理音韻的方法上可以說是有了重大的變革。韻律體系是由韻律範疇

所構成。它是存在於句法部門與音韻部門的一個仲介面(inter-
face between syntax and phonology)，它選擇性選取音韻系
統所需的句法訊息構成韻律範疇，範疇的功用是來規範音韻規則運
作。基於此一理論，我們認為以上兩個輕聲規律應受到某種韻律結構
的規範，才不致產生錯誤的結果。此理論在閩南語應用較為廣泛的是
「音韻片語」(phonological phrase，以 φ 表之)，即一般變調
的韻律範疇。我們認為輕聲的韻律範疇也是音韻片語。 Hsiao
(1995)將閩南語的音韻片語定為最大投射片語(即 XP)的右邊界，附
加條件是 XP 不可為「附加語」(adjunct)和也不可為「附著語」
(clitic)。❽此規律將輕聲三類八型的句型結構簡化成帶輕重讀標
示的音韻片語，如(39a-i)所示，音韻片語以 φ 表示。

(39) a.

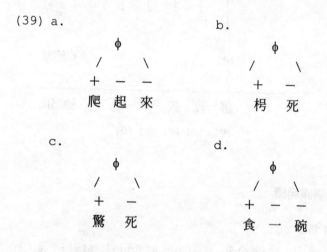

b.

c.

d.

---

❽ 有關閩南語音韻片語的構成，請詳參 Hsiao (1991,1995)，關於副詞
調組請參看陳雅玫和蕭宇超先生(1995)的論文。

e.
```
        φ
       / \
      +  — —
      咻 幾 杯
```

f.
```
        φ
       / \
      +  — —
      咻 淡 薄
```

g.
```
        φ
       / \
      +  — —
      講 按 呢
```

h.
```
        φ
       / \
        + —
       贏 伊
```

i.
```
                φ
               / \
          +  — — — —
(這盤棋，你嘛) 讓 我 幾 步 啊
```

此外，也有兩個音韻片語的例子，如(40)。

(40)
```
        φ        φ
       / \  /   \
      +  —  — —  —
      煎 一 兩 片 落 來
```

4.2.2 浮游低調展延的運作範疇

　　音韻片語形成後，L 調展延一次以一個音韻片語為單位，由右而左向輕讀音節連結。如例(41)-(42)，其衍生步驟同(31)-(32)，

不再冗述，以下將兩步驟合併於同一圖形中處理。

(41) 步驟：(1)聲調丟失 (2)L調展延

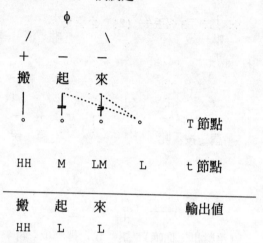

(42) 步驟：(1)聲調丟失 (2)L調展延

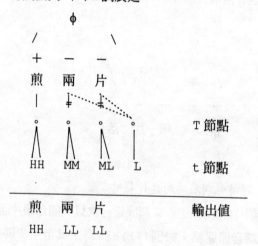

在音韻片語中，低聲調展延必須是全面性的，即遇到合適的目標，就一定要運用此一規律。例(43)及(44)是不合法的。

(43) 步驟：(1)聲調丟失 (2)L調展延

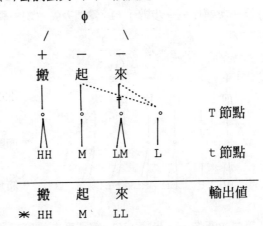

(44) 步驟：(1)聲調丟失 (2)L調展延

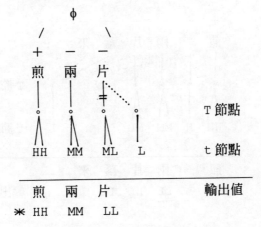

　　若有兩個或以上音韻片語，則從最右邊的音韻片語向左邊運作。
例(45)L調展延第一次運作於右邊的音韻片語"落來"，第二次運作
於左邊的音韻片語"煎一兩片"。

(45)　(a)第一次運作——步驟：(1)聲調丟失　(2)L調展延

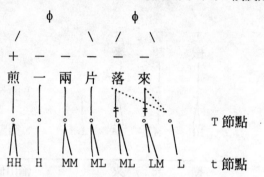

　　　(b)第二次運作——步驟：(1)聲調丟失　(2)L調展延

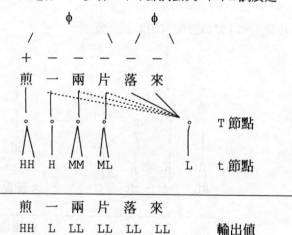

4.2.3 原調展延的運作範疇

　　原調展延只能運作於一個相鄰的單音節附著語(clitic)，也就是說，此規律運作的兩個音節必須相鄰(adjacent)，如例(46)-(47)所示。

(46) 步驟：(1)聲調丟失 (2)原調展延

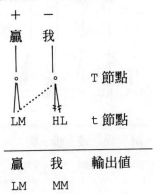

贏	我	輸出值
LM	MM	

(47)

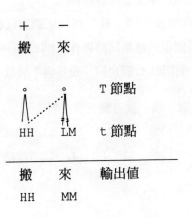

搬	來	輸出值
HH	MM	

　　例(48)不合法是因爲"讓"沒有和"幾步啊"相鄰
(adjacent)，所以不能向它們展延。

(48) 步驟：(1)聲調丟失 (2)原調展延

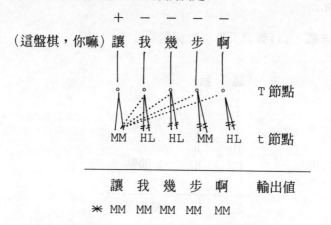

4.3　浮游低調展延與原調展延的關係

　　例(49)有兩種唸法，即"我"可爲原調展延輕聲或浮游低調輕
聲。我們認爲這兩個規則應是同時運作，例(50)的"讓"的"-M"
調向"我"展延，而同時 L 調也向"幾步啊"展延。

(49) 這盤棋，你嘛　讓　我　幾　步　啊

　　　　　　　　　MM　MM　LL　LL　LL (唸法一)

　　　　　　　　　MM　LL　LL　LL　LL (唸法二)

(50) (a)步驟一：聲調丟失

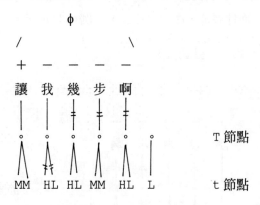

(b)步驟二：L調展延、原調展延同時運作

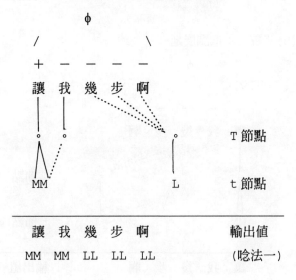

讓	我	幾	步	啊	輸出值
MM	MM	LL	LL	LL	(唸法一)

此外，原調展延可以選擇性地不運作(optionally absent)，此時 L 調作全面性展延，產生唸法二，如例(51)所示。

(51) (a)步驟一：聲調丟失

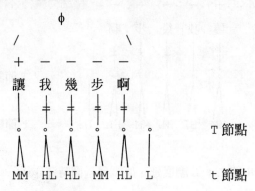

(b)步驟二：低調展延

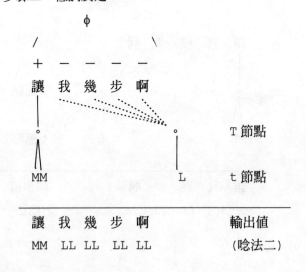

讓	我	幾	步	啊	輸出值
MM	LL	LL	LL	LL	(唸法二)

結　論

　　總結全文，從韻律音韻學的角度重新分析閩南語輕聲現象，我們發現輕讀與輕聲是可以明顯劃分開來的。輕讀提供輕聲規律運作的環境。輕聲規律有兩個：一爲浮游低調展延(Floating Low Spread)，另一個爲原調展延(Base Tone Spread)。這兩個規律雖同屬展延，性質卻很不同：(1)層級不同： L 調展延是大 T 節點(tonal node tier)展延，而原調展延則是小 t 節點(tonal feature tier)的展延。(2)方向不同： L 調展延方向向左；原調展延方向向右。(3)展延音節數不同： L 調展延可展延一個或多個音節；原調展延則只可展延一個音節。(4)對象不同： L 調的展延對象包含大部分虛詞及虛化詞；原調展延則是有限定的展延至代名詞與少數單音節詞補語。我們首次嚐試性運用幾個現代音韻理論來研究閩南語的輕聲特性：包含自主音段音韻學(Autosegmental Phono-logy)、韻律結構學(Prosodic Phrasing)、格律節奏理論(Metrical Theory)和聲調成份幾何學(Tone Feature Geo-metry)等，希望給予傳統的方言研究一個新的詮釋。

參 考 文 獻

〈中文部份〉

趙元任· 1968. 丁邦新譯. 1982, 二版. [1980 初版]. 《中國話的文法》. 香港: 中文大學出版社。

陳雅玟·蕭宇超. 1995. 〈閩南語重疊副詞的變調分析：從「儉儉 a」談起〉. 第四屆國際暨第十三屆全國聲韻學學術研討會論文.

鄭良偉. 1994. 〈教學參考用的台語輕聲的規律〉. 閩南語研討會論文. 國立清華大學語言學研究所.

洪惟仁. 1994. 〈閩南語輕聲變化與語法的關係〉. 閩南語研討會論文. 廈門.

蕭宇超·吳琇鈴. 1994. 〈漢語輕聲的句法、語意與韻律〉. 第十二屆全國暨第三屆國際聲韻學學術研討會論文.

蕭宇超·吳瑾瑋. 1994. 〈漢語饒舌歌的口語節奏：從語言類型談起〉. 第四屆中國境內語言暨語言學國際研討會論文. 中央研究院.

姚榮松. 1990. 〈當代台灣小說中的方言詞彙—兼談閩南語的書面語〉. 師大國文學報 19: 223-264.

姚榮松. 1993. 〈兩岸閩南話詞典對方言本字認定的差異〉. 師大國文學報 22: 311-326.

楊秀芳. 1990. 《台灣閩南語語法稿》. 台北: 大安.

董昭輝. 1993. 〈從閩南語人稱代名詞之調型談起〉. 第一屆台灣語言國際研討會論文.

〈英文部份〉

Chang, Mei-chih L.   1993.   *A Prosodic Account of Tone, Stress, and Tone Sandhi in Chinese Languages.*   Taipei: Crane.

Duanmu, S. 1994.   "Against Contour Tone."   *Linguistic Inquiry* vol.25 No.4 : 555-608.

Goldsmith, John A.   1976.   Autosegmental Phonology.   MIT Ph. D. Dissertation.

Goldsmith, John A.   1990.   *Autosegmental and Metrical Phonology.*   Oxford: Basil Blackwell.

Hsiao, Yuchau E.   1991.   *Syntax, Rhythm and Tone: A Triangular Relationship.*   Taipei: Crane.

Hsiao, Yuchau E.   1993.   "Taiwanese Tone Group Revisited: A Theory of Residue."   Paper for the Second International Conference on Chinese Linguistics. Paris, France.

Hsiao, Yuchau E.   1995.   *Southern Min Tone Sandhi And Theories of Prosodic Phonology.*   Taipei: Student.

Inkelas, S.   1987.   "Tone feature geometry."   *NELS* 18.

Nespor, M. and I. Vogel.   1986.   *Prosodic Phonology.*   Dordrecht: Frois Publication.

Selkirk, Elisabeth O.   1984.   *Phonology and Syntax: The Relation between Sound and Structure.*   Cambridge: The MIT Press.

Yip, M.   1989.   "Contour Tones."   *Phonology Yearbook* 6: 149-174.

Chang, Mei-Chih L. 1992. *Prosodic Aspects of Tone Sandhi and Tone Sarves in Chinese Languages.* Dissertation.

閩南語重疊副詞的變調分析：
從「儉儉 *a*」談起

陳雅玫・蕭宇超

閩南語連讀變調(Tone Sandhi)雖然近年來引起學者的廣泛討論，可是有關副詞變調的研究卻顯少提及。本文即著眼於一類十分特殊且有趣的副詞變調，亦即「重疊詞+*a* 」在相同句法結構中所呈現的不同變調行爲。全文擬分成六個方面逐步探討：

1. *a*的變調特性
2. 閩南語的聲調範疇
3. 動詞取向的重疊副詞
4. 非動詞取向的重疊副詞
5. 雙重取向的重疊副詞
6. 多重取向的重疊副詞

1. *a* 的變調特性

在探討重疊詞後綴 *a* 的變調特性之前，我們先介紹閩南語的聲調系統與變調現象。閩南語有七個聲調，分別爲陰平、陰上、陰去、陰

入、陽平、陽去、及陽入。其調值及所對應的連讀變調如表一所列：

表一：閩南語聲調系統

調類	陰平	陰上	陰去	陰入	陽平	陽去	陽入
例字	君	滾	棍	骨	裙	郡	滑
本調	55	51	21	2	13	33	5
變調	33	55	51	5	33	21	2

各個聲調有其相對應之變調，此變調現象於一個聲調範疇內運作，亦即聲調範疇最右端的本調保持不變，其餘本調皆發生變調。❶

　　重疊詞後綴 *a* 的變調行為類似陰上，它可保持本調 51 ，而使前面的音節產生變調，亦可經由一般的連讀變調，呈現 55 調值，如例 (1)所示：❷

---

❶ 當聲調範疇內最右端的音節為輕聲時，該輕聲的前一個音節須保持本調，其餘前面的音節才發生變調，參閱歐淑珍與蕭宇超先生(1995)對閩南語輕聲的研究。有關閩南語聲調系統及變調規律的簡介，可參閱 Cheng (1968,1973)、洪惟仁(1985)、 Chen (1987)及 Hsiao (1991, 1995)。

❷ 本文例句中所採用的漢字僅為方便討論，恐有不當之處，謹此致歉，有關閩南語漢字的研究請參閱姚榮松先生(1990, 1993)的論文討論。

khiam-khiam-a

(1)　(阿 公)　(儉　儉　*a*　過　一　世　人)

　　　　33　　33　**51**　21　2　21　13　　本調

　　　　21　　33　**55**　51　5　51　13　　變調

例(1)中「儉儉　a　過一世人」共同形成一個聲調範疇（以括弧表示），除了「人」保持 13 本調之外，其餘音節皆發生變調。其中 *a* 由本調 51 變爲 55 調。 *a* 前接的音節雖也產生變調，但兩個「儉」字調值卻不相同。 第一個「儉」所遵循者爲表一所顯示的一般變調，第二個「儉」由於前接於 *a* ，因此變調現象略有差異，表二所列即爲 *a* 前音節的特殊變調現象：

表二：*a* 前特殊變調

調類	陰平	陽平	陽去	陽入	陰上	陰去	陰入	陰入
本調	55	13	33	5	51	21	2	2
變調	33					55		5

其次， a 亦有輕聲化的現象，輕聲化的 a 不會使前接之音節變調，如例(2)：

khiam-khiam-a

(2)　(阿 公)　(儉　儉　*a*)　(過　一　世　人)

　　　　33　33　**51**　　　　　　　　本調

　　　　21　33　**33**　　　　　　　　變調

「儉儉　a 」單獨形成一個聲調範疇，此時 a 輕聲化，所以第二個

「儉」的原調不變，保持 33 本調，第一個「儉」則變爲 21 調。 *a* 失去原來的聲調之後，其左鄰的「儉」將 33 調向其「展延」(spreading)。除了「儉儉 *a* 」的陽去展延外，其餘六個調類也有類似的現象：

(3)　陰平調　　　　(4)　陰上調　　　　(5)　陰去調

sio-sio-a　　　　*ku-ku- a*　　　　*tshio-tshio-a*

燒 燒 *a*　　　　久 久 *a*　　　　笑 笑 *a*

55 55 **51** 本調　　　51 51 **51** 本調　　　21 21 **51** 本調

33 55 **55** 變調　　　55 51 **11** 變調　　　51 21 **11** 變調

(6)　陰入調　　　　(7)　陽平調　　　　(8)　陽入調

sip-sip-a　　　　*yeng-yeng-a*　　　*siok-siok-a*

溼 溼 *a*　　　　鼯 鼯 *a*　　　　俗 俗 *a*

2 2 **51** 本調　　　13 13 **51** 本調　　　5 5 **51** 本調

5 2 **11** 變調　　　33 13 **33** 變調　　　2 5 **33** 變調

　　以上各類聲調的展延可由例(9)的結構來解釋：

(9)　陰平調

陰上調

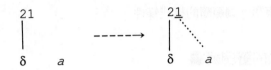

陰去調

陰入調

陽平調

陽去調

陽入調

例(9)的結構告訴我們，當 *a* 失去原來的聲調時，其前一個音節的本調調尾（畫底線）向其展延（如虛線所示）。值得說明的是，當前字字尾是入聲字時，*a* 所得到的調值則略低於此入聲字的本調。❸

　　在重疊副詞的結構中，*a* 的多元變調給我們留下了一個問題，那就是重疊副詞的聲調範疇應如何界定。要了解這個問題，我們先簡單說明一般閩南語聲調範疇的構成條件。

2.　閩南語的聲調範疇

　　Chen (1987)與 Hsiao (1991, 1993, 1995)曾提出閩南語聲調範疇的構成條件，他們的分析雖然略爲不同，但都一致認爲聲調範疇是位於每個非附加語的最大投射片語(non-adjunct maximal projecction)右端，❹也就是說諸如修飾名詞的形容詞或修飾動詞的副詞等等，皆必須與其主要語(head)形成同一個聲調範疇，如例(10)-(11)：

---

❸　輕聲後之調值可經由傳調或低調兩種現象來解釋，進一步說明請參考歐淑珍與蕭宇超先生(1995)。

❹　Chen (1987)並提出「ｃ統御」(c-command)的關係，亦即附加語須統御其主要語；Hsiao (1991, 1993, 1995)則指出聲調範疇並非句法上的單位而是「韻律體系」(prosodic hierarchy)上的結構，因此他以韻律體系中的「音韻片語」(phonological phrase)來稱呼閩南語的聲調範疇。

thong-bing

(10) （ 聰　明　　囝 仔）

　　　55　13　　51 51　　本調

　　　33　33　　55 51　　變調

thao-thao-a

(11)　（老李兮）（偷　偷　***a***　做 彼 件 代 誌）

　　　　　　　 55　55　**51** 21 51 33 33 21　　本調

　　　　　　　 33　33　**55** 51 55 21 21 21　　變調

例(10)的形容詞「聰明」修飾名詞「囝仔」，例(11)的副詞「偷偷
a 」修飾「做」或「做彼件代誌」，兩者皆為附加語，所以與後接的
主要語構成同一個聲調範疇。

　　此外， Chen (1987) 將副詞分為「動詞副詞」(verbal
adverb)與「子句副詞」(sentencial adverb)兩類。 Chen 認
為此二者的區別在於動詞副詞必須與其主要語共同組成一個聲調範
疇，如例(11)，子句副詞則單獨形成一個聲調範疇，如例(12)：
(-*nn* = 鼻音化)

tiann-tiann-a

(12) （警察）（迭　迭　***a***）（來這巡邏）

　　　　　　　 33　33　**51**　　　　　　本調

　　　　　　　 21　33　**33**　　　　　　變調

不過，就前面所提及之「儉儉 a 」而言，在句法的層次上，它雖然屬

於動詞副詞，卻有下列兩種變調現象：❺

$$khiam\text{-}khiam\text{-}a$$

(13) a. (阿 公) (儉　　儉　*a*) (過 一 世 人)

　　　　　　　　33　　33　**51**　　　　　　　本調

　　　　　　　　21　　33　**33**　　　　　　　變調

$$khiam\text{-}khiam\text{-}a$$

　　 b. (阿 公) (儉　　儉　*a* 過 一 世 人)

　　　　　　　　33　　33　**51**　　　　　　　本調

　　　　　　　　21　　33　**55**　　　　　　　變調

(13)a-b 的現象告訴我們以純句法的關係來判定副詞的變調現象仍有所不足。 Sobelman (1982)就此問題提供了一個語義上的線索，他認爲「熱熱的」在國語的句法層次上雖然是用來修飾動詞「喝」或動詞組「喝一碗茶」，但是在語義層次上則可用來修飾受詞「茶」或動詞「喝」，例(14)的圖示爲其樹狀結構：

(14)

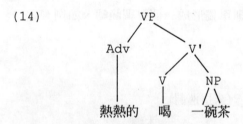

從以上例子可看出副詞在句法及語義上的修飾對象可以不同，閩南語

---

❺　在接下來所舉的各個例子中，我們只標出重疊副詞的調值，以方便討論避免混淆。

重疊副詞的變調即可從這兩種層次的功能差異來探討。

3. 動詞取向的重疊副詞

「動詞取向」(verb-oriented)的副詞在語義上修飾的對象為動詞（或動詞片語）。「偷偷 a」、「暗暗 a」即屬此類副詞，它們與後接的動詞片語形成同一個聲調範疇：

          thao-thao-a

(15) (阿叔) (偷　偷　*a*　　走　出　去)

           55　55　**51**　　　　　　　　本調

           33　33　**55**　　　　　　　　變調

          am-am- a

(16) (老李分) (暗　暗　*a*　　做　彼　件　代　誌)

           21　21　**51**　　　　　　　　本調

           51　55　**55**　　　　　　　　變調

例(15)-(16)的 *a* 位於聲調範疇的中間而非最右端　，因此由 51 變為 55。「偷偷 a」及「暗暗 a」在句法上修飾其後的動詞（或動詞片語），在語義上也有相同的功能，見(17)-(18)的結構圖說明：

句法 ------->

thao-thao-a

(17) 阿 叔 偷 偷 a 走 出 去

語義 ------->

句法 ------------->

am-am-a

(18) 老 李 兮 暗 暗 a 做 彼 件 代 誌

語義 ------------->

基於(15)-(18)的現象，我們可以得出一個初步假設：

(19) 假設 1 ：當重疊詞的句法與語義修飾功能皆指向相關的動詞
（或動詞片語）時，該重疊副詞須與此動詞片語形
成同一個聲調範疇。

4. 非動詞取向的重疊副詞

除「動詞取向」的重疊詞外，重疊副詞也可能是「非動詞取
向」，此時語義上的修飾功能不以動詞（或動詞片語）爲對象。「久
久 a」及「迭迭 a」即表現出「子句取向」(clause-oriented)
的語義修飾功能，兩者皆獨自形成一個聲調範疇：

ku-ku-a

(20)（阿姨）（久 久 *a*）（返來一遍）

　　　　　 51　51　**51**　　　　　　本調

　　　　　 55　51　**11**　　　　　　變調

tiann-tiann-a

(21)（警察）（迻　 迻　 *a*）（來這巡邏）

　　　　　 33　33　**51**　　　　　　本調

　　　　　 21　33　**33**　　　　　　變調

例(20)-(21)的 *a* 位於聲調範疇的最右端，所以呈現輕聲化的現象。「久久 *a*」及「迻迻 *a*」雖然句法上修飾動詞（或動詞片語），但是在語義上則是修飾整個子句「阿姨返來一遍」及「警察來這巡邏」，是典型的「子句取向」功能。換句話說，句法和語義的修飾功能出現了不一致的現象，見(22)-(23)的結構圖說明：

　　　　句法 ----------->

　　　ku-ku-a

(22) 阿 姨 久 久 *a* 返 來 一 遍

　　　語義

　　　　↓

　　　子句

　　　　　　句法 ----------➤

　　　　　tiann-tiann-a

(23) 警 察 迣　迣　*a* 來 這 巡 邏

　　　　　語義

　　　　　　↓

　　　　　子句

此類修飾功能差異導致聲調範疇的結構不同，使我們得出第二個假
設：

(24) 假設 2 ：如果重疊副詞在句法上修飾相關的動詞（或動詞片
　　　　　　　語），在語義上並非修飾該動詞（或動詞片語），
　　　　　　　則此一重疊副詞必須單獨形成一個聲調範疇。

5.　雙重取向的重疊副詞

　　以上所闡述的重疊詞，其語義功能皆是單一取向，第三類副詞的
語義功能則爲「雙重取向」。這類重疊詞可再細分爲二：一爲「主詞
取向」與「動詞取向」、二爲「主題取向」與「動詞取向」。

(1) 主詞取向與動詞取向

　　「主詞取向」(subject-oriented)副詞在語義上修飾的對象
爲句中的主詞。以「笑笑 *a*」、「居居 *a*」爲例：

tiam-tiam-a

(25) （阿英） （居　居　***a***） （坐咧看電視）

33　33　**51**　　　　　　本調

21　33　**33**　　　　　　變調

tshio-tshio-a

(26) （頭家） （笑　笑　***a***） （說一個故事）

21　21　**51**　　　　　　本調

51　21　**11**　　　　　　變調

例(25)的「居居 a」和例(26)的「笑笑 a」爲「主詞取向」的重疊副詞，雖然在句法上仍舊修飾後面的動詞（或動詞片語），不過在語義上的修飾對象已爲主詞「阿英」或「頭家」，因此在句法上與語義上的功能便產生了差異，如例(27)-(28)所示：

句法　----------->

tiam-tiam-a

(27) 阿　英　居　居　 a 坐　咧　看　電　視

< ----- 語義

句法　---------->

tshio-tshio-a

(28) 頭　家　笑　笑　 a 說　一　個　故　事

< ---- 語義

上圖的修飾結構符合〔假設 2〕，其結果是該重疊副詞必須單獨形成

一個聲調範疇。再看例(29)-(30)：

tiam-tiam-a

(29)　(阿英)　(　居　　居　　*a*　坐　咧　看　電　視)

　　　　　　　 33　　33　 **51**　　　　　　　　　本調

　　　　　　　 21　　33　 **55**　　　　　　　　　變調

tshio-tshio-a

(30)　(頭家)　(笑　笑　*a*　說　一　個　故　事)

　　　　　　　 21　21　 **51**　　　　　　　　　本調

　　　　　　　 51　55　 **55**　　　　　　　　　變調

「居居 *a*」及「笑笑 *a*」無論在句法上和語義上的修飾功能皆指向其後的動詞（或動詞片語），符合〔假設１〕，因此該重疊副詞須與後面的動詞片語構成同一個聲調範疇。

(2) 主題取向與動詞取向

　　「主題取向」(topic-oriented)表示重疊詞語義上以句中的主題為修飾對象。例(31)的「俗俗 *a*」及(32)的「輕輕 *a*」即屬此類：

siok-siok-a

(31)　(衫)　(　俗　　俗　　*a*)　(買　一　件　來　穿)

　　　　　　　 5　　5　 **51**　　　　　　　　　本調

　　　　　　　 2　　5　 **33**　　　　　　　　　變調

khin-khin-a

(32) (杯仔) (輕　輕　*a*　) (捧 起 來)

　　　　　55　55 **51**　　　　　　　本調

　　　　　33　55 **55**　　　　　　　變調

這兩個例子的重疊副詞同樣出現了句法和語義修飾功能的不一致，如下圖：

　　　　句法　－－－－－－－－－－－－➤

　　siok-siok-a

(33) 衫　俗　俗 *a* 買 一 件 來 穿

　　◀－－ 語義

　　　　　　句法　－－－－－－➤

　　khin-khin-a

(34) 杯 仔 輕　輕 *a* 捧 起 來

　　◀－－－－ 語義

此種差異和「主詞取向」的重疊副詞相同，符合〔假設 2 〕，所以「主題取向」的重疊副詞也必須單獨形成一個聲調範疇。同樣的，「俗俗 *a*」及「輕輕 *a*」也可表現動詞取向的特性，如(35)-(36)：

　　siok-siok-a

(35) (衫) (俗　俗　*a* 買 一 件 來 穿)

　　　　　5　5 **51**　　　　　　　　本調

　　　　　2　33 **55**　　　　　　　變調

khin-khin-a

(36) （杯仔） （輕　輕　*a*　捧 起 來）

　　　　55　55　**51**　　　　　　　　本調

　　　　33　33　**55**　　　　　　　　變調

「動詞取向」的「俗俗 *a*」及「輕輕 *a*」符合〔假設 1 〕，故而不能單獨形成一個聲調範疇。

6.　多重取向的重疊副詞

　　「重疊詞+*a* 」的結構在語義上也可能出現「多重取向」的修飾功能，比如「燒燒 *a*」即同時具備了「受詞取向」、「主題取向」及「動詞取向」等三種不同取向：

(37) 受詞取向或動詞取向

　　　sio-sio-a

　　（燒 燒 *a* 啉 一 碗 茶）

　　 55 55 **51**　　　　　　　本調

　　 33 33 **55**　　　　　　　變調

(38) 主題取向

　　　sio-sio-a

　　（茶）（燒 燒 *a*）（啉 一 碗）

　　　55 55 **51**　　　　　　本調

　　　33 55 **55**　　　　　　變調

(39) 動詞取向

sio-sio-a

（茶）（ 燒 燒 　*a* 啉 一 碗 ）

　　　55 55 **51**　　　　　　本調

　　　33 33 **55**　　　　　　變調

例(37)的「燒燒 *a* 」在語義上可修飾受詞或動詞，因兩者皆屬於動詞片語內的成份，因此語義修飾方向相同，而且也與句法修飾方向一致（「燒燒 *a* 」在句法上修飾動詞（或動詞片語）），因此可得出例(40)的結構圖：

　　　　句法 －－－－－－－－＞

sio-sio-a

(40) 燒 燒 *a* 啉 一 碗 茶

　　　　語義 －－－－－－－－＞

在例(40)的結構圖中，兩個層次的修飾功能一致使得「燒燒 *a* 」必須與「啉一碗茶」構成相同的聲調範疇，因此我們可將假設 1 修定如下：

(41) 假設 1 ：當重疊詞的句法與語義修飾功能皆指向相關的動詞片語或該片語中的成份時，該重疊副詞須與此動詞片語形成同一個聲調範疇。

(41)的修定可以同時解釋「受詞取向」與「動詞取向」的副詞，自然例(37)的聲調範疇也受此規範。至於例(38)則符合〔假設 2 〕，

因此「主題取向」的「燒燒 *a*」單獨形成一個聲調範疇。

7. 結 論

從以上各類重疊副詞在句法上和語義上修飾功能的互動關係以及其對相關變調的影響，我們可以歸納出例(42)的規律：

(42) 副詞聲調範疇構成條件：

若副詞在語義上修飾相關的動詞片語或該片語中的成份，則該副詞與此動詞片語形成同一個聲調範疇。

若副詞在語義上非修飾相關的動詞片語或該片語中的成份，則該副詞須單獨形成一個聲調範疇。

此聲調範疇構成條件顯示：(1)當語義與句法的修飾方向一致時，「重疊詞+*a*」的結構必須與其所修飾的對象構成同一個聲調範疇，(2)當語義與句法上的修飾方向不同時，「重疊詞+*a*」則單獨形成一個聲調範疇。簡單的說，僅以句法上的修飾功能來考量，「重疊詞+*a*」的多元變調行爲無法得到充份的詮釋，必須同時考慮到語義上的修飾功能。本文的重點乃是句中的重疊詞，亦即位於主詞（或主題）與動詞之間的副詞，我們在另一篇文章(Hsiao & Chen 1995b)中則要繼續探討句首的副詞變調行爲，除了句法和語義之間的互動關係外，語義和言談分析對副詞變調的影響將是我們下一波討論的重點。

參 考 文 獻

中文部份

洪惟仁. 1985. 《台灣河佬語聲調研究》. 台北：自立晚報.

歐淑珍・蕭宇超. 1995. 〈「從韻律音韻學」看台灣閩南語的輕聲現象〉. 第四屆國際暨第十三屆全國聲韻學學術研討會論文集. 國立台灣師範大學國文系.

姚榮松. 1990. 〈當代台灣小說中的方言詞彙—兼談閩南語的書面語〉. 師大國文學報 19: 223-264.

姚榮松. 1993. 〈兩岸閩南語詞典對方言本字認定的差異〉. 師大國文學報 22: 311-326.

英文部份

Chen, M. 1987. "The Syntax of Xiamen Tone Sandhi." *Phonology Yearbook* 4: 109-151.

Cheng, R. 1968. "Tone Sandhi in Taiwanese." *Linguistics* 41: 19-41.

Cheng, R. 1973. "Some Notes on Tone Sandhi in Taiwanese." *Linguistics* 100: 5-25.

Hsiao, Y. 1991. *Syntax, Rhyme, and Tone: A Triangular Relationship.* Taipei: The Crane Pub.

Hsiao, Y. 1993. "Precompiled Phrasal Phonology and Tonal Phrasing in Taiwanese." Paper for the 67th Annual Meeting of Linguistic Society of America. Los Angeles.

Hsiao, Y. 1995. *Southern Min Tone Sandhi and Theories of Prosodic Phonology.* Tapei: Student.

Hsiao, Y. & Ya-mei Chen. 1995b. "Parameterizing Adverbial Tonal Operations in Southern Min: A Semantic-discourse Account." Paper for the Second International Symposium on Languages in Taiwan. National Taiwan Univ.

Sobelman, C. P. 1982. "'RERE DE HE YI WAN CHA'- A STUDY NOTE RELATED QUESTIONS." *JCL* 10: 52-76.

後　記

　　這本論文集的出版，大部份都是姚榮松先生的功勞。當學會決議將重紐研討會擴大爲年會，並且改在師大舉行的時候，離開會時間只剩下半年多了。就在這麼緊迫的時程之下，姚先生毅然接下大會總幹事的職務，並且成功地完成了一次盛大的國際會議。當時我擔任他的助手，幫忙編印會前論文集。實際上所有的海外連絡，以及決策工作都是他負責的。大會結束之後，他接過所有的稿件，開始籌畫會後論文集的編務，我則赴日本進修了一年。去年學會改選，姚先生升任祕書長。新任理事長何大安先生指派我參與出版組的工作，才再度開始協助姚先生處理《聲韻論叢》第六輯的編務。爲了便於研究者繼續從事重紐問題的探索，理事會中通過了常任理事陳新雄先生的主張，決定將與會者的論文全部刊登。我則受命儘快將《論叢》整理付印。由於作者所送的磁片規格繁多，以及個人能力不足，在處理過程中發生了許多困難，校對工作也比預期的遲緩。這期間，多仰賴何、姚兩位先生作了許多重要的決定，論文集終於能夠出版。姚先生不但負責計畫、交涉，在最後階段，還忙著給海外的學者打電話、發傳眞，又親自幫忙校對。現在他謙虛地要我來寫編後記，只好把姚先生的辛勞向大家報告。因爲連絡不周，沒能讓每位作者都作充分的修改，謹向他們致歉。最後要謝謝兩任理事長：林炯陽先生、何大安先生的全力支持，陳新雄老師的鼓勵。國文研究所參加等韻研討課程的研究生：林香薇、程俊源、翁瓊雅、黃映卿、蔡幸憫、趙恩梃、陳美蘭、郭乃禎

幾位同學，奉獻了寶貴的時間，幫忙校對。學生書局的游均晶小姐負責與印刷廠連絡、吳若蘭小姐負責打字、排版。謝謝他們。

一九九七年四月十五日於師大國文系

吳聖雄　謹記

國家圖書館出版品預行編目資料

聲韻論叢　第六輯
／中華民國聲韻學學會. 臺灣師範大學國文系所.
中央研究院歷史語言研究所主編. -- 初版.
-- 臺北市；臺灣學生, 民86
面；　　公分. --（中國語文叢刊；28）

ISBN 957-15-0820-9(精裝).
ISBN 957-15-0821-7(平裝)

1.中國語言 - 聲韻 - 論文、講詞等

802.407　　　　　　　　　　　　　86003624

聲　韻　論　叢　第六輯（全一冊）
　　　　　中　華　民　國　聲　韻　學　學　會
主　編　者：臺　灣　師　範　大　學　國　文　系　所
　　　　　中　央　研　究　院　歷　史　語　言　研　究　所
出　版　者：臺　灣　學　生　書　局
發　行　人：丁　　　　文　　　　治
發　行　所：臺　灣　學　生　書　局
　　　　　臺北市和平東路一段一九八號
　　　　　郵政劃撥帳號〇〇〇二四六八號
　　　　　電　話：三　六　三　四　一　五　六
　　　　　傳　眞：三　六　三　六　三　三　四
本書局登
記證字號：行政院新聞局局版臺業字第一一〇〇號
印　刷　所：常　新　印　刷　有　限　公　司
　　　　　地址：板橋市翠華街 8 巷 13 號
　　　　　電話：九　五　二　四　二　一　九
定價：精裝新臺幣八三〇元
　　　平裝新臺幣七五〇元
西　元　一　九　九　七　年　四　月　初　版